SCIENCE FICTION

Herausgegeben
von Wolfgang Jeschke

Von **John Barnes** erschien in der Reihe
HEYNE SCIENCE FICTION & FANTASY:

*Eine Million offener Tore* · 0605421
*Die Mutter aller Stürme* · 0605422
*Orbitale Resonanz* · 0605423
*Das kaleidoskopische Jahrhundert* · 0605424

JOHN BARNES

# DIE MUTTER ALLER STÜRME

*Roman*

Aus dem Amerikanischen übersetzt
von
MARTIN GILBERT

**Deutsche Erstausgabe**

WILHELM HEYNE VERLAG
MÜNCHEN

HEYNE SCIENCE FICTION & FANTASY
Band 0605422

Titel der amerikanischen Originalausgabe
MOTHER OF STORMS
Deutsche Übersetzung von Martin Gilbert
Das Umschlagbild malte doMANSKI

*Umwelthinweis:*
Dieses Buch wurde auf
chlor- und säurefreiem Papier gedruckt

Redaktion: Wolfgang Jeschke

Erstveröffentlichung
by TOR Books/Tom Doherty Associates, Inc., New York
Mit freundlicher Genehmigung des Autors und
Ashley Grayson, Literary Agency, San Pedro, Cal.

Printed in Germany 1996
Umschlaggestaltung: Atelier Ingrid Schütz, München
Technische Betreuung: Manfred Spinola
Satz: Schaber Satz- und Datentechnik, Wels
Druck und Bindung: Elsnerdruck, Berlin

ISBN 3-453-10906-6

INHALT

# EINS

# ATTRAKTOR

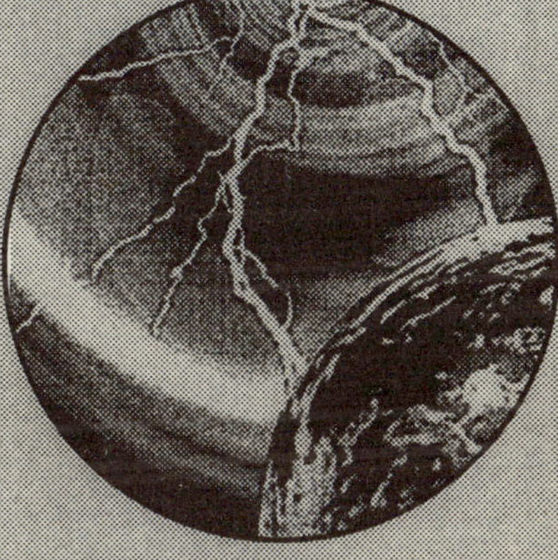

Zunächst die gute Nachricht. Hassan Sulari ist ganz begeistert davon. Wenn das Magnetkatapult des Trägerflugzeugs sein kleines Raumboot ausstößt und er mit dem Fuß die Düsen aktiviert, irgendwo über Afghanistan, wird er aufsteigen und eine suborbitale Flugbahn hoch über dem Pol einschlagen. Hassan hat bisher nicht die Genehmigung für den Orbit selbst erhalten, aber er ist auch so schon ziemlich dicht dran.

Es ist sein erster richtiger Einsatz. Seine Maschine ist mit vier *KAMS*-Bomben bestückt – das steht für ›Komprimierte Antimaterie-Strahlung‹ –, und bei Presseinterviews sind die Piloten gehalten zu betonen, daß es sich »eigentlich gar nicht um Kernwaffen handle, sondern vielmehr um Kampfmittel, die Masse in Energie umwandeln«; aber im Grunde sind es eben doch miniaturisierte Kernwaffen, und das gäbe nur eine schlechte Presse.

Was ihn wirklich stört, ist diese verdammte Sonde im Hinterkopf. Dafür, daß er sie sich hat implantieren lassen und nun damit fliegt, ist er von *Passionet* großzügig honoriert worden; sie wird ihn reich machen – was bei der UNSOO keineswegs die Regel ist –, aber dennoch bleibt das nagende Gefühl, sich unangemessen zu profilieren. Schließlich ist er Pilot und kein Schauspieler.

»Wir sind bereit, eine Verbindung zu dir zu schalten«, ertönt die Stimme von *Passionet*. »Wenn du noch irgendwelche verfänglichen Gedanken hast, die niemand mitbekommen soll, dann denke sie jetzt.«

»Nichts dergleichen. Orbitalzündung minus vier Minuten.«

»Das wissen wir – wir liegen perfekt im Zeitplan. Biete den Leuten etwas für ihr Geld.«

In dem Moment, wo sie abschalten und der Countdown beginnt, beschleicht ihn der seltsame Gedanke, daß solche UN-Weltraumopern wirklich nicht von menschlichen Besatzungen durchgeführt werden sollten – das Abfangen einer indizierten Waffe könnte ebensogut auch von einer Drohne übernommen werden. Er stellt sich die Frage, warum er das überhaupt tut – nein, zu seiner Schande, warum er sich davor fürchtet, es zu tun.

Diese Betrachtungen verursachen ihm während der letzten Sekunden des Countdowns schier Magenkrämpfe. Dann hört er das Wort ›Start‹, und das Katapult des Trägerflugzeugs schleudert ihn nach vorne über den Bug der großen Maschine hinweg; beim Blick auf den Fluglageanzeiger sieht er, daß er gut weggekommen ist, wartet noch einige Sekunden, bis der Navigationsrechner über erste Daten verfügt, und dann schiebt er den Triebwerkshebel nach vorn.

Erneut wird er in den Sitz gepreßt, und die ins Licht des jungen Frühlingsmorgens getauchten braunweißen Berge fallen unter ihm in die Tiefe. Die Vibrationen sind heftig, und der Druck ist hoch; er sieht, wie sich unter ihm die von einer Glocke aus blauer Luft bedeckte Westsibirische Tiefebene entfaltet. Er befindet sich nun auf der Höhe der Wettersatelliten. Sein Herz pocht, und ungeachtet des militärischen Hintergrundes der Mission verlieren sich seine Gedanken in der Szenerie.

Als die Düsen aussetzen, sieht er schon das Polareis am Horizont, und seine Hände leiten automatisch das Ritual der Aktivierung der Waffensysteme ein.

Er befindet sich noch immer im Steigflug, verursacht durch die Massenträgheit der Maschine, und nun kommt die Erde wieder auf ihn zu. Er ist schwerelos –

nicht etwa aufgrund fehlender Gravitation, sondern weil die Vektoren der gravitationalen Wirkung und seiner Bewegung gleichgerichtet sind –, und vor seinem geistigen Auge spulen sich die Kindheitsphantasien bezüglich der Raumfahrt ab. Er hofft nur, sie verübeln es ihm nicht, daß sie das jetzt auch auf dem Clip haben, den sie gerade bespielen…

Er steht nun über dem Pol, fällt im Sturzflug auf die fast hundertfünfzig Kilometer unter ihm liegende Eiskappe zu, und der Countdown beginnt; das Ziel ist aufgefaßt, und er müßte jetzt nur noch den Schalter betätigen, damit die Raketen von selbst ins Ziel finden. Dann erhält er die entsprechende Anweisung und löst aus.

Vier harte Rucke gehen durch das kleine Raumboot, und er sieht seine Raketen davonziehen, wie kleine Wunderkerzen, die in eine dunkle Schlucht geworfen werden. Ihre Detonation hinter dem Nördlichen Hang wird er zwar nicht mitverfolgen können, aber der Abschuß war auch schon ein exquisites Vergnügen gewesen. Und das Implantat im Kopf sagt ihm, daß 750 Millionen Menschen dem Ereignis beigewohnt haben.

Die Unterseite des Raumboots wird in ein kirschrotes Glühen getaucht, und das Gewicht kehrt zurück, als die Maschine sich wieder gegen die Gravitation stemmt, anstatt ihr zu folgen. Der Vorgang wies doch mehr Ähnlichkeit mit einem Trainingsflug auf, als er zunächst erwartet hatte. Er hat Pazifikanada zwar nie gesehen, aber wie man ihm sagt, weiß die junge, aufstrebende Nation die Verdienste der UN-Friedenstruppen sehr zu schätzen, und ein großer Teil davon geht auf sein Konto.

Während er der Erde entgegengleitet, kommt ihm das Leben wunderschön vor, wenn es solche Dinge für ihn bereithält.

Randy Householder verläßt Sacramento auf der Interstate-80 in einem Auto, das so alt ist, daß es eigentlich restauriert werden müßte, um überhaupt fahrbereit zu sein. Nun, es fährt, und mehr kann er sich nicht leisten, und überhaupt macht er sich auch keine Gedanken darüber.

Aber er versucht, ins Netz zu gelangen, und das geht heute abend frustrierend langsam vonstatten. Nach vierzehn Jahren ist ihm mittlerweile klar, daß dies immer das gleiche bedeutet: eine verdammte Krise, die alle Kanäle blockiert. Damals im Jahre '16, als der *Blitz* erschien, dauerte es sechs Tage, bis das Netz wieder stand und er seine Nachrichten abrufen konnte. Diesmal erhält er sie wenigstens sofort, wenn auch nur zögerlich.

Es ist schon lange her, seit ihn das Eingehen von hundert Nachrichten beeindruckt hatte. Das ist normales Tagesgeschäft. Ungefähr die Hälfte kommt von Kleinstadt-Sheriffs, Stadträten, Prokonsuln und Ombudsmännern, wie auch immer sie sich weltweit nennen mögen; überwiegend haben sie ihn wissen lassen, daß sie noch immer auf Beweise warteten und daß bisher nichts eingegangen sei. Einige Meldungen unterrichten ihn von einem Wechsel des Amtsinhabers, andere stammen von Personen, deren Amtszeit abläuft und die ihn darauf hinweisen, daß er nicht mit einer Kooperation seitens ihrer Nachfolger rechnen könne.

Die andere Hälfte rekrutiert sich aus Leuten wie Randy, die überwiegend nur Memos einreichen. Es gibt noch sieben Leute, von denen Randy fast jeden Abend hört – alles Menschen, deren Kinder auf eine vergleichbare Art und Weise ums Leben kamen, wie es Kimbie Dee widerfahren war. Sie sind immer präsent. Zuweilen unterhält er sich auch persönlich mit ihnen; im Laufe der Jahre haben sie Fotos und andere persönliche Dinge ausgetauscht.

Immer ist mindestens ein Reporter zugegen. Randy

gewährt Reportern keine Interviews mehr. Die verdammten Medien beanspruchen einen zu großen Frequenzbereich im Netz – wie heute abend auch wieder. Und außerdem sind sie ihm keine Hilfe.

Als er das letzte Mal mit einer Reporterin sprach, wollte sie wissen, welches Leben er denn führte. Scheiße, erwiderte Randy, er führte kein Leben. Schon seit vierzehn Jahren nicht mehr, als die Polizei an die Tür seines Wohnmobils klopfte, ihm und seiner damaligen Frau Terry sagten, sie sollten sich setzen, und ihnen dann eröffneten, daß Kimbie Dee ermordet worden war und daß es nach einem Sexualverbrechen aussah. Sein Leben endete zu dem Zeitpunkt, als sie ihm sagten, sie hätten den Mann, aber keinen Hinweis auf seinen Auftraggeber; wegen der in ihrem Kopf implantierten Sonde wüßten sie jedoch verdammt genau, *warum* sie vergewaltigt und ermordet worden war – Herr im Himmel, der Gerichtsmediziner sagte, man hätte ihr einen Besenstiel mit solcher Wucht in den After gerammt, daß es ihr die Eingeweide zerriß, und sie dann vergewaltigt, während sie verblutete, aber sie sei noch bei Bewußtsein gewesen, als der Mann sie aufhängte, als er mit ihr fertig war.

Randy umklammert die Tastatur, und das ist nicht gut. *Bleib entspannt, bleib ruhig, setze die Jagd fort. Es wird eine lange Jagd werden, das hast du von Anfang an gewußt.*

Kimbie Dee mußte sterben, weil sie als Material für einen XV-Clip dienen sollte. Es existiert ein großer Schwarzmarkt für diese Dinge. Ein- oder zweimal im Jahr wird ein Verkäufer des Clips verhaftet, der ihren Tod zeigt. Manchmal nehmen sie auch den Käufer fest; manchmal gelingt es Randy, anhand der Akten der Verdächtigen einen größeren Täterkreis aufzuspüren. Manchmal – zum letztenmal vor drei Jahren – ergeben sich Querverbindungen, und Randys Datenspäher liefern ihm einen weiteren Informationsbrocken, lassen ihn in einer der Verteilerketten vorrücken.

Immer, wenn das geschieht, erfolgt eine Verhaftung. Randy erhält das Kopfgeld. Die Prämie interessiert ihn indes einen Dreck. Aber Randy und alle anderen Polizisten auf der Welt kommen dem Kerl, der das in Auftrag gegeben hat, wieder um einen Schritt näher; irgendwo dort draußen ist eine große Nummer, jemand, der mehr Geld in sein ›Hobby‹ investiert, als Randy jemals in einem Jahr verdient hat, noch immer unerkannt auf freiem Fuß. Er ist der Mann, der das ganze Geld einem anderen Mann gegeben und gesagt hat: »Ich will, daß du das mit einem hübschen kleinen blonden Mädchen machst.«

Der Mann, der Kimbie Dee Householder vergewaltigt und getötet hatte, liegt schon seit elf Jahren unter der Erde. Randy war dabei, als sie ihn auf den Stuhl geschnallt hatten. Der Mann jedoch, der den Auftrag erteilt hatte, ist noch immer irgendwo dort draußen.

Randy wird auch bei seiner Hinrichtung anwesend sein.

Sobald sich dieses ganze verdammte Chaos im Netz gelegt hat. Er sichtet den Bildschirmtext und stößt nur auf einige triviale Beiträge über Alaska, Sibirien, die UN sowie über Atombomben. Er erinnert sich vage daran, daß Alaska unmittelbar nach dem *Blitz* selbständig wurde – die UN hatten die USA zum Verzicht bewogen, oder so ähnlich.

Präsidentin Hardshaw wird später in den Medien zu diesem Thema ein Kommuniqué abgeben; Randy wird dann das Fernsehgerät einschalten – er wählt sie jedesmal und hat noch nie eine ihrer Reden versäumt. Kurze Zeit vor dem Mord war sie noch Generalstaatsanwältin von Idaho gewesen. Wenn sie noch immer im Amt wäre – sie und der Bursche, den man jetzt als den Schatten der Präsidentin bezeichnet, Harris Diem – anstelle dieses liberalen, ›betroffenen‹ Homo-Demokraten –, hätten sie die Bastarde, kaum daß sie das Verbrechen verübt hatten, aufgespürt und festgenagelt. Dessen ist Randy sich sicher. Also braucht er sich keine Gedanken über den Dritten Weltkrieg zu machen; er kann das der Präsidentin überlassen. So hat jeder seine kleine Aufgabe.

Zurück zu Randy. Immer schön am Ball bleiben. »Wir kriegen ihn, Kimbie Dee, selbst wenn wir die ganze Welt dabei aufmischen müßten«, gelobt er. Er läßt das Fahrzeug auf östlichen Kurs gehen, Richtung Salt Lake City, weil dort die Satellitenverbindungen besser und billiger sind. Dann klettert er in den Fond, öffnet das Kühlfach, nimmt sich ein Bier, ruft die eingegangenen Dateien auf und sichtet die Post.

Irgendein perverses Gehirn, irgendwo dort draußen, hat befunden, dies sei das große Jahr für Ed Porters Arbeit mit Amateuren. Wahrscheinlich eine Frau, eine Oberklassen-Schlampe, die sich daran stößt, daß die von ihm redigierten Clips reißenden Absatz finden, oder daran, daß die von ihm konzipierten Shows das Netz dominieren. Aber er ist der Hauptgrund dafür, daß *Passionet*-XV in der Gunst der weiblichen Virtuell-Realisten ganz oben rangiert und immerhin noch Platz Drei bei den Männern einnimmt. Ein *romantisches* Netz, um Himmels willen, das sogar von Männern favorisiert wird, und Porter ist dort einer von drei Chefredakteuren, und sie machen ihm nach wie vor das Leben schwer. Sie drücken ihm noch immer solche Scheiß-Aufträge aufs Auge.

Es muß einfach eine Frau sein.

Wie dem auch sei, wenigstens ist er Langweiler-Bill und Candy-Dummchen los, wie er sie insgeheim bezeichnet. Volle zwei Tage Urlaub von ›Traum-Hochzeit‹, um an dieser spannenden Geschichte zu arbeiten.

Aber dieser Kamerad Hassan, dieser Pilot, ist ein *Zombie*. Er ist ein Militarist par excellence. Goutiert es, zeigt es aber nicht. Sein Puls schlägt wohl höher, aber nicht hoch genug. Nach dem, was über die Sonde hereinkommt, ist ein intelligenter Kerl, der sein Handwerk versteht. Selbst als er die Bomben auslöst, geschieht das ohne größere Gefühlsregung. Und natürlich gehen die doofen Bomben direkt durch das Eis, in den Schlamm des Nördlichen Hanges; alles, was Porter durch Hassans Augen wahrnimmt, sind einige helle Funken, die auf das in nächtlicher Dunkelheit liegende Eis hinabregnen. Niemand dort unten, der verbrennt oder vor Schmerzen schreit; niemand hier oben in Hassans Hirn, der sich an der Vernichtung weidet oder beim Anblick sterbender Menschen irre lacht, keine Leidenschaft, gar nichts. Keine Eindrücke außer dem reibungslosen Funktionieren einer Maschine, die einen perfekten Plan realisiert.

Die per XV übermittelte Emphase tendiert gegen Null.

* * *

Jesse weiß, daß Naomi sich von seiner Seite mehr Interesse wünscht, und sie *hat* recht, und es *ist* eine große Sache – wenn er eine Bestätigung bräuchte, müßte er nur den Hunderten von Studenten zuhören, die im PolAc-Raum herumwuseln. Selbst für die U des Az ist das eine große Versammlung, aber man erlebt schließlich auch nicht jeden Tag in Echtzeit einen Bombenangriff der UN-Weltraumbehörde.

Natürlich könnte er sich, anstatt es im altmodischen Fernsehen zu verfolgen, ebensogut auch im Wohnheim aufhalten – Passionet hat einen der Piloten verkabelt –, was sicherlich praktischer wäre. Sollte er sich vielleicht die Aufzeichnung ansehen? Nein, Naomi würde das als Kriegsporno bezeichnen.

Was er wirklich möchte, ist ein trautes Beisammensein mit Naomi, ohne TV, ohne XV, ohne Kleider – mühsam verdrängt er diesen Gedanken. Wenn er dies in der nächsten Stunde auch nur ansatzweise durchblicken läßt, wird es wieder Ärger mit Naomi geben, und das käme ihm jetzt wirklich ungelegen. Es ist schon eine

Woche her, seit sie mehr getan hatten, als sich nur zu küssen.

Andererseits findet die Vorlesung ›Molekulare Konstruktions-Ökonomie‹, die er in diesem Trimester mindestens mit einer ›Signifikanten Leistung‹ abschließen muß, wenn er sein Diplom als Realisations-Ingenieur erwerben will, um acht Uhr statt, und jetzt ist es fast schon zehn, und obwohl die Hausaufgaben gemacht sind, hat er sie weder noch einmal durchgesehen noch das Zusatzkapitel gelesen.

Noch immer hat Naomi ihren Rücken – winzig und weich unter der Berührung, aber mit stahlharten Muskeln darunter – an seine Brust geschmiegt, und somit befindet sich der schönste, feste runde Hintern im Az gerade einen Viertelzoll von ihm entfernt.

Lärm kommt auf, und Jesse schaut hoch, um die Quelle zu orten. Etwas Großes, eine heftig flimmernde Bewegung auf dem Monitor. Jeder beschwert sich darüber; heutzutage dürfte es eigentlich kein derartiges Flimmern mehr geben, jedenfalls nicht bei den volldigitalisierten Bildschirmen.

Die Übertragungsqualität ist schlecht, weil die UN-Informationsbehörde ihr Logo einzublenden versucht, was ihr allerdings nicht völlig gelingt. Das Publikum stößt Buhrufe aus und zischt wütend, manche wegen der UN-Insignien, andere wegen ihres Symbolgehaltes und wieder andere aufgrund ihrer generellen Einstellung.

Wie jedes im vergangenen Jahrhundert errichtete Auditorium Maximum war dieser Ort nicht für Versammlungen konzipiert, dafür jedoch leicht zu reinigen, mit seinen harten, ebenen Flächen, und der ganze Raum verfügt über eine hallende Akustik.

Laß es Mitternacht werden, bis sie nach Hause kommen, und dann will sie noch eine Stunde reden … soviel zur Hausarbeit, auch ohne Sex. Und die ›Signifikante Leistung‹ erhält man auch nicht im Schlaf; gut, sie ist der niedrigste akademische Grad, aber dazu bedarf es noch immer einer um Lichtjahre größeren Anstrengung als zum Erwerb des ›Wahrscheinlichen Verstehens‹, der ›Positiven Einstellung‹ oder des ›Aufgeschlossenen Geistes‹ – und heutzutage lesen die Arbeitgeber die Beurteilungen wirklich gründlich. Es muß also ›Signifikante Leistung‹ sein, ›Bewiesene Kompetenz‹ oder ›Meisterschaft‹ … und zum jetzigen Zeitpunkt sieht er sich nicht imstande, eine der beiden höchsten Qualifikationen zu erwerben.

Streiche Naomi aus seinem Leben, und ›Meisterschaft‹ wäre in den meisten Fächern in greifbarer Nähe. Es gibt noch viele unkompliziertere Hintern auf der Welt …

Er hat keine Ahnung, weshalb es dieser Tage mit der Konzentration bei ihm hapert. Er zwingt sich, wieder auf den Bildschirm zu sehen, registriert darauf einen durchgehenden dunklen Balken und erkennt, daß das, worauf er schaut, Naomis nach unten gerichtete Hand ist, womit sie ›Ruhe‹ signalisiert, wie es früher in der Grundschule üblich war.

Im Raum herrscht ein derartiger Lärm, mit all den Buhrufen, Pfiffen und lautstarken Erklärungen, wobei manche Leute noch zur Ruhe mahnen und »Ruhe bitte, Ruhe!« rufen, so daß er wegen der sich an diesen harten, ebenen Flächen brechenden Geräusche ohnehin keinen klaren Gedanken fassen kann. Er würde am liebsten zu einem Höhlenmenschen mutieren, Naomi aus dem Saal zerren, sie in seinen alten Lectrajeep verfrachten, in die Wüste hinausfahren und einfach zu den Sternen hinaufschauen, bis die Sonne hervorkommt.

Nachdem er stundenlang mit einer absolut willigen Naomi gevögelt hat.

Die Abbildung auf dem Bildschirm, sofern er zwischen all den fuchtelnden Armen überhaupt etwas sehen kann, flackert jetzt heftig, weil die Signalquelle mehrmals pro Sekunde Modulation und Frequenz wechselt, mit dem UNIC-Störsender direkt auf den Fersen. Jesse weiß das, weil man sich als angehender Realisations-Ingenieur bis zum Exzeß mit Krytpographie befassen muß (das Anforderungsprofil eines RI besteht aus der Sicht von *los corporados* im wesentlichen darin, sämtliche Aktivitäten sofort durch einen KIRI – einen Künstlich Intelligenten Reversions-Ingenieur überprüfen – und als Public Domain-Software manifestieren zu lassen). Bei Gott, Cybernetik ist weit interessanter und unterhaltsamer als Politik.

Was würde Naomi wohl zu dieser Geisteshaltung sagen? Es ist schon schlimm genug, daß er sie nur als Betthäschen betrachtet, aber wenn er mal nicht an das Eine denkt, beschäftigt er sich nur mit Technik, nicht mit ihren politischen Implikationen. Warum ist er nicht in der Lage, seine Gedanken zu fixieren?

Naomi tritt weiter zurück, so daß dieser himmlische Hintern an seinem ausgebeulten Hosenlatz entlangschabt, und zumindest denkt er jetzt nicht mehr an die Hausarbeit. Für eine Sekunde stabilisiert sich die Darstellung auf dem Bildschirm, und es hat den Anschein, daß die sibirische Software den Jägern von UNIC entwischt – man hört die Patrioten im Saal jubeln, die Befürworter der Vereinigung Buhrufe ausstoßen, und er kommt zu dem Schluß, daß die Szenerie sich im Grunde nicht von einem Fußballspiel unterscheidet...

Der Bildschirm flackert wieder. Naomi gibt noch immer das ›Ruhe‹-Zeichen. Anstatt sich zu beruhigen, verstärkt sich das Toben der Menge, und deshalb drückt sie sich an ihn. Zögernd plaziert er die Hand auf ihrer Hüfte, wobei er hofft, daß sie den Vorgang als Hilfestellung interpretiert und ihm nicht wieder vorwirft, »mich immer zu begrapschen«, aber er wird mit einem kurzen Lächeln unter der Mähne aus walnußfarbenem Haar belohnt. Ihre großen, feuchten braunen Augen und die hohen, sommersprossigen Wangenknochen lassen sein Herz wieder einen Sprung machen; es ist ein Gefühl wie virtuelle Liebe im XV, und die meisten Argumente, die er sich für die nächtliche Auseinandersetzung zurechtgelegt hatte, verlieren ihre Relevanz.

Er läßt den Arm auf ihrem Rücken ein Stück nach unten gleiten, und, welch Wunder, sie schmiegt sich hinein und streichelt sein Gesicht mit diesem wundervollen Haar, und der Hauch ihres warmen, süßen Atems streicht über seinen Hals. »Das ist so sinnlos, Jesse. Die Hälfte dieser Leute will Abdulkashim nicht hören und applaudiert der UNIC, und die andere Hälfte will Abdulkashim hören und jubelt ihm zu. Wie sollen sie ein Gefühl für die Bedeutung der Versammlung entwickeln, wenn sie nicht einmal *versuchen*, eine Einigung anzustreben?«

»Sie sind nicht wegen der Versammlung hergekommen«, erinnert Jesse sie. »Sie sind wegen der Nachrichten hier oder um die Detonation der Bomben zu beobachten oder weil sie unterwegs die Menge gesehen hatten oder aus welchen Gründen auch immer.«

Sie schenkt ihm dieses kleine Lächeln, das ihn immer daran erinnert, wie verklemmt er war, bevor sie in sein Leben trat. »Aber wichtig ist nur, daß sie hier sind und miteinander reden. Also ist es doch eine Versammlung – aber niemand strebt einen Konsens an.«

Der Geräuschpegel der Stimmen im PolAc-Saal steigt schnell an und verebbt dann, wobei nur noch ein schwaches Nachhallen in der Luft liegt; der Sinn der Versammlung besteht anscheinend darin, daß die Leute sich einfach das anhören wollen, was gerade gesagt wird. Es scheint, daß die UNIC aufgegeben hat. Die Darstellung von Abdulkashim ist klar, und die monotone Translator-Stimme kommt durch: »... absolut unprovoziert und in völliger Mißachtung der Charta des Zweiten Bundes, derartige Drohungen gegenüber einem freien, souveränen und unabhängigen Staat zu äußern, ganz zu schweigen von der Ankündigung, solche Aktionen gegen militärische Einrichtungen zu führen, deren Existenz gänzlich unbewiesen ist...«

Die Abbildung flackert und verschwindet. Ein Höllenlärm bricht los. Jesse hört die dumpfen Geräusche von Schlägen und Tritten.

Es gibt nicht sehr viele prosibirische Studenten hier an der U des Az, weil die Sibirer sich mit dem Freistaat Alaska in Fehde befinden und viele Menschen noch immer nicht verwunden haben, daß das Ak kein amerikanischer Bundesstaat mehr ist.

Die große Auseinandersetzung findet zwischen den Anhängern der Vereinigung statt, die alles unterstützen, was der *SecGen* unternimmt, und den Nationalisten, die eine direkte Intervention der Vereinigten Staaten begrüßt hätten – die Leute, die sich über ›Präsidentin Großmutter‹ beschweren, als ob Hardshaw dieser Tage noch in ihre eigenen Sofakissen furzen könnte, ohne zuvor die Genehmigung der UN einzuholen.

Dann gibt es da noch ein isoliertes Fähnlein Renegaten, die jegliche Art von Zensur ablehnen, sechs oder sieben Personen, die tatsächlich prosibirisch eingestellt sind, sowie ein paar Provokateure, die nur auf Randale aus sind. Als provinzieller Kleinstädter befürchtet Jesse, es wird hier gleich rundgehen, und er würde am liebsten sofort mit Naomi die Flucht ergreifen, bevor es wirklich zu Ausschreitungen kommt.

Er weiß aber auch nur zu gut, daß sie ihm weder glauben noch irgendwelche Schritte zur Selbstverteidigung einleiten würde. Sie ist ein *Deeper* der zweiten Generation, und »wir sind nicht so erzogen worden, wir halten uns auch im Zorn zurück«, hat sie ihm schon des öfteren erklärt. Er hat es indessen nie über sich gebracht, ihr zu sagen, daß *er* nicht *so* erzogen wurde und durchaus weiß, wie sich ein Fausthieb oder ein Fußtritt auswirkt.

Auf einmal schreien alle durcheinander und wollen ihre jeweiligen Ausführungen zu Ende bringen. Der

Lärm bricht sofort ab, als Rivera, der *SecGen*, ein stattlicher junger Mann aus der Dominikanischen Republik, auf dem Bildschirm erscheint.

Rivera hat den ernsten Ausdruck im Gesicht, den jeder in den letzten Jahren schon so oft gesehen hat – er kündet von nichts Gutem, und Rivera erwartet, daß die Leute die Ruhe bewahren.

Wie die meisten *Deepers* ist auch Naomi eine Internationalistin, weshalb sie dieser Richtung zujubelt, und Jesse jubelt auch, weil er ihr Begleiter ist. Außerdem versteht Rivera es, sich den Nimbus der Vertrauenswürdigkeit zu verleihen, wohingegen Abdulkashim selbst ohne kosmetische Maßnahmen als zweiter Stalin durchgehen könnte.

Rivera wartet anscheinend darauf, daß Ruhe in der Studentenschaft einkehrt, aber Jesse vermutet, daß die Erregung der Massen sich überall auf der Welt mit der gleichen Geschwindigkeit legt, so daß der *SecGen* sich in diesem Augenblick möglicherweise andernorts an eine Versammlung wendet. Mit noch höherer Wahrscheinlichkeit wird er jedoch, in Anbetracht der Tatsache, daß die Hälfte der Menschheit sich noch immer vor Bildschirmen auf öffentlichen Plätzen versammeln muß, per Ohrhörer durch einen Versammlungs-Simulator über die Lage informiert.

Sobald der Geräuschpegel es zuläßt, hebt Rivera an: »Meine Freunde, Bewohner unseres Planeten … Schweren Herzens teile ich Euch mit, daß die Vereinten Nationen heute abend gezwungen sind, zum achten Mal militärisch zu intervenieren, um gemäß Artikel Vierzehn des Zweiten Bundes den Frieden zu bewahren und zu schaffen. Ich werde Euch den vollen Wortlaut vortragen: ›Keiner Nation, ob sie diesem Bund beigetreten ist oder nicht, die sich um null Uhr GMT am 1. Juni 2008 weder im Besitz bereits entwickelter oder in der Entwicklung befindlicher Kampfmittel mit einer Sprengkraft von über einer Billiarde *erg* pro Gramm befindet oder diesen Besitz erklärt hat, wird es erlaubt sein, solche Waffen zu produzieren, zu besitzen, zu verbreiten oder auf irgendeine Art unmittelbare oder mittelbare Kontrolle über ihre Zündung auszuüben. Der Generalsekretär allein ist autorisiert, diesem Artikel Geltung zu verschaffen‹.

Nun, da zehn Jahre vergangen sind, seit der Freistaat Alaska sich friedlich von den Vereinigten Staaten gelöst hat, erhebt Sibirien einen Anspruch auf Alaska, welcher sich auf angebliche Unregelmäßigkeiten in den Verträgen zwischen den Vereinigten Staaten und dem damaligen Russischen Reich gründet. Diese Behauptungen sind – von vier verschiedenen internationalen Gremien – als absolut unbegründet decouvriert worden.

Die gegenwärtige sibirische Regierung hat diesen Forderungen nicht nur erneut Nachdruck verliehen, sondern sie betreibt auch die Annexion Alaskas mit verdeckter Gewalt und offenen Drohungen.«

Der Bildschirm blinkt einmal, und schemenhafte Konturen, die zu regelmäßig sind, um natürlichen Ursprungs zu sein, erscheinen als dunkelblaue Schatten vor einem hellblauen Hintergrund. Es sind ungefähr ein Dutzend, die allesamt an Bleistifte erinnern, wobei das spitze Ende wie eine Taschenlampe leuchtet und das andere Ende rund und knubbelig ist. Rivera erläutert das Phänomen: »Sechs Formationen wie diese sind auf dem Grund des Arktischen Ozeans lokalisiert worden. Es handelt sich hierbei um vom Kurs abgelenkte ballistische Raketen, die von der Firma *Mits-Doug Defense* hergestellt wurden; zu ihrer Überwachung eingesetzte Mikrosensoren haben jedoch zwei kritische Modifikationen aufgespürt, die beide den Bestimmungen der Rüstungsbegrenzungs-Abkommen zuwiderliefen. Zunächst ist ihre Reichweite enorm erhöht worden, indem eine *MitsDoug* ›Cobra‹-Luft-Boden-Rakete als zweite Stufe angekoppelt wurde. Zum zweiten ist die ›Cobra‹-Stufe mit einem Sprengkopf mit Laser-Zünder bestückt worden, dessen Sprengkraft die in Artikel Vierzehn fixierten Obergrenzen bei weitem übertrifft.

Außerdem haben wir anhand der Verträge bezüglich des freien Datentransfers ermittelt, daß diese Waffen keiner Macht gehörten, die gemäß den Klauseln des Bundes zu ihrem Besitz legitimiert waren. Auf jeden Fall befinden sie sich nicht auf dem Territorium irgendeiner Nation und müssen daher in Übereinstimmung mit Artikel Siebzehn des Zweiten UN-Bundes de facto als illegal betrachtet werden.

Ihre Stationierung innerhalb eines Zwei-Minuten-Radius bis Denali sowie meine Schilderung der schlechten Beziehungen zwischen Alaska und Sibirien müssen in diesem Kontext betrachtet werden: am frühen Abend habe ich alle dreihundertvierundzwanzig Signatar- und sonstigen Staaten davon in Kenntnis gesetzt, daß die UN-Weltraumbehörde diese Raketen beim ersten Anzeichen eines Startes beziehungsweise um 08:30 Uhr GMT zerstören wird, je nachdem, welches Ereignis früher eintritt. Ich habe die explizite Zustimmung von zweihundertvierundachtzig Nationen erhalten, von den anderen jedoch keine Antwort bekommen – mit Ausnahme der Sibirischen Konföderation, deren Präsident Abdulkashim heftig protestiert und die Aktion als überstürzt und illegitim bezeichnet hat.

Auf dem Monitor wird jetzt ein kurzer Bericht von UNSOO-General Jamil eingeblendet, der die Zielansprache vor dem Einsatz durchführt. Um exakt 08:30 GMT hat ein aus fünfundzwanzig Raumflugzeugen der UNSOO bestehendes Geschwader über hundert Raketen auf diese Stellungen abgefeuert. Die Raketen haben das arktische Eis durchstoßen und die hier gezeigten Stellungen mit Antineutronen-Beryllium-Sprengköpfen – beziehungsweise ›KAMS-Bomben‹ – belegt.«

Jesse hätte brennend interessiert, wie es möglich war, daß ein Mach 20 schnelles Objekt eine mehrere hundert

Meter dicke Eisdecke durchdrang und beim Wiederaustritt noch funktionierte, aber er mußte wohl noch *lange* für die UNSOO arbeiten, bevor man ihm dieses Geheimnis anvertraute. Will man *Scuttlebytes* Glauben schenken, dann stößt wohl jeder Sprengkopf einen dünnen Nebel aus Antiprotonen aus und wird von ihm eingehüllt, aber *Scuttlebytes* ist auch nicht viel glaubwürdiger als der Prominenten-Kanal. Man bedenke nur, wie oft *Scuttlebytes* in den vergangenen zwölf Jahren schon behauptet hat, den Verursacher des *Blitzes* nun recherchiert zu haben.

Dann wechselt die Darstellung zu einer Art ferngesteuerter Unterwasserortung. Lange weiße Striche penetrieren wie Pfeile die auf dem Meeresboden liegenden Raketen, mit einer solchen Geschwindigkeit, daß es den Anschein hat, die Bahnen supraerhitzten Dampfes tauchten simultan in den Arktischen Ozean ein, wie die Partikelpfade in einer Wolkenkammer. Wo sich zuvor die Raketen befanden, am Kopf des Strahls, bläht sich jetzt eine helle weiße Kugel auf.

Nun kommt Rivera wieder ins Bild. Er nickt, als wolle er sagen: *›Das ist Macht, eh? Angst bekommen?‹* Sein Gesichtsausdruck ist völlig ernst.

Er leckt sich die Lippen, bevor er spricht. »Unsere Überwachungsgeräte haben knapp eine Sekunde vor dem Einschlag einen Startversuch der auf dem Meeresgrund liegenden Raketen registriert. Die autorisierte UN-Datenspur hat das Signal zum Palast des Kommandanten in Novokuznetsk, Sibirien, zurückverfolgt. Auf der Grundlage dieses Beweises erlasse ich mit sofortiger Wirkung einen Haftbefehl für Kommandant Abdulkashim sowie einundfünfzig weitere sibirische Führungskader. Sie werden zwecks Verhör und Aburteilung in UN-Gewahrsam genommen. Alle Streitkräfte werden darauf hingewiesen, daß bewaffneter Widerstand gegen eine UN-Festnahme oder das Bestreben, aus einer durch eine UN-Festnahme entstandenen Situation einen militärischen Nutzen zu ziehen, als Kapitalverbrechen betrachtet werden.«

Der Blick des *SecGen* wirkt plötzlich verstört und verängstigt. Als Rivera wieder spricht, ist seine Stimme sehr leise. »Diese Entscheidung ist mir nicht leichtgefallen, aber in meinen Augen ist es eine gerechte, maßvolle und angemessene Entscheidung. Hoffen wir alle, daß sie ein Schritt auf dem Weg zu Frieden und Gerechtigkeit auf der Welt ist.«

Die in einer sanften Brise flatternde blauweiße Fahne wird eingeblendet, dann folgt das UNIC-Logo. Unmittelbar danach erscheint eine Wiederholung von ›I love Lucy‹ auf dem Monitor. Die Frage, was man sich nun anschauen soll, verursacht einen Tumult im Saal. Seitdem keine neuen Shows mehr produziert werden, hat Jesse dem Fernsehen abgeschworen.

Die Menge wird von mindestens zehn Personen übertönt, die lauthals verschiedene Versammlungen avisieren, auf denen die Maßnahmen des *SecGen* jeweils unterstützt, abgelehnt oder diskutiert werden sollen.

Naomi lehnt sich zurück und haucht ihm ins Ohr: »O du weiser Ingenieur, diese Normalsterbliche lechzt nach deinem technischen Verstand, denn sie kann verdammt nicht begreifen, was sich eben hier abgespielt hat. Außerdem, falls irgendeine Versammlung oder Demonstration stattfindet, an der ich teilnehmen sollte, kann ich es in Erfahrung bringen und später dazustoßen. Können wir irgendwohin gehen, wo wir ungestört sind?«

Sie legt den Arm um ihn, und er spürt den schweren, weichen Druck ihrer Brust am Ellbogen, als er seinerseits den Arm um sie legt.

Es dauert dennoch zehn Minuten, bis sie das Audimax verlassen haben, denn ein so extrovertiertes Wesen wie Naomi kennt mindestens zwanzig Leute, die sie begrüßen muß. Jesse tut es ihr gleich, ist aber gleichzeitig froh, daß die meisten ihrer Freunde ihn nur für einen tumben attraktiven Fleischklotz halten, denn das bedeutet für ihn, daß er das Ritual auf Kopfnicken und namentliche Vorstellungen reduzieren kann. Naomi muß indes mit jedem Analysen austauschen.

Gerade erklärt sie es Gwendy, einer Freundin, die Jesse insgeheim immer als ›blondes Dummchen mit üppiger Hardware‹ tituliert. Naomi wird sehr ernst, und ihre leidenschaftliche Stimme erregt die Aufmerksamkeit weiterer Leute. Die Chancen für einen Abgang schwinden.

»Was wir nicht aus den Augen verlieren dürfen«, sagt Naomi, wobei sie mit ihren kleinen, zarten Händen gestikuliert, »ist, daß es überhaupt nicht relevant ist, ob Rivera in der jetzigen Situation eine Option hat oder nicht. Es ist auch nicht unsere Aufgabe, ihm eine Option bereitzustellen. Der Punkt ist, daß er *natürlich* die Raketen loswerden mußte und daß es *natürlich* falsch war, sie zu zerstören. Die Frage, was er sonst hätte tun können, ist rein akademisch. Wenn er seine Pflicht erfüllt hätte, dann hätte er eine bessere Option gehabt. So einfach ist das. Wenn er bereit ist, mit lauter inakzeptablen Optionen zu leben und eine davon auswählt, nun gut. Wir müssen die ganze Problematik einmal diskutieren.«

Jesse stöhnt leise auf. Gefühle werden nur selten angemessen ausgedrückt, solange nicht eine Demo und dann eine Versammlung stattgefunden haben.

Sie fährt fort, und nun lauscht Sibby (die grundsätzlich sowohl mit Naomi als auch mit Gwendy konform geht, insbesondere dann, wenn die beiden sich streiten) auch aufmerksam, und es ist evident, daß die Diskussion erst dann enden kann, wenn sie die Gelegenheit bekommt, ihre Zustimmung zu erteilen. Das Appartement und die Hausarbeit rücken mit jeder Minute in weitere Entfernung.

Gwendys Freund, ein langes und schlaksiges, von Akne geplagtes Elend, an dessen Namen Jesse sich eigentlich erinnern müßte, versucht einen Einwand vorzubringen, wobei Naomi ihm jedoch über den Mund fährt, bevor er ihn noch aufmachen kann. »Nein, *hör zu*«, insistiert sie. »Der Punkt ist, daß die Menschen den Platz ausfüllen müssen, an den sie gestellt werden, und es ist mir egal, ob er der *SecGen* ist, er trägt noch immer die Verantwortung. Wenn man sich in eine Lage manövriert, in der es keine moralischen Optionen mehr gibt und wenn man dann hergeht und unter diesen eine Wahl trifft, kann man nur die falsche Wahl treffen. Ich meine, sonst gäbe es ja niemanden, der verantwortlich wäre.«

Sibby gibt zögerlich zu erkennen, daß dies vielleicht auch auf Abdulkashim zutrifft.

»Ja sicher, richtig«, bellt Gwendy an Sibby gewandt. »Gib nur einem Mann die Schuld, dessen Land soeben den Großteil seiner Waffen verloren hat, einem Mann, der vielleicht in diesem Moment ins Gefängnis geworfen wird, sofern die UN-Bullen ihn nicht schon ermordet haben, als ob er das alles wirklich gewollt hätte. Das ist ja so simplizistisch.« Gwendy hat den Unterkiefer so weit vorgeschoben, daß er über ihre blonde Haarpracht hinausragt, sie schaut Sibby grollend in die Augen (soweit man das von der Seite aus beurteilen kann), und sie praktiziert nun das, was alte Menschen wie Jesses Vater als ›Verletzung der Intimsphäre‹ bezeichnen – sie steht ohnehin schon dicht neben Sibby und rückt noch dichter auf.

Der ganze Vorgang provoziert ein bösartiges, kampfeslüsternes Glimmen in Naomis Augen. Jesse weiß, daß viele Leute sie in diesem Zustand abstoßend finden, und er kann sich dem nur anschließen.

Das erste, was ihm in der Vorlesung ›Ethik und Identität‹, einer der Pflichtveranstaltungen an der U des Az, auffiel, war ebendieses Glimmen, als sie drei afroeuropäische Studenten wegen Fehlen eines feministisch-ökologischen Bewußtseins attackierte.

Das zweite war, daß sich unter ihren sackartigen Klamotten ein wundervoller Körper verbarg.

Jesses Zimmergenosse Brian, der auszog, als klar wurde, daß sich zwischen Jesse und ihr etwas anbahnte, hatte eher beiläufig bemerkt, daß Jesse, weil das, was ihn anmachte, eine Furie in einem Traumkörper war, sie doch »einfach vergewaltigen und dann vergessen solltest, Jess, wäre das nicht einfacher? Es würde sie nur darin bestätigen, was sie eh von dir denkt, und du hättest noch deinen Spaß dabei.«

Jesse war schockiert gewesen. Die nächsten paar Male, als er mit Naomi schlief, konnte er sich Vergewaltigungsphantasien nicht erwehren. Wenn es auch für Phantasien ein *Diem*-Gesetz wie für Clips gegeben hätte, dann wäre er ein Kandidat für die Todesstrafe gewesen.

Mag er sie wirklich? Er weiß es nicht – es scheint aber auch nicht von Belang zu sein.

Er hört überhaupt nicht hin, es entgeht ihm ohnehin nicht viel, aber Gwendy und Sibby weinen beide, und Gwendys Freund versucht, die zwei aus dem Saal zu schaffen. Sie liefern sich eine Art Rückzugsgefecht, und mittlerweile sind anscheinend alle, die sich mit Naomi unterhalten wollten, verschwunden, so daß Jesse sie fast im Handumdrehen nach draußen bringt. In der kühlen Nacht wandern sie zusammen durch die Wüste, bis Jesse schließlich das Wort ergreift. »Hör zu«, sagt er, »halt mir deswegen jetzt keinen Vortrag, aber ich habe wirklich Lust, heute nacht mit dem Lectrajeep hinaus in die Wüste zu fahren. Wir könnten es uns bequem machen und über alles reden, was du auf dem Herzen hast.«

Er weiß, daß seine Worte einer Kampfansage gleichkommen. Sie mag den Lectrajeep nicht. *Deepers* wollen die Natur schonen und führen sie sich deshalb per XV zu Gemüte. Nicht einmal dann, wenn der Lectrajeep aufgrund der breiten Ballonreifen und dem *QuaDirec*-Antrieb keine tieferen Spuren als leichte Stiefel hinterläßt; Naomis Eltern haben sie mit Schauergeschichten über die Umweltschäden konditioniert, welche die Allradfahrzeuge vor fünfzig Jahren angerichtet hatten, und das projiziert sie nun auf Jesses Lectrajeep.

Als er einmal versucht hatte, mit ihr in die Wüste hinauszufahren, war sie ohne das XV-Team dort orientierungslos. Beim XV schlüpft man in den Körper eines hochtrainierten Athleten und streift leichtfüßig durch die Wildnis, wobei man in ständigem Kontakt mit einem Wildnis-Poeten, einem Naturalisten, einem Aktivisten und einem Schamanen steht. Ohne deren Einflüsterungen konnte sie die Flora nicht identifizieren, war ohne Anleitung und konnte sich auf keinerlei Erfahrung stützen, sie wußte nichts von den Bedrohungen dieses Sektors des Ökosystems beziehungsweise wer dafür verantwortlich war, und es gebrach der Umwelt völlig an spiritueller Signifikanz. Und was noch schlimmer war, sie transpirierte und machte sich schmutzig – in ihrem bisherigen Leben hatte sie noch keinen Tag ohne Dusche verbracht.

Indem er auf den Lectrajeep rekurriert, provoziert er wohl Streit, wenn er ehrlich gegenüber sich selbst ist; denn wenn sie sich jetzt streiten und dann miteinander schlafen, ist es das, was er die ganze Zeit schon gewollt hatte, und wenn sie sich nur streiten, wird ihn das für das nächste Mal um so verrückter machen. Er fragt sich allmählich, im Hinterkopf, welche Steigerung hier überhaupt noch denkbar ist.

Er ist völlig perplex, als sie seine Hand ergreift und sagt: »Versuchen wir es. Ich habe mir überlegt, daß ich vielleicht zu unflexibel bin oder mich nicht genügend bemühe, auch einen anderen Standpunkt zu verstehen.«

Jesses Herz pocht so heftig, als ob es aus der Brust hüpfen wollte. »Großartig«, sagt er. »Die Fahrt zu meinem Lieblingsplatz dauert ungefähr eine Stunde, wenn wir langsam fahren. Ich werde unterwegs meinen Bruder anrufen und ihn fragen, ob er schon etwas über Beeinträchtigungen der Natur sagen kann.«

Daraufhin küßt sie ihn, genau dort, wo jeder es sehen kann. Er ist verrückter geworden. Definitiv verrückter.

Auf dem Meeresboden vor dem Nördlichen Hang sind die Dinge in Bewegung geraten. Zunächst einmal verfügten die Sprengköpfe über eine Menge kinetischer Energie, und weil *Scuttlehead* die Sache hundertprozentig erledigte, breitete sich zudem auch eine Wolke aus Antiprotonen vor ihnen aus, die das Energiepotential noch erhöhten.

Aber das war noch gar nichts im Vergleich zu den Sprengköpfen selbst. Wenn ein Antineutron mit einem Berylliumkern kollidiert, absorbiert es ein Neutron, und bei der gegenseitigen Liquidation wird etwa neunmal soviel Energie freigesetzt wie bei der Spaltung eines Uranatoms. Außerdem wandelt es den Kern in zwei unglaublich dicht gepackte Alpha-Teilchen um. Weil sie über die gleiche Ladung verfügen, stoßen sie sich in entgegengesetzte Richtungen ab und vermehren die Gesamtenergie noch um einen Prozentpunkt. Die hochenergetischen Alpha-Teilchen ›reichen‹ ihre Energie bereitwillig an die von ihnen durchdrungene Materie weiter, in Form von Wärme, elektromagnetischer Strahlung und mechanischer Bewegung aufgrund der Wärme und Strahlung.

Es ist das Schicksal jeglicher Energie, sich schließlich in Wärme umzuwandeln; das ist das Prinzip der Entropie. Die Energie der Bombenexplosionen wurde auf dem Meeresboden in Wärme umgewandelt, der zum Großteil aus Eis dicht unterhalb des Gefrierpunktes besteht – würde nicht ein derartiger Wasserdruck auf den Boden des Ozeans wirken, wäre er überhaupt nicht gefroren.

Hier handelt es sich aber um ein ganz besonderes Eis.

Bei näherer Betrachtung weist Eis die seltsame Eigenschaft auf: es schwimmt. Feste Butter versinkt in flüssiger Butter, festes Eisen versinkt in flüssigem Eisen, fester Stickstoff versinkt in flüssigem Stickstoff – aber festes Wasser schwimmt auf flüssigem Wasser.

Man stelle sich ein Mikroskop vor, dessen Vergrößerung so hoch ist, daß man eine Antwort auf dieses Mysterium erhält. Die Wassermoleküle sind geknickt, und wie auch immer man sie verbindet, sie lassen sich nicht kompakt anordnen. Wenn Wasser gefriert, konfigurieren die Moleküle sich zu Kristallen, und diese weitmaschige Struktur verfügt über große Zwischenräume – wobei die Distanzen größer sind, als wenn sie sich umeinander herumbewegen würden.

Wasser kann auch auf eine andere Art gefrieren, so daß sich in den Zwischenräumen andere Moleküle einlagern lassen. Diese Struktur trägt die Bezeichnung *clatratus* – lateinisch für ›Käfig, Gerüst oder Gitter‹ – und alle möglichen Dinge können dort deponiert werden.

So sind zum Beispiel dreiundzwanzig Wassermoleküle in der Lage, vier Methanmoleküle zu integrieren.

Der Meeresboden ist eine wahre Methanquelle. Alles, was auf ihn hinabsinkt, verrottet, und es existiert fast kein freier Sauerstoff. Bei vielen anaeroben Verfallsprozessen wird Methan freigesetzt. Tote Materie verwest schon seit langem auf dem Grunde der Meere – und seit den letzten paar Eiszeiten ist es dort unten kalt genug gewesen, das Methan in Lagerstätten einzuschließen. Auf dem Boden des Arktischen Ozeans gibt es viele solcher Betten mit einer Stärke von einigen Dutzend Metern und einer Ausdehnung von mehreren zehntausend Quadratkilometern.

Also wird die Energie der KAMS-Bomben in den Meeresgrund geleitet und erwärmt das dicht unterhalb des Gefrierpunktes befindliche Eis, wobei Methan freigesetzt wird. Darüber hinaus lösen die kollabierenden Lagerstätten unterseeische Erdrutsche und Seebeben aus.

*Clatrati* sind instabile Moleküle. Sie sind zwar groß, verfügen aber nur über schwache intramolekulare Bindekräfte, weshalb es kaum mehr als eines harten Stoßes bedarf, sie zu knacken; die Wassermoleküle rekonfigurieren sich zu normalem Eis ... und das Methan entweicht.

An diesem Abend erzittert der Meeresboden unter Erdrutschen, Seebeben und Druckwellen. Das über Jahrtausende gespeicherte Methan entweicht blasenförmig auf großer Fläche, steigt empor an die Oberfläche des Arktischen Ozeans und quillt durch die zahllosen Ritzen und Sprünge im Eis. Binnen achtzehn Stunden kollabieren die am Fuß des Nördlichen Hanges verlaufenden fünfzehn Meter dicken, zirka hundert Kilometer breiten und fast sechshundertfünfzig Kilometer langen, untermeerischen Methan-Lagerstätten.

Methan ist ein Treibgas, und die Masse des in wenigen Tagen freigesetzten Gases beträgt 173 Milliarden Tonnen. Das entspricht in etwa dem neunfachen Methangehalt der Atmosphäre im Jahre 2028 beziehungsweise dem fünfunddreißigfachen im Jahre 1996.

Diogenes Callare erhält Jesses Anruf und muß gestehen, daß er noch über keine Informationen verfügt. Mit Wohlgefallen sieht er auf dem kleinen Monitor, daß der Junge mit einem Lectrajeep hinaus in die Wüste von Arizona fährt und eine nette, kleine brünette Tussi auf dem Beifahrersitz hat.

Sie plaudern ein wenig, und Jesse sagt wie üblich »Hallo« zu den Kindern; Jesse ist der Lieblingsonkel des sechsjährigen Mark, aber der dreijährige Nahum erinnert sich nicht immer an ihn.

Nachdem Di sich mit Jesse unterhalten und ihm versichert hat, daß bisher noch keine sichtbaren Auswirkungen der KAMS-Bomben auf den Meeresboden des Arktischen Ozeans festgestellt wurden, nimmt er sich die Zeit, sich in seinem Wohnzimmer umzuschauen, die Kinder zu betrachten und in den beleuchteten Flur zu sehen, wo seine Frau Lori noch an der Arbeit ist. Er ist zufrieden mit seinem Leben. Die Einrichtung ist geschmackvoll aufeinander abgestimmt, er liebt Lori durchaus, die Intelligenz der Kinder bewegt sich an der Obergrenze des Durchschnitts, und sein Heim – an der zerklüfteten Küste von Carolina, nur eine Dreiviertelstunde bis zu seinem Arbeitsplatz in Washington, aber angenehme dreihundert Kilometer von der großen Stadt entfernt – ist groß, und obwohl es dem viktorianischen Stil nur nachempfunden wurde, könnte man es ohne weiteres für authentisch halten.

Es geht ihm recht gut, was der alte Mann als ›Vorankommen in der Welt‹ bezeichnen würde. Streiflichtartig fragt er sich, ob der alte Mann noch immer den ersten Buchstaben jedes Wortes betont, wenn er mit Jesse spricht. Wahrscheinlich nicht. Di und sein Bruder hatten praktisch verschiedene Väter, wobei der dogmatische Tyrann, der Di mehr schlecht als recht aufgezogen hatte, sich dann in den barschen alten Kauz verwandelt hat, der Jesse großzog.

Di spielt noch ein wenig mit Mark vor dem Schlafengehen; es mutet ihn noch immer seltsam an, daß kleine Kinder kurz vor Mitternacht noch wach sind, aber er muß konzedieren, daß das neue Prozedere, wobei die Kinder viele längere Nickerchen machen, denen entweder er oder Lori sich anschließen, sie anscheinend zu glücklicheren und weniger frustrierten Kindern macht. Sie bauen ein Blockhaus, ohne großen Erfolg indes, denn Mark findet es lustiger, das Haus wieder einzureißen. Aber da Di ein grundsätzliches Faible für die Errichtung von Blockhäusern hat und Mark gerne bei ihrer Zerstörung zusieht, ist es eine gute Partnerschaft.

»Was wollte Jesse denn?« fragt Lori auf dem Weg zur Kaffeemaschine. Zur Zeit arbeitet sie am *Schlächter in Gelb*, dem sechsten Buch ihrer sehr populären ›Gespenster-Reihe‹ über den Schlächter, den Massenmörder, der am Ende eines jeden Buches dem Detektiv entwischt. Ihrem Erfolg ist das Anwesen hier jedoch nicht zu verdanken – es ist das Resultat von Dis Tätigkeit bei der NOAA –, aber es hat die Hartholztäfelung und die extragroßen Schlafzimmer ermöglicht.

»Ach, er und seine aktuelle Tussi machen sich Sorgen, weil Rivera die sibirischen Raketen zerstört hat. Nicht, daß der Vorgang kein Grund zur Sorge wäre, aber seine jetzige Tussi ist eine politische Tussi, und deshalb machen sie sich mehr Gedanken darüber als normale Jugendliche.«

»Also nicht die beste Tussi«, kommentiert Lori grinsend. »Alles, was du von einer Tussi verlangt hast, war ein schöner Körper und moralische Verworfenheit.«

»Genau. Ich hoffe bloß, daß seine Tussi diesen aggressiven, schmallippigen Gesichtsausdruck nur deswegen aufsetzt, weil sie eine *Deeper* ist und nicht etwa, weil sie ARTS hat.«

»Verworfenheit«, sagt Nahum deutlich. »Sie hat ARTS«, fügt er dann hinzu.

»Huch«, meint Lori. »Vielleicht vergißt er es ja wieder, bevor Mama zu Besuch kommt.«

Di blinzelt ihr zu, und sie grinst zurück, und ihm kommt der Gedanke, daß die Kinder bald müde werden; üblicherweise stellt Lori gegen 01:30 Uhr die Arbeit ein, wenn die Kinder sich mitten in ihrer längsten Schlafphase befinden, und er würde heute nacht gern mal wieder mit einer Erwachsenen unter die Decke schlüpfen.

Lori fährt sich mit der Zungenspitze über die Lippen, drückt beim Umdrehen Po und Brust vor und grinst ihn auf die Art an, wie sie es immer tut, wenn sie sagt, »nicht schlecht für ein altes Weib«, noch ein Spruch, den sie sich abgewöhnen mußten, als Nahum vor zwei Monaten die Ansicht vertrat, daß Oma nicht schlecht sei für ein altes Weib.

Man weiß im Grunde nie, was die Kinder sich merken, aber nun umklammert Mark Dis Beine und fragt: »Zeit fürs Bett?«

»Betten!« bekundet Nahum seine Zustimmung, und die aktuelle Philosophie wird dadurch legitimiert, daß es überhaupt kein Problem ist, die beiden in das große, bequeme, flache Bett zu bekommen; mittlerweile haben sie sich schon so daran gewöhnt, daß Di oder Lori nur noch bei den meisten Schläfchen anwesend sein müssen, nicht mehr bei allen.

Ein Zyniker könnte indessen anmerken, daß Di oft an Schlafmangel leidet und daß das neue Regime nur deswegen funktioniert, weil Lori zu Hause arbeitet. Ein fortgeschrittener Zyniker könnte dann noch die Frage stellen, wann Eltern einmal nicht an Schlafmangel gelitten hätten.

Wie dem auch sei, diese Nacht gehen die Kinder ohne Umstände zu Bett und schlafen auch gleich ein. Noch besser, Lori setzt sich neben ihn auf die Couch, anstatt sich wieder an die Arbeit zu begeben. »Wie ist deine Meinung?« fragt sie ihn.

»In meteorologischer Hinsicht ist der Grund des Arktischen Ozeans absolut bedeutungslos«, erwidert Di und nimmt von ihr einen Brandy in Empfang. »Will sagen, die Temperaturen dort unten kommen durch die Absorption globaler Erwärmung zustande – wenn die Tiefsee sich erwärmt, verschwindet zwar ein Regulativ des Systems, aber das Erdklima wird sich zumindest für die kommende Generation nicht erwärmen, wenn die Computer recht haben. Und bis dahin müßten wir die Emissionen eigentlich unter Kontrolle und vielleicht sogar schon die Abkühlung eingeleitet haben, von der anscheinend jeder glaubt, daß wir sie durchführen wollen.

Nein, ich ärgere mich nur über die Politik. Ich meine, wir beide sind vor dem *Blitz* aufgewachsen. Wir wissen, wie absurd es ist, den UN ein Mitspracherecht bei der ganzen Angelegenheit einzuräumen. Und sie leisten auch keine ordentliche Arbeit. Wenn sie Rußland nicht gezwungen hätten, Sibirien in die Unabhängigkeit zu entlassen oder die Vereinigten Staaten dazu veranlaßt hätten, sich von Alaska zu trennen, wäre das alles sicher nicht passiert. Und dann sind sie noch nicht einmal den Ursachen für diesen Konflikt nachgegangen. Eine typische UN-Operation. Das ist alles. Wenn ›Präsidentin Großmutter‹ oder Harris Diem das Kommando hätten, würde es die ganze Auseinandersetzung und die Schlagzeilen überhaupt nicht gegeben haben – Abdulkashim wäre ganz unspektakulär abgesetzt worden. Dieser Bursche, Rivera, ist zwar intelligent, aber er hat auch eine Profilneurose und sieht gern die Flugzeuge aufsteigen und die Bomben fallen. Eines Tages werden wir es mit einem klügeren Aggressor oder einem dümmeren *SecGen* zu tun bekommen, und dann haben wir den Salat.

Aber was die Meteorologie betrifft – in meinen Augen besteht kein Grund zur Sorge. Die dort unten erzeugte Wärme wird die Temperatur des Meeresbodens nicht einmal um ein hundertstel Grad erhöhen, wenn sie sich erst im ganzen Ozean ausgebreitet hat.«

Sie schmiegt sich an ihn und meint: »Ich habe aber nicht schon früher Schluß gemacht, um mit dir über Meteorologie zu sprechen.«

Die Antwort liegt ihm schon auf der Zunge, als das Telefon klingelt. Der Anruf kommt vom NOAA-Büro, also muß er ihn beantworten. Wahrscheinlich die gleiche Frage, die Jesse schon gestellt hat, nur weniger höflich formuliert.

Als er Henry Pauliss auf dem Bildschirm sieht, weiß er, daß es eine größere Sache ist, und sein Vorgesetzter sieht so aus, als ob man ihn gerade aus dem Bett geholt hätte. Wahrscheinlich haben die UN dort unten etwas Verrücktes angestellt und wollen, daß die NOAA das Problem löst, denn die USA verfügen noch immer über das beste meteorologische Institut... deshalb gehen in *Scuttlebyte* auch immer Angebote der UN ein, die NOAA zu übernehmen.

Als ob er dem verärgerten Di den Wind aus den Segeln nehmen wollte, eröffnet Henry mit einem Seufzer. »Ich möchte, daß Sie mir sagen, ich soll wieder ins Bett gehen, nachdem ich die Präsidentin angerufen und ihr gemeldet habe, daß kein Anlaß zur Sorge besteht, damit sie den *SecGen* anrufen und ihm das gleiche sagen kann.«

»Ich würde Ihnen das nicht sagen, wenn es nicht stimmte.«

»Deshalb habe ich Sie auch angerufen. Es fällt eigentlich gar nicht in Ihr Ressort – aber wir benötigen auch die Klimamodelle der Computer. Das wäre im Grunde Sache der alten Prognose-Abteilung, aber da wir keine mehr haben, muß es von jemandem erledigt werden, der über eine Menge Erfahrung verfügt und mir die Fakten auf den Tisch legt.«

Di fragt sich, was er mit den Schmeicheleien wohl bezwecken will.

»Gut, kommen wir zur Sache.« Henry unterrichtet ihn knapp vom Kollaps der Methan-Betten und dem aus dem Arktischen Ozean diffundierenden Methan. »In der Nähe einiger Risse im Eis ist die Konzentration so hoch, daß schon einige Robben erstickt sind, und als Präventivmaßnahme versuchen die UN, das Gas abzufackeln, sofern es über die entsprechende Dichte verfügt – aber das ist nicht einmal ein Tropfen auf einen heißen Stein, weil das Methan überwiegend aus Haarrissen und Löchern austritt und sich nicht nur an einem Punkt konzentriert. Dennoch haben die UN-Satelliten etwa hundert Gaswolken geortet, die abgefackelt werden können, und zu diesem Zweck setzen sie Globale Startkontroll-Laser ein, wodurch das Problem um zirka zwei bis drei Prozent reduziert wird.

Was nicht viel ist. Wir haben nämlich mindestens hundertfünfzig oder gar zweihundert Milliarden Tonnen Methan in die Luft geblasen. Wir werden, zumindest kurzfristig, das Zwanzigfache der normalen Konzentration haben. Sie wissen ja, wie die Kacke am Dampfen war, als das letzte Fünfjahres-Kommuniqué zur Globalen Erwärmung veröffentlicht wurde. Man hat eine Heidenangst vor … nun, Sie wissen schon.«

Di ist fast amüsiert. Als höherer Beamter der Behörde, der offiziell für den Globalen Aufstand zur Verantwortung gezogen wurde – die größte Schlappe, seit das Replikator-Experiment der NASA fast die Mondbasis vernichtet hatte –, bringt der arme alte Henry es nicht über sich, das Wort auszusprechen.

Das Problem von XV ist seine perfekte virtuelle Realität. Als die Prognosen bezüglich der Mißernte in Pakistan andauerten und in Islamabad die Hölle losbrach, genossen binnen einer halben Stunde viele XV-Freaks in Tokio, Mombasa, Fez, Lima, Ciudad de México und Honolulu den gleichen Adrenalinschub und Nervenkitzel. In Seattle hatte sich eine Gruppe *Deepers*, kurz vor dem Beginn einer ihrer ›Aktionen‹, in den Pakistan-Schauplatz eingeloggt, wobei sie versuchten, auf gewaltfreie Art eine Geburtsklinik zu schließen, aber bei dem erhöhten Hormonpegel ließ dieser Vorsatz sich nicht verwirklichen – möglicherweise war es aber auch so, daß der erzkatholische Kommandeur der Nationalgarde, wie die *Deepers* später behaupteten, den Truppen befahl, in die Menge zu schießen.

Wie dem auch sei, zwei XV-Reporter gerieten zwischen die Fronten, ein Mann und eine Frau, die sonst für den *Newsporn*-Kanal arbeiteten, und als sie mit einem Lungensteckschuß in seinen Armen starb, klebten eine halbe Milliarde Zuschauer an den Geräten und hörten jeden Schluchzer und jedes Keuchen, rochen das Blut und spürten den Schmerz der Schußverletzung …

Das Blut gerät in Wallung und das Tanzbein wird geschwungen, wie es im Tanz-Kanal heißt, und plötzlich füllten sich weltweit alle Straßen, Schaufenster klirrten, Polizisten schossen, Brände loderten auf, und die Feuerwehrmänner konnten nicht an die Hydranten gelangen. Und überall traten weitere XV-Reporter auf den Plan, um über die zusätzlichen spannenden Ereignisse zu berichten, weitere Randalierer vermummten sich, um an den andernorts stattfindenden Unruhen teilzuhaben, während sie simultan ihre eigene Randale veranstalteten.

Die UNIC kann zwar eine Gruppe oder Regierung neutralisieren, auch noch ein aus einigen Dutzend Gruppen bestehendes Konsortium, aber eine Kontrolle von mehreren Billionen Parallelverbindungen, von denen bereits eine als Datenleitung für vier Millionen XV-Reporter und zwanzigtausend XV-Kanäle dient, wobei die Sprungfrequenz dieser Daten zwischen den einzelnen Verknüpfungen mehrere Kilohertz beträgt, ist absolut illusorisch. UNIC kann nicht mehr tun, als sporadische Interferenzen zu generieren, die aber so minimal sind, daß sie nicht einmal auffallen. Bilder, die normalerweise überhaupt nicht veröffentlicht worden wären, drangen über die Kanäle selbst zu den isoliertesten Sozietäten vor.

Ed Porter und die anderen XV-Redakteure erlebten eine Sternstunde. Wer XV einschaltete, fand sich auf einem Bürgersteig in London wieder und sah ein Geschäft brennen, woraufhin er mitverfolgte, wie in Montevideo der Pöbel einer Frau die Kleider vom Leibe reißt, um gleich darauf in Seattle hinter einem umgestürzten Fahrzeug in Deckung zu gehen, von dem Querschläger abprallen, wonach er in Taschkent den insektoiden Polizisten mit ihren Schrotgewehren gegenübersteht, um dann in London wieder die Brände zu sehen, zurück zur Vergewaltigung nach Montevideo, dann nach Taschkent, wo die Waffen aufbrüllen und überall Blut spritzt, weiter nach Paris, wo ein XV-Reporter im zweiten Stock eines brennenden Gebäudes eingeschlossen ist – all das in drei Sekunden, nicht nur Bilder, sondern das ganze Spektrum der Sinneswahrnehmungen, ohne Unterlaß.

Das einzige, was den Globalen Aufstand am Ende noch zu begrenzen schien, war die Tatsache, daß die Menschen es überwiegend vorzogen, zu Hause zu bleiben und ihre Cyber-Ausrüstung anzulegen, um die weltweite Gewalt und Zerstörung konzentriert mitzuerleben, anstatt sie als Kulisse für eigene Randale zu nutzen.

Am Ende waren weltweit mindestens eine halbe Million XV-verkabelter Menschen ums Leben gekommen, weil sie während des Hin- und Herzappens zwischen dem flammenden Inferno in Seoul, amoklaufenden Truppen in Denver, der Plünderung von Spirituosenläden in Warschau und den populären kollektiven Vergewaltigungen in Montevideo ganz übersehen hatten, daß das Haus über ihren Köpfen abbrannte. Per Saldo gab es neun Millionen Tote, wobei die später erfolgten Selbstmorde, Unfälle von im Einsatz befindlichen Feuerwehrfahrzeugen und Krankenwagen sowie Herzanfälle während der XV-Sendungen statistisch noch gar nicht erfaßt waren.

Bisher ist es noch niemandem gelungen, eine Präventionsstrategie für den nächsten Globalen Aufstand zu konzipieren. Di kann Henrys Befürchtungen sehr gut nachvollziehen. Angeblich soll UNIC jetzt über die Technik verfügen, die Kontrolle über das Netz zu erlangen und die globale Kommunikation im Notfall zu unterbinden, aber nachdem Di am frühen Abend Zeuge ihres Unvermögens gewesen ist, Abdulkashim mundtot zu machen, weiß er, daß das nichts als Propaganda ist.

All das stürmt als eine große Impression auf Di ein, und er schluckt schwer. »In Ordnung, Henry«, sagt er dann. »Aus dem Stegreif würde ich sagen, daß eine derart hohe Methanemission spürbare Auswirkungen haben wird, die von den Menschen auch registriert werden. Methan ist das Hauptmedium der globalen Wärmespeicherung, und es wird noch vor dem Erreichen des Frühlingspunktes auf der Nordhalbkugel freigesetzt. In diesem Frühjahr werden die Temperaturen viel schneller steigen als sonst. Sie werden ihnen begreiflich machen müssen, daß es sich hier nicht um ein laues Lüftchen handelt, das geheimgehalten werden kann. Also … aber wie schnell? Sie sagten, hundertfünfzig bis zweihundert Milliarden Tonnen – ist diese Zahl auch verläßlich?«

»Das ist das geschätzte Volumen, das bereits aus den Betten ausgetreten ist«, erwidert Henry, »und weil sie anscheinend in der Lage sind, bis zu einem gewissen Grad einen mechanischen Druckausgleich herbeizuführen, ist diese Zahl wahrscheinlich noch zu niedrig angesetzt. Wie schnell – das weiß ich nicht. Wie lange braucht ein Gas von relativ geringer Dichte, um an die Meeresoberfläche zu steigen? Methan ist in Wasser schwer löslich, so daß wir diesen Aspekt vernachlässigen können; außerdem glaube ich, daß das jetzt gelöste Gas nur die spätere Absorption aus anderen Quellen blockieren wird. Was den Weg durch das Eis betrifft – Sie wollen meine Prognose? Ich wette, es hat keine Stunde gedauert, bis das Methan die Unterseite des Eises erreicht hat. Und es ist von so vielen Rissen und Spalten durchzogen, daß ich nicht glaube, das Gas wird länger als zwei oder drei Stunden vom Eis aufgehalten. Wir haben bereits erwogen, die Taschen auszubrennen – mittels Raketen Löcher zu sprengen und das Gas abzufackeln –, aber durch den Kollaps einer Tasche wird das Eis wahrscheinlich noch spröder, so daß noch mehr Methan entweicht. Es wird wohl darauf hinauslaufen, daß wir eine Alibi-Aktion durchführen, aber wir versprechen uns nichts davon. Sie können also ganz inoffiziell davon ausgehen, daß morgen alles in der Atmosphäre ist.«

Di stößt einen leisen Pfiff aus, lehnt sich zurück, greift nach seinem Notebook und klappt es auf dem Tisch vor sich auf. »Ich werde wieder auf Sie zurückkommen müssen – und ich brauche Zahlen, präzise Zahlen, und zwar zügig. Ich kann damit schnell einige Hochrechnungen erstellen. Und Sie haben recht, wir benötigen die alten Prognosen.«

Einen Augenblick erwägt er, Henry darauf hinzuweisen, daß er selbst es gewesen war, der die *CreativDenker* mit der Begründung demissioniert hatte, daß die von der Prognoseabteilung zusammengeträumten Dinge zum größten Teil ja doch nicht Wirklichkeit würden und nur bewirkten, daß Wähler und Steuerzahler in Panik gerieten.

Aber das hätte Henry nur echauffiert und zu einer größeren Auseinandersetzung geführt, so daß Di nur noch sagt: »Wenn ich mich recht erinnere, gibt es mehrere Prozesse, die Methan aus der Atmosphäre herausfiltern ...«

Henry nickt. »Richtig. Wir könnten überprüfen, ob einer davon sich nicht beschleunigen oder modifizieren läßt ...«

»So weit wollte ich gar nicht gehen. Die entscheidende Frage ist, wie lange der Abbau der erhöhten Methankonzentration dauert. Wenn es nur ein paar Tage sind, wird nicht viel passieren, wenn es aber zwanzig Jahre sind, dann stecken wir tief in der Scheiße.«

»Sie sagen es.«

»Und, Henry – Sie sollten wirklich zusehen, daß Sie jeden aus der Prognose-Abteilung zurückholen. Die meisten Leute, die Sie jetzt noch haben, sind in dieser Hinsicht nämlich Amateure.«

Henry wirkt fast fröhlich, als er sagt: »Zumindest in dieser Hinsicht bin ich Ihnen ein Stück voraus. Nach Ihnen werde ich mit Carla Tynan sprechen. Und ich werde bitten, betteln und winseln, bis sie sich einverstanden erklärt, die Leitung der Forschungsarbeiten zu übernehmen – was immer es auch kostet. Dann werde ich noch ein wenig bitten, betteln und winseln, bis sie ihre Einstellung genehmigen.«

Di Callare kann sich ein Lächeln nicht verkneifen. »Das wird aber *einiges* Winseln erfordern.«

»Sie sagen es. Aber wir haben sonst niemanden, der so gut über die seltsamen Kausalitäten informiert ist, die es dort draußen möglicherweise gibt.«

»Nun, ich freue mich darauf, wieder mit ihr zusammenzuarbeiten. Sie werden eine Menge Erkenntnisse gewinnen.«

»Grumpf. Wenigstens *etwas* über Meteorologie und Erdklima. Gut, ich rede wohl besser zuerst mit Hardshaw und anschließend mit Carla. Sie überwachen den Vorgang solange und machen mir Meldung, wenn eine dieser Schlafmützen hier mit den Daten auftaucht, die Sie angefordert haben. Gönnen Sie sich heute nacht noch etwas Schlaf... könnte für eine Weile der letzte sein.«

Henry beendet die Verbindung, und als Di sich umdreht, sieht er, daß Lori zugehört hat, außerhalb des Erfassungsbereiches der Kamera. »Hast du es gehört?«

»Ja.« Sie öffnet einen Knopf und winkt ihm derart lasziv zu, wie er es nie für möglich gehalten hätte. »Und du hast deinen Chef gehört. Nutze deine Chancen, solange sie noch bestehen ...«

In der Mitte des zwanzigsten Jahrhunderts kamen die Telefongesellschaften auf die Idee, auch die bei einem Telefonat anfallenden Leerzeiten zu verkaufen, wenn es genug Leitungen gab. Das heißt, wenn die Gesprächsteilnehmer nur achtzig Prozent der Brutto-Gesprächsdauer miteinander kommunizieren, kann man die Verbindung unterbrechen, sobald jemand verstummt, und sie bei einem neuen Tonsignal wieder über die erste verfügbare Leitung herstellen, und wenn das alles schnell genug erfolgt, wird niemand den kurzen Schnitt bei der Wiederherstellung der Verbindung bemerken – auf diese Art benötigt man nur vier Leitungen für fünf Gespräche.

Mitte der sechziger Jahre des zwanzigsten Jahrhunderts installierte die USDoD, um für den Fall eines Atomkrieges die Kommunikation aufrechtzuerhalten, ARPAnet, aus dem sich Internet entwickelte, ein Terminus, den man noch immer in den Unterhaltungen alter Leute hört, anstatt einfach ›das Netz‹, zu dem es sich weiterentwickelt hat: ein System für die Beförderung elektronischer Post, in dem jede Nachricht ihren Bestimmungsort kennt und im Netzwerk von Knoten zu Knoten wandert, wobei sie jede Möglichkeit nutzt, sich ihrem Ziel zu nähern.

Im Jahre 1990 schickten die Nachrichtendienste zerhackte Depeschen über multiple Kanäle, um deren Rekonstruktion zu verhindern; ein Sekundenbruchteil der Nachricht wurde zwischen Mikrowellentürmen übermittelt, der nächste Sekundenbruchteil ging via Satellit über einen ungenutzten TV-Kanal, der nächste sprang per Satellitenrelais um die Welt, und schließlich kam die Nachricht im Telefon des Empfängers an.

Im Jahre 2028 wird diese Sicherheitstechnik nicht mehr angewandt; die Nutzung der Billionen Glasfaserverbindungen und lasergestützten Boden-Satelliten-Verbindungen ist schlicht die effektivste Art. Aber sie hat den gleichen Effekt: nichts und niemand kann die Verbindungen stören, solange Sender und Empfänger breit genug aufgefächert sind. Man kann zwar die Kommunikation oder den Empfang einer Person stören … aber das ist dann auch schon alles.

Und von ebendiesen Billionen Kanälen hängen die UN, die nationalen Regierungen und die Konzerne ab.

Es ist ein schöner, warmer Nachmittag im Westpazifik. Carla Tynan ist mit ihrer Jacht aufgetaucht, um an Deck ein Sonnenbad zu nehmen. Vor einigen Jahren, als sie noch bei der NOAA arbeitete, hatte sie den größten Teil ihrer Ersparnisse von den Software-Patenten darin investiert, ihre Haut krebsresistent machen zu lassen, so daß sie sich in die Sonne legen kann, ohne sich Sorgen wegen der Ozon-Schicht machen zu müssen. Von demselben Vermögen hatte sie die *MyBoat* erworben, ihre U-Boot-Jacht.

Das bedeutete, daß sie offiziell pleite war, was Louie, ihrem damaligen Ehemann, überhaupt nicht gefiel, obwohl sie sein Geld sicher nicht angerührt und ihn nicht einmal um welches gebeten hatte.

Sie setzt die große Sonnenbrille auf, kratzt sich am ganzen Körper (die Intimsphäre mitten im Ozean ist unerreicht) und beschließt, für eine Weile nicht mehr an Louie zu denken. Vielleicht sollte sie sich wieder mit einigen Unterlagen befassen, mit denen sie sich bereits abgeplagt hat ... es ist an der Zeit, sich im Non-Profit-Bereich zu profilieren, denn wenn man als freiberuflicher Wissenschaftler arbeitet, muß man die anderen Wissenschaftler davon überzeugen, daß man ein vollwertiger Kollege ist. Und der arme alte Henry Pauliss bekam genau deshalb Probleme mit der Regierung, weil er seine Non-Profit-Beiträge nicht eingereicht hatte.

Außerdem hat sie sich schon eine Weile nicht mehr der Buchführung gewidmet, und vielleicht wäre es auch an der Zeit, einige System-Konstruktionen für den Privatsektor oder ein paar Algorithmen zu konzipieren, damit wieder etwas Geld in die Kasse kommt. Da gäbe es nämlich noch ein paar Anbauteile, die sie gern für *MyBoat* hätte, und dabei hat sie noch nicht einmal den letzten Kauf beim Computer-Konstruktionsbüro in Tanzania abbezahlt. Auf jeden Fall hat sie in den letzten Wochen nur gefaulenzt und kaum mehr getan, als in romantische virtuelle Realitäten einzutauchen, in der Sonne zu liegen und zu angeln. Es ist ihre dritte Weltreise auf *MyBoat*, und diesmal ist sie direkt von Sansibar nach Singapur gefahren, ohne einen Landgang einzulegen ... mit der Zeit hat sie sich selbst eingestanden, daß, auch wenn man diesen schönen Planeten schon ein paarmal gesehen hat, noch immer viele Orte ihrer Entdeckung harren, aber dennoch bleibt der schale Nachgeschmack, daß man damit letztlich nur das Gefühl der Leere überspielt.

Nun, war es aber nicht gerade das gewesen, was sie an Louie damals so attraktiv gefunden hatte? *Sei ehrlich, Carla* … er war einer von acht Leuten, die schon einmal einen fremden Planeten betreten hatten. Nicht, daß er viel Aufhebens davon gemacht hätte, und was ihn dabei anscheinend noch am meisten beeindruckt hatte, war ›die absolute Einsamkeit‹ – wohl die größte Hommage an die Poesie, die sie von diesem Mann jemals vernommen hatte.

Sie stützt sich auf die Ellbogen und betrachtet ihren Körper, wobei sie glucksend kichert. Es war im Grunde unvorstellbar, daß eine so dicke und muskulöse Person – auf dem College hatte sie Gewichtheben betrieben und seitdem etwas Fett angesetzt – die Aufmerksamkeit des Stellvertretenden Missionsleiters für Mars-Operationen erregt haben sollte; nach seiner Rückkehr hatte weiß Gott eine Menge geiler kleiner straffer Körper auf ihn gewartet, aber nein, nicht einmal zwei Jahre nach seiner Rückkehr lag er auf Carla Schwarz, der Nachwuchswissenschaftlerin.

Carlas Mutter witterte die Schwierigkeiten bereits, als sie Louie gerade erst zwei Stunden kannte: »Ihr beiden wollt jemanden, um den ihr euch kümmern könnt, und ihr beiden würdet eher sterben, als daß ihr zulaßt, daß jemand sich um euch kümmert.«

Anscheinend war Mamas Prognose bezüglich der Dauerhaftigkeit der Ehe korrekt gewesen, denn hier ist Carla: *MyBoat*, das nur Platz für sie und ihre Arbeit hat, ist ihr nicht zu klein, und dort ist Louie – vielleicht zieht er gerade in diesem Augenblick am Himmel über ihr seine Bahn – als einzige Besatzung der letzten Raumstation der USA. Sie haben sich zu ›fünf guten Abendessen und viel Zeit im Bett‹ verabredet, wenn er wieder auf der Erde weilt und sie sich in der Nähe eines Hafens befindet; bis es soweit ist, könnten indessen noch zwei Jahre verstreichen, aber keiner von beiden hat es eilig.

Vielleicht wird sie später am Abend noch Louie anrufen. Er scheint sich immer über ihren Anruf zu freuen, und der letzte liegt immerhin schon ein paar Wochen zurück.

Soviel zu dem Entschluß, nicht an ihn zu denken.

Das Armband-Telefon klingelt. Es ist Henry Pauliss, und er hat ziemlich erstaunliche Neuigkeiten; zumindest wird sie der Entscheidung enthoben, was sie in den kommenden Wochen mit ihrer Zeit anfangen soll.

Als XV im Jahre 2006 auf den Markt kam, haftete ihm von Anfang an der Makel an, eine noch höhere Suchtgefahr aufzuweisen als das Fernsehen. Andererseits wurde es wegen seiner Eigenschaft gerühmt, *jeden* der Erfahrung teilhaftig werden zu lassen, wie etwas gemacht wird und ihn in die Lage zu versetzen, es auch selbst zu tun. Man konnte das Bewußtsein eines Kindes aus dem Getto auf einen Ingenieur übertragen und ihm dadurch ein Gefühl für die Befriedigung vermitteln, die aus dem erfolgreichen Entwurf einer Turbinenschaufel resultierte, für die pure Freude, das reale Objekt in Händen zu halten, das soeben aus dem CAD/CAM-Laden kam, das Kind dann wieder im Klassenzimmer absetzen und sagen: ›Und für solche Sachen braucht ihr Mathe.‹ Man konnte einer dicken, schüchternen, lächerlichen Trauergestalt die Erfahrung von Attraktivität und Selbstbewußtsein vermitteln und ihm dann sagen: ›Ein solcher Mensch kannst du auch werden, wenn du ins Fitneßstudio gehst und einen Kurs für Persönlichkeitsentwicklung besuchst.‹

Außerdem konnte man einen gefühllosen Psychopathen in eine Opferrolle versetzen. Dies war indessen das Experiment, welches den Schwachpunkt des ganzen Konzepts entlarvte.

Auf legalem Wege dauerte es mehrere Jahre, bis sie

die Genehmigung erhielten, den Versuch mit einem Häftling durchzuführen. Beim ersten Mal war es purer Zufall, daß eine XV-Reporterin vergewaltigt, verstümmelt und als vermeintlich tot liegengelassen wurde, während das Aufzeichnungsgerät mitlief. Viele Experten vertraten die optimistische Ansicht, daß, wenn Gewohnheitsverbrecher auf diesem Band festgehalten wurden und wirklich begriffen, was sie ihren Opfern antaten, sie in sich gehen würden.

Es verhielt sich indessen so, daß sie sich, wenn sie einmal das Entsetzen und den Schmerz am eigenen Leibe erfahren hatten, mit um so größerem Genuß an weiteren Opfern vergingen. Es war genau der Effekt, den sie sich erhofft hatten. Ein ehemaliger Insasse eines Mustergefängnisses wurde durch das XV-Band so erregt, daß er auf dem Rückweg zu seinem Zellenblock einen unbewaffneten männlichen Wärter vergewaltigte.

Alle großen Zyniker der menschlichen Rasse, angefangen bei Lao-Tse über Ben Jonson bis zu Simone de Beauvoir, hätten das vorhersagen können, aber Zynismus ist eine vernünftige, zivilisierte Geisteshaltung. Um inmitten endloser Gewalt überleben zu können, muß man geheiligte Prinzipien haben, die zur Rechtfertigung der Gewalt dienen. Am Ende des zwanzigsten Jahrhunderts, dem grausamsten der Menschheitsgeschichte, gab es nur noch Idealisten. Selbst beim Aufkommen des zwangsweisen Gedächtnisentzuges und der üblen Vergewaltigung auf Bestellung war XV, wie alle anderen Medien auch, praktisch immun gegen Zensur geworden. Die Technik – und die Gelüste Tausender Nachahmer jeglicher Couleur – verhinderten einen solchen Eingriff.

Berlina Jameson hat einen schlechten Tag. Charlie, der Idiot von Stations-Manager, hat es aufgegeben, sie anzuschreien, aber dann hat er Candice, die Eigentümerin der Station, ans Telefon geholt, die sie dann anschrie, was deprimierend war, insbesondere deswegen, weil es immer der gleiche Sermon ist – sie bekommt keinen Freizeitausgleich, keine Spesenerstattung und auch sonst nichts für diese ›verrückte Idee‹.

Sie will die Stelle nicht kündigen, weil das sofort in den öffentlichen Datenbanken vermerkt würde, und Berlina bewegt sich extrem dicht am Kreditlimit, so daß alle über sie herfallen würden, wenn sie ihren vierten Job in drei Jahren kündigte.

Und doch ist die Vorstellung an sich höchst verlockend. Im Kopf hört sie wieder die vertrauten Stimmen, selbst als Candice sie zusammenstaucht ...

›Hier ist Edward R. Murrow mit einem Bericht aus London. Ein weiterer deutscher Bombenangriff, mit mehr Flugzeugen, als wir bisher erlebt haben ...‹

›Hier spricht Walter Cronkite aus Houston. Heute nacht, wenn alles reibungslos funktioniert, werden die ersten Menschen auf dem Mond landen ...‹

›Wendy Lou Bartnick berichtet – ich stehe ungefähr sechseinhalb Kilometer von dem glühenden Krater entfernt, wo sich zuvor Port au Prince befand. Nur der flammende Himmel spendet Licht – es gibt keine Elektrizität oder Anzeichen von Scheinwerfern außer meinen eigenen ...‹

Diese Bänder werden allesamt in ihrem Kopf abgespielt, wie sie sie so oft in ihrem Leben auf ihren Audio-/Videosystemen abgespielt hat, daß sie jedes Wort und jedes Bild auswendig kennt. Viele Jugendliche brüsten sich damit, daß sie in XV eintauchen können, ohne sich mit Cyber-Brille und Datenhandschuhen von der Außenwelt zu isolieren, so daß sie gleichzeitig real und virtuell existieren. Berlina ist der Ansicht, daß sie sie darin noch übertrifft – sie ist imstande, Funk und Fernsehen im Kopf zu empfangen, alle bedeutenden Sendungen der letzten neunzig Jahre, gefolgt vom verführerischen Raunen einer neuen Moderatorin:

›Hier ist Berlina Jameson mit einem Bericht aus ...‹

Ihr Name in einem Atemzug mit Murrow, Shirer, Sevareid, Cronkite, Donaldson, Walters, Bartnick …

Sie bemüht sich nach Kräften zu vergessen, daß Bartnick noch gar nicht so alt ist, aber bereits in den Ruhestand versetzt wurde, nur ein paar Jahre, nachdem sie aufgrund der Berichterstattung aus Port-au-Prince als Moderatorin bei CNN angestellt wurde. XV war der Totengräber der Fernseh-Nachrichten.

Es ist auch kein TV-Moderator zu XV gewechselt. XV verkörpert alles, was die alten Nachrichten nicht darstellten. Der Kollege, der zu Recht gefeuert wurde, als er anläßlich der Explosion der Hindenburg hysterisch wurde, hätte beim XV eine satte Gehaltserhöhung eingestrichen. Beim XV geht es darum, daß der Hormonspiegel steigt … *Hormone werden ausgeschüttet, schwing das Tanzbein,* der Tanz-Kanal … *sieh nicht zu, sei dabei,* Extraponet … *Nachrichten, zu denen man tanzen kann, Passionet.*

Diese Gedankenkette ist zwar alt, aber zumindest lenkt sie ihre Überlegungen von Candice ab.

»Berlina, ich verstehe nicht, warum ich dir nicht begreiflich machen kann, daß wir heute *nicht* neunzehnhundert-fuck-achtundsechzig haben, und es hat keinen Sinn, mit Kamera und Mikrophon zu arbeiten, wenn XV die Menschen direkt an den Ort der Geschehnisse versetzt.« Candice stößt eine große Rauchwolke aus; Berlina hat einmal einen flüchtigen Blick auf die Inhaltsstoffe ihrer biochemischen Zigaretten geworfen und dabei ermittelt, daß es sich um eine Mischung aus Tranquilizern und Muskelrelaxantien mit gerade so viel CNS handelt, daß sie beim Ausspannen nicht verblödet. Vielleicht war die Dosis aber doch nicht hoch genug.

Candice fährt mit ihrer Nörgelei fort, und so schaltet Berlina mental wieder um … »Ich weiß nicht, woher, zum Teufel, du diese Fixierung hast. Du bist pro Tag gerade zwanzig Minuten auf Sendung, und der einzige Grund, weshalb ich dich überhaupt eingestellt habe, mein Schatz, ist der, daß die verrückten Intendanten sonst die Nachrichtenblöcke zwischen den Spielfilmen herausnehmen. Stell dir einfach vor, wir wären noch im zwanzigsten Jahrhundert oder so. Deine Aufgabe besteht nicht in der Recherche der Nachrichten, nicht in der Aufbereitung der Nachrichten und auch nicht in der Kommentierung der Nachrichten. Deine Aufgabe, Berlina« – hier zieht Candice so kräftig an der Zigarette, daß es selbst ein Rhinozeros umgehauen hätte, und fährt sich in einer authentisch dem zwanzigsten Jahrhundert nachempfundenen Geste durchs Haar, was auch nicht weiter verwunderlich ist, denn schließlich ist sie ein Kind des zwanzigsten Jahrhunderts –; »und deine einzige Aufgabe, sage ich, besteht darin, eine gute Figur mit deinem Pullover zu machen und die Nachrichten zu *verlesen*. Die Zeit der Fernseh-Reporter ist vorbei, Brenda Starr.«

Berlina hat keine Ahnung, wer Brenda Starr überhaupt ist. Wahrscheinlich nur dummes Geschwätz und kein Kompliment. »Ja«, sagt sie. »Was ist also mit ... ach. Hör zu, ich habe gerade mit meinem Lebensabschnittspartner Schluß gemacht, und es war eine registrierte Beziehung. Ich wollte deswegen keine fünf Tage unbezahlten Urlaub nehmen, aber wenn ich den Nördlichen Hang hinauffahren würde ...«

Candice schaut sie an und schüttelt den Kopf. »Du weißt, welchen arbeitsrechtlichen Ärger es gibt, wenn du über eine Bergungsaktion berichtest?«

»Ich könnte es ja als Privatsache deklarieren, als Hobby. Wenn du es dann senden willst, auch gut. Alles, was ich möchte, ist ein Presseausweis – und den habe ich eh schon, weil ich schließlich hier arbeite.«

Candice seufzt. »Du weißt ja, daß wir in besagter Woche ein *Kelly Girl* oder so jemanden als Vertretung für dich brauchen? Ach, zum Teufel!« Sie stößt eine weitere Wolke des toxischen Rauches aus. »Schätze, du hast deine eigene Ausrüstung?«

»Ja.«

»Dann tu es halt. Wenn ich es dann sende, dürften die Chancen ziemlich gut stehen, daß du mich nicht mit reinreißt.« Sie schüttelt wieder ihre Haarpracht – warum, in Gottes Namen, fragt Berlina sich, müssen so viele alte Frauen diese mit Haarfestiger grundierten Mähnen tragen, wobei ihnen noch eine Lawine von Locken den Rücken hinabfällt? »Und viel Glück, mein Kind. Und wenn es mit der TV-Berichterstattung nicht klappt, kannst du dich ja immer noch als Wikinger oder Hufschmied oder sonst etwas versuchen, für das heutzutage kein Bedarf mehr besteht.«

Berlina dankt ihr und hofft, daß sie genau den Ton trifft, welcher der alten Schlampe schmeichelt, ohne daß es jedoch übertrieben wirkt. Es ist ihr anscheinend gelungen, denn sie darf sich eine zweiminütige Ansprache zum Thema ›In deinem Alter war ich auch so draufgängerisch‹ anhören, die Art von Geschichten, welche Geschäftsleute, die ganz unten angefangen haben, gerne zum besten geben.

Berlina ficht das nicht an; es ist quasi eine Retourkutsche. Es gelingt ihr, mit einem Lächeln abzutreten.

Im Parkhaus wirft sie Tasche und Mantel in ihr kleines Auto, gibt den Zahlencode für die Wegfahrsperre ein, verläßt den Parkplatz, folgt dem blauen Strich, der die Führungsspur markiert und überläßt die Heimfahrt dem Autopiloten. Sie wünscht sich, sie könnte sich ein intelligenteres Auto leisten, das die Leitspur selbständig verläßt und einparkt.

Sie lehnt sich zurück und lächelt innerlich. Das Pendeln von Banff nach Calgary ist zwar eine zeitraubende Angelegenheit, aber es lohnt sich, und jetzt, wo sie das tägliche Auspark-Ritual vollzogen hat, wird das Auto den Rest der Heimfahrt übernehmen.

›Zuhause‹ ist ein ziemlich dehnbarer Begriff für Berlina. Zunächst einmal ist sie Afroeuropäerin; Alfred Jameson war ein schwarzer amerikanischer Soldat, dessen Vaterschaft durch eine Genanalyse nachgewiesen wurde und der dafür zahlte, daß er sie nie zu Gesicht bekam. Ihre Mutter war eine deutsche Prostituierte. Berlinas früheste Erinnerungen betreffen eine Schule für afroeuropäische Waisenkinder, auf der sie von den Schwestern ›Frances Jameson‹ und vom draußen versammelten Pöbel ›Niggerin‹ genannt wurde.

In Europa wurde die Lage für Mischlinge allmählich bedrohlich, und daher sollte sie Englisch lernen und mit dem Erreichen der Volljährigkeit in die Staaten zurückkehren. Sie lief davon, floh vor der kalten, dunklen Schule und aus dem grausamen Bayern, und lebte frei, frierend und schmutzig einige Jahre in Berlin.

Mit neunzehn gab sie sich den Namen der Stadt, die sie liebte, aber es war eine letzte Geste. Das Berlin, das sie gekannt hatte, gab es nicht mehr, die Straßen der Stadt wimmelten von auswärtigen Truppen, nun da Europa vereint und ›kulturell assimiliert‹ war, um die offizielle Terminologie zu benutzen. Sie gab sich den Namen, als sie einen Flugschein für einen Helikopter ausfüllte, der sie zur USS *George Bush* brachte, in der letzten wilden Woche der Vertreibung.

Bevor die Parti Uno Euro die Wahlen gewonnen und die europäische Verfassung revidiert hatte, war Berlin eine Stadt der Anachronismen gewesen, deren Bewohner sich jeglichen Neuerungen verschlossen, das einzige, was all die Künstler-Schulen von den Protonihilisten bis hin zu den Prälektoren verband. Ihr Interesse am Journalismus war geweckt worden, als sie einen Sampler-Mix einer Tanzgruppe zusammenstellte, die Ausschnitte aus alten Reportagen zum Klang eines Schlagzeuges rezitierte und zudem alles, was sie über XV mitbekam, schreiend in dieses Konglomerat integrierte.

Als das Edikt aus dem Jahre 2022 sie und alle anderen Afroeuropäer auswies, wanderten die meisten von ihnen nach Nordamerika aus, eine seltsame Rückkehr in ihr Vaterland. Sie hat sich mit vielen verschiedenen Jobs über Wasser gehalten und dabei immer zu hören bekommen, was Candice ihr soeben auch gesagt hatte.

Sie vermißt Berlin mehr denn je. Sie ist schon in vier US-Staaten und zwei pazifikanadischen Provinzen gewesen ...

Die Ma, der Ny, die Wa
Der Bic, der Nid, der Pa,
Erst der Az und nun der Ab,

wie sie immer wieder gerne rezitiert. Sie ist der Ansicht, daß sie nirgendwo mehr hin kann, weil es keinen Ort gibt, der sich auf Ab reimt.

Während das kleine Auto die Serpentinen nach Banff erklimmt, fegt ein heftiger Schneesturm über die Windschutzscheibe und verschwindet hinter ihr in der Nacht. Sie schaltet das XV ein, sucht nach einem wirklich neutralen Reporter und findet keinen; einen schrecklichen Augenblick lang verweilt sie bei *Passionet* und verschmilzt mit Synthi Venture. Sie schmiegt sich in den eisenharten, schützenden Arm von Quaz, der dieser Tage mit Synthi auf Tour ist, draußen im heulenden Blizzard von Point Barrow, und sie schicken sich an, ins Haus zu gehen und vor dem Kamin wundervoll miteinander zu schlafen, und dann schaltet sie um zu Rock (mit dem sie eine Dreiecksbeziehung pflegt) und läßt sich von ihm in die Meteorologie einführen.

Das Schreckliche ist, denkt sie, als sie zu *Extraponet* umschaltet, dessen Reporter an einem UN-Inspektionsflug über dem Arktischen Ozean teilnimmt, und es niemanden mehr kümmert, daß Synthi das Drehbuch schon vorab gelesen hat; sie *wollen* wissen, was als nächstes geschieht, sie *lieben* es, wenn Synthi Erfahrungen beschreibt, noch bevor sie sie selbst gemacht hat.

Das Flugzeug mit dem *Extraponet*-Reporter an Bord überfliegt eine Druckzone. Eine riesige Gasflamme lodert kilometerhoch in den Himmel. Vorsätzlicher Achterbahn-Effekt, spöttelt Berlina. Sie mußten von der Existenz der Druckzone gewußt haben und sind im Tiefflug hinein, um die Leute zu überraschen.

Das Flugzeug dreht ab, in bedrohlicher Nähe zur Flamme. Der Reporter in der Bugkanzel befindet sich quasi in einer Blase, ohne daß der Pilot ihn vorgewarnt hätte. Während sie die riesige Gaszunge umkreisen, unter ihnen das in hellem Gold, Bernstein und Gelb schimmernde Polareis, erhält sie die grundlegende Information, die sie haben wollte – die spektakuläre Operation dient überhaupt nicht der Lösung des Problems, und jeder weiß es.

Dieser XV-Reporter ist anscheinend ein Grüner, wie aus seinen Überlegungen hervorgeht, und Berlina registriert dankbar die grundlegenden Fakten – Treibgas, in größeren Mengen, als man sich je hätte vorstellen können, im Frühling, zum ungünstigsten Zeitpunkt, die Verlautbarungen aus dem Weißen Haus und aus New York sind viel zu vage formuliert, also ist es schlimmer, als sie zugeben …

XV vermittelt doch ein wenig die Illusion, direkt vor Ort zu sein, konzediert Berlina, und die Illusion, etwas schlauer zu sein, als man tatsächlich ist, aber im Grunde bekommt man bei XV den Eindruck, daß man am Ort des Geschehens mit einer Totalamnesie aufwacht und ein Gehirnwäsche-Team versucht, einem eine bestimmte Sichtweise zu oktroyieren.

Sie schaltet ab und entledigt sich hastig des Haarnetzes, der Datenhandschuhe und der Cyber-Brille. Der Schnee draußen glüht nun, was bedeutet, daß die Sonne sich anschickt, hinter den Rockies hervorzukommen. Es sind noch immer drei Stunden bis zu ihrer normalen Schlafenszeit, und bis dahin kann sie alles im Wagen verstauen und unterwegs schlafen, während sie mit dreihundert Kilometern pro Stunde über den Alaska-Highway rollt, denn in den kommenden Tagen wird sie keine Gelegenheit zum Schlafen haben.

»Keine Bange«, sagt sie. »Wenn ich die Menschen erst

einmal daran erinnere, was *wirkliche* Nachrichten waren, wird XV so tot sein wie die Marktschreier oder die Zeitungen.«

*Synthi, du hast mit dem wirklichen Leben nichts mehr zu tun*, sagt Mary Ann Waterhouse zu sich selbst. Man hat ihr schließlich die Genehmigung erteilt, sich für einige glückliche Stunden aus dem Netz auszuklinken, wobei die desaktivierte Sonde in ihrem Kopf nicht mehr jede zitternde emotionale Aufwallung von Synthi registriert, und ihre Kopfschmerzen können auch mit Aspirin nicht gelindert werden, und am ganzen Körper hat sie Quetschungen und Schürfwunden, so daß ihr vor lauter Freude über die zehn Freistunden die Tränen übers Gesicht laufen.

Mary Ann versucht sich immerzu daran zu erinnern, daß sie im Grunde noch immer dasselbe späte Mädchen ist, nur daß sie sich ein Äußeres zugelegt hat, von dem viele Frauen träumen (und das gleichermaßen den Vorstellungen vieler Männer entspricht), und daß sie nun unvorstellbar reich ist, nachdem diese kleine Persönlichkeitsveränderung stattgefunden hat, aber jetzt, da sie in den Spiegel schaut, *vermißt* sie sich selbst.

Sie war durchaus eine attraktive Erscheinung gewesen – die Männer hatten sich oft nach ihr umgedreht –, bevor man ihr diese perfekten Brüste modellierte, bevor man ihren ohnehin schon wohlgeformten Po in eine unglaubliche Rundung verwandelt hatte, bevor jedes Mikrogramm Fett von den Beinen abgesaugt und der Bauch mit künstlichen Gewebelagen wie mit einem Innengürtel ausgekleidet wurde.

Ganz zu schweigen von den allmonatlichen Injektionen, die ihr naturblondes Haar in einen feuerroten Schopf verwandelten.

»Ich war immer schon schön. Ich habe mir gefallen«, sagt sie in einem lauten Monolog, und *verdammt*. Erneut bricht sie in Tränen aus. Das geht schon seit Monaten so;

es überkommt sie immer in der ersten Stunde, nachdem sie die Verbindung unterbrochen hat, und diese Befindlichkeit dauert oft ziemlich lange an. Freizeit ist kostbar. Sie will sie nicht auf diese Art vergeuden.

Es gibt niemanden, den sie anrufen könnte. Sie hat keine Geschwister, ihr Vater ist verschwunden, als sie sechs Jahre alt war, ihre Mutter ist tot, und drei Monate, bevor sie die Stelle bei *Passionet* bekam und in die Rolle der Synthi schlüpfte, hatte sie ihren letzten wirklichen Freund gehabt.

Sie hat niemanden, den sie anrufen oder mit dem sie reden könnte, außer Karen, mit der sie im *Data Pattern Pool* zusammengearbeitet hatte. Als Mary Ann die Stelle bei *Passionet* bekam, schworen sie sich ewige Freundschaft, und bisher hat das auch wirklich gut funktioniert, wenn man bedenkt, daß sie Karens Appartementgebäude jeden Monat von neuem kaufen könnte und es finanziell nicht einmal merken würde, und daß Karen zögerlich gestanden hat, sie würde ihre Freizeit mittlerweile nur noch in Synthis Kopf verbringen. Aber es ist erst 06:00 Uhr in Chicago, und Karen hat Frühschicht (anfangs hatten sie erwogen, daß sie für Mary Ann arbeitete, zum Beispiel als Persönliche Assistentin; aber dann sind sie doch zu der Erkenntnis gelangt, daß daran ihre Freundschaft zerbrochen wäre und Karen vermutlich auch).

Bisher hat sie Karen noch nichts von ihren Weinkrämpfen erzählt. Sie weiß, daß Karen etwas pikiert sein wird, weil sie es ihr nicht gleich gesagt hat.

Sei's drum.

Sie steht früh auf, und zumindest haben sie Seine Merkwürden, Quaz, noch von hier abgezogen, bevor sie aufwachte; sie schläft nie in ihrer Freizeit – wenn einer schläft, dann Synthi, oder, wie das Netz es ihr erklärt hat, sie schläft als Synthi ein, erlebt die Träume als Mary Ann und wacht wieder als Synthi auf, wobei sie indessen pauschal als Synthi bezahlt wird. Was für ein Akt.

Sie geht ins Bad und wäscht sich das Gesicht, wobei sie hofft, daß dies für heute die letzten Tränen sind, die sie abwäscht. Sind sie aber nicht. Schon seit Tagen nicht. Statt dessen scheinen sie jetzt nur um so hemmungsloser zu strömen, als ob sie für den Rest ihres Lebens nicht mehr versiegen wollten.

*Aber was hast du denn überhaupt erwartet, Mary Ann? Oder Synthi? Wer auch immer du jetzt bist?* Sie richtet die Frage an ihr Spiegelbild und weiß nicht mehr, ob sie nun laut spricht oder leise. *Du bist die meiste Zeit deines Lebens unterwegs, woher solltest du also wissen, warum sie weint?*

Sie läßt heißes Wasser in die versenkte Badewanne ein und ordert dann beim Zimmerservice ein opulentes Frühstück, von dem sie sich nicht einmal sicher ist, ob sie es überhaupt ißt: Eier, Tartar, Kartoffeln, alles Nahrungsmittel, die sie in ihrer Identität als Synthi Ventura nie konsumiert, wenn sie ihr Publikum in die exotische Welt des Reichtums und der Macht entführt, welche die Leute sonst nie zu Gesicht bekommen, und daher goutiert sie überwiegend Delikatessen, von denen die Zuschauer zwar schon gehört haben, die sie sich aber nicht leisten oder zubereiten können.

Während die Wanne volläuft, holt sie ihre Datenbank hervor und durchforstet ihre Privatbibliothek nach einem Werk, das ihr jetzt zusagen würde. Ein weiterer, indes nicht verwunderlicher Unterschied zwischen ihnen ist der, daß Mary Ann liest.

Mit einem fast freudigen Gefühl setzt sie sich in die blubbernde Wanne und liest die Szene im Gasthaus von Bree durch; mittlerweile kennt sie *Der Herr der Ringe* schon so gut, daß sie das Buch an jeder beliebigen Stelle aufschlagen und die Handlung dennoch rekonstruieren könnte. Vielleicht ist es Zeitverschwendung, aber es ist ihre Zeit, die sie vergeudet, und überhaupt will sie es so. Sie hat einen Stapel Geschichtsbücher und eine große Kollektion Theaterkritiken, die sich immer in ihrer Nähe befinden, Bücher, die zu lesen sie sich vorgenommen hat, Bücher, die sie immer gemocht hat, aber in den letzten paar Monaten hatte sie in ihrer Freizeit nur *Interesse an Der Herr der Ringe, Der alte und neue König* und *Das Bildnis des Dorian Gray*. Jedes dieser Werke hat sie mindestens zehnmal gelesen.

In ein paar Stunden kann sie Karen am Arbeitsplatz anrufen.

»Herein!« ruft sie mit bellender Stimme, als es an der Tür klopft. Der Page rollt den Servierwagen in den Raum, und sie sagt ihm, er solle das Essen ins Bad bringen; dieses Ansinnen macht ihn anscheinend nervös, und sie begreift, daß er wahrscheinlich über Rock, Stride oder Quaz die *Passionet*-Reporter kennt, mit denen sie üblicherweise zusammenarbeitet und daher über große Erfahrung verfügt und genau weiß, was man mit diesem splitternackten Körper vor exotischer Kulisse alles anstellen kann. Das Marriott von Point Barrow befindet sich nicht unbedingt in der reizvollsten Gegend des Universums, und deshalb hätte er es sich nie träumen lassen, daß er einmal der sich nackt im Schaumbad räkelnden Synthi das Frühstück servieren würde.

Er wendet den Blick ab, daß es fast schon amüsant ist. »Ich liege unter einer Schaumdecke«, ruft sie. »Du siehst nur mein verschwitztes Gesicht und das nasse Haar, mehr nicht.«

»Ist trotzdem eine irre Sache«, sagt er und plaziert das Essen und den Kaffee in ihrer Reichweite.

»Darauf wette ich. Mein wirklicher Name ist Mary Ann Waterhouse«, sagt sie dann aus einem Impuls heraus, »das wird jetzt nicht aufgezeichnet, ich lese gern alte Bücher, die sonst niemand mehr liest, und jedesmal, wenn ich Haydns *Schöpfung* höre, kommen mir die Tränen.«

Er weicht zurück, als ob er Angst hätte, sie würde ihn ins Bein beißen. Sie erinnert sich an die Zeit, als sie noch eine feste Anstellung hatte und von anonymen Fremden abhängig war, die sie jederzeit feuern konnten. »Du kannst den Leuten ruhig erzählen, daß du mir Frühstück gebracht hast, sage ihnen einfach, ich sei ein ganz normaler Mensch und zeige ihnen zum Beweis für unser Gespräch diese Dinge.« Sie greift nach ihrer Brieftasche – wobei sie die Entblößung einer Brust riskiert, aber er sieht ohnehin verschämt weg – und gibt ihm ein viel zu hohes Trinkgeld. »Wer ist dein Cyber-Favorit?« fragt sie ihn. »Rock?«

Er stößt ein komisches, nervöses Lachen aus. »Genau.«

»Nun, wenn du mich wiedersehen willst, er und ich werden ab heute abend für ein paar Wochen ein Team bilden. Quaz hat in der Zwischenzeit andere Verpflichtungen.«

»Danke, ich werde es mir merken. Ähem … dürfte ich wohl fragen … gibt es jemanden, der Ihnen noch besser gefällt?«

Nach den Bestimmungen von *Passionet* handelt es sich hierbei eigentlich um eine Frage, die sie unter keinen Umständen beantworten darf, aber in diesem Fall versucht sie, Konversation mit einem normalen Cyber-User zu führen, und nun, wo sie darüber nachdenkt, hält sie es im Grunde für die natürlichste Frage der Welt. Aber noch zögert sie … »In welcher Hinsicht besser gefällt?«

»Äh … hmm …« Er läuft fast puterrot an. Es ist doch ganz klar, in welcher Hinsicht.

»Nun … äh … schau'n wir mal. Quaz ist sehr gut informiert. Stride ist quasi der böse Junge von nebenan, und er ist ein Ekel, aber – nun, er ist wirklich eine heiße Nummer, wenn wir, Sie wissen schon. Er weiß, wie man Bedürfnisse befriedigt. Rock … nun, er ist ein sehr warmherziger, bodenständiger Kerl. Ich schätze, er ist gefühlvoller als die anderen zwei zusammen.«

Die Augen des Pagen sind voller Dankbarkeit.

»Das ist dir wichtig – die menschliche Seite, nicht wahr?« fragt Mary Ann und hofft, daß ihre Verwirrung sich nicht in der Stimme niederschlägt. ›Menschlichkeit‹ ist schließlich ein Basis-Parameter der Virtuellen Realität, seit Petrokin vor zwanzig Jahren die Integritäts-Modus-Technik konzipiert hatte.

»Genau. Ich meine, ich wäre gern so gut drauf wie Quaz oder wie ... äh ... Sie wissen schon – Stride, aber es ist diese Wärme, die Rock ausstrahlt ... o ja. Hoffentlich verstehen Sie, was ich damit sagen will. Leute, die so sind wie ich, mag ich am liebsten.« Er lächelt ein wenig. Die Art, wie er lächelt – völlig unbewußt, dessen ist sie sicher – ist eine schlechte Kopie (weil ein wenig übertrieben) von Rocks Integritäts-Modus-Lächeln.

Sie unterhalten sich noch ein paar Minuten, und sie erzählt ihm, daß sie, ja, wirklich, nur aufgrund des Probesprechens die Rolle der Synthi Ventura bekam, aber zuvor war sie schon sechs Jahre auf der Schauspielschule gewesen, und sie hatte oft vor Intendanten vorgesprochen, bei vielen drittklassigen Auftritten mitgewirkt und sich als Daten-Sachbearbeiterin betätigt, bevor sie den Durchbruch schaffte. Es ist eine nette Geschichte, die wohl auch wahr ist, und wer weiß, vielleicht wird er durch ihre Verbreitung noch berühmt.

Als er gegangen ist, stellt sie fest, daß sie dabei ist, das ganze üppige Frühstück zu vertilgen. Es ist zwar nicht ganz so vorzüglich wie das Riesenfrühstück um drei Uhr morgens, als sie gerade geschlossen hatten und in einem von Theaterleuten, Linken und Stadtstreichern frequentierten Café *Onkel Wanja* improvisierten, aber es ist trotzdem ziemlich gut und nicht das überteuerte und zu scharf gewürzte irre Zeug, das Synthi konsumiert. Sie beendet das Frühstück, ohne die Lektüre fortzusetzen, und schrubbt sich am ganzen Körper gründlich ab. Als sie sich abtrocknet, sind bereits zwei Stunden ihrer Freischicht verstrichen.

Sie mustert sich im großen Spiegel, und, verdammt,

sie muß schon wieder weinen. Ein Problem von XV besteht darin, daß der Benutzer die Vorgänge wie durch einen dichten emotionalen Gaze-Schleier rezipiert; das erklärt, weshalb ein melodramatischer Charakter wie Synthi eine größere Intensität entwickelt und warum *Newsporn* mit seinem akuten physischen Schmerz und Horror ein solcher Renner ist. Im Spiegel zeigen sich nun die Auswirkungen des Geschlechtsverkehrs mit Quaz in der vorigen Nacht. Große blaue Flecken auf den perfekt modellierten Brüsten und lange Kratzer von seinen Fingernägeln – die praktisch Klauen sind – an den Schenkeln und auf dem Bauch. Sie haben ihr ein schmerzstillendes Mittel verabreicht, wie sie es immer tun, aber es löscht dennoch nicht die Erinnerung daran, daß er ihr den Mund schmerzhaft weit aufzwang und ihr die Zunge blutig biß.

Natürlich sind die Erfahrungen der Benutzer weitaus weniger extrem, und sie hatten keine Ahnung … wirklich nicht? Sie inspiziert die Quetschungen und Kratzer gründlicher, berührt die Wunden, wobei die Schmerzen die Wirkung der Medikamente wie Echos neutralisieren, und sie sieht die feinen, vom Laser verursachten kleinen Narben, sieht die Stellen, an denen eine gesunde Frau mit großen Brüsten eine zusätzliche Hautfalte haben würde, die Ellbogen sind mit etwas armiert worden, das wie ein winziges Akkordeon funktioniert, und dort, wo zweimal im Jahr Male und Narben von der Brust entfernt werden, ist die Haut rosig wie die eines Neugeborenen – selbst als sie mit dem Daumennagel darüberfährt, spürt sie nichts, und ihre gestutzten und ästhetischen Schamlippen sind von Narben übersät.

Wie kann jemand von einer Frau erregt werden, die zusammengenäht wurde wie ein Monster von Frankenstein?

Sie dringt in die Randzonen der Erinnerung vor und stellt fest, daß ihr geistiger Zustand nicht besser ist als der körperliche. Von der ganzen Beißerei ist am Hals von Quaz narbiges Gewebe zurückgeblieben, und sein Rücken, den Synthi (und Flame und Tawnee und Giselle...) so oft aufgekratzt haben, erweckt den Anschein, als ob sie ausgepeitscht worden wäre. Rock, Stride und Quaz haben allesamt einen Penis, der mit Implantaten gespickt ist, daß er malträtiert wirkt wie ein Blumenkohlohr. Die winzigen Narben der Muskelstimulatoren und Sender sind überall an Armen, Brust und Unterleib zu sehen.

Sie hat eine Vision von Frankensteins Braut, von zusammengeflickten Leichen, die sich prügeln und aneinander zerren und dann zu einem Haufen beschädigter Körperteile zerfallen, und sie befürchtet schon, dieses gute Frühstück wieder zu verlieren, aber dann atmet sie tief durch und sagt: »Ich werde Urlaub beantragen, und wenn sie mich feuern, werde ich mich eben damit bescheiden, reicher zu sein, als ich es mir jemals vorgestellt habe. Aber ich werde das nicht noch einmal tun, wenn sie mir nicht vorher sagen, *wann* ich eine Freischicht bekomme, und das muß bald geschehen, denn so kann ich nicht mehr weitermachen. Nicht, solange ich mich nicht erholt habe und mich deutlich besser fühle.«

Nach diesen Worten bricht sie ab und verfällt in einen solchen Weinkrampf, daß sie spürt, wie die Bauchmuskulatur der Mary Ann Waterhouse sich derart verspannt, daß sie mit dem Zwerchfell der Synthi Ventura kollidiert.

John Klieg ist wie immer schon früh wach, und als die Morgendämmerung über dem alten Kennedy Space Center einsetzt, das sich unterhalb seines Kontrollturms erstreckt, reibt er sich die Hände und lacht in sich hinein. Ein unbedarfter Besucher könnte auf die Idee kommen, daß all die blinkenden Monitore, von denen er umgeben ist, Teil seines Vergnügens sind, weil er Leiter der Operationen von *GateTech* ist, aber in Wirklichkeit handelt es sich nur um Attrappen. Klieg würdigt sie keines Blickes – er bezahlt seine Leute dafür, daß sie sie betrachten und sich einen Reim auf ihre Darstellungen machen, und für jeden Bildschirm, den es hier zu sehen gibt (und für viele tausend andere, die zu trübe sind, als daß sie noch für Dekorationszwecke verwendbar wären), gibt es mindestens zwei Mitarbeiter, die weitaus mehr über diese Monitore wissen, als Klieg jemals in Erfahrung bringen wird.

Außerdem gibt es über hundert Beschäftigte, die mehr über *alle* Bildschirme wissen als Klieg. Wenn er sein eigener Mitarbeiter wäre, würde er sich wohl selbst kündigen müssen, und dieser Gedanke entlockt ihm ein Lächeln.

Sie sind aus dem Grund eine schöne Dekoration, weil die meisten Besucher von Kennedy nur deswegen gekommen sind, um einen Blick auf die große Gedenktafel zu werfen, die verkündet, welche Wahnsinnigen sich von hier aus in der Spitze von kaum zu kontrollierenden Bomben in den Orbit hatten schießen lassen. Einige entschlossenere Besucher wagen sich indessen weiter vor und betrachten die kleinen Gedenktafeln auf dem bröckelnden Beton oder an den teilweise kollabierten Rampen und Türmen mit den EINSTURZGEFAHR-Schildern und den kleinen Tafeln, auf denen Namen und Daten verzeichnet sind.

Aber es kommt ohnehin fast niemand hierher. Je nach Wissensstand schauen sie sich im Geschichtsunterricht ein paarmal die Videoclips an, und was sie außer auf einem langen Feuerstrahl gen Himmel reitenden Raketen noch sehen, sind riesige Räume mit unzähligen Bildschirmen, Bildschirme, die irgendwie allein schon aufgrund ihrer schieren Anzahl den Eindruck vermittelten, daß man alles unter Kontrolle hatte und sich um jeden kümmerte. (Es mußte ein interessantes PR-Problem gewesen sein, zu verhindern, daß die Leute die Bildschirme irrtümlicherweise für defektanfällig hielten und deshalb glaubten, sie müßten ständig beobachtet werden, überlegt Klieg.) Daher hat er in seiner Eigenschaft als der Mann, der Cape Canaveral kaufte, diese Reihe Bildschirme als eine Art Trophäe aufgestellt, und er läßt darüber laufen, was ihm gefällt – und in diesem Fall sind das die Daten, die sein Reich durchströmen.

›Reich‹ ist gar nicht mal die schlechteste Bezeichnung, sinniert Klieg – aber warum überkommen ihn heute nur solche philosophischen Anwandlungen? Nicht, daß er die Philosophie etwa geringschätzte. Ein Aspekt, durch den er sich gegenüber der Konkurrenz bisher auszeichnete, war seine mentale Geradlinigkeit, aufgrund derer er sich darauf konzentrierte, was er gerade tat, und nicht auf irgendwelche Hirngespinste. In seinem Innersten weiß er genau, daß er weder ein Industriekapitän ist (im Grunde hat keine seiner Handlungen Ähnlichkeit mit den Aktivitäten eines Schiffskapitäns, einer Infanteriekompanie oder einer Basketball-Mannschaft) noch ein ›Macher‹ (durch Arbeit an sich verdient man kein Geld; nur durch Bezahlung verdient man Geld) und auch kein Visionär (man muß seinen Weg kennen, aber falls es überhaupt ein lohnendes Ziel gibt, werden die meiste Zeit und Anstrengung in den Weg investiert). Nein, philosophische Klarheit ist seit jeher der Schlüssel seiner Geschäftstätigkeit gewesen, und er ist auch nicht empfänglich für oberflächliche oder selbstgefällige Betrachtungen – in der Regel nicht einmal für die schmeichelhafte Erkenntnis, daß er immun gegenüber besagter Selbstzufriedenheit ist.

Also lehnt er sich in seinem großen Kontrollsessel zurück – bei Besuchern weckt er die Assoziation eines ›Missions-Commanders‹, aber er ist auch gut für Kliegs schlimmes Kreuz – und gestattet sich einen philosophischen Diskurs. Vielleicht kann er dabei noch etwas lernen.

*Alexander weinte bei dem Gedanken, daß es keine Welt*

*zum Erobern mehr gab, und dabei waren Alexanders Eroberungen nicht annähernd so groß, wie er gedacht hatte.*

Dieser Gedanke schleicht sich unwillkürlich ein. Klieg sieht an seinem schlanken Körper hinab; er bekommt schon die ersten grauen Haare und mag sich damit nicht abfinden. Er läßt die Gedanken schweifen.

Was bedeutet ein Reich, Alexander, die Eroberung? Eine sehr schwache Metapher für seine Errungenschaften. *GateTech* ist anders. Kalter Realismus hat ihn zur Gründung der Firma bewogen, die Erkenntnis, daß er eine neue Verdienstquelle erschlossen hat und daß das erste große Unternehmen in diesem Bereich das Geschäftsfeld auch dominieren würde, wenn er es nur richtig anstellte.

*Gut, ziehe Bilanz, Klieg, zurück zum Thema,* befiehlt er sich selbst. Im Grunde operiert *GateTech* auf vier Ebenen. Zum einen untersucht das Unternehmen die Geschäftstätigkeit anderer Unternehmungen. Zum zweiten betreibt es Forschung und Entwicklung auf diesen Feldern und sichert sich so schnell wie möglich entsprechende Patente. Zum dritten erhebt *GateTech* für die dort entwickelten Technologien Lizenzgebühren von anderen Unternehmen.

Und zum vierten betreibt das Unternehmen in Washington, Tokio, Brüssel, Moskau und bei den UN Lobbyarbeit, um sich eine legale Basis für seine Aktivitäten zu schaffen.

Er hatte es einmal dem Kind eines entfernten Verwandten erklärt: wenn er zur Zeit von James Watt gelebt hätte, dann würde er sich nicht die Dampfmaschine, sondern den Kessel und den Kolben patentiert haben lassen; wenn er ein Zeitgenosse von Edison gewesen wäre, hätte er sich den Wolfram-Draht und die Glasbirne patentieren lassen; wenn er am Anfang des Computerzeitalters gelebt hätte, dann würde er versucht haben, ein Patent auf die Tastatur zu erhalten. Und das größte Geheimnis …

Aha. Das ist also die Parallele zu den Reichen und Alexander und *all dem. Ich erkenne, daß GateTech nie etwas produziert oder eine Dienstleistung erbracht hat; das ist das Geheimnis unseres Erfolges. Wir fahren ihnen in die Parade und lassen sie dafür zahlen, daß wir ihnen den Weg wieder freigeben, das ist alles. Wir arbeiten wie die antiken Reiche, die den Regionen freie Hand ließen, solange sie nur ihre Steuern zahlten. Wie Alexander der Große oder Cäsar lassen wir jeden das tun, was er auch zuvor schon getan hat, was er auch ohne uns tun würde, und wir machen dabei unseren Schnitt.*

*Aber heutzutage ist die Verteidigung in vielen Fällen besser geworden. Gerade erst letzte Woche ist MitsDoug uns bei der Patentierung des neuen Vario-Kunststoffes zuvorgekommen, und jetzt können sie ihr verdammtes formvariables Flugzeug bauen, ohne mir einen Pfennig dafür zu zahlen. Wieviele Milliarden mir dadurch wohl entgangen sind?*

*Mach dich nicht verrückt, und vergeude keine Zeit damit, gleichzuziehen.*

*Mach weiter.*

Das war der Schlüssel. Er hatte zwar viel durch den *Blitz* verloren, aber während andere Gesellschaften Prozesse gegen die Banken anstrengten, um ihre Guthaben zu retten, befaßte *GateTech* sich lediglich mit allen für die Wiederherstellung von Daten relevanten Technologien. Er gewann weitaus mehr, als er verloren hatte.

Er verlor viel, als die Parti Euro Uno an die Macht gelangte und überseeische Guthaben ›europäisierte‹, aber er glich diesen Verlust durch die Einstellung jedes vertriebenen hochqualifizierten Afropäers bei weitem wieder aus.

In zwanzig Jahren haben ihm ein bißchen Industriespionage und ein wenig Denkvermögen ein Gespür dafür vermittelt, das jeweils gewünschte Patent ein halbes oder ganzes Jahr vorher zu erwerben, gerade rechtzeitig, daß *GateTech* seine Lizenzgebühren erheben kann.

Er kann kaum ein Lachen unterdrücken bei dem Gedanken an die mentalen Anstrengungen. Hätte er nicht einfach einen Blick auf den aktuellen Geschäftsplan werfen und sagen können, daß der Zeitrahmen verschoben werden mußte?

Quatsch. Dafür hat er schließlich seine Leute. »Glinda«, sagt er dann. Er atmet zweimal tief durch und langsam wieder aus … sie kommt gleich … jetzt.

Eine Tür gleitet auf, und Glinda Gray tritt ein. Nicht daß sie die ganze Zeit draußen auf die Stimme ihres Herrn gewartet hätte – dafür würde er niemanden bezahlen – oder eine wichtige Sache wegen seines Durchrufs unterbrochen. Sie ist einer von siebzehn Vizepräsidenten ohne Portfolio, und Glinda war die Beste von all jenen, denen er noch keinen bestimmten Aufgabenbereich zugewiesen hatte. Aber wenn er die perfekte Besetzung für diesen Job suchte, dann war es Glinda. Aus zwei Gründen: zum einen ist sie eine perfektionistische Skeptikerin. Ihre Berichte enthalten immer *alles*, was schiefgehen könnte.

Zum anderen belästigt sie ihn nie mit vielen Fragen, wenn er ihr einen neuen Auftrag erteilt.

Während sie vor ihm steht, beschreibt er sie in Gedanken wie ein TV-Reporter es tun würde, wenn ihr Haus von einem Hurrikan zerstört worden, wenn sie einem Mord zum Opfer gefallen wäre oder einen Bestseller geschrieben hätte: eine ›gutaussehende, blonde alleinerziehende Mutter‹. Ihre Haut weist schon Altersflecken und Falten auf, und er vermutet, daß sie nur mit Injektionen verhindert, daß die goldene Farbe ihres Haares von Silber verdrängt wird. Sie hat Ringe um die Augen, und aus ihrer Körperhaltung schließt er, daß die in pinkfarbenen Pumps steckenden Füße heute morgen schon schmerzen.

Sie hat ihr letztes großes Projekt vor drei Wochen beendet und wirkt immer etwas angespannt, wenn sie ihm ein neues vorschlagen will, denn obwohl John

Klieg sich nie im Leben von ihr trennen würde, kann er sie nie davon überzeugen.

»Nehmen Sie Platz«, sagt er, »ich bin noch beschäftigt. Ich habe ein neues Top-Prioritäten-Projekt für Sie, und Sie sollen wissen, daß ich Sie, falls Sie ohnehin nicht schon an der Spitze stünden, die Treppe nach oben hätte fallen lassen, um Ihnen diesen Auftrag zu erteilen.«

Sie nickt und nimmt Platz. »Band mitlaufen lassen?«

»Ja.«

»Systeme bitte mit Überrangstatus aufnehmen«, sagt sie mit fester Stimme, und eine mechanische Stimme erwidert: »Aufnahme läuft.«

Klieg lächelt sie an und versucht, soviel menschliche Wärme wie möglich auszustrahlen. »Ich habe das Gefühl, daß wir unsere Strategie noch verbessern müssen, und vor allem bekommen wir zu wenige Patente mit Sperrwirkung für viele Technologien in die Hand, sondern nur kleine Patente, die das Schlüsselprojekt bloß eines einzigen Unternehmens blockieren.«

»Vor vierzehn Jahren«, erinnert sie ihn, »haben Sie selbst die Strategie entwickelt, immer nur ein spezifisches Projekt zu blockieren; Sie haben damals gesagt, ein großes Patent hätte zu viel Publizität und wäre vielleicht noch gar nicht angemeldet, wenn die entsprechende Technologie serienreif ist.«

Er nickt; er bezweifelt zwar, daß sie während der ganzen Zeit auch nur zehnmal an diese Prämisse gedacht hat, aber er weiß auch, daß sie ihm eine akkurate Rekonstruktion der ganzen diesbezüglichen Diskussion liefern sowie den Grund für diese Entscheidung nennen könnte, selbst wenn der Vorgang bereits vierzehn Jahre zurücklag.

»Betrachten Sie es als Paradigmenwechsel«, meint er. »Das Unternehmen ist seither expandiert, und wir sind heute in Prozesse involviert, bei denen es um größere Summen geht, und zudem hat die Rechtsprechung sich auch zu unseren Gunsten entwickelt. Die Frage ist nur, sollen wir diesen Paradigmenwechsel überhaupt vollziehen? Meine innere Stimme sagt zwar ›Ja‹, aber Sie sollen es trotzdem für mich verifizieren.«

Er lehnt sich zurück und läßt den Blick über die Bildschirme schweifen; das ist etwas, wofür sie *wirklich* gut sind, sie halten seinen Verstand auf Trab. »Verifikation anhand von drei Fällen. Nummer eins, das kontinuierlich verbesserte Produkt – prüfen Sie, ob wir die ganze aufblühende COP-Industrie bei den Eiern packen können. Nummer zwei, die aktuellen Studien bezüglich einer Preissenkung bei Antimaterie-Antrieben, um auf den Märkten der Dritten Welt wettbewerbsfähig zu werden. Und Nummer drei … hmmm … äh … Hätten Sie eine Idee?«

Auch jetzt enttäuscht Glinda ihn nicht.

»Haben Sie die Morgennachrichten gesehen?« fragt sie. »Ich könnte mir einen perfekten Testmarkt vorstellen, ein Bedürfnis, das zwar noch nicht geweckt ist, aber sicherlich aufkommen wird.«

Er beugt sich nach vorn. »Und?«

»Haben Sie schon von der Methanemission im Nördlichen Hang gehört?«

Er schüttelt den Kopf und stellt fest, daß ihr Gesicht wieder Farbe bekommt und die Müdigkeit von ihr abfällt. Die kommenden Monate wird Glinda nun in Hochform sein. Streiflichtartig fragt er sich, warum das so wichtig ist, dann befindet er von neuem, daß sie unersetzlich ist und lauscht ihren Ausführungen.

*Ich weiß nicht, wann der Weltraum mich zu langweilen begann,* sinniert Louie Tynan. Er sitzt in der Ausguckblase – an der Schleuse hängt eine Information der OSHA, wonach die Strahlendosis hier höher ist, als ihm zuträglich wäre, und im Unterbewußtsein verschafft ihm das noch einen Lustgewinn –, labt sich an Zwiebelbrot mit Leberhack und beobachtet die sich unter ihm drehende Erde. Gestern hatte er wirklich eine großartige Aussicht – die UNSOO-Schiffe glühten rot, als sie fauchend in die Atmosphäre eintauchten, die Explosionen, welche das Eis erzittern ließen und illuminierten, und später dann das Lodern des Methans, das vom Eis reflektiert wurde. Noch immer stehen ein paar Flammensäulen in der Eislandschaft, aber jetzt ist Tag in diesem Sektor, und daher ist der Vorgang nicht mehr so beeindruckend.

Louie stellt sich die Frage nach dem Hauptgrund, warum er diesen Job überhaupt noch macht, und gelangt zu der Antwort, daß er – vielleicht der einzige Grund – in seinem Sinn für Humor besteht. Als er im Jahre 2009 dem Astronauten-Korps beitrat, zählte es über zweitausend Leute; drei Jahre später, als das Korps die offizielle Bezeichnung *United States Space Force* erhielt und zudem noch Marine- und Luftwaffen-Einheiten integriert wurden, umfaßte es viertausendfünfhundert Männer und Frauen, die sich für Weltraummissionen qualifiziert hatten, und zirka sechstausend Amerikaner hatten bereits Weltraumflüge unternommen. An Bord der ersten UN-Mars-Expedition befanden sich zwei USSF-Offiziere, und wenn die Expeditionen Nr. 2 bis Nr. 9 jemals stattgefunden hätten, dann hätte ein rundes Dutzend Amerikaner den Fuß auf den Mars gesetzt.

Doch nach der ersten Landung wiederholte sich das, was sich schon nach den Mondlandungen ereignet hatte: die meisten Nationen, insbesondere die USA, zogen sich aus der Raumfahrt zurück. Heute gibt es noch fünfundvierzig aktive Astronauten, und wo sich vor fünfzehn Jahren ständig vierzig oder fünfzig oder noch mehr Menschen im Weltall aufgehalten hatten, gibt es jetzt nur noch Louie. Aufgrund der Teilnahme an der Mars-Mission verfügt er über beträchtlichen Einfluß, denn sonst hätten sie ihn nicht hier oben in der Raumstation *Constitution* verbleiben lassen, der letzten aktiven von fünf bemannten amerikanischen Raumstationen.

Er lehnt sich zurück und wirft wieder einen Blick auf die Erde. Wenn man den Mond mitzählt, hat er drei Welten aus dem nahen Orbit gesehen, und insgesamt gibt es nur fünfzehn Menschen, die das von sich sagen können.

*Ich glaube, wenn man es nicht mit eigenen Augen gesehen hat, wenn man es nur von Bildern kennt, und wenn man nicht genau hinsieht oder sich nicht darauf konzentriert, dann muß es nach einer gewissen Zeit langweilig werden.* Die Forschungen werden natürlich fortgesetzt … die Orbits vom Merkur bis zum Saturn werden kontinuierlich von Robot-Stationen umkreist, und eine ist unterwegs zum Uranus, und es gibt automatische Bodenstationen auf allen Jupitermonden sowie eine Drohne, welche die Atmosphäre des Titan durchkreuzt. Man kann sogar von ihren Kameras aufgenommenes Bildmaterial erwerben, so daß man im Wohnzimmer die Flanken von Mons Olympus erklimmen oder Jupiter im Tiefflug umrunden kann.

Nur die wenigsten Leute sind imstande zu erklären, weshalb das nicht dasselbe ist.

Die Sonne geht gerade über dem westlichen Pazifik auf, was bedeutet, daß Carla wahrscheinlich einen halben Kilometer unter der Oberfläche des von der Sonne erhellten Abschnittes des Ozeans steht; wenn sie schlafen oder sich auf ein akademisches Projekt konzentrieren will, taucht sie normalerweise mit *My-Boat* ab und überläßt dem Autopiloten die Steuerung.

Vielleicht rufe ich sie mal wieder an … nein, doch keine so gute Idee, er hat zuletzt angerufen, und sie ist jetzt an der Reihe, und wahrscheinlich wird sie sich in ein paar Tagen ohnehin melden.

Grinsend schluckt er einen weiteren Happen. Was er mit Carla treibt, gleicht einem komplizierten Tanz, bei dem im Grunde nur gewährleistet werden soll, daß sie sich auf keiner dauerhaften Basis mehr begegnen. Man betrachte die beiden nur einmal, wie sie in ihren Stahlkokons ein Eremitendasein führen… es wäre wahrscheinlich einfacher, zwei Adler zur Paarung zusammenzubringen.

Also wird das Raumfahrtprogramm weiterhin automatisiert, der einzige Mensch, den er mag, lebt auch als Einsiedler in einer Blechdose, und er fängt sich mit der Nahrung so viel Strahlung ein, daß sie ihn nach der Landung vermutlich nicht so schnell wieder aufsteigen lassen und ihm prophylaktisch eine antikarzinogene Medikation verabreichen. Er ist wirklich der letzte seiner Art, und der unter ihm rotierende alte Planet ist mit ungefähr siebeneinhalb Milliarden Menschen bevölkert, die ihn nicht verstehen. Letzte Woche gab er auf dem Tanz-Kanal ein Interview – er hat noch immer die XV-Sonde vom Mars –, und als er das Programm dann empfing, hatten sie seine Erfahrungen bis zur Unkenntlichkeit verfälscht.

Das Aufregendste, was er diesen Monat zu tun hatte, war die Entzündung einer Methanwolke auf Ersuchen der UNSOO.

Andererseits, die Verpflegung schmeckt ihm noch immer – wesentlich besser als auf dem Flug zum Mars –, und das Panorama ist einfach unübertroffen. Vielleicht wäre das es doch wert, weiterzuleben und zu arbeiten, überlegt er. Er schaut zu einem der Monitore hoch, stößt einen herzhaften Rülpser aus, der das Zwerchfell zum Vibrieren bringt und nach Geflügelleber und rohen Zwiebeln stinkt, setzt ein breites Grinsen auf und geht wieder zum Teleskop zurück, um die nachmittägliche Arbeit zu erledigen.

*Was hast du denn jetzt wieder angestellt, Brittany Lynn?*

Brittany Lynn Hardshaw, Präsidentin der Vereinigten Staaten, erinnert sich, daß, als sie noch ein Kind war, ihr Vater fast jeden Tag diese Frage gestellt hatte, und in der Regel erfolgte dann eine Antwort wie »das alte Motoröl in der Scheune« oder »eine offene Farbdose«. Es ist halb neun morgens, und sie liest den vertraulichen Bericht der NOAA durch, den Harris Diem ihr letzte Nacht zugestellt hat und fragt sich, ob sie dem Schreiben überhaupt Glauben schenken soll.

Das Problem ist, daß es lange gedauert hatte, bis sie mit Diem als rechter Hand die Regierung unter Kontrolle bekam … und nun weiß sie nicht, ob es überhaupt noch jemanden gibt, der ihr die Wahrheit sagt. Und gerade auf die ist sie jetzt angewiesen.

Sie erhebt sich, geht zum Fenster und schaut auf die Pennsylvania Avenue hinaus. Als sie nach dem *Blitz* rekonstruiert wurde, sperrte man den Verkehr weiträumig aus, offiziell aus ökologischen Gründen, wobei der eigentliche Grund jedoch der war, Nuklearterrorismus gegen das Weiße Haus und das Capitol und damit eine Lähmung des Landes zu verhindern.

Der andere Teil des *Blitzes*, die Bombe, die hundert Kilometer über Kansas City explodierte, würde diesmal wenig ausrichten; alles ist gehärtet und in Faradaysche Käfige gepackt, und die Nachrichtenübermittlung erfolgt über Glasfasern.

Aber das Herz der Regierung ist dennoch ständig verwundbar, überlegt Hardshaw. *Wir sind aus Fleisch und Blut. Wir müssen Kontakt zu vielen tausend Menschen halten.*

Die Straße unter ihr wimmelt vor Fußgängern, die meisten mit Aktenkoffern, und alle wuseln wie Ameisen durcheinander. Wenn nur drei von ihnen die Komponenten einer KAMS-Bombe bei sich trügen, könnten sie heute morgen die Bundesregierung auslöschen, und niemand könnte sie aufhalten. Wenn sie es wieder versuchten, würden sie diesmal aber vielleicht ihre Identität verraten oder zumindest das Tatmotiv.

Vor ihrem geistigen Auge sieht Hardshaw, wie Washington aus den Sümpfen entsteht, einige Jahre später von den Briten niedergebrannt wird und wieder voller Handel und Wandel ist, als Präsident Lincoln aus dem

Haus schaut, das einmal hier stand, dann in der Bedeutungslosigkeit versinkt, bevor die Stadt wieder expandiert, während der Wirtschaftskrise, des Weltkrieges und Kalten Krieges zu einer Großstadt explodiert, daraufhin bis zum *Blitz* zu einem einzigen Slum verkommt und schließlich wie Phönix aus der nuklearen Katastrophe steigt...

...und zur provinziellen Hauptstadt der UN arriviert, wie sie sich eingesteht. Nicht, daß sie ihren Vorgängern deswegen einen Vorwurf machen würde, genauso wie sie hofft, daß die beiden noch lebenden Ex-Präsidenten ihr keinen Vorwurf machen.

*Ich freue mich auf den Rücktritt*, denkt sie. Es ist lange her, seit sie als Kind mit schmutzigem Gesicht in einem Wohnmobil auf einer unbefestigten Straße in den Bergen von Idaho lebte, bei dem Blockhaus, zu dessen Fertigstellung ihr Vater sechs Jahre benötigte – nicht ungewöhnlich für einen Mann, der eine Teilzeitstelle hatte und ein Vollzeittrinker war. Es ist lange her, seit sie als weiße Unterschicht-Studentin an einer drittklassigen Universität studierte und danach den Überraschungscoup landete, Generalstaatsanwältin von Idaho zu werden...

*In Ordnung, Präsidentin Großmutter, die Memoiren kannst du später auch noch schreiben*. Ihre Amtszeit läuft nämlich schon in zehn Monaten ab. *Frage mich, ob XV überhaupt über die Wahlen berichtet?* Die Präsidentschaft der Vereinigten Staaten ist nicht mehr mit großer Verantwortung verbunden. Die Republikaner haben einen Niemand aus Hawaii nominiert, den Burschen, den Hardshaw zum Wirtschaftsminister ernannt hatte; die Demokraten haben einen ehemaligen Gouverneur von New York nominiert, die erste schwarze Präsidentschaftskandidatin; und die Vereinigte Linke tritt mit TBA an – einer Anzahl Wähler, aus deren Reihen bei ausreichendem Erfolg ein Präsident bestimmt wird.

*Geh jetzt wieder an die Arbeit, Brittany Lynn*. Sie erinnert sich, wie ihr Vater immer ›jetzt‹ aussprach – das Wort war der Vorbote einer Tracht Prügel.

Diese Assoziation führt schließlich dazu, daß sie sich wieder auf ihre Arbeit konzentriert. Liu, der UN-Botschafter in den USA, meldet sich ebenfalls mit einer schlechten Nachricht. Diesmal handelt es sich um die Drohung, die Generalversammlung trüge sich mit dem Gedanken, das Potential der unabhängigen nationalen Streitkräfte weiter zu reduzieren, bis auf zehn Prozent der UN-Stärke. Sie weiß, daß das nur eine Finte ist, aber als bei ihr dann der Groschen fällt, ist es fast genauso schlimm.

Sie wollen die NOAA, die NASA, das Energieministerium, die wissenschaftlichen Zweige der EPA... die Liste könnte beliebig fortgesetzt werden. Die üblichen Reaktionen – bessere Koordination und gerechtere Verteilung der globalen Ressourcen – und die üblichen Versprechungen, daß Informationen für jedermann gleichermaßen zugänglich sein und alle Beschäftigten dieselbe Bezahlung und Vergünstigungen erhalten sollten. Nichts, was daran zu beanstanden wäre...

...außer der Tatsache, daß, falls Hardshaw einwilligte, sie nicht den Hauch einer Verifikationsmöglichkeit hätte, wenn der *SecGen* behauptete, der Zustand der globalen Umwelt würde sich weiter verschlechtern. Und der Bereich, in dem die UN während der letzten zwanzig Jahre die nationale Souveränität am nachhaltigsten beschnitten hatten, war die globale Ökologie.

Sie kann es sogar in Riveras Augen erkennen, wenn sie genau hinsieht; die UNESCO und ihre vielen Ableger liefern die Informationen nicht in der von ihm benötigten Qualität, und daher bezieht er sie hauptsächlich von den wissenschaftlichen Agenturen der Großen Fünf. *Und wenn du der SecGen wärst, Brittany Lynn, müßtest du dich jedesmal fragen, ob du vielleicht falsche oder unzureichende Informationen erhältst.*

Aber sie ist nicht der *SecGen*, und sie hegt auch keine

diesbezüglichen Ambitionen. Sie streckt sich, streicht den Rock glatt, nimmt den Telefonhörer ab und erteilt die Order, nach Harris Diem zu schicken und ihn zu ihr zu bringen – sie weiß, daß er bereits seit mindestens einer Stunde an seinem Schreibtisch sitzt.

Die Ironie der ganzen Sache, denkt sie, besteht darin, daß sie während ihrer siebenjährigen Auseinandersetzung mit den UN gezwungen war, die Bundesregierung mit einer Stimme sprechen zu lassen und sie zu einer besseren Administration zu machen, als das Land sie jemals erlebt hatte – und dabei verfügt sie heute sogar über weniger Autorität als die Präsidenten zwischen Jackson und Lincoln.

Und die tiefere Ironie besteht darin, daß sie, während sie ihre Autorität erweitert hat, immer weniger imstande ist, die Wahrheit zu erfahren, weil die Leute ihr in zunehmendem Maße nur das erzählen, was sie vermeintlich hören will. Dieses Dokument auf ihrem Schreibtisch ist ein Beleg für besagte Tendenz, und sie ist zu intelligent, um nicht zu erkennen, daß die ›Hähnchen wieder zum Grill zurücklaufen‹.

Sie weiß nicht, wie die Leute bei der NOAA die Freisetzung solcher Mengen Methan wirklich beurteilen, denn sie haben versucht, ihr zu erzählen, daß die NOAA die Dinge auf jeden Fall unter Kontrolle hätte.

Und wenigstens dieses eine Mal will sie die Wahrheit hören.

Wenn du dir immer den Kopf zerbrichst, was wahr ist und was nicht, wirst du nie die Präsidentin werden, die du einmal werden sollst, Brittany Lynn, hatte ihr Vater immer gesagt, als sie alt genug war, ihn all dieser Lügen zu überführen – die versunkene spanische Stadt irgendwo in der Schlucht des Hoodoo River, die Außerirdischen, denen er auf der Straße nach Sand Point, Bigfoot, begegnet war, daß es ein schönes Haus werden würde, wenn es erst einmal fertiggestellt war, und daß er für sein kleines Mädchen mit dem Trinken aufhören würde.

Diese Stellung ist nicht ganz so lustig, wie sie damals wohl gehofft hatte, aber noch immer um mehrere Größenordnungen besser als ihr Leben hinter der Registrierkasse bei McDonald's in Boise. Sie fragt sich indessen, in dieser Minute, um wie viele Größenordnungen?

Ein leises Klingeln meldet ihr, daß Harris gleich kommt. Sie nimmt wieder Haltung an, geht an den Schreibtisch zurück und schlägt den Bericht bei einer beliebigen Seite auf. Als er hereinkommt, übergeht sie die Grußformel und legt direkt los: »Harris, du schleimiger alter Schreiberling, warum, zum Teufel, hast du mir einen derart nichtssagenden Bericht vorgelegt?«

»Weil, Chefin«, sagt er, stellt den Aktenkoffer ab und beugt sich über den Schreibtisch zu ihr hinüber, »wir nicht das Geringste wissen.«

Sie lachen, denn sie sind Freunde seit zwanzig Jahren. Die Lage ist nicht zum Lachen, aber sie sind froh, daß sie einander haben.

* * *

Yeats regte sich auf, weil die Dinge auseinanderfielen und das Zentrum nicht imstande war, sie zusammenzuhalten. Das eigentliche Problem bestand indessen darin, daß das Zentrum seine Existenz bereits beendet hatte.

Es tauchte langsam in die Nonexistenz ab, analog zum konstanten Rückzug und ewigen Kompromiß, Paradigmen, welche die beiden letzten Jahrhunderte des Römischen Reiches markiert hatten.

Eisenstein hatte herausgefunden, daß man die Dinge nur ihres Anscheins entkleiden, die wesentlichen Aspekte einer Geschichte nehmen und sie mit einem schlichten ›Splint‹ fixieren mußte, so daß sie so stringent war, als ob ein Erzähler von Dickens gesagt hätte: ›Nun, lieber Leser…‹; der Geschichtenerzähler stand jedoch nicht mehr im Mittelpunkt der Geschichte.

Einstein hatte nämlich herausgefunden, daß es möglich war, jeden beliebigen Ort als Mittelpunkt zu definieren.

Gertrude Stein hatte eruiert, je mehr rosa Rosen es gab, desto weniger assoziierte man sie mit der Farbe Rosa und dem rosentypischen Duft, und um so mehr näherte sie sich Burns ›Liebe‹ oder jeder anderen Rose an.

Die RAND Corporation demonstrierte, daß im Falle eines Atomkriegs ein Staat auch ohne Staatsoberhaupt seine Handlungsfähigkeit behielt, und graue Wirtschaftsgnome mutierten zu den verspielten Kobolden der Netzwerke.

Hitler, Stalin, Roosevelt und Churchill hatten versucht, das Zentrum zu restaurieren, aber zu diesem Zweck mußten sie jedes Haus mit Radios ausstatten, und das Pontifikat verliert seine Bedeutung, wenn man die Bettler persönlich berühren muß; der zunehmende Kontakt des Zentrums mit der Peripherie beschleunigte nur seine Auflösung.

Die alte zentralistische Kommunistische Partei versagte derart bei der Opposition gegen den Korea-Krieg, daß viele Amerikaner überhaupt nichts von dem Krieg wußten, aber dreißigtausend Mimeographen und zweitausend Universitätssender trugen den Kampf gegen den Vietnam-Krieg in die entlegensten Winkel des Landes, und während die Reporter der öffentlich-rechtlichen Medien die mutmaßlichen Köpfe der mutmaßlich nationalen, mutmaßlichen Organisationen befragten, wurde ihnen schon der Boden unter den Füßen weggezogen. Im Jahre 1980 galt die Losung *Think Globally, Act Locally*, und nur die wenigsten scherten sich um die globale Komponente. Selbst das Verteidigungsministerium entwickelte das Konzept des *AirLand Battle*, das man als kollektive Gewalt auf lokaler Ebene definieren könnte.

Im Jahre 2028 haben die Dinge eine Evolution durchlaufen. Das Zentrum befindet sich jetzt dort, wo man gerade steht.

Als Harris Diem die Unterredung mit der Präsidentin beendet, ist er müde, und dabei ist es noch früh am Morgen. Wieder ein Zehn-Minuten-Gespräch, wieder ein Stück Geschichte, überlegt er. Das größte Problem bei seinen Memoiren wird wohl darin bestehen, den Lesern plausibel zu machen, daß es sich wirklich so abgespielt hat, die ganze Zeit – man betrat Brittany Lynn Hardshaws Büro, sie stellte einem sechs Fragen, und dann bekam man plötzlich den Auftrag, die ganze amerikanische Geschichte zu ändern.

Vorausgesetzt, das funktioniert überhaupt.

Er denkt darüber nach, reibt sich die Schläfen, dreht und reckt den Kopf. Er wird einen verläßlichen Mitarbeiter brauchen, und es gibt kaum einen besseren als Henry Pauliss. Außerdem wird er veranlassen müssen, daß ungefähr vierzig absolut loyale NOAA-Mitarbeiter beschattet werden. Das ist aber auch kein Problem.

Er muß wieder mal einige Zeit in seinem Keller verbringen. Er ist schon seit Wochen nicht mehr dort gewesen …

Heute abend hätte er Zeit, wenn er denn wollte. Interessantes Lexem, dieses ›wollte‹. Wenn morgen sein Haus niederbrannte und alles, was dort unten versteckt war, in Flammen aufginge, würde er wahrscheinlich vor Erleichterung weinen … bis wieder dieses Summen an der Schädelbasis einsetzte, und dafür gab es keine Linderung.

Er kann es jetzt hören, wie eine Türklingel im Traum: es führt kein Flur zu dieser Tür, und man weiß, daß hinter der Tür der Tod lauert … und man kann nicht mehr tun, als die Korridore ständig nach der Tür abzusuchen, um sie endlich zu öffnen.

Harris Diem seufzt. Immer, wenn die Dinge sich so komplizieren wie jetzt, setzt das Summen ein, und es ist, als ob der Keller ihn rufen würde, ihn bittet, hinunterzugehen. Damals, als die Afropäer vertrieben wurden, als die Marine vor Jütland stand und Admiral

Tranh alle drei Stunden weitere Marines anforderte, mehr Jagdschutz und mehr Raumüberwachung, denn er glaubte nicht, seine Kommandeure zurückhalten zu können, wenn die Ballerei losging, und das hätte Krieg bedeutet... die ganze lange Woche hatte das Summen wie ein Messer durch seinen Kopf geschnitten. Und als er sich schließlich an der juckenden Stelle kratzte, ging es ihm danach so schlecht, daß er kurz davor stand, sein eigenes Haus anzuzünden. Er hätte sagen können, es wegen der Versicherungsprämie getan zu haben und dann einen unehrenhaften Abschied nehmen. Er hätte es tun sollen. Und eines Tages wird er es auch tun.

Aber jetzt braucht die Chefin ihn. Sobald diese Krise vorbei ist... wird er in den Keller gehen. Dann wird er sich überlegen, wie er ein für allemal Schluß machen kann.

Dies ist ein Versprechen, das er sich schon viele Male gegeben hat.

Das größte Problem beim *Zipline* ist, daß man den Eindruck hat, alle Ziele mit einem Aufzug anzusteuern; es gibt wohl ein Fenster, aus dem man hinausschauen kann, weil das Fahrzeug sich aber mit einer Geschwindigkeit von fast sechshundertfünfzig Kilometern pro Stunde bewegt, hat man ihm eine Trasse zugewiesen, die fast auf ganzer Länge zwischen hohen, eingezäunten Erdwällen verläuft; es gibt also nichts zu sehen, und bei den seltenen Gelegenheiten, wo das Fahrzeug durch eine Schlucht schießt oder eine Steigung nimmt, bewegt der *Zipline* sich so schnell, daß den meisten Passagieren schlecht wird. Also lassen die kleinen Kinder die Blenden vor den Fenstern bald geschlossen.

Da die Privatabteile praktisch für jeden erschwinglich sind, hat der *Zipline* sich zum bevorzugten Refugium für eine zeitweilige Privatsphäre entwickelt. Als er noch ein Teenager war, hatte Jesse Mädchen aus Tucson nach L.A., Albuquerque und sogar Dallas ausgeführt, nur um die ganze Fahrtzeit mit ihnen im Abteil allein zu sein, und anscheinend handelt jedes fünfte XV-Drama von einem Pärchen, das im Zug regelmäßig ein wenig Ehebruch betreibt.

Das andere Klischee besagt, daß manche Paare im *Zipline* ihre Zwistigkeiten austragen, und Jesse und Naomi werden diesem Klischee gerade gerecht.

Jesse weiß nicht, was jetzt schon wieder los ist. Nachdem sie vor einer Woche die Explosion der UN-Raketen mitverfolgt hatten, sind sie mit dem Lectrajeep in die Wüste hinausgefahren und haben sich auf der Rückbank des Fahrzeugs geliebt, mit offenem Verdeck, so daß sie vom hellen Sternenlicht beschienen wurden. Danach haben sie nebeneinander gelegen, sich berührt und flüsternd gesprochen, und sie hat ihm viele Fragen zum Leben in der Wüste gestellt.

Da hatte er zum erstenmal den Eindruck, daß sie etwas von ihm wissen wollte, ohne ihn gleich darauf zu korrigieren.

Und als sie wieder zurück waren, schliefen sie an den nächsten drei Tagen öfter miteinander als in den letzten Monaten. Sie ließen alle Versammlungen ausfallen, und er hatte reichlich Zeit zu studieren.

Aber seit heute morgen streiten sie sich wieder. Es ist eine dieser wirklich frustrierenden Auseinandersetzungen, bei denen es Jesse nicht gelingt, Naomi zu dem Eingeständnis zu bewegen, daß es sich um einen Streit handelt; für sie ist es eine ›Klärung‹. Soweit er sagen kann, klärt sie momentan die Gefühle, die sie angesichts des Vorhabens befallen haben, ihn zu verlassen, denn sie mag ihn wirklich. Diese Überzeugung artikuliert er dann auch.

»Ich wußte, daß du es so interpretieren würdest!«

Mit dieser Antwort kann er nicht viel anfangen. Die Zwei-Personen-Abteile des *Zipline* sind im Grunde große Schränke – ihre Knie berühren sich fast, und um sich den maximalen Freiraum von knapp einem Meter zu verschaffen, müssen sie sich zurücklehnen, wobei Jesses Schultern Kontakt sowohl mit der Wand als auch der Tür haben. Also tragen sie diesen Kampf auf engstem Raum aus.

»Ich verstehe nicht«, sagt er.

»Ich habe dir doch schon gesagt, daß du nicht erfaßt, was ich sage, wenn du versuchst, es zu begreifen. Versuche, es zu fühlen, Jesse, du mußt es fühlen.« Sie streicht sich das Haar aus dem Gesicht, und er sieht, daß ihre Augen feucht sind, was ihn beunruhigt – irgendwie hat er nicht erkannt, daß die ganze Angelegenheit auch für sie schmerzlich ist, und er ist peinlich berührt davon, so daß er den Streit unterbricht und ihr für einen Moment zuhört.

Als sie das Haar weiter zurückschiebt, sieht er die Blässe ihrer sommersprossigen Haut. Die großen Augen schwimmen in Tränen, und ihre Stimme klingt belegt.

»Du hast wohl gedacht, zwischen uns würde es hervorragend laufen, stimmt's? Ich meine, nachdem wir draußen in der Wüste waren?«

Ihm ist nicht klar, worauf sie hinaus will.

»Ich hätte es dir wohl erklären sollen, aber ich hatte den Eindruck, daß es sinnlos gewesen wäre, Jesse. Ich ... nun, auf der Versammlung, wo alle die Zerstörung der sibirischen Raketen mitverfolgt hatten, fühlte ich mich so müde. Ich wollte so etwas nie mehr sehen. Und ... nun, weißt du, ich habe mich mit dir eingelassen, weil ich es zum Teil als ... äh ... eine gewisse Pflicht empfunden hatte. Ich meine, du warst intelligent und hast mich gemocht, und ich glaubte, dir bei der Ermittlung deiner Werte behilflich sein zu können.«

Jesse hatte nicht erwartet, daß sie sich seiner aus Pflichtgefühl annahm.

»Als ich dich dann aber näher kennenlernte ... nun, weißt du, ich hatte das Glück, in einem Elternhaus aufzuwachsen, in dem man mir von Anfang an antizentrische Lebens- und Erd-Werte vermittelte, so daß ich weder linear noch zentrisch erzogen wurde. Ich meine, in den meisten Gruppen, denen ich angehört habe, ist das meine große Stärke gewesen; mein substantieller Beitrag für die Gruppe besteht darin, daß ich nicht gegen die alten humanistischen Werte ankämpfen muß. Also hat es sich immer so verhalten, daß ich meine Werte mit anderen geteilt habe und nicht umgekehrt, denn in der Regel vertrat ich die Werte, die sie, wie sie sehr wohl wußten, auch vertreten sollten, und ich habe sie gern mit ihnen geteilt.« Sie seufzt und betrachtet ihre Hände, die wie Spinnen auf ihrem Schoß zittern. »Jesse, schau, ich hatte nicht nur nicht erkannt, daß du kein echtes Verständnis für ökologische Werte hast, du wußtest nicht ja einmal, daß du es haben *solltest*. Ohne andeuten zu wollen – ich meine, ich bin *sicher*, du würdest es nie mit Absicht tun, du bist ein *guter* Mensch, Jesse – mein Gott, ich führe mich ja wie ein *Richter* auf…« Sie weint jetzt heftig.

In Jesse tobt ein Widerstreit der Gefühle. Er möchte sie in den Arm nehmen und beruhigen wie ein kleines Mädchen, aber er kann die Tatsache nicht übersehen, daß, wenn ihre Augen verquollen und rot sind und die Nase läuft – insbesondere, nachdem sie ihm gestanden hat, daß sie sich nur aus Pflichtgefühl mit ihm abgegeben hat, um ihn armen dummen Arsch von seinen schlechten Werten zu erlösen, die er nie als schlecht angesehen hatte – sie ist einfach nicht mehr so attraktiv wie früher. Er registriert indessen auch, daß beim Weinen ihre großen Brüste auf- und abwippen, und im Hinterkopf fragt er sich, wie es wohl wäre, sie festzubinden, solange sie noch weint, und sie zu drücken – und die Tatsache, daß er diesen Gedanken hat (und er macht ihn an), verursacht ihm ein flaues Gefühl in der Magengegend. Er muß sich nun mit der Frage befassen, wann und wie sie ihm den Laufpaß gibt.

Sie wischt sich die Nase am Ärmel der Bluse ab, schaut auf die Uhr und fährt fort: »Jesse, das Problem ist, daß ich deine Werte mit der Zeit überaus attraktiv fand. Ich meine, ich fing an, darüber nachzudenken… nun, du hast immer gesagt, ich wäre schön, und ich fing an, mir Gedanken darüber zu machen, wie es wohl wäre, nur deswegen Aufmerksamkeit zu erregen. Und draußen in der Wüste… ich meine, es war bedeutungslos, total bedeutungslos, wir haben die Natur nur benutzt, weil es schön war, ohne die Natur überhaupt zu verstehen, aber trotzdem… – o Jesse, es war so schön. Und dann noch die Orgasmen.«

»Orgasmen?«

Sie schluchzt. »Du weißt es doch noch, oder? Ich habe es dir doch erklärt.«

Er weiß es durchaus noch. »Du meinst, der weibliche Orgasmus befände sich im Einklang mit der Welt, oder so ähnlich?«

»Das ist es ja, was ich sagen will, du hast nicht einmal begriffen, wie wichtig das war und daß du zuhören und es richtig machen mußtest.« Sie schnieft. »Der Punkt ist, der weibliche Orgasmus ist nonzentrisch, und es ist die ausströmende spirituelle Energie, die dich mit dem Universum verschmelzen läßt und dir ein Gefühl dafür verschafft, welche Einstellung du gegenüber allem haben solltest – dem zentrischen männlichen Orgasmus diametral entgegengesetzt, der technologisch und aggressiv und das alles ist. Also… nun, ich hatte immer große Schwierigkeiten mit dem Orgasmus – der Gesprächskreis meiner Mutter hat sich oft nur damit beschäftigt, wie Mutter mir dabei helfen konnte – aber als es dann endlich klappte, war ich in *hohem Maße* nonzentrisch, ich spürte wirklich das ganze Universum und war so voller Liebe, daß ich nicht einmal mehr wußte, daß ich überhaupt Verkehr hatte. Aber mit dir… in der Wüste… ich hatte ungefähr zehn Orgasmen, und sie waren völlig selbstsüchtig. Ich meine, ich war absolut *männlich und selbstsüchtig!* Alles, was ich tat, war zu den Sternen aufzuschauen und zu kommen; ich dachte an nichts anderes mehr als an das gute Gefühl zwischen den Beinen.

Und diese ganze letzte Woche – ich meine, ich habe diesen ganzen *in-love*-Kram gemacht, was ich eigentlich nicht hätte tun sollen. Es hat so viel Spaß gemacht und ich habe es so genossen… siehst du denn nicht, wohin das führt? Ich hatte immer geglaubt, ich wäre stark, bin es aber nicht. Ich fahre nur auf diese Sache ab wie… wie… ich weiß es nicht, aber ich tue es eben. Wenn ich bei dir bleibe, verliere ich womöglich noch alle meine Werte, verstehst du das denn nicht? Ich kann nicht… obwohl ich es wirklich möchte.«

Sie schaut wieder auf die Uhr, und Jesse blickt auf seine und sieht, daß es nur noch eine Minute bis zum Bahnhof von Hermosillo ist. »Schau«, sagt sie nun, »ich muß damit aufhören und wieder an meinen eigenen Werten arbeiten. In vielerlei Hinsicht wirst du wohl für mich die Person darstellen, die ich hätte sein können, wenn ich so geboren worden wäre oder mich entschieden hätte, diesen Weg zu gehen – das soll nicht heißen, ich hätte sein können wie du, aber ich weiß, daß ich deine perfekte Freundin und sehr glücklich hätte sein können und so weiter, und ich sehe auch, daß es viel Spaß gemacht hätte, aber es bedeutet mir nichts, glücklich zu sein oder Spaß zu haben; die Erde braucht Menschen, die sich um sie kümmern, und wenn ich bei dir bleibe, werde ich das vergessen. Gleich am nächsten Tag bin ich vor anderen Leuten in die Rolle des Integrators geschlüpft – als ob wir noch im zwanzigsten Jahrhundert leben würden und es zwei debattierende Fraktionen gäbe, anstatt zur Kenntnis zu nehmen, daß wir bereits *eine* Welt haben und gemäß dieser Prämisse handeln müssen. Gwendy hat mich darauf hingewiesen. Das habe ich nicht mehr erlebt, seit ich ein kleines Mädchen war. Ich bin es nicht gewohnt, meine Werte einer Revision unterziehen zu müssen, und ich möchte es auch nicht tun müssen.

Also habe ich mich dem Projekt zur Erhaltung der natürlichen Lebensgrundlagen angeschlossen und werde für ein paar Monate nach Tehuantepec in Oaxaca gehen, um an der Verbreitung korrekter Werte mitzuarbeiten und um dort von Menschen zu lernen, die noch nicht so von zentrischem und linearem Denken kontaminiert sind. Ich hatte wirklich Spaß, und ich schulde dir wohl auch Dank, außer daß der Spaß mich zu einem Verstoß gegen meine Werte hätte verleiten können, also sage ich nur, daß ich dich vermissen werde, weil ich glaube, daß du es gern hörst und weil es auch die Wahrheit ist.«

Während sie noch den letzten Satz spricht, wirkt eine spürbare Kraft auf das Abteil ein, die Jesse in die Polsterung des Sitzes drückt und Naomi nach vorne kippen läßt. Die *Ziplines* laufen so ruhig und erschütterungsfrei, daß man ihre Bewegung wirklich nur beim Anfahren oder Anhalten registriert.

Als sie geendet hat, steht sie auf – wobei sie für einen Moment fast das Gleichgewicht verliert – und sagt: »Und ich habe auch darum gebeten, diesmal bei der AIDS-ARTS-SPM-Patientenbetreuung eingesetzt zu werden anstatt bei der Tutoren-Schicht, so daß wir nicht zusammenarbeiten werden. Gwendy, Sibby und Foxglove holen während unserer Abwesenheit meine Sachen aus unserem Wohnheimzimmer – ich habe ihnen den Schlüssel gegeben –, damit wir uns nicht noch einmal begegnen müssen, denn ich weiß, daß das für uns beide schmerzlich wäre. Nicht, daß mir der Schmerz etwas ausmachen würde, aber es wäre schmerzlich für dich, und ich will nicht selbstsüchtig sein.« Ihr Gesicht ist jetzt tränenüberströmt, und nun wirkt sie auf Jesse tatsächlich wie eine Darstellerin in einem alten 2-D-Film, die unter der Folter etwas gesteht, das sie überhaupt nicht getan hat. Dann beugt sie sich vor und küßt ihn auf die Wange, wobei ihre Tränen auf sein Gesicht laufen, und in diesem Augenblick kommt der Zug zum Stehen, die Tür öffnet sich, und weg ist sie.

Jesses erster Gedanke ist, daß sie diese Ansprache vorher geprobt haben muß, um ihre exakte Dauer zu ermitteln, so daß sie direkt nach ihrer Beendigung den Zug verlassen konnte. So ist Naomi, immer gründlich …

Er atmet tief durch und merkt plötzlich, daß er heute nicht die geringste Lust hat, den Kindern aus dem Barrio Nachhilfe in Mathe zu geben. Er legt den Daumen auf die Sensorplatte und sagt laut: »Dieses Abteil zurück nach Tucson.«

»Das macht zwei Dollar und fünf Cent für eine Fahrtstrecke von dreihundertfünfzig Kilometern beziehungsweise zweihundertachtzehn Meilen«, erwidert das Abteil. »Bei einer Einzelperson in einem Zwei-Personen-Abteil wird ein Zuschlag von fünfundfünfzig Cent wegen des vergeudeten Raums und der Ressourcen erhoben. Sie können diesen Auftrag stornieren und gegen Rückerstattung in ein Einzelabteil wechseln, solange der Zug noch steht. Danke und eine angenehme Reise.«

Die Tür schließt sich. Jesse beugt sich vor und drückt das Gesicht in den Sitz, in dem Naomi eben noch gesessen hatte. Dort liegen zwei ihrer langen Haare, und er fährt mit den Fingern an ihnen entlang; sie hat nie ein Deo verwendet, aber der Sitz ist noch warm, und er bildet sich ein, sie darauf riechen zu können.

Er bleibt in dem Abteil, als der Zug anfährt, wobei die Beschleunigung sein Gesicht in die Sitzkissen preßt.

Wenn ein Benutzer des *Deeper*-Idioms sich echauffiert, fängt er an zu nuscheln, aber er beherrscht den Dialekt so gut, daß er folgendes verstanden hat: obwohl sie ihm den Laufpaß gegeben hat, liebt sie ihn sehr, glaubt jedoch, daß er mit ihren Idealen nicht zu vereinbaren sei.

Das läßt sich korrigieren. Wenn er wieder in Tucson ist – am besten geht er nicht sofort nach Hause, um ihren Freundinnen nicht über den Weg zu laufen –, wird er sich Bildung aneignen und sich aktiv engagieren. Mit ein wenig Anstrengung, dessen ist er sich gewiß, wird er schon in wenigen Monaten einer der größten Aktivisten an der U des Az sein. Er weiß, daß er intelligent ist, eloquent und fleißig; er muß diese Ressourcen nur zielgerichtet einsetzen. Wenn sie aus Mexiko zurück ist, wird er sich völlig verändert haben, wenn es das ist, was sie will. Er wird vielleicht einige Zeit (aber er kann ja ein paar Vorlesungen ausfallen lassen) und Geld investieren müssen (aber er kann ja eine Weile von der Hand in den Mund leben), aber was könnte er sonst noch tun?

Er lehnt sich zurück, legt Naomis Haar auf das Knie und betrachtet es. Er erinnert sich an den gemeinsamen Ausflug in die Wüste und ihren Ausspruch, er würde ihr zu überwältigenden Orgasmen verhelfen… und unwillkürlich kehren auch die Bilder wieder, als er sie wie ein kleines Kind tröstete und ihre großen Brüste beim Weinen wippten. Ehe er sich dessen noch versieht, ist er so geil, daß sein Penis die Jeans ausbeult, und er holt ihn raus und masturbiert ungeniert im Abteil, wie schmutzige alte Männer es angeblich tun, und es ist ihm ganz egal, denn erst wenn er diesen Druck los ist, kann er wieder einen klaren Gedanken fassen.

Er kommt schnell, in einer brutalen Aufwallung, als ob die Hoden sich übergeben würden. Er stopft rasch das ejakulierende Glied in die Hose und starrt dabei ihr Haar auf dem Knie an. Die Klimaanlage scheint auf seinen Ausbruch zu reagieren, denn es kommt ihm plötzlich schrecklich kalt hier im Abteil vor, und irgendwie verstärkt das den Geruch seines Samens und die Einsamkeit des kleinen Raumes. Er drückt den Kopf auf das Polster, wo ihr schöner Hintern sich vor wenigen Minuten noch befunden hatte, aber jetzt ist der Sitz kalt.

Er ist noch nie so verliebt gewesen.

Nach einer Weile erweist sich der in seiner Unterhose trocknende Samen als ziemlich effektiver Klebstoff, der Sitz, in den er den Kopf drückt, ist reichlich unbequem, die tränenden Augen schmerzen, und er glaubt nicht, daß er das noch viel länger aushalten kann. Er kann sich hier mit rein gar nichts beschäftigen, während der vierzig Minuten zurück nach Tucson.

Er zieht den Reißverschluß seiner Hose zu, holt seinen Reiseproviant hervor und genehmigt sich ein frühes Mittagessen – die Brote sind mit allem möglichen klebrigen und körnigen, in allen Farben schillernden Zeug belegt, das ihm nicht schmeckt und das er immer an kleine mexikanische Kinder verteilt, die aus Höflichkeit ein- oder zweimal abbeißen und den Mampf dann wegwerfen, wenn er nicht hinsieht. Diesmal ißt er selbst alles auf, was vielleicht ein Fehler ist. Der Vorgang nimmt ungefähr zehn Minuten in Anspruch. Er wischt sich mit einem Erfrischungstuch das Gesicht ab, versucht zu ignorieren, daß er sich wieder besser fühlt (mit Ausnahme vielleicht seines Magens) und denkt ernsthaft über den Plan nach, sich zum führenden Aktivisten auf dem Campus zu mausern.

Teufel, falls er Naomi dadurch nicht zurückgewinnen sollte, hat sie immer noch ein paar Freundinnen, mit denen sich sicher auch etwas anfangen ließe. Anscheinend gibt es Organisationen, die sich mit jeder nur denkbaren Vorgehensweise bezüglich der Methanemission befassen (außer vielleicht der, den Methanausstoß noch zu steigern). Wenn erst ein offizieller Bericht der NOAA oder der UNESCO vorliegt, werden die paar Organisationen auf dem Campus, deren Ansichten dann noch relevant sind, einen springflutartigen Zustrom erfahren.

Wenn er also jetzt schon dem richtigen Verein beitritt …

Er ruft sich selbst zur Ordnung. Er versucht zu verdrängen, daß er mit seiner Selbstkritik Naomi imitiert. Aber Jesse hat den Bogen einfach nicht raus; es ist ihm noch nie gelungen, sich das gleiche Maß an Ablehnung entgegenzubringen, wie Naomi es bei sich praktiziert. Wenn er sich einer Organisation anschließt, dann aufgrund der Motivation, weil er an sie glaubt und für sie arbeiten will, aus einer selbstlosen Liebe zu …

Oh, gut, wie dem auch sei, er wird für eine Organisation arbeiten, die das Richtige will, er weiß, daß er sich nicht für einen Verband engagieren will, der das Falsche vertritt, und da er durchaus in der Lage ist, eine diesbezügliche Differenzierung vorzunehmen, sollte er von dieser Option auch Gebrauch machen. Vielleicht kann Di ihm weiterhelfen.

Er holt einen Spiegel aus der Brieftasche, klebt ihn an die Wand, und richtet sich unter Verwendung der restlichen Erfrischungstücher und eines Kamms soweit her, daß man ihm seine Befindlichkeit nicht ansieht, denn Di ist genau die Sorte dummer, mitfühlender Bruder, der sich eher über Jesses Zustand aufregen würde, anstatt ihm einfach nur das zu sagen, was er wissen will. Dann nimmt er das Telefon vom Gürtel, klatscht das Videoempfangsteil an die gegenüberliegende Wand und wählt.

Er setzt die Priorität gerade so hoch an, daß der Anruf Di bei der Arbeit erreicht, sofern Di nicht die Überrangtaste gedrückt hat. Er wird ihn bei Routineaufgaben erreichen, aber nicht mitten in einer Besprechung oder einer anderen wichtigen Verrichtung; der Anruf läuft über die jeweils günstigsten Verbindungen und Telefongesellschaften im komplexen Reigen der konkurrierenden Software, so daß das Signal in kleinen Segmenten, resp. Tranchen von wenigen Millisekunden über den Erdball jagt. Jesse denkt nicht weiter über diese Dinge nach, denn sie geschehen sowieso ohne sein Zutun.

Randy Householder vertraut nicht einmal Leuten, die er bewundert. Er vermutet, daß eine einflußreiche Persönlichkeit ihre Finger im Spiel haben muß, um die Ermittlungen bezüglich des Todes von Kimbie Dee so lange zu verschleppen. Gewaltkriminalität wird nach dem *Diem*-Gesetz so hart geahndet, daß das Organisierte Verbrechen solche Clips in der Regel nicht in Umlauf bringt – sie liefern sie sogar ab, wenn sie welche finden. Also müssen die Drahtzieher über großen Einfluß verfügen.

Randy weiß, daß der von ihm gesuchte Mann nur dann verhaftet wird, wenn jemand mit noch mehr Macht – jemand, der unbestechlich ist – ihn verfolgt, und jedwede Fahndung dieser Art müßte geheimgehalten werden und außerhalb der üblichen Kanäle stattfinden. Nicht, daß es Randy dabei in den Sinn käme, er könnte vielleicht der einzige sein, der das Verbrechen noch aufklären will.

Aber von wem auch immer diese geheimen Ermittlungen durchgeführt werden, der Betreffende müßte jemandem unterstehen, der mächtig und unbestechlich ist und mit Leidenschaft die Ausmerzung von Mörderporno-XV betreibt – bei dieser Person könnte es sich also nur um Harry Diem selbst handeln.

Also hat Randy einige ›Daten-Späher‹ in Umlauf gebracht, die nach einer Verbindung zu Harry Diem suchen. Einem dieser Späher ist bekannt, daß Di Callare gelegentlich in Kontakt mit Diem steht, und so beschließt er – weil ihm sonst nichts Besseres einfällt –, auf eines von Jesses Datenpäckchen aufzuspringen. Aufgrund dieses Vorgangs klingelt Dis Telefon fast drei Millisekunden später, aber dadurch wird zugleich ein bisher geheimer Datenkanal zwischen dem Weißen Haus und den Forschungseinrichtungen enttarnt, ein Kanal, der noch viele alte Codes von Harry Diem enthält. Ein ziemlich ungewöhnlicher Ort, aber das, was Randy sucht, befindet sich ohnehin an ungewöhnlichen Orten.

Der Späher schaut sich um, befindet, daß es eine gute Jagd war und übermittelt Datenpäckchen an andere in Randys Diensten stehende Späher, damit sie ihm Kopien schicken. Noch macht er sich nicht die Mühe, Randy von dem Fund zu informieren. Wenn wieder etwas Interessantes hereinkommt, wird er aber Meldung machen.

Bei der NOAA hat Di Callare die Beine auf den Schreibtisch gelegt und betrachtet ein Diagramm, das während seiner Kommunikation mit dem Computer permanent die Konturen wechselt. Was er da zu implementieren versucht, ist ein Netzplan für seine Leute.

Peter ist ein netter Mensch und hat von allen Mitarbeitern des Teams das beste Gespür für meteorologische Zusammenhänge, aber er ist der geborene Zauderer, einer, der sich fürchtet, selbst die eindeutigsten Schlüsse zu ziehen. Talley ist hochmotiviert, phantasiebegabt und außerdem oft sehr innovativ, aber manchmal schießt sie über das Ziel hinaus und verfügt nicht über das geringste politische Gespür. Außerdem ist Lori wegen ihrer außerordentlichen Intelligenz und ihres Humors ein klein wenig eifersüchtig, und wenn Di einige Wochen zu eng mit Tally zusammenarbeitet, wird es zu Hause sicher Ärger geben.

Wenn er ihr indessen einen anderen Partner zuweist, treibt sie den Betreffenden in der Regel zum Wahnsinn. Niemand außer Di scheint in der Lage zu sein, ihr einmal auch etwas abzuschlagen; das liegt unzweifelhaft an ihrer Schönheit, aber Di vermag nicht recht einzusehen, warum sie deshalb immer ihren Kopf durchsetzen sollte.

Mohammed und Wo Ping sind versierte Mathematiker, und sie arbeiten gerne zusammen. Eigentlich erleichtert das die Aufgabenzuweisung für die beiden, aber wenn sie dann ein Team bilden, neigen sie dazu, scheinbar absurde Spekulationen nicht an die anderen weiterzuleiten – und gerade jetzt ist er auf wüste Spekulationen angewiesen. Vielleicht kann er Gretch, die Assistentin, die immer während der Sommerferien hier arbeitet, noch in ihr Team integrieren. Ihre mathematischen Fähigkeiten sind zwar lausig, weshalb die beiden sie nicht mögen, aber ihre Intuition ist fast so gut wie die von Peter, und sie verfügt über zuwenig Erfahrung, um eine Idee einfach als ›absurd‹ abzutun.

Es ist wirklich ein großartiges Team. Es hat lange gedauert, bis er es zusammengestellt hatte. Er wünschte sich nur, daß er die Leute nicht mit einer so unglaublich komplexen Aufgabe betrauen müßte, aber das ist etwas, worauf weder er noch Henry Pauliss irgendwelchen Einfluß hatten.

Die Nachricht mit dem Inhalt »Di Callares Telefon klingeln lassen, wenn es nicht auf ›Priorität‹ eingestellt ist«, geht in vier Tranchen über zwei Satelliten und zwei Glasfaserleitungen in Washington ein, wird in einer Sub-Station sechs Häuserblocks von seinem Büro entfernt rekonstruiert, schlüpft durch eine Lücke in die Leitung zum Weißen Haus – verharrt dort noch für drei Millisekunden, während ein Späher sich vom Signal löst und weitersucht – und trifft dann schließlich im Speicherregister von Dis Telefon ein, welches unter dem Ausdruck einer Statistik mit den Ergebnissen von einer Billiarde Berechnungen des NOAA-Hauptmodells verborgen ist.

Das Telefon klingelt, er greift nach dem Hörer, und Telefon und Ausdruck rutschen gemeinsam in den Papierkorb. Er kippt den Papierkorb aus, um das Telefon zu bergen, und sagt: »Bin beschäftigt. Nimm den Anruf bitte für mich entgegen und lege ihn auf den Bildschirm und die Lautsprecher.«

Das Konterfei seines jugendlichen Bruders erscheint auf dem Bildschirm.

»Jesse! Was gibt's?«

»Ach, dieses und jenes. Äh … hättest du vielleicht mal zehn Minuten Zeit. Es ist nicht gar so wichtig.«

»Sicher, ich könnte jetzt eine Pause gebrauchen.«

Jesse schenkt ihm ein angedeutetes Lächeln, das Di deshalb als solches identifiziert, weil er es auch von ihrer Mutter kennt, und dann sagt Jesse: »Ich will keine unzulässigen oder inoffiziellen Auskünfte von dir, aber sehr viele meiner Freunde fragen sich, ob das mit dem Methan eine größere Sache ist oder nicht, und ich habe ihnen versprochen, daß ich mich erkundige, nur für den Fall, daß es etwas gibt, das du vorab sagen kannst, bevor es offiziell in den Nachrichten gebracht wird …«

Wenn Jesse auch nur annähernd Ähnlichkeit mit Di hat, als dieser im gleichen Alter war, dann handelt es sich bei den sehr vielen Freunden wahrscheinlich nur um eine Person, die wahrscheinlich weiblichen Geschlechts ist. »Nun«, meint Di, »zufällig kann ich jetzt etwas mehr sagen als beim letztenmal. Es kommt zwar auch in den Nachrichten, wird aber wahrscheinlich im Hintergrund der verschiedenen Spekulationen untergehen, einschließlich dessen, was zwei Astrologen, drei Baptistenprediger und die Vegetarische Liga zu sagen haben. Aber wir haben Prognosen, und die sehen nicht gut aus.«

»Die Atmosphäre wird so mit Methan gesättigt, daß weltweit kein Kuhfurz mehr entweichen kann?«

»Diese Hypothese haben wir bereits ad acta gelegt. Nein, wir betrachten fünf mögliche Negativentwicklungen. Auf jeden Fall beschert es uns den bisher heißesten Sommer in der nördlichen Hemisphäre, und es hat nicht annähernd den Anschein, daß die Hitze wieder nachläßt, bevor wir auch in der südlichen Hemisphäre den heißesten Sommer aller Zeiten bekommen. Also basieren unsere ganzen Überlegungen auf diesem Modell. Zum einen wird die Luft sich erwärmen, wodurch die Luftfeuchtigkeit sich ebenfalls erhöht, und dieses Wasser wird nicht gleichmäßig aus allen Quellen abgezogen. Das könnte für einige Regionen eine schwere Dürre bedeuten – oder sintflutartige Regenfälle in anderen.

Dann werden mehrere überdurchschnittlich warme Jahre die bereits existierende Verschiebung der Baumgrenzen beschleunigen, was bedeutet, daß die Baumgrenze sich zunächst nach Norden verschiebt, dann zurück nach Süden und zum Schluß wieder nach Norden. Und weil ein Wald in einem Jahrzehnt nur anderthalb Kilometer wandern kann, wenn die an der Südseite absterbenden Bäume durch junge Bäume an der Nordseite ersetzt werden sollen, wird es darauf hinauslaufen, daß die Wälder schrumpfen und im Norden und Süden jeweils von einem Streifen extrem abnormen Gestrüpps begrenzt werden. Daraus werden dann alle möglichen ökologischen Echos resultieren.«

»Ökologische Echos?« Jesse mustert ihn fragend, als ob er sich Notizen machen würde.

»Veränderungen, die Veränderungen verursachen, welche ihrerseits wieder Veränderungen verursachen. Wie der riesige Waldbrand des Jahres 1910 im Nordwesten die Ökologie dieses Waldes weit über ein Jahrhundert auf nachhaltige Art beeinflußte, obwohl fast keiner der einzelnen Organismen so lange lebte.

Zum dritten stellt zusätzliche Wärme zusätzliche Energie dar, und ein Phänomen, zu dem atmosphärische Wärme konvertiert wird, sind Hurrikane, besonders, wenn man die Wechselwirkung mit Oberflächenwasser berücksichtigt. Stärkere Hurrikane, mehr Hurrikane, Hurrikane, wo es früher nie welche gegeben hätte ... wir haben ein Team, das sich nur damit beschäftigt.

Viertens könnte es sein, daß aufgrund der zusätzlichen Wärme zu Beginn des Frühjahrs Schneefelder großflächig abschmelzen und im Herbst nicht mehr restauriert werden, so daß die Albedo der Erde abnimmt und eine Rückkoppelung eintritt, wodurch die Erwärmung sich solange fortsetzt, bis es nur noch im Himalaya und in den Anden Schnee oder Eis gibt. Du kennst den Begriff ›Albedo‹?«

»Rückstrahlung. Wieviel Sonnenlicht zurück in den Weltraum reflektiert und wieviel hier in Wärme umgewandelt wird. Einführung in Astronomie und Planetenkunde, Astro 1103; ich habe eine ›Signifikante Leistung‹ erzielt.«

»Gut, Junge. Familientradition; ich hatte selbst eine Drei plus im Grundstudium.«

»Wie hast du dann den Doktortitel erlangt?«

»Ich habe geheiratet und aufgehört, jedem Rock nachzulaufen. Gut – zum fünften, der Pol erwärmt sich, so daß die Luftmassen dort nicht mehr wie üblich absinken und somit auch nicht zu den mittleren Breiten abfließen. Während des ganzen Sommers tritt im Grunde eine globale Inversion ein; die stetigen Luftbewegungen kommen zum Erliegen, und es entstehen auch keine von West nach Ost ziehenden Stürme mehr. Globale Dürre, ganz zu schweigen von der sich über den Städten aufbauenden unglaublichen Luftverschmutzung. Wenn dann der Winter kommt, sind Amerika und Eurasien durch die Trockenheit ausgedörrt, und schließlich brechen die polaren Luftmassen durch. Heftige, konservierte Wirbelstürme fegen über die ausgetrockneten Gebiete und legen eine Staubglocke über die Hemisphäre – woraufhin im nächsten Jahr noch eine oder mehrere der Optionen eins bis vier folgen.«

Jesse stößt einen langen, leisen Pfiff aus. »Wenn das so ist, verdammt, dann ist das also wirklich eine größere Sache? Hat es Sinn, sich deswegen Sorgen zu machen?«

»Es ist eine größere Sache, richtig. Ob es Sinn hat, sich deswegen Sorgen zu machen, kommt darauf an. Die Menschheit ist nicht in der Lage, etwas dagegen zu unternehmen, mußt du wissen, und obwohl du dich nun den Nationalisten anschließen und die UN dafür verantwortlich machen oder aber zu einem Internationalisten werden und verlangen könntest, daß alle Macht an die UN übergeht, verhält es sich im Grunde so, daß, unabhängig vom Verhalten der Menschen, ebendies früher oder später ohnehin geschehen wäre. In den höheren Breiten ist der Meeresboden mit Methan regelrecht vollgesogen. Früher oder später wären doch Atom- oder Antimaterie-Waffen dort explodiert, oder ein unterseeischer Lavastrom hätte die Lagerstätten zum Schmelzen gebracht, oder vielleicht wäre auch ein großer Meteor mittendrin eingeschlagen. Außerdem, angesichts des globalen Treibhauseffekts könnten sich bei zunehmender Erwärmung der tieferen Meeresschichten in hundert Jahren *alle* Methan-Felder auflösen – ein paläontologisches Team ist mit entsprechenden Ausgrabungen beschäftigt. Im Lauf der Erdgeschichte hat es bereits einige sehr kurze Erwärmungen gegeben, und um eine solche handelt es sich wohl auch jetzt. Es ist früher schon geschehen, und es wird wieder geschehen.«

»Hat ja große Ähnlichkeit mit einem Verkehrsunfall.« Jesse wirkt leicht erschüttert. »Egal, wie wahrscheinlich er ist, man könnte gut darauf verzichten.«

»Ja, wirklich. Abgesehen davon, in nicht einmal zehn Jahren ist alles vorbei; dann wird das überschüssige Methan vom Ozean absorbiert und von den Mikroben aufgezehrt worden sein, abgefackelt, durch die UV-Strahlung in der oberen Atmosphäre zerlegt und so weiter.«

»Nun, Teufel, da gibt es aber viel zu absorbieren«, erkennt Jesse schließlich. »Es besteht anscheinend keine Möglichkeit, etwas dagegen zu unternehmen ...«

Di zuckt die Achseln. »Wir könnten die Leute auffordern, sich auf schlechte Neuigkeiten einzustellen. Das wäre aber auch schon alles. Wärme ist Energie, und je mehr Energie im System steckt, desto intensiver wird der Vorgang. Ich habe dir hoffentlich etwas helfen können.«

»Du bist immer eine Hilfe. Du bist der verdammt beste große Bruder, den ich habe. Grüße Lori und die Kinder.«

Es dauert eine Sekunde, bis Di verstanden hat, daß ›verdammt‹ in diesem Kontext ein positiv konnotiertes Wort ist.

Als sie auflegen, wird die Verbindung nicht ›unterbrochen‹, wie es landläufig heißt; während ihres langen Gespräches haben alle Daten selbständig die Billionen möglicher Verbindungen durchlaufen und sich am anderen Ende wieder rekonfiguriert. Nur, daß sie jetzt nicht mehr durch das Labyrinth huschen.

In der Substation in der Nähe von Dis Büro, wo Jesses Audio- und Videosignale rekonstruiert und die von Di abgeschickten Audio- und Videosignale fragmentiert wurden, tummelten sich über dreißig interessierte Späher.

Als die normalen Bild-Telefone durch digitalisierte Übertragung ersetzt wurden, warnten die Zeitungen vor der potentiellen Gefahr, die ›Viren‹ – der umgangssprachliche, pejorative Begriff für selbstreproduzierende Programme – für die Telekommunikation darstellten.

Wie üblich, hinkte die Terminologie den Fakten weit hinterher. Der Reproduktions-Code, der die Befehle für die Neuprogrammierung der Mini-Programme enthielt, konnte dupliziert, modifiziert und mit Intelligenz versehen werden, und das Ganze ließ sich dann in einen Scout verwandeln (so genannt, weil das Programm alle Verbindungen abhörte und die Inhalte weiterleitete). Scouts treiben in den Datenbussen wichtiger Einrichtungen ihr Unwesen und hören die aus den Datenfragmenten restaurierten Gespräche ab; dann erstellen sie Kopien dieser Nachrichten und übermitteln sie an ihre Rigger.

Ein Jahrzehnt nach dem Auftreten der ersten Scouts wurden die menschlichen Rigger überflüssig. Sie wurden ersetzt durch Programme, künstliche Intelligenzen, die selbst Wichtiges von Unwichtigem zu unterscheiden wußten.

Nach einer Weile fingen Scout und Rigger gleichermaßen an, sich zu reproduzieren und im Netz umherzuwandern, stets auf der Suche nach einem Nodus, einem Verknüpfungspunkt, den sie noch nicht infiziert hatten. Im Jahre 2028 haben die Scouts auch den letzten Rest an Privatsphäre eliminiert.

Solange *los corporados* für die subversive Tätigkeit der Späher entschädigt wurden, waren die einzigen, die sich daran störten, die isolierten Sonderlinge, die sich auf schriftlichem Wege beim Kongreß über die ›Verletzung der Privatsphäre‹ beschwerten.

Mittlerweile hat eine große Zahl unterschiedlicher Organisationen die Bedeutung der Arbeit der NOAA erkannt – insbesondere nach den Globalen Chaostagen. Also haben die Lauschprogramme in der Peripherie der NOAA Stellung bezogen, wie Mücken in einem Sumpf. Es ist nachgerade ein Wunder, daß nur dreißig Scout-Sippen sich als Verbreiter der Neuigkeiten betätigen.

Eine kleine Bande von Datenspähern prescht nur ein oder zwei Meilen – obwohl sie die Knotenpunkte in Boston, Cleveland und zum Teil in Trinidad nutzen – in das Telekommunikations-Analyseprogramm des FBI vor, das nach einer schnellen Abhöraktion zu dem Schluß gelangt, daß Di nichts Vertrauliches ausgeplaudert hat, woraufhin sie die Akte von Jesse öffnen und auf die Verbindung zu Naomi stoßen, wobei sie befinden, daß sie die Informationen höchstens dazu verwenden könnte, ihren Einfluß bei den Studentenorganisationen zu stärken. Dies wird mit ihrer Beurteilung durch das FBI abgeglichen, derzufolge sie als uncharismatisch und somit harmlos gilt, zumindest aber anderen potentiellen Studentenführern vorgezogen würde. Die Datenspäher legen ein Verzeichnis an, speichern die Daten und schließen die Datei.

Die meisten anderen Scouts arbeiten für Informations-Organisationen, und diese selektieren die relevanten Aspekte von Dis Aussagen, ermitteln die Kongruenz mit dem Material, das die NOAA ihnen vor einer Dreiviertelstunde als Pressemitteilung hatte zugehen lassen und entnehmen dann dem Ganzen zwei nützliche Informationen: den Namen Di Callare und die Tatsache, daß die NOAA die Wahrheit sagt.

Der Vorgang ist ungefähr in dem Moment abgeschlossen, als Jesse die Videokamera und den Monitor von der Wand des Abteils entfernt und Di Zeit findet, zu verschnaufen und den Blick wieder auf das Diagramm zu werfen – diese Fakten werden gewichtet, in die Datenbank integriert und mit einem Preis versehen. Wenn jemand sich dafür interessiert, kann er sie haben – gegen eine Gebühr.

Drei kleine und primitive Datenspäher – die allesamt Merkmale unzureichender Finanzmittel aufweisen –, machen sich mit Daten über die drei Präsidentschaftskandidaten aus dem Staub. Die einzigen Schlüsse, die ihre Auftraggeber dann daraus ziehen, besagen, daß die Kampagnen noch geheimgehalten werden. Das Büro des Anwärters der Republikaner hat einen Beschwerdebrief an Präsidentin Hardshaw geschickt, in dem an ihre Parteiloyalität appelliert wird. Es handelt sich dabei um einen solchen Routinevorgang, daß sie sogar ein Formblatt dafür haben.

Ein rein kommerzieller, schlicht strukturierter Daten-Späher leitet das ganze Gespräch von Berlina Jameson weiter, die sich gegenwärtig im *Motel Two* in Point Barrow, Alaska, aufhält. Es gebricht ihm sogar an der Intelligenz, die Bedeutung einer Sache zu erkennen, da aber so viele Dinge, nach denen er sucht, häufig erwähnt wurden, weist er der Aufnahme höchste Priorität zu.

Ein Daten-Späher schlägt indes aus der Art – er ist sehr groß und intelligent. Für die Reise zum *GateTech*-Hauptquartier in Cape Canaveral zerlegt er sich in eine Million Fragmente und schleust sie nacheinander in das Netz ein, wie eine Wasserschlange, sich vom Flußufer löst. Neben einer vollständigen Aufzeichnung, dem beigefügten Index und Querverweisen zu anderen Gesprächen sowie entsprechenden Auszügen existiert eine ganze Struktur von Gedanken und Fragen, die dem Volumen (wenn sie in Textform vorläge) von zwanzig alten Enzyklopädien entspricht.

Elf Millisekunden später deponiert in Cape Canaveral eine der von Glinda Gray geschaffenen und als Assistenten eingesetzten Künstlichen Intelligenzen eine Notiz in der elektronischen Ablage, welche besagt, daß sie vielleicht auf eine signifikante Information gestoßen ist. Bisher hat sie ein Dossier von fünf Seiten angelegt, das unter der Bezeichnung ›Diogenes Callare‹ firmiert.

Ein anderer Daten-Späher handelt im Auftrag der *Industrial Facilities Mutual*, einem großen Industrie-Versicherungskonsortium, und er ist wahrscheinlich der zweitklügste Späher in der Sub-Station. Mit der Meldung, daß die klimatischen Risiken dramatisch unterschätzt worden sind, eilt er ins Hauptquartier nach Manhattan.

Dort untersuchen Künstliche Intelligenzen den Sachverhalt, schließen sich der Einschätzung des Spähers an und setzen neue Prioritäten. Der Zeitplan für die Inspektion von Anlagen und Einrichtungen wird je nach Priorität festgelegt – so wird zum Beispiel der Brandschutz einer Fabrik im trockenen Kalifornien öfter inspiziert als bei einem Werk an der Küste von Oregon –, und so wird die Priorität für alle Wetterrisiken erhöht: Funktürme, Überland-Hochspannungsleitungen, Werkshallen mit Flachdächern, auf denen sich viel Schnee ansammelt, Geschäfte in Schwemmlandebenen...

Nach vier Sekunden gehen die neuen Prioritäten an die jeweiligen Ingenieure. Der für Hawaii zuständige Ingenieur schläft noch, als sein Computer die neuen Instruktionen erhält, die in seinem Zuständigkeitsbereich liegenden Objekte überprüft und der NAOS, der Betreibergesellschaft der neuen *Kingman Reef Heavy Launch Facility*, eine vorgezogene Inspektion avisiert.

Diese Mitteilung ist also das erste, womit die beiden Geschäftsführer von *Kingman* beim Frühstück konfrontiert werden. Der Werksleiter, Akiri Crandall, der sowohl die restlichen Bauarbeiten als auch den Betriebsablauf überwacht, ist empört; nicht zum erstenmal wünscht er sich wieder zur Marine zurück, auf seinen alten Posten als Kommandant eines Zerstörers. Der Inspektor wird sich einen ganzen Tag lang im Betrieb herumtreiben, und wo immer er auftaucht, wird die Arbeit zum Erliegen kommen und die Gerüchteküche dafür um so aktiver sein.

Gunnar Redalsen, Leiter der Startoperationen, war ohnehin schon mißgestimmt; in letzter Zeit wacht er bereits übellaunig auf. Die *Monster* ist die bisher größte Rakete, die jemals ins All fliegen soll; bis zum Probelauf sind es gerade noch drei Monate, und sie liegen jetzt schon zehn Tage hinter dem Zeitplan zurück, und das letzte, was er nun gebrauchen kann, ist eine weitere Verzögerung.

Unglücklicherweise kommen Crandall und Redalsen nicht miteinander aus, und das ist auch allgemein bekannt, was noch schlimmer ist. Drei Stunden nach Beginn der Tagschicht bringen Störenfriede auf beiden Seiten das Gerücht in Umlauf, wonach die andere Seite irgendwie für die vorzeitige Inspektion verantwortlich sei, und zwischen den Unternehmensbereichen ›Raketenstarts‹ und ›Allgemeine Geschäftstätigkeit‹ bricht ein regelrechtes Mobbing aus. In der Mittagspause gelangen Crandall und Redalsen zu der Ansicht, eine ›Friedenskonferenz‹ abhalten zu müssen (einen ›Krieg‹ wollte keiner von beiden) und weisen die Belegschaft an, die Auseinandersetzungen einzustellen und sich wieder an die Arbeit zu begeben.

Den ganzen Nachmittag herrscht zwischen den entsprechend disponierten Kollegen eisiges Schweigen, und abends gibt es dann Ehestreitigkeiten, heulende Kinder, und viele Leute gehen verstimmt zu Bett.

Während des ganzen langen Tages brandet draußen der Pazifik an die Küste, wie er es schon seit Jahrtausenden tut; weil jedoch ein wolkenloser Himmel und warmes Wetter für hiesige Verhältnisse normal sind und ohnehin kaum jemand die Station verläßt, fällt es auch niemandem besonders auf, außer ein paar Leuten, die einen freien Tag haben und in der Sonne liegen. Die vom westlichen Horizont kommenden Wellen brechen sich an den Betonpfeilern und rollen weiter zum östlichen Horizont; im Wechsel der Gezeiten steigt und fällt das Wasser leicht an den Seiten der Station, mehr nicht. Als die Nacht hereinbricht, beginnen Tausende von Sternen ihren Reigen, aber niemand sieht sie.

Im Innern der Station wälzt Crandall sich schlaflos auf dem Bett. Er weiß, daß Redalsen wegen der Inspektion verärgert ist und daß weiterer Ärger bevorsteht. Die *Monster*, die jetzt ruhig neben der Startrampe steht und erst in einigen Monaten betankt werden wird, wird termingerecht starten – dafür sorgt Redalsen schon –, aber Crandall weiß, daß die Auseinandersetzungen noch lange nicht beendet sind.

Bevor Redalsen einschläft, fragt er sich noch, warum Crandall nicht begreift, daß die Aufgabe einer Starteinrichtung eben darin besteht, Dinge zu starten.

Nach dem Gespräch mit seinem Bruder lehnt Jesse Callare sich im *Zipline*-Abteil zurück und denkt nach. Seine Metamorphose zu einem einflußreichen Studentensprecher wird sich wohl nicht realisieren lassen. Außerdem wird Naomi erst in einigen Monaten zurückkehren, und dann werden sie zunächst wieder zusammenfinden müssen, wobei ihr seine Veränderung erst einmal auffallen muß, und – das Problem besteht darin, daß es einfach zu lange dauern würde. Andererseits glaubt er auch nicht, daß es ihr recht wäre, wenn er ihr jetzt nach Mexiko nachfahren würde.

Aber er *ist* nun einmal ein Maschinenbaustudent. Und *TechsMex*, die Unternehmensgruppe, welche Ingenieure und Praktikanten als Ausbilder in den Süden schickt, hat immer freie Stellen. Direkt nach Tehuantepec zu gehen, wäre vielleicht etwas zu auffällig, aber er könnte sich ja zumindest in derselben Region, in Oaxaca, stationieren lassen …

Er wählt *TechsMex* an und geht die Stellenangebote durch. Das gestaltet sich nicht so leicht, wie er es sich vorgestellt hat – es gäbe zwar zehn für ihn passende

Stellen, aber die befinden sich überwiegend in Ciudad de México oder noch weiter im Norden …

Bei dem einzigen Angebot tief im Süden, in der Nähe von Tehuantepec – wobei ›in der Nähe‹ ein sehr relativer Ausdruck ist – handelt es sich um eine Tutorenstelle für angehende Maschinenbaustudenten in einer kleineren Oberschule in Tapachula, fast an der Grenze zu Guatemala. Selbst die Luftlinie nach Tehuantepec beträgt dreihundertfünfzig Kilometer, und so weit im Süden gibt es noch keine *Ziplines*.

Aber dann kommt ihm der Gedanke, daß er sich dicht am Äquator befände und in der Abgeschiedenheit einer kleinen Grenzstadt wertvolle Arbeit verrichten könnte – und er hätte einmal Ruhe vor seinen alten Freunden. Von einer Flucht vor einer unglücklichen Liebschaft liest man eigentlich immer nur in Büchern, aber ein Grund für ein solches Vorgehen könnte schlicht darin bestehen, daß es wirkt.

Er beschließt, heute abend eine Entscheidung zu treffen. In der Zwischenzeit kann er die aktuellen Nachrichten sehen. Zum Teufel, er beschließt, sich einmal richtig gehen zu lassen; er fixiert das Mikrofon und schaltet sich in XV zu, wobei er sich einen ausgesprochen niveaulosen Kanal aussucht. Er kommt gerade rechtzeitig, um in die Identität von Rock zu schlüpfen und dann noch einmal in die von Synthi Venture (damals, als Teenager, hatte ihm das immer großes Vergnügen bereitet), bevor sie in Urlaub geht. Es ist großartig, vor allem dann, als er anfängt, zwischen ihnen zu pendeln; ihr Geschlechtsverkehr ist so leidenschaftlich, gewalttätig und ekstatisch, daß nach Beendigung des Akts Jesse den Leuten vom *Christlichen XV* recht geben muß, wenn sie sagen, im Falle einer wahrhaft konsequenten Anwendung des *Diem*-Gesetzes wäre Doug Llewellyn, der Präsident von *Passionet*, schon längst auf dem elektrischen Stuhl gelandet.

Die Türen öffenen sich im Bahnhof von Tucson, und

der *Zipline* wünscht Jesse noch einen schönen Tag. Er schultert die Reisetasche und tritt wieder in das helle Sonnenlicht. Es sind noch mehrere Stunden bis zur Party heute abend, noch mehrere Stunden, bis er etwas bewirken kann. Vielleicht wird er solange noch lernen.

Berlina Jameson genießt das Frühstück, zum Teil, weil es gratis ist, und hauptsächlich deshalb, weil sie sich dabei in Gesellschaft befindet. Haynes Lamborghini, der Reporter für den Textkanal der New York Times, hat sie zum Frühstück eingeladen, weil heute sein letzter Tag in Barrow ist und sie Freunde geworden sind.

»Dann übernimmst du also die ›Ich habe niemanden zum Reden‹-Geschichte«, sagt er. »Und mach dir auch schon einmal Gedanken über den Vertrieb, falls das nicht schon geschehen ist. Dir steht fast das ganze Bildmaterial zur Verfügung. Vom historischen Standpunkt ist es einfach zu wertvoll, um es irgendwo verrotten zu lassen oder zu warten, bis es ins Archiv kommt.«

»Ich dachte immer, ihr Text-Leute mögt kein Video.«

»Ist aber immer noch besser als XV«, erklärt Lamborghini. Er nimmt noch einen Schluck Kaffee. »Junge, was ich sicher nicht vermissen werde, ist der Kaffee hier. Sie gleichen das fehlende Aroma aus, indem sie ihn verdünnen. Der Punkt ist, Berlina, die Kamera ist nicht objektiv, und TV ist etwas für Analphabeten, aber XV ist es noch immer um Lichtjahre überlegen. Zumindest weiß man, was sich vor der Kamera abspielt, und wenigstens spüren die Leute ihre eigenen Gefühle anstatt die des Reporters. Und die potentielle Reichweite deiner Arbeit ist viel größer als die meine, so daß es nur wenige Menschen mit einer objektiven Sichtweise gibt.«

»Aber eine Sichtweise wovon?« fragt Berlina. »Jeder, mit dem ich hier spreche, will mir partout erzählen, an der Sache wäre nichts dran. Ich habe fast mein ganzes Budget in Ferngespräche nach Washington investiert, und auch dort wollte mir niemand etwas sagen.«

Lamborghini hebt die Hände und dreht die Handflächen nach vorne, als ob er ein Magier wäre, der sie in eine Märchenprinzessin verwandeln wollte. »Aber du hast doch das ganze Material über Leute, die bestreiten, daß etwas im Gange sei. Und du hast ein Bündel diesbezüglicher widersprüchlicher Aussagen und genügend externe Belege, die als Indiz für eine Geschichte ausreichen. Mehr brauchst du doch gar nicht. Es gibt keinen profitableren Aufhänger für den Nachrichtenverkauf als ›Warum sagen sie nicht die Wahrheit?‹. Mädchen, du hast einen Volltreffer gelandet. Jetzt mußt du die Geschichte nur noch dokumentarisch aufbereiten und vermarkten.«

Berlina nickt. »Ich werde es mal versuchen«, sagt sie. Dann wendet die Konversation sich anderen Themen zu.

Als sie zum *Motel Two* zurückkehrt und die Post durchgeht, stößt sie auf den üblichen Kram – eine Menge Kurzanrufe von diversen Büros mit der Meldung, daß sie keine Aussagen hätten, Werbesendungen und Mahnungen, daß sie sich ihrem Kreditlimit nähert. Die Daten-Späher haben auch nicht mehr vorzuweisen als Routinemeldungen – ein widerliches Exemplar dort draußen versorgt sie immer mit dem Wetterbericht, und bisher ist sie noch nicht imstande gewesen, den Störer aufzuspüren und zu eliminieren …

Diesmal ist aber noch etwas anderes dabei. Eine Überrangmeldung. Sie setzt sich, hört den vollen Wortlaut ab und betrachtet das Gespräch auf dem Bildtelefon, kurz bevor Jesse mit dem *Zipline* wieder in Tucson eintrifft.

Zehn Minuten später ruft sie Di Callare an und bittet um einen Gesprächstermin; er sagt, er würde sich gerne mit ihr unterhalten, wenn er heute abend mit dem *Zipline* heimfährt. Sie stellt die Uhr danach. Wenigstens kann sie jetzt den Nachweis erbringen, daß es mehr Grund zur Sorge gibt, als bisher thematisiert wurde.

Sie muß nur darauf achten, daß die Publikation der Geschichte sie nicht in den finanziellen Ruin treibt, der laut letzter Mahnung in ungefähr einer Woche eintreten wird. Dennoch ist es die größte Chance, die sie seit langem hat. Der trübe, düstere und graue Tag, der auf die trostlose Nacht gefolgt war, kommt ihr mit einemmal viel freundlicher vor.

Gerade, als Mary Ann Waterhouse sich entkleidet und dabei Synthi Venture zu imitieren versucht, wenn diese sich für Rock auszieht, und währenddessen dagegen ankämpft, daß der Gedanke, *dies ist das letzte Mal, das letzte Mal, das letzte Mal, meine Brüste sind so wund, so wund, bitte, bitte, dies ist das letzte Mal,* sich laut in ihrem Kopf artikuliert und von den schätzungsweise dreihundertzwölf Millionen Frauen (und ein paar neugierigen Männern) aufgefangen wird, die sich gerade in sie eingeloggt haben, und als Jesse mit Rocks Augen zusieht, wie diese kunstvoll modellierten Brüste bei jedem Stoß aus dem winzigen Büstenhalter hüpfen, und Rock sich fragt (unterhalb von Jesses Wahrnehmungsschwelle), ob er danach überhaupt noch genug Energie für Harry, seinen langjährigen Freund, aufbringen kann …

… und als Di schließlich das Diagramm erhält, das mit seinen Ausgangsdaten übereinstimmt …

… und als Berlina Jameson feststellt, daß ein Überrang-Ruf von einem Daten-Späher vorliegt …

… und bevor Akiri Crandall und Gunnar Redalsen überhaupt erkannt haben, daß sie ungemütlichen Zeiten entgegengehen …

– in diesem Augenblick registriert Glinda Gray, daß eine KI mutmaßlich auf etwas Wichtiges gestoßen ist.

Das Problem mit den verdammten Geräten ist, daß sie zu oft richtig liegen, als daß man sie ignorieren könnte, und sich zu oft irren, als daß man sich auf sie verlassen könnte. Sie würde jetzt wirklich lieber gehen; sie hat Derry versprochen, zum Mittagessen zu Hause zu sein, und jetzt sieht es eher so aus, daß sie wohl den ganzen Samstag durcharbeiten muß.

Nun, wenn sich nach der Überprüfung nichts ergeben hat, wird sie sofort den Raum verlassen und zu Derry nach Hause fahren, wobei sie das Dienstfahrzeug benutzt, zu dessen privater Nutzung der Chef sie ermächtigt hat. Klieg, dieser nette Mensch, sagt ständig, sie solle an den Wochenenden nicht in die Firma kommen, sondern die Zeit für ihr Privatleben nutzen, und wenn die Firma nur aus so netten Menschen wie Klieg bestünde, dann würde sie keine Woche mehr überleben. In diesem Geschäft muß man immer die Nase vorn haben, denn Zweiter beim Erwerb von Sperrpatenten zu sein, hieße, Geld zum Fenster hinauszuwerfen.

Ohne weiter darüber nachzudenken drückt sie die Taste, registriert das Ergebnis – und jubelt wie damals, als sie in der Schule ihre Sportmannschaft anfeuerte. In dem darauffolgenden Schweigen, als sie das Resultat nochmals überprüft, hört sie, wie sechs Türen im Korridor geöffnet werden und ihre Mitarbeiter sich gegenseitig fragen, aus welchem Büro dieser Lärm kam und ob es vielleicht eine Unmutsäußerung gewesen sei? Normalerweise wäre sie jetzt hinausgelaufen und hätte die Leute beruhigt, aber normalerweise hätte sie sich auch nie so artikuliert – und die Dinge sind alles andere als normal.

Sie setzt sich an den Schreibtisch und klopft sich selbst auf die Schulter. Wirklich zu schade, daß es kein Äquivalent für Hochprozentiges oder Schulterklopfen für Künstliche Intelligenzen gibt, denn diese KI hätte sich alles wünschen können, wenn sie nur in der Lage gewesen wäre, einen Wunsch zu artikulieren. Wie ist ihre Seriennummer? – GT1500AI213 + 895. Sie notiert die Nummer, um das Betriebssystem bei der nächsten Generation als Kopiervorlage zu verwenden.

Ein Daten-Späher, der auf einem Nodus in der Nähe der NOAA-Zentrale lauert und Stichproben nimmt, hat mehrere Gespräche dieses Burschen, Diogenes Callare, aufgezeichnet und sie an die KI weitergeleitet. Nachdem die KI nun erkannt hatte, daß Callares Chef viel von ihm spricht und ihn als Autorität bezeichnet, hat sie den Daten-Späher dahingehend umprogrammiert, sich vornehmlich auf Callare zu konzentrieren; darüber hinaus hat die KI festgestellt, daß Callare seinen Einfluß nutzt, um eine hervorragende, aber schwierige Mitarbeiterin – Carla Tynan – wiederzugewinnen.

Sie hat sogar die Tatsache eruiert, daß Carla Tynan früher in der Prognose-Abteilung der NOAA gearbeitet hatte, was folgendes impliziert: sie wollen sie entweder wiederhaben, weil sie mit ihrem Latein am Ende sind, oder weil sie befürchten, etwas übersehen zu haben; außerdem ist es unklar, ob Diogenes Callare einen solchen Einfluß im Kreis der Meteorologen besitzt, weil er Tynan das einzig seriöse Angebot unterbreitet hat oder weil diese, intelligent und dynamisch wie sie ist, nur auf jemanden hört, der genauso intelligent ist wie sie; mithin waren alle an Carla Tynan gerichteten, von ihr ausgehenden und von ihr handelnden Telefonate substantielle Indizien, die Callare eine Schlüsselrolle bei der ganzen Sache zuwiesen.

Konsequenterweise konzentrierte die KI sich nun intensiv auf Callare selbst, und als sie seine Erläuterungen abfing – *an seinen jüngeren Bruder! Besser konnte es gar nicht kommen! Alles in leicht verständlicher Allgemeinsprache, ohne Fachausdrücke!* – glich sie diese Erklärungen mit der offiziellen Pressemitteilung ab und verbreitete diese Erkenntnisse im ganzen Unternehmen.

Die Pressemitteilung wurde mit der nebulösen Phrase eingeleitet, daß wahrscheinlich gar nichts passieren würde, und daß es angesichts der vielen Möglichkeiten sehr schwer sei, überhaupt etwas zu prognostizieren, und dann wurden die Szenarios aufgeführt, als ob es sich dabei um eine Reihe von GAUs gehandelt hätte.

Aber wenn man dies mit dem Privatgespräch verglich, das Di mit seinem jüngeren Bruder – einem Maschinenbaustudent, der, wenn schon nicht in Meteorologie, dann zumindest in Physik bewandert ist – geführt hatte, wurde an drei Stellen deutlich, daß eine große Energiezufuhr erfolgte. Für die meisten Ohren klingt es so, als ob Di einfach nur ›groß‹ gesagt hätte, aber dieses Wort ist der Schlüssel zu der ganzen Sache. Für Leute, die sich professionell mit Physik befassen, ist Energie die Bezeichnung für das, was im Universum entweder als mechanische Arbeit oder als Wärme existiert. Unter Arbeit versteht man die in einem mechanischen System stattfindenden Veränderungen – die Entfernung, über die ein Gegenstand bewegt wird, multipliziert mit der Kraft, die diesem Vorgang entgegenwirkt. Also führt ein großes Energiegefälle in einem mechanischen System (wie der Atmosphäre) zu großen Veränderungen bezüglich des Ortes und der Geschwindigkeit von Objekten.

Oder, in einfachen Worten, zu sehr intensiven Luftströmungen.

Die KI ließ nun einige recht faszinierende Berechnungen laufen – auf eine gespenstische Art faszinierend. Die von der Erde zurückgehaltene, nicht wieder in das Weltall abgestrahlte Energie liegt nur um einen drittel Prozentpunkt höher als normal – als das Energieniveau aber zuletzt um diesen Betrag *reduziert* wurde, reichte das aus, um die Kleine Eiszeit auszulösen. Wenn die globale Erwärmung sich im jetzigen Ausmaß fortsetzt – obwohl der Anstieg, wie die KI anmerkt, sich zumindest verlangsamen soll, wird auf der Erde in diesem Jahr schon eine Durchschnittstemperatur herrschen, die … heiliges Kanonenrohr! – eigentlich erst im Jahre 2412 erreicht werden sollte.

Also spannt sich diese Pressemitteilung als hauchdünnes Faktengewebe über eine implizite Lüge. Wenn etwas sicher ist, dann das, daß etwas geschehen wird, und dieses ›etwas‹ wird gewaltig sein. Alles andere sind Spiegelfechtereien für die Öffentlichkeit, die in dem

Glauben gewiegt werden soll, die zuständigen Stellen wären über die Sachlage orientiert.

Darüber hinaus – und das war der Grund für den Jubel –, wenn man die Details außer Acht läßt, wenn man die Dinge ganzheitlich betrachtet, anstatt sie zu zerpflücken, denn existiert etwas, das den Schlüssel in sich birgt, aus dieser Situation Kapital zu schlagen; und ihre KI hat diesen Schlüssel bereits gedreht.

Sie macht Gebrauch von ihrem Überrangstatus, um eine Verbindung zu John Kliegs Büro zu bekommen, und es überrascht sie nicht im geringsten, daß er anwesend ist. Er ist der Ansicht, daß seine Mitarbeiter zu hart arbeiten und möchte sie schonen, aber man betrachte nur, wie er sich selbst schont – oder eben nicht schont. Das Arbeitsethos des Mannes entspringt definitiv dem zwanzigsten Jahrhundert.

»Chef, ich glaube, wir haben, wonach wir gesucht haben.«

Klieg grinst sie an. »Supermädchen. Kommen Sie zu mir und berichten Sie. Und wenn Sie damit fertig sind, möchte ich eine Erklärung dafür haben, warum Sie das Wochenende nicht mit Ihrem Kind verbringen oder einen Stadtbummel machen.«

Sie lächelt über seine Worte, denn sie weiß, was immer er auch sagt, er meint es nicht so.

Gegen Ende des zwanzigsten Jahrhunderts setzte sich das Paradigma durch, daß die Wirtschaft sich über den Tauschhandel eines Signals – Aufträge, Forderungen, Schulden, Unterhaltung, Lizenzen und tausenderlei anderer Dinge – gegen ein anderes Signal – Geld – definiert. Die Produktion physikalischer Güter entwickelte sich zusehends zu einem Selbstläufer; der Geldkreislauf wurde durch die den Produkten beigefügten Zeichen aufrechterhalten.

Diese Entwicklung wies durchaus eine Parallele auf: auf der Pazifikinsel Yap hatte lange Zeit eine Währung in Form riesiger Steinräder existiert, und Eigentum hatte überwiegend in Bodennutzungs- und Fischereirechten bestanden. Weder das Land noch die Fische waren Umlaufvermögen, und auch das Geld war zu unhandlich, als daß es wie andere Währungen hätte in Umlauf gebracht werden können; nur die Informationen flossen frei.

Im Jahre 2028 hat die restliche Welt mit Yap gleichgezogen.

*Passionet* blendet aus, als Synthi und Rock sich aneinanderkuscheln und den Anschein erwecken, sie würden in den Armen des jeweils anderen einschlafen. Als Synthi sich bei den Verantwortlichen des Netzwerks wegen ihrer körperlichen Überlastung beklagte, übten sie großen Druck auf sie aus, aber mit Rocks Hilfe erreichte sie schließlich, daß man ihr den benötigten Urlaub gewährte, und die Freischichten beginnen in diesem Moment.

Wie sich außerdem herausstellte, hatte Rock ständig Urlaub genommen – »Du mußt sie fragen, Synthi, und dann dafür sorgen, daß sie die Abmachungen auch einhalten; von sich aus tun sie es nämlich nicht« –, und er hatte sich auch bei der Abwicklung des ganzen Papierkrams als sehr hilfreich erwiesen.

Als sie das Wort ›Klappe‹ hören, lösen sie sich voneinander. »Ich habe dich doch nicht verletzt?« fragt Rock und greift nach einem Handtuch, um sich den Penis abzuwischen.

»Ich war schon wund, als wir anfingen, aber ich nehme nicht an, daß es durch dich noch schlimmer geworden ist. Du bist ein sehr zärtlicher Mann, weißt du.«

»Ja«, seufzt er. »Ich werde dich während der nächsten Monate vermissen. Du bist wirklich ein Profi. Und, ehrlich gesagt, es fällt mir so schwer, mich noch für die Nachrichten zu interessieren, daß es mir lieber wäre, die XV-Benutzer würden sie von dir erhalten.« Er setzt sich auf. Ein Assistent tritt ein und überreicht ihm die kleine Tasche mit seinen Kleidern und sonstigen Utensilien. »Und ich habe bei dir das Gefühl, daß du auch noch andere Interessen hast, was ich bei anderen meistens nicht habe. Ich mag dich.«

»Ich mag dich auch«, sagt Synthi. »Und ich werde ganz sicher zurückkommen.« Sie holt ein Präparat zum Abschminken aus ihrer Tasche und verschmiert es auf dem Gesicht, und das ganze Zeug, falsche Wimpern und so weiter, verwandelt sich in eine dünnflüssige Substanz, die sie mit Wasser und Seife entfernt. »Ach, Rock…« Sie schüttelt das Wasser ab und rubbelt sich mit einem Handtuch das Gesicht ab. »Mein wirklicher Name lautet übrigens Mary Ann Waterhouse.«

»Und ich heiße David Ali«, gesteht er und lächelt sie an. »Jetzt bist du auf dich allein gestellt.« Er kritzelt etwas auf ein Blatt Papier und gibt es ihr. »Meine Telefonnummer. Wenn du einfach mal reden willst oder so. Aber ich rate dir, das Geschäft einmal zu vergessen und eine Zeitlang wieder Mary Ann zu sein – der Name ist nämlich viel schöner als Synthi.«

Sie nickt. »Ich habe dem Reisebüro gesagt, daß ich einen Ort suche, an dem absolut nichts los ist. Ich werde nicht einmal ein tragbares XV-Gerät mitnehmen; ich werde einfach wie eine ganz normale Person durch die Stadt gehen.« Sie zieht den Büstenhalter mit speziellen Einlagen an, damit ihre durch die Implantate zu groß und schwer gewordenen Brüste nicht umherwabbeln und sie verletzen, wenn sie sich bewegt. Das Bewußtsein, daß sie für mindestens ein Vierteljahr nicht in einem winzigen Fummel herumlaufen muß, der ihr in Brust, Schultern und Rücken Schmerzen verursacht, ist sehr angenehm.

Über den bequemen Büstenhalter zieht sie den weiten, sackartigen Pullover, dann bindet sie das feuerrote Haar zu einer Bandana, und nun wirkt sie wie eine leicht übergewichtige junge Hausfrau, wobei dieser Eindruck sich noch verstärkt, als sie den Pullover über den Po zieht, der zu festen Halbkugeln modelliert wurde. Als erstes muß sie sich ein paar weite Blusen besorgen… es werden großartige Monate sein, wenn die Männer glauben, daß sie im Grunde ganz hübsch wäre, wenn sie sich nur nicht so gehen ließe.

Als sie sich wieder Rock zuwendet, muß sie beinahe lachen; sie hat ihn noch nie zu Gesicht bekommen, wenn er sich von seinem *alter ego* löst, aber als sie beschlossen hatte, ihre virtuelle Persönlichkeit am Ende jeder Aufnahme abzulegen, sagte er, daß er das auch tun müßte. »Zeigst du mir deins, zeige ich dir meins«, sagte er. »Bist du denn nie mit dem Nachbarsjungen in den Keller geschlichen, um es herauszufinden?«

Jetzt sieht er aus… nun, es gibt einfach keine andere Bezeichnung dafür: Er wirkt unglaublich schwul. Der klassische Nadelstreifenanzug mit dem schmalen Revers, die Weste und das offene Jacket könnten direkt aus einer Schwulenbar in Manhattan stammen; die breite Krawatte mit dem aufgedruckten NFL-Logo gilt gemeinhin als Chiffre für ›Spaß ja, aber nichts Ernsthaftes‹. Selbst das Handy am Gürtel weist ein hoffnungsloses Retrodesign auf und ist dem Autotelefon eines Geschäftsmanns aus den achtziger Jahren des zwanzigsten Jahrhunderts nachempfunden.

Er winkt ihr zu. »Wie sitzt die Krawatte? Und die eierquetschende Alibi-Unterwäsche, die ich anhabe, hast du nicht gesehen, klar? Spitzenhöschen, Baby. Manchmal wünsche ich mir, Harry würde nicht von mir verlangen, daß ich mich wie eine Bartunte aufdonnere.«

Und dann muß Mary Ann doch lachen, und sie umarmt ihn zärtlich. »Du siehst gut aus.«

»Ja, sicher, wenn einem die Mode egal ist, Schatz«, sagt Rock. »Aber wer sich dafür interessiert, weiß, daß ich ein ganzes Jahr hinter dem Trend liege.« Er drückt sie für eine Sekunde an sich und sagt: »Sieh dich nur vor bei all diesen Spießern, hörst du? Tu nichts, wenn du nicht glaubst, daß es ein höllischer Spaß ist. Du hast es dir verdient.« Er küßt sie auf die Stirn. »Jetzt hau ab; Daddy muß sich für seinen Liebhaber zurechtmachen.«

»Wenn ich zurückkomme«, sagt Mary Ann, »werden David und Mary Ann ein Bier oder einen Kaffee trinken gehen.«

»Richtig«, meint David. »Dann reden wir über Männer und warum es unmöglich ist, eine gute Beziehung zu ihnen aufzubauen. Jetzt geh und suche dir jemanden, der dir dein kleines Herz bricht.«

Während sie den Korridor entlanggeht, freut sie sich wie ein kleines Kind, daß die Hälfte der Belegschaft sie gleich zweimal anschaut – sie erkennen sie erst auf den zweiten Blick, obwohl sie wissen, daß sie im Haus ist –, und die andere Hälfte geht an ihr vorbei, ohne überhaupt Notiz von ihr zu nehmen.

Ein Stapel Agenturmeldungen erwartet sie in ihrem Zimmer, und es ist ein wunderbares Gefühl, sie ungelesen wegzuwerfen. Sie ruft nach einem Pagen.

Es erscheint derselbe, der ihr an dem Morgen, als sie ihren Entschluß faßte, auch schon das Frühstück gebracht hat – wenn man eine Entscheidung, die man kurz vor dem Zusammenbruch getroffen hat, denn als solche bezeichnen will. Jetzt, wo sie darüber nachdenkt, erscheint er ziemlich oft bei ihr; vielleicht liegt es an ihrem hohen Trinkgeld, vielleicht ist es aber auch Loyalität. Wie auch immer, im Moment ist sie dankbar für alles, was nach menschlicher Gesellschaft aussieht.

»Oh«, sagt er, »ich schätze, es wird eine Weile dauern, bis Sie das wieder tun.« Seine Konversation ist noch immer etwas krampfhaft; weil sie ihm aber zu verstehen gegeben hat, daß sie sich gern mit ihm unterhält – und mit Kellnern und Portiers und auch sonst mit jedem – hat sie sich mittlerweile daran gewöhnt.

»Ja. Willst du mein geheimes Reiseziel wissen?« fragt sie ihn.

»Es wird kein großes Geheimnis mehr sein, wenn Sie

es überall herumerzählen.« Er zieht ihren Gepäckwagen in den Aufzug, und die Tür gleitet hinter ihnen zu. Zwei Stockwerke, dann hinaus zur Limousine, mit der Limousine zum Flughafen und dann ins Flugzeug.

»Die Sensations-Kanäle werden es morgen ohnehin bringen«, erklärt sie. »Zum Glück sind die meisten Leute gar nicht in der Lage, einen XV-Darsteller zu identifizieren, der nicht gerade im XV auf Sendung ist, und dort, wo ich hingehe, ist XV sowieso kaum verbreitet. Also kann ich es dir ruhig sagen, und du kannst es dann weitersagen.«

Er grinst. »Na gut, dann sagen Sie's mir. In *Mike's Saloon* in Yukon habe ich bereits bei vielen Leuten mit unseren Unterhaltungen Eindruck geschunden.«

»Nun, dann sieh zu, daß du dieses Gespräch heute abend schon verbreitest, denn morgen wissen es alle. Ich gehe nach Tapachula. Das ist eine Stadt in Südmexiko, an der Grenze zu Guatemala.«

»Gibt es dort etwas Besonderes? Wofür ist die Stadt denn bekannt?«

»Gewöhnliche Leute mit gewöhnlichen Berufen, sonst nichts«, erwidert sie. »Außer vielleicht Ruhe und Frieden. Die Art von Stadt, die jeder meidet, wenn er die Orte kennt, wo etwas los ist.«

Sie stehen jetzt vor der Limousine, und sie tritt dicht an ihn heran, gibt ihm sein Trinkgeld und sagt: »Wenn du so zärtlich wie Rock sein kannst, darfst du gern herausfinden, wie es ist, mich zu küssen.«

»Das wird mir niemand glauben«, murmelt er errötend, und als er sie dann wirklich küßt, ist es, als ob ein sensibler Vierzehnjähriger die Lippen des von ihm verehrten Mädchens berührt. Wenn Rock im XV auch so rüberkommt, ist es kein Wunder, daß er ein so großes Publikum hat.

Als sie sich voneinander lösen, wirkt er ein wenig verdattert. »Wie bin ich denn nun im wirklichen Leben?« fragt sie ihn.

»Süß«, findet er. »Und zärtlich. Überhaupt nicht wie im XV, aber es war sehr, sehr schön. Danke.«

»Ich danke dir«, sagt sie. »Wenn du mal nach Tapachula kommen solltest, halte Ausschau nach einer verlotterten Amerikanerin, die nur faul herumsitzt und schöne, dicke Trivialromane liest.« Sie geben sich die Hand – ein fast feierlicher Vorgang –, und dann rezitiert sie noch eine Strophe, die sie einst auf der Bühne gesprochen hatte, als sie noch Mary Ann war, Lauras letzte Strophe am Ende von *Tee und Sympathie* – »›Wenn du später darüber sprichst – und du wirst es tun –, dann sprich nur Gutes‹.«

Er nickt, sie verabschieden sich voneinander, und sie steigt in die Limousine und nennt als Fahrtziel ›Flughafen‹. Die Türen des Fahrzeugs schließen sich, es fährt aus dem Parkplatz auf die Straße, und sie ist unterwegs.

Wenn sich ihre Einstellung gegenüber XV nach diesem Urlaub nicht geändert hat, wird sie vielleicht von ihrem ersparten Geld als Privatier leben, wieder in New York für eine Rolle vorsprechen und als richtige Schauspielerin tätig sein… und sich mit Hotelpagen verabreden. Der Witz ist gar nicht mal so gut, aber dennoch lacht sie auf dem ganzen Weg zum Flughafen darüber.

* * *

Einer der Gründe, weshalb niemand es zur Kenntnis nimmt, wenn John Klieg und Glinda Gray zusammen Mittagessen gehen und dann nicht zurückkommen, besteht darin, daß nach all den Jahren jeder annimmt, sie würden an irgendeiner Sache arbeiten und hätten beschlossen, dies außerhalb des Firmengeländes zu tun. Der eigentliche Grund ist jedoch der, daß jeder damit beschäftigt ist, die XV-Meldung bezüglich der Abreise von Synthi Venture zu verfolgen, und in dem Augenblick, in dem Klieg und Gray zusammen durch das

Foyer gehen, hat die gesamte Belegschaft ihre Datenbrillen, -handschuhe und Haarnetze angelegt.

Glinda kann diesen Vorgang kaum fassen. Sie kam ins Büro und meldete: »Zum einen sagt die KI, es besteht eine sechsundneunzigprozentige Wahrscheinlichkeit, daß die Windstärke über der gesamten Hemisphäre sich in einem bisher nicht gekannten Ausmaß erhöht. Jede fragile Struktur wird beschädigt werden. Man kann zwar Sende- und Empfangsantennen austauschen und verstärken, Stromkabel unter die Erde verlegen, Schornsteine verstärken oder durch Abluft-Gebläse ersetzen ... was sich aber nicht kurzfristig bewerkstelligen läßt, ist eine Umrüstung der Raumfahrtzentren. Die vorhandenen Raumschiffe müssen zügig starten, bevor der Sturm aufzieht. Er wird den Satellitenstart nämlich völlig zum Erliegen bringen, zuerst in der nördlichen Hemisphäre, dann in der südlichen. Und der Satellitenstart ist ein Geschäft mit einem jährlichen Volumen von annähernd einer Billion Dollar.«

»Gibt es denn keine Allwetter-Starteinrichtungen?«

»Man könnte die Starts zwar von Flugzeugen aus durchführen, die von den wenigen Allwetter-Flughäfen aufsteigen. Aber auch die Allwetter-Flughäfen schließen bei Wirbelstürmen, Chef, und die luftgestützten Starts sind kaum mehr aktuell, seit es Raketen gibt, die den Orbit mit nur einer Stufe erreichen können ... wenn es uns gelingt, in den nächsten drei Monaten ein Allwetter-Startsystem bereitzustellen, sichern wir uns vielleicht für ein Jahr das globale Monopol auf die Raumfahrt.«

Aus der Art, wie er zu ihr hochschaute und sie angrinste, schloß sie, daß sie gute Arbeit geleistet hatte, und als er dann zum Telefon griff und ihr die Projektleitung übertrug – Herr im Himmel, am Monatsende würde sie ein Team mit tausend Mitarbeitern leiten – wußte sie, daß sie noch besser als gut war. Diesmal hatte sie wirklich die ganzen Arbeiten unter sich.

Was er dann sagte, traf sie indes unvorbereitet. »Gut, die Sache wird erst am Montag richtig anlaufen, und dann werden Sie so beschäftigt sein, daß an Freizeit nicht mehr zu denken ist. Und bei mir auch nicht, wenn das Projekt fundiert realisiert werden soll. Warum holen wir beide also nicht Derry ab und machen uns noch einen schönen Tag?«

Zum einen hatte sie noch nie den Eindruck gehabt, daß John Klieg auch nur zugehört hätte, wenn sie über ihr Privatleben sprach; zudem wußte sie ja auch nicht, wie er die Wochenenden verbrachte – eigentlich hatte sie immer den Eindruck gehabt, daß er nur arbeitete und bloß nach Hause ging, um zu essen und zu schlafen. Aber jetzt ... kein Zweifel, da stand sie nun, ungeschminkt, in Pullover und Jeans und Sportschuhen, denn es war ja Samstag – und ihr Chef, ein netter, blendend aussehender Kerl, hatte sie eingeladen. Und diese Einladung erstreckte sich auch auf ihre Tochter, was den Schluß zuließ, daß es dem Mann ernst war.

Nun gehen sie also zusammen durch die Halle, wobei sie so schweigsam ist wie schon seit Jahren nicht mehr, und er wirkt auch ziemlich still. In der Garage entscheiden sie sich für die Benutzung seines Autos und programmieren ihr Fahrzeug für eine automatische ›Heimfahrt‹, so daß es innerhalb der nächsten Stunden selbständig ihre Garage ansteuert und sich dort einstellt, sobald die eingehenden Verkehrsmeldungen den günstigsten Tarif anzeigen.

Er füttert sein Fahrzeug mit ihrer Adresse, woraufhin es die Rampe hinabfährt und sich in die Spur einfädelt. »Im Grunde widerspricht das allen meinen Prinzipien«, meint er mit dem Anflug eines Lachens, das wie ein Husten klingt. »Ich bin nun schon seit fünfundzwanzig Jahren im Geschäft, und heute habe ich zum erstenmal eine Mitarbeiterin eingeladen.«

Glinda blickt auf ihren Schoß und lächelt. »Nun, Chef, ich arbeite selbst schon seit sechzehn Jahren bei

*GateTech*, und jetzt habe ich mich zum erstenmal mit jemandem aus der Firma verabredet.«

»Sie dürfen mich ruhig ›John‹ statt ›Chef‹ nennen.«

»Ich werde es versuchen, John. Aber es wird sicher noch eine Weile dauern, bis mir das locker über die Lippen kommt.«

»Macht nichts, für den Anfang schon ganz gut. Nun, schauen wir mal. Ich erinnere mich, daß Sie mir erzählt haben, Derry sei ein richtiger Wildfang, der eine Vorliebe für ›erwachsene‹ Dinge wie Restaurant- und Theaterbesuche hätte und empfindlich reagierte, wenn Sie ihr gegenüber ein Versprechen nicht einhalten. Wird sie meine Anwesenheit beim Essen nun als gebrochenes oder nur als verletztes Versprechen werten?«

»Ha«, meint Glinda und lehnt sich nachdenklich zurück. *Bedenke, auch wenn ihm die Firma gehört, er steht nur eine Stufe über dir. Betrachte es so, daß der Angestellte I mit der Angestellten II verabredet ist.* »Derry *möchte*, daß ich öfter ausgehe. Und wenn sie dann noch sieht, daß es ein attraktiver älterer Mann mit Geld ist, wird sie ganz hingerissen sein. XV hat ihr alle möglichen Klischees vermittelt, obwohl sie nur die Familiensendungen sehen darf. Aber selbst in denen wird die ganze Romantik etwas überbetont.«

»Keine Witze«, sagt der Chef – *John, verdammt.* Der trotz seiner Größe handliche Chevy Mag Cruiser nimmt nun die Auffahrt auf den Highway und folgt ihm bis zum Premium Skyway. Der Blick über das Kap auf den Atlantik hinaus ist unverändert – Bäume und Sand bis hinunter zum Wasser. Sie erinnert sich, daß, als sie mit ihrem Ex-Mann zum erstenmal hierherkam, ihnen die Szenerie nach all den Jahren in Wisconsin so exotisch vorkam.

»Die Romantik ist definitiv überbetont«, findet jetzt auch John, wobei er vermutlich hofft, die Unterhaltung wiederzubeleben. Glinda wird aus ihren Gedanken gerissen. »Andererseits gefällt es mir, daß es sie gibt.«

»Ja, genau«, bestätigt Glinda emphatisch. »Und nach wie vor glaube ich daran.« *Genau*. Das verdammte Wisconsin meldet sich zurück; wenigstens hat sie nicht gesagt ›darauf können Sie sich verlassen‹. »Aber ich möchte, daß Derry noch ein paar Jahre damit wartet. Sie hat dann immer noch sechzig oder siebzig Jahre Zeit. Und außerdem glaube ich nicht, daß es einem kleinen Mädchen frommt, sich für die … äh … Verabredungen einer erwachsenen Frau zu interessieren.«

John nickt beifällig. »Nur aus Neugier und weil ich völlig unsicher bin, wie groß ist ihr Interesse letzthin denn gewesen?«

»Nun, in den letzten zwei Jahren hat überhaupt keines bestanden.« Sie müssen beide darüber lachen. »Gut, vielleicht gibt es ja Grund zur Sorge, aber ein elfjähriges Kind sollte eigentlich keinen Anlaß zur Besorgnis geben. Wie lange ist es denn bei Ihnen her?«

Klieg zuckt die Schultern. »Oh, sieben oder acht Jahre, je nachdem, was man dazuzählt. Eine Zeitlang war ich Abonnent bei einem Romantik-Service, wenn Ihnen das etwas sagt … aber in den letzten paar Jahren habe ich nicht einmal mehr das getan.«

Die Bezeichnung ›Romantik-Service‹ ist nicht ganz so euphemistisch wie der frühere ›Begleit-Service‹, aber sie ist auch nicht weit davon entfernt. Die garantierte Leistung des Romantik-Service besteht darin, daß eine feste Anzahl attraktiver Frauen – der Klient definiert ›attraktiv‹ selbst, wobei diese Definition jedoch nichts mit der Sorte Frau gemein haben muß, die der Klient wirklich favorisiert – sich dem Kunden romantisch nähert, irgendwo draußen in der Öffentlichkeit, freundlich und interessiert tut und mindestens fünf Verabredungen mit ihm trifft.

Solange er keine Fragen stellt, wird er theoretisch nie erfahren, ob er wirklich Glück hatte oder ob lediglich der Service funktionierte. In der Praxis indessen kann ein dickbäuchiger Geschäftsmann in mittlerem Alter durchaus erkennen, ob die Mädchen um die Zwanzig, die ihn in Bars oder im Park ansprechen, von der Agentur kommen, falls er den Realitätsbezug nicht völlig verloren hat. »Was haben Sie denn«, erkundigt sie sich vorsichtig, »beim Romantik-Service geordert?«

»Alles«, berichtet er. »Sie hatten eine Art Zufallsauswahl, bei der die Namen auf gut Glück eingegeben wurden. Das Problem ist nur, daß ich nicht fähig bin, jemanden, der mich wirklich mag, von jemandem zu unterscheiden, der nur vorgibt, mich zu mögen. Ich war enttäuscht, als sie nicht mehr als fünf Verabredungen mit mir treffen wollten.«

»Aber sie müssen Sie doch…«, Glinda wollte schon sagen: »um Geld angegangen haben«, aber dann erkannte sie, daß das nicht der Fall gewesen wäre, solange er keinen Sex mit ihnen haben wollte.

»Ja, sicher, viele von ihnen waren nur Huren, aber es dauerte nicht lange, bis ich sie identifizieren konnte – sie kamen nämlich gleich auf Sex zu sprechen, kaum daß ich die Wagentür geschlossen hatte. Aber sie waren nur eine Minderheit. Es ist nämlich so, daß viele junge Frauen bei diesen Agenturen arbeiten. Die Hochschulen produzieren viel mehr Absolventen, als die Unternehmen einstellen können; die Mittelschicht ist eben zu kinderreich, als daß alle einen adäquaten Arbeitsplatz bekommen könnten. Also hoffen viele intelligente, hübsche junge Frauen aus gutem Hause, eine Stelle bei einem Romantik-Service zu bekommen, weil sie dort nicht nur ihren Lebensunterhalt verdienen, sondern auch Männer mit Geld treffen. Und wenn sie dann einen finden, der ihnen gefällt, gibt es keinen Grund, weshalb sie sich nicht mit ihm verabreden sollten, wenn sie das möchten. Ich war ungefähr ein Jahr mit einer solchen Frau zusammen, aber« – er seufzt – »sie hat sich dann doch für einen anderen Typen – einen mittellosen Künstler ungefähr in ihrem Alter – entschieden. Ich mache ihr deswegen aber keinen Vorwurf.«

Glinda wählt die nächsten Worte sorgfältig. »Es ist wirklich bedauerlich, daß das alles ist, was eine junge Frau aus sich machen kann.«

»Oh, sie könnten sich auch irgendwo als Kellnerinnen oder Sekretärinnen verdingen«, meint Klieg. »Das Problem ist nur, daß sehr viele Leute glauben, sie könnten mit ihrem guten Aussehen Geld verdienen.«

»Nun, das stimmt ja auch.«

»Richtig«, konzediert er, »aber die meisten verdrängen den Preis, der für ein solches Gewerbe zu entrichten ist. Wie dem auch sei, ich wurde dessen überdrüssig und habe das Abonnement gekündigt. Wen man auf diese Art treffen konnte, waren – außer Huren – junge Frauen, die es verstanden, sich herauszuputzen und Geld auszugeben. Gut als Dekoration oder für ausgiebige Bestandsaufnahmen ihrer Befindlichkeit, mehr aber auch nicht. Die meisten von ihnen hatten an der Hochschule anscheinend nur wenige Vorlesungen belegt oder erinnerten sich zumindest nicht mehr daran.« Klieg seufzt. »Aber, egal ... zurück zum aktuellen Fall. Ich habe mir überlegt, nun, wenn Sie mich nicht mögen, kann ich Sie immer noch bestechen, in der Firma zu bleiben, denn ich brauche Sie als Mitarbeiterin. Und wenn doch ... nun, ich mag Sie jedenfalls, aus dem einen oder anderen Grund, und mir ist plötzlich bewußt geworden, daß ich nur noch im Geschäftsleben Risiken eingehe. Vielleicht sollte ich auch im privaten Bereich mal wieder etwas wagen.«

Diese Worte entlocken Glinda ein Lächeln. »Wie fühlen Sie sich jetzt?«

»Ich schwanke zwischen ängstlich und glücklich. Aber sagen Sie, kennen Sie ein Restaurant, wo man gut essen kann. Oder eines, das Derry gefällt, falls eure Geschmäcker nicht kompatibel sind?«

Sie wedelt mit dem Finger vor seinem Gesicht herum. »Ach so, wenn die Phantasien dieses Kindes Wirklichkeit werden sollen, dann müssen Sie mich in ein perfektes kleines Café ausführen, das drei spezielle Gerichte serviert, die nur Sie kennen, und wo jeder Sie beim Vornamen nennt.«

»Nun ... es gibt einen Ort, wo jeder meinen Vornamen kennt. Ich esse fast täglich dort. Aber ich würde nicht sagen, daß es spezielle Gerichte serviert, jedenfalls keine, die mir bekannt wären.«

»Wirklich?«

»Ja, und es ist im Grunde auch kein perfektes Café, sondern ... äh ... es ist ein *Shoney's*. Sie wissen dort nicht, daß ich der Präsident von *GateTech* bin, aber trotzdem kennt mich jeder.«

Glinda schaut ihn mit offenem Mund an. »Sie essen bei *Shoney's*? *Warum*?«

»Nun, nicht bei irgendeinem *Shoney's*, sondern nur bei diesem. Und ich habe drei gute Gründe dafür. Zum ersten, früher bin ich viel gereist und hatte aus unerfindlichen Gründen immer Glück mit dieser Kette – und wenn man die sechste Fünfhundert-Kilometer-Etappe in Folge vor sich hat, freut man sich auf etwas wirklich Berechenbares. Also bin ich dabei geblieben – ich finde diesen Ort sehr behaglich. Zum zweiten entwickelt sich eine Eigendynamik. Wenn man öfter dasselbe Restaurant besucht und die Leute einen dann kennen, wird man freundlich bedient und zuvorkommend behandelt.«

Danach entsteht eine lange Pause.

»Und welcher ist der dritte Grund?« fragt Glinda.

»Ich mag das Essen.«

Das nun folgende Gelächter ist mehr durch die durchbrochene Spannung bedingt als durch den schlappen Scherz. John Klieg lehnt sich weiter zurück – er ist zu alt, als daß er der automatischen Fahrzeugsteuerung vertrauen würde und läßt die Hände immer dicht am Steuer, und die Füße bleiben ständig am Bremspedal –, schaut sie von der Seite her an und sagt: »Ich gestehe Ihnen das nur höchst ungern, aber Ihr Chef hat nicht einen Hauch von Klasse. Ich bin in jeder Hinsicht ein Kind des zwanzigsten Jahrhunderts, nur nicht im Geschäftsleben.«

»Was sogar die Verwendung altmodischer Ausdrücke wie ›solide‹ einschließt«, kommentiert Glinda, zieht die Beine an und dreht sich auf dem Sitz in seine Richtung. Sie hat schon immer gewußt, daß er charaktervoll, nett und rücksichtsvoll ist, nun aber begreift sie allmählich auch, daß er ihr gegenüber viel aufmerksamer gewesen ist als umgekehrt.

»Vor allem die Verwendung altmodischer Ausdrücke wie ›solide‹«, konzediert Klieg. »Ich habe mich zurückhalten müssen, um nicht ›Stein‹ zu sagen. Ich hatte für meine Hochschulzeitung Leitartikel verfaßt, in denen ich Dan Quayle verteidigte. Was nun diese Ihre Tochter betrifft – müssen wir sie in ein Wasserschlößchen ausführen, um sie glücklich zu machen?«

»Nur, wenn wir sie davon überzeugen wollen, daß es uns ernst ist«, erwidert Glinda, »und ich kann noch immer nicht glauben, daß dies kein Tagtraum ist. So, wie die Dinge stehen, würde es ihr aber auch bei *Shoney's* gefallen.«

»Ein bizarrer Vorschlag – oben anfangen und unten aufhören? Vielleicht in einem Café zu Mittag essen, und dann ihre Reitstunde – vielleicht könnten wir solange etwas trinken und uns unterhalten? –, dann Abendessen bei *Shoney's* und zum Abschluß alle drei ins Kino? Mit der Option, unter der Popcorntüte versteckt Händchen zu halten?«

»Ich glaube, das ist eine Option«, sagt Glinda, »sofern es sich entweder um einen Horror- oder Science Fiction-Film handelt.«

»Sind das Derrys Präferenzen?«

»Nicht ihre, sondern meine«, stellt Glinda richtig. »Das Leben ist schon langweilig und trostlos genug. Wenn ich ins Kino gehe, dann will ich etwas sehen, das richtig gruselig ist oder mich in höhere Sphären entführt.«

John Klieg mustert sie intensiv. »Teufel, wenn man Sie, sagen wir, sechzehn oder siebzehn Jahre kennt, könnte man noch auf den Gedanken kommen, Sie hätten einen ausgeprägten Sinn für Humor.«

Sie lächelt ihn an; sie versteht ihn schon richtig. »Woher kommen Sie denn, John?«

»Aus einer kleinen Stadt, von der Sie wohl noch nie gehört haben – Winona, Minnesota. Im Südosten des Bundesstaates, am Grenzfluß zu Wisconsin.«

Eine Stunde Fahrt von dem Ort, an dem Glinda aufwuchs. Vielleicht kann sie ihr ›Darauf kannst du wetten‹ doch noch anbringen.

Zum erstenmal seit mehreren Monaten ist Louie Tynan wieder beschäftigt, und er weiß nicht, ob er sich darüber freuen soll oder nicht. Sie haben vier Satelliten hochgeschossen, die in einen Polorbit gegangen sind und relativ zu seiner im Äquatorialorbit befindlichen Raumstation mindestens sieben oder achtmal pro Tag hinter dem Planeten verschwinden und wieder auftauchen. Immer, wenn das geschieht, zu einem präzise berechneten Zeitpunkt, sendet der Satellit einen Laserimpuls aus, der die Erdatmosphäre in unterschiedlicher Höhe durchdringt und dann zwecks Spektralanalyse von der Station aufgefangen wird. Frequenzen und Kapazitäten der zirka dreißig Laser, von denen diese Pulse ausgehen, sind bekannt; wenn das Licht nur durch ein Vakuum reisen würde, könnte man die Relation zwischen Leistung und Frequenz des Lasers mit einer Genauigkeit von acht Stellen hinter dem Komma ermitteln. Doch obwohl die Luft schon transparent ist, ist sie nicht *völlig* transparent; sie ist kleineren Schwankungen unterworfen (man betrachte nur das Flimmern über einer sommerlich heißen Straße), und manche dieser Schwankungen wirken sich auf die Wellenlänge aus (zum Beispiel ein Sonnenuntergang).

Anstatt also den theoretischen Werten für die Frequenz/Leistung-Relation zu entsprechen, wird das von Louie Tynans ›Kamera‹, wie er das Gerät bezeichnet, aufgefangene Laserlicht im Verlauf der Passage durch die Atmosphäre gestreut, und der Betrag dieser Abweichung vom Sollwert dient der Bodenstation als Indikator für die Methanmenge.

Louies Aufgabe besteht nun darin, den ganzen Tag die Stromversorgung eines ferngesteuerten Manipulators zu gewährleisten, eines kleinen, greiferbestückten Traktors mit Kettenfahrwerk, der auf der Außenhülle der Station herumfährt, die Spektralkamera aus der Halterung zu nehmen, sie in der Luftschleuse zu deponieren, sie mittels des ferngesteuerten Greifarmes zu positionieren und fixieren... und sich dann mit der Illusion zurückzulehnen, gewußt zu haben, was er tat, wobei er noch sicherstellen mußte, daß während der ersten zwanzig Versuche ein paar kleine grüne Lampen nicht erloschen.

Jetzt genehmigt Louie sich eine Pause in der Beobachtungskuppel. Im Grunde benötigen sie gar keinen menschlichen Mitarbeiter, der diese Beobachtungen durchführt – sie könnten die ganze Sache auch der Automatik überlassen –, aber solange sie noch über eine bemannte Raumstation mit einem verkalkten alten Furz verfügen, der partout nicht herunterkommen will, dann soll er eben etwas arbeiten. Es ist wohl nicht die produktivste Art, die Sache zu erledigen, nicht einmal der produktivste Einsatz eines Astronauten, aber so können die PR-Fritzen der NASA die Öffentlichkeit schnell über neue Ergebnisse in Kenntnis setzen und auf jede Lageänderung umgehend reagieren.

Und weil sie das so handhaben, muß er auch oft Grafiken der eingegangenen Daten ausdrucken, die Grafiken protokollieren und die Ergebnisse an die Bodenstation übermitteln. Dabei handelt es sich indessen um reinen Aktionismus, denn zum einen ist er kein Meteorologe und kann die Grafiken nur anhand der Erkenntnisse interpretieren, welche er letzte Woche im Rahmen einer dreistündigen Einweisung gewonnen hat, und überhaupt erhalten alle Fachleute auf der Erde sofort Kopien der Daten. Der einzige Zweck besteht darin, die Steuerzahler über den offenen Kanal davon zu überzeugen, daß der Inhaber des teuersten Arbeitsplatzes der Welt auch etwas für sein Geld tut.

Ein gelangweilter Student im Praktikum hat den Auftrag erhalten, ihm Fragen zu stellen, deren Antworten ohnehin schon allgemein bekannt sind, damit er seine Meinung kundtun und die Lage beurteilen kann. Im Grunde kann man Louies Job als mehrtägige Öffentlichkeitsarbeit bezeichnen.

Andererseits hat er bereits mehr Informationen geliefert als die gesamte bemannte Raumfahrt in einem Zeitraum von mehreren Monaten. Er muß an den Kongreßabgeordneten Henry Loamer, UL-LA, denken, der die Raumstation einmal als ›weltraumgestütztes Altersheim‹ und Louie selbst als ›unseren teuersten Beamten‹ bezeichnet hat, ›der genau das tut, was die Beamten in der Regel tun, nämlich sich den Hintern breitsitzen und Steuergelder verschleudern‹. Es wird noch Wochen dauern, bis der alte Henry erkennt, daß die ganze Arbeit billiger und besser von Robotern ausgeführt werden könnte, und solange wird er sich zu der Sache auch nicht äußern.

Zumal Louie konzedieren muß, daß ihm das gar nicht schlecht bekommen ist. Die Tatsache, daß er sich alle paar Stunden vor die Kamera setzen und die Berichte verlesen mußte, hat ihn dazu veranlaßt, zu duschen, sich zu rasieren und all die anderen Verrichtungen zu erledigen, die man sonst so leicht vergißt. Er mag zwar nicht salonfähig sein, aber zumindest hat er geduscht und trägt eine saubere Kombi, und darüber hinaus verfügt er noch über mehrere saubere Kombis.

Er nimmt wieder einen Bissen Sushi – putzig, wie die Japaner ein Vermögen in die Ausstattung ihrer Einheit investiert haben, die jetzt dort am Ende von Ausleger Zwei sitzt, leer und heruntergefahren. Sie haben fünf Besatzungen für jeweils ein paar Monate hochgeschickt, und als es ihnen dann zu langweilig wurde, hatten sie die Behälter mit Gewebekulturen zurückgelassen, in denen man Fischfilets ernten konnte, ohne gleich ganze Fische zu züchten.

Das Zeug schmeckt gar nicht mal schlecht, und zumindest ist es einmal etwas anderes als die üblichen Sandwiches.

Die Japaner haben aufgegeben. Die Chinesen fliegen nach wie vor Einsätze im niedrigen Orbit. Die Russen haben sich schon lange aus der Raumfahrt zurückgezogen, und die Franzosen führen drei Flüge pro Jahr durch – sie nutzen das Euromodul als eine Art Hotelzimmer, wo ihre Leute übernachten, wenn sie Roboter warten oder wenn sie zu ihrer winzigen Mondbasis pendeln, während sie hier ihre Schiffe montieren. Zuletzt hatten sie sich nicht einmal mehr diese Umstände gemacht, sondern waren direkt aus einem niedrigen terrestrischen Orbit zum Mond geflogen.

Und was sein Land betrifft... Louie ist sein Repräsentant und befindet sich hauptsächlich zu Public Relations-Zwecken hier.

Mittlerweile tummeln sich von Menschenhand gefertigte Roboter im Sonnensystem. Auch wenn man all die Replikatoren, die vor der Einstellung des betreffenden Experimentes produziert wurden, nicht berücksichtigt, wird der Mond von Hunderten dieser kleinen Krabbler erkundet.

Erst am Vortag hat Louie festgestellt, daß eines der vielen Relais der Station Funkverkehr für das Mondfahrzeug der University of Wyoming und den Raumgleiter von Ralston-Purina abwickelte. Wie sich herausstellte, handelte es sich bei ersterem um ein Projekt des Fachbereichs Maschinenbau und bei letzterem um Werbung für Frühstücksflocken, die verkündete, daß man einen zehntel Quadratmeter der Mondoberfläche erwerben könne (eine absolut risikofreie Werbeaktion, denn die UN haben alle Ansprüche, mit Ausnahme eines Radius von einem Kilometer um ständig bemannte Einrichtungen, suspendiert). Dazu gab es dann noch ein Bild des jeweiligen Sektors.

Wo seine aus acht Leuten bestehende Besatzung früher hundert Meilen über die Marsoberfläche gewandert war, existiert jetzt eine Roboteisenbahn, mit der eine Kamera zwischen dem Nordpol des Mars und der Endstelle hin- und herfährt und Aufnahmen macht, welche einigen Millionen Erdbewohnern über TV direkt ins Schlafzimmer übermittelt werden. Jedoch laufen die von der Jupitersonde übertragenen Bilder, die auch in Louies Schlafraum hängen, dem Mars bereits den Rang ab.

Er betrachtet die unter sich hängende Erde. Bisher kann er nichts Verdächtiges erkennen. Mit derselben Gewißheit, daß in Europa keine dunkelhäutigen Menschen mehr leben, stellt er fest, daß weder das Artensterben andauert noch die Temperatur der Weltmeere einen kritischen Punkt erreicht hat. Und mit Sicherheit kennt er die Erde aus dieser Perspektive, nachdem er bereits fünfundsechzig Jahre im Weltraum verbracht hat ...

Nun, zum Teufel damit. Der Anblick des alten Planeten erfreut ihn noch immer. Er setzt eine Knautschflasche mit Kirin an – noch eine großartige japanische Erfindung – und trinkt auf die Erde. Sie ist an der Peripherie zwar ziemlich ramponiert, aber dennoch gefällt sie ihm aus dieser Perspektive. Er hat nicht darüber zu befinden, ob seine Stelle hier oben zu teuer ist oder nicht. Wenn sie ihn nicht abberufen, wird er bleiben.

Als er einen Schluck Bier nimmt, denkt er an Carla, und der Gedanke, daß sie ihm unmittelbar nach der Betrachtung des geschundenen alten Planeten in den Sinn kommt, drückt ihm fast das Bier zur Nase hinaus. *Dieser* Vergleich würde ihr gefallen.

Sie haben fast seit einem Monat nicht mehr miteinander kommuniziert, und ihm bleiben noch vierzig Minuten bis zur nächsten Beobachtung. Zudem sieht er gerade ganz passabel aus, so daß er daraus vielleicht noch einen Vorteil ziehen kann. Aus der Position der irdischen Tag-Nacht-Grenze folgert er, daß es im westlichen Pazifik jetzt ungefähr drei Uhr nachmittags ist, und das Wetter ist gut. *MyBoat* ist mit hoher Wahrscheinlichkeit aufgetaucht und empfangsbereit.

Er dreht sich mit dem Gesicht zur Kamera und zum Bildschirm und wählt ihre Nummer. Nach mehrmaligem Klingeln wird nur die Audio-Verbindung aktiviert, so daß sein erster Gedanke ist, sie empfängt ihn über Langwelle mit entsprechend schlechter Übertragungsqualität – er hatte sich wirklich darauf gefreut, ihr Gesicht zu sehen –, und dann lacht sie. »Ach, du bist es, Louie. Ich wickele mich eben noch in ein Handtuch.«

»Weshalb?« fragt er. Da hat er sie also beim Sonnenbaden erwischt; präzise Kalkulation.

»Damit die Boulevardpresse nicht wieder eine Geschichte von perversen Astronauten veröffentlicht, die am Telefon ihre nackte Ex-Frau anstarren und unanständige Dinge sagen. Deshalb. Du hast einen Ruf zu verlieren, Captain America.«

»Sie haben mich schon vor langer Zeit befördert«, belehrt er sie.

»Für mich wirst du immer Captain America bleiben«, beharrt sie auf ihrem Standpunkt, und die Video-Verbindung wird aktiviert. »Gibt es etwas Besonderes, oder wolltest du nur mal ›Hallo‹ sagen?«

»Ach, nur mal ›Hallo‹. Natürlich habe ich es so eingerichtet, daß ich dabei auch einen Blick auf deinen Körper werfen konnte.«

Sie grinst und macht eine Bewegung, als ob sie ihm eine langen wollte. Einer der von ihnen konsultierten Psychologen hatte diagnostiziert, sie seien beide ›sozial retardiert‹, was bei intelligenten Menschen oft vorkommt, und deshalb verhalten Sie sich auch wie zwei unschlüssige Teenager‹. Erst nach ein paar Tagen begriffen Louie und Carla, daß der Psychologe ihnen ein Defizit attestiert hatte.

Bei ihrem Anblick stößt er einen Pfiff aus, wie ein Bauarbeiter es nicht besser machen könnte. »Halten sie dich also mal auf Trab«, fragt sie, »du Steuerfaß ohne Boden, du.«

»Genau. Um der Wahrheit die Ehre zu geben, muß ich allerdings gestehen, daß ich mich langsam selbst frage, was ich hier oben überhaupt noch soll.«

»Darüber mußt du dir nicht den Kopf zerbrechen, mein Schatz, wirklich nicht. Das haben wir doch alles schon besprochen. Wenn es nicht die Wissenschaftler gäbe, könnte die ganze Welt ebensogut in ihrem eigenen virtuellen Arschloch verschwinden. Und wenn es keine Forschung gäbe, würde genau das auch passieren. Und Roboter sind keine Forscher, sondern nur Handlanger. Es muß jemanden dort oben geben, der sich so erhaben fühlt wie Cortez auf einem Gipfel in Darien.«

»Du verwendest schon wieder Poesie gegen mich.«

»Nein, das ist kein schlüpfriger Gassenhauer, und deshalb wirst du es sicher auch nicht kennen, aber, ja, ich konfrontiere dich mit Poesie. Sie ist Teil dieses kontinuierlichen Prozesses, der unsere Verlobung, Ehe und Liebe durchzog – mit Messer und Gabel essen und sich waschen, weißt du –; wenn wir schon darüber sprechen, du siehst heute aber ziemlich adrett aus. Du mußt wohl eine Menge Interviews geben oder so.«

Er erzählt ihr von der Veröffentlichung der Daten und Diagramme. Sie erzählt ihm, daß sie ihre alte Stelle wiederbekommt, und »noch besser, ich kann vom Boot aus arbeiten. Also werde ich mir die Daten vielleicht sogar selbst ansehen.«

»Nun, wenn du möchtest; ich würde mich freuen, sie dir zu übermitteln.«

»Ich bitte darum.«

Er drückt ein paar Knöpfe, und die Daten werden abgeschickt. Sie plaudern noch ein wenig, aber sie haben sich nicht mehr viel zu sagen, und deshalb beenden sie das Gespräch dann auch ziemlich schnell.

Nach einer Stunde ruft Carla Louie zurück. »Sind die Werte denn wirklich so hoch?«

»Ich wußte gar nicht, daß sie hoch sind. Für mich sind es einfach nur Zahlen. Ein paar Tage sind sie steil angestiegen, seitdem aber ziemlich konstant geblieben.« Er setzt sich an einen Rechner und startet eine Abfrage. »Ja, das sind die Zahlen.«

»Kein Wunder, daß sie sich so darüber aufregen. Sie sind nämlich wirklich hoch, Louie.«

»Nun, das würde auch erklären, warum sie mich gebeten haben, sie ihnen zu übermitteln, während ich noch mit diesem Jungen von UT gesprochen habe. Ich soll wohl so klingen wie die alten Flugkapitäne, wenn sie den Passagieren erzählten, ›Wir sind in eine kleine Turbulenz geraten, und vielleicht haben wir auch einen Triebwerksdefekt, aber ich möchte Ihnen nur mitteilen, daß wir pünktlich landen oder sogar noch früher ankommen werden, nur daß dummerweise diese alte Tragfläche soeben abmontiert hat‹. Sie hätten mir wenigstens sagen können, daß meine Verlautbarung, es bestünde kein Grund zur Panik, gelogen war.«

»Nun, solange meine Abteilung es nicht herausgefunden hat, weiß man auch nicht, *wovor* die Leute überhaupt in Panik geraten sollten, weißt du. Und außerdem bin ich mir gar nicht so sicher, daß eine Panik viel Zweck hätte.«

»Wenn ich also das nächste Mal gegenüber dem Jungen aus Texas den seriösen Wissenschaftler markiere, wäre es gerechtfertigt, wenn ich plötzlich sagen würde: ›Mein Gott, diese Zahlen sind viel zu hoch. Verdammt, wir sitzen tief in der Scheiße, wir werden alle draufgehen!‹«

Sie kichert. »Oh, ein wenig ungerechtfertigt wäre es schon, aber stell dir nur vor, wie die PR-Typen dann in Wallung gerieten. Die meisten empfinden ihr Leben nämlich als zu langweilig.«

»Ja, da hast du recht. Hör zu … ich vermisse dich noch immer, weißt du.«

»Es ist auch bekannt, daß ich dich vermisse. Vereinbaren wir diesmal einen festen Termin – wenn du wieder unten bist, sehen wir uns, machen uns einen Spaß, bumsen ausgiebig miteinander und gehen uns dann auf die Nerven, damit wir wieder wissen, warum wir beide in Blechbüchsen fernab anderer Menschen hausen.«

Sie macht zwar Spaß, bringt es aber irgendwie auch auf den Punkt, und Louie möchte gerade jetzt nicht in Emotionen verstrickt werden. »Also, wir sehen uns«, sagt er, »paß auf dich auf«, und sie sagt: »Du auch«, und dann legen sie auf.

Ein Blick auf den Terminplaner sagt ihm, daß es noch zwanzig Minuten sind, bis er diesem verdammten Jungen wieder suggerieren muß, er wüßte, wovon er spricht. Er streckt sich, läßt sich in der Beobachtungskuppel treiben – eine fast perfekte Illusion eines Weltraumspaziergangs ohne Schutzanzug, wenn man vergißt, daß man in einem Radius von vielleicht einem halben Meter von einer Glaswand umgeben ist – und geht in Gedanken die Liste der Dinge durch, die er erledigen soll, wenn es an der Zeit ist und falls er überhaupt die Zeit dafür hat. Leider sind die meisten Punkte sehr dringlich, und die unwichtigen bestehen nur aus sinnlosen Wiederholungen bodengestützter Arbeiten.

Vergleichbar mit der sinnlosen Wiederholung bodengestützter Arbeiten, die er in den nächsten Minuten erledigen soll … Er wünscht, er könnte diese Gedanken verdrängen. Er betrachtet die sich unter ihm drehende, große alte Erde und gesteht sich selbst ein, daß es auch kein Wunder ist, wenn solch ein kauziger alter Bastard wie er allein ist – wenn es ihm auch schwerfällt, das zuzugeben.

Nun, er hat die Telepräsenz-Einheit schon seit Ewigkeiten nicht mehr hochgefahren. Wenn sie das Mondfahrtprogramm wirklich wieder auflegen sollten (anstatt bei den Franzosen als Passagiere mitzufliegen – meine Güte, es gibt Louie schier den Rest, wenn er sieht, daß die *Franzosen* dreimal im Jahr zum Mond fliegen, wo sie nicht einmal mehr ein souveräner Staat sind, sondern nur noch ein europäischer Bundesstaat, und bei diesen drei Anlässen vielleicht einmal einen amerikanischen Astronauten als *Passagier* mitnehmen!) –, falls es dieser großen dummen, schwerfälligen Nation, der Louie angehört, jemals gelingen sollte, wieder zum Mond zu fliegen, dann wird es aller Voraussicht nach Louie sein, der die Roboter dirigiert, welche die amerikanische Mondbasis wieder aktivieren.

Er stellt die Zeituhr, zieht sich wie ein gewöhnlicher XV-Benutzer das Haarnetz über, streift den Daten-Muff über und setzt die Brille auf (wobei die Handschuhe indes über eine integrierte Alarmfunktion verfügen, die ihn warnt, wenn in der Station Probleme auftreten), steckt die Hände in die Sensor-Handschuhe, steckt das Kabel in die Buchse hinter dem Ohr und gibt den Code ein.

Das nächste, was er sieht, ist das Meer der Stürme, und er richtet sich in seinem Robot-Körper auf. Als er an sich hinabschaut, erblickt er unnatürlich dürre Extremitäten – die Antimaterie-Energiequelle befindet sich im Innern des langen Metall-›Torsos‹, und die Stellmotoren sind in den Gelenken integriert, wobei auf das Drehmoment echter Muskeln verzichtet werden kann, so daß er im Grunde ein wandelndes Skelett darstellt, mit einem Körper, der an einen flexiblen Gasschlauch erinnert und mit Beinen bestückt ist, die so aussehen wie die Stelzen der aus Auspuffrohren improvisierten Figuren, die immer vor den Autoreparaturwerkstätten seiner Kindheit standen.

Er verläßt die kleine Höhle, in welcher der Telepräsenz-Roboter abgestellt ist – er kehrt selbständig dorthin zurück, wenn der Benutzer ihn nicht mehr braucht, so daß er sich vorstellt, wie am Ende einer betriebsamen Schicht (wenn dieser Begriff hier überhaupt zutreffend ist) plötzlich zwanzig oder dreißig Roboter mitten in ihren Verrichtungen auf der Mondoberfläche stehenbleiben, in die Höhle zurückmarschieren und sich an der Wand aufreihen – muß gespenstisch sein, sie dabei zu beobachten.

Das grelle Licht fällt hier schräg ein und wirft schwarze Schatten, wobei der Himmel auch schwarz ist. Es gibt nichts, was er anhand der tausend Unterrichtsvideos identifizieren könnte; hier wurden die lunaren Probebohrungen durchgeführt und der Nachweis erbracht, daß die auf dem Mond verfügbaren ›Erze‹ im Grunde nichts als Felsen sind, von so minderwertiger Qualität, daß es auf jeden Fall günstiger ist, sie auf der Erde zu schürfen und zum Mond zu transportieren, selbst unter Berücksichtigung der reduzierten Schwerkraft. Aber zumindest sind hier während der Dauer der Experimente Menschen herumgelaufen, zusammen mit den Robotern …

Außerdem gibt es hier noch etwas, das in der letzten Zeit nicht mehr erprobt wurde – die ›Replikatoren‹ –, das Experiment mit den kleinen Robotern, die wie Spielzeug-Lkws mit Armen ausschauen. Sie haben einen kleinen Trichter, in dem sie Gesteinsproben schmelzen und dann eine Isotopentrennung vornehmen, in deren Verlauf die Probe in ihre Grundbestandteile zerlegt wird, so daß sich im Trichter, der zuvor nur mit Gestein angefüllt war, nun kleine Ingots aus verschiedenen Metallen und kleine Ampullen mit Gasen und Flüssigkeiten befinden, aus denen wiederum Replikatoren erzeugt werden. Schließlich vereinigen die Replikatoren sich und tauschen untereinander Materie aus, bis einer von ihnen über das erforderliche Material verfügt, sich zu reproduzieren. Die jeweilige Entität setzt sich hin, läßt den Vorgang ablaufen, und wo vorher zehn Replikatoren am Schürfen waren, sind es nun deren elf.

Der Grundgedanke war der, ungeachtet der Kosten das erste Los Replikatoren zu fertigen, damit sie sich wie Schafe oder Rinder vermehrten, und mit der entsprechenden Programmierung konnte man sie dann in die Werksanlage der Mondbasis dirigieren, wo sie ihr Schürfgut abluden; zuletzt würde nur noch ein winziger Bruchteil der extrahierten Substanzen in die Replikation gehen, und man würde über eine endlose Prozession von Replikatoren verfügen, die Sauerstoff, Eisen, Aluminium und dergleichen anlieferten.

Bei der Erschaffung der Replikatoren orientierte man sich bewußt an den Prinzipien der biologischen Reproduktion, die eine schnelle Verbreitung gewährleisten, Energie aus Sonnenlicht und Spurenelemente aus reichlich vorhandenen Mineralien gewinnen. Der Tauschhandel war ihnen gleichsam angeboren; ›Güterknappheit‹ jeglicher Art wurde kompensiert, indem die Roboter Orte aufsuchten, an denen das nachgefragte Gut leicht verfügbar war, indem sie ihre eigenen Instruktionen zum Teil mißachteten, um neue Strategien zu erproben, und indem sie untereinander ›feilschten‹.

Die Praxis sah dann jedoch ganz anders aus. Die Replikatoren replizierten sich zwar schön, aber es stellte sich heraus, daß der Parallelprozessor, der sie in der Mondbasis steuerte, einer Macht unterlag, an die niemand gedacht hatte – dem Markt.

Die ersten Probleme traten auf, als Gallium zu einer Quasi-Währung wurde. Von allen benötigten Elementen waren die für einige Halbleiter erforderlichen Mikroquantitäten Gallium am schwersten zu beschaffen; sehr bald hatten die Replikatoren begriffen, daß, wenn man sich im Besitz von Gallium befand, alles dagegen eintauschen konnte. Viele von ihnen ließen alle anderen

Substanzen nun links liegen und suchten nur noch nach galliumhaltigen Mineralien, bis binnen kurzem die meisten bloß noch Gallium transportierten, inklusive des Gemischs aus Elementen, das in den beiden Trägermineralien außerdem noch enthalten war.

Es gab nun niemanden mehr, von dem man auch die anderen benötigten Materialien hätte ›beziehen‹ können – bis einige Replikatoren innovativ wurden und den ›49er-Laden‹* eröffneten. Das heißt, sie fingen an, andere Roboter zu bezahlen – mit Gallium –, damit diese ausschwärmten und nur nach den Mineralien schürften, welche die anderen nachfragten.

Es ergaben sich, und im nachhinein ist das auch nicht weiter verwunderlich, zwei Konsequenzen. Ein isolierter Replikator stieß auf eine relativ ertragreiche galliumführende Erzmine (die auf der Erde indessen völlig unspektakulär gewesen wäre), und binnen kurzem hatten die anderen Replikatoren die Mine auch aufgespürt und lösten einen regelrechten ›Galliumrausch‹ aus. Als das Gallium nun den Markt überschwemmte, stellte sich zeitweilig eine hohe Inflation ein, die zu Termingeschäften in allen Ausprägungen führte – manche Replikatoren hatten sich bis zu dreihundert Kilometer von der Basis entfernt.

Das ganze System kollabierte, als etwa die Hälfte der Roboter sich hinsetzte und ›Kinder‹ gebar; ein Großteil des Galliums, welches den Markt überflutet hatte, war jetzt in den Replikatoren gebunden, und der zusammenbrechende Markt führte zu einer ›Depression‹. Viele der weit entfernten Replikatoren desaktivierten sich, weil sie auf dem Rückweg zur Basis keinen Gewinn mehr erzielten.

Irgendwo dort draußen drehte einer von ihnen durch und löste ein Chaos aus. Er attackierte, demontierte und

---

* Anspielung auf den kalifornischen Goldrausch von 1849 – *Anm. d. Übers.*

verschlang etliche andere Replikatoren und produzierte schließlich noch Kopien von seinem kannibalischen Original. Ein anderer Replikator versuchte das Problem zu lösen, indem er andere Replikatoren dahingehend umprogrammierte, daß sie das von ihnen gewonnene Erz bei ihm ablieferten; die Wissenschaftler gaben ihm die Bezeichnung ›Sklavenhalter‹ und entdeckten zudem, daß der Sklavenhalter eine Verteidigung gegen die Kannibalen aufgebaut hatte, indem er seine Sklaven in Gruppen organisierte.

Obendrein schleusten die Replikatoren nun gegenseitig Viren in ihre Software ein und entwickelten dann Abwehrstrategien gegen diese Viren (diese merkwürdige, ausschließlich negativ konnotierte Bezeichnung für sich selbst reproduzierende Software schien in diesem Fall völlig angemessen.) Als die Verteidigung immer wirkungsvoller wurde, tauchten Viren auf, welche die Defensivmaßnahmen nun unterliefen – die Wissenschaftler bezeichneten dies als ›Maschinen-AIDS‹ –, und die daraufhin zum Schutz der Verteidigungseinrichtungen konzipierte Software mutierte und griff einfach alles an, was sich in ihrer Reichweite befand – aus irgendeinem unerfindlichen Grund bezeichnete ein alter Wissenschaftler dieses Phänomen als ›Industrielles ARTS‹. Und wirklich existierte ein ›gesundheitliches Problem‹ – die meisten Maschinen waren nicht optimal eingestellt, denn ihr Betriebssystem war mittlerweile zu umfangreich und komplex geworden.

Da zudem jeder Roboter Zugang zur Software seiner Kameraden hatte, waren binnen kürzester Zeit einige Gruppen von kannibalischen Sklavenhaltern draußen in der ›Arena‹ und traten gegeneinander an, wobei sie jedoch fast nichts förderten; alle Einheiten waren mit Maschinen-AIDS und Industriellem ARTS infiziert und verbreiteten diese Krankheiten weiter.

Die Lage eskalierte, als zwei der führenden Gruppen die anderen auslöschten (sie fraßen und konvertierten sie), sich verbündeten und zur Mondbasis zurückkehrten, um den ›49er-Laden‹ zu stürmen; die Kaufleute sahen sie anrücken, kopierten die erforderliche Software und trugen vor den Augen der faszinierten Cybernetiker auf der Mondebene eine nachgerade epische Schlacht aus.

Dann erschien ein Replikator-Kundschafter, der für Untersuchungen und Tests abgestellt worden war, mit einem Teil einer Sonnenwind-Meßstation in seinen Eingeweiden. Wie eine schnelle Überprüfung erbrachte, hatte das ganze System ein so hohes Intelligenzniveau erreicht, daß es aufgrund des als solchen erkannten Verbotes, andere von Menschen produzierte Objekte zu konsumieren, die Förderung wichtiger Metalle eingestellt und es geschafft hatte, besagtes Verbot durch die Kontamination des Defensivprogramms des Hauptsystems mit Industriellem ARTS zu umgehen.

Nur wenige Stunden bevor er vielleicht noch über die Mondbasis selbst hergefallen wäre, legten sie ihm das Handwerk; andernfalls hätte er alles vernichtet außer sich selbst und dann den Mond mit robotischem Ungeziefer überschwemmt.

Als Louie sich nun dem Ort der großen Schlacht nähert, sieht er die alte Nummer N743P, den kaufmännischen Leiter, noch dort sitzen, wo *er* bei der Desaktivierung des Systems erstarrt war, flankiert von Dutzenden Sklaven mit leeren Trichtern. Irgendein Witzbold hat die Insignien der Vereinigten Linken auf die Sklaven gepinselt und sie kreisförmig angeordnet, als ob sie sich als Streikposten vor N743P aufgestellt hätten.

Beiläufig fragt Louie sich, ob es nicht sinnvoller wäre, sie alle wieder zu aktivieren und auf das leckere Metall drüben in der Basis der Franzosen anzusetzen – aber nein, das wäre kindisch, und außerdem mag er die französischen Astronauten, die in der Raumstation arbeiten. Es ist kaum ihre Schuld, daß die USA bei der Raumfahrt nicht mithalten können, und zudem ist

Frankreich die letzte Bastion eines rudimentären Liberalismus in Europa; viele von ihnen brennen geradezu darauf, Louie oder jemand anderem mitzuteilen, daß sie sich am liebsten von Brüssel lossagen würden und daß sie die Ausweisung ablehnten.

Er kniet sich hin und läßt den Blick über die Ebene schweifen; N743P unterscheidet sich nicht von den anderen Robotern (abgesehen von seiner Beschriftung). Zumindest hatten sie noch keine verdächtigen Spuren entdeckt, obwohl dieser Kamerad anscheinend gerade seinen Einstieg ins Termingeschäft plante.

Plötzlich hallt das Echo eines lauten ›Ping‹ durch die Stille des lunaren Tages, und ihm wird klar, daß er sich nun wieder um die Obliegenheiten in der Station kümmern muß. Einen Moment wähnt er, ein großer, stachelbewehrter Roboter würde ihn am Kopf kratzen …

Und dann ist er wieder in der Station und legt das Haarnetz, die Handschuhe und die Brille ab. Einen Augenblick hat er eine Vision von einem Roboter auf dem Mond, der sich zunächst abrupt und dann sehr langsam und vorsichtig erhebt, ganz ohne die Präzision, mit der er agieren würde, stünde er unter der Kontrolle eines Menschen, dann an seinen Platz in der Höhle zurückgeht, wobei er den bedächtigen, schweren Schritt eines Monsters von Harryhausen imitiert. Vielleicht benötigt er den Rest des Tages für den Heimweg, aber was soll's, er hat ja alle Zeit dieser Welt …

Was sonst auch für Louie gilt, heute jedoch nicht. Er hangelt sich an den Haltegriffen zum ›Konferenzraum‹ hinüber, dem kleinen nüchternen, weißen Wandsektor, vor dem er immer steht, wenn er den Anschein erweckt, den Inhalt der Wetterberichte erfassen zu können.

Ein erneutes ›Ping‹. Hastig schlüpft er wieder in die Rolle des Wissenschaftlers.

Nun, da Berlina Jameson wegen unerlaubten Fernbleibens vom Arbeitsplatz ihre Stelle verloren hat, lebt sie am finanziellen Limit – was ihre Großeltern als ›mit Plastikgeld bezahlen‹ bezeichnet hätten, als es noch Karten gab, die dem Risiko eines Diebstahls unterlagen –, aber noch immer gelingt es ihr fast überall, die Sicherheitsleute davon zu überzeugen, daß sie Reporterin sei.

Das *Motel Two* in Barrow – eine Sardinenbüchse mit Toilette und Dusche auf dem Flur und Betten, deren Decken und Bezüge gegen Diebstahl gesichert sind – will ihr den Parkplatz extra in Rechnung stellen, und im ersten Moment hat sie auch vor, zu zahlen, aber dann kalkuliert sie den ihr noch verbleibenden Kreditrahmen und vergeudet zwanzig Minuten mit einer Auseinandersetzung mit dem Buchhaltungscomputer. Danach befindet sie sich in einer ausgesprochen schlechten Stimmung, obwohl sie heute morgen glücklicherweise Di Callare ausfindig gemacht hatte, und als sie sich schließlich in ihr kleines Auto setzt, es auf die Fahrspur manövriert und Kurs auf den *Duc* nimmt, weint sie vor lauter Frustration und Selbstmitleid. Als das Fahrzeug beschleunigt, bringt sie den Sitz in die ›Langstrecken‹-Position – ein Bett mit Zugang zu dem kleinen Kühlschrank und dem ›Nachttopf‹ – und dann, anstatt ein Nickerchen zu machen oder etwas zu arbeiten, streckt sie sich nur auf dem Bett aus und weint während der ganzen Fahrt.

Ihre Netz-Statistiken weisen aus, daß absolut niemand ihre Ein-Minuten-Spots ausstrahlt; und ihre eigene Station hat sie nicht einmal ins Programm genommen.

Als die XV-Verantwortlichen merkten, daß die Sendung nicht sehr unterhaltsam war und Gewalt oder Sex praktisch nicht vorkamen, verloren sie rasch das Interesse, mit Ausnahme der paar Eierköpfe, die den Leuten die Möglichkeit bieten, anspruchsvolle, witzige und zum Nachdenken anregende Sendungen zu sehen … ein besonderer Geschmack, den Berlina nie zu ergründen vermochte, aber die Zuschauer von NPXV sind anscheinend ganz wild darauf. Während sie hier mit trocknenden Tränen untätig herumliegt, fragt sie sich, ob sie jemals mit den Wirtschaftskanälen kooperieren werden, so daß Synthi Venture vielleicht eine Nummer mit Matthew Arnold schiebt, der die Serie über den Niedergang der Zivilisation moderiert...

Da muß sie lachen, und plötzlich lacht sie freudlos über sich selbst. Sie, der nächste Edward R. Murrow? Warum nicht gleich Dschingis Khan? Vielleicht wäre die Eroberung der Welt wirklich einfacher. *Rundfunk und Fernsehen sind tot, Mädchen, es sei denn als Hobby.* Und selbst wenn das nicht der Fall wäre, hier liegt sie nun und weint... ihre Helden existieren nur in ihrer Vorstellung! Murrow schluchzt, weil er mitten in einem Luftangriff das Mikro nicht findet... Cronkite in Tränen aufgelöst, weil die NASA ihm nicht die richtige Kameraperspektive schaltet... Sam Donaldson hält solange die Luft an, bis er blau anläuft, weil Reagan nicht mit ihm sprechen will.

Das bringt sie zum Lachen.

Mit dem Handrücken wischt sie sich die Tränen aus dem Gesicht. Was hatte sie denn überhaupt erwartet?

Auf einmal schlingert das Fahrzeug heftig, möglicherweise deshalb, weil es gerade einem Karibu oder einem anderen Tier ausgewichen ist. Das Timing des Tieres war eindeutig falsch; die meisten Leute glauben nämlich, daß die Tiere einem erst dann vor das Fahrzeug laufen, wenn man eine übervolle Kaffeetasse in der Hand hält oder auf dem Nachttopf sitzt.

Die meisten Leute glauben auch, daß sie in einer Welt voller Gefahren leben, denn sie haben schließlich alle erforderlichen Beweise – sie können einfach nicht genug bekommen. Aber das ist alles ein Trugschluß.

Jetzt ist sie entspannt, trocknet die Augen und denkt über all das nach. Es bleiben ihr noch vier Tage, bis sie am Ende ist und keinen Kredit mehr hat; und nicht einmal mehr vier Tage, falls noch mehr solcher langen

Fahrten anstehen. Sie kann mit einer großen Sache aufwarten, und vielleicht wird Diogenes Callare ihr das letzte Mosaiksteinchen geben – in etwa einer Stunde hat sie einen Termin bei ihm. Wenn er das tut, kommt sie in die Hauptnachrichten; sie wird zwar nicht viel davon haben – ein oder zwei Wochen sehr bescheidenen Ruhmes und genügend Bares, damit sie wieder für ein paar Monate aus dem Schneider ist –, aber andere Dinge erweisen sich vielleicht als Knüller. Es ist ein Wettlauf gegen die Zeit, aber was ist das schon nicht?

Sie macht sich Notizen und bereitet sich gedanklich auf das Interview vor. Sie hofft nur, daß all die Reporter, die sich das Überschallflugzeug leisten können, nicht schon vor ihr bei Callare eingetroffen sind, aber sie bezweifelt das; mit Ausnahme von Haynes sind alle Reporter letzte Woche schon aus Barrow abgereist, weswegen sie sich auch so allein gefühlt hat. Berlina hatte die Rolle eines ›Reporterkükens‹ wirklich genossen – sie war sich dabei wie Jimmy Olsen vorgekommen. Oh, vielleicht wird auch sie eines Tages einen Fanclub haben… außerdem erkennt sie jetzt, daß viele Reporter auch die Aufmerksamkeit genossen hatten, die ihnen von ihr entgegengebracht worden war.

Sie hat noch so viel organisatorische Arbeit zu erledigen, daß sie richtig erschrickt, als das akustische Signal sie daran erinnert, Diogenes Callare anzurufen.

Zu ihrer großen Überraschung macht er einen freundlichen und relativ offenen Eindruck. Wie sie weiß, weichen seine Aussagen vordergründig fast nicht von den Pressemeldungen ab; da der Mann jedoch ein geborener Dozent ist, gleichen seine Ausführungen Mikro-Vorlesungen, und mit etwas Kombinatorik wird ihr dann völlig klar, daß die glatte Diktion der Pressemitteilung eine Menge wichtiger Aspekte unterschlägt. »Dann ist es also ein Energie-Problem?« fragt sie erneut, in der Hoffnung, daß er sich wiederholt und ihr ein paar Hinweise gibt.

Ihr Kalkül geht auf. »Nun, schauen Sie«, sagt er. »Energie ist Arbeit, wie Sie sicher noch aus dem Physikunterricht wissen. Und Arbeit ist Veränderung. Und wir haben es hier mit großen Veränderungen zu tun. Sie wären indes nicht so bedeutend, wenn die von der Erde zurückgehaltene zusätzliche Energie sich gleichmäßig verteilen würde, aber genau das ist der Punkt. Wir haben ein dynamisches System. Ein Teil dieser Energie wird sich irgendwo konzentrieren – und wenn das eintritt, werden sich schwerwiegende Konsequenzen ergeben.«

Das ist ein deutlicher Hinweis, besonders, wenn sie ihn mit den paar Einlassungen diverser Amateure vergleicht, die behaupten, noch gäbe es keinen Anlaß zur Besorgnis.

Sie bedankt sich bei Di – wobei sie sich im Geiste erneut beglückwünscht, daß sie sich so schnell schon mit Vornamen anreden – und legt auf.

Wenn Glinda Gray jetzt Mäuschen spielen könnte, würde sie sich sicher selbst auf den Rücken klopfen. Wie sie Klieg nämlich schon gesagt hat, würden die Medien heute oder morgen Wind von dem ›entwendeten Brief‹ bekommen – die Erkenntnis, daß die Bundesbehörden die näherrückende Katastrophe ohne Umschweife eingestanden.

Es ist an der Zeit, das Puzzle zusammenzufügen. Und wenn sie ihre Geschichte auf eigene Faust veröffentlichen will, könnte sie das ebenfalls tun. Und es spricht nichts dagegen – außer dem finanziellen Risiko, ja, sonst aber *überhaupt* nichts –, sich selbständig zu machen. Ben Franklin, I. F. Stone, Tris Coffin ... sie kann es schaffen. Sie denkt einen Moment darüber nach ... *Berlina Jamesons Methan-Report* ... hört sich an wie ein Artikel über Erdgas in der Postille eines Energieversorgungsunternehmens. *Wie Berlina belogen wird* ... auch nicht das Wahre; *Der Jameson-Bericht* klingt zu schwülstig ... was sie dem potentiellen Leser sagen will, ist, daß sie einer

Sache auf der Spur ist; die Regierungsstellen fertigen sie zwar nicht wie einen Deppen ab, aber dennoch verweigert man ihr die Antwort auf die eine entscheidende Frage: Welche Konsequenzen werden sich daraus ergeben? Warum bereitet sich scheinbar niemand darauf vor?

*Riecht es da etwa nach Gas?*

Auch nicht ganz richtig... sie berichtet über... *Schnüffeleien.*

Das hat kein Format, sondern weist zu viel Ähnlichkeit mit dem Neuen Journalismus auf, aus dem Bauch heraus wie Geraldo Rivera und Sally Jessy, die geistigen Urheber von XV...

Das bekümmert sie jedoch nicht. Sie hat gerade noch vier Tage Kredit. *Schnüffeleien* sind es in der Tat – und es ist auch kein schlechterer Titel als *Scuttlebytes.* Allein schon mit dem komischen Aufhänger wird sie einige Leute erreichen; jetzt muß sie den Bericht nur noch so interessant ausgestalten, daß die Leute ein zweitesmal einschalten.

Sie ergreift das Diktiergerät und das Notebook; das Aufräumen hat noch Zeit. In der Zwischenzeit muß sie ein Konzept erstellen, ein *wirkliches* Konzept.

»Hier spricht Berlina Jameson, unterwegs von Barrow im Freistaat Alaska nach Washington, *Duc,* USA. In den letzten drei Wochen hatte ich sehr freundliche Gespräche mit Vertretern Alaskas und der Vereinten Nationen, mit Wissenschaftlern aus den USA, Pazifikanada, Mexiko und Quebec und einer Vielzahl von Leuten aus dem PR-Sektor. Ab und zu habe ich sogar einige Bruchstücke der Wahrheit erfahren – Bruchstücke, die dann von anderen Quellen sofort wieder bestritten oder dementiert wurden.

Immer wieder habe ich die simple Frage gestellt, auf die jeder eine Antwort möchte: Nun, da ein UN-Militäreinsatz...«

Das müßte die Einschaltquoten in den Himmel treiben. Offiziell handelt es sich bei der UNSOO um eine friedensbewahrende, nicht um eine militärische Organisation, ungeachtet ihrer wirklichen Aktivitäten. Den Vorgang als militärische Operation zu bezeichnen, wird ihr automatisch die ›Rote Karte‹ von der UNIC bescheren – sie werden den Beitrag zwar nicht absetzen, wohl aber vorschlagen, daß friedliebende, anständige Bürger ihn nicht lesen. Die Nationalisten indessen werden ihn *gerade deshalb* lesen. Die Vereinigte Linke wird ihr Drohbriefe schicken, was als Rückmeldung registriert und die Aufmerksamkeit ihrer Kritiker wecken wird. Im Grunde will sie den Nationalisten gar keinen Zündstoff liefern ... beziehungsweise den Kritikern. Aber sie zahlen Nutzungsgebühren wie alle anderen auch ...

DICTRON-SICHERUNGSKOPIE ANLEGEN UND VERKNÜPFEN.

»... nun, da durch eine UN-Militäraktion versehentlich einhundertdreiundsiebzig Milliarden Tonnen Methan freigesetzt worden sind: welche Konsequenzen haben wir angesichts der geologischen Belege, daß solche Freisetzungen immer zu kurzen Perioden intensiver Erwärmung geführt haben, zu gewärtigen? Sollten wir die Hälfte der Menschheit in die Berge evakuieren? Werden wir die Niederlande, Florida und Bangladesh an das Meer verlieren? Werden Gebiete, auf denen heute noch Ackerbau betrieben wird, sich in Wüsten verwandeln, mit dem Resultat globaler Hungersnöte? Müssen wir mit Überschwemmungen, Dürrekatastrophen oder Stürmen rechnen?

Niemand äußert sich dazu, und mittlerweile bin ich zu der Erkenntnis gelangt, daß wir nicht nur auf eine Katastrophe fürchterlichen Ausmaßes zutreiben, sondern daß nicht einmal die Regierung eine Vorstellung von den Auswirkungen hat; ungeachtet aller Fortschritte der Wissenschaft stehen wir da wie vom Donner gerührt ...«

Nein, streichen, das ist zu melodramatisch. Nein, stehenlassen. Melodramen haben jetzt Konjunktur ... Melodramen sind immer schon gewinnträchtig gewesen, und die Zeit wird langsam knapp. Aber die Metapher paßt nicht.

Dictron-Sicherungskopie anlegen, verknüpfen, löschen.

»... trotz aller Fortschritte der Wissenschaft können wir nur abwarten – aber wenn man etwas weiß, dann das, daß es gravierende Auswirkungen haben wird. Wir haben die Natur mit einem Hammer mißhandelt, und nun stehen wir da und warten, bis sie eine Entscheidung trifft.«

Damit wird sie ankommen. Es muß zwar noch überarbeitet werden, aber es ist verdammt um einiges attraktiver als die dröge Materie, die sie bisher verbreitet hat.

Es wird ein langer Tag, den sie ausschließlich im Auto verbringt; sie aktiviert den ›automatischen Boxenstop‹, so daß das Fahrzeug sich im Bedarfsfall an den automatisierten Tankstellen selbst betankt. Sie überarbeitet die Geschichte sechsmal, und am Schluß ist ›Schnüffeleien‹ zu einem kleinen, feinen Zwanzig-Minuten-Programm gediehen, das Interviews mit allen möglichen Leuten zeigt, die sich vor einer konkreten Antwort drücken; garniert wird das Ganze mit einigen wirklich guten grafischen Animationen. Für ihren Vortrag benutzt sie die spärliche Ausrüstung, die sie vor Urzeiten gebraucht gekauft hatte und die es ihr ermöglicht, den Teleprompter und die Kamera an der Decke zu befestigen. Aus dieser Perspektive erscheint sie dann auf dem Bett liegend, unter sich einen hellblauen Reflektor. Wenn sie dann noch den Reflektor aus- und statt dessen das von ihr entworfene ›Schnüffeleien‹-Logo einblendet, müßte es doch mit dem Teufel zugehen, wenn das nicht mindestens so gut aussieht wie bei den alten Fernsehanstalten vor gerade einmal dreißig Jahren.

Jetzt ist es im Kasten. »Dictron: Sende Text Schnüffeleien Eins, öffentliches Netz mit Urheberschutz,

RECHNUNG FÜR BENUTZERGEBÜHREN AN BERLINASTANDARD …«

»MIT INFLATIONSAUSGLEICH?« fragt der Dictron.

»MIT INFLATIONSAUSGLEICH«, bestätigt sie. Demnächst muß sie wirklich einmal ihre Wechselkurstabelle aktualisieren. »ACHTUNG – SCHNÜFFELEIEN WERDEN MIT EINER LÄNGE VON ZWANZIG MINUTEN GESENDET. VERBREITUNG AUTORISIERT IN NICHT MITEINANDER KONKURRIERENDEN MÄRKTEN UND ALS ÜBERSETZUNG; RECHNUNG FÜR BENUTZERGEBÜHREN AN BERLINASTANDARD. MIT INFLATIONSAUSGLEICH …«

»BESTÄTIGEN?« Nachdem das Gerät ihre Anweisungen noch einmal wiederholt hat, bestätigt sie, und die Sendung geht ins Netz.

Zeit zu feiern. *Schnüffeleien* ist eine verdammt gute Arbeit, selbst wenn niemand sich dafür interessieren sollte – aber sie spürt es fast körperlich, daß sich wenigstens ein paar Leute irgendwo dafür interessieren *werden.*

Sie steuert einen Rastplatz an und schließt das Fahrzeug an ein Reinigungsgerät an, das den Staub und den Körpergeruch absaugt, die chemische Toilette entsorgt und das Auto mit UV-Strahlen und Mikrowellen dekontaminiert, so daß es bei ihrer Rückkehr wieder wie in einem Auto riecht und nicht wie in einem Affenstall. Sie schultert ihr Bündel und betritt die öffentliche Dusche; die nächsten Punkte auf der Tagesordnung sind Körperpflege, Kleiderwechsel und ein gutes Essen, woran sich ein ausgiebiger, erholsamer Schlaf im Auto anschließen wird.

Verdammt, sie fühlt sich jetzt besser, als Ernie Pyle sich in der Regel gefühlt hatte.

* * *

Nachdem Carla Tynan sich von Louie verabschiedet hat, fällt es ihr etwas schwer, das Sonnenbad wieder aufzunehmen. Zunächst hat sie dieser verdammte Raketenflug aufgegeilt, und obwohl es im Pazifik mit seinem leeren Horizont weit und breit niemanden gibt, der ihr zusehen könnte, hat sie Hemmungen, auf dem Boot zu masturbieren. Sich selbst eine prüde Zicke scheltend, geht sie unter Deck, um sich etwas Erleichterung zu verschaffen.

Danach vergleicht sie auf dem sachte auf den Wellen schaukelnden *MyBoat* die Zahlen von Louie mit den detaillierteren Daten, die sie von der NOAA erhalten hat. Daß diese Bande von Politikern die Zahlen zu niedrig angesetzt hat, überrascht sie nicht, das Ausmaß der Manipulation indessen schon.

Nun, einer der Vorteile des Alleinseins besteht darin, daß sie selbständig arbeiten kann. Sie hat einige globale ›Baby‹-Klimamodelle in ihrem Rechner und ein System entwickelt, mit dem sie sie verknüpfen kann. Sie holt die noch verpackten Spezialfaserkabel hervor und installiert das System.

Zuerst muß sie anhand von Louies Daten die tatsächliche Höhe der Methankonzentration ermitteln. Das dauert nur wenige Minuten, und dann erscheinen die Ergebnisse vor ihrem Auge.

Sie stößt einen langen, leisen Pfiff aus. Nachhallend durchdringt er das kleine Unterseeboot, und sie ruft sich selbst zur Ordnung, aber so sehr die Ohren auch schmerzen, die Situation hat es gerechtfertigt. Die Methankonzentration entspricht nämlich nicht nur dem sechsfachen, sondern gleich dem neunzehnfachen Normalniveau.

Da sie an dem ›Wirbelsturm-Problem‹ mitarbeitet, führt sie eine schnelle und erschreckende Kalkulation durch. Je höher die Methankonzentration, desto höher auch das Energieniveau; vierzig Prozent werden vom Oberflächenwasser der Ozeane absorbiert; also wird sich das Oberflächenwasser in den Zonen der Orkanentstehung um ein bis sechs Grad Celsius erwärmen, wobei in der Regel die Erwärmung in nördlicher Richtung drastisch zunimmt, so daß um so mehr Energie für einen Wirbelsturm bereitsteht.

Sie betrachtet die Zahlen; die in einem solchen Wirbelsturm gespeicherte Energie ist zwölfmal so hoch wie beim bisher heftigsten Orkan.

Und dabei hat sie noch nicht einmal ermittelt, um wievieles größer die *Zonen* der Wirbelsturmentstehung selbst sein werden.

Dennoch gibt es etwas, das sie jetzt schon tun kann, und sie tut es auch. Sie desaktiviert den Autopiloten und geht mit *My-Boat* auf Tauchfahrt, wobei sie mit voller Maschinenleistung einen südlichen Kurs einschlägt. Der Nordpazifik wird bald ein sehr ungemütlicher Ort werden.

›Präsidentin Großmutter‹ fühlt sich mehr als Großmutter – und weniger als Präsidentin – denn je. Brittany Hardshaw hat schon oft binnen zwei Minuten schwerwiegende Entscheidungen getroffen, die sich dann als grundfalsch erwiesen und von ihr im Bedarfsfall auch jahrelang verteidigt wurden; sie weiß, daß sie mindestens einen Unschuldigen hat hinrichten lassen, und während ihrer Amtszeit haben die Vereinigten Staaten über fünfhundert Soldaten, überwiegend junge Männer, in dieser oder jener Ecke der Welt verloren. Sie hat ihren engen Freund aus Boise, Judge Burlham, als Vermittler nach Liberia gesandt, wobei sie sich der Gefahr durchaus bewußt war, und noch am selben Abend sah sie im Fernsehen, wie er am Flughafen mit einer Maschinenpistole niedergemäht wurde. Sie dachte eigentlich, hart genug für jeden Job zu sein.

Harris Diems Bericht liegt vor ihr auf dem Schreibtisch. Er enthüllt minutiös, wie es ihm und einem kleinen ›Schwarzen Team‹ aus Wissenschaftlern der NSA gelungen ist, die Leute bei der NOAA zu überlisten – indem sie ihnen manipulierte Daten zuspielten, die von ihnen entworfenen Modelle ausspähten, diese Modelle in derselben Straße in einem konspirativen Keller kopierten und dann vorsichtig die korrekten Daten übermittelten. Es war ein kleines Meisterstück der verdeckten Operation. Die Präsidentin der Vereinigten Staaten verfügt nun als einzige über die akkurate Beurteilung der globalen Klimalage.

Offiziell wird sie in wenigen Tagen das Exposé der Wissenschaftler der NOAA in Empfang nehmen, aber dieser geheime Bericht sagt die Wahrheit – zumindest in dem Maße, wie ein Computer die Wahrheit ermitteln kann. Offiziell wird sie den Bericht der NOAA an die UN weiterleiten, und Rivera wird ihn als Grundlage für seine Politik verwenden.

Offiziell muß diese Politik zwangsläufig scheitern, denn sie basiert auf lauter Ungenauigkeiten, woraufhin sie dann imstande sein wird, die Lage zu ihren Gunsten zu nutzen.

Das einzige Problem besteht indessen darin, daß das ihr zur Verfügung stehende Material noch viel schlimmer ist, als sie es sich vorgestellt hatte. Einer der netten NSA-Männer – ein junger Afro-Amerikaner, der wie ein begabter Jura-Student oder Gymnasiallehrer wirkte – hatte ihr dezidiert dargelegt, daß man in diesem Fall nicht von Linearitäten sprechen konnte, wobei ›nicht linear‹ bedeutete, daß ›der doppelte Eintrag nicht dem doppelten Ergebnis entsprach – vielmehr konnte es auch das Vierfache, Achtfache sein, dividiert durch zwei … die Funktionen sind komplex‹.

Während also die offizielle Version, die den UN als Grundlage dient, besagt, daß der nächste Sommer die zwanzig stärksten Hurrikane, Taifune und Zyklonen der Geschichte parat hält, inklusive einer schweren Dürre in den nördlichen Breiten und in den Tropen Monsunregen jenseits aller historischen Erfahrungswerte; während aus diesem Bericht hervorgeht, daß der Kilimandscharo vergletschert und der Colorado wahrscheinlich austrocknet; während er besagt, daß Hungersnöte, Überschwemmungen und Stürme Opfer in zweistelliger Millionenhöhe fordern werden – ist dieser Bericht dennoch nur ein auf Wunschdenken gegründeter Betrug.

Die authentischen Zahlen prognostizieren nämlich über siebzig Hurrikane, von denen viele jedes bekannte Ausmaß sprengen. Es wird zwar keine Dürre eintreten, aber der Regenzyklus wird sich sprunghaft intensivieren – einige große Staudämme werden brechen, und viele der trockenen Seen im Westen werden sich füllen. Außer den Stürmen und klimatischen Veränderungen ist mit einem globalen Waldsterben und Mißernten zu rechnen. Die Niederlande sind wahrscheinlich verloren, und schon jetzt ist abzusehen, daß Bangladesh und der Großteil der in den Flußdeltas der Erde siedelnden Menschen nicht gerettet werden können. Außerdem steht der Verlust einiger besiedelter Pazifik-Inseln bereits fest, und es deutet alles darauf hin, daß in der südlichen Hemisphäre die antarktischen Gletscher im Verlauf des südlichen Winters schnell wachsen und dann im Oktober und November noch schneller wieder abschmelzen. Die Auswirkungen dieses Vorganges können noch nicht einmal prognostiziert werden.

Die authentischen Prognosen verzeichnen bis September weltweit bis zu 270 Millionen Toten.

Über eine Viertelmilliarde Menschen.

Es gibt nichts, was die Vereinigten Staaten oder die Vereinten Nationen zu ihrer Rettung unternehmen könnten. Die USA gebieten nicht mehr über das wirtschaftliche und militärische Potential einer Weltmacht … schon lange nicht mehr, und dies ist ein Sachverhalt, den Hardshaw dem Volk verheimlichen muß. In den zwölf Jahren seit dem *Blitz*, als die gesamte Administration und mindestens drei Viertel der Geldmenge des Landes vernichtet wurden, hat sie versucht, Amerika wieder zu seiner alten Größe zu verhelfen, anfangs als UN-Botschafterin, dann als Justizministerin und schließlich als Präsidentin.

Sie hat um den Erhalt der noch verbliebenen amerikanischen Souveränität gekämpft und um jeden monetären Vorteil, der die Republik davor bewahrte, vollends unter die Kontrolle der UN zu geraten. Nach wie vor verfügt sie über so starke Streitkräfte, daß sie im nationalen Alleingang handeln kann, und sie hat sich mit allen Ländern verbündet, die bereit sind, dem Generalsekretär Paroli zu bieten; sie hat den UN größtmögliche Handlungsfreiheit abgetrotzt – zu einer Zeit, da die Bundesregierung nach dem atomaren Terrorangriff auf Washington ein Drittel des Staatshaushalts aus UN-Darlehen finanzierte.

Wieder einmal fungiert Harry Diem als ihre rechte Hand. Er hat die Operation wie ein Profi konzipiert. Selbst die sich zwischen Carla und Louie Tynan anbahnende Konspiration wird erst Tage später als erwartet wirksam und stellt keine Gefährdung ihrer Pläne dar.

Und nun verfügt sie endlich über die authentischen Daten – echte Daten, von denen sie weiß, daß die UN sie nicht haben und dringend benötigten.

Sollen die UN es doch vermasseln und daran scheitern. Der Globale Aufstand war schon ein Vorgeschmack, und jetzt geht es um viel mehr als nur um einen weltweiten Skandal. Sie könnte noch viel mehr erreichen als die bloße Wiederherstellung der amerikanischen Souveränität – sie könnte die von ihr und ihrem Stab schon seit vielen Jahren so genannte ›Weltregierung, die diesen Namen nicht auszusprechen wagt‹ stürzen.

Seit fünfzehn Jahren arbeitet sie nun schon daran, den Vereinigten Staaten wieder zu ihrer ursprünglichen Größe zu verhelfen, erhaben über die Anweisungen einer fremden Macht.

Dazu muß sie nur das auf die reale Entwicklung vorbereitete Geheimkommando aufstellen. Sie werden dann zwar noch immer New Orleans, Tampa, Miami und Corpus Christi verlieren, aber sie werden es überstehen. Und der Rest der Welt wird zum Teufel gehen. Sofern die UN nicht auch die Wahrheit erfahren und entsprechend handeln.

Und wenn die UN wirklich dahinterkommen ... auf Wiedersehen, amerikanische Vormachtstellung, wahrscheinlich sogar auf Nimmerwiedersehen.

Wie sie von der NSA hört, lassen sich die Reaktionen der UN nicht vorhersagen, falls sie ihnen das echte Memorandum übermitteln sollte. Auf jeden Fall werden sie in ein paar Monaten, wenn es vielleicht schon zu spät ist, wissen, daß sie hereingelegt wurden, und vielleicht können sie noch im Untergang ihr die Verantwortung zuschieben. Das ist schon in Ordnung; wenn es denn dazu kommen sollte, wird sie mitten in die Generalversammlung hineinspazieren, die ganze Verantwortung übernehmen und sich erschießen lassen – solange nur die UN an Einfluß verlieren und Amerika wieder aufsteigt.

Wie sie indes weiter von der NSA hört, könnten die UN bei rechtzeitiger Reaktion die globalen Verluste an Menschenleben wahrscheinlich auf 100 Millionen reduzieren. Wenn Brittany Lynn Hardshaw also an ihrem Vorhaben festhielte, trüge sie die Verantwortung für 170 Millionen unnötiger Toter.

Das würde ihr wohl einen Platz in den Geschichtsbüchern sichern. Mit dieser Aktion hätte sie nämlich Hitler, Stalin und Mao ›übertroffen‹.

Und wenn sie den UN die Wahrheit mitteilen würde, hieße das, auch der NOAA die echten Daten übermitteln und vielleicht den ursprünglichen Plan aufdecken zu müssen, woraufhin sie mit einer Amtsenthebung zu rechnen hätte, wenn der Kongreß den letzten Rest amerikanischer Autonomie bewahren will. Mehr noch, das Land würde sich der allerletzten Chance für die Wiederherstellung der vollen Souveränität begeben.

Sie schaut zu den an den Wänden hängenden Portraits auf; sie hat sie mit Bedacht ausgewählt – Washington, Adams, Jefferson und Madison in ihrer Eigenschaft als Begründer der amerikanischen Unabhängigkeit; Lincoln, der Retter der Republik; Truman, Eisenhower und Kennedy, die das Land bis an die Zähne bewaffnet hatten. Gerechterweise hätte sie deshalb vielleicht auch Franklin Roosevelt in die Galerie integrieren müssen – aber der hatte schließlich die UN gegründet.

»Was schlagen Sie also vor?« fragt sie und erschrickt beim Klang ihrer eigenen Stimme. Sie hatte eigentlich gar nichts sagen wollen.

Die beiden Berichte liegen nebeneinander auf dem Schreibtisch, und während sie lange Zeit ihre identischen Deckblätter betrachtet, sucht sie nach einer weiteren Option.

Nachdem die Sache sich so verkrampft angelassen hatte, hätte Klieg nie gewettet, daß seine erste Verabredung mit Glinda ein solcher Erfolg sein würde. Sie hatte ganz recht – Derry schien sehr erfreut, daß er sich für ihre Mutter interessiert, und das ›Mittagessen in einem kleinen Café, wo die Krabben echt sind und die Dekoration künstlich‹, wie er sich ausgedrückt hatte, war ein großer Erfolg. Nun haben er und Glinda sich entschieden, draußen in der ›Elternloge‹ einfach nur dazusitzen, etwas zu trinken und zuzuschauen, wie Derry auf einem Pferd ihre Runden dreht; ihre Unterhaltung handelt überwiegend von ihrer beider Jugend im mittleren Westen der USA und davon, wie wenige Menschen mit beruflichen Ambitionen und dem Drang nach Reichtum es heutzutage noch gibt.

Darüber hinaus haben sie intensiv miteinander geflirtet, und in einer Anwandlung von Verwegenheit – wobei sie grinste, um den Vorgang zu einem Scherz zu relativieren, was an der Sache selbst aber nichts änderte – fuhr sie mit ihrem hochhackigen Schuh an seinem

Hosenbein hoch. Er erwiderte das Grinsen, um ihr zu signalisieren, daß er den Spaß verstanden hätte, aber in diesem Moment hätte er alles für sie getan.

Überall schwirren Fliegen umher – so nahe bei den Pferden ist das eben unvermeidlich –, und die beiden schlagen ständig nach ihnen. Er weiß zwar nicht, was für ein Bild er dabei abgibt, aber Glindas blonder Schopf verliert auf eine interessante Art seine Fasson – worauf er sich jedoch nicht sonderlich konzentrieren kann, weil er selbst auch intensiv mit der Abwehr der Fliegen beschäftigt ist. Aus ihrem Lächeln schließt er jedoch, daß er sich wie ein rechter Tolpatsch aufführen muß.

Sie unterhalten sich weiterhin über Gott und die Welt. Die letzte richtige Freundin, die Klieg vor Jahren hatte, beklagte sich immer, daß er nur über ›Geschäfte, Essen und von allem das Beste‹ sprach. Wie er sich später eingestehen mußte, waren diese Beschwerden nicht ganz unberechtigt, aber das Tolle ist nun, daß Glinda diese Themen anscheinend auch liegen. Während dieser Unterhaltung stellt sich heraus, daß beide im nächsten Jahr sich ein neues Auto kaufen wollen – aus diesem Anlaß lesen sie regelmäßig Autozeitschriften. Außerdem erörtern sie die Frage, wo man gut und billig mexikanisch essen kann, ohne minderwertige Zutaten zu riskieren, und diskutieren die relativen Vorzüge von *Denny's* gegenüber *Shoney's*. Sie parlieren über die neuen Tapeten, die sie sich in den letzten Jahren gekauft haben und gehen der Frage nach, ob die Zeitschrift *Die Küchenfee* immer noch so gut sei wie früher.

Sie reißen blöde Witze über die Fliegenschwärme und lachen dann lauter darüber, als diese Witze es eigentlich rechtfertigen würden.

Er vermag sich nicht zu erinnern, wann er sich zuletzt so amüsiert oder in der Gesellschaft einer Frau so wohl gefühlt hätte. Als Derry das Pferd schließlich wieder in den Stall führt – dort gibt es eine Dusche, wo sie sich frischmacht, bevor sie sich draußen beim Auto treffen –, stehen Klieg und Glinda auf und reichen sich wie selbstverständlich die Hand.

»Kartoffelbrei«, meint sie. »Der ist heute in guter Qualität fast gar nicht mehr zu bekommen. Die Restaurants geizen nämlich mit Butter und Milch.«

»Da haben Sie recht«, bestätigt Klieg. »Hat eine Ewigkeit gedauert, bis ich meinen Koch endlich soweit hatte – er hat sich immer über den hohen Fettgehalt echauffiert und mir unterstellt, ich würde schlechte Eßgewohnheiten entwickeln. Hat mich immer bei der Krankenkasse angeschwärzt, bis ich schließlich den Modemzugang blockierte und dann Ruhe hatte. Und ich schwöre bei Gott, der Küchenroboter hat dann nie mehr so gut gekocht wie früher, als ob er schmollen würde. Ich nehme nicht an, daß Sie eine Haushaltshilfe haben ...«

»Nur manchmal eine richtige Haushälterin«, sagt sie, »aber wenn man erst einmal ein paar Putzfrauen gehabt hat, weiß man, wie schwer es ist, gute Leute zu bekommen. Da kann man richtig nachempfinden, wie die NASA sich fühlte, als die Replikatoren die Mondbasis vertilgen wollten.«

Als Derry sie Hand in Hand mit Klieg sieht, erscheint ein breites Grinsen auf ihrem sommersprossigen Gesicht; sie läuft ihnen mit wehendem strohblonden Haar entgegen. Dabei sieht sie aus wie die Figur auf einem der Gemälde, die Klieg von einem amerikanischen Maler der klassischen Schule verehrt worden waren – Norman Podhoretz? Oder so ähnlich.

Ihre Füße scharren und knirschen auf dem Kies, bis sie dann vor ihnen stehenbleibt. »Das hat aber Spaß gemacht! Und was machen wir jetzt?«

»Deine Mama und ich hatten gerade einen anstrengenden Trinksport-Nachmittag auf der Terrasse; gehen wir also essen, um den Hunger zu besänftigen«, regt Klieg an. »Und danach, wer weiß?«

Er weiß, daß Glinda sich ergeben dreinfügt, aber

Derry gefällt es anscheinend, daß sie in seinem Lieblings-*Shoney's* essen werden. Und Fawn, die Bedienung – eine ältere Dame, die eine gewisse Ähnlichkeit mit der Präsidentin aufweist – macht ein großes Getue um sie, was sichtlich zur allgemeinen Erheiterung beiträgt. Sie mampfen Hamburger, Fritten und Apfelkuchen, und als sie sich zurücklehnen, sagt Glinda: »Ich muß Ihnen ein Geständnis machen, John. Ich habe gerade an die Firma gedacht, und ich glaube, mir ist da eine Idee gekommen.«

Sofort markiert er den Vorgesetzten. »Dann reden Sie mich gefälligst mit ›Sir‹ an.« Derry kichert ob dieser Blödelei; Klieg hat einen sehr guten Draht zu ihr, genauso wie zu ihrer Mutter. Er hätte sich schon vor Jahren näher mit ihr befassen sollen.

»Ich sollte vielleicht damit warten, bis wir wieder im Auto sitzen«, gibt Glinda zu bedenken. »Sie essen ja immer hier, und deshalb könnte es sein, daß *Shoney's* abgehört wird.« Dann ermahnt sie ihre Tochter: »Schatz, du darfst nichts von dem weitererzählen, was Mr. Klieg und ich besprechen ...«

»Gibt es da ein großes Unternehmen, das *GateTech* übernehmen will oder so?« fragt Derry. Jetzt begreift Klieg, was Glinda meint, wenn sie davon spricht, das Kind von TV und XV fernzuhalten.

»Na klar«, meint er. »Ihr Name ist Cruella DeVille, sie ist eine Kidnapperin, eine Datenvandalin, eine Spionin, eine rote Socke, und darüber hinaus ist sie eine unglaublich große, dürre Brünette, die immer in langen schwarzen Kutten herumläuft ...«

Derry hebt eine Augenbraue – ihr Gesicht verwandelt sich in ein einziges Fragezeichen, so daß er und Glinda in Gelächter ausbrechen. »Was ist denn so lustig?« will Derry wissen. »Gibt es Cruella DeVille wirklich?«

Diese Frage ist sogar noch lustiger, aber er weiß, daß Derrys Gefühle verletzt werden, wenn sie nicht gleich eine Antwort bekommt. »Nein, sie ist nur eine Figur in einem Film, den deine Mutter und ich gesehen haben, als wir jung waren.«

»Mama *ist* noch jung«, gibt Derry sich loyal.

Wenigstens einigen sie sich dann auf den weiteren Tagesablauf; auf der anderen Straßenseite gibt es ein kleines Kino, wo sie *101 Dalmatiner* auf der Großleinwand sehen können, und es fügt sich, daß es dort auch *Junior Mints* gibt, Kliegs bevorzugte Süßigkeiten. Dies ist wirklich ein geruhsamer Tag – er wird die Zeit irgendwie aufholen müssen.

Während sie darauf warten, daß der Film aus der zentralen Datenbank überspielt wird, wendet er sich an Glinda: »Also – hier werden wir sicher nicht abgehört. Was ist das denn für ein großartiger Einfall, den Sie gehabt haben?«

Sie steckt sich einen *Junior Mint* in den Mund, lutscht ihn einen Moment lang genußvoll und sagt dann: »Nun, ich dachte nur, wenn wir uns auch auf Raketenstarts verlegen, sollten wir uns besser näher zum Pol orientieren – die Wirbelstürme erstrecken sich nicht so weit nach Norden, nicht wahr?«

»Ich weiß nicht; schließlich bezahlen wir einen Meteorologen für solche Informationen.«

»Ist auch egal; wir müssen nämlich ohnehin ein großes Raumfahrtzentrum errichten, ohne daß uns jemand auf die Schliche kommt. Welcher Standort ist nun dafür geeignet? Welches Land befindet sich nahe genug am Pol?«

Er strahlt sie an. »Sibirien! Genau. Und weil die Präsidentin jeden unterstützt, der gegen die UN arbeitet, werden wir von unserem Land ein hohes Maß an Unterstützung erhalten. Nicht schlecht, Mädchen, wirklich nicht schlecht.«

»Dachte mir, daß es dir gefällt. Bekomme ich jetzt einen Kuß oder mußt du das erst noch verdauen?«

Die Wahrheit ist, daß er daran noch gar nicht gedacht hatte, aber jetzt, wo sie es erwähnt, ist es keine schlechte

Idee. Er küßt Glinda; mitten in diesem Vorgang öffnet sie die Augen, schaut zu Derry hinüber und hält ihr die Hand vor das Gesicht. Sie lachen noch Tränen, als der Film beginnt, und er ist wirklich so gut, wie sie ihn in Erinnerung haben, und dem Kind gefällt er auch.

Selbst wenn er nicht kurz vor dem Einstieg in ein Billionen-Dollar-Geschäft stünde, mit der realen Chance, dadurch zum reichsten Mann der Welt zu werden, wäre der heutige Tag noch immer der beste Tag des Jahrzehnts, zumindest was Klieg betrifft. Nachdem sie zu Glindas Wohnung zurückgekehrt sind und Derry zu Bett gebracht haben, wenden sie sich wieder dem Küssen zu, und die beiden bemühen sich herauszufinden, wieviel sie noch davon verstehen.

Es heißt immer, daß, wenn Paare auseinandergehen, sie trotzdem noch Freunde bleiben könnten, und jetzt bietet sich die Gelegenheit, die Substanz dieser Prämisse zu überprüfen. Außerdem möchte Jesse ergründen, ob er ›Fräulein Ethik‹ eifersüchtig machen kann.

Leider ist sie nicht auf dieser Party erschienen.

Ohne Naomi an seiner Seite, die ihn mitschleppt und ihm das Reden abnimmt, muß er jetzt selbst mit den Leuten Konversation pflegen, und dabei fallen ihm einige Dinge auf. Zum einen gibt es einige Leute, die sehr ernsthaft wirken, aber an überhaupt nichts glauben. Dann gibt es einige Gestalten, die anscheinend Schwierigkeiten haben, morgens überhaupt aus dem Bett zu kommen; mittlerweile ist allgemein bekannt, daß es sich bei der Vereinigten Linken eher um einen Lebensstil als um eine politische Organisation handelt, aber wenn er bedenkt, daß diese Leute – oder andere ihrer Couleur – jemals beschuldigt wurden, den *Blitz* ausgelöst zu haben ... einfach lächerlich.

Der für ihn interessanteste Aspekt ist indessen, daß er mit den Frauen anscheinend richtig gut klarkommt. Er hatte bisher noch gar nicht begriffen, wieviel von

Naomi auf ihn abgefärbt hatte – er kann der politischen Diskussion problemlos folgen, und indem er sich ein wenig indifferent gibt, zieht er verblüffend viel Aufmerksamkeit von jungen Frauen auf sich, die ihn für ihre Position vereinnahmen wollen.

Plötzlich kommt ihm der Gedanke, daß Naomi ihm mit ihrer Abfuhr vielleicht gar keinen größeren Gefallen hätte tun können.

Nicht, daß er damals, als er noch ein dummer Schuljunge war, diese Frauen als besonders attraktiv bezeichnet hätte. Sie sehen alle wie lebende Fossilien aus, die noch aus der Mitte des zwanzigsten Jahrhunderts stammen; in einer früheren Soziologie-Vorlesung hatte der Professor erklärt, daß, wenn eine politische Bewegung sich nur noch auf utopische Paradigmen oder gesellschaftlich irrelevante Themen fixiert, sie zunehmend den Charakter eines Kultes oder einer Religionsgemeinschaft annimmt, einschließlich einer spezifischen Kleidung und Sprache. Er erinnert sich an einige junge Frauen mit wallendem Haar, sackartigen Röcken und Sandalen; als dann okkulte Handlungen einsetzten, ist er geflohen.

Was ihm jetzt indes auffällt, ist, daß keine einzige Frau geschminkt ist, aber dank Naomi ist er ja daran gewöhnt, und er hat mittlerweile auch gelernt, die Konturen eines Körpers unter einem sackartigen Kleid zu bestimmen. Viele dieser Frauen haben phantastische Körper – und ein verstärktes Interesse, ihn zu Versammlungen einzuladen und seinen Horizont zu erweitern. Er vermutet, daß er nicht der einzige ist, der es gern sähe, wenn Naomi sich vor Eifersucht verzehrte.

Und in einer Subkultur, in der Flirts nicht praktiziert werden, sind alle viel offener als die Mädchen, mit denen Jesse aufwuchs. Sie rücken dicht auf, poussieren, lächeln und schauen ihm direkt in die Augen. Ein Mann könnte sich daran gewöhnen.

Da fällt ihm die Unterhaltung mit den Männern viel

schwerer, obwohl sie alle recht höflich sind. Sie interessieren sich nicht für Sport, bewegen sich nur virtuell in der freien Natur (und Jesse hat noch nie Geschmack an XV-Ausflügen gefunden – sie haben zuviel Ähnlichkeit mit einer Exkursion mit geschwätzigen Professoren). Außerdem fürchten die meisten so sehr, ihre Freundinnen zu dominieren, daß sie ihre wirklichen Ansichten in der Gegenwart einer Frau nicht preisgeben. Aber es gibt auch einige unverfängliche Themen – so besteht zum Beispiel ein allgemeiner Konsens darüber, daß die Technologie für ARTS verantwortlich ist, weil sie den Menschen den Sieg über AIDS ermöglichte, und daß SPM seine Entstehung dem Evolutionsdruck der Antibiotika zu verdanken hat, der die Syphilis zu einer Krankheit ohne erkennbare Symptome mutieren ließ. Außerdem besteht ein genereller Konsens darüber, daß Doug Llewellyn und *Passionet* für die irreversible Regression der Massenpsyche verantwortlich sind. Alle sind der Ansicht, daß aufgrund der allgemeinen Lethargie die Vereinigte Linke dieses Jahr gute Aussichten auf das Präsidentenamt habe, selbst wenn sie sich bis November noch nicht auf einen Kandidaten einigen können.

Die ihm von Gwendy entgegengebrachte Aufmerksamkeit irritiert ihn etwas, aber nicht so sehr, daß er nicht wüßte, was er davon zu halten hat. Nach einer Weile ziehen sie sich zu einem Gespräch in eine Ecke zurück, und sie rückt immer näher zu ihm auf. Die Ausführungen über Tapachula und die Stelle bei *TechsMex* scheinen seine Attraktivität nur noch zu erhöhen.

Es wird dann eine sehr lange Nacht für ihn; wie sich herausstellt, erzählt Naomi ihren Freundinnen alles, und überdies ist Naomi das Gewissen, das er sich bei Gwendy wünschte. Also befindet sie sich in einem Konflikt, der durch Naomis Schilderungen vom Sex in der nächtlichen Wüste und die Tatsache, daß Naomi den Lectrajeep noch immer nicht akzeptiert, bedingt ist. In dieser Hinsicht ziert sie sich genauso wie Naomi, aber als Gwendy schließlich um zwei Uhr nachts in der Wüste nackt im Lectrajeep liegt, bietet Jesse sich die Gelegenheit, zwei Dinge neu zu entdecken, die er fast schon vergessen hatte – Lachen und Begeisterung.

Zu dumm, daß er mit Tapachula Eindruck bei ihr schinden mußte; nun muß er es auch ausführen, jetzt, wo sie ihm einen Anreiz bieten würde, in Tucson zu bleiben.

Carla Tynan hat schon lange nicht mehr geschlafen, und sie macht langsam schlapp. *MyBoat* pflügt durch das Meer, wobei der Verbrauch an Antimaterie-Brennstoff höher ist als erwartet – obwohl sie damit noch immer leicht um die ganze Welt kommen würde, wenn es sein müßte. Die Bootshülle vibriert spürbar bei der hohen Geschwindigkeit. Aber der Autopilot kümmert sich um alles; Carla muß nur dann eingreifen, wenn sie einen Hafen anläuft, und da sie noch immer über tausend Kilometer nordwestlich von Nauru steht, hat sie noch reichlich Zeit.

Sie schämt sich ein wenig, weil sie einfach geflüchtet war, als sie das ganze Ausmaß der sich anbahnenden Katastrophe erkannt hatte; ein wahrer Wissenschaftler, so tadelt sie sich selbst, wäre etwas weiter nach Nordosten gefahren, hinüber in die Entstehungszone des Wirbelsturms vor Südmexiko, um sich einen Überblick zu verschaffen. Andererseits verfügt sie jedoch nur über eine Vergnügungsjacht und kein Forschungsschiff, und zweifellos werden die Großmächte schon große Einheiten in diesem Sektor dislozieren. Wenn sie sich entschieden hätte, Kurs dorthin zu nehmen, wäre sie wohl nur von der amerikanischen oder mexikanischen Marine abgefangen und interniert worden.

Und das, worauf sie hier stößt, ist auch so schon schlimm genug. Bei der richtigen atmosphärischen Zusammensetzung muß mit fünfzig bis hundert schweren Wirbelstürmen und einer Vielzahl kleinerer Stürme gerechnet werden. Sie hat das Äquivalent von sechs alten Crays an Bord (sie erinnert sich noch an die Zeit, als man solche Dinger mieten konnte, und heute verwenden manche reichen Leute Mikro-Hochleistungsrechner allein für die Verwaltung ihrer Häuser), aber selbst diese Kapazitäten reichen nicht annähernd aus, um das ganze Modell in einer vertretbaren Zeit ablaufen zu lassen.

Also sieht sie sich gezwungen, etwas zu tun, das bei der NOAA niemand tun muß (und bei der NSA auch nicht, aber das kann sie ja nicht wissen). Sie muß sich bei der sequentiellen Erstellung des Modells zum Teil auf Grafiken und ihre Intuition stützen und den Rest, den sie nicht aus dem Bauch heraus erstellen kann, simulieren. Das ist zwar elend ungenau, und wenn ihre Intuition sie an irgendeinem Punkt im Stich läßt, wird nur noch Unsinn dabei herauskommen, aber mehr kann sie nicht tun, wenn sie die Antwort erhalten will, bevor der Sturm losbricht.

Also läßt sie sich auf dem Bildschirm die neuen Isothermen im Pazifik zeigen. Eine Isotherme ist eine imaginäre Linie, die einen konstanten Temperaturverlauf markiert; die meisten Leute kennen das schon vom TV-Wetterbericht, üblicherweise als farbige Bänder der Hoch- oder Tiefdruckgebiete.

Wenn man nach Wirbelstürmen Ausschau hält, muß man auf eine spezifische Isotherme achten, nämlich auf diejenige für 27,5° Celsius.

Ein Wirbelsturm ist eine gigantische Wärmekraftmaschine. Das heißt, er wandelt eine gegebene Temperaturdifferenz in kinetische Energie um, wie Ottomotoren, Dampfmaschinen, Düsen- und Raketentriebwerke oder Turbinen. Aber wohingegen beispielsweise ein Ottomotor einen Teil der aus dem verbrannten Kraftstoff erzeugten Wärmeenergie in eine Hubbewegung der Kolben umsetzt, indem der größte Teil der Wärme an das kühlere Medium abgeführt wird, kommt ein Wirbelsturm dadurch zustande, daß eine Wärmekonvektion von der warmen Wasseroberfläche zur Untergrenze der kalten Stratosphäre stattfindet – wobei dieser Vorgang Wind erzeugt.

Wenn das Wasser kälter ist als 27,5° Celsius, liegt das für die Wärmekonvektion notwendige Energieniveau über dem des Wassers, und der Wirbelsturm erstirbt. Oberhalb von 27,5° Celsius jedoch wird ein Wirbelsturm nicht nur in Gang gehalten – sondern angeheizt und damit stärker. Jeder Schwall Kaltluft, der über den warmen Ozean fegt, erwärmt sich, gewinnt an Volumen, steigt auf, gibt seine Ladung Wasserdampf in die Atmosphäre ab und kehrt jedesmal etwas stärker zurück.

Also werden die Wirbelstürme, die auf Carlas Karte innerhalb der 27,5°-Isotherme verzeichnet sind, wachsen; die außerhalb werden absterben. Die Zonen innerhalb der 27,5°-Isothermen sind ›Wirbelsturmentstehungszonen‹.

Beim Blick auf die Karte stellt sie fest, daß sie so etwas noch nie gesehen hat. Normalerweise existieren zwei, oder in einem heißen Sommer auch drei, Wirbelsturmentstehungszonen in den tropischen Gewässern – eine vor den Philippinen, die zweite vor der Halbinsel Yucatan und die dritte (in einem heißen Spätsommer) im Südchinesischen Meer.

Die Modelle besagen, daß diese Zonen expandieren werden, und die diesbezügliche Formel ist ganz einfach – zu einfach, wie sich dann herausstellt. Es hat nämlich noch niemand überprüft, ob sie sich vielleicht überlappen oder ob noch weitere entstehen. Nicht, daß sie den Wissenschaftlern deswegen einen Vorwurf machen würde – die Sache ist nicht ohne weiteres zu erkennen. Und wenn sie doch darauf gestoßen wären, hätten sie deshalb vielleicht ihren Augen nicht getraut – gut möglich, daß sie es überprüft hätten und dann zu dem Entschluß gelangt wären, sich nicht zu weit aus dem Fenster zu hängen. Beim Gedanken an ihre alte

Stelle seufzt Carla. Sich nicht zu weit aus dem Fenster hängen, das war der Punkt.

Dennoch existiert es, und wenn sie sorgfältiger oder systematischer zu Werke gegangen wären, hätten sie es auch gesehen.

Zur Zeit gibt es nur eine Wirbelsturmentstehungszone im Nordpazifik – aber sie erstreckt sich in Ost-West-Richtung von Galapagos bis nach Borneo und in Nord-Süd-Richtung von Hokkaido bis zum Äquator. Die Zone hat eine Länge von 11 600 Meilen und eine Breite von 3500 Meilen.

Normalerweise wird die Stärke eines Wirbelsturms von der Temperatur des Oberflächenwassers (je wärmer, desto stärker) und der Verweildauer über dem mindestens 27,5° warmen Wasser bestimmt. Also begrenzt die Fläche der Entstehungszone die Stärke der Hurrikane und Taifune, denn sie wandert mit einer Geschwindigkeit von bis zu 160 km/h. Bisher hatten die Entstehungszonen eine maximale Breite von 2400 bis 3200 Kilometern, so daß nur selten Wirbelstürme mehr als vierundzwanzig Stunden über ihnen verweilten.

Diese neue, den ganzen Ozean umfassende Entstehungszone ist um ein Vielfaches größer als alle statistisch erfaßten Zonen.

Sie sitzt da und schaut zu, wie der Computer eine Reihe von schnellen Berechnungen ausführt und mittels seines Zufallsgenerators eine Palette von Möglichkeiten aufzeigt.

Allesamt weisen sie eine beängstigende Kongruenz auf. Sie möchte am liebsten zu Bett gehen und sich am nächsten Morgen beim Aufstehen sagen können, das sei nur ein böser Traum gewesen.

Auf jeden Fall wird heute nacht noch nichts passieren. Sie kann mit *MyBoat* auftauchen und Di oder Louie oder sonst jemanden anrufen.

Sie greift nach der Steuerung des Autopiloten und programmiert ihn auf ›langsames Auftauchen‹. Sofort nimmt das Dröhnen der das Wasser aus den Staurohren ausstoßenden Motoren eine leicht veränderte Klangfarbe an, als *MyBoat* an die Wasseroberfläche steigt. Sie begibt sich wieder an die Tastatur und fügt alle wichtigen Aspekte zu einer Datei zusammen, die sie dann an Di abschickt.

Vielleicht weiß er aber ohnehin schon Bescheid. Vielleicht befaßt er sich bereits mit der Sache. Nun, wenn das wirklich der Fall ist, könnte er ihr möglicherweise die Gefahrenpunkte mitteilen. Und womöglich könnte er sogar für sie einen Zipfel der Wahrheit lüpfen. Andererseits, wenn er selbst auch im dunklen tappt… wer zieht hier überhaupt die Fäden?

Zweifellos wird man das auch herausfinden. Man muß nur die Fakten eruieren und recherchieren, wer von dieser Verschleierungstaktik profitieren könnte. Angesichts dieser melodramatischen Überlegungen muß sie selbst grinsen.

Als *MyBoat* schließlich die Oberfläche des Pazifischen Ozeans durchstößt, kann Carla ihre Daten abschicken. Erst wählt sie Dis Privatnummer, bis ihr dann einfällt, daß er in einer anderen Zeitzone lebt; zum Glück hat sie auf ihrer Tauchfahrt einen ungewöhnlichen Tagesrhythmus gepflegt, und es ist dort erst zehn Uhr abends; sie kann ihn also noch anrufen, obwohl er kleine Kinder hat.

Seine Frau Lori, die Romanautorin, nimmt den Anruf entgegen. Sie hat sich Carla gegenüber schon immer etwas reserviert verhalten. Als Di und Carla noch zusammengearbeitet hatten, muß Di wohl zu oft von ihr gesprochen haben.

Aber Lori kennt sie dann doch gut genug, um zu wissen, daß sie aus einem wichtigen Grund anruft. »Hallo. Ich gebe Ihnen wohl besser Di. Er schläft gerade bei den Kindern.«

»Danke, Lori. Tut mir leid, daß ich so spät noch störe.«

»Schon gut – es muß sicher etwas Wichtiges sein. Darf ich Sie etwas fragen, bevor ich Di hole?«

»Natürlich.«

»Wie groß ist die Gefahr wirklich?« Lori wirft einen Blick über die Schulter, vielleicht um sicherzugehen, daß Di nicht zuhört. »Di hat im Schlaf gesprochen, um sich geschlagen, und wenn er von der Arbeit kommt, ist er immer völlig am Ende …«

»Das wundert mich nicht«, kommentiert Carla. »Die Sache ist sehr ernst, Lori, und ich habe Indizien, die dafür sprechen, daß es sogar noch schlimmer ist, als Di vielleicht annimmt.«

Lori nickt nur, wobei sich gleichzeitig ihr Gesichtsausdruck verändert. In diesem Augenblick kommt Carla zu dem Schluß, daß es sich bei Lori um eine Frau handelt, die beim ersten Anzeichen von Gefahr Gegenmaßnahmen ergreift. Sie wird zum Beispiel mit solchen Dingen konfrontiert, daß es jemandem gelungen ist, mit dem Einsatz von AIRE einer Patentanmeldung zuvorzukommen oder daß die Preise für Spezialfasern gesunken sind, und sie weiß auch genau, welche Aktien in den für die Ausbildung der Kinder bestimmten Depots sofort abgestoßen werden müssen. Sie weiß alles, was sie von der Welt, in der sie lebt, nur wissen kann, und sie ist auch bereit, dieses Wissen anzuwenden. Wenn es überhaupt jemanden gibt, der sich in einer solchen Situation bewährt, dann ist es Lori – Carlas Großmutter hätte sie in ihrer unnachahmlichen Diktion wohl als ›eine wirklich patente Lady‹ bezeichnet.

»Können Sie mir etwas darüber erzählen?« fragt Lori.

»Nun«, erwidert Carla schleppend, »ich kann mir lebhaft vorstellen, weshalb Di Ihnen nichts davon sagen wollte. Aber ich glaube, daß Sie ein Recht darauf haben, informiert zu werden. Ich befürchte, daß uns eine globale Katastrophe droht; viele Menschen werden sterben, und viele Dinge werden sich ändern.«

»Gibt es etwas, das wir für unsere … Sicherheit tun

könnten?« erkundigt Lori sich. »Ich möchte Di nicht fragen, weil er schon genug Stress hat ... aber die Kinder ...«

»Wenn mir etwas einfällt, werde ich Sie anrufen und Bescheid sagen. Es wäre indessen keine schlechte Idee, den Sommer in den Bergen zu verbringen – Sie wohnen doch nur ein paar Kilometer vom Meer entfernt?«

»Richtig.« Lori nickt, als ob sie gleich mit dem Packen beginnen wollte.

»Aber ich könnte ebensogut auch völlig danebenliegen, Lori. Wenn nämlich die verstärkten Niederschläge, von denen wir reden, über den Appalachen niedergehen, wären Sie dort gefährdeter als an der Küste – Springfluten, Stürme, Erdrutsche, Hagel, vielleicht sogar Schneestürme im Juli, wenn die Wolkendecke dicht genug ist. Wir können einfach keine Prognosen erstellen. Deshalb ist Di in der letzten Zeit wohl auch so enerviert – wir wissen nämlich nicht genau, was geschehen wird, sondern wir wissen nur, daß eine große Katastrophe eintreten wird.« *Oder er ist doch im Bilde und hält die Daten nur aus irgendwelchen absurden politischen Gründen zurück,* überlegt sie.

Lori nickt. »Danke, daß Sie mich eingeweiht haben. Ich muß jetzt mit Di sprechen.«

»Ach, Lori, noch etwas.«

»Hmmm?«

»Der *Schlächter in Grün* hat mir wirklich gefallen. Ihr bisher bestes Buch, finde ich.«

Lori strahlt sie an. »Danke.« Sie verschwindet vom Monitor, und kurz darauf erscheint Di vor der Kamera.

»Carla – was ist los?«

»Eine Menge, befürchte ich. Ich habe vor einigen Stunden mit Louie gesprochen, und er hat mir über die Satellitenverbindung einige Informationen zur Methankonzentration übermittelt.«

»Ihr beiden seid immer so romantisch ...«

»Oh, halten Sie den Schnabel. Das hier ist wichtig. Die

Zahlen, die ich von ihm erhalten habe, liegen deutlich höher als die Werte, die mir von der NOAA übermittelt wurden, und die Abweichung hat Methode – irgend jemand dividiert manche Schlüsseldaten vor der Freigabe durch acht. Ich will wissen, was los ist und warum das gemacht wird – und wenn Sie nicht orientiert sind, gebe ich Ihnen die exakten Zahlen.«

Di vermittelt den Eindruck, als ob er einen Schlag in die Magengrube erhalten hätte, aber er würde ohnehin so dreinblicken, ob er nun über diese Information an sich erstaunt wäre oder über ihr diesbezügliches Wissen. »Wie sehen diese Zahlen aus?« fragt er sie.

Sie sagt es ihm und zieht den zweiten ihrer drei Trümpfe aus dem Ärmel. »Wenn Sie jetzt diese Werte eingeben, lassen Sie sich auch die Isothermen der Temperatur des Oberflächenwassers des Pazifik ausdrukken.«

»Warum?«

»Weil unser Modell die Größe jeder Entstehungszone individuell errechnet. Im Grunde ist das ausreichend, und es funktioniert auch; wenn nämlich nur geringe Schwankungen auftreten, wachsen oder schrumpfen die Zonen maximal um hundert Seemeilen.« Dann eröffnet sie ihm, daß der ganze Pazifik sich in eine Entstehungszone für Wirbelstürme verwandelt hat.

»Bedenken Sie, Di, ein Wirbelsturm wird um so stärker, je größer die von ihm überbrückte Distanz über erwärmten Oberflächenwasser ist. Bis heute hat noch kein Wirbelsturm eine zweitausend Meilen breite Entstehungszone durchlaufen. Wenn ein großer Hurrikan auf die Ostküste der USA trifft, hat er sich bis Florida meist schon totgelaufen. Aber in diesem Sommer wird es solche geben, die erst nach einer Distanz von achttausend oder gar zehntausend Meilen Land erreichen… wobei ein Hurrikan über New York City hinwegziehen, Kurs auf Europa nehmen und dabei noch an Dynamik gewinnen könnte.«

»Jetzt machen Sie aber mal halblang, Carla; es sieht zwar schlecht aus, aber so schlecht nun auch wieder nicht. Wirbelstürme ziehen immer von Ost nach West. Irgendwann müssen sie auf Land stoßen …«

Zeit für ihren dritten Trumpf. »Sie wandern aber auch in Richtung Pol. Und wenn sie erst einmal zweiunddreißig Grad nördlicher Breite erreicht haben, werden die Meeresströmungen und Höhenwinde sie nach Osten umleiten. Es wäre durchaus möglich, daß in diesem Sommer einige Wirbelstürme dort draußen zirkulieren und überhaupt nicht mehr zum Erliegen kommen.«

Ein Merkmal von Daten ist, daß sie nicht diebstahlsicher sind. Als sich herausstellt, daß ein leitender Meteorologe bei der NOAA an der Schaltstelle sitzt, verwandelte diese Gewißheit – dieser kleine Hinweis, daß ›dies vielleicht von Relevanz ist‹ – sich ihrerseits in ein Datum, das zu stehlen sich nun lohnte. Diese Information wurde simultan von einem Dutzend Überwachungsprogrammen entwendet, denen es ihrerseits wieder von Dutzenden anderer Späher abgejagt wurde, und aufgrund dieser Proliferation weiß nun praktisch jede relevante Führungskraft, daß Di Callare eine wichtige Rolle spielt. Eine der wenigen Personen, die das noch nicht wissen, ist Di Callare selbst.

Er hat noch nicht bemerkt, daß seine Vorgesetzten ihn schier mit Samthandschuhen anfassen, obwohl sie, beziehungsweise die Leute vom FBI, ihn ständig überwachen.

Auf der anderen Seite ist ihm doch schon aufgefallen, daß man ihm anscheinend vieles vorenthält, als ob man ihn daran hindern wollte, sich einen Überblick über die Lage zu verschaffen. Also bewirkt Carla Tynans Anruf, daß bei ihm der Groschen schließlich fällt, und er ist schon viel zu lange in Washington, um nicht zu merken, daß er aufgrund des ihm vorenthaltenen Materials wichtiger ist, als er sich selbst einschätzt. Von da ist es nicht mehr weit bis zur Paranoia, aber wie ein hundert Jahre altes Sprichwort schon sagt, bedeutet Paranoia nicht, daß nicht doch jemand hinter einem her ist.

Nachdem er aufgelegt hat, läßt er ein Dutzend kleiner Details Revue passieren... ein paar Berichte, die er als zu spekulativ beurteilt hatte – und die später auf einmal verschwunden waren. Dann tauchten ein paar Leute bei der NOAA auf, die er zunächst für neue Mitarbeiter hielt, Leute, die er noch nie zuvor gesehen hatte, die anscheinend immer nur am Telefon hingen, wenn sie nicht in Besprechungen waren, und deren Kompetenz nicht unbedingt im Fachbereich Meteorologie zu suchen war. Er hatte nämlich einmal mitbekommen, wie ein neuer Abteilungsleiter von einem anderen neuen Mitarbeiter fälschlicherweise belehrt wurde, daß Methan die Summenformel $CH_4$ habe und im Infrarotbereich nicht nachzuweisen sei.

Mit einemmal wird ihm bewußt, daß die Schaltstellen in seiner Umgebung mit Datenspähern kontaminiert sind und daß ständig neue hinzukommen. Er weiß nichts von den vier Posten vor seinem Haus – und auch nichts von den zwei Oberaufsehern, welche die Posten ihrerseits kontrollieren und auf einen Fehler lauern –, aber er sieht sie immer, wenn er morgens das Haus verläßt.

Di Callare steht auf und fährt sich mit der Hand durch das Haar. Er denkt an all die gemütlichen, langweiligen Jahre zurück, in denen sich nicht viel ereignete; an die Nacht, als das nukleare Feuer ein Loch in die Hauptstadt brannte und das Jahr danach, in dem man die Stadt zügig wieder aufbaute, an die allmähliche Erkenntnis, daß die Blauhelme wohl nie wieder abziehen würden, und an die Art, wie Washington sich von einer nur gefährlichen und schmutzigen Stadt in eine Stadt der Intrigen wie Wien, Berlin oder Bukarest verwandelte, zu einem Ort, an dem vier von Dis Bekannten bei merkwürdigen Unfällen ums Leben kamen und drei Leute einfach verschwanden.

»Selbst bei der verdammten NOAA«, murmelt er, und dann sieht er sich um und stellt erleichtert fest, daß Nahum schläft und seine Worte nicht mitbekommen hat. Er stößt einen weiteren tiefen Seufzer aus und schaut nach Lori.

Sie sitzt über die Tastatur gebeugt und hackt auf ihr herum. Er fragt schon gar nicht mehr, warum sie noch immer mit der Tastatur arbeiten will, obwohl die Spracherkennung heutzutage so schnell und zuverlässig arbeitet; ihre Erklärung – daß ihre Bücher nicht akustisch rezipiert, sondern gelesen werden, so daß sie durch Diktieren den falschen Rhythmus treffen würde – leuchtet ihm zwar nicht ganz ein, aber er weiß auch, daß seine Versuche, ihr das Phänomen der Höhenwinde zu erläutern, nicht viel Erfolg gezeitigt haben. Sie wird schon wissen, was sie tut.

Er schleicht sich von hinten an sie heran und sieht, daß sie gerade tippt: *aber da war niemand, der ihre gellenden Schreie gehört hätte, und dann schlitzte der Mann mit den großen Kulleraugen die Haut um ihre Brust mit einem matt glänzenden Messer auf…*

Di Callare zuckt zusammen, schiebt ihr Haar zurück und küßt sie auf den Hals. Eigentlich haßt sie es, bei der Arbeit gestört zu werden, und normalerweise respektiert er das auch, aber gerade jetzt braucht er dringend Körperkontakt, und er hofft, daß sie das versteht.

Sie dreht sich um und küßt ihn mit tränennassem Gesicht auf die Wange. »Schlechte Nachrichten von Carla?« fragt sie.

»Schlechter könnten sie nicht sein. Weißt du denn schon Bescheid?«

»Sie hat mir gesagt, daß es schlimm würde«, flüstert Lori ihm ins Ohr. Mißbilligend verzieht er das Gesicht – er hatte Carla eigentlich für vernünftiger gehalten, als Lori mit solchen Dingen zu konfrontieren – »Sie hat keine Schuld, ich habe sie gefragt. Sie ist doch eine deiner besten Freundinnen – vielleicht nicht die beste, aber die loyalste. Ich liebe sie deswegen.«

Er hebt Lori vom Stuhl und trägt sie ins Schlafzimmer; wenn er das in glücklicheren Zeiten getan hat, hauptsächlich um zu beweisen, daß er es kann, hat sie das immer als ›wie in einem alten Film‹ bezeichnet, ›wenn der Hauptdarsteller die Hauptdarstellerin entführt und man sieht, was die beiden wirklich wollen – kurz bevor der Zug im Tunnel verschwindet oder sie mit dem Flugzeug abfliegen ...‹

Bei der Erinnerung daran muß er lächeln. Sie nehmen sich sehr viel Zeit für die Liebe, als ob sie es sich unauslöschlich einprägen wollten.

In seiner dritten Woche als Ausbilder in Tapachula überredet Jesse Naomi, ihm einen längeren Besuch abzustatten. Zunächst scheint es ein voller Erfolg zu werden; sie zeigt sich begeistert von seiner Tätigkeit als Tutor und der kleinen Wohnung, die er gefunden hat und gratuliert ihm zu seinem Gewinn an Lebensqualität. Zumindest hat er ihr weismachen können, er habe sich wirklich zu einem Linken gewandelt.

Aber an diesem Abend, als sie auf seiner Couch sitzen und er sehr zaghaft versucht, sie zu küssen, wehrt sie ab. »O Gott, Jesse, nein, nein. Ich kann nicht. Wirklich. Es ist mir schon beim erstenmal so schwer gefallen, über dich hinwegzukommen.«

»Nun, dann komm eben nicht über mich hinweg und genieße es einfach.«

»Ich wünschte, ich könnte es.«

»Und warum kannst du nicht?«

Zum erstenmal überhaupt sieht er sie die Beherrschung verlieren. »Weil du wahrscheinlich die Sorte Mann bist, die will, daß ich es einfach nur genieße, klar? Es ist schon schlimm genug, daß du nur an dich selbst denkst, aber dann verlangst du auch noch, daß auch *ich* nur an *mich* selbst denke! Ich fasse es einfach nicht, daß du mich dazu überreden willst, selbstsüchtig und egozentrisch und linear zu sein!«

Die Sache endet dann so, daß sie die nächsten Stunden einen philosophischen Diskurs führen. Als Jesse schließlich zu Bett geht, ist er nicht nur erschöpft; weil das Apartment so winzig ist, hat er nicht einmal die Option des Masturbierens, um sich Erleichterung zu verschaffen. Am Tag darauf besteigt Naomi das kleine VTOL-Flugzeug, schießt senkrecht in den strahlend blauen tropischen Himmel, und fort ist sie. Sie wird auf dem Flugplatz von Tehuantepec landen, noch bevor Jesse mit dem *Combino* dem Verkehrsgewühl des Flughafens entronnen ist.

Dennoch gelingt es ihm, sie noch einmal zu einem Besuch zu überreden, und dann, mitten in einem der am Zócalo gelegenen Cafés, *attackiert* sie ihn (nicht hart, denn dazu gebricht es ihr an der erforderlichen Praxis), nur weil er die Auffassung vertreten hatte, daß ein wenig Spaß ihr karitatives Wirken sicher nicht entwerten würde. Sie beugt sich über den Tisch, wobei sie die Gedecke abräumt, und schüttet einen Krug Bier über ihn aus; dann hält sie ein Taxi an und ist verschwunden, während er noch versucht, sich die salzige, klebrige Brühe aus den Augen zu reiben, die ihm aus den Haaren tröpfelt.

Er überprüft seinen Vertrag mit *TechsMex* und stößt auf die Klausel, daß er noch mindestens zwei Monate hierbleiben muß, wenn er die Ablösung im Gegenwert zweier Neuwagen nicht aufbringen kann. Wahrscheinlich hätte er seine Schüler ohnehin vermißt. Sie sind absolut in Ordnung – was allein schon daraus zu ersehen ist, daß drei von ihnen Zeuge des Vorfalls mit Naomi waren und dennoch kein Wort darüber verloren haben. Als ob das ganze Kollektivgedächtnis, die große Klatschbörse von Tapachula von einem Elektromagnetischen Puls paralysiert worden wäre.

Mit Jesse in der Rolle der Ruinen des *Duc*.

»Und das wäre alles«, sagt Glinda Gray zu John Klieg. »Berufe dich darauf, wenn du mit den Sibirern sprichst. Es gibt nur die Ariane 12, den Delta Clipper III, die japanische K-4 und eine Anzahl militärischer Raumflugzeuge, die kaum mehr als ihre Besatzungen transportieren können. Ansonsten besteht keine Transportmöglichkeit; nur die NAOS kann die *Monster* ins All bringen. Theoretisch wären auch die Russen und Chinesen zum Bau neuer Trägerraketen imstande, aber dann müßten sie wieder ganz von vorne anfangen.

Und günstiger könnte es gar nicht kommen. Ariane startet in der Karibik, der Delta Clipper III vom Luftwaffenstützpunkt Edwards und die K-4 in Kageshima. Alles gefährdete Orte – aber nicht annähernd so gefährdet wie Kingman Reef, von wo aus die NAOS die *Monster* starten lassen will. Laut Prognose der Meteorologen werden Ende Juni alle Basen, von denen Flüge mit mehr als zwei Personen starten können, schließen müssen.«

»Verstehe«, sagt Klieg. Er mustert Glinda von oben bis unten; sie trägt ein edles pinkfarbenes Lederkostüm und die dazu passenden Schuhe. Man sieht der Aufmachung an, daß sie teuer war, und so muß man den Sibirern auch entgegentreten. »Erinnere dich daran, was der Kulturexperte gesagt hat. Bemühe dich, unterwürfig zu wirken, als ob du eine Sexsklavin wärst.«

Glinda grinst ihn an. »Wenn jemand mich soweit bringen könnte, Liebling ...«

Sein Herz macht einen Sprung. Bei diesem Spiel geht es um alle Murmeln, wenn es denn jemals welche gegeben hat – sie haben erreicht, daß die Hälfte des sibirischen Regierungsapparates nach Islamabad fliegt, wo Diskretion und zugleich westlicher Komfort gewährleistet sind. Allein die Einfädelung dieses Projekts hat Klieg bisher viermal so hohe Kosten verursacht wie die Gründung von *GateTech*.

Er kann von Glück sagen, daß Glinda hier ist. Niemand hat jemals einen besseren Partner für eine solche

Aktion gehabt; sie vergißt nichts, koordiniert alles und ist doch bereit, die Lieblingsdame im Harem zu spielen, damit das Geschäft zustandekommt.

Und jetzt ist sie am Zug, nicht Klieg. In den letzten zehn Tagen hat er viel über die Zukunft nachgedacht – auf welche Uni Derry gehen wird, wie die Häuser aussehen müssen, solange er, Glinda und Derry zusammen darin wohnen, wenn Derry dann ausgezogen ist und wenn sie beide schließlich im Ruhestand leben. Er liebt es, Dinge zu planen.

Zärtlich zieht er sie an sich; durch die extrem hohen Absätze wirkt sie fast so groß wie er und kann kaum die Balance halten; daher ist ihr zärtlicher und sanfter Kuß eigentlich nur eine Berührung der warmen Lippen.

Randy Householder glaubt es fast nicht, aber es ist trotzdem wahr. Nach all den Jahren ist endlich Bewegung in die Sache gekommen. Fünf Datenspäher haben gemeldet, daß Harry Diem hinter einigen Organisationen steht, welche die Mörder-Clips aufkaufen. Das überrascht ihn nicht im geringsten – wenn überhaupt jemand eine geheime Untersuchung initiieren würde, dann Harry Diem. Es erstaunt ihn nur, daß es so lange gedauert hat, um von der Existenz dieser Untersuchung zu erfahren. Er hofft nun, daß es nicht so schwierig sein wird, auch an die Daten zu gelangen.

Es ist ziemlich raffiniert von ihnen, die Untersuchung mit Diems persönlichen Aktivitäten zu tarnen.

Der kleine Späher in der NOAA-Datenleitung war der Schlüssel; jetzt, da er noch viele zusätzliche Späher mit der Suche nach den entsprechenden Bankkonten beauftragt hat, wird es schneller gehen. Es wird natürlich noch einige Wochen dauern, denn für diese illegalen Zugriffe muß er noch auf weitere Informationen warten, und die meisten relevanten Daten sind bereits älter als zehn Jahre.

Aber das ist kein Problem für Randy. Er ist schon so

lange auf der Jagd. Er fragt sich, wie es wohl sein wird, wenn er nicht mehr nach dem Mann sucht, der den Mord an Kimbie Dee in Auftrag gegeben hat. Er fragt sich, ob es dann überhaupt noch ein Leben für ihn geben wird.

Ihr Bild verschwimmt wieder vor seinem geistigen Auge. Deshalb holt er eine Video-CD hervor und betrachtet seine Tochter eine Stunde lang; er sieht sie aufwachsen und in Schönheit erblühen, sieht sie in der achten Klasse ihre Football-Mannschaft anfeuern (und welch ein schönes Mädchen sie war!) ...

Dann springt er kurz zu dem Torso in der Leichenhalle mit dem vom Hängen dunkel angelaufenen Gesicht, dem in den Hals eingeschnittenen Büstenhalter und dem Blut an den Schenkeln und auf dem Bauch.

»Keine Sorge«, flüstert Randy. Wenn er überhaupt noch mit anderen Menschen in Kontakt steht, dann über Telekommunikation. Er weiß nicht einmal genau, wo Terry jetzt lebt – sie hat wieder geheiratet und noch einige Kinder bekommen. »Wir kriegen ihn, Kimbie Dee. Auf jeden Fall.«

Datenspäher schwärmen aus dem Bordcomputer aus, werden über die Antenne zum Satelliten abgestrahlt und von dort überallhin, per Laser und Funk und schließlich über Glasfaserleitungen. Das Fahrzeug bewegt sich in Richtung Austin – die durch das Stöbern in Diems Datenbank gewonnenen Informationen haben ihn zu der Erkenntnis geführt, daß die Polizeiakten dort unten etwas Interessantes enthalten könnten.

Es ist Nacht in Kansas, aber das kümmert Randy nicht. Er schaltet den Computer aus, und nach einer Weile schläft er ein. Vor ihm tasten sich die Scheinwerfer durch die Schwärze und finden kein anderes Ziel als die Straße.

# ZWEI

# VORTEX

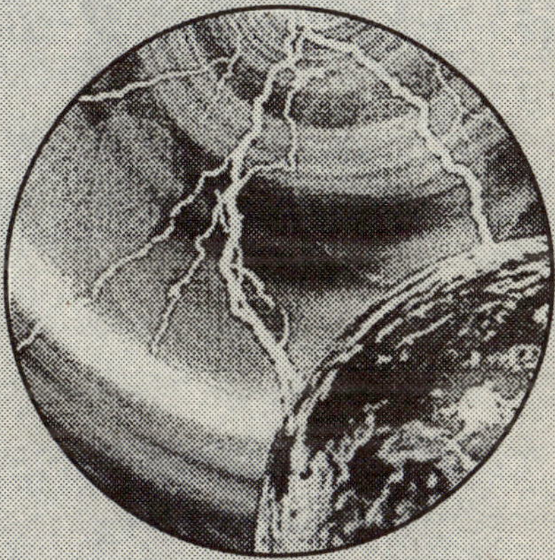

Es gibt nur wenige Orte auf der Welt, die noch einsamer sind als 8 Grad Nord 142 Grad West. Der Äquator ist als Breitengrad 0 definiert, Nord- und Südpol liegen jeweils auf dem 90. Breitengrad. Der Null-Meridian verläuft durch London, und die Internationale Datumsgrenze hat den Wert 180 Grad.

Also befindet sich besagter Punkt auf zirka acht Grad nördlicher Breite – nicht sehr weit vom Äquator entfernt – und bei 142 Grad West – von London aus gesehen auf der Erdkugel fast diametral entgegengesetzt. Abgesehen von diversen imaginären Koordinaten gibt es dort nur Wasser und Luft.

Auf dem Meeresgrund, 4800 Meter unter der Wasseroberfläche, gibt es nur Dunkelheit, hohen Druck und Kälte; der schlammige, wie eine Hügellandschaft wirkende Grund geht weiter westlich in ein richtiges Gebirge über. Tote Materie sinkt von oben auf den Grund, aber nur in geringen Mengen; oben befindet sich nämlich nur eine Wasserwüste.

Erst dicht unter der Oberfläche steigt die Temperatur steil an; die letzten 150 Meter verwandeln sich plötzlich in einen Teil der über dem Wasser liegenden Welt aus Licht und Luft; weil es aber so wenige Nährstoffe gibt, ist das klare und warme Wasser ohne Leben.

Über der Wasseroberfläche hat die methangeschwängerte Luft sich im Laufe des langen äquatorialen Tages stark erwärmt; das von der Sonne erwärmte Wasser gibt die Wärme als Infrarotstrahlung ab, aber das Methan ist für das Infrarot so undurchdringlich wie eine Mauer, und so zirkuliert die ständig wärmer werdende Luft in einem Kreislauf und erwärmt ihrerseits wieder das Wasser.

Die Wasseroberfläche wird von schwachen Brisen und dem großen Wirbel der Passatwinde aufgewühlt; in einem Sektor steigt Luft auf und wirkt wie ein Tiefdruckgebiet, in einem anderen Abschnitt sinkt die abgekühlte Luft wieder auf das Meer hinab und zieht über die Wasseroberfläche. Zuweilen kommt es dann zu einer Konvergenz dieser Luftströmungen, und nach Sonnenaufgang – kurz nach sechs Uhr – trat besagter Fall an dieser Position ein. Die warme Meeresluft driftete auf diesen imaginären Knotenpunkt zu und führte zur Entstehung eines kleinen Warmluft-Keils.

Dieser kompakte, unsichtbare Berg aus warmer und feuchter Luft erreichte zunächst eine Höhe von nur dreitausend Metern.

Aber über der warmen, feuchten Meeresluft liegt eine Schicht aus trockener Kaltluft. In achtzehn Kilometern Höhe – eine Distanz, die man auf der Autobahn in zehn Minuten bewältigt – verläuft eine weitere imaginäre Linie, die Tropopause. Unterhalb der Tropopause nimmt die Temperatur aufgrund des sinkenden Luftdrucks und der zunehmenden Entfernung von der Erde ab; oberhalb der Tropopause jedoch erwärmt die aus dem Weltraum einfallende harte UV-Strahlung die Atmosphäre, so daß die Temperatur mit zunehmender Höhe wieder ansteigt, denn die äußerste Luftschicht nimmt den größten Teil der UV-Energie auf (und dient damit als Schutzschirm für die darunter liegende Atmosphäre). Somit stellt die Tropopause zum einen eine Linie in einem Temperaturdiagramm dar – sie definiert die Höhe mit der niedrigsten Lufttemperatur.

Und doch ist die Tropopause nicht ganz so imaginär wie die Breiten- und Längengrade. Sie ist auch von praktischer Bedeutung; die Tropopause kann nämlich nicht ohne weiteres von aufsteigender Luft überwunden werden. Man stelle sich kompakte, unregelmäßige Blöcke aus Blei, Holz und Schaumstoff vor; wenn man sie in dieser Reihenfolge aufstapelt, erhält man ein stabiles System, das nur schwer gekippt werden kann; wenn man jedoch den Schaumstoff als Basis nimmt und das Blei oben positioniert, wird die Konstruktion höchst instabil.

Um dieses Bild zu benutzen: Kaltluft ist so schwer wie Blei; Warmluft ist so leicht wie Schaumstoff. In der Troposphäre befindet die Warmluft sich oben, was der Stratosphäre ihre Stabilität verleiht. Wenn ein Strom warmer Luft durch die Troposphäre zur Tropopause aufsteigt, kann sie die darüberliegenden Schichten der Stratosphäre nicht kippen und somit auch nicht höher aufsteigen; statt dessen breitet sie sich unter der Tropopause aus.

Analog zur Oberfläche des Ozeans wird auch die Unterseite der Tropopause ständig durch Höhenwinde und Strömungen in Bewegung gehalten, die manchmal konvergieren und manchmal auch divergieren. Nun ereignete es sich gegen 07:45 Uhr, daß direkt über besagtem Berg aus Warmluft die Höhenwinde unterhalb der Tropopause in die entgegengesetzte Richtung wehten.

Somit geriet die Warmluft, die ohnehin zur Expansion neigt, in einen Sog, und gleichzeitig nahm der Druck über ihr ab. Wie eine aus kochendem Wasser aufsteigende Blase erhob der Berg aus warmer Luft sich aus dem Meer, stieg zur Tropopause empor und wurde durch die dort oben herrschenden Winde auseinandergerissen und verweht.

Wo sich zuvor der Warmluft-Berg befunden hatte, klaffte nun ein Loch – in das sofort weitere Warmluft nachströmte und einen neuen, größeren Berg bildete, der seinerseits aus dem Meer emporstieg, in die Troposphäre gesogen wurde und sich auflöste, woraufhin der Vorgang von neuem stattfand …

In einem Umkreis von fünfzig Kilometern strömte die Luft in Meereshöhe in Richtung 8 Grad Nord 142 Grad West, erhob sich zur Tropopause und floß von ihr ab.

Und im Zuge dieser Vorgänge lenkte die Coriolis-Kraft – die Kraft, welche aufgrund der Erdrotation auf bewegte Objekte auf der Erdoberfläche wirkt und die dafür bekannt ist, daß sie Raketenstarts kompliziert – die nach Norden strömende Luft nach Westen um und die nach Süden strömende Luft nach Osten, so daß gegen 09:10 Uhr die Luft spiralförmig in das Tiefdruckzentrum einströmte. Mittlerweile wurde die Luft bereits aus einer Distanz von 100 km angesaugt.

Auf ihrer spiralförmigen Bahn ins Zentrum wurde sie über dem Meer erwärmt, beschleunigte und verdichtete sich um die Zentralsäule; für die nachströmende Warmluft wurde es zusehends schwieriger, einen Weg ins Zentrum zu finden und sich an die nunmehr kilometerdicke Säule aus aufsteigender Warmluft anzulagern.

Der Eintrag von so viel Warmluft in die kalte Troposphärenluft zeitigt auch noch andere Effekte. Während die Luft expandiert, sich abkühlt und wieder zu Boden sinkt, kondensiert Wasser, und große, dicke Wolken formieren sich um die Säule aus warmer Luft, was dem Gebilde das Aussehen eines gigantischen Pilzes verleiht; der durch die absinkende Kaltluft und die allgemeine Thermik in diesem Sektor bereits aufgekommene Sturm jagt die Cumulonimbus-Wolken vor sich her, wobei ihre schnelle Zirkulation einen Kondensator mit hoher Kapazität simuliert, so daß das Meer von einer dichten Wolkenbank verdunkelt wird und ein Gewitterregen niedergeht.

Nun ist der Augenblick gekommen.

Die sich an der Basis der aufsteigenden Säule kumulierende, spiralförmig einfallende Luft ist zu dicht geworden, als daß noch mehr Luft nachstoßen könnte;

der die Säule umgebende Ring aus komprimierter Luft rotiert unter dem Zufluß weiterer Luftmassen immer schneller, steigt außen an der Säule empor und hüllt sie in einen immer stärker werdenden Wirbelwind. Die von der weiteren Luftzufuhr abgeschnittene Zentralsäule löst sich auf, bis der Druck weit unter das normale Niveau abfällt; der sie umhüllende ›Korkenzieher‹ aus aufsteigender Luft erreicht die Tropopause und pumpt nun die nachströmende Warmluft mit weitaus höherem Druck an der Unterseite der Tropopause entlang.

In dem Maße, wie die Luft an der Tropopause verdrängt wird, strömt unten auf der Erde Luft nach. Die Spiralbewegung wird mit jeder Minute schneller. Und die Distanz, aus welcher der Sturm neue Warmluft ansaugt, nimmt ebenso schnell zu.

Wolken in dem Ring aus dahinjagender Luft werden zerrissen und bilden eine sich schnell bewegende weiße Wand; Wolken werden aus der Säule gerissen und lösen sich auf, so daß ein aufgewühltes, grünes Meer von einem klaren Himmel überwölbt wird.

Die Zentralsäule ist zu einem ›Auge‹ geworden, und der Sturm hat sich zu einem Orkan ausgewachsen.

Jesse erkennt, daß das größte Problem, welches ein von Liebeskummer befallener Mensch in einem so verdammt freundlichen Ort wie Tapachula hat, darin besteht, daß binnen weniger Wochen nicht nur jeder über den endgültigen Bruch mit Naomi Bescheid weiß, sondern ihm auch mit tröstlichem Rat zur Seite steht. Die Empfehlungen, die er von den Macho-Männern erhält, läuft im Endeffekt darauf hinaus, die *chica* endlich zu vergessen und sich eine andere zu suchen; die romantischen Ratschläge, die hauptsächlich von den älteren Frauen kommen, besagen, daß er in seiner Leidenschaft nicht nachlassen dürfe, und selbst wenn er Naomi nicht bekäme, wäre er dennoch ein sehr schmucker Junge;

und der pragmatische Tip, den er von den drei minderjährigen Huren bekommt, an denen er jeden Abend nach der Arbeit vorbeiläuft, besagt, daß er seinem Kummer zumindest physiologisch durch einige simple Verrichtungen abhelfen könne, die sie ihm gern einmal demonstrieren würden.

Er lächelt immer nur höflich und hört sich die Macho- und romantischen Ratschläge geduldig an; was den pragmatischen Ansatz betrifft, so verspürt er gelegentlich den Drang, es auszuprobieren, aber dann ist dieses Bedürfnis auch wieder nicht so dringend, um die Würdelosigkeit ernsthaft in Betracht zu ziehen.

Ansonsten ist Tapachula kein schlechter Ort für ein gebrochenes Herz. Die seltsamen, eckigen Bäume des Zócalo werfen tausend dunkle und tiefe Schatten, die hervorragend dafür geeignet sind, hineinzustarren und sich vorzustellen, daß Naomi aus ihnen heraustreten würde; der Ost- und Südrand des Zócalo wird von Cafés gesäumt, so daß er viel Platz hat, sich niederzulassen, etwas zu trinken und sein Herzeleid zu kultivieren.

Außerdem findet abends immer die Promenade statt. Sie hat zwar keine Ähnlichkeit mit den Reiseführer-Beschreibungen von ›stolzen jungen Männern in farbenprächtiger lateinamerikanischer Tracht und glutäugigen Señoritas unter den wachsamen und grimmigen Blicken ihrer Gouvernanten‹ –, aber welcher Tourist würde sich auch schon für ›Männer, die nach einem Arbeitstag in der Fabrik duschen, ihre guten Sachen anziehen und mit jungen Frauen flirten, die auch geduscht und ihre guten Sachen angezogen haben‹ interessieren? Da könnte man ja gleich zu Hause in die Einkaufspassage gehen.

Selbst wenn die Promenade kaum den Beschreibungen im Baedeker gerecht wird, Jesse gefällt sie dennoch. In gewisser Weise wirkt Jesse wie ein jugendliches Idol des zwanzigsten Jahrhunderts; man kann alle möglichen Heldengestalten in ihn hineinprojizieren, und daher sind die meisten jungen Frauen, die vorbeischlendern, darauf konditioniert, Männer mit Jesse Äußerem attraktiv zu finden, obwohl es hier nicht allzu viele davon gibt. Ein gebrochenes Herz zu pflegen macht ja viel mehr Spaß, wenn einem alle paar Minuten eine Schönheit mit langem schwarzen Haar leicht zunickt oder einen verstohlenen Blick mit einem netten Lächeln und blitzenden weißen Zähnen zuwirft und – mit dem richtigen Hüftschwung – eine straff über hohen, festen Brüsten sitzende Bluse oder einen knappen Minirock über einem knackigen jungen Hintern vorführt. Für ein gebrochenes Herz ist das fast so gut wie das Bier, das sie hier ausschenken.

Und auf eine absurde Weise kommt ihm das noch bei seiner Arbeit zugute; weil er nämlich auf kein bestimmtes Mädchen reagiert, gibt er den jungen Männern, mit denen er arbeitet, auch keinen Grund zur Eifersucht. Sie betrachten sein Liebesleben anscheinend als einendes Band; eine solche Situation ist nämlich auch für einen jungen Mexikaner nachvollziehbar, obwohl Jesse im Hinterkopf durchaus weiß, daß er sich diese Befindlichkeit nur wegen des Wohlstands seiner Familie leisten kann – da er keine Frau hat, die er seines Elternhauses verweisen müßte, braucht er sich auch keine Gedanken über eventuell verpaßte Gelegenheiten zu machen, während er den Melancholiker mimt.

Die Sache hat nämlich auch ihr Gutes. Er beherrscht jetzt endlich den Stoff des Grundstudiums, weil er nun schon seit zwei Monaten in spanischer Sprache das Äquivalent dieser Materie vermittelt, und irgendwie hat die Kombination des Transfers in andere Worte und Strukturen zusammen mit der ständigen Wiederholung die Inhalte in seinem Gehirn eingeprägt. Er sagt sich, ohne falsche Bescheidenheit, daß er nach seiner Rückkehr an die U des Az die Seminare ohne große Schwierigkeiten mit guten Noten abschließen wird.

Abends sitzt er fast immer in einem Straßencafé und konsumiert beschauliche drei Bier pro Stunde, so daß er sich nach drei Stunden schön beschwipst fühlt und nach der *cena* nach Hause trottet und sich schlafen legt.

Oft setzt sich einer seiner Studenten – der vielleicht vom Promenieren gelangweilt ist, vielleicht etwas über Jesse erfahren will oder vielleicht nur hofft, daß bei einer der flanierenden Frauen etwas von Jesses Glanz auch auf ihn abfärbt – zu ihm und trinkt einen mit. In einem solchen Fall tritt der Rausch in der Regel schneller ein, denn die Sache endet fast immer in einem Wettstreit, wer dem anderen mehr Biere ausgeben kann.

An solchen Abenden haben auch die Macho-Ratschläge Konjunktur, und sie sitzen da und erörtern die Körper der vorbeigehenden Frauen – in Kontrast zu Naomis Körper. Manchmal glaubt Jesse, er müßte sich eigentlich darüber ärgern, was im Grunde aber nicht der Fall ist – und überhaupt, hatte er denn jemals viel mehr von ihr gewußt, als daß er ihren Körper mochte und allen möglichen abstrusen *Deeper*-Mist heucheln mußte, um ihn zu bekommen?

Das kommt ihm fast schon wie eine philosophische Betrachtung vor, aber zum Glück kann er sich heute abend mit José unterhalten, der eine Neigung für Philosophie hat. Es dauert eine Weile, bis er ihm die Problematik erläutert hat: ob er sich nun schuldig fühlen oder schämen soll, weil er sich eben nicht schuldig fühlt und auch nicht schämt. José hat indes gewisse Verständnisprobleme; nicht etwa, weil er schwer von Begriff wäre, sondern weil er bereits ziemlich angetrunken ist – er hat schon vor Jesse angefangen und ist zudem ein routinierterer Kampftrinker, der seinen Sport ernstnimmt.

Schließlich gelingt es Jesse doch, José detailliert und umfassend mit der Thematik vertraut zu machen; ist er es Naomi schuldig, sich nach der ganzen Zeit, die sie zusammen waren und nach all den Gesprächen, die sie geführt haben, schuldig zu fühlen, sind es nicht die Gespräche oder ihr Verstand, den er vermißt, nicht einmal die großen braunen Augen und das seidige Haar, sondern schlicht die vollen, weichen Brüste in der Hand?

José stellt diesbezüglich lange Überlegungen an. Zweimal hebt er den Finger, als ob er sich melden wollte, und einmal lehnt er sich mit einem Gesichtsausdruck zurück, als ob er schließlich eine Lösung gefunden hätte, aber jedesmal zögert er und sagt dann doch nichts.

Jesse nickt emphatisch, um die Schwierigkeit der Frage zu unterstreichen und winkt dem großen Kellner (der immer leicht grinst, als ob jeder Gast gerade etwas Lustiges getan hätte oder vielleicht etwas unpassend gekleidet wäre). Zwei weitere Biere, die leicht salzige einheimische Sorte, die hier zu Meeresfrüchten getrunken wird, werden stumm vor Jesses und Josés Ellbogen plaziert, während José sich mit dem Problem auseinandersetzt, wieviel Schuld Jesse Naomi wohl schuldig sei.

Jesse nippt an seinem Glas, genießt das Gefühl, wie das kühle Bier durch den Schlund rinnt und merkt, daß er selbst auch fast schon betrunken ist.

Plötzlich wird Josés Blick schärfer und klarer, und endlich spricht er. »Nein.«

»Nein?«

»Nein, *compadre*, nein.«

»Dann glaubst du also nicht, es wäre falsch, Naomi nur wegen ihres großartigen Körpers zu begehren?«

»Ein großartiger Körper?« fragt José.

»Du weißt schon. Große Titten.«

»Ja, die hat sie.«

Jesse kommt ein Verdacht, und er lehnt sich zurück, um José intensiver zu mustern. Es ist schon spät am Tag, und in dieser Nähe zum Äquator wird es selbst im Sommer schon um 19:30 Uhr dunkel, so daß er nur die Reflexionen von Josés Gesicht im hellen Schein der Kerze sieht; seine Augen liegen im Schatten, weshalb er ihren Ausdruck nicht ergründen kann. »Weißt du denn noch, wie die eigentliche Frage lautete?« fragt Jesse schließlich.

»Nein. Aber die Antwort ist immer noch ›nein‹, *compadre*«, erwidert José grinsend. »Denn im Grunde, *paco*, fragst du ja nur, ob du dich weiter um Naomi bemühen sollst, und die Antwort darauf kann in jedem Fall nur *nein* lauten.«

Jesse nickt ein paarmal und sagt dann: »Du hast recht.«

»Ich weiß, daß ich recht habe.«

»Ich habe schon zu viel Zeit damit verschwendet, mich zu betrinken und über sie nachzudenken, nicht wahr?«

»Auf jeden Fall denkst du zuviel über sie nach.«

»Vielleicht sollte ich heute früh zu Abend essen und dann schlafen gehen«, sinniert Jesse.

»Ich werde es zwar bedauern, meinen Saufkumpan zu verlieren, aber es ist deine Gesundheit, Jesse.« Josés Gesichtsausdruck wird unvermittelt ernst. »Freundschaft ist zwar wichtig, aber du mußt dich auch um dein Wohlergehen kümmern. Die nächsten Tage solltest du mal keinen draufmachen, sondern dich regenerieren, und dann fahren wir beide vielleicht mit dem Bus an die Küste, gehen morgens fischen und verbringen den Nachmittag am Strand mit der Suche nach gelangweilten *gringas* in ihren knappen Badeanzügen; du kannst das Reden übernehmen, und ich kümmere mich dann um den Rest. Jetzt solltest du aber gehen, du siehst nämlich nicht gut aus.«

Jesse steht auf und läßt so viel Geld auf den Tisch fallen, daß er seine Zeche begleicht und den größten Teil von Josés Rechnung dazu, und dann sagt er: »Ich glaube, ich habe hier unten bessere Freunde, als ich gedacht hatte.«

»Unsere Freundschaften sind besser als eure, und wir brauen auch das bessere Bier. Andererseits macht ihr noch immer die besten Hamburger und die besten

Action-Filme.« José sagt das mit einem solchen Pathos, daß Jesse lachend auf seinen Stuhl zurückfällt. Als er sich beruhigt hat, steht José auf, komplettiert den Stapel Münzen auf dem Tisch und sagt: »Gehen wir ein Stück zusammen.«

Während sie die hell erleuchtete *avenida* in nördlicher Richtung am Zócalo entlanggehen, erwidert Jesse zum ersten Mal die Blicke einiger Frauen; daraufhin kichern sie und schauen weg. Er vermutet, daß sie ihn überhaupt nicht mehr ansehen würden, wenn er eine von ihnen gezielt anlächelte.

José registriert das und legt ihm leicht die Hand auf die Schulter. »Jetzt siehst du, wie leicht man darüber hinwegkommt, wenn man es wie ein Mexikaner macht.«

Ihre Wege trennen sich einen Häuserblock hinter dem Zócalo, und Jesse stellt erfreut fest, daß er gar nicht betrunken ist und diese Nacht wahrscheinlich gut schlafen wird; jetzt ist gerade die Zeit für eine frühe *cena*, aber er ist nicht hungrig und beschließt daher, direkt zu dem kleinen Bungalow zu gehen und sich schlafen zu legen.

Als er in eine spärlich beleuchtete Straße einbiegt, sieht er, daß die ihm entgegenkommende Frau rote Haare hat. Das verwundert ihn so sehr, daß er sich umdreht und sie im Zwielicht mustert; sie trägt ein lappiges Flanellhemd über einem sackartigen Baumwollrock und Sandalen. Man könnte fast meinen, sie wäre eine Mitarbeiterin eines der regionalen Ausbildungszentren oder eine Lehrerin, aber Jesse kennt praktisch jeden *norteamericano* im Umkreis von fünfzig Kilometern – die Mitarbeiter der verschiedenen Hilfsorganisationen lassen sich anhand ihrer Kleidung identifizieren –, und er erinnert sich nicht, sie jemals gesehen zu haben.

Natürlich könnte sie auch nur eine Touristin sein, aber niemand trägt die Kluft der Linken, wenn er nicht zu ihnen gehört, und kein Linker geht als Tourist ins Ausland – nur zu Arbeitseinsätzen. Also ist sie aller Voraussicht nach eine Neue … und wenn Jesse in dieser Hinsicht über Urteilsvermögen verfügt, dann verbirgt sich unter diesen sackartigen Klamotten ein mindestens ebenso wohlgeformter Körper wie der von Naomi. Es verhält sich nun weniger so, daß er einen Plan entwirft, sondern er sieht die Gelegenheit und ergreift sie, bevor sie ihm entwischt. »He, du bist doch sicher auch nicht von hier«, sagt er auf englisch, in der Hoffnung, daß sie eher aus den Staaten, Pazifikanada oder Alaska als aus Quebec kommt.

»Mach kein Scheiß«, erwidert sie, aber sie lächelt ihn dabei an. Dieses Lächeln kommt ihm irgendwie vertraut vor, und er geht einen Schritt auf sie zu, um zu sehen, ob sie nicht vielleicht doch eine Bekannte ist, die er nur nicht gleich erkannt hatte.

Sie weicht einen Schritt zurück, und für einen Moment glaubt er, sie hätte Angst vor ihm – oder vielleicht will sie auch nicht, daß er sie richtig sieht, denn nun liegt ein langer Schatten auf ihrem Gesicht. Jetzt erkennt er, daß ihr von der Straßenbeleuchtung angestrahltes Haar extrem rot ist, eine jener Tönungen, die man nur durch eine Injektion erhält.

Er kommt nicht näher, fragt aber: »Gehörst du zu einer der Organisationen, die hier unten tätig sind? Die Leute treffen sich nämlich immer, und deshalb dachte ich, ich würde dich vielleicht kennen. Oder bist du neu hier?«

»Nun, ich bin nicht neu hier – ich mache hier schon ziemlich lange Urlaub«, entgegnet sie, »und ich trage diese Klamotten, weil sie meinen Körper kaschieren, denn bei meiner Figur interessieren die hiesigen *machos* sich für mich, besonders wegen der Haare und der weißen Haut. Normalerweise kann ich abends einen Spaziergang wagen, ohne belästigt zu werden, sofern ich unsichere Straßen meide.«

»Oh – hm, Entschuldigung«, meint Jesse und wendet sich zum Gehen.

»Schon gut, ich habe dich ja nicht gemeint. Aber wenn du zufällig wegen meiner Figur auf mich aufmerksam geworden bist, dann sollte ich dir vielleicht sagen, daß ich eine alte Frau bin. Über dreißig – nicht einmal annähernd das, worauf du stehst.« Nun tritt sie vor. Obwohl sie sie offensichtlich regelmäßig entfernen läßt, registriert Jesse kleine Krähenfüße um die Augen und einige Linien um den Mund, und ihr Gesichtsausdruck verrät, daß sie schon einiges erlebt hat und vom Leben ziemlich hart gebeutelt worden ist. Plötzlich fühlt er sich wie ein kleines Kind.

Aber sie sieht noch immer blendend aus. »Äh, wenn Sie sagen, ich bin zu jung, dann stimmt das wohl, aber Sie sind eindeutig *nicht* zu alt«, entfährt es ihm.

Das entlockt ihr ein derart warmes und freundliches Lächeln, daß er es erwidert und sich entspannt. Diese kleine Begegnung ist vielleicht merkwürdig, aber auf eine gewisse Art auch lustig.

Die rothaarige Frau kommt noch einen Schritt näher und flirtet mit ihm, aber nicht auf die Art, die er von gleichaltrigen Mädchen mit ihrer ›komm-her-geh-weg‹-Masche kennt. Ihr Lächeln ist offen und warm, und er hat das unbestimmte Gefühl, daß sie vielleicht noch interessierter ist als er, obwohl er selbst schon sehr interessiert ist.

»Das hast du aber nett gesagt«, meint sie. »Darf ich fragen – äh… klingt das aber arrogant und dumm – kennst du mich?«

»Das ist weder arrogant noch dumm«, erwidert er und macht seinerseits einen Schritt nach vorne. »Sie kommen mir bekannt vor, aber das muß schon länger her sein…«

»Hast du mal die Nachrichten via Rock oder Quaz erlebt?«

Ihm sackt der Unterkiefer hinab; das ist ihm noch nie

passiert, aber er ist froh, daß er nur die Kontrolle über die Kiefermuskulatur verliert, denn ihm wird auch schwach in den Knien, und er würde am liebsten in Ohnmacht fallen.

»Sie sind Synthi Venture?« Er glaubt es fast nicht, daß er ihr diese Frage stellt und daß sich das ausgerechnet in einer staubigen, schmalen Seitenstraße von Tapachula ereignet.

»Im Moment bin ich Mary Ann Waterhouse, und ich mache Urlaub. Aber, ja, als Synthi Venture verdiene ich meinen Lebensunterhalt. Hast du schon mal mit mir ... äh ...« Sie spreizt leicht die Beine und legt die Hände auf den Rücken; dann stößt sie ihre großen Brüste nach vorne und bewegt rhythmisch das Becken.

Er ist froh, daß es dunkel ist, denn er hätte es nie für möglich gehalten, einmal zu erröten, und seine Haut glüht regelrecht; er fühlt sich wie ein kleiner Junge. »Auf der Schule waren Sie mein Schwarm ...«, bringt er mit belegter Stimme hervor.

»Und wann war das, vor drei oder vier Jahren?« fragt sie, wobei ein verschmitztes Lächeln auf ihrem Gesicht erscheint. »Du weißt ja, daß sie die Bilder leicht retuschieren, so daß ich auf ihnen noch immer wie zwanzig aussehe?«

»Ähem, Sie sehen noch immer ... äh ... wirklich gut aus.«

»Für Komplimente bin ich immer empfänglich, aber bitte nicht gar zu viele bei meiner jetzigen Konservierung.« Unvermittelt zieht sie das Hemd straff, so daß er sieht, wie groß und hoch angesetzt ihre Brüste wirklich sind; irgendwie tickt sie nicht richtig, und er ist nicht mehr ganz so scharf auf sie wie noch vor einer Sekunde. »Sind sie im richtigen Leben besser?«

»Ich ...« Er schluckt. »Ich weiß wirklich ...«

»Du willst sicher sagen: ›Sie gefallen mir wirklich.‹ Mit dem Hintergedanken, daß du mit mir allein sein möchtest.« Sie winkt ihm zu und leckt sich die Lippen;

dann streicht sie sich über die Schenkel, zieht den Rock stramm, und Jesse kommt sich nun ganz und gar wie ein Kind vor. Nun tritt sie dichter an ihn heran und fragt: »Ich gefalle dir, stimmt's?«

Er nickt verwirrt und ist nicht mehr in der Lage, seine Gefühle zu ordnen.

»Warum gehen wir dann nicht zu mir und ficken?«

Sein erster Gedanke ist, daß es sich bei ihr um eine Prostituierte handelt, die sich mit biotechnischen Mitteln in eine Kopie von Synthi hat verwandeln lassen, und sein zweiter Gedanke ist, wenn dem so sein sollte, dann ist sie es wert, ein Monatsgehalt zu verhuren. Aber eine Prostituierte als Kopie einer prominenten XV-Akteurin wird sich wohl kaum in einem mexikanischen Provinznest aufhalten und sich ihm schon gar nicht wie eine vom Straßenstrich nähern – Teufel, sie gebärdet sich ja noch schlimmer als die Straßennutten vor seiner Wohnung.

Aber wenn sie wirklich Synthi Venture ist – und je näher er ihr kommt, desto größer wird die Gewißheit...

Sie streckt die Arme aus, nimmt sein Gesicht in beide Hände, drückt ihn an sich und verpaßt ihm einen feuchten und schlabbernden Kuß, wobei ihr Mund weit geöffnet ist und ihre Zunge tief in seinen Mund fährt. Damit hat er nun nicht gerechnet, und er weiß auch nicht, ob es ihm gefällt, zumal sie ihm jetzt auch noch gegen das Bein tritt, aber zugleich spürt er, wie seine Jeans von einer Erektion ausgebeult wird. Er gibt den Widerstand auf und sich ihr hin; ihre Hand gleitet unter sein Hemd, ihre Finger spielen mit seinen Brustwarzen und kommen dann wieder zum Vorschein, gleiten über seinen Gürtel, schlanke Finger tippen leicht auf das kräftige Baumwollgewebe, mit gerade so viel Druck, daß er ihre Hand auf dem Penis spürt. Er drückt sein Geschlechtsteil gegen sie, und sie flüstert: »Genug geredet. Wir gehen zu mir. Wir machen alles, was du schon immer mit mir machen wolltest, und dann können wir reden. Oder auch nicht. Es ist mir im Grunde egal, wenn du nur meinen Körper willst.«

Sie ergreift seine Hand, und er folgt ihr wie ein Zombie; es kommt ihm so vor, als ob er direkt und ohne Vorwarnung aus der Realität in XV übergewechselt wäre. Solche Dinge erlebt wahrscheinlich auch Rock oder hat sie erlebt, als er jünger war – tatsächlich entspricht dieser Vorgang fast Rocks Impressionen in *Auftrag in Singapur*, der langen Dokumentarsendung, in der Rock in den Untergrund ging, um den Handel mit hochpreisigen kaukasischen Prostituierten zu recherchieren. Aber damals hieß seine Partnerin Starla, deren Karriere abrupt endete, als sie während der Sendung ermordet wurde, der ›verbotene Clip‹, von dem jeder angeblich eine Bezugsquelle kennt.

Verwirrt und in dem Bestreben, das alles zu begreifen, prägt er sich so viel von der Umgebung ein wie nur möglich, als ob irgendwo ein Kobold lauern würde, der ihm sagte, er hätte nur einen lebhaften Traum.

Die Straße ist mit einer weichen Staubschicht überzogen – vor ein paar Tagen hat es zum letztenmal geregnet –, und wie immer in dieser Gegend ist es ein lauer Abend. Die Häuser weichen von der Straße zurück, und in dieser Mittelklasse-Wohngegend mit den kleinen, verputzten Häusern hinter weißen Gartenzäunen wähnt man sich schier in Los Angeles – nur, daß LA keine so ruhige Stadt ist und man bei all den Lichtern dort die Sterne nicht sieht.

Sie plaziert seine Hand auf ihrer Schulter, und es ist fast wie ein Spaziergang mit Naomi oder einem Dutzend anderer Mädchen – mit der Ausnahme, daß keine von ihnen jemals seine Pobacken so fest gepackt hätte. Er scheut davor zurück, aber sie drückt sich noch dichter an ihn und schiebt seine Hand auf ihre Brust.

Es gelingt ihm gerade noch, ein Lachen zu unterdrücken, als er spürt, daß ihre Brust so groß ist wie ihr Kopf. Er wünschte sich, daß etwas derart Lächerliches nicht gleichzeitig auch so erregend wäre. »Schon mal eine Prominenten-Titte gedrückt?« fragt sie ihn.

»N-nein. Warum sind wir ...«

»Schsch. Kein ›warum‹ jetzt. Siehst du die beiden Männer?«

»Ja.« Sie wirken wie zwei beliebige Männer in dieser Arbeiterstadt, sagt er sich; vielleicht haben sie jetzt Feierabend, sind schon zu Hause gewesen, haben mit den Kindern gespielt und sich ein wenig mit ihren Frauen unterhalten und gehen nun etwas essen oder ein Bier trinken ...

Er hofft inständig, daß sie die beiden nicht auch noch in diese irre Sache, was auch immer sie darstellen soll, verwickelt.

Aus einem Winkel seines Bewußtseins dringt indessen die Erkenntnis, daß sie ihn schließlich nicht mit einer Pistole oder sonst etwas bedroht und daß er einfach sagen könnte: »Äh, Synthi, Miss Waterhouse, oder wie auch immer Sie heißen, das ist mir alles zu verrückt. Ich werde mal lieber gehen ...«

Und er weiß, daß er lieber gehen sollte, wenn auch aus anderen Gründen. Beim XV ist gegen solche Sachen ja nichts einzuwenden, aber obwohl er einen perfekten Impfschutz hat, treten alle paar Monate neue Varianten von AIDS, SPM und ARTS auf, und so, wie sie sich aufführt, bietet sie von allen ihm bekannten Frauen die größte Gewähr, ihn mit der neuesten Version zu beglücken. Scheiße, von den Risiken einmal abgesehen, wenn sie sich so verhält, ist sie zumindest halb verrückt, und Gott weiß, was ihr noch alles einfällt, wenn sie beide allein sind – ihn verletzen, mit einer Waffe bedrohen oder sonst etwas. Er fragt sich, was wohl geschehen wird, wenn sie einen Linken mit einem Einschußloch und einen großen XV-Star mit Spuren seiner Spermien in ihr finden und sie dann sagt, sie hätte es getan, nachdem er sie vergewaltigt hat. Registriert die hiesige Polizei überhaupt das Funksignal eines Paralysators?

Er schaudert leicht, und sie nutzt diese Bewegung – plötzlich befindet sich seine Hand unter ihrem Hemd, unterhalb des Büstenhalters. Irritiert stellt er nach einem Augenblick fest, daß sie sich nicht weich und zart anfühlen wie die meisten großen Brüste, nicht einmal voll und reif wie die von Naomi – er hat den Eindruck, einen Autoreifen mit etwas zu niedrigem Luftdruck zu berühren. Er ertastet einige Versteifungen unter der Haut, bei denen es sich um künstliche, implantierte Bänder handeln muß, welche diese Dinger abstützen.

Sie rempelt ihn an, woraufhin die beiden Männer auf sie aufmerksam werden und sie im Vorbeigehen anstarren. Sie windet sich und flüstert Jesse zu: »Komm schon, greif *zu*.« Wie in Hypnose läßt Jesse die Hand weitergleiten und bringt das Gesicht dicht an diese wallende rote Mähne – das Haar duftet, und er riecht, daß sie zuviel Haarspray aufgetragen hat – und dann packt er eine Brustwarze, so groß wie ein Tischtennisball.

Sie quiekt, streckt sich in seinem Arm, stöhnt und keucht. Ihre Hand schlüpft unter die Kutte und schließt sich um die seine, und dann reibt sie keuchend und stöhnend ihren Körper.

Die beiden Männer starren sie an. Jesse möchte am liebsten im Erdboden versinken, aber seine Aufmerksamkeit wird vom Stöhnen im Ohr und der großen festen Brust unter seiner Hand in Anspruch genommen. Also schaut er auf und sieht die gründlich geputzten Schuhe, die maßgeschneiderten Hosen, die gebügelten weißen Hemden, auf denen sich kein Stäubchen befindet – und den faszinierten Blick der Männer. Nicht, daß der Vorgang sie besonders erregen oder anmachen würde ... sie betrachten nur ein schamloses *Gringo*-Pärchen, das nicht weiß, wie man sich in der Öffentlichkeit benimmt.

Synthi hat anscheinend einen heftigen Orgasmus; sie

starren sie an, als ob sie Komparsen in einem Film wären, und einer von ihnen winkt Jesse schüchtern zu, als ob er ihm zu seiner Eroberung gratulieren wollte. Er möchte ihnen darlegen, daß das gar nicht er selbst sei, daß das überhaupt nicht seiner Art und seinem Wesen entspräche – aber da haben sie sich bereits abgewandt und verlassen den Schauplatz.

Sie beruhigt sich, ergreift wieder seine Hand und legt sie auf ihre Schulter. »Meine Güte, es ist ein gutes Gefühl, einen Orgasmus zu simulieren, ohne daß mir zehn Millionen Leute über die Schulter schauen, die wissen, daß ich nur simuliere. Wie gefallen dir nun die künstlichen Bembel?«

»Ich, sie sind ...«

»Sie fühlen sich an wie echte, stimmt's? Aber warte nur, bis sie auf und ab wippen, wenn ich dich reite. Komm, das Haus, das ich gemietet habe, ist gleich um die Ecke. Das Personal wird es zwar mißbilligen – Mrs. Herrera ist lieb, aber ihre Ansichten stammen aus dem zwanzigsten Jahrhundert, und ihr Mann Tomás ist eher ein Gärtner als ein Butler – nicht die geringste Diskretion, wenn du weißt, was ich meine ...«

Er wird um die Ecke gezerrt, wobei ihm immer noch nicht klar ist, was er von all dem halten soll. Er hat Schmetterlinge im Bauch, als ob er sich übergeben müßte, und weiche Knie, aber auf der anderen Seite erinnert er sich nicht, jemals schon eine solche Erektion gehabt zu haben.

Geistesabwesend überlegt er, daß es vielleicht nur noch eine Frage der Zeit ist, bis *so etwas* softwaremäßig ausgereift ist und dann echten Frauen vorgezogen wird, und am liebsten wäre er jetzt ganz weit weg ...

Eine innere Stimme suggeriert ihm indessen, daß dies vielleicht seine einzige Chance sei und er herausfinden müsse, wie es wirklich ist.

Das ›kleine Haus‹, welches sie gemietet hat, könnte in den besseren Vierteln der Stadt ein Reihenhaus für vier einheimische Familien abgeben; er ist schon oft daran vorbeigegangen, und wenn er nun darüber nachdenkt, dann ist es auch das, was er sich darunter vorgestellt hat. Als sie sich der Haustür nähern, wird sie geöffnet – scheinbar beschränken sich die Obliegenheiten des kleinen, muskulösen und farbenfroh gekleideten Mannes, der die Tür öffnet, auf die Observierung des Pfades.

Trotz ihrer Vorwarnung wirkt der Diener weder erstaunt noch echauffiert; er nickt nur und sagt: »Miss Waterhouse. Möchten Sie …«

»Wir gehen gleich ins Schlafzimmer, Señor Herrera«, erwidert sie, »und danach wird dieser Herr vielleicht noch zum Essen bleiben.«

Jesse hat den Eindruck, sie würden die lange Marmortreppe hinauf- und dann in den großen Raum schweben, der einem alten Film entlehnt zu sein scheint. Alles ist mit rotem Samt ausgeschlagen, und vielleicht war das auch mal erotisch, aber jetzt erinnert es ihn nur an eines der renovierten Kinos, die in Oaxaca oder San Cristóbal für die Touristen wiedereröffnet werden. In seinen Kopf dreht sich alles – vielleicht hat er doch mehr getrunken, als er dachte, und zudem sind sie ziemlich schnell die Treppe hinaufgegangen.

Den Vorzug der Kleidung von ›leichten‹ Mädchen hat Jesse schon vor langer Zeit ermittelt – sie ist so weit geschnitten, daß man leicht mit der Hand darunter fahren kann, und ruckzuck ist die Trägerin entblättert. In diesem Fall benötigt Synthi Venture, wenn sie es wirklich ist, nur wenige Sekunden, die Sandalen abzustreifen, drei oder vier Knöpfe zu öffnen, das Hemd von sich zu schleudern, den Büstenhalter zu entriegeln und Rock und Schlüpfer auf einmal herunterzuziehen.

Jesse ist perplex; sie hat wirklich rotes Haar, nicht einen der üblichen Farbtöne, und es ist auch nicht drahtig, wie es durch die meisten Haartöner verursacht wird, sondern natürliches, samtiges und gewelltes

Haar mit einer Rotfärbung wie in einem alten Comic-Heft, und der spärliche Haarwuchs, der ihre Schamlippen nicht ganz verbirgt, ist eine Spur heller. Sie kichert laut, und jetzt merkt er, daß sie wirklich betrunken ist oder zugedröhnt mit irgendeinem Stoff (sie kann sich wahrscheinlich alles leisten, was in dieser Hinsicht auf dem Markt ist), oder vielleicht hat sie auch gerade ihr Lustzentrum im Gehirn aktiviert; es wird ja gemunkelt, daß die XV-Stars entsprechend verdrahtet seien.

Sie dreht eine kleine Pirouette, und nun erkennt er die dünnen weißen Narben an ihrem Hintern und den Schenkeln, wo sie ›perfekt‹ modelliert wurde, und als sie sich dann wieder zu ihm umdreht, sieht er, wenn auch fast nicht wahrnehmbar, eine merkwürdige Ausformung unter der Bauchdecke. Dieser Bereich ist verstärkt worden, um ihre Unterleibsmuskulatur zu stützen.

Und nun, da sie freiliegen, weisen die enormen, übergroßen Brüste auch sichtbare Narben an den Stellen auf, wo sie ›umgeformt‹ worden sind. Auf eine Entfernung von fünfzehn Metern, im Halbdunkel oder durch den Weichzeichner, der von XV generiert wird, würde sie göttlich aussehen, magisch perfekt; aber hier, dicht vor ihm, im hellen Licht des schwülstigen Schlafzimmers, wird der handwerkliche Vorgang decouvriert, und wenn man es erst einmal gesehen hat, ist der Zauber verflogen.

Für einen Moment glaubt er, die Erektion würde nachlassen, aber dann schaut er ihr in die Augen. Sie sind gletscherblau, und hinter den abgeschliffenen Krähenfüßen sieht er ein seltsames Glimmen, eine Art Verzweiflung, und irgendwie formt sich in seinem Kopf der Gedanke, daß sie – Gott weiß warum, aber es ist so – ihn will, daß sie ihn so sehr begehrt, daß sie alles für ihn tun würde und daß sie, wenn er sich jetzt umdrehte und ginge, stundenlang weinen würde. Sie wäre ihm wohl dankbar dafür, wenn er sie nur benutzte.

Sie schmeißt sich an ihn heran wie eine billige Hure, die ihr Soll noch nicht erfüllt hat, nicht, weil sie Spaß daran hätte, sondern weil sie wissen muß, ob er sie abweist. Diese Überlegungen überkommen ihn, noch bevor er den Vorgang überhaupt reflektiert hat.

Er möchte glauben, daß es doch Emphase ist, daß er die Angst vor Zurückweisung nur mit Naomi assoziiert, aber das stimmt nicht. Er weiß, daß Naomi dies verurteilen würde, daß das Bewußtsein, diese ordinäre, geile alte Schlampe würde ihm mindestens genauso viel Befriedigung verschaffen wie sie mit ihrer sensiblen Zärtlichkeit, ihr Minderwertigkeitsgefühle verursachen würde.

Es ist das Bewußtsein dieses Gefühls von Macht, das Bewußtsein, daß er Synthi nach Belieben als geile alte Schlampe bezeichnen könnte und sie ihm dennoch zu Willen sein würde, so daß er sie auf jede Art nehmen könnte. Und er entdeckt eine ganz neue Seite an sich, die weiß, daß diese Frau in einem Monat mehr erreichen kann als er in seinem ganzen Leben, daß sie Dinge, die er erst planen und dann jahrelang dafür arbeiten müßte, mit einem Fingerschnippen haben könnte – nur der blanke Neid, daß sie das alles haben kann, noch dazu überwiegend von Leuten wie ihm, nur indem sie ihren perfekten Körper in einer Porno-Show einsetzt. Der Gedanke überkommt ihn, sie dafür zahlen zu lassen, indem sie ihm wenigstens einmal *wirklich* das gibt, was Rock und Quaz und all die anderen in den letzten zehn Jahren genießen durften.

Er kann es nicht artikulieren, aber das Gefühl ist tief und kalt und sadistisch. Es gefällt ihm. Er packt sie an den Haaren, reißt ihren Kopf zurück und verschließt ihr den Mund mit einem harten, kauenden Kuß, und sie zuckt nicht einmal zusammen; sie führt nur seine andere Hand zwischen ihre Beine, und er stößt ihr den Daumen in die Vagina, hart, unvermittelt, wobei er will, daß sie so trocken ist, daß sie aufschreit …

Statt dessen ist sie schon feucht und offen, und sie windet sich vor ihm und stöhnt vor Lust. Ihre Hände wandern zu seinem Hosengürtel, öffnen die Jeans, holen seinen Penis hervor, wobei sie viel zu heftig vorgeht und ihm weh tut, aber er ist zu erregt, um das zu registrieren. Sie stellt sich auf die Zehenspitzen und gleitet an ihm hinab, so daß er schon nach einer Minute kommt und nicht einmal die Zeit findet, die Hose ganz herunterzuziehen.

Sie gönnt ihm keine Ruhe und sieht nicht einmal nach, ob er Kratzer oder Blutergüsse hat; sie nimmt ihn sofort in den Mund und zerrt die Jeans samt Unterhose so heftig herunter, daß er fast vornüberkippt.

Die nächste halbe Stunde nimmt er nur schemenhaft wahr; sie geht alles andere als zärtlich mit ihm um und gewährt ihm keine Atempause. Sein Penis ist so wund, daß ihm vor Schmerzen die Tränen in die Augen steigen, und im Hodensack verspürt er einen schmerzhaften Zug wegen der vielen Ergüsse; er zahlt es ihr heim, indem er auf diese grotesken Brüste schlägt, ihr mit tiefen Stößen des Penis den Atem raubt, und gegen Ende rammt er ihr plötzlich noch die Faust in den After, nur um zu sehen, ob es nicht doch etwas gibt, das sie nicht mitmacht.

Schließlich fühlt er sich schlapp und wund, und die Versuche ihrer rauhen Hand, ihn wieder hochzubringen, werden unerträglich. Er hat Kopf- und Bauchschmerzen und das Gefühl, sich übergeben zu müssen, wenn das nicht bald aufhört. Als er sie nun anschaut, wo sein ganzes Begehren verflogen ist – und die Anwandlung von Sadismus dazu –, sieht er nichts als Verzweiflung und Begierde, und abrupt schiebt er ihre Hände weg und löst sich von ihr.

Sie steht keuchend und erregt da und fragt schließlich: »Scheiße, bist du in Ordnung?«

Damit hatte er nicht unbedingt gerechnet. Er schaut an sich hinunter und sieht, daß sein Penis Blutergüsse und Kratzspuren aufweist, wobei er an einigen Stellen leicht blutet. Unvermittelt bricht der Schmerz durch, und er nimmt ihn in die Hand und beugt sich nach vorne. »O Gott, auuu.«

»Tut mir leid«, sagt sie.

»Hat dir schon mal jemand gesagt, daß du wirklich beknoppt bist, Lady?« Er hatte Blutkontakt; wenn sie also irgend etwas hat, wogegen er nicht geimpft ist, wird er sich mit etlicher Gewißheit infizieren; sein Penis fühlt sich an, als ob er in einen Fleischwolf geraten wäre, und er faßt es nicht, worauf er sich gerade eingelassen hat. Er muß hier weg und einen Arzt aufsuchen.

Und er muß urinieren. Es heißt, daß man Giftstoffe aus den Schleimhäuten ausscheiden kann, wenn man es sofort macht. Er schaut sich wie irre um, ortet das Bad, stürmt hinein und uriniert wie ein Pferd, einen dicken Strahl – eine Kombination aus Bier und Angst –, und es brennt wie Säure. »Scheiße, mit wievielen Kerlen hast du das schon gemacht? Was zum Teufel ist los mit dir?«

Sie fängt an zu weinen. »Nur mit dir. Wirklich nur mit dir.«

»Und das soll ich dir glauben?« Hastig streift er sich das Hemd über und knöpft es zu. »Mein Gott, ich glaube es nicht, ich fasse es nicht, daß ich mich von dir habe abschleppen lassen ...«

Jetzt weint sie richtig. »Ich habe sonst niemanden gehabt, wirklich nicht, du bist der erste in diesem Urlaub, und das Netz gibt uns alle drei Tage einen neuen Satz Testpräparate. Es tut mir leid, daß ich dich verletzt habe, aber ich habe dich ja nicht umgebracht, ich habe nicht, ach ...« Sie starrt ihn mit leerem Blick an.

Er hat die Hose in der Hand und angelt sich gerade die Unterhose, aber er zögert einen Moment; zumindest klingt es so, als ob sie die Wahrheit sagte.

»Mein Gott, was, zum Teufel, ist eigentlich los mit

mir? Ich habe dich ja nicht einmal nach deinem Namen gefragt.«

»Jesse Callare.« Er zieht die Unterhose etwas langsamer herauf und fragt: »Hast du eine Salbe da oder so etwas? Ich bin verletzt.«

»Oh, Scheiße, Jesse, tut mir wirklich leid.« Sie eilt ins Bad und bringt eine Tube Hämorrhoidensalbe mit, eine Sprühdose mit einem Antibiotikum und ein antiseptisches Reinigungstuch. »Laß mich dich wenigstens verarzten. Ich verspreche dir auch, vorsichtig zu sein; ich wollte dir das nicht antun.«

Sie kniet sich vor ihm hin, und bevor er noch zurückzucken kann, hat sie ihn schon in der Hand. Er japst vor Schmerz, aber sie geht wirklich sanft und vorsichtig zu Werke, säubert ihn schnell und gründlich und sprüht ihn dann mit dem Antibiotikum ein. »Mein Gott, ich hoffe, das ist passiert, nachdem du in meinem Hintern warst; da gibt es nämlich alle möglichen Bakterien, die eine Infektion auslösen können – hast du hier einen Arzt? Du kannst auch zu meinem gehen, ich übernehme das Honorar …«

»Du wirkst so unglaublich besorgt und überlegt«, stellt Jesse fest. Nach dem ersten Schmerz geht es ihm nach ihren Verrichtungen wirklich schon besser, und ihre Besorgnis hat etwas Tröstliches.

Sie trägt die Salbe auf, und ihre beruhigende Wirkung ist erstaunlich; er entspannt sich fast. »Jesse, Jesse, ich fasse es nicht, daß ich das getan habe; bist du in Ordnung?«

»Ging mir schon mal besser«, meint er, löst sich sanft von ihr und zieht sich weiter an. Die Schmerzen sind jetzt verschwunden, und die Angst hat sich auch gelegt.

»Es hört sich wohl dumm an, aber ich möchte, daß du zum Abendessen bleibst. Ich könnte versuchen, dir alles zu erklären, aber die Entscheidung liegt bei dir.«

Seine Gefühle sind nicht mehr dieselben wie vorhin,

aber eine gewisse Kongruenz besteht dennoch – er könnte jetzt auf gar keinen Fall verschwinden, denn er vergeht schier vor Neugier. »Sicher, ich bleibe. Wird mir eh keiner glauben, hätte das genauso gut auch erfinden können.«

»Einen Augenblick, ich ziehe mir nur etwas an. Hoffe, du hast keine Einwände gegen einen lappigen Pullover und eine Schlabberhose; die Sachen sind nämlich bequem, und den ganzen Fummel habe ich oben in Alaska gelassen.«

Währenddessen zieht sie sich die Klamotten an. Nun, da sie angezogen sind, sich einander vorgestellt haben und Jesse keine Schmerzen mehr verspürt, haben sie sich offenbar nicht mehr viel zu sagen.

Es tritt ein langes, verlegenes Schweigen ein, bis sie dann sagt: »Lamm*tacos oaxaqueños*, bist du damit einverstanden?«

»Äh, was?«

»Zum Abendessen. Señora Herrera stammt aus der Provinz Oaxaca, irgendwo in den Hügeln, und daher ist sie auf solche Gerichte spezialisiert. Ich habe die Lamm*tacos oaxaqueños* schon bestellt, bevor ich ausging, und ich habe ihrem Mann, Tomás, bei unserem Kommen gesagt, daß du vielleicht zum Essen bleibst – erinnerst du dich noch?«

Er grinst. »Ich erinnere mich. Ja, das hört sich wunderbar an. Äh – darf ich fragen …?«

»Du darfst mich alles fragen, aber erst nach dem Essen – laß uns jetzt hinuntergehen und zu Abend essen, als ob wir Fremde wären und gerade erst Bekanntschaft schließen.«

»Alles klar«, sagt er, und sie ergreift seine Hand. Mehr als alles andere überrascht es ihn, wie schüchtern sie sich dabei gibt.

Präsidentin Hardshaw hat fast die ganze Nacht nicht geschlafen, und als sie in der Frühe ins Büro kommt, weiß Harris Diem, daß etwas im Gange ist. Er unterbricht seine Arbeit am Schreibtisch nicht. Das Summen im Kopf ist lauter als je zuvor, aber letzte Nacht hat er der Versuchung widerstanden, in den Keller zu gehen. Seine Standhaftigkeit verschafft ihm indes keine Genugtuung.

Sie hält sich bereits seit zwanzig Minuten im Oval Office auf, ohne mit jemandem gesprochen zu haben, als ein leises Klingeln ertönt. Er nimmt das Handy vom Gürtel und stöpselt es in den Bildschirm ein, als er registriert, daß der Anruf von Hardshaw kommt.

»Ja, Chefin?«

Sie wirkt etwas derangiert; was, zum Teufel, verheimlicht die Präsidentin ihm?

»Kommen Sie gleich zu mir ins Büro, Harris, wir haben einen Haufen Arbeit zu erledigen.«

»Ich bringe Kaffee mit«, sagt er und weist seine Leute an, die übliche Kanne mit den zwei Tassen bereitzustellen. Er weiß nicht einmal, warum die Präsidentin und er all die Jahre schon dieses Ritual pflegen, daß er den Kaffee oder das Frühstück mitbringt, aber irgendwie braucht er das einfach.

Dieses gute Gefühl ist indes wie weggeblasen, als Hardshaw die Tasse nimmt, ihm bedeutet, Platz zu nehmen, und ihm dann eröffnet: »Ich habe es heute morgen getan, Harris, also hat es keinen Zweck, daß wir uns streiten. Ich kann und will nicht die Verantwortung für mehrere Hundert Millionen Tote übernehmen. Ich habe an die Menschheit gedacht – und ich habe auch daran gedacht, daß Amerika seinen Platz in der Welt ausfüllen muß.«

Ihm wird flau im Magen. Er nimmt einen ordentlichen Schluck Kaffee. »Dann haben Sie Rivera und die UN also in Kenntnis gesetzt? Sie kennen die echten Zahlen?«

»Und sie wissen auch, daß wir auf ihnen hätten sitzenbleiben können, und sie wissen, daß der ursprüngliche NOAA-Bericht eine vorsätzliche Falschmeldung war. Sie wissen alles.«

Das Summen in seinem Kopf wird nun so laut, daß er sich fragt, ob es nicht nach außen dringt. Einen Augenblick spielt er mit dem Gedanken, nach unten in den Keller zu gehen und einen dieser Clips zu holen ... aber er kämpft diese Anwandlung nieder. »Dann ... äh ... wenn Sie es schon getan haben, warum haben Sie mich dann gerufen? Sie hätten doch wissen müssen, daß ich dagegen gewesen wäre.«

»Weil ich Sie hier brauche und das Land Sie hier braucht, wenn Rivera sich meldet. Womit jetzt jede Minute zu rechnen ist.«

Wie um ihre Worte zu unterstreichen, klingelt das Telefon; als Hardshaw den Hörer abnimmt, avisiert der Sekretär: »Generalsekretär Rivera, Frau Präsidentin.«

»Stellen Sie ihn durch.«

Riveras Bild erscheint auf dem Monitor, und er sagt: »Frau Präsidentin, zunächst muß ich Ihnen zu diesem meisterlichen Spiel gratulieren und Ihnen danken, daß Sie sich entschieden haben, nicht gegen uns zu spielen, denn Sie hätten sicherlich gewonnen.«

*Richtig*, denkt Diem.

Hardshaw nickt. »Dann verstehen Sie wohl alle Implikationen.«

»Die verstehe ich nur zu gut. Und ich glaube, daß wir großes Glück haben. Nicht nur die UN, sondern wir alle. Sie haben uns nämlich eine wichtige Option geschaffen.«

Hardshaw wölbt eine Augenbraue. »Ich wüßte nicht, welche.«

»Die Option, den Zweiten Globalen Aufstand zu verhindern. Denn wenn die Wahrheit ans Licht kommt – was sicher der Fall sein wird, denn Ihre Operation muß irgendwo ein Leck aufweisen –, nun, was ist glaubwürdiger als eine undichte Stelle, hm?« Sogar in dieser

Stunde zeigt der Generalsekretär Format und bewahrt Haltung; dieser Sarkasmus ist Diem bisher noch nicht aufgefallen. »Sehen Sie, als meine Experten die Daten in *unser* globales Modell integrierten, ermittelten wir mit einer Wahrscheinlichkeit von etwa zehn Prozent, daß es im nächsten Jahr überhaupt keine souveränen Staaten mehr in der nördlichen Hemisphäre geben wird. Wenn dem so sein sollte, möchten wir, daß die Menschen die Küstenregionen verlassen und sich in Sicherheit bringen. Und diese Nachrichten zu verbreiten – das wird ein hartes Stück Arbeit. Die Leute glauben nämlich allen möglichen Unsinn, aber nicht notwendigerweise die Wahrheit, wenn sie deshalb ihre Häuser aufgeben müssen.«

Diem überlegt kurz und erkennt dann, worauf der *SecGen* hinauswill. »Sie meinen also, wir sollten eine ›graue‹ Operation durchführen – versuchen, die Sache geheim zu halten, aber sie nach draußen sickern lassen?«

»Exakt.«

Diem schaut zur Präsidentin hinüber; sie nickt.

»Nun denn«, meint er, »vielleicht sollte ich jetzt einfach an die Arbeit gehen.«

Acht Minuten später, als er wieder am Schreibtisch sitzt, überlegt er, daß sie es wieder getan hat, und daß seine Memoiren jetzt noch unglaubwürdiger sein werden. Jemand muß sich in dieser Sache als Chronist betätigen, aber er weiß nicht, ob er das sein wird.

Und das Summen im Hinterkopf ist so laut wie noch nie.

Die Ironie besteht darin, daß die Unterlagen in Austin genau das enthalten, wonach Randy gesucht hat, aber der Inhalt ist sehr ungünstig für ihn. Er ist auf fünf Männer gestoßen, deren Namen er bisher nicht kannte, fünf Festnahmen, die eindeutig dem Netzwerk angehörten, das den XV-Clip mit der Ermordung von

Kimbie Dee vertrieben hatte, alles einflußreiche Leute, die nur ein oder zwei ›Felder‹ von dem Mann entfernt sind, hinter dem er her ist. Der Grund, weshalb er sie bisher nicht berücksichtigt hatte, besteht darin, daß sie sich zum Zeitpunkt ihrer Verhaftung nicht im Besitz des Clips mit Kimbie Dee befanden.

Jetzt aber, da er Bescheid weiß, fällt es ihm wie Schuppen von den Augen. Er hat fünf Männer gefunden, die alle Kontakt zu mindestens sieben oder acht bekannten Verteilern hatten; sie waren es, die die Clips in hoher Auflage vertrieben hatten. Jeder von ihnen war an der Finanzierung der Leute beteiligt, die diesen irren Psychopathen, der Krebs im Endstadium hatte, ausschickten, um Randys kleines Mädchen zu töten, das allein im Umkleideraum saß, weil sie sich schämte, zusammen mit den anderen zu duschen, und der sie dann in der Dusche aufhängte.

Und der kleine Haken bei der Sache ist der, daß sie alle tot sind. Alle wurden wegen Verstoßes gegen das *Diem*-Gesetz exekutiert.

Das verschafft ihm zwar eine düstere Genugtuung, aber zum erstenmal findet er einen Einwand gegen die Todesstrafe – er ist so nahe dran, aber er braucht einen Kumpan dieser Männer, der noch reden kann.

Es dauert etliche Tage, bis er schließlich auf einen Namen stößt: Jerren Anders.

Gerade erst der Todeszelle entronnen, befindet er sich nun in der Gefängnispsychiatrie – und man rate mal, wo? Oben in Boise. Dort, wo alles angefangen hat. Keine zehn Meilen vom Standort von Randys Wohnmobil entfernt.

Das alte Auto biegt auf den Interstate Highway ein, und Randy stellt überrascht und gerührt fest, daß heute viel mehr Meldungen als sonst eingegangen sind – keine Informationen, sondern Glückwünsche. Zunächst beantwortet er nur die Eingänge von anderen Eltern, Geschwistern, Ehemännern und Freunden, die etwas über die Austin-Verbindung wissen möchten; er schickt ihnen alles, was er hat.

Während der langen Nacht, als das Fahrzeug das gebirgige Colorado verläßt und in Wyoming auf die I-80 auffährt, träumt er von Kimbie Dee. Sie sieht aus wie im Leichenschauhaus, aber sie sitzt neben ihm, schüttelt den blonden Pferdeschwanz, wie sie es zu Lebzeiten immer getan hatte und ermahnt ihn: »Daddy, Daddy, paß auf. Paß nur auf. Es könnte schlimmer kommen, als du glaubst.«

»Ich werde ihn finden«, sagt er zu ihr.

»Es könnte schlimmer werden, als du glaubst.« Sie küßt ihn sanft auf die Wange, wie jeden Morgen, bevor sie sich auf den Schulweg begab, aber ihre Lippen sind so kalt an wie das Kühlfach im Leichenschauhaus.

Er wacht mit einem Schauder auf, kocht Kaffee, setzt sich auf die Rückbank und trinkt ihn, bis das Auto mit dem Sonnenaufgang in Salt Lake City eintrifft. Er beschließt, zu frühstücken, zu duschen und das Auto in der nächsten Waschanlage reinigen zu lassen. In diesen Kisten entwickelt sich manchmal ein unglaublicher Gestank.

Später am Tag fährt er auf der I-15 Richtung Norden. Es ist schon einige Jahre her, seit er diese Route zuletzt befahren hat. Er wundert sich darüber, wie froh er ist, wieder in Idaho zu sein.

Kingman Reef ist im Grunde eine Insel; bei Ebbe gibt es eine Verbindung zum Festland, die bei Flut überspült wird, sodaß nur noch einige verstreute Felsbrocken aus dem Wasser ragen; bei einer sehr hohen Flut ist die Insel völlig abgeschnitten. Die Stahl- und Betontürme des *North American Orbital Services*-Raumhafens, die sich nun dort erheben, haben den Ort tatsächlich in eine Insel verwandelt, und die Einwohnerzahl beträgt nun an die tausend Menschen, einschließlich eines Dutzend Kinder.

Am Freitag, dem 16. Juni, gegen 06:00 Uhr Ortszeit, herrscht absolute Ruhe außerhalb der Station. Der Himmel weist eine bedrückende graugrüne Färbung auf, auf dem aufgewühlten, schmutzig-schwarzen Meer tanzen weißliche Schaumkronen. Neben dem entferntesten Turm, weit außerhalb des eigentlichen Riffs, sitzt die *Monster* mit halbvollen Brennstofftanks, wobei nur ihr oberstes Viertel aus dem Wasser ragt. Mit vollen Tanks wäre sie gänzlich unsichtbar – der Start der großen Raketen erfolgt nämlich aus einer Wassertiefe von dreißig Metern.

Angesichts des nahenden Wirbelsturms ›Clem‹ und der in dieser Nähe zum Äquator schon tief am Horizont stehenden Sonne sieht Gunnar Redalsen, der Leiter der Startoperationen, die *Monster* nicht mehr, und er schaut auch nicht mehr aus dem Fenster, aber sie steht noch immer vor seinem geistigen Auge. Zur Zeit konferiert er mit vier Personen, mit denen er sich von allen Menschen auf der Erde eigentlich am wenigsten unterhalten wollte; einer sitzt neben ihm, mit den anderen drei ist er über eine Kommunikationsanlage verbunden.

Zu seiner Linken sitzt Akiri Crandall, der in Redalsens Augen noch ein ganz passabler Bursche ist. Crandall besteht darauf, mit ›Captain Crandall‹ angesprochen zu werden; als ob es nicht schon schlimm genug wäre, daß diese Station auf langen, fragilen Stahlbeton-Stelzen auf dem tief unter der Wasseroberfläche liegenden Riff ruht, aber dieses affektierte Insistieren auf seinem Dienstgrad ist wirklich das Übelste; Redalsen versteht indessen schon, daß Crandall, der im Getto aufgewachsen ist und sich dann in der Navy hochgedient hat, das Silber auf der Schulter respektiert wissen will. Was ihn jedoch mehr als alles andere ärgert, ist die Tatsache, daß Crandall immer wieder vergißt, daß dieser Ort ein Raumfahrtzentrum ist; Crandall verlangt, daß jede Mann-Stunde in den Ausbau der Basis und ihren Betrieb investiert wird, und wenn es nach ihm ginge, würde überhaupt kein Start mehr erfolgen. Immer wieder fragt Redalsen sich, ob Crandall ihn vielleicht als Waffenoffizier auf diesem ›vor Anker liegenden Schiff‹ betrachtet.

Im Augenblick ist der neben ihm sitzende Crandall jedoch der einzige weitere Repräsentant des gesunden Menschenverstandes, mit dem Redalsen rechnen kann, und er freut sich sogar ein wenig über diesen aufgeblasenen Möchtegern-Napoleon, neben dem Redalsen sich so rational ausnimmt.

»Die Basis wird es sicher überstehen, sofern sie nicht explodiert«, trägt Crandall mit fester Stimme vor. »Und wenn wir die *Monster* jetzt abstoßen oder einen Notstart durchführen, wie Mr. Redalsen empfiehlt, geht von ihr keine Gefahr für uns aus. Aber wenn wir die Rakete an ihrer Position weniger als drei Kilometer von der Hauptbasis belassen, müssen wir damit rechnen, daß sie hier bei uns einschlägt.«

Die Frau, die ihnen am Bildtelefon mit gefaßtem Gesichtsausdruck aufmerksam zuhört, ist Edna Wheatstone, deren Bekanntheit hauptsächlich daraus resultiert, daß sie die einzige Kandidatin für eine Führungsposition war, die vom Vorstand nicht abgelehnt wurde. Als Crandall seine Ausführungen beendet hat und Redalsen zustimmend nickt, spricht sie sehr prononciert, als ob sie etwas im Mund hätte, das niemand sehen sollte. »Ich dachte, der Startrampe würde im Südwesten der Anlage stehen, so daß der Sturm eine losgerissene Rakete von der Station wegtreibt.«

Nun, sie kennt die Antwort darauf verdammt gut, und der Vorgang ist reine Zeitverschwendung, aber so kann sie dem Vorstand wenigstens das Band mit der Gesprächsaufzeichnung vorspielen.

»Ich habe schon zwei Wirbelstürme auf hoher See erlebt«, sagt Crandall, »und ich werde bald einen dritten erleben. Ich bin Co-Autor der Abhandlung über Wirbelstürme, die von der Akademie herausgegeben wurde, und der erste Satz in dieser Abhandlung besagt: ›Wirbelstürme als Population weisen durchaus gemeinsame Merkmale auf, wobei ihre individuelle Entwicklung jedoch nicht prognostiziert werden kann.‹ Dieser Wirbelsturm huscht wie eine Katze mit brennendem Schwanz über die Radarschirme, und er kann aus jedem Quadranten über uns kommen oder uns sogar umkreisen und zweimal zuschlagen. Die halb aufgetankte *Monster* wird sogar mit etwas höherer Wahrscheinlichkeit von uns wegdriften, anstatt auf uns zuzutreiben ... aber diese Wahrscheinlichkeit ist eben nur gering. Nicht, daß ich tausend Menschenleben darauf wetten wollte, Ms. Wheatstone.«

Sie rutscht mit dem Arm auf der Stuhllehne herum und bemüht sich, einen Blick aufzusetzen, mit dem sie gleichermaßen ihre Betroffenheit und Solidarität mit den für das Problem zuständigen Leuten zum Ausdruck bringt. Redalsen begreift, daß sie nur deshalb an dieser Besprechung teilnimmt, um zu verhindern, daß unabhängig von den getroffenen Maßnahmen ihre Karriere Schaden nimmt, und obwohl er das auch versteht und für legitim hält, wäre ihm sehr daran gelegen, wieder zum eigentlichen Thema der Besprechung zurückzukommen.

Der Name des Regierungsvertreters lautet Collins oder Smith, auf jeden Fall vergißt er ihn immer wieder, und der Mann will im Grunde nur darlegen, daß die Regierung Verständnis für eine Startverzögerung aufbringen würde, ungeachtet der Probleme, die sich daraus vielleicht für die Erfüllung von Präsidentin Hardshaws Verpflichtungen ergeben, aber wenn der Start tatsächlich verzögert wird, erwartet die Regierung natürlich eine Entschädigung für den Ärger. Und sicherlich wird die Regierung keine zwei Raketen aus Steuergeldern finanzieren, um einen Satelliten ins All zu bringen, so daß im Falle einer Zerstörung dieser Rakete und ihrer Ersetzung von irgendeiner Stelle eine

Entschädigung erfolgen muß, und überhaupt wird die Regierung bis zum Start des Satelliten keine weiteren Gelder mehr bewilligen.

Und nun sitzt die einzig wichtige Person angestrengt überlegend da und mustert dabei die Tischplatte. Wie Redalsen weiß, ist dieser Bursche nun schon seit über sechzig Jahren bei der Versicherungsgesellschaft und hat bisher die Pensionierung abgelehnt. Wie den meisten Leuten in diesem Beruf sagt man auch ihm nach, er sei zu gemein, als daß der Teufel ihn holen wollte. Redalsen hat schon paarmal einen mit ihm getrunken und ist dabei allmählich zu der Erkenntnis gelangt, daß er es mit einem Mann zu tun hatte, der fast sein ganzes Leben damit zugebracht hat, Horrorszenarien zu entwerfen und der Frage nachzugehen, wie sich ein Minimum an Schadensbegrenzung erreichen ließe.

»Gibt es denn fundierte Prognosen?« fragt der Versicherungsmann, wobei er sich auf die Lippen beißt und an seinem Blumenkohlohr zupft.

»Nichts, was sich quantifizieren ließe«, erwidert Redalsen. »Ich kenne die Rakete so gut, um zu wissen, daß sie, falls sie auf die hohe See abdriftet und mit einem Objekt kollidiert, mit hoher Wahrscheinlichkeit detoniert, und wir können in der uns noch verbleibenden Zeit den Brennstoff nicht gefahrlos ablassen.«

Crandall nickt. »Ich schätze, daß sie uns in den nächsten zwei Stunden abhaut. Wir könnten einen Transponder und eine Sprengladung anbringen und sie sprengen, sobald sie sich in sicherer Entfernung von der Startrampe und den anderen Einrichtungen befindet. Oder wir schicken sie, wie Mr. Redalsen vorgeschlagen hat, auf eine suborbitale Bahn und bringen sie irgendwo runter, wo sie keinen Schaden anrichten kann, vielleicht ein paar hundert Kilometer nördlich von hier. Ich wäre mit beiden Optionen zufrieden – Hauptsache, diese Bombe verschwindet von meiner Anlage.«

»Und Sie gehen mit dieser Beurteilung konform, Mr. Redalsen?«

»Ja. Ich möchte aber noch hinzufügen, daß wir die Chance haben, die Risiken bei zukünftigen Starts zu reduzieren, wenn wir das Verhalten dieser Rakete untersuchen.«

»Verstehe.« Der alte Mann zupft sich am Ohr, schaut zur Seite und kratzt sich am Kopf; Redalsen hat auf die eine oder andere Art schon seit zwanzig Jahren mit ihm zu tun, und die ganze Zeit hat er sich immer wieder über die Ähnlichkeit gewundert, die manche Menschen doch mit einem Affen aufweisen. »Ich muß Sie jedoch darauf hinweisen, daß, obwohl *Industrial Facilities Mutual* sich sonst immer nach meinen Empfehlungen richtet, bei einer so großen Sache vielleicht anders entschieden wird.«

»Wann ist Ihnen das zuletzt passiert?« fragt Redalsen.

»Neunzehnachtundneunzig, bei einem alten sowjetischen Atomreaktor, den die Russen trotz der Risiken versichern wollten. Entgegen aller Erwartungen ist er aber nie explodiert.«

»Glauben Sie, daß der Versicherungsschutz für dieses Projekt abgelehnt wird?« fragt der Regierungsvertreter. »Von unserem Standpunkt ist es nämlich unabdingbar, daß auf die eine oder andere Art …«

»Es wird jemand dafür aufkommen«, beruhigt der Versicherungsvertreter ihn. »Ich kann Ihnen zwar nicht versprechen, daß die Regierung am Schluß nicht doch die Zeche zahlen muß; ich kann nur weiterleiten, daß die NAOS alles tut, um die Risiken für das Wagnis zu minimieren, und die Empfehlung aussprechen, daß wir im Schadensfall zahlen. Wir sind nämlich ein Versicherungsunternehmen, Kollege, kein Rückversicherer.«

Der Regierungsvertreter und Wheatstone sind sichtlich unzufrieden, aber Redalsen hat den Versicherungsvertreter jetzt auf seine Liste vernünftiger Leute gesetzt.

Bedauerlicherweise ist keine absolute Mehrheit zustandegekommen.

Schließlich beendet Wheatstone die Pattsituation. »Es hat den Anschein, daß mein technischer Stab und meine Rechtsabteilung eine Entsorgung der Rakete befürworten. Und wir sind zumindest vorgewarnt worden, daß die Versicherungsgesellschaft vielleicht *nicht* zahlt. Bietet der Entsorgungs-Start denn signifikante Vorteile?«

»Nur die Chance, Daten zu erhalten, an die wir sonst nicht herankämen«, erwidert Redalsen. »Theoretisch läuft es auf eine Bestätigung unserer Computer-Simulationen hinaus, aber ich bin schon zu lange in diesem Geschäft, um mich ausschließlich auf die Computer-Simulationen zu verlassen.« Er weiß, daß das eine schlechte Politik ist – offiziell wollte die NAOS die *Monster* eigentlich für einen bemannten Raumflug umrüsten. Weil das Projekt aber allen so am Herzen liegt, will er, daß die Unterlagen zumindest einen Teststart ausweisen.

»Wann ist die Rakete startbereit?«

»Binnen fünfzehn Minuten nach Ihrer Freigabe.«

Sie spannt die Kiefermuskulatur an und dreht den Kopf etwas nach links. »Dann starten Sie.«

Redalsen stellt fest, daß sie in diesem Moment sehr entschlossen wirkt. Wenn der Vorstand das sieht, wird er wahrscheinlich die ganze Sache genehmigen.

Sie verlieren noch einmal zwei Minuten, weil der Regierungsvertreter erneut bekräftigt, daß entweder die NAOS oder die IFM zahlen müssen, weil die Regierung es nämlich nicht tun wird. Aber die Sache ist unter Dach und Fach, und das ist immerhin schon ein Erfolg.

Als sie den Raum verlassen, fragt Crandall: »Wird es wirklich eine Viertelstunde dauern?«

»Zehn Minuten, wenn alles klappt. Die Rakete ist in Modulbauweise gefertigt, so daß die Startvorbereitungen sofort getroffen werden können – die Startrampe müßte jetzt komplett besetzt sein. Wenn nicht, werden wir wohl in den Bunker gehen müssen.«

Crandall nickt. »Weitermachen.«

Redalsen hält es nicht einmal für nötig, Crandall darauf hinzuweisen, daß er nicht unter seinem Kommando steht, so froh ist er, endlich handeln zu können. Eine kurze Fahrt mit dem Aufzug bringt ihn in die Zentrale; die Telemetrie weist nach wie vor halbwegs normale Werte aus, obwohl die *Monster* sich nun mit jeder Welle um einen ganzen Meter hebt und senkt.

»Nun denn«, wendet er sich an das Personal – die Startvorbereitungen laufen jetzt schon seit acht Minuten –, »haben wir die Flugbahn?«

Sie haben sie, wie er von ihnen verlangt hatte. »Gut, wenn also keine Gefahr besteht, Countdown einleiten und weg mit dem Vogel.«

Es dauert noch zwei Minuten, bis ›Zero‹ ertönt und noch einige Dutzend grüner Markierungen auf den Monitoren erscheinen. Ein kritischer Moment, als die Rakete aus dem Wasser steigt und von einer Welle und einem Scherwind erfaßt wird, aber die *Monster* schafft es dennoch, wobei ihre Leitsysteme bis an die Leistungsgrenze strapaziert werden, die Korrekturdüsen in alle Richtungen feuern, und nach wenigen Minuten fliegt sie einem leeren Ozeansektor südlich von Hawaii entgegen.

Sie beobachten den Abflug auf dem Radar. »Ich habe schon über hundert Starts erlebt«, kommentiert der Techniker links von Redalsen, »und heute habe ich zum erstenmal kein Startgeräusch gehört.«

»Selbst wenn wir bei diesem Sturm die Luken öffneten, würde der Lärm im Wind untergehen«, erklärt Redalsen. »Sie könnte genauso gut für das Radar unsichtbar sein. Wir bekommen sie kaum auf den Schirm, und dabei hat sie nicht einmal einen Startwinkel von vierzig Grad.«

»Ein seltsames Wolkenmuster erscheint auf dem

Radar«, meldet jemand. »Schaut euch mal den schwarzen Punkt hier an…«

»Der wird ›Auge‹ genannt«, sagt der eintretende Crandall. »Haben Sie noch etwas für uns, Mr. Redalsen, außer daß wir Ihre gigantische Bombe endlich los sind?«

»Keine Abweichung von der Computer-Simulation«, sagt dieser mit einem Grinsen, »aber wir haben zumindest bewiesen, daß wir auch bei weitaus schwererer See starten können, als die Behörden uns erlauben.«

Crandall gestattet sich ein Lächeln. »Ich hatte eigentlich gedacht, Sie seien der Ansicht, eine vollgetankte Rakete sollte eher fliegen als versenkt werden?«

»Oh, wir haben sie versenkt, Skipper. Wir haben sie nur in größerer Entfernung versenkt.«

Das Lächeln wirkt fast menschlich. »Hervorragend. Ich bin gekommen, um Ihnen zu sagen, was sich auf Ihrem Radar befindet – dieses Ding wird uns nur streifen und ist trotzdem der verheerendste Sturm, den wir je erlebt haben. Dieses Auge hat einen Durchmesser von achtzig Grad, und nach offiziellen Schätzungen beträgt die Windgeschwindigkeit am Rande des Auges annähernd zweihundertzwanzig Knoten. Zum Glück erwischt er uns nicht mit voller Wucht – er wird hier eine Stärke von neunzehn bis zwanzig auf der Beaufort-Skala erreichen.«

Die Beaufort-Skala ist ein Maßstab für Sturmschäden und sonstige physikalische Effekte; sie wurde zum Teil deswegen konzipiert, weil Leute in einem schweren Sturm in der Regel keine Gelegenheit haben, Instrumente abzulesen. Beaufort-12 bedeutet Orkanstärke; im Moment herrscht Beaufort-8, und normalerweise hätte Redalsen schon ab Beaufort-6 keinen Start mehr durchgeführt. Redalsen stößt einen leisen Pfiff aus. »Ich wette, Sie wollen, daß wir die Systeme aktiviert lassen und die Daten für die NOAA aufzeichnen?«

»Mir wäre es im Grunde egal, aber die NOAA

möchte es, und sie will es der NAOS auch vergüten. Und auf diese Art werdet ihr auch keinen wertvollen Platz im Bunker unten im Riff mit Beschlag belegen. Aber ich muß Sie darauf hinweisen, daß diese Anlage nicht in einer typischen Wirbelsturmzone liegt und daher höchstens für Beaufort-22 ausgelegt ist – reichlich knapp, zumal die Prognose eine Toleranz von +/–5 Beaufort aufweist. Wenn Sie also hierbleiben und die Bildschirme beobachten wollen, dann werden die NOAA und die Firma das zu würdigen wissen – aber es ist ein Risiko. Es gibt natürlich eine Gefahrenzulage, wenn das für Sie einen Unterschied macht.«

Redalsen nickt. »Ich bleibe, und jeder, der das möchte, kann auch bleiben. Die anderen gehen nach unten in den Schutzraum. Werden die Leute dort in Sicherheit sein?«

»Das müßten sie eigentlich – der Bunker befindet sich hundertzwanzig Meter tief im Riff. Wahrscheinlich werden die Leute dort von den Vorgängen an der Oberfläche überhaupt nichts mitbekommen. Die Kinder und die Freischicht habe ich schon nach unten geschickt. Ich nehme Ihre Berichte dann oben auf der Brücke entgegen.«

»Sie wollen den Sturm dort oben abreiten?« fragt Redalsen. Die Brücke befindet sich gut vierzig Meter höher und ist daher viel gefährdeter.

»Ich muß. Daß ich das Buch für Annapolis geschrieben habe, war kein Witz. Und es basierte auf meinen Erfahrungen mit einem Beaufort-15-Sturm, der schon ziemlich beeindruckend war – aber ich will mir die Gelegenheit nicht entgehen lassen, diesen hier zu erleben. Werde vielleicht noch einige Kapitel ergänzen müssen.«

Redalsen kann sich die Stichelei nicht verkneifen: »Vergessen Sie aber nur nicht, die Kadetten darauf hinzuweisen, wie wichtig es ist, ihr Schiff mit Betonpfeilern am Meeresboden zu verankern.«

»Falls die Trossen halten«, kontert Crandall grinsend.

»So oder so müßten wir bis zur Morgendämmerung das Schlimmste hinter uns haben – der verdammte Sturm nähert sich uns schneller, als ich es bisher erlebt habe. Vorausgesetzt, Startzentrale, Brücke, Küche und Messe sind dann noch da, erwarte ich Sie zum Frühstück.«

Er dreht sich um und geht, wobei Redalsen den Drang zu salutieren unterdrückt. Die meisten der älteren Techniker, die ihre Familien hier haben, ziehen es vor, nach unten zu gehen, aber er verfügt noch über etliche junge Ingenieure, die sich wahrscheinlich wegen der Zulage gemeldet haben, so daß kein Personalengpaß eintritt.

»Gut, vor allem muß gewährleistet sein, daß die Aufzeichnungsgeräte funktionieren, und haltet nach ungewöhnlichen Erscheinungen Ausschau.«

»Mr. Redalsen, Sir?« Gladys Hmau hat diesen leicht spitzbübischen Gesichtsausdruck, der ihn immer etwas nervös macht.

»Ja, Ms. Hmau?«

»Was genau ist denn so ungewöhnlich im Zentrum eines großen Wirbelsturms?«

Er lacht. »Oh, ist Ihnen etwa der Sinn für Humor abhanden gekommen? Jeder konzentriert sich auf seine Instrumente – das Radar gaukelt einem manchmal etwas vor. Achtet auf Scherwinde am Turm und überhaupt auf alles, was auf einen extrem schweren Sturm hindeutet.«

Die Stunden verstreichen langsam. Gegen 20:00 Uhr erscheint ein Küchengehilfe mit einem Servierwagen, der mit Käsetoasts und Kaffee beladen ist, ›mit Empfehlung vom Captain‹. Die Leute legen eine Pause ein, lehnen sich vor den Bildschirmen zurück und stellen für fünfzehn Minuten die endlose Litanei ein, die auf den Monitoren erscheinenden Daten per Funk weiterzuleiten, für den Fall (über den man am besten überhaupt nicht nachdenkt), daß die Bord-Aufzeichnungsgeräte nicht abgehört werden. Ein geschultes Auge registriert den Sprung eines digitalen Balkens eher als jemand, der die Daten erst nach Monaten auswertet.

Redalsen verändert die Perspektive der Kameras, deren Aufzeichnungen auf den oberen Bildschirmen erscheinen. Er schaltet die Turmbeleuchtung ein, aber was er dann sieht, ist nur eine massive weiße Wand, wobei ihm einzig die dunkelgrünen Flecken im unteren Abschnitt sagen, daß der Bildschirm etwas anderes als Schnee zeigt.

Nach einer Stunde hören sie schon den Sturm um das Gebäude tosen. Das Barometer ist nun auf fast achthundert Millibar gefallen. Die Wellen werden immer höher, und die digitalen Anzeigen auf den Monitoren, welche die auf den Turm wirkenden Kräfte registrieren, zucken auf und ab und springen gelegentlich sogar in den roten Bereich, wenn eine Scherwelle versucht, die Startrampe aus ihren Stahlverankerungen im Fels tief unter der aufgewühlten See zu reißen.

Gegen 22:00 bilden sich stehende Wellen in den Kaffeetassen der Ingenieure. Gladys Hmau ist bleich im Gesicht, und Redalsen berührt sie leicht an der Schulter, als er einen Blick auf den Radarschirm wirft. »Das Auge wird in weitem Abstand an uns vorbeiziehen«, bemerkt er.

»Ja, aber wenn dieser Staubsauger doch über uns hinwegzieht, sind wir alle tot«, murmelt sie. »Spüren Sie das unter Ihren Füßen?«

Er steht für einen Moment still, und tatsächlich laufen merkliche Schwingungen durch den Boden. »Eindrucksvoll.«

»Nicht so eindrucksvoll wie das, was mit der Startrampe geschieht«, meldet sich Silverstein von der anderen Seite. »Die Scherwinde liegen jetzt voll im roten Bereich, Chef; ich glaube, wir verlieren sie.«

»Es würde mir zwar nicht gefallen, aber lieber keine Rampe mehr, als daß es uns erwischt. Wie steht es mit der Bruchstelle?«

»Die Scherkräfte erreichen in sechzig Metern über dem Meeresspiegel ein Maximum. Unter diesen Umständen ist ›Meeresspiegel‹ aber ein sehr relativer Begriff…«

Ein harter Stoß fährt durch den Boden, und Redalsen fällt auf die Knie. Ein halbes Dutzend Schreie ertönt. Als er wieder auf die Füße kommt, erfolgt ein zweiter, ebenso heftiger Ruck, und die Beleuchtung sowie die Bildschirme flackern kurz. »Gebt mir lieber mal die Brücke. Und richtet alle noch intakten Außenkameras auf die Startrampe.«

»Ähem, was die Startrampe betrifft…«

»Wo ist sie gebrochen?« fragt Redalsen.

»Direkt über der Oberfläche. Die Rampen sind wohl dafür ausgelegt, schon unterhalb der maximalen Belastungsgrenze zu brechen, nicht wahr?«

»Ich weiß es nicht; das ist die erste Startrampe, die ich jemals verloren habe. Und die Raketen fliegen dann wild durch die Gegend. Kommen Sie zur Brücke durch?«

»Die Leitung ist tot.«

»Na großartig. Ihr bleibt alle hier; ich gehe rauf und versuche, eine andere Verbindung zu aktivieren.« Und schon ist er zur Tür hinaus; er hofft, daß er sie von seinem tatsächlichen Vorhaben abgelenkt hat – er will nämlich nachsehen, ob die Brücke überhaupt noch existiert.

Als er die Treppe hinaufsteigt, registriert er, daß wenigstens die Stromversorgung noch funktioniert. Die Stufen wölben sich unter seinen Füßen, ein-, zweimal, aber jetzt, wo er sich daran gewöhnt hat und die Konstruktion anscheinend hält, ist es nicht mehr so furchterregend – zumindest nicht, bis er fast die Brücke erreicht hat und das Heulen des Windes irgendwo im Innern der Station vernimmt. Die Wendeltreppe in der großen Betonröhre verwindet sich zweimal heftig unter ihm, und dann erlöschen die Lampen; die blaue Notbeleuchtung der Röhre wird aktiviert, und was zuvor ein hoher, dünner Schrei war, geht nun in ein tiefes Stöhnen über.

Er stößt die Tür des zur Brücke führenden Korridors auf und spürt einen heftigen Sog, während er sich zur Brückentür vorarbeitet. Er holt tief Luft und zerrt an der Tür; sie fliegt auf und schleudert ihn zurück.

Er hechtet in den Raum und schließt die Tür unter Aufbietung all seiner Kräfte; sofort legt sich der heftige Wind, und als er sich umschaut, sieht er Crandall und die Brückenbesatzung, die hinter den Konsolen in Deckung gegangen sind. Vor ihnen ist eines der nach Osten gehenden großen Fenster gesprungen, die beschädigten Plexiglas-Schichten blättern wie gebrochenes Sperrholz ab, und da ist ein Loch mit dem Durchmesser eines Armes, das sich ständig erweitert.

»Sie sind gerade rechtzeitig gekommen, Mr. Redalsen – wir versuchen, es zu schweißen, und dazu brauchen wir noch Unterstützung.« Crandalls Stimme ist so deutlich, wie sie es nur sein kann, wenn man aus voller Lunge schreit. »Wollen Sie bitte mitkommen und mit anpacken?«

Redalsen schließt sich ihnen an und sieht, daß sie eine selbsthaftende Reparaturscheibe haben, aber diese Scheibe müßte ungefähr eine Minute lang angedrückt werden, bis sie fest sitzt. Er nickt, woraufhin sie losrennen und die große Scheibe dicht am Boden halten, um sie nicht zu sehr dem Wind auszusetzen. Dann wuchten die Träger sie in die Höhe, wobei sie von einigen Leuten so fixiert wird, daß sie bündig mit dem Fensterrahmen abschließt, und einige andere schieben die Scheibe von unten hinauf, bis sie das Loch vollständig bedeckt. Crandall betätigt den Abzug der Wärmepistole, und die rotglühenden Kanten der Scheibe verschmelzen mit dem alten Fensterglas. Sie stemmen sich alle gegen die Scheibe, aber der Wind pfeift nun nicht mehr durch das Fenster, und obwohl es auch körperlich anstrengend ist, scheint die Abwesenheit des kalten, tosenden Windes und der Gischt, die durch das Loch gedrungen war, den Leuten neue Kraft zu geben.

Die Kanten erkalten wieder und werden dann durchsichtig; der Schweißprozeß war endothermisch und hat den größten Teil der Hitze absorbiert. Nach einer Minute preßt Crandall einen Knöchel an die Scheibe und sagt: »Kalt. Gut, bei drei lassen wir los, aber tretet zur Seite, denn wenn die Scheibe doch wieder herausgedrückt wird, mäht sie jeden nieder, der in der Schneise steht. Eins, zwei, drei.«

Alle lassen zugleich los und schnaufen dann erleichtert, als sie hält.

»Ich vermute, Sie sind raufgekommen, um mir zu sagen, daß die Verbindung zur Brücke unterbrochen wurde?« sagt Crandall, als er wieder zu seinem Stuhl zurückgeht.

»Hauptsächlich das, und außerdem wollte ich sehen, was hier sonst noch los ist.«

»Wir hatten einige Sturzseen. Eine hat die dritte östliche Galerie erreicht, und die liegt immerhin achtzig Meter über dem normalen Flutniveau. Aber wir schaffen es. Ich würde mich besser fühlen, wenn diese verdammte gigantische Bohrinsel ein Schiff wäre, mit dem ich in den Wind drehen könnte, aber wir haben bisher durchgehalten, auch wenn die große Hydraulik in den Beinen bei jeder Welle bis zum Anschlag einfedert.« Der Bildschirm vor ihnen wird hell, und dann erscheint eine Liste mit Schadensmeldungen. »Was wir haben, sind gesprungene Fenster – die wir ausbessern müssen, weil sie den Luftwiderstand erhöhen und dem Wind eine größere Angriffsfläche bieten – sowie viele beschädigte Leitungen, weil diese verdammten Narren von Architekten sie außen auf Putz verlegt haben, und sie brechen überall dort, wo sie eine Lücke überbrücken oder eine Knickstelle aufweisen. Wie sieht es denn in der Zentrale aus?«

»Nun, es gibt nichts mehr zu kontrollieren – der Turm ist von der ersten großen Welle gekappt worden. Gott sei Dank sind wir die *Monster* noch rechtzeitig losgeworden. Aber sonst ist dort unten anscheinend alles in Ordnung. Wenn Sie wollen, schicke ich Ihnen einige Freiwillige, die der Räumungsmannschaft helfen…«

»Das weiß ich sehr zu schätzen. Der Sturm dürfte jetzt seine maximale Stärke erreicht haben, aber es wird Stunden dauern, bis alle Schäden behoben sind, und wenn wir nicht…«

Plötzlich zerbersten die Fensterscheiben, und wie im Zeitraffer erkennt Redalsen, daß das, was da hereinflutet, weder Wind noch Gischt ist, sondern Wasser, bevor er gegen die Wand geschleudert wird und das Bewußtsein verliert; er sieht nicht einmal mehr die bebenden Wände, und das ist sein Glück, denn mindestens die halbe Belegschaft ist noch bei Bewußtsein, als die nächste große Welle zuschlägt, worauf die Wände aus Stahlbeton zerbröseln, die ganze Station in den Ozean abkippt und taumelnd und knirschend auf den Meeresboden sinkt; übrig sind noch die paar, die in den langsam schrumpfenden Lufttaschen eingeschlossen sind. Als spät eine düstere Morgendämmerung über dem endlosen Meer einsetzt, sind noch immer einige Menschen in den auf dem Meeresgrund liegenden Trümmern am Leben; als zwei Tage später ein U-Boot der Navy erscheint, um den Schutzbunker zu evakuieren, findet die Besatzung die Leute zwar verängstigt, aber unverletzt vor. In den verstreuten Trümmern der Station selbst finden sie keine Überlebenden mehr. Die Taucher weigern sich, über ihren Fund zu sprechen, und das von ihnen aufgenommene Video wird unverzüglich zur Geheimsache erklärt.

Das U-Boot hat Pearl Harbor kaum verlassen, als Di Callare und seine Leute mit Harris Diem zusammentreffen, um folgende Frage zu beantworten: Was ist bei

Kingman Reef geschehen? Es ist noch immer früh am Morgen – Di mußte schon um 05:00 Uhr den *Zipline* nehmen, um von North Carolina nach Washington zu gelangen, wenn er noch eine Stunde zum Sichten der Daten haben wollte, denen ohnehin nicht sehr viel zu entnehmen war.

»Sie wollen eine Hypothese«, sagt er nun, »Spekulationen für die Presse? Gut, ich glaube, daß sie einer Springflut zum Opfer gefallen sind. Die Station war für einen Beaufort-22-Wirbelsturm konzipiert, und als sie unterging, hatte der Sturm eine Stärke von nur 19 oder 20. Diese Zahl gilt jedoch nur unter Vorbehalt, und vielleicht hatten die Wetterbedingungen sich gerade drastisch verschlechtert, oder vielleicht wies die Station auch einen Mangel in der Bausubstanz auf; aber setzen wir einmal voraus, daß es keine baulichen Mängel gab und die Wetterbedingungen nicht so extrem waren. Meine Annahme geht nun dahin, daß man sich bei einem Wirbelsturm mit einer Stärke von Beaufort-20 und höher direkt neben seinem Auge befinden muß, um seine maximale Wucht zu erfahren, und im Auge selbst erreichen die Wellen eine Höhe von höchstens dreißig Metern.

Aber sie waren nicht einmal in der Nähe des Auges – das geht aus ihren Meldungen und den Daten der Satelliten eindeutig hervor. Und dieses Auge ist zwar groß, aber auch nicht größer als die uns bekannten. Nehmen wir also einmal an, es handelt sich nicht um ein entartetes Auge, sondern um einen extrem heftigen Sturm ...«

Der kleine Mann an Diems Seite, der als ›mein Assistent‹ vorgestellt worden war und bisher nur aufmerksam zugehört hatte, hüstelt leicht, und Di spürt direkt, wie die anderen sich von ihm zurückziehen. Aber was soll's; er wird ihnen seine Hypothesen vortragen, und sie können sie dann später verifizieren.

»Nehmen wir einmal an, es handelt sich um einen

Wirbelsturm, der an der Peripherie des Auges eine Stärke von Beaufort-35 hat. Ja, ich weiß, daß das fast der Windgeschwindigkeit eines Tornados entspricht, aber wir haben es hier mit etwas zu tun, das einen Durchmesser von über fünfzig Kilometern aufweist und nicht mit einem Tornado, der im Schnitt nicht einmal einen Durchmesser von einem Kilometer hat. Dann könnten die aus dem Auge kommenden Wellen – die sich zwar vom Sturm wegbewegen, aber immer noch in seiner Nähe verlaufen – eine Höhe bis zu hundertvierzig Metern erreichen, vor allem deshalb, weil sie eine praktisch unbegrenzte Anlaufstrecke haben ...«

Der kleine Mann dreht sich zu Diem um und fragt: »Anlaufstrecke?«

»Der Wind bläst doch über das Wasser«, sagt Diem. »Hundertvierzig-Meter-Wellen, Dr. Callare? Ihnen ist doch klar, daß Sie mir damit sagen, dieses Ding würde selbst einen Tsunami in den Schatten stellen?«

»Genau.«

»Und sind Ihre Leute auch dieser Meinung?« fragt der kleine Bursche mit einem lauernden Blick.

Di Callare ist noch nie so stolz auf sein Team gewesen; alle nicken sie. »Wenn man die gegenwärtigen Temperaturen im Nordpazifik betrachtet«, sagt Gretch, »besteht ein großes Potential für einen solchen Sturm.« Und was sie dann nachschiebt, ist der Gipfel der Verwegenheit: »Wenn Sie eine ehrliche Antwort wollen und keine, die Sie vielleicht hören wollen, dann ist er das: Dies ist der große Sturm, von dem wir schon seit Wochen sprechen. Und er wird auf dem Weg nach Asien noch an Stärke zunehmen.« Sie schiebt sich das Haar aus dem Gesicht, setzt sich gerade hin und erwidert den Blick des kleinen Mannes.

Der kleine Mann ignoriert das, wie er auch alle anderen ignoriert. Jetzt, wo der Damm gebrochen ist, legen Peter, Talley, Mohammed und Wo Ping sämtliche Beweisstücke vor. Harris Diems Gesichtsausdruck ist unbewegt – was vielleicht erklärt, warum er noch immer seinen Job hat –, aber es ist klar, daß der kleine Bursche der Beweisführung schon gar nicht mehr zuhört (wahrscheinlich würde er sie ohnehin nur mit einer Menge Erläuterungen nachvollziehen können). Er registriert nur, daß die Leute renitent werden.

Die Besprechung endet ohne weitere substantielle Einlassungen seitens der Politiker; weil seine Leute ihn so unterstützt haben, revanchiert Di sich vor Diem und dessen ›Schatten‹ mit den Worten, daß ihre weiteren Untersuchungen auf der Annahme basieren werden, es habe sich um eine Springflut gehandelt und daß dies nicht nur ein ungewöhnlich großer Wirbelsturm sei, sondern der bisher größte überhaupt. Diese Ausführungen jagen Diem, den kleinen Mann und ihren Sekretär anscheinend in die Flucht, als ob sie Angst vor dem hätten, was sie sonst noch zu hören bekämen.

Es ist erst 08:30 Uhr, so daß die Belegschaft noch nicht eingetroffen ist, und nun, da Diem und sein Gefolge gegangen sind, ist der Adrenalinschub mit ihnen verschwunden, und alle scheinen in sich zusammenzusinken. Es wird ein langer Tag werden.

»Gehen wir irgendwo frühstücken«, schlägt Di vor. »Ich weiß nicht, was ihr dazu sagt, aber ich habe den ganzen Morgen nur diesen lausigen Kaffee getrunken. Und vielleicht kommen uns ja ein paar weitere Gedanken, wie diese Sache sich möglicherweise noch entwickelt.«

Es ist ein ziemlich langweiliger Spaziergang an drei Blocks vorbei; Di erblickt ein paar Basketball spielende Kinder, wie damals, als er selbst zehn war, wo alle in den letzten Klamotten herumliefen und sich in der Gesellschaft der anderen einfach nur wohlfühlten. Einen Moment lang fragt er sich, ob diese Überlegungen nicht vielleicht seinem eigenen Bedürfnis nach Solidarität entspringen; aber, nein – Talley schreitet munter aus, mit zuversichtlich erhobenem Kopf, wobei sie in eine heftige Auseinandersetzung mit dem neben ihr gehenden Pete verwickelt ist, und Wo Ping und Mohammed hören interessiert zu, und alle scheinen sie die anderen Passanten davor warnen zu wollen, ihnen dumm zu kommen.

»Das Team hält wirklich zusammen, Dr. Callare«, kommentiert Gretch.

»Das muß es auch«, sagt Di, wobei er nicht düster klingen, sich aber auch nicht in die Tasche lügen will. »Ich bin sicher, daß Diem uns verstanden hat und entsprechend handeln wird, aber ich habe keine Ahnung, welchen Einfluß er wirklich ausübt – es heißt, er sei ein alter Kumpel von Hardshaw, und man bezeichnet ihn auch als den Schatten der Präsidentin, aber soweit wir wissen, ist es Hardshaw selbst, die uns mundtot machen will.«

»Und was geschieht, wenn wir trotzdem reden?«

»Das werden wir wohl bald herausfinden. Da haben Sie aber ein Praktikum erwischt, was?«

Sie schnaubt zustimmend. »Wenigstens bekomme ich so einen authentischen Einblick in eure Arbeit. Ich... äh... habe vor, das Praktikum zu verlängern, falls...«

»Ich werde Ihnen natürlich eine Empfehlung schreiben.«

Sie kommen an eine Ampel, und Di nutzt die Pause, um seinen Leuten zuzuhören. Talley bezieht die konservative Position und Pete die radikale; sie sagt, es sei nur ein konventioneller, wenn auch außergewöhnlich starker Sturm, wogegen er argumentiert, es seien mindestens zwanzig unbekannte Phänomene aufgetreten. Gut – sollen sie sich zusammensetzen und ihre Positionen darlegen.

Wo Ping diskutiert ein mathematisches Problem mit Mohammed, wobei es im Grundsatz darum geht, auf welcher Ebene die Entwicklung ins Chaotische umschlägt und welche Stufen des Modells infolgedessen durch die Monte-Carlo-Methode verifiziert werden müssen. Das hört sich nach einer Frage an, die einer von beiden sicher beantworten kann – und dann begreift Di, daß sie damit lediglich Talleys und Petes Streit interpretiert haben, wenn auch auf der mathematischen Ebene. Die Frage lautet nämlich in beiden Fällen, korrigieren wir nur die Zahlen nach oben, oder suchen wir nach völlig neuen Paradigmen?

Sie haben seit der letzten Budget-Besprechung nicht mehr in dieser Besetzung in dem kleinen Restaurant gefrühstückt, aber die Bedienung erkennt sie anscheinend wieder und führt sie zu einem Tisch im Hinterzimmer. Bis das Frühstück eintrifft, unterhalten sie sich über ihre Familien, Sport und die sonst üblichen Themen; jeder fragt, welche Fortschritte Loris Buch macht, obwohl nur Mohammed ein Faible für Krimis hat, und alle bewundern die neusten Fotos von Wo Pings Kind.

Das Frühstück mundet ihnen, und Di führt das zum großen Teil auf das Wissen zurück, daß ihnen die Rechnung noch präsentiert werden und ihr renitentes Verhalten an diesem Morgen Konsequenzen haben wird, und somit ist es vielleicht das letztemal, daß das Team außerhalb der Arbeitszeit zusammenkommt – und er ist sehr glücklich über seine Leute. Mit ihnen könnte er jedes Problem lösen, und so trivial und sentimental es sich anhören mag, am liebsten würde er ihnen das auch sagen.

Und außerdem ist es ein gutes Gefühl, am frühen Morgen mit dem Bewußtsein hier zu sitzen, das eigentliche Tagewerk schon erledigt zu haben, wobei aber noch so viel vor ihnen liegt – vorausgesetzt, sie finden nach der Rückkehr ins Labor nicht ihre Kündigungsschreiben vor.

Als sie nach dem Frühstück dann die zweite Tasse Kaffee zu sich nehmen, äußert Di seine Überlegungen, und erleichtert stellt er fest, daß alle zustimmend nicken. Vielleicht hätte er es ihnen auch früher schon sagen sollen … – die Öffentlichkeit, wo sie vielleicht abgehört werden, ist nicht der richtige Ort, um ihnen von seinem privaten Draht zu Carla und den daraus gewonnenen Erkenntnissen zu berichten, und im Interesse der Sicherheit seiner Leute wird er ihnen dieses Wissen wohl nur häppchenweise servieren, aber auf der anderen Seite kann er sie so zumindest in die gewünschte Richtung lenken.

In diesem Augenblick beschließt er indessen, noch weiter zu gehen. Er wird diese Reporterin, Berlina Jameson, umfassend über die Sache informieren, sobald er das Team auf die richtige Fährte gebracht hat. Mit einem wissenschaftlichen Team, das die Wahrheit kennt, und den wie Spürhunde schnüffelnden Medien müßten sie eigentlich gezwungen werden, mit offenen Karten zu spielen.

Dennoch macht er sich Sorgen wegen der Sicherheit bei dieser Aktion. Im letzten Jahr sind vier Kongreßabgeordnete und viele hochrangige Beamte erschossen worden. Offiziell wurde das mit der labilen Psyche der Einwohner von Washington erklärt, aber es kursieren Gerüchte, denen zufolge ein Komplott im Gange sei. Ist er vielleicht dabei, Lori zur Witwe und seine Kinder zu Waisen zu machen?

*Wäre es aber nicht noch schlimmer, die ganze menschliche Rasse im Stich zu lassen?*

Sie sehen ihn alle an. Er muß wohl entrückt dreingeschaut haben, und dann kommt ihm zu Bewußtsein, daß er soeben seine Ausführungen mittendrin abgebrochen hat. »Gut«, fährt er nun fort, »die große Frage ist nach wie vor, wie stark der globale Treibhauseffekt zunehmen wird. Wann werden bisher unbekannte Auswirkungen eintreten? Das ist ein Problem im Grenzbereich zwischen Mathematik und Meteorologie – die Lösung muß eine Synthese aus beiden Disziplinen sein. Also werdet ihr ab jetzt offiziell zwei Teams bilden, denn uns bleibt wahrscheinlich nicht mehr viel Zeit zur Zusammenarbeit. Talley und Mohammed, ihr seid

Team Eins und habt die Aufgabe, neue Effekte zu extrapolieren und sie plausibel zu machen – was immer euch auch einfällt, hier sind gleichermaßen Intuition und wissenschaftliche Kompetenz gefragt. Peter und Wo Ping, ihr seid Team Zwei. Dieselbe Aufgabe, aber schaut euch nicht zu oft über die Schulter. Gretch, du koordinierst beide Teams und leitest die Berichte an mich weiter. Am Wochenende tauschen beide Teams ihre Ergebnisse aus und diskutieren sie. Mitte nächster Woche, falls wir dann noch immer zusammenarbeiten sollten und nicht auf sechs verschiedene Städte verteilt worden sind, haben wir uns gründlich ausgetauscht und müßten zumindest über eine kurze Liste mit kritischen Punkten verfügen. Auf dieser Grundlage werde ich mich wieder bei Diem melden und versuchen, ihn dazu zu bewegen, die Ergebnisse wenigstens den verantwortlichen Politikern vorzulegen, wenn nicht schon der Öffentlichkeit.«

»Selbst, wenn, au weia …«, sagt Tally und verstummt dann, aber jeder scheint auf die Antwort auf ihre unausgesprochene Frage zu warten.

»Ja, selbst wenn die Nachrichten schlecht sind und vielleicht zu Unruhen führen. Teufel, wir können die Leute nicht ewig täuschen; sollen wir ihnen denn noch sagen, es bestünde kein Grund zur Besorgnis, während der Sturm schon ihre Städte verwüstet? Es ist an der Zeit, daß wir ihnen die Wahrheit sagen!«

Das Abhörgerät im kleinen Restaurant, in dem Callare und seine Leute frühstücken, schickt mit maximaler Leistung Datenspäher aus; zufrieden liest Harris Diem das Transkript durch, nur wenige Sekunden, nachdem der jeweilige Sprecher den Satz beendet hat. Die undichten Stellen sind wie vorgesehen eingerichtet; er macht sich eine Notiz, ein paar ›Provokateure‹ auszusenden – Datenspäher, die andere Datenspäher aufsuchen und sie mit Daten versorgen, eine Technik, derer sich auch die CIA bei Desinformationskampagnen bedient und welche von Polizeidienststellen verschiedener Länder, die offiziell nicht miteinander in Verbindung stehen, bei der Aufspürung von Verbrechern genutzt wird. Diese Provokateure werden einige getürkte Informationen an die Datenspäher weiterleiten, die im Auftrag der *New York Times*, von *Scuttlebytes* und dieser neuen Agentur, *Sniffings*, arbeiten.

Nun ist es an der Zeit, auch Louie Tynan in die Sache zu involvieren. Diem wählt seine Nummer.

Wie er es von einem alten Offizier auch hätte erwarten können, reagiert Tynan gereizt. »Sie wollen sagen, Sie hätten es die ganze Zeit schon gewußt? Warum, zum Teufel, haben Sie Dr. Callare dann nicht mit allen Mitteln unterstützt und die Menschen vorgewarnt?«

»Weil die eine Hälfte uns nicht geglaubt hätte und die andere in Panik geraten wäre. Wir müssen eine rationale Reaktion in der Öffentlichkeit bewirken.«

Das stimmt Tynan milde – er bringt der Bevölkerung nämlich ungefähr das gleiche Vertrauen entgegen wie Diem –, und er fragt: »Also was jetzt? Ich würde Carla nur ungern belügen, und ich bin ein schlechter Lügner. Und ich glaube auch nicht …«

»He, Partner«, erwidert Diem grinsend. »Ich werde überall damit hausieren gehen. Nicht sofort, weil ich erst eine verläßliche Truppe aufstellen muß, bevor ich ein paar Sesselfurzer absäge – angefangen bei Henry Pauliss, ein Name, der Ihnen vertraut sein dürfte – und durch Leute ersetze, mit denen man arbeiten kann. Aber es wird so bald wie möglich geschehen. Leiten Sie nur die Daten weiter, und wenn jemand Angst hat, erwischt zu werden, sagen Sie ihm nur, das Spiel dauert so lange, bis entweder Sie oder die anderen auffliegen – und wir beide wissen, daß das nicht geschehen wird.«

Tynan grummelt zwar noch ein wenig, zeigt sich aber einverstanden; Diem dankt Gott für das Prinzip von

Befehl und Gehorsam, denn Louie Tynan kann im Bedarfsfall der starrköpfigste Mensch auf Erden sein.

Und tatsächlich ist es dieser Starrsinn, weshalb er *nicht* auf der Erde weilt, und das ist durchaus von Vorteil. »Der nächste Teil wird Ihnen besser gefallen«, verspricht Diem. »Wir haben einen wichtigen Auftrag, den Sie per Telepräsenz auf der Mondbasis erledigen sollen, und Sie sind ermächtigt, ihn nach eigenem Ermessen auszuführen.«

»Entzückend. Was liegt denn an?«

»Durch den Verlust von Kingman dämmert es einigen unserer schlauen Jungs, daß uns ein stürmischer Sommer bevorsteht, und sie befürchten, daß wir sämtliche Raumfahrtzentren verlieren und nur noch über die Option verfügen, aus der Luft zu starten. Dabei werden wir ganze Rudel von Wettersatelliten brauchen. Auf der Mondbasis werden Metalle gewonnen, und es existieren CAD-Werkstätten – wir wollen diese Anlagen automatisieren, so daß Sie dort oben die Satelliten für uns produzieren und sie dann in eine Erdumlaufbahn bringen. Unsere Techniker sind schon bereit.«

»Wie lange muß ich noch hier oben bleiben?«

»Möchten Sie Urlaub?« fragt Diem. »Ich weiß, daß Sie schon längst welchen verdient hätten.«

»Darum geht es mir nicht. Wie lange muß ich noch hier oben bleiben?«

»Hmm. Nun, ich schätze mal, bis alles erledigt ist. Wenigstens bis zum Herbst.«

»Dann haben Sie wohl selbst eine Menge Probleme.«

Als er aufgelegt hat, sagt Diem sich, daß er zwar an einer strategisch wichtigen Stelle sitzt, aber nur die Anweisungen anderer Leute ausführt – und dennoch würde er nicht einmal im Traum daran denken, den Job aufzugeben, nicht um alles in der Welt. Für persönliche Präferenzen ist hier kein Raum.

Wie immer lösen bei ihm die Worte ›kein Raum …‹ ein leises Summen im Hinterkopf aus, als ob sich dort eine winzige Klapperschlange zusammenrollen würde. Er denkt an die mit Clips bestückten Regale im Keller, denkt an seine hochwertige Ausrüstung dort unten – und verdrängt den Gedanken wieder, wie er es in der letzten Zeit fast ständig getan hat.

Jesse weiß mittlerweile, daß Mary Ann Waterhouse eine extrem kaputte Frau ist – mehr weiß er im Grunde auch nicht über sie –, aber jetzt, da ihre Geilheit verflogen ist, oder was immer es auch gewesen war, macht sie einen recht netten Eindruck. Und die weichen, mit Lamm, rohen Zwiebeln und Tomaten gefüllten Tacos sind ziemlich gut, so daß bei der ganzen Sache wenigstens eine Mahlzeit für ihn drin ist, selbst wenn er der Ansicht ist, die ganze Erfahrung sei zu irre, als daß seine Freunde sie ihm glauben würden.

Nachdem sie sich in ein weißes, weiches und fließendes Gewand gehüllt hat, ist sie sogar hübsch, und im Kerzenlicht wirkt sie nicht mehr so alt und verlebt.

Nach einer Weile sagt sie zu Jesse: »Ich schulde dir wohl eine Erklärung, aber um die Wahrheit zu sagen, Jesse, ich weiß nicht, ob ich eine parat habe. Ich habe ziemlich viel Zeit damit verbracht, mit dem Bus rüber nach Puerto Madero zu fahren und nur weinend am Strand entlangzugehen. Ich wollte wirklich nur mal versuchen, wie ein ganz normaler Mensch unter die Leute zu gehen.«

»Ich glaube, du hast wirklich einen anstrengenden Beruf«, sagt Jesse und kommt sich schon ziemlich blöd vor, noch bevor er den Satz beendet hat.

»Ja.« Eine Minute lang kaut sie auf etwas herum und schluckt es dann hinunter. »Das weiß eigentlich jeder, aber im XV wird es unterschlagen. Hast du schon mal vom *fuzz* gehört?«

»Äh, ich kenne das Wort. Es bezeichnet die Art, wie du deine private Identität bewahrst, nicht wahr?«

Sie nickt. »Ja, das ist die offizielle Version. Willst du einmal etwas Schlimmes hören?«

Resigniert breitet er die Hände aus; wenn das alles ein Vorspiel gewesen ist, um sich einen Gesprächspartner zu verschaffen, dann muß er sein Interesse eingestehen – als ob man einen Felsen umstürzen würde, um nach Käfern zu suchen. Und etwas in ihm verlangt nach der ganzen Geschichte.

Mittlerweile hat Mary Ann Jesses Reaktion registriert und sie indes ganz anders interpretiert. Sie war ohnehin schon schockiert wegen der Art und Weise, wie sie diesen armen Jungen attackiert hatte – eine andere Bezeichnung gab es dafür wirklich nicht. Während des ganzen Urlaubs hat sie sich schon gefragt, wann sie wieder nach Hause fahren wird; die erste Woche hat sie, mit einer Perücke getarnt, nur gefaulenzt, eine Bootsfahrt zum Quellgebiet des Tacana sowie eine Wanderung durch den Regenwald unternommen. Dann hat sie immer mehr Zeit mit Lesen verbracht, und schließlich verlegte sie sich auf lange Spaziergänge am Strand … und jetzt schmeißt sie sich auf offener Straße an Jungs ran. Sie fragt sich, ob sie damit an einem Tiefpunkt angelangt ist.

Ihr geht es nur darum, zu verhindern, daß er sie beim Abschied vielleicht haßt.

»Darum geht es auch gar nicht«, sagt sie leise. »Ich habe nur nach einer Erklärung gesucht, weil ich glaubte, dir eine zu schulden. Wir sind genauso schmerzempfindlich wie du, aber nur ein kleiner Teil unserer Gefühle dringt durch die Schnittstellen der Nervensysteme nach draußen. Und es ist kein Signal, das man verstärken könnte … es ist eher wie ein verschwommenes Bild – das Licht einzuschalten hilft da nicht viel. Nun … gut, um die Botschaft rüberzubringen, müssen wir einfach übertreiben. Und manchmal …«

»Verletzt ihr euch.«

»Ja, und dann nehmen wir diese Verhaltensweisen selbst an; kleine Gefühle zählen nicht, weil wir dafür nicht bezahlt werden.« Sie schlägt den Blick nieder; die Unterhaltung entwickelt sich noch immer nicht in die Richtung, die sie eigentlich vorgesehen hatte. »Schau, das hört sich vielleicht auch blöd an – in der letzten Zeit kommt mir alles dumm vor, was ich ohne Drehbuch sage. Aber bin es wirklich überdrüssig, immer nur mich sprechen zu hören. Ich würde mich sehr freuen, wenn du mir mal etwas von dir erzählen würdest.«

Er verzieht das Gesicht, beißt in den Taco – sie hat sich schon gefragt, warum Señora Herrera so viele zubereitet hat, aber offensichtlich weiß Señora Herrera besser über den Appetit eines jungen Mannes Bescheid als Mary Ann –, und erwidert dann: »Nein, das war nicht dumm, sondern höflich. Willst du es wirklich hören?«

»Auf der ganzen Welt weiß fast jeder, was ich fühle; und was ich jetzt wissen möchte, ist, welche Gefühle jemand hat, der nicht so kaputt ist wie ich. Also erzähl mir bitte etwas von dir.«

Er zuckt die Achseln. »Es klingt zwar wie ein Klischee, aber das erste, was mir in den Sinn kommt, ist, daß es nicht viel zu erzählen gibt. Und was ich dann sagen möchte ... nun, ich arbeite hier an der Oberschule von Tapachula, als Tutor im Maschinenbau-Propädeutikum. Eigentlich bin ich Maschinenbau-Student an der U des Az, aber ich habe ein Urlaubstrimester eingelegt. Meine Aufgabe besteht in der Betreuung von Jugendlichen, die sich in Naturwissenschaften und Mathematik auf die Technische Hochschule vorbereiten ... nur ...« Sein Blick scheint über ihre Schulter einen tausend Meilen entfernten Punkt anzuvisieren.

»Nur?« fragt sie, und ein Teil von ihr fängt in diesem Augenblick Schwingungen auf, die Synthi Venture sicher einzuordnen wüßte, vielleicht besser noch als Mary Ann. Er ist ein stattlicher – Teufel, ein *schöner* –

Junge, und das Kerzenlicht spielt über sein gutgeschnittenes, betrübtes Gesicht … eine gute Szene in einer Dokumentation über einen Dichter der Romantik …

»Nur«, sagt er schließlich, »gibt es da dieses Mädchen.«

Mary Ann hält es für eine großartige Geschichte, und was es zu einer wahrhaft großen Geschichte macht, ist die Tatsache, daß dieser Junge weitaus aufrichtiger ist, als sie oder die Leute, mit denen sie bisher zusammengearbeitet hat, es jemals sein werden. Er wird tatsächlich von einer einzigen großen Liebe verzehrt, und es ist wirklich die einzige, die er sich jemals erhofft. Und er ist so traurig – und so schön.

Mary Ann gratuliert sich zu ihrer Intelligenz und ihrem Zynismus, und sie hat in beiderlei Hinsicht recht. Aber etwas, das sie sich nur selten eingesteht, ist die Tatsache, daß Synthi Venture, will sie ihr Publikum wirklich in ihren Bann ziehen, imstande sein muß, die Gefühle zu zeigen, zu denen *ihre Zuschauer* auch fähig sein wollen – und das bedeutet, daß Mary Ann schon am Anfang einen Teil von Synthi verkörpert hatte, und dieser Teil ist mit der Zeit noch viel größer geworden. Obwohl sie also dumm und geil ist, rührt sie die Geschichte der unglücklichen Liebe dieses armen Jungen dennoch an, und folglich tut sie das Verführerischste, was ein menschliches Wesen nur tun kann – sie läßt Faszination erkennen.

Jesse sieht das und interpretiert es so, daß sie eine wirklich gute Zuhörerin sei, der erste Mensch, der sich in seine Lage hineinversetzt, und er empfindet einen Anflug von Mitgefühl für sie – sie ist eindeutig eine liebenswerte Person, deren Leben nur aufgrund der Umstände verpfuscht wurde. Er ist sehr stolz auf seine Fähigkeit, ihr zu vergeben … und, he, im Kerzenlicht weiß er nicht, ob er jemals schon eine so schöne Frau gesehen hat. »Genug von mir geredet«, sagt er schließlich. »Wie gesagt, alles nur Klischees. Äh... morgen habe ich meinen freien Tag. Hättest du Lust auf was ganz Verrücktes, zum Beispiel einen langen Strandspaziergang?«

»Sehr gern«, erwidert sie, und ihr Lächeln ist so intensiv und geheimnisvoll, daß es ihm scheint, es würde Jahrhunderte voller Schmerz zum Ausdruck bringen, aber auch eine wundervolle Wärme. »Entzückend«, sagt er und erkennt, daß sie sehr gut miteinander harmonieren.

Sie liebt es, wie er ›entzückend‹ sagt – es erinnert sie an einige Jungen, mit denen sie während ihrer Schulzeit ausgegangen ist –, und plötzlich weiß auch sie, daß sie sehr gut miteinander harmonieren.

Louie Tynan bringt Stabsärzten die Geduld eines Piloten entgegen – sprich, gar keine. Und irgendwie müssen sie das auch spüren, denn sie tauchen immer dann auf, wenn er ohnehin schon alle Hände voll zu tun hat.

Er kennt Dr. Wo schon lange Zeit, und natürlich gerade in dem Moment, wo er kurz vor dem Flug zum Mond steht, ruft Wo bei ihm an und eröffnet ihm, daß er eine Gesundheitsüberprüfung über sich ergehen lassen müsse.

Wenn man Louie fragt, so handelt es sich bei der Weltraum-Neurologie um eine ziemlich überflüssige Disziplin – in psychischer Hinsicht hat er nie irgendwelche Veränderungen registriert, nur Muskelschwund, eine Verringerung des Körpergewichts und dergleichen – aber das interessiert niemanden. Eine Stunde lang betrachtet er beflissen die von Dr. Wo eingespielten Bilder, und als das Signal über das Haarnetz eingeht, meldet er seine Eindrücke, und wie immer führt der Doktor dann eine gründliche Untersuchung seines gesamten Nervensystems durch.

Wo ist ein Mediziner, der mit einem bestimmten Code arbeitet: ›Noch Fragen?‹ heißt bei ihm ›Auf Wiedersehen‹, und wenn ein Patient sich mit ›Ach, eine Frage noch, Doc‹ an ihn wendet, dann heißt das für ihn ›Nichts wie weg!‹. Als diese Untersuchung abgeschlossen ist und Louie die Verkabelung entfernen darf, bleibt Wo jedoch weiterhin in der Leitung und sagt: »Da gibt es noch etwas, das wir besprechen müssen, Oberst Tynan.«

Louie nickt. »Ich höre.«

Der Anflug eines Lächelns erscheint auf Wos Gesicht. »Wenn ich Ihnen nun sage, daß es nicht Ihre Raumtauglichkeit betrifft, werden Sie sich dann entspannen und mir aufmerksam zuhören?«

Louies Grinsen wird breiter. »Sicher, Doc. Worum geht es denn?«

Wo schaut verstohlen zur Seite, sagt schließlich: »Wie Sie sicher wissen, sind alle modernen Computersysteme bewußt mit einem Optimierungs-Virus infiziert – kleine Programme, die sich im Bedarfsfall selbst reproduzieren und andere Programme optimieren. Wenn zum Beispiel ein Programm in siebzig Schritten abläuft und das Optimierungs-Virus eine Möglichkeit sieht, die Aufgabe auch in sechzig Schritten auszuführen, weil vielleicht einige überflüssige Arbeitsgänge beim Datentransfer vom und zum Speicher vorliegen … nun, dann schreitet das Virus ein. Die Optimierungs-Viren optimieren sich natürlich auch gegenseitig, so daß niemand genau weiß, wie sie letztlich funktionieren. Das ist aber alles nichts Neues für Sie, nicht?«

»Nein, ist es nicht. Und ich bin auch kein Computer, Doc.«

»Zumindest jetzt noch nicht. Das will ich Ihnen ja gerade verdeutlichen. Die jüngsten Generationen der Optimierer sind mittlerweile in der Lage, zwischen den unterschiedlichen Betriebssystemen zu wechseln; sie sind imstande, sich zu reproduzieren und Systeme zu infizieren, für die sie nie vorgesehen waren. Aufgrund dieser Eigenschaft gewinnen sie für das globale Netz offensichtlich an Nutzwert, denn sie infiltrieren jeden neuen Computer und optimieren sein Betriebssystem.

Vor einigen Jahren haben wir mit Kaninchenhirnen experimentiert, und wie sich herausstellte, ist es den intelligentesten Optimierern tatsächlich gelungen, sich in ein Gehirn zu transferieren. Woraufhin sie anfingen ... nun ...«

»Die Intelligenz der Kaninchen zu erhöhen? Wollen Sie mir etwa erzählen, daß meine Intelligenz zunimmt, wenn ich so oft vor der Kamera stehe?«

»Bis zu einem gewissen Grad traf das zumindest für die drei Freiwilligen zu, die sich diesem Experiment unterzogen hatten. Aber es sind noch Nebenwirkungen aufgetreten. Sie sollten vorsichtig sein – und rufen Sie mich an, falls Ihnen etwas Ungewöhnliches auffällt.« Wo legt eine Kunstpause ein. »Zum Beispiel hat sich ihr Schlafbedürfnis drastisch reduziert. Eine Funktion des Schlafes besteht darin, die Gedächtnisinhalte zu sortieren und zu ordnen. Weil die im Gehirn agierenden Optimierer diese Ordnungsfunktion indessen ausüben, nimmt das Bedürfnis nach Schlaf ab.«

»Sie haben *eine* Funktion erwähnt«, hakt Louie nach.

»Nun, die Natur ist grundsätzlich multifunktional ausgerichtet. Wenn ein Vorgang über lange Zeiträume abläuft, richtet die Evolution es immer so ein, daß diesem Ablauf mit der Zeit auch andere Funktionen zugeordnet werden. Das Immunsystem hat einen immensen Energiebedarf, so daß der Körper in der Schlafphase, während der die sonstigen physiologischen Abläufe deutlich reduziert sind, den größten Teil der Energie den Immunfunktionen bereitstellt. Für den Fall, daß Sie von einem dieser Programme infiziert werden, werden Sie zwar nur ein sehr geringes Schlafbedürfnis *verspüren*, aber Sie sollten sich dennoch einige Stunden täglich vom System abkoppeln und hinlegen. Insbesondere in einer Umwelt mit harter Strahlung, wo überdurchschnittlich viele beschädigte Körperzellen entsorgt werden müssen und wo die in Ihrem Körper enthaltenen Krankheitserreger mit erhöhter Wahrscheinlichkeit mutieren.«

»Oh, verdammt. Werde ich *überhaupt* noch schlafen können?«

»Besser als je zuvor«, erwidert Wo, wobei er sich den Anflug eines Lächelns gestattet. »Wenn diese Programme irgendwo eindringen, optimieren sie einfach alles.« Nach längerem Zögern fügt er dann hinzu: »Wenn Sie also etwas Ungewöhnliches bemerken – selbst wenn es Ihnen irrelevant erscheint –, rufen Sie mich an. Noch Fragen?«

»Ich glaube nicht«, sagt Louie, und der Bildschirm wird schwarz. Wo hat aufgelegt.

Nach der Vernichtung von Kingman wandert der Wirbelsturm über eine Woche in nordwestlicher Richtung. Wie auch immer die globalen Medien sein ›Verhalten‹ und seine ›Charakteristik‹ beschreiben würden, es handelt sich bei diesem Sturm im Grunde nur um ein ovales Tiefdruckgebiet in der Troposphäre, das vom warmen Ozean gespeist wird, und daher ist die wiederholte Aussage von Nachrichtensprechern und XV-Stars, daß der Orkan keine ›Rücksicht auf die Menschen nähme‹, schlichtweg Unsinn. Ein Wirbelsturm, der tatsächlich Rücksicht auf die Menschen nähme, wäre schon eher eines Kommentars wert.

Der Orkan passiert die Inseln, die während des Zweiten Weltkrieges Berühmtheit erlangt haben, wobei seine hohe Flutwelle an die Strände brandet und vielen von ihnen neue Konturen verleiht. Die Todesopfer auf den Karolinen und den Marshall-Inseln gehen in die Hunderte, aber die Berichterstattung läßt stetig nach – XV, wie zuvor schon das Fernsehen, lebt vom Reiz des Neuen, und wenn man die Zerstörung eines ›Inselparadieses‹ miterlebt hat, hat man alle gesehen. In diesem Fall trifft das um so mehr zu, weil die offensichtliche

Armut und der Schmutz es den Medien erschwert, den Ort als Paradies zu deklarieren (und dadurch verliert seine Zerstörung zugleich an Schrecken), wobei der Vorgang sich zudem noch in einer stürmischen, pechschwarzen Nacht abspielt, wo ohnehin fast nichts zu sehen ist. Also wird Insel um Insel von Wind und Wellen heimgesucht, mit Hunderten Toten und verwüsteten Dörfern, aber das Interesse der unter dem Nachfragedruck der Öffentlichkeit stehenden Medien nimmt von Mal zu Mal ab. Ein Publikum, das sich im Zeitalter von XV virtuell in Kriege und Gewalt hineinversetzt, blendet das Geschehen auf den Pazifikinseln gähnend aus.

Das liegt aber nicht daran, daß die in ihren zerstörten Häusern ertrunkenen Menschen braune Haut gehabt hatten – im Jahre 2028 trifft das auf einen großen Teil des XV-Publikums zu –, aber sie sind halt so weit weg, und obwohl ständig wiederholt wird, daß es sich um den größten Wirbelsturm der Menschheitsgeschichte handelt, ist er nur aus dem Orbit in voller Größe zu erkennen, und unten auf der Erde, die den Horizont der Menschen begrenzt, manifestiert er sich nur als heftiger Wind, Regen und ein paar große Wellen. Kishima, der größte Star im japanischen XV-Abenteuer-Kanal, steht für zwei Tage im Rampenlicht der Öffentlichkeit, als er ankündigt, sich von einem Helikopter im Kielwasser des Wirbelsturms absetzen zu lassen und auf dieser Fährte so weit zu surfen, bis er irgendwo Land erreicht, aber auch das wird bald langweilig, als die zugeschalteten Leute merken, daß er müde wird, das kalte Wasser sehr angenehm findet und trotz seiner Furcht die Gewißheit hat, daß er in kurzer Entfernung von einem Rettungshubschrauber eskortiert wird.

Sie wissen, daß der Wirbelsturm ›Clem‹ eine große Sache ist und daß es Ärger gibt, wenn sie nicht darüber berichten, aber weder TV noch XV will es gelingen, den Vorgang unterhaltsam zu gestalten.

Die Ausläufer des Wirbelsturms ›Clem‹ streifen Saipan gegen zwei Uhr in der Nacht zum 21. Juni. Zufällig hält sich dort gerade Lance auf, ein Reporter für *Extraponet,* und sucht hektisch nach einem Unterschlupf – sein Sender hat ihn in dieses üble Wetter hinausgeschickt, um es zu ›untersuchen‹, woraufhin er von seinen Leibwächtern getrennt wurde und nun jede Orientierung verloren hat. Sein Redakteur versucht schon die ganze Zeit, ihn mittels Transponder zu lokalisieren, aber die hierfür benötigte Richtantenne ist bei diesem starken Wind nutzlos. Immerhin besteht noch eine Funkverbindung, und Lance macht sich auf die Suche nach bekannten Landmarken. Er stürzt zweimal, und einmal wird er von einem kleinen umherfliegenden Brett getroffen; schließlich bewegt er sich nur noch kriechend vorwärts, wobei ihm schlammiges Wasser ins Gesicht spritzt.

Dann sieht er ein helles orangefarbenes Glühen, und nachdem er sich das Wasser aus den Augen gerieben hat, gelingt es ihm, den Ursprung zu orten. »Conrad Hotel«, sagt er laut.

Die Stimme des Redakteurs in seinem Ohr sagt: »Ha! Jetzt haben wir Ihren Standort.«

»Hervorragend; dann schickt mir ein Taxi oder so was.«

»Im Moment geht überhaupt nichts, Lance. Sie sollten lieber versuchen, ins Hotel zu gelangen. Der *Zipline* ist entgleist, und die Straßen sind unterspült – vielleicht bekommen Sie ein Zimmer.«

»Ich sehe aber kein Schild mit der Aufschrift ›Zimmer frei‹«, nuschelt er beim Kriechen. Das Wasser kühlt Hände und Füße schnell aus. Er glaubt, einen Schuh verloren zu haben, ist sich dessen aber nicht ganz sicher.

»Es ist im Grunde gar kein Hotel, sondern ein Altersheim«, erläutert der Redakteur. »Aber vielleicht geben sie Ihnen ein Zimmer. Sie werden dort sicher gastfreundlich aufgenommen, denn alte Leute sind eifrige XV-Konsumenten, und außerdem handelt es sich laut Reiseführer überwiegend um Amerikaner.«

Als Lance das Vestibül betritt, werden Wind und Regen abrupt ausgeblendet; er hat den Eindruck, sich aus einem Fluß gezogen zu haben. Er schnappt nach Luft wie ein Fisch auf dem Trockenen und kommt nur mühsam auf die Füße. Dann klopft er an die Tür und versucht sie zu öffnen. Sie schwingt leicht auf.

Es sind ungefähr hundert Leute, die dort in der Lobby stehen; sofort überkommt Lance der Gedanke, *die Arbeiter müssen sich aus dem Staub gemacht haben.* Zwei oder drei Personen blicken furchtsam drein, als ob sie ihn erkennen würden. Er schließt die Tür hinter sich.

Das Gebäude ist mindestens hundert Jahre alt, und er spürt das Ächzen der alten Balken unter den Füßen.

Ein älterer, gut gekleideter Mann mit Jacket und Fliege nähert sich ihm und fragt: »Gehören Sie zu den Managern, die hier wohnen?«

»Ich bin Reporter«, erwidert Lance. »Ich arbeite für *Extraponet* und suche hier Schutz vor dem Sturm.«

»Sie werden hier nicht lange in Sicherheit sein«, unkt eine ältere Dame in Jeans und Pullover.

Der Mann ignoriert sie und sagt: »Wir haben uns schon überlegt, ob wir alle im Keller unterbringen können. Er ist zwar nicht sehr tief, aber immer noch besser als hier oben. Und dann gibt es noch einmal die gleiche Anzahl Leute, die ihre Zimmer nicht verlassen wollen – wir können leider nichts für sie tun –, und außerdem befinden sich noch einige Rollstuhlfahrer im Erdgeschoß. Wir stehen kurz vor der Abstimmung, die Kellertür einzuschlagen und nach unten zu gehen – sie haben sie nämlich abgeschlossen.«

Lance nickt. Ein Stöhnen ertönt, und das alte Haus schwankt leicht. »Äh … in diesem Fall bringt Demokratie uns nicht weiter. Ich werde die Tür einschlagen.«

Sie führen ihn zu ihr hin. Sie wirkt recht massiv, aber der Rahmen macht keinen allzu soliden Eindruck.

Vier harte, kurz angesetzte Tritte, die er während seiner Ausbildung erlernt hat, und die Tür fliegt auf. Alle applaudieren.

Die Stromversorgung funktioniert noch. Als er das Licht anschaltet, sieht er, daß der Keller mindestens schon fußhoch unter Wasser steht.

»Ich weiß nicht«, gibt eine Frau zu bedenken. Sie hat ihr graues Haar zu einer Turmfrisur hochgesteckt, was Lance bei alten Damen schon immer besonders unattraktiv gefunden hat. »Sieht so aus, als ob alles überschwemmt wäre.«

»Oh, halt den Mund, Kristin«, rüffelt sie der Mann an ihrer Seite und schickt sich an, die nassen Stufen hinabzusteigen. »Die Schuhe trocknen auch wieder.«

»Na gut, du Knurrhahn«, meint sie und folgt ihm. Hand in Hand stolpern sie die Stufen hinunter.

Lance erkennt, daß die meisten Leute zwischen der Angst vor dem bebenden und ächzenden Hotel und dem Abscheu vor dem unter Wasser stehenden Keller schwanken; dann begibt er sich selbst an den Treppenabstieg. Er weiß aber jetzt schon, daß er …

Kein Ingenieur würde sich die Mühe machen, die folgenden Geschehnisse zu analysieren; bei dem Hotel handelt es sich nämlich nicht um eine wichtige oder technisch interessante Einrichtung wie die Raketen-Startanlage. Das Prinzip ist einfach: unregelmäßige und gelochte Flächen weisen einen viel höheren Luftwiderstand auf als glatte Flächen. Ob nun zuerst das Dach abmontiert, eine Fensterscheibe zerbricht oder auch nur eine Tür auffliegt, der Luftwiderstand erhöht sich dramatisch.

In einem Sekundenbruchteil verstärken sich die Schäden, und es treten weitere Löcher und unregelmäßige Flächen auf. Nach einem weiteren Sekundenbruchteil hat der Luftwiderstand des Gebäudes sich vervielfacht.

Das *Conrad Hotel* fällt zusammen wie ein Kartenhaus und kollabiert zu einem Holzstapel. Nicht einmal Lance bleibt genügend Zeit, sich in Sicherheit zu bringen, und von allen anwesenden Menschen ist er noch der agilste. Es ertönen Schreie, dumpfe Schläge, Stöße.

Um ihn herum ist es dunkel. Er hört Schreie und Stöhnen. Ein paar Leute rufen Namen, aber die meisten schreien nur.

Er versucht, den linken Arm zu bewegen, aber er ist gebrochen und taub. Der rechte Arm ist neben seinem Körper eingeklemmt. Ein schwerer Druck lastet auf seiner Brust, und er ringt nach Luft.

Ganz langsam füllt sich das Loch, in dem sein Kopf liegt, mit eiskaltem Wasser. Als es die Ohren erreicht, verstummen die angsterfüllten Schreie der Menschen; es dauert noch lange, bis auch sein Gesicht bedeckt ist, und noch in seinen letzten Sekunden bäumt er sich unter dem unüberwindlichen Gewicht auf der Brust auf.

Der Redakteur bekommt den Vorgang minutiös mit; er weiß bereits, daß das einer der besten XV-Beiträge des Jahres wird. Achthundert Millionen Zuschauer erleben es live beziehungsweise in den beiden Wiederholungen mit, die später am Tag gesendet werden.

Nach zwei Tagen haben Privatdetektive im Auftrag einiger XV-Sender ermittelt, daß das marode Altersheim einer Gruppe von hawaiianischen Ärzten gehörte und praktisch in keinem Punkt den baulichen Sicherheitsstandards entsprach. Außer Lance waren dreihundert alte Menschen aus verschiedenen amerikanischen Städten, die hier von ihren Ersparnissen den Lebensabend verbringen wollten, ums Leben gekommen.

Wie sich außerdem herausstellte, schlagen die Besitzer einen beträchtlichen Profit aus dem Vorgang, denn das Gebäude, die Einrichtung und die alten Menschen waren alle hoch versichert.

Aber das ist noch gar nichts im Vergleich zu den Profiten, die XV nun einfährt. Plötzlich treten über tausend Verwandte auf den Plan, die beflissen um die alten Menschen unter den Trümmern des verrotteten Hotels trauern, und XV erzielt in den USA höhere Einschaltquoten als in allen anderen Ländern der Erde zusammen.

*Passionet* versucht, Synthi Venture vorzeitig aus dem Urlaub zu holen, um ihr die Berichterstattung zu übertragen. Sie weigert sich, was der Sache aber keinen Abbruch tut. Kurzfristig bilden Rock und Quaz ein Team, und weil sie beide Synthi sehr vermissen, kommt eine Rivalin, Surface O'Malley, ins Spiel. Sie hat gerade auf dem japanischen Markt eine Marketingaktion für ihr Haarfärbemittel durchgeführt und bringt nun eine Art Neuauflage der *Titelseite*, während die Ermittlungen gegen die ›Verschwörung der Ärzte‹ laufen, welche für die ›Hölle im Hotel des Todes‹ verantwortlich zeichnen. Das Publikum spürt schier Rocks gerechten Zorn, Quaz' kalte Entschlossenheit, der Sache auf den Grund zu gehen und die Bastarde festzunageln sowie den Mut von Surface und ihre Entschlossenheit, Teil des Teams zu sein.

*Passionet* fliegt eine große Anzahl trauernder Verwandter ein, um sie von Surface befragen zu lassen. Sie hat ein warmes, herzliches Wesen, das Vertrauen schafft, und zudem vermittelt sie sehr überzeugend das Gefühl, zwischen Rock und Quaz zu schwanken; bei einer solchen Geschichte handelt es sich natürlich um eine unglückliche Liebe, und Millionen Zuschauer weinen mit ihr, als Rock und Quaz befinden, daß keine Frau zwischen sie treten dürfe, weil sie der Sache nämlich auf den Grund gehen müssen. (Aber nicht, bevor Rock mit ihr am sturmgepeitschten Strand Champagner getrunken und sie im Mondlicht lustvoll durchgevögelt hat und Quaz ihr auf der Promenade das Höschen unter dem leichten Kleid heruntergezogen und sie in einer Seitenstraße von hinten genommen hat –

wobei Quaz verloren hat, als es darum ging, durch das Werfen einer Münze zu ermitteln, wer von ihnen die Rolle des bösen Buben übernehmen mußte.)

Surface O'Malley ist ein Volltreffer, und was *Passionet* dabei am meisten würdigt, ist die Tatsache, daß sie nicht zuviel Ähnlichkeit mit Synthi Venture aufweist, sondern über genügend eigenes Profil verfügt, so daß sich eine Rivalität konstruieren läßt; mindestens ein Jahr lang werden die Sendungen von Streitigkeiten dominiert werden, bis die beiden sich zusammengerauft haben.

In der Zwischenzeit werten Rock und Quaz die Hauptbeweisstücke aus, welche die Detektive von *Passionet* schon am ersten Tag gefunden hatten, und präsentieren sie den hawaiianischen Ärzten, die indes alles bestreiten und mit einer Klage drohen. Die Männer, die in Rocks Identität schlüpfen, geben sich erneut der Illusion hin, daß sie Kosmopoliten seien und über eine gewisse Noblesse verfügten; die Männer (und paar Frauen), die sich in Quaz versetzt haben, durchleben von neuem eine bittere, existentielle Verzweiflung, das Bewußtsein, in einer kalten und häßlichen Welt zu leben, in der für jeden Augenblick des Glücks ein zu hoher Preis entrichtet werden muß, wo jedoch solche honorigen Männer wie Quaz dadurch Befriedigung erlangen, indem sie einigen der Bastarde die Rechnung präsentieren, eine Freundschaft mit Männern wie Rock pflegen – und das Vergnügen genießen, gelegentlich eine Supertussi wie Surface zu besteigen.

Der Wirbelsturm, der nach Meldung der Medien noch immer ›keine Rücksicht nimmt‹, rast nun nicht wie erwartet über Indonesien hinweg, obwohl seine Ausläufer auch dort noch starke Verwüstungen anrichten, sondern sucht das Mekong-Delta heim.

Die Funkverbindung zur japanischen Wetterstation auf Minami Tori Sima ist für einen ganzen Tag unterbrochen, und für kurze Zeit kursieren Spekulationen bezüglich eines ›zweiten Kingman Reef‹, aber sie haben sich auf der Insel eingegraben und müssen keine weiteren Verluste melden als ein paar umgestürzte Sendemasten.

Seit Kingman Reef hat der Sturm langsam an Dynamik verloren, und obwohl er noch immer der stärkste in der Geschichte ist, nimmt er allmählich die Dimensionen eines konventionellen Wirbelsturmes an. Die Wissenschaftler melden das den Medien; die Medien, die ohnehin wieder eine neue Geschichte lancieren müssen, melden nun, daß es fast vorbei sei, selbst wenn der Sturm noch toben würde, oder daß es zumindest vorbei sei, bevor der Sturm auf Land trifft und die japanischen Hauptinseln Kyushu und Honshu gefährdet.

Und sie können das mit Fug und Recht in Abrede stellen. Wenn es sich um einen normalen Wirbelsturm handeln würde, müßte er eigentlich die übliche Route über den Nordpazifik nehmen und sich dann über oder nahe Japan austoben; dafür existieren tausend statistische Belege. Wirbelstürme in der nördlichen Hemisphäre bewegen sich in allen Richtungen oder schlagen sogar eine kreisförmige Bahn ein, aber normalerweise wandern sie in nordwestlicher Richtung, und bisher ist auch keine Ausnahme von dieser Regel zu verzeichnen, auch wenn der Sturm in jeder anderen Hinsicht sehr außergewöhnlich gewesen ist.

Als er nun am Nachmittag des 25. eigensinnig dreht und auf Ostkurs geht – und dann mit zunehmender Geschwindigkeit und Stärke über den Pazifik zurückrast – findet der Aufschrei in der Wissenschaft kaum Widerhall in den Medien. Die Weiten dort draußen sind menschenleer, und die Geschichte mit dem großen Wirbelsturm ist abgehakt; sofern er nicht gerade auf Hawaii trifft, wird er keine Agenturmeldung mehr wert sein.

John Kliegs Geschäftstätigkeit hat sich während der letzten zehn Jahre auf die ganze Welt erstreckt, oder zumindest hatte er das geglaubt. Jetzt indessen erkennt er, daß er viele der schäbigeren Ecken noch nicht kennt, und er hofft, daß es nicht noch schlimmer kommt als in Novokuznetsk, der Kapitale der Republik Sibirien. Er wußte, daß es eine aufstrebende Stadt ist – Teufel, Sibirien ist eine aufstrebende *Nation* –, aber im Grunde hatte er sich doch so etwas wie die Grenzstädte in Amerika oder Alaska vorgestellt, wenn nicht gar die Siedlungen im brasilianischen Regenwald – hastig zurechtgezimmerte Bretterbuden von rustikalem Ambiente, aber zumindest Orte, in denen gearbeitet und gebaut wurde. Damals, in der Oberschule, hatte er ein Gedicht über ›große Städte mit breiten Schultern‹ gelesen und dieses Bild dann auch auf aufstrebende Städte projiziert.

Auf diesen Ort war er indessen nicht vorbereitet. Das Stadtzentrum war in den letzten zehn Jahren hochgezogen worden, in weiter Entfernung vom alten Stadtkern, so daß die ganze Stadt den Anschein erweckte, seitlich weggekippt zu sein. Die Innenstadt beherbergt überwiegend leere Bürogebäude mit horrenden Mieten, weil zur Zeit eine immense Nachfrage nach Büroraum besteht und entsprechend spekuliert wird. Die Grundstückspreise im Einzugsgebiet der Stadt sind entweder unglaublich hoch oder stürzen ins Bodenlose, je nachdem, welche *Zipline*-Trasse gerade von den örtlichen Verwaltungen und der nationalen Regierung favorisiert wird.

Das *Zipline*-Netz der Stadt funktioniert gerade auf einer Länge von sechs Häuserblocks, wobei dieser Bereich sich noch innerhalb des Abdulkashim-Centers befindet, und obwohl die gesamte Distanz zu Fuß in nicht einmal zehn Minuten bewältigt werden kann, fährt der *Zipline* nur stündlich, noch dazu bloß montags, mittwochs und freitags.

In Novokusnetsk ist jeder damit beschäftigt, Rechte auf bestimmte Dinge zu erwerben. Abdulkashim ist mit Hilfe der Armee an die Macht gekommen, wie schon die letzten elf sibirischen Diktatoren, aber an der Macht *gehalten* hat er sich deswegen, weil er wenigstens zwei Versprechen einhielt – er vergrößerte den Umfang der Streitkräfte und reduzierte alle sonstigen Bereiche der Regierung. Seine Rivalen haben kein Alternativ-Programm vorzuweisen.

Novokuznetsk ist nicht die einzige Stadt auf der Welt, deren Gebäude mit einer dicken Rußschicht überzogen sind, aber es ist die jüngste, und der Belag wird immer dicker. Wenn, was ohnehin selten genug geschieht, die Sonne durchkommt, sieht man, daß die gerade erst erbaute Stadt von der Luftverschmutzung zerfressen wird, am Verkehr erstickt und in den eigenen Abwässern ertrinkt – aber es wird in einem verblüffenden Tempo weitergebaut, und jedes Unternehmen, das dazu imstande ist, verlegt seinen Firmensitz hierher, um der Steuerlast und der Flut von Bestimmungen und Vorschriften zu entgehen, die andernorts herrschen.

Klieg sagt sich, daß dieser Ort sich im Grunde nicht von anderen unterscheidet. Es erstaunt ihn immer ein wenig, daß manche Menschen die Aktivitäten der Unternehmen beanstanden; die Unternehmer tun nämlich nur das, wofür sie bezahlt werden und was man sie tun läßt, und beides steht im alleinigen Ermessen der Kunden und der Bevölkerung.

Was ihn so beunruhigt, ist weniger das Chaos, das in dieser Stadt herrscht, als vielmehr die Erkenntnis, daß es sich dabei um ein unproduktives Chaos handelt. Er verliert indessen nicht ganz aus den Augen, daß *GateTech* ja auch nichts produziert und manchmal andere sogar daran hindert, etwas zu produzieren; die Tatsache an sich stört ihn jedoch nicht. Aber zumindest unterhält *GateTech* ansprechende, attraktive Einrichtungen mit dem Flair eines Universitätscampus, wo seine aus

Wissenschaftlern und Ingenieuren bestehenden Teams mit Freude an die Arbeit gehen. Jede Einrichtung im Besitz von *GateTech* übertrifft die Standards für Hygiene, Unfallverhütung und menschenwürdige Arbeitsbedingungen, denn Klieg weiß, daß ein solches Ambiente kreatives Arbeiten besonders fördert.

Novokuznetsk hat mit diesem Ideal jedoch überhaupt nichts gemein. Die qualmenden Schlote gehören überwiegend zu den städtischen Kraftwerken, die abgeschaltet werden, wenn das Fusionskraftwerk ans Netz geht (was jetzt jedes Jahr der Fall sein müßte – wenn man aufhören würde, mit immer neuen Bestechungsgeldern immer neue Betreibergesellschaften anzulocken und es einem Vertragspartner ermöglichen würde, die Arbeiten abzuschließen, natürlich immer unter der Maßgabe, daß dieser Vertragspartner auch kompetent ist, wobei jedoch nach all den konstruktiven Änderungen, die bisher in das Projekt eingeflossen sind, jeder an dieser Stelle ein Kraftwerk bauen könnte).

Die Kraftwerke liefern ihrerseits Energie für gigantische Reklametafeln, Büromaschinen in den Wolkenkratzern der neuen City und eine Vielzahl von Vorzeige-Anlagen, die hauptsächlich deshalb errichtet wurden, um Investoren anzulocken. Bei den typischen Besuchern von Novokuznetsk handelt es sich um Geschäftsleute, die davon träumen, neue Geschäftsbereiche mit hoher Rendite zu erschließen, und alles ist darauf abgestellt, diese Vorstellung zu bedienen. So können sie zum Beispiel die Anlage zur Produktion von Matrix-Metallen besichtigen (in der Maschinen, Pressen und Drehbänke alle in einer einzigen Halle versammelt sind, weil die sterilen Räume, in denen sie zum Einsatz kommen sollten, nie gebaut wurden). Weiterhin gibt es das Luftfahrt-Testgelände, auf dem Spezialtests durchgeführt werden (die Anlage hatte sich früher im Besitz der Universität von Ohio befunden und wurde dann von Abdulkashim erworben und demontiert; die neue Anlage der Universität von Ohio ist für Forschungszwecke viel geeigneter) sowie die nanochirurgische Klinik (die zwar kein potemkinsches Dorf darstellt, deren Belegschaft aber überwiegend aus Chirurgen besteht, die hierher deportiert wurden – die Art von Ärzten, die ein kleines Problem mit Tabletten, dem Alkohol oder den Genitalien ihrer Patienten haben). Dieser typische Besucher weiß nicht, was er da betrachtet – er ist schließlich Kaufmann, kein Ingenieur oder Wissenschaftler –, und daher schließt er aus all den fieberhaften Aktivitäten, daß Novokuznetsk ›echt‹ sei – Klieg hat dieses Wort schon oft gehört – und pumpt Geld hinein.

Auch darüber muß Klieg den Kopf schütteln. Dieses Problem würde *er* nie haben. Er weiß um die Bedeutung von Geld, Daten und Regeln – vom physikalischen Aspekt der Dinge hat er jedoch keine Ahnung. Aber wenn man sich in dieser Hinsicht schon für einen Profi hält, sollte man auch in der Lage sein, zwischen Fakten und Fiktionen zu unterscheiden.

Wie Klieg weiß, werden die Alibi-Anlagen eine halbe Stunde vor Ankunft der Besucher hoch- und zehn Minuten nach deren Abgang wieder heruntergefahren. Das ganze schlammige, schmutzige, verseuchte und triste Chaos soll nur Kapital anlocken. Hier werden nie Güter produziert und nur sehr wenige Dienstleistungen erbracht werden.

Teufel, er denkt wie einer dieser sozialistischen Kanäle aus der Dritten Welt – nicht, daß er ein Fan davon wäre, aber sein Stab mischt sie immer unter die Nachrichten, die er täglich sichtet. Aber noch einmal die Frage, was erwarten die Leute eigentlich? Im Geschäftsleben geht es um die Erzielung von Gewinn – wenn man mit der Errichtung von Gebäuden und dem Bedienen von Menschen Geld verdienen kann, wird es getan, und wenn nicht, nun, dann hat offensichtlich keine Nachfrage nach Gebäuden oder Dienstleistungen bestanden, denn sonst hätten die Leute auch dafür bezahlt.

Im Grunde macht er sich nur deshalb Gedanken über die häßliche und eklige Stadt, weil er – davon abgesehen, daß er zwei Augen und eine Nase hat – Glinda und Derry wirklich vermißt. Vor wenigen Wochen noch hatte er Glinda und die Tatsache, daß sie ein Kind hatte, bestenfalls am Rande registriert – jetzt *haßt* er es, von ihr getrennt zu sein.

Die ganze Sache muß einen philosophischen Konnex haben, sinniert er, aber ist nicht imstande, ihn zu erkennen. Die Welt verändert sich, noch während man versucht, sie zu verstehen. Er hatte schon lange gewußt, daß sie gutaussehend und alleinstehend war; nur war ihm bisher nicht aufgefallen, daß er einsam war oder daß sie sich für ihn interessierte. Das ist alles.

Jetzt fällt ein warmer Regen über Novokuznetsk und fließt als schwarze, ölige Brühe von den unverputzten neuen Gebäuden ab und bildet auf den schlaglochübersäten Straßen braune und graue Pfützen, die in den Farben des Regenbogens schillern. Die Elektromotoren des Taxis, das er genommen hat, heulen vernehmlich, und das Fahrzeug kommt anscheinend immer wieder vom Kurs ab und fährt ein paar Straßen weiter, bis es eine intakte Leitstelle findet, und dem Geruch nach zu urteilen, hat das Taxi jüngst als Boudoir für etliche Prostituierte und ihre europäischen Freier gedient.

Er wünscht sich, wieder in Florida zu sein; Derry hat heute eine Art Reitwettbewerb, und sie und Glinda werden morgen früh anrufen, was für ihn am späten Abend bedeutet, um ihm zu berichten, wie sie abgeschnitten hat. Er mag das Kind sehr – natürlich wollen sie Derry nicht verwöhnen, aber dennoch macht er ihr immer wieder gern eine Freude.

Es ist schon Jahre her, seit er sich solcher Gesellschaft und Zuneigung erfreut hatte, und es fällt ihm bereits schwer, ohne das auszukommen. Glinda ist gerade erst in sein Leben getreten, und schon sind Dinge wie Restaurantbesuche, am Strand liegen oder Einkaufen – was er jahrelang als ›Routineverrichtungen‹ bezeichnet hatte – das, worauf er sich am meisten freut.

Ganz zu schweigen vom Sex. Klieg hat alles ausprobiert, aber im Grunde möchte er nur ein wenig schäkern, in Stimmung kommen und dann ficken – das sind auch Glindas Präferenzen, und sie will so oft wie Klieg, wobei sie es jetzt viel öfter tun als noch vor wenigen Monaten. Fast an jedem Wochenende und in der Woche, wenn er bei ihr übernachtet, gönnen sie sich diese wundervollen zusätzlichen zehn Minuten und schlafen dann aneinandergekuschelt ein.

Mittlerweile hat Klieg sogar schon erwogen, in Pension zu gehen, aber dann ist er doch zu dem Schluß gekommen, daß er, so sehr ihm seine neuen Freizeitaktivitäten auch gefallen, sie nicht ausschließlich ausüben möchte. Die Akzente ließen sich jedoch variieren – wenn die Gesellschaft wieder in Routine zurückfällt und das Leben langweilig wird, könnte er sich verstärkt anderen Dingen zuwenden. Aber jetzt muß er sich auf das Weltraumprojekt konzentrieren.

Am nachteiligsten wirkt sich für ihn jedoch aus, daß er die Bedeutung der PR-Aktivitäten dieses erbärmlichen Landes nicht richtig beurteilt hat. Weil die Regierung ständig mit dem Angebot für freies Unternehmertum hausieren ging – private Banken mit Gold-Standard, keine Umweltschutzbestimmungen, praktisch keine Arbeitnehmerrechte und Sicherheitsvorschriften, kein Zwang zur Beteiligung einheimischer Investoren und so weiter – glaubte er, die Anlage bauen und gleich starten zu können.

Das erwies sich als Trugschluß. Anstatt alles zu regulieren, verlangt die Regierung für alles eine Genehmigung. Nicht, daß eine solche Genehmigung nicht für einen Obolus zu bekommen wäre, aber oft muß man einen stattlichen Obolus entrichten, und immer dann, wenn man nicht den richtigen Kameraden geschmiert hat, werden die Arbeiten eingestellt. Dann heißt es, die überwiegend ungeschriebenen Prozeduren richtig zu befolgen, die richtigen Leute zu bestechen, damit sie einen mit den Leuten zusammenführen, die laut Reglement kontaktiert werden müssen, und dann muß man schließlich die zuständigen Beamten bestechen, damit sie die Gebühren für die Regierung annehmen. Es wäre billiger gekommen, die Anlage woanders zu errichten.

Dann erinnert er sich jedoch, daß der Grund, die Anlage doch hier zu errichten, in diesem Augenblick draußen über dem Pazifik herumwirbelt; Kingman Reef, das die globale Startkapazität verdoppeln sollte, ist bereits vernichtet worden, und den aktuellen Meldungen zufolge hat der Sturm nun eine solche Stärke erreicht, daß er die japanischen Startanlagen in Kageshima und die der Republik Formosa in Hungtau zerstören könnte; durch diesen großen Rechtsschwenk hat der Wirbelsturm ›Clem‹ schiere Springfluten in nördlicher Richtung vor sich hergeschoben. Von den weltweit fünf großen Starteinrichtungen werden noch vor Juli drei mit Sicherheit lahmgelegt sein, und das ist wirklich ein guter Anfang.

Er steht kurz vor einem Treffen mit diesem Burschen Hassan, der zwar kein Sibirer ist, aufgrund der Recherchen von Kliegs Leuten aber trotzdem über sehr großen Einfluß verfügt; falls Hassan wirklich hält, was sein Ruf verspricht, dann müßten die Genehmigungen ziemlich schnell erteilt werden, und wenn er es nicht schafft, nun, es geht ja nur um Zeit und Geld.

Das Taxi schneidet eine Kurve, wobei es fast am Bordstein entlangschabt; dabei bespritzt es mit einem schwarzen, öligen Schwall ein Mädchen, das anscheinend in Derrys Alter ist und oben ohne, nur mit einem kurzen Rock und Stiefeln bekleidet, auf dem Gehweg posiert. Sie springt schreiend und fluchend zurück, und

Klieg erkennt die Spuren eines Dutzend verschiedener Infektionen auf der weißen, noch kaum entwickelten Brust; sie weist die charakteristischen purpurnen ARTS-Flecken und die angeschwollenen, entzündeten Adern auf, wie sie bei SPM auftreten, sowie alle Anzeichen eines alten Bandwurms. Da sie den Mund geöffnet hat, sieht er, daß sie bereits ein paar Zähne verloren hat, und ihre Physiognomie läßt den Schluß zu, daß sie erneut an ARTS erkrankt ist.

Das Schlimme ist, denkt er, während das Taxi davonfährt und sie einen Dreckklumpen gegen die Heckscheibe schleudert, daß, wenn sie Männer in Taxis auf diese Art anmacht, der eine oder andere sie vielleicht kauft. Nun, wenn sie nicht schon daran zugrunde geht, womit sie sich bereits infiziert hat, wird sie zweifellos von AIDS oder einer anderen Immunschwächekrankheit befallen werden und von der Straße – und unter der Erde sein –, noch bevor sie vierzehn ist.

Und zweifellos wird dann eine andere an ihre Stelle treten.

Kapitalismus in Reinkultur, überlegt Klieg, ein großartiges System, an dessen Spitze er sich halten will …

Das erinnert ihn daran, daß Glinda sich gegenüber Derry wie eine typische Glucke verhält und nicht bemerkt, daß das Kind heranreift; ab und zu läßt Derry schon durchblicken, daß sie sich für Jungs interessiert und so weiter, aber Glinda bemüht sich nach besten Kräften, das zu ignorieren. Das muß natürlich nicht bedeuten, daß Derry wie dieses Stück Menschenmüll dort hinten enden wird, aber man braucht nicht erst zu billigen Huren zu gehen, um sich ein tödliches Virus einzufangen, und daher muß man auf die Kinder aufpassen.

Noch etwas, das Klieg als Unternehmer tun kann. Er gefällt sich in der Rolle als Derrys Beschützer. Dieses Gefühl ist zwar nicht so angenehm wie der Gedanke an Glindas Braten (sie hat die Mikrowelle so programmiert, daß er immer perfekt gelingt; Klieg hingegen schafft das nie). Derry erzählt ihm immer, wie es in der Schule war, und dann kuschelt er sich bei einer Tüte Popcorn mit Glinda vor dem Fernseher aneinander. Aber diese Überlegungen machen seinen Aufenthalt in dieser stinkenden Müllkippe von einer Stadt zumindest erträglicher.

Das Taxi muß wohl auf Umwege programmiert sein, denn als es vor Hassans Gebäude vorfährt, hat Klieg einige große Kreuzungen bereits zweimal überfahren. Hassan hat ein ganzes Stockwerk in einem dieser leerstehenden Wolkenkratzer zur Verfügung, und an der Tür wird Klieg von zwei großen Männern abgefangen, die auch als Mitglieder der sibirischen Ringer-Olympiamannschaft durchgehen könnten. Ihre neuen Mäntel, die jedoch billig und geschmacklos wirken, spannen sich an den Armen und den Schultern. Auf der linken Seite befindet sich eine Ausbeulung, dort steckt die Kanone. Zwischen Mantel- und Hemdkragen klafft eine zwei Zoll breite Lücke, und als der etwas Kleinere sagt: »Misser Klieg, bitte?« und eine massive, kellenförmige Hand ausstreckt, spannt sich die Manschette.

Der Vorgang hat etwas, wenn auch keine Klasse. Klieg findet es spaßig (die Episode scheint einem alten Film entlehnt zu sein), gelangt aber gleichzeitig zu dem Urteil, daß bullige, einschüchternde Figuren in Anzügen doch etwas billig sind.

Erstaunlicherweise funktioniert der Aufzug in diesem Gebäude störungsfrei, und als er Hassans in der obersten Etage gelegenen Bürotrakt erreicht, wirkt alles sauber, behaglich, neu und gepflegt; mehr noch als der Wolkenkratzer oder die beiden Riesenbabies vermittelt dieses Ambiente Klieg den Eindruck, es mit einem Profi zu tun zu haben.

Hassan ist gut, jedoch nicht übertrieben gut gekleidet, und das ist ein weiteres gutes Zeichen. Er ist ein kleiner, breitschultriger Mann, dessen Körperhaltung darauf schließen läßt, daß er vor zwanzig Jahren harte körperliche Arbeit verrichtet und sich seitdem in Form gehalten hat. »Mr. John Klieg«, begrüßt er ihn. Sein Akzent klingt mehr nach Oxford als nach Pakistan; Kliegs Recherchen haben indessen ergeben, daß er weder ein Brite noch ein Pakistani ist, sondern ein Kind des komplexen Systems aus Waisenhäusern, Pflegeeltern und Straßenbanden, das aus den Trümmern des dreißigjährigen Krieges in den alten mittelasiatischen Sowjetrepubliken Millionen staatenloser Menschen hervorgebracht hat.

»Ich freue mich, Ihre Bekanntschaft zu machen«, sagt Klieg, und dann trinken sie einen Tee; Klieg hat schon zwei Anti-Teein-Tabletten geschluckt sowie eine kleine Pille, die den Harndrang für einige Stunden unterbinden wird, denn man hat ihn darauf hingewiesen, daß es Teil der hiesigen Gebräuche sei, Gespräche mit etlichen Litern Tee zu begießen.

In Hassans privatem Büro nehmen sie auf großen weichen Kissen Platz, die auf einem dicken, teuer wirkenden und handgeknüpften Teppich penibel um einen kleinen Tisch arrangiert wurden. Auf der Anrichte steht ein großer silberner Samowar, und das größere der Riesenbabys gießt ihnen eine Tasse ein und stellt sie auf den Tisch, wonach er lautlos den Raum verläßt.

Klieg und Hassan setzen sich gegenüber an den Tisch, und dann trinken sie Tee und unterhalten sich über das Wetter. In einer Situation wie dieser wäre es nämlich ein Verstoß gegen die Etikette, gleich auf das Geschäft zu sprechen zu kommen. Bei der zweiten Tasse sagt Hassan dann: »Wie ich höre, haben Sie keine Familie, Mr. Klieg?«

»Im Moment nicht«, bestätigt Klieg. »Ich arbeite aber daran.«

»Aha. Es gibt also eine Frau in Ihrem Leben? Etwa eine junge Schönheit, die Ihnen das Alter versüßen soll?«

Klieg schüttelt lächelnd den Kopf. »Eine ältere Schönheit, eine alleinerziehende Mutter. Jemand mit viel gesundem Menschenverstand.«

Hassan erhebt sich und füllt beide Tassen nach, und als er mit ihnen zurückkommt, sagt er: »Man hat mich also richtig informiert; Sie sind weise und klug. Und natürlich...« – er reicht Klieg eine Tasse – »... natürlich, Mr. Klieg, müssen Sie bei dieser privaten Entwicklung auch an die Zukunft denken und daran interessiert sein, daß die Dinge Bestand haben, um Ihrer neuen Familie ein sicheres Leben zu ermöglichen. Ich verstehe das, ich bin nämlich in einer vergleichbaren Situation – ich habe vier Töchter und einen kleinen Sohn, und wenn ich an die Gewalt denke, die in diesem Teil der Welt immer wieder aufflackert und an die grausame und hoffnungslose Armut, läuft es mir kalt den Rücken hinunter, und dann vergrabe ich mich in meiner Arbeit, um zu verhindern, daß ihnen das auch widerfährt. Ist es nicht so?«

Klieg war mit dem Vorsatz in diese Besprechung gegangen, sich nicht von Emotionen mitreißen zu lassen – wenn man Hassan nämlich eine Kompetenz zusprechen muß, dann die, sich Sympathien zu verschaffen. Aber er kommt nicht an dem Umstand vorbei, daß der Mann wirklich sympathisch ist. »Ja«, sagt Klieg, »genauso ist es. Man zieht in Erwägung, eine Bastion zu errichten in dieser bösen Welt.«

Hassan nickt lächelnd, und ohne die geringste Änderung der Gestik oder Mimik sagt er: »Und doch, Mr. Klieg, befinden Sie sich hier in einem Land, wo viele Morde verübt werden, in einer schmutzigen Stadt mit üblen Straßen und noch übleren Verrichtungen, in der die einzige Sache produziert wird, die es in dieser ganzen elenden Nation wert wäre, gestohlen zu werden. Und das unter dem Schutz der räuberischen Regierung, die gerade an der Spitze dieser heruntergekommenen Nation steht. Zu solchen Spekulationen könnte sich ein Mann mit nur einer Chance hinreißen lassen. Die Frage ist, welche weiterreichenden Pläne ein Mann, der bereits reich ist und die Welt schon im Griff hat, verfolgt. Das interessiert mich besonders, in meiner Eigenschaft als Beobachter der menschlichen Natur – und welcher Geschäftsmann wäre kein solcher Beobachter? Ich frage mich, was Sie wohl dazu veranlaßt, solche Risiken einzugehen.«

Klieg nickt, nimmt einen Schluck Tee und erkennt, daß das alte Klischee bezüglich asiatischer Unverbindlichkeit und amerikanischer Direktheit nicht mehr ganz aktuell ist; Hassan ist mit seiner Frage gleich zum Kern der Sache gekommen. Tatsächlich ist Klieg sich nicht einmal sicher, wie er sie beantworten soll. Er schluckt den Tee und sagt: »Wie Sie bereits vermutet haben, gibt es Gründe. Sie wissen, in welchen Geschäftsbereichen *GateTech* sich engagiert?«

»Ja – das Geschäft mit Sperrpatenten.«

»Ich würde eine andere Bezeichnung als Sperrpatente bevorzugen, denn ich habe nicht den Eindruck, etwas zu blockieren – ich errichte nur Mautstationen und Straßen zwischen der Grenze und denen, die dorthin gelangen wollen, und erhebe eine Gebühr für die Benutzung dieser Straßen. Aber es trifft zu, daß mein Vermögen aus diesem Geschäft stammt. Hierbei ist es wichtig, immer am Puls des Geschehens zu sein und gegen viele andere Teams mit erstklassigen Leuten anzutreten. Aber dieses Rennen ist nicht mehr so leicht, wie es einmal war ...«

»Als Sie anfingen, waren Sie der einzige, der wußte, daß es sich überhaupt um ein Rennen handelte; jetzt stellen die Unternehmen sich von vornherein auf Ihre Operationen ein.«

»Exakt.«

»Also müssen Sie Ihre Strategie ändern. Soviel habe ich bereits deduziert, Mr. Klieg, und es ergibt durchaus einen Sinn, wenn Sie mir dieses Kompliment gestatten.

Aber jetzt bin ich ratlos; eigentlich hätte die neue Strategie darin bestehen müssen, Ihre Operationen näher an die technische und wissenschaftliche Grenze zu verlegen und den Verkehr nach Ihren Vorstellungen zu dirigieren, anstatt Ihre ›Mautstationen‹ und ›Straßen‹ nur dort zu errichten, wo der Verkehr ohnehin schon fließt.

Aber eine solche Entwicklung erkenne ich nicht. Nein, statt dessen sehe ich bloß, daß Sie in dieser gefährlichen Umgebung arbeiten, mit sehr schwierigen Leuten verhandeln, und das alles nur für eine etablierte und einfache Technologie wie Raketenstarts, die bereits seit der Mitte des vorigen Jahrhunderts existiert.

Daraus leite ich drei Schlußfolgerungen ab:

Entweder sind Sie verrückt – wofür es indessen keine Anzeichen gibt; oder Sie langweilen sich und suchen die Gefahr und das Abenteuer – wobei dies angesichts der neuen Familie, die Sie gründen möchten, jedoch sehr unwahrscheinlich ist, denn für einen Familienvater ist die Welt auch so schon gefährlich genug; oder Sie verfügen über ein Wissen, das der Welt noch nicht bekannt ist, und errichten neue Mauthäuschen und Straßen zu einem Ort, den die Welt bald aufsuchen wird. Natürlich halte ich den letzten Punkt für den wahrscheinlichsten, weil ich Sie nämlich respektiere.

Also, Mr. Klieg … wie Sie wissen, könnte ich Ihnen von großem Nutzen sein. Ich habe meinen Preis, und der wird gerade ausgehandelt – Ihre und meine Leute stehen in diesem Augenblick in Verhandlungen, und ich bin sicher, daß wir in dieser Sache zu einer fairen Einigung kommen. Aber es gibt etwas, das ich unbedingt wissen will, und Sie werden verstehen, daß ich es wissen will, weil ich mich bereits in diesem glücklichen Zustand befinde, den Sie anstreben – ich habe eine Familie, um die ich mich kümmern muß.

*Ich möchte von Ihnen wissen, was los ist, und warum diese Startanlage so wichtig ist.*« Mit interessiertem Blick beugt Hassan sich nach vorn. Klieg glaubt dem Mann aufs Wort. Es besteht kein Zweifel daran, daß Hassan absolut aufrichtig ist, und obwohl im Grunde alles nur gespielt sein könnte, würde Klieg in diesem Fall dagegen wetten.

Zum einen hat Hassan nämlich genau das, was Klieg will. Der Mann ist auch nicht mehr hinter dem Geld her als Klieg. Und es versteht sich auch, daß Hassan eine Direktverbindung zur Quelle haben möchte, wenn auf seinem Territorium etwas Mysteriöses vorgeht.

Klieg nimmt einen Schluck Tee und geht dann ein kalkuliertes Risiko ein. »Ich würde mich gern durch einen Anruf davon überzeugen, daß die Verhandlungen sich erwartungsgemäß entwickeln. Und wenn die Partnerschaft sich dann auch in jeder anderen Hinsicht als zufriedenstellend erweist, nun, dann ist die Sache perfekt, und ich erzähle Ihnen alles.«

Hassan nickt zustimmend, und ein Leibwächter erscheint mit einem Telefon für Klieg. Er wählt durch, stellt einige Fragen und erhält die gewünschten Antworten. Hassans Preis ist zwar hoch, aber wenn es sich wirklich nur um eine einmalige Zahlung handelt, wenn sie nicht jedesmal neue Bestechungssummen, Genehmigungsgebühren und Zahlungen aushandeln müssen, dann ist Hassan wirklich günstig, wobei noch nicht einmal die eingesparte Zeit berücksichtigt ist, wenn die Arbeiten nicht mehr von Polizei und Armee unterbrochen werden. »Gut, dann schließen Sie ab, Jerry, scheint so, daß die Sache klar geht«, sagt Klieg, legt auf und wendet sich wieder Hassan zu.

»Vor einigen Wochen wurde eine riesige Menge Methan freigesetzt ...«, eröffnet er, und nach einer halben Stunde ist Hassan nicht nur über alles orientiert, sondern zeigt ein warmherziges Lächeln, dessen Bedeutung Klieg sehr gut versteht. Es geschieht nämlich nicht jeden Tag, daß ein angehender globaler Monopolist hereinspaziert und ihn um Hilfe bittet.

Sie verabreden sich zum Abendessen und unterhalten sich dann noch über viele andere Dinge; Klieg erhält Hintergrundinformationen über die sibirische Regierung, wobei ihn das auch nicht mehr anwidert als die Gepflogenheiten in Washington oder bei den UN, stellt aber fest, daß hier doch härter und brutaler taktiert wird und beschließt daher, sich nicht in Schwierigkeiten zu begeben.

Der restliche Vormittag wird dem Tee und Gesprächen über alte Filme gewidmet; Hassan begeistert sich genauso dafür wie Klieg. Es wäre jedoch auch vorstellbar, daß er sich für das Treffen mit Klieg entsprechend präpariert hat und die Nummer gut spielt. Mehr kann man im Grunde aber auch nicht erwarten.

»In Ordnung«, sagt Di Callare am Telefon zu Carla Tynan. »Ich kann dir alle benötigten Daten beschaffen. Aber dadurch wird es auch nicht einfacher.«

»Louie glaubt auch, daß sie ihm auf der Spur sind«, meint sie. »Und ohne ihn kommen wir nicht an die authentischen Daten heran. Also, Di, was sagst du nun zum Wirbelsturm ›Clem‹? Über einen solchen Zeitraum und eine solche Entfernung ist noch kein Sturm in der Geschichte des Pazifik gewandert.«

»Er greift auch weiter nach Norden aus«, ergänzt Di. »Wir wissen nicht viel über das Verhalten von Stürmen nördlich des dreißigsten Breitengrads. Dort oben ist es zu kalt, um ihre Dynamik aufrechtzuerhalten, und neue Energie wird ihnen schon gar nicht mehr zugeführt. Nach unserem bisherigen Wissensstand verhält er sich für einen riesigen Sturm über einem warmen Ozean völlig normal.«

»Er ist der Coriolis-Kraft entgegengerichtet ...«

»Aber sein Kurs deckt sich mit der Strömung«, erwidert Di nüchtern. »Und weil er sich jetzt so weit vom Äquator entfernt hat, erhalten wir nicht die erforderlichen Daten – die über dem Äquator stehenden Satelliten erfassen ihn nicht, die Japaner rücken ihre Daten nicht heraus, Sibirien und Alaska betreiben anscheinend überhaupt keine Aufklärung, und wir versuchen noch immer, einen mobilen Satelliten in den polaren Orbit zu schießen – die Regierung scheut die Investition, und weil die gesamte kommerzielle Nutzlast, die von Kingman Reef hochgeschickt werden sollte, nach Aruba und Edwards zurückverlegt wurde, sind keine Kapazitäten mehr frei, es sei denn, sie werden beschlagnahmt. Wir haben also keine Vorstellung davon, was sich in ›Clem‹ abspielt – vielleicht handelt es sich sogar um den größten Fallstrom der Geschichte.«

Carla lehnt sich auf dem Stuhl zurück und reibt sich den Rücken; als entspannender, gemütlicher Vorruhestand ist die ganze Sache mit *MyBoat* ein kompletter Reinfall. Sie hat schon seit Tagen nicht mehr richtig geschlafen, ihr Hintern ist so wundgesessen wie damals in Washington, und nach dem Durchzug von ›Clem‹ ist der Pazifik zu stürmisch und aufgewühlt zum Sonnenbaden. »Sag das noch mal«, verlangt sie.

»Was, daß es vielleicht der größte Fallstrom der Geschichte ist? Das war nur so ein Gedanke von Gretch, unserer Praktikantin – sie hat die Zentralkraft dieses großen Wirbelsturms berechnet, und daß er nicht unter seiner eigenen Masse kollabiert, liegt nur daran ...«

»... daß er feuchte Luftmassen vor sich herschiebt – natürlich! Gib dieser Praktikantin einen Kuß von mir und laß sie nicht mehr weg. Ihr werdet sie brauchen. Ich habe eine Idee, Di, und werde mich bald wieder bei dir melden.«

Er verabschiedet sich mit einer Kombination aus militärischem Gruß und Winken, und sie unterbrechen die Verbindung. Sie fragt sich, wie er es begründen will, daß er zweimal am Tag verschiedene öffentliche Telefone benutzt, und ob ihre Direktverbindung zu Louie überhaupt sicher ist ... und erneut überlegt sie, warum jemand ihre Untersuchungen in dieser Sache sabotieren sollte. Nun, Di ist das politische Talent, nicht sie.

Ein Fallstrom ist ein zeitlich begrenztes Merkmal mancher Wirbelstürme. Während die Luft oben aus der rotierenden Röhre des Auges ausströmt, formiert sich die Warmluft manchmal zu einem gebündelten, vektorierten Strom, anstatt in alle Richtungen abzufließen und sich in weiter Entfernung abzuregnen. Ein solcher Strom wird als Fallstrom bezeichnet.

Ein Fallstrom ist viel massereicher als ein konventioneller Dispersionsstrom – also ›entgrenzt‹ er den Umfang eines Wirbelsturmes, denn es kann nur so viel Luft unten nachströmen, wie oben ausströmt, und weil der Fallstrom die Luft effektiver abführt, wird der Wirbelsturm stärker.

Aber es gibt noch einen signifikanteren Effekt; die gesamte Luft strömt punktuell an der Seite des Wirbelsturmes nach unten, und die Menge dieser absinkenden Luftmassen erzeugt eine Hochdruckzelle. Die Luft strömt immer von Hochdruck- zu Tiefdruckzonen, und das Auge eines Wirbelsturms ist eine Tiefdruckzone, wobei der dort herrschende Luftdruck nur noch vom Zentrum eines Tornados unterboten wird – also strömt der Fallstrom wieder ins Auge des Wirbelsturms zurück, wobei dieser quasi auf dem Fallstrom reitet; dieser treibt den Wirbelsturm vor sich her. Der Fallstrom wirkt wie das offene Ende eines losgelassenen Luftballons und bläst den Wirbelsturm über den Ozean.

Das Bild eines im Zimmer umherfliegenden Luftballons paßt auch in der Hinsicht, daß die Position des Fallstroms relativ zum Wirbelsturm nicht stabil ist; wie das Mundstück während des Fluges seine Position auf dem Ballon verändert, wandert auch der Fallstrom um den Wirbelsturm herum. Daher ist es möglich, daß ein Wirbelsturm mit einem Fallstrom plötzlich den Kurs ändert, beschleunigt oder eine Kreisbahn einschlägt, wobei dies unabhängig vom Höhenwind in ungefähr 6000 m Höhe geschieht, der normalerweise den Pfad eines Wirbelsturmes bestimmt. Ein Wirbelsturm hat manchmal auch mehr als einen Fallstrom, wobei größere Hurrikane generell zu Fallströmen tendieren; deshalb wiesen einige der verheerendsten Stürme der Geschichte nicht nur die höchste Windstärke auf, sondern waren auch am unberechenbarsten und neigten dazu, plötzlich von ihrem mutmaßlichen Pfad abzuweichen und Küstenregionen heimzusuchen, die eigentlich als ungefährdet galten.

Carla ist soeben zu der Erkenntnis gelangt, daß, wenn die stärksten Wirbelstürme einen Fallstrom hatten – und manchmal sogar mehrere –, dies beim größten Sturm in der Geschichte mit Sicherheit der Fall ist.

Sie muß nur eine Stunde mit dem Modell arbeiten, bis ihr der Vorgang klar wird. Die Fallströme der bisher stärksten Wirbelstürme waren gerade so stark, daß sie gegen den Höhenwind ankämpfen konnten. Ein Wirbelsturm folgt fast immer dem Höhenwind, und der Fallstrom, so es einen gibt, bewirkt wohl eine gewisse Abweichung vom theoretischen Pfad, aber er bestimmt den Kurs nicht allein. Bei einem konventionellen Wirbelsturm stellt dieser unberechenbare Strom die Sekundärkraft der Bewegung dar – die Primärkräfte sind nach wie vor der konstante Höhenwind und die gleichermaßen konstante Coriolis-Kraft.

Weil ›Clem‹ aber so viel größer ist, erkennt Carla, daß man sich hier in den Bereich der Non-Linearität begibt, wo ›größer‹ zugleich auch ›anders‹ bedeutet. Betrachtet man den Fallstrom, so muß er nur seine eigene Masse bewegen, um in Bewegung zu bleiben, und wenn man den viel größeren Druck-Gradienten zwischen der nach unten gerichteten Luftströmung und dem weit unterdurchschnittlichen Luftdruck im Auge betrachtet – dann werden plötzlich der Höhenwind und die Coriolis-Kraft zu Sekundär-Kräften degradiert. Der Fallstrom hat sich nun zur treibenden Kraft entwickelt.

Ein Fallstrom ist indes nicht völlig unberechenbar. In der Regel umkreist er den Wirbelsturm im umgekehrten Uhrzeigersinn, wenn auch mit einer beachtlichen ›Unwucht‹, und normalerweise ist er nicht dauerhaft genug, um ein Muster zu bilden. Wenn der Wirbelsturm dem Höhenwind folgt, schleppt er den Fallstrom üblicherweise nach und steigert dadurch seine Geschwindigkeit, ohne jedoch vom vorgegebenen Kurs abzuweichen.

Also weiß sie nun – oder hofft zumindest, es zu wissen –, warum das Verhalten von ›Clem‹ im Grunde nicht von der Norm abwich, wenn man die Überquerung des Kältepunktes mitten im Pazifik sowie die Tatsache außer Acht läßt, daß er größer wurde, anstatt zu schrumpfen, und warum er nun in völlig unvorhersehbarer Art und Weise von West nach Ost zieht. Und wenn sie sich nicht völlig irrt, kann sie jetzt eine Prognose erstellen. ›Clem‹ wird nicht nur, anders als ein typischer Wirbelsturm, lange Zeit in West-Ost-Richtung wandern, weil er so weit im Norden noch warmes Wasser zur Verfügung hat und einen Fallstrom, der ihn sogar gegen den Höhenwind vorantreibt …

Sie sind alle davon überzeugt, daß er sich jetzt jeden Tag drehen und Kurs auf Sibirien nehmen, über das zwölf Grad kalte Wasser südlich der Beringstraße hinwegziehen und sich in einem Gewitter auflösen wird, wobei er unterwegs vielleicht noch Hawaii oder Japan streift. Aber wenn sie recht hat, wird es ganz anders kommen.

Sie sortiert die Daten, Modelle, Notizen und sonstigen Arbeiten – es dauert fast vier Stunden, bis sie die Unterlagen so aufbereitet hat, daß Di und sein Team etwas damit anfangen können, und als sie sich schließlich setzt und die Daten abspeichert, hat sie vor Erschöpfung rote Augen. Sie nimmt einen ordentlichen Schluck Wasser und sagt: »Kanal Zwei.« Das grüne Lämpchen auf dem Recorder geht an, und sie spricht:

»Di, das Folgende ist von größter Wichtigkeit. Wenn du diese Nachricht erhältst, wird nicht mehr viel Zeit bleiben. Wir müssen jetzt die Öffentlichkeit informieren. ›Clem‹ wird nicht wieder auf Gegenkurs gehen und sich wie ein normaler Sturm verhalten – er wird seinen Ostkurs vielmehr beibehalten und dann nach Süden drehen, wobei er noch an Dynamik gewinnt. Ich weiß nicht, wo ›Clem‹ wieder auf Land treffen wird, aber es ist durchaus möglich, daß er Hawaii verwüstet oder die ganze Westküste. Die Evakuierung hätte schon vor einer Woche geplant werden müssen; es bleiben uns vielleicht nur noch drei Tage, bis ›Clem‹ zuschlägt.«

Dann stellt sie die Uhr so, daß sie in vier Stunden wieder geweckt wird. In dem kleinen Luxus-U-Boot riecht es wie im Umkleideraum ihrer Schule, und es stört sie nicht einmal; im Schubfach unter ihrer Koje befindet sich frische Bettwäsche, und die Dusche ist keine zwei Meter entfernt, aber sie rafft sich nicht auf, von diesen Optionen Gebrauch zu machen. Später weiß sie nicht einmal mehr, wie sie ins Bett gekommen ist; sie erinnert sich nur an unangenehme Träume, bis der Wecker sie aus der Koje scheucht; sie ist zwar noch immer müde, aber wenigstens wieder in der Lage, sich zu konzentrieren.

* * *

Je länger Jesse darüber nachdenkt – und er versucht es zu unterdrücken –, desto verrückter kommt es ihm vor, daß er sich noch immer mit Synthi beziehungsweise Mary Ann (mit diesem Namen soll er sie anreden) trifft. Nicht, daß sie viel gemeinsam hätten (obwohl sie durchaus miteinander sprechen) oder daß der Sex besonders gut wäre (es findet nämlich keiner statt), und sie haben auch keine Beziehung miteinander (obwohl er durchaus registriert, daß er sich kaum merklich verändert, wobei er diese Veränderungen schon interessant findet).

In der ersten Woche dieses seltsamen Verhältnisses war er zu angeschlagen, um wieder Sex mit ihr zu haben – und, um die Wahrheit zu sagen, solange er sie nicht besser kannte, hatte er auch Angst davor. Er weiß nicht genau, was sie zurückhielt, vielleicht war es nur seine Zurückhaltung oder wieder eine ihrer unergründlichen Launen.

Aber dennoch war es keine schlechte Woche. Sie haben die Modalitäten gleich festgelegt – er würde jeden Tag zur *comida* zu ihr kommen, zumal ihr Haus nicht weit von der Schule entfernt war. *Comida* ist eine wundervolle Mahlzeit – um sie richtig zu würdigen, muß man eine Stunde veranschlagen, und danach folgt die obligatorische Ruhestunde, die traditionelle *siesta*. Jesse ist schon lange genug hier, um sich den örtlichen Eßgewohnheiten angepaßt zu haben, und das Beisammensein mit Mary Ann – die banalen Anekdoten, die er täglich vom Unterricht mitbrachte, schienen sie regelrecht zu faszinieren, und das galt zum Teil sogar für den Lehrplan – sowie die Aufmerksamkeit, die ihm von einer so schönen Frau zuteil wurde, taten ihm richtig gut. Dann fanden sie immer noch Zeit für ein Nickerchen, und so ein Nickerchen, wobei Mary Ann den Kopf auf seine Brust legte und sich mit dem ganzen Körper an ihn drückte, war auch nicht zu verachten. Sie schauten in den strahlend blauen Himmel über dem Hof und unterhielten sich manchmal über Bücher, während er ihr sanft den Kopf streichelte.

Nicht, daß sie bei Büchern etwa denselben Geschmack gehabt hätten. Anders als Mary Ann zog Jesse eher leichte Romane, aber zumindest hatten sie Gesprächsstoff, und er fürchtete sich immer vor dem Tag, an dem ihnen die Themen ausgingen.

Nachdem er den Rest des Tages noch unterrichtet hatte, ging Jesse wieder nach Hause, duschte, zog sich fein an und unternahm mit Mary Ann einen langen

Spaziergang durch die Stadt, wobei sie Händchen hielten und sich über Gott und die Welt unterhielten. Sie erzählte ihm eine Menge Geschichten aus ihrer frühen Schauspielzeit, über ihre Erlebnisse als Synthi schwieg sie sich jedoch aus.

Jesse hatte das Trinken praktisch aufgegeben.

Intuitiv unterstellte er, daß Mary Ann nicht allzu viele reale Menschen kannte. Er wußte zwar nicht genau, was an ihm realer sein sollte als an ihr, aber die ›Irrealität‹ der im Showgeschäft tätigen Leute war ein solcher Gemeinplatz, daß wohl etwas dran sein mußte. Er gewöhnte sich langsam an die Vorstellung, sich mit einer Prominenten zu verabreden und stellte nach einer Weile gar keinen Unterschied mehr zu anderen Verabredungen fest – wenn an der ganzen Sache noch etwas ungewöhnlich war, dann das, daß er sich mit einer älteren Frau traf, die wußte, was sie wollte und auch keine Bedenken hatte, den dominierenden Part zu übernehmen. Das war das eigentlich Interessante.

Die Routine, welche aus *comida,* gemeinsamer *siesta* und einem langen Spaziergang durch die Stadt mit anschließender *cena* bestand, wurde in der ersten Woche, von Montag bis Freitag, im wesentlichen beibehalten. Während der ganzen Zeit hatten sie nur Händchen gehalten, sich geknuddelt und Gute-Nacht-Küßchen gegeben.

Aber heute ist Samstag, wo er nur vormittags arbeitet, und weil es bereits Nachmittag ist, hat Jesse jetzt Wochenende. Als er die Schule verläßt, frozzeln José und sein Freund Obet ihn ein wenig wegen seiner Beziehung mit einem XV-Star (»*Compadre,* was versprichst du dir denn davon? Du weißt doch, wie sie ist...«), aber aus diesem Unterton, der sogar einen gewissen Ärger verrät, schließt er sofort, daß sie ihn nur beneiden.

»Stimmt«, sagt Jesse grinsend, wobei er sich denkt, daß sie doch glauben sollen, was sie wollen. »Aber sie ist sicherlich nicht so problematisch wie eine Zwanzigjährige.«

José schüttelt traurig den Kopf. »Mein guter, lieber Freund, es ist ja nicht so, daß du dir das Problem aufhalsen *mußtest*, du *wolltest* es so. Du hast eine Frau, die alt genug ist zu wissen, daß du jederzeit gehen kannst, und nur deswegen macht sie dir keine Schwierigkeiten. Sie weiß eben nicht, daß du aber auch so blöd wärst, solche Schwierigkeiten zu tolerieren.«

»Könnte sein«, erwidert er grinsend. »Aber man könnte sich an ältere Frauen gewöhnen, könnte man wirklich.«

»Aha, aber wir haben ja keine Chance, wenn der große *norteamericano* alle attraktiven Frauen der Stadt abschleppt.«

Jesse schlägt sich an die Brust und setzt eine betroffene Miene auf. »Ich? Ich binde sie doch nicht fest, wenn ich sie durch habe.«

Das entlockt seinen zwei Freunden ein dröhnendes Gelächter; was ihm an seinen mexikanischen Freunden so gefällt, ist, daß man sie noch überraschen kann. Jesse führt das auf die Restspuren der Konditionierung durch den Katholizismus zurück. Wie dem auch sei, der Anflug von Eifersucht oder Neid ist anscheinend verflogen, so daß er *»Adiós«* sagt und weitergeht.

Er sagt sich, daß Tapachula weniger eine Stadt ist, in der nichts los ist als vielmehr eine, in der Taten statt Worte auf der Tagesordnung stehen. Tapachula ist eine Arbeiterstadt. Und wie die meisten Arbeiter sind sie durchaus dankbar für Unterbrechungen, möchten die Arbeit dann aber auch erledigen. Also wird neuer Klatsch immer mit gemischten Gefühlen betrachtet – eine willkommene Pause, aber eben auch eine Störung.

Vielleicht sind sie aber auch der Ansicht, daß es wohl nur einem Gringo gelingt, einen XV-Star ins Bett zu bekommen, und es hat erneut den Anschein, daß die guten Dinge des Lebens nur für *los norteamericanos* reserviert seien. Er würde ihnen gern die Wahrheit sagen – daß er und Mary Ann es nur einmal gemacht haben und daß es ihm gar nicht besonders gefallen hat, daß ihr Körper richtig synthetisch wirkt und er nicht sicher ist, ob er es noch auf einen weiteren Versuch ankommen lassen will –, aber tief im Innern bezweifelt er, daß sie ihm glauben würden, und selbst wenn das der Fall wäre, würden sie sich wahrscheinlich nur ärgern, daß sie sich ausgerechnet an ihn verschwendet.

Als er um die Ecke biegt, befindet er sich in ihrer Straße; es ist schon sehr warm, und die weißen Gebäude bilden einen schier unerträglichen Kontrast zum sich bis an den Horizont erstreckenden, strahlend blauen Himmel. Er spürt direkt, wie die von den Häusern reflektierte Hitze ihm ins Gesicht schlägt und sich hinter der kleinen schwarzen Sonnenbrille staut. Er seufzt, als ob er die warme Luft aus sich herauslassen wollte, legt dann die letzten Schritte zu den Bäumen zurück, die den Hof ihres Anwesens säumen, und tritt in ihren Schatten, als ob er im Dschungel in einen kühlen Teich gleiten würde.

Sie kommt zu seiner Begrüßung an die Tür. Sie hat ein weißes Kleid an, und nach dem, was man schon mit ihr angestellt hat, läßt es sich kaum vermeiden, daß elegante Kleidung die Aufmerksamkeit sofort auf ihren obszönen Körper lenkt, aber das hier ist ein guter Kompromiß. Das Kleid bauscht sich an den meisten Körperpartien (wobei jedoch die großen Brüste nicht kaschiert werden), aber es ist kokett und frivol und hat sehr große Ähnlichkeit mit einem Kleidchen für kleine Mädchen. Die Lockenpracht hat sie unter einem weiten Sonnenhut verstaut, und sie weist tatsächlich eine verblüffende Übereinstimmung mit den kleinen Mädchen in weiten Kleidern auf, wie sie auf alten Bildern dargestellt sind.

»Du siehst großartig aus«, sagt Jesse und meint es auch so.

Sie strahlt ihn an, wobei ihm auffällt, daß sie die paar Sommersprossen um ihre Stupsnase nicht entfernt hat, und er fragt sich, ob sie es nur vergessen oder bewußt unterlassen hat. Er küßt sie zaghaft auf die Wange, und sie umarmt ihn stürmisch.

»Ich dachte, daß wir einen Stadtbummel machen, vielleicht ins Kino gehen oder uns in ein Café oder auf eine Parkbank setzen«, sagt sie. »Sonst gibt es hier nicht viele Attraktionen.«

»Ich bin heute abend auf eine Party eingeladen, und wenn du möchtest, kannst du mich begleiten«, entgegnet Jesse. »Ein Haufen Linker, von Alt-Stalinisten über *Deepers* bis zu modernen Ultra-Linken. Die einen werden dich bemitleiden und die anderen werden dich fragen, ob du dich ausgebeutet fühlst.«

»Ich werde gerne bemitleidet und liebe Gespräche über meine Ausbeutung. Mich in Selbstmitleid zu ergehen, ist aber mein größtes Talent. Ich weiß, wie ich mit den Leuten umgehen muß, Jesse. Und ich hätte auch nichts dagegen, mal ein paar neue Gesichter zu sehen.«

»Gut«, sagt er, »also heute abend um neun. Tapachula-Zeit, was bedeutet, daß es erst um zehn anfängt, und *Leftie*-Zeit, was besagt, daß es erst um Mitternacht richtig losgeht. Ich würde also sagen, wir haben noch reichlich Zeit zum Spazierengehen. Ihren Arm, Madam.«

»Gern. Nur nicht, wenn wir eine Straße überqueren. Ich möchte nämlich nicht, daß man dich für einen Pfadfinder hält.«

Als sie aus dem Schatten des Vorgartens heraustreten, kommt es ihnen so vor, als ob sie sich plötzlich im Lichtkegel eines Suchscheinwerfers befänden; vor dem drückend heißen und grellweißen Sonnenlicht gibt es kein Entrinnen.

Sie verbringen eine Stunde damit, in der Stadt zu flanieren und die Menschen bei ihren Freizeitaktivitäten zu beobachten. Fast die ganze Zeit gehen sie Hand in Hand.

Aus irgendeinem Grund – vielleicht deshalb, weil sie hier draußen über bestimmte Dinge nicht unbefangen reden können – schneiden sie das Thema ›Sex‹ nur am Rande an. Sie haben zuvor zwar oft miteinander geschäkert, und Jesse hat so getan, als würde er befürchten, daß Mary Ann wieder über ihn herfällt. Woraufhin sie ihn gefragt hat, wie man sich denn so als Impotenter fühlt. Das sollte zwar ein Scherz sein, hatte für Jesse aber einen schalen Beigeschmack.

Ein weiterer Grund, dieses Thema in der Öffentlichkeit diskret zu behandeln, besteht darin, daß es durch die ständigen Unterbrechungen nicht allzu vertieft wird. Jesse begegnet einigen seiner Schüler und stellt sie Mary Ann vor, und außerdem gibt es Dutzende kleiner Karren mit exotischen Gerichten, die in Augenschein genommen werden müssen (wobei sie in der Regel auf eine Kostprobe verzichten), und manchmal schlendern sie einfach nur stumm die Straße entlang. Auf diese Art kommen sie gar nicht erst in Versuchung, miteinander zu flirten, und sie sprechen dieses Thema auch so schnell nicht wieder an.

»Jesse, meinst du, ob unsere Beziehung sich vielleicht auch anders hätte entwickeln können?« fragt sie unvermittelt und mit abgewandtem Blick.

Er schaut zur Seite, wobei er nur die Krempe ihres Sonnenhuts erspäht. »Darüber habe ich noch gar nicht nachgedacht.«

»Nun, ich schon. Und ich bin zu dem Schluß gekommen, daß es sich auf gar keinen Fall anders hätte ergeben können. Deshalb freue ich mich sehr, daß es überhaupt geschehen ist«, sagt sie seufzend. Jesse sieht, daß einige feuerrote Locken unter dem Sonnenhut hervorlugen und schiebt sie zurück. Sie schaut ihn lächelnd an: »Ich will damit nur sagen, daß wir uns aufgrund seltsamer Umstände kennengelernt haben, aber es gab vieles in meinem Leben, das ich schon vergessen und aus dem Blick verloren hatte...«

Ach, darauf läuft es also hinaus. Jesse hat schon vor einiger Zeit erkannt, daß trotz ihrer Konditionierung zu Synthi Venture noch ein großer Teil von Mary Ann Waterhouse existent ist, der sich einer Konditionierung immer widersetzt hat. Zum einen neigt sie dazu, die emotionsgeladene Diktion der Dialoge in den alten Filmen zu imitieren. Sie verbreitet sich noch ein wenig über die ›Wiederherstellung des Gleichgewichts‹ und die ›Konzentration ihrer Energien‹, was letztlich in den Schluß mündet, daß sie Jesse »als eine Schlüsselperson in meinem Leben betrachtet«. Er interpretiert das so, daß sie glücklich ist über ihr Zusammensein; solcher Sprüche hat er sich auch immer bedient, wenn er mit der alten ›sensibler, musisch veranlagter junger Mann‹-Masche ein Mädchen ins Bett bekommen wollte, aber er hat eigentlich nicht den Eindruck, daß sie versuchen würde, ihn zu verführen.

Er legt ihr einen Arm um die Schulter, wobei er merkt, wie klein sie im Grunde ist, und zieht sie an sich. Die Straße ist fast menschenleer, nur zwei andere Paare laufen weit an ihnen entfernt vorbei. Die Straße führt zu einem nicht sonderlich beeindruckenden, kleinen Springbrunnen, der träge im gleißenden Sonnenlicht vor sich hin plätschert, und er geleitet sie zur Einfassung des Brunnens; sie setzen sich hin, und er küßt sie.

Dies ist der erste richtige Kuß seit jener schrecklichen ersten Nacht – er hat ihr seitdem zwar einige Gute-Nacht-Küsse gegeben, aber das war nur ein reines Touché der Lippen – und es erstaunt ihn, wie sanft und sensibel sie sich jetzt verhält. Sie scheint ihm die Initiative überlassen zu wollen, und zögernd legt sie ihre weichen Lippen auf seinen Mund. Dieser Kuß dauert ziemlich lange, und als sie sich voneinander lösen, lächelt sie wie ein junges Mädchen nach dem allerersten Kuß.

»So bin ich schon sehr lange nicht mehr geküßt worden«, sagt sie dann. »Ich wundere mich wirklich, daß ich überhaupt noch so empfinden kann.«

»Nun, da du dazu noch in der Lage bist, wie war es denn?«

»Göttlich, verdammt. Ich würde es nicht sagen, wenn es nicht so wäre. Aber egal; jetzt, wo wir den sentimentalen ›Kuß-am-Springbrunnen‹- und ›Hand-in-Hand-Spazierengehen‹-Klischees entsprochen haben …«

»Leider noch nicht«, erwidert er. »Ich habe noch etwas Sentimentales in petto. Da ist ein *licuado*-Stand um die Ecke. Er gehört der Schwester von einem meiner Schüler, und deshalb wird sie uns wohl keine verfaulte Frucht unterjubeln.«

Sie blinzelt ihn unschuldig an. »Was ist denn ein *licuado?*«

»Aha«, bemerkt er. »Reiche Touristinnen mischen sich wohl nicht unter das gemeine Volk, wie?«

»Hoffentlich nicht die spanische Bezeichnung für ›Plörre‹ oder so was. Ich möchte nicht wieder so hereingelegt werden wie damals von Rock mit diesem *Vegemite.*«

Jesse grinst sie an. »Mitnichten. Keine Sorge. Ich bin auch einmal auf dieses Zeug reingefallen, und dann nie wieder.«

»Ging mir genauso. Rock ist ein Schuft. Er hat mich dazu verleitet, *Vegemite* zu probieren, als wir eine Geschichte über die Zerstörung des Great Barrier-Riffs produzierten.«

»Genau, da gab es drei australische Studenten an der U des Az, die eine ›kulinarische Weltreise‹ veranstalteten; sie haben natürlich *Vegemite* mitgebracht, aber auch sonst alles gegessen. Das war eigentlich noch recht manierlich, bis sie dann das *Vegemite* aßen.«

»Das ist aber eklig. Also ist ein *licuado* harmlos?«

»Frisches Obst, Milch und Zucker, und dann verquirlen. Aber das Gute daran ist, daß die Milch und das

Obst wirklich frisch sind, als ob man sie heute morgen erst auf dem Markt gekauft hätte. Hatten noch nicht mal die Zeit, sich nach dem Baum oder der Kuh zurückzusehnen. Komm mit – das mußt du dir unbedingt ansehen.«

Sie biegen um die Ecke und betreten die breite *calle*, die durch Palmen in großen, niedrigen Steinkübeln in zwei Fahrspuren unterteilt ist.

Porfirios Schwester erkennt Jesse sofort, und offensichtlich ist sie von Porfirio bereits über Jesses Freundin instruiert worden, denn gegenüber Mary Ann verhält sie sich sehr reserviert und förmlich. Mary Ann hingegen begegnet ihr höflich und warmherzig – und Jesse überlegt, *jetzt erzählt Teresa ihren Freundinnen sicher, welche durchschnittliche und normale, aber* muy bella *Frau Synthi Venture ist.*

Sie überreicht ihnen einen aus einer gigantischen Papaya bestehenden *licuado* mit einer interessanten pinkpurpurnen Farbgebung, denn die Papaya war schon sehr reif und rot, und dazu zwei Strohhalme. Jesses Trinkgenuß wird durch Mary Anns Sonnenhut erheblich beeinträchtigt, und schließlich nimmt sie ihn ab, woraufhin ihre unnatürlich rote Haarpracht sich bis in den Schoß hinunter entfaltet.

»Ein üppiger Schopf«, kommentiert Jesse.

»Das muß so sein – bei den meisten Rollen, die ich zu spielen hatte, mußte ich damit immer diese lustigen Schaumstoffpolster kaschieren. Das muß wohl die 3-D-Entsprechung zu den alten Pappkartons sein, mit denen man früher die Frisuren der *Cosmo*-Models fixierte.«

»Lady, ich bin nur froh, daß sie nicht *alles* synthetisch gemacht haben.«

»Vielleicht nicht synthetisch, aber es ist ziemlich knorpelig.«

»Ich hatte eigentlich dein Herz gemeint.«

»Sag nur, ich auch.«

Der Rückweg zu ihrem Haus dauert sehr lange; keiner von beiden hat es eilig, aber sie bummeln auch nicht. Sie haben eine stumme Einigung erzielt. Die unglaubliche Señora Herrera hat die *comida* im Stil einer kalten Platte angerichtet und läßt sie oben in Mary Anns Schlafzimmer servieren.

Sie nehmen sich viel Zeit für die Liebe, und diesmal ist sie erstaunlich sanft und zärtlich. Sie stellen die Nachrichten nicht an, und während der ganzen Nacht ist es draußen auf der Straße so laut, daß sie die Nachrichten von Hawaii erst am nächsten Morgen hören.

Am 28. Juni, nordwestlich von Midway, bewegt sich in sechzehn Kilometern Höhe ein Strom feuchter Luft an der Untergrenze der Tropopause entlang – der Fallstrom von Wirbelsturm ›Clem‹. Dieser Strom ist groß – er weist selbst die Masse von einigen großen Wirbelstürmen auf. Und dennoch ist er unsichtbar; der weit im Relativ-Süden über der Erde stehende Louie Tynan ist kaum imstande, ihn auszumachen, obwohl er nun weiß, wonach er mit dem Infrarot-Scanner zu suchen hat.

Di Callare und sein Team sowie Carla Tynan auf *My-Boat* sind erst seit wenigen Tagen über dieses Phänomen orientiert, aber es dominiert bereits ihre Gedanken.

Bisher ist ›Clem‹ dem Höhenwind gefolgt, der Luftströmung, die in sechs Kilometern Höhe im Uhrzeigersinn über dem Pazifik zirkuliert, wobei der Vergleich mit einem Elefanten passend ist, der an einer Drachenschnur geführt wird. Aber falls Carla recht hat, dann muß man jeden Moment damit rechnen, daß der Fallstrom einen Schwenk vollführt oder ein neuer Fallstrom entsteht, und überhaupt muß der Möglichkeit Rechnung getragen werden, daß ›Clem‹ einen beliebigen Kurs einschlägt.

Am späten Nachmittag ist es dann soweit, und es ist

reiner Zufall, daß Louie den Vorgang mitbekommt; als er zum Hörer greift, um die Erde zu warnen, ist der Alarm bereits ausgelöst, und die Daten der automatischen Kameras gehen binnen kurzem in Houston und Washington ein.

Dennoch klingelt er durch; niemand, der mit High-Tech-Ausrüstung arbeitet, vertraut den Geräten bedingungslos, und diese Sache ist viel zu wichtig, um ihre Beurteilung irgendeiner Künstlichen Intelligenz zu überlassen. Er bedient sich des Überrang-Codes, um direkt nach Washington durchgestellt zu werden und wird auch sofort mit dem verschlafenen, mürrischen Konterfei von Harris Diem konfrontiert, der gerade zu Bett gegangen war. »Ja?«

»Mr. Diem, hier spricht Louie Tynan. Der Fallstrom ist soeben auf Nordkurs gegangen. ›Clem‹ wird die Richtung ändern.«

»Auf – Nordkurs gegangen. Haben Sie schon eine Vorstellung, wo er zuschlagen wird?«

Louie schaut auf den Ausdruck, den die KI ihm gerade überreicht. »Scheiße. Wir haben eine Vorstellung. Die Chancen stehen ausgezeichnet, daß er Midway plattmacht, und dann besteht noch eine Wahrscheinlichkeit von fünfzig zu fünfzig, daß es Hawaii erwischt.«

Diem blickt nach unten, bestätigt Louies Zahlen und schaut wieder zu ihm hoch. »Bleiben Sie, wo Sie jetzt sind, und fliegen Sie zunächst nicht zum Mond. Es wäre nämlich möglich, daß Sie sich ganz inoffiziell einige bestimmte Dinge ansehen sollen. Wenn Sie sich für die kommenden Stunden kommod einrichten wollen, sollten Sie das in den nächsten zehn Minuten tun.«

»Roger«, sagt Louie und wendet sich vom Telefon ab, als Diem aufgelegt hat.

Der Fallstrom ist auf Nordkurs gegangen – und schwenkt bereits nach Osten ein. Schon mit dem bloßen Auge erkennt Louie, daß sich ein spitzer Keil in den

Wirbelsturm ›Clem‹ bohrt, und zwar an der Stelle, wo der nach unten gerichtete Fallstrom eine Hochdruckzelle ausbildet.

Per Modem übermittelt er die Basisparameter an Dis Team, so daß die Daten zur Verfügung stehen, wenn Diem oder Pauliss Di Callare aufwecken, und dann versucht er sie auch an Carla weiterzuleiten, obwohl sie wahrscheinlich zu tief abgetaucht ist, um die Daten in der nächsten Zeit zu empfangen.

Dann ordert er, einer langen Gewohnheit folgend, Sandwiches und Kaffee bei der robotischen Küche und begibt sich in den vorderen Teil der Station. Diem hat völlig recht – man kann nie wissen.

Als der Fallstrom seine neue Position relativ zum Sturm bezieht, ändern sich die Windverhältnisse in der Umgebung; die Luft strömt immer von Zonen hohen Drucks zu solchen niedrigen Drucks, und der Punkt mit dem niedrigsten Druck in Meereshöhe ist das Auge von ›Clem‹, der mit dem höchsten Druck der Endpunkt des Fallstroms. Wenn ›Clem‹ ein physikalisches Objekt wäre, würde der Wirbelsturm allein aufgrund der schieren Masse eine lange Zeit zur Verzögerung und Kursänderung benötigen, aber ein Wirbelsturm ist eben kein Objekt, sondern ein Prozeß: er konvertiert die kinetische Energie der spiralförmig einströmenden Luft in zusätzliche Windenergie, hat selbst jedoch keine Dynamik.

Als er nun eine Kursänderung um 110 Grad nach rechts vollführt und auf eine neue Bahn einschwenkt, tut er das nicht wie ein Ozeandampfer, der erst verzögert und dann wieder Fahrt aufnimmt; er ändert einfach nur die Richtung.

Die gute Nachricht, zumindest vom Standpunkt der Regierungen aus, ist die, daß dieser Vorgang gerade einsetzt, als an der Ostküste Nordamerikas die Schlafenszeit anbricht und die Sache nicht sofort in ihrer ganzen Tragweite erfaßt wird; als XV also die Nachrichten bringt, sind die Menschen an der dicht besiedelten Ostküste gerade zu Bett gegangen.

Unglücklicherweise erscheint die Meldung auch in den europäischen Frühnachrichten und den fernöstlichen Spätnachrichten.

Daher ist Carla Tynan, die die letzte Etappe nach Pohnpei in Überwasserfahrt zurücklegen will, schon bald nach Eintreten der Situation im Bilde, programmiert den Autopiloten und macht sich an die Arbeit; Di, der durch Henry Pauliss' Anruf aus dem Schlaf gerissen wurde, verabschiedet sich von Lori, schnappt die schon gepackte Reisetasche und besteigt den *Zipline* nach DC.

Um vier Uhr morgens sitzt Di dann am Schreibtisch, mit einer großen Kanne Kaffee vor sich. Gretch hastet aus dem Praktikanten-Wohnheim herüber und wird gleich dazu vergattert, Grafiken zu erstellen und diese dann auszudrucken; Pete und Wo Ping, die eine Fahrgemeinschaft bilden, erscheinen als nächste, und dann kommt Mohammed. Als sie sich schon Sorgen machen, tritt Talley endlich an, wobei ein Paralysator ihre Handtasche ausbeult. Sie erklärt, daß sie in einer verrufenen Gegend wohnt und es deshalb für besser gehalten habe, die Waffe offen zu tragen, als sich aufgrund irgendeines Zwischenfalles zu verspäten. »Wenn ich gezwungen worden wäre, den Schocker zu betätigen, hätte das Funksignal alle Streifenwagen angelockt, und die Polizei hätte mich die ganze Nacht vernommen«, sagt sie mit einem Achselzucken.

Sie ist perfekt geschminkt, und Di fragt sich, ob sie vielleicht aus einer Verabredung oder einem Barbesuch herausgerissen wurde. Merkwürdig nur, daß sie morgens nie müde wirkt.

John Klieg hört es in den Abendnachrichten und registriert mit grimmiger Genugtuung, daß eine andere private Gesellschaft für Raumflüge, *Consolidated Launch*, ihren Sitz auf Naalehu auf der Großen Insel hat. Sie ist zwar nicht so bedeutend wie die Einrichtung auf Kingman mit ihrer Kapazität für schwere Raketen, aber Klieg profitiert von jedem Ort, von dem kein Satellit hochgeschossen werden kann, und die Aussichten sind glänzend, daß Naalehu mit seinen exponierten, einen ganzen Kilometer aufs Meer hinausgehenden Anlagen und den auf dem Strand verlegten Rohrleitungen in wenigen Tagen ausgeschaltet sein wird, so daß die USA dann nur noch über die Luftwaffenbasis Edwards verfügen, um Raketenstarts aus der Luft vorzunehmen.

Per Saldo hat der Wirbelsturm ›Clem‹ in den zwei Wochen seit seiner Entstehung die globale Startkapazität um erquickliche vierzig Prozent reduziert; als das Telefon klingelt, weiß Klieg schon, daß es Hassan ist, um ihm seine Glückwünsche zu übermitteln. Die Leute tun ihm ja wirklich leid, aber, wie Hassan schon sagte, Mitleid adelt denjenigen, der es empfindet, hilft dem Empfänger indes nur wenig.

Brittany Hardshaw erhält die Information zehn Minuten nach Harris Diem. Hawaii wird über alle vorhandenen Kanäle gewarnt, und wenigstens ist es dort noch früh am Abend, so daß die Meldungen auch registriert werden. Eingedenk der Bilder aus Mikronesien, des vernichteten Weltraumzentrums in Kingman und der XV-Reportage über das zerstörte Altersheim auf Saipan, reagieren die Hawaiianer wie erwartet, graben sich ein, errichten Sandsackbarrieren, evakuieren die Menschen und verbringen alles, was nicht niet- und nagelfest ist, in die Berge. Aber das wird nicht annähernd ausreichen, falls ›Clem‹ mit voller Wucht über die Inseln hinwegziehen sollte.

Die Navy geht kein Risiko ein und nutzt die Nacht, um Midway zu evakuieren; zum Glück stehen die USS *George Bush* und ihre Trägergruppe bereit, so daß sie Menschen und Material auf den Träger und alle sonstigen verfügbaren Schiffe bringen. Dann brechen sie nach Pearl Harbor auf und lassen die Insel menschenleer zurück. Als Präsidentin Hardshaw die Meldung erhält, daß die Flotte in See gestochen und mit voller Kraft unterwegs ist, stößt sie einen Seufzer der Erleichterung aus; es ist jetzt Spätnachmittag in Washington, und es hat den Anschein, daß ›Clem‹ die hawaiianische Inselkette genau zwischen Lisianski und Laysan durchstoßen wird – nahe genug, um Midway in Mitleidenschaft zu ziehen und die Hauptinseln mit gigantischen Flutwellen zu überrollen, aber in ausreichendem Abstand von Oahu, Maui oder Hawaii selbst. Und Admiral Singh auf der *Bush* ist der Ansicht, die Trägergruppe kann den Sturm abreiten und nach Pearl durchkommen. Es wird eine höllische Passage – aber sie werden es schaffen.

Bevor er Feierabend macht, wird Harris Diem noch einmal ins *New Oval Office* zitiert.

»Es ist soweit«, sagt Hardshaw. »Wir müssen die Aufmerksamkeit der Weltöffentlichkeit auf ›Clem‹ lenken, wenn Rivera und ich die benötigten Kompetenzen erhalten wollen.«

»Sie tun sich noch immer schwer damit, ›Rivera und ich‹ zu sagen«, stellt Diem fest.

»Sie klingen aber bitter.«

»Ja, ein bißchen. Darf ich mich setzen, Chefin?«

»Sie wissen doch, daß Sie nicht erst fragen müssen. Was gibt es denn?«

»Ich habe darüber nachgedacht, wie Sie sich im Lauf der Zeit entwickelt haben und was aus der alten Brittany Lynn Hardshaw geworden ist.« Diem seufzt. »Wir arbeiten nun schon seit über zehn Jahren daran, uns von der Dominanz der UN zu befreien – und das ist nicht leicht gewesen, wo sie unsere Rechnungen bezahlt haben und wir unsere Streitkräfte praktisch als Friedenstruppen vermieten mußten – das Ziel ist in Reichweite, und was nun? Sie holen sie wieder rein. Sie wissen verdammt gut, daß wir nach ›Clem‹ die Welt beherrschen könnten.«

»Wenn es dann noch eine Welt gibt, die wir beherrschen könnten, Harris. Das ist nämlich die große Frage. Es hat keinen Zweck, nur der am leichtesten verwundete Schwerverletzte zu sein.«

Er zuckt die Achseln. »Oh, ich verstehe die Logik. Sie wollen Rivera in die Tasche stecken, das ist natürlich auch eine Möglichkeit. Aber ich ... nun, das beschäftigt mich eben ziemlich. Sie haben mal gesagt, daß es an der Zeit wäre, ja, das haben Sie gesagt, Henry Pauliss in die Wüste zu schicken. Aber er ist ein alter Freund und Schützling von mir. Er vertraut mir. Er ist völlig ahnungslos.«

»Harris, Sie und ich, wir haben beide schon Freunde in den Tod geschickt«, sagt Hardshaw leise. »Ich weiß nicht, ob ich mich verändert habe.«

Diem seufzt und zuckt die Achseln. »Früher hatte ich immer ein Gespür für das, was wir taten. Heute spielt sich das nur noch auf der kognitiven Ebene ab. Chefin, wir haben immer dem Willen des Volkes entsprochen – die Leute wollten eine Verschärfung der Verbrechensbekämpfung; wir haben entsprechend gehandelt. Sie wollten, daß wir uns dem Einfluß der UN entziehen; wir haben es getan. Sie wollten, daß wir den Afropäern helfen, und wir taten es. Wir haben das jedoch nicht bewerkstelligt, indem wir große ›Hassen-wir-den-Hurrikan‹-Medienkampagnen aufgezogen oder sonstige Schreckensszenarien entworfen haben. Und wir haben sichergestellt, daß die Leute entweder für uns waren oder es bedauerten. Nun, wo ich diese ganze Desinformationsstrategie sehe, begreife ich, daß die Welt sich verändert hat und vielleicht der ganze Planet bedroht ist ... aber irgendwie hat sich auch meine ganze Denkweise verändert.«

Sie nickt. »Ich verstehe. Sind Sie aber trotzdem in der Lage, das zu tun, worum ich Sie bitte? Ich brauche einen Riesenskandal, ich brauche einen Sündenbock, und dieser Skandal muß einen Bezug zu ›Clem‹ aufweisen. Können Sie mir Henry Pauliss' Kopf bringen?«

»Ja. Kein Problem.«

Sie geben sich auf eine seltsam förmliche Art die Hand, bevor er geht. Diem fährt nach Hause, geht in den Keller hinunter, gibt dem drängenden Verlangen nach und schaut sich die Hälfte seiner XV-Clips an; später fällt er dann, schlapp und wund, in einen tiefen und traumlosen – jedoch alles andere als erholsamen – Schlaf.

Jesse und Mary Ann erfahren im TV davon – nicht über XV, denn Mary Anns Haus hat keinen solchen Anschluß –, als sie gerade die *siesta* beenden, gegen vier Uhr nachmittags. Zu dieser Zeit haben die Dinge schon eine gewisse Dynamik entwickelt, und es liegt bereits Dokumentationsmaterial über die Trägergruppe vor, die mit voller Kraft auf Südwestkurs fährt (das zu dem Zweck von einem auf Pearl Harbor stationierten Marine-Helikopter aufgenommen wurde, wenigstens ansatzweise eine positive Öffentlichkeitsarbeit zu leisten). Die Ereignisse werden einer gründlichen Analyse unterzogen, und außer *Scuttlebytes* bringt auch *Sniffings* einen neuen Beitrag zu dieser Sache.

»Nimmst du ihr das denn ab?« fragt Mary Ann Jesse, wobei sie sich an ihn schmiegt und seine Hand auf ihre Hüfte legt.

»Im Grunde schon. Sie hat mal meinen Bruder interviewt, und er war ziemlich beeindruckt. Auch heute bittet sie ihn manchmal noch um Hintergrundinformationen.«

»Wirklich? Mir fällt es immer schwer, den Nachrichten von *Sniffings* zu glauben.«

Jesse nickt. »Was ist dir denn so unglaubwürdig erschienen?«

»Ich glaube, einfach ihre Art der Präsentation. Ich

weiß nicht, was sie eigentlich sagen will und welche Vorstellung sie selbst davon hat. Mir kommt es so vor, sie will ihre Moderation so nüchtern gestalten, daß sie alle Emotionen und den Hintergrund der Meldungen unterschlägt und nur vom Fernschreiber abliest. Und sie macht auch persönlich nicht viel her; ich meine, ihr Auftreten ist schon professionell, aber sie selbst ist nicht attraktiv. Und dann diese ganzen Interviews und Grafiken und so. Man erfährt eine Menge über das, was in der Welt los ist – wenn man ihr glauben will –, aber man bekommt keine Hintergrundinformationen, und ohne die wirken ihre Darstellungen irreal.«

»Di sagt, mein alter Herr sei einer ihrer größten Fans«, erwidert Jesse. »Überhaupt heißt es, daß sie bei den alten Leuten gut ankäme. Das muß wohl daran liegen, daß ihre Art der Nachrichtenmoderation sie an ihre Jugendzeit erinnert.«

»Hmm. Ich erinnere mich überhaupt nicht an die alten TV-Nachrichten, aber auf der Oberschule habe ich im Geschichtsunterricht viele alte Nachrichtensendungen gesehen, und ich weiß noch, wie *langweilig* die waren.«

Jesse nickt nachdenklich. »Ich verstehe. Den Nachrichten fehlte das gewisse Etwas, richtig?«

»Genau. Das fehlte ihnen. Und diese paar Schiffe mitten im Ozean …«

»… die mit aller Kraft versuchen, dem Wirbelsturm zu entrinnen«, ergänzt Jesse. »Das ist reichlich dramatisch. Und es gibt Mütter mit Kindern auf dem Träger – auf Midway gab es eine Siedlung mit einer Schule für die Soldatenfamilien.«

»Ja, aber wir wissen nicht, *wer* diese Leute sind, nur daß sie eben in den Nachrichten vorkommen«, legt Mary Ann dar. Sie hat sich jetzt aufgesetzt und wirkt richtig elektrisiert; Jesse erkennt, daß sie sich nun auf ihrem Fachgebiet bewegen, in dem sie natürlich bestens Bescheid weiß. »Das war nämlich der Grundgedanke von Doug Llewellyn; *Passionet* ist dadurch groß geworden, weil er wußte, daß die Menschen über andere Menschen informiert sein wollen. Viele Leute haben die alten Nachrichten nur wegen der Moderatoren gesehen, was auch plausibel war. Das Gefühl für die Bedeutung einer Sache und ihren Hintergrund erhält man nämlich nur dann, wenn man die Reaktionen einer Bezugsperson beobachtet. So haben wir schließlich auch als Kinder neue Dinge rezipiert. Das Problem mit den alten Nachrichten bestand darin, daß man zwar die Bilder sah, aber nicht selbst vor Ort war. Stell dir nur mal vor, bei der Berichterstattung über den Holocaust hätten die Leute sich in die Rolle der KZ-Wärter versetzen können…«

»…oder sich selbst in den Ofen schieben lassen«, meint Jesse mit einem morbiden Gefühl.

»Gut, von mir aus auch das. Und überlege doch mal, welch ein Gefühl es gewesen sein müßte, sich bei den ersten Raumflügen in die Astronauten hineinzuversetzen.«

»Nun, zumindest haben wir alle die erste Marslandung aus der Perspektive von Oberst Tynan gesehen. Ja, du hast wohl recht – die Leute auf diesem Schiff kommen mir irgendwie gesichtslos vor. Andererseits würde mich schon interessieren, ob sie es schaffen oder nicht.«

»Ja, aber stell dir doch nur mal vor, wie es wäre, auf dem Deck zu stehen.« Ihr Blick schweift in die Ferne und wirkt dabei ein wenig traurig; Jesse erkennt die Melodramatik des Vorgangs – sie nimmt wieder eine ihrer ›Eines-Tages-muß-ich-wie-der-an-die-Arbeit‹-Posen ein.

»Du könntest dabei ums Leben kommen«, gibt Jesse zu bedenken, wie jedesmal, wenn sie in dieser Stimmung ist.

»Ja – aber das Honorar, das dabei rausspringen würde!« Sie grinst ihn an. »Keine Sorge, *so* schnell werde ich dich nicht wieder in die düstere Realität stürzen. Aber langsam denke ich wieder ans Geschäft – und im Grunde geht es nur darum. Es *ist* gefährlich – ist es immer schon gewesen. Ernie Pyle ist schließlich auch in den Stiefeln gestorben.«

»Du bist ihm doch nie begegnet.«

Sie schnaubt und bewirft ihn mit einem Sofakissen, woraufhin sich auf dem Sofa eine Rangelei entwickelt; als sie sich dann wieder dem Bildschirm zuwenden, werden gerade die Baseball-Ergebnisse eingeblendet.

Eine halbe Stunde bevor Mary Ann und Jesse den Fernsehbeitrag über die Evakuierung von Midway verfolgen, schlägt der Fallstrom von ›Clem‹ erneut einen Haken und nimmt Kurs nach Nordwesten. Das Auge von ›Clem‹ befindet sich jetzt bei 169 Grad West 31 Grad Nord, und seine Ausläufer suchen gerade das mehrere hundert Kilometer entfernte Midway heim, mit einer Stärke von 19 auf der Beaufort-Skala – mehr als ausreichend, um Häuser zum Einsturz zu bringen und Boote auf den Strand zu werfen; was den Japanern 1942 mit ihren Luftangriffen nicht gelungen ist, findet nun in wenigen Minuten auf der aufgelassenen Basis statt. Die massiven Gebäude bleiben zwar stehen, aber die Fensterscheiben zersplittern, und oft werden die Dächer wie Bananenschalen abgeschält; weniger solide Gebäude, Strommasten, Anlegestellen und alle anderen Einrichtungen, die der vollen Wucht des Sturms preisgegeben sind, werden zertrümmert, über dem Meer verstreut oder gegen die noch stehende Infrastruktur geschleudert. Jede Palme auf der Insel wird gefällt, und als schließlich die riesige Flutwelle über die Ruinen walzt, existiert fast nichts mehr, was sie noch hätte niederreißen können.

Bei dieser Flutwelle handelte es sich indessen nur um einen ›Ausläufer‹, denn ›Clem‹ ist bereits auf Süd-West-Kurs, und die Welle, die Midway erwischt hatte, befand sich quasi in seinem Kielwasser. Die Basis verschwindet vom Antlitz von Sand Island, und die letzten aus dem 2. Weltkrieg stammenden Ruinen auf East Island werden ebenfalls weggespült; als nach einigen Tagen die Sonne wieder hervorkommt, bescheint sie wohl noch die kleineren Inseln, aber die Sandinseln sind verschwunden. Die einzigen Anzeichen der Zivilisation, welche die Inseln noch aufweisen, sind die Landebahnen und die Fundamente des alten Pan Am-Hotels auf Midway. Dafür interessiert sich jedoch niemand mehr.

Der Wirbelsturm bewegt sich in etwa parallel zur hawaiianischen Inselkette, aber eben nicht völlig parallel, und alle Geraden, die keine Parallelen sind, schneiden sich irgendwann einmal; die Frage lautet in diesem Fall nur, wo die beiden Geraden sich schneiden und ob ›Clem‹ den aktuellen Kurs beibehält. Di Callare bleibt an seinem Arbeitsplatz; Lori schickt ihm ein Lunchpaket und ein paar frische Sachen, und er duscht, wechselt die Kleidung, nimmt sich dankbar des Essens an und sitzt schon wieder am Schreibtisch, bevor er überhaupt registriert, daß er soeben eine Pause eingelegt hat. Dabei kommt ihm streiflichtartig der Gedanke, daß Lori dort draußen ist und daß sie ihn liebt.

Die Dunkelheit schiebt sich über den Atlantik nach Amerika, erreicht Brasilien, greift über ganz Südamerika aus, legt sich über die Karibik und Nordamerika, und ›Clem‹, der am sonnigen Spätnachmittag noch immer über den Pazifik wandert, beschleunigt und schwenkt auf die Inseln ein. Nun besteht keine Hoffnung mehr, größeren Schaden abzuwenden – wenn man die Distanz berücksichtigt, innerhalb der die Sturmstärke auf Beaufort-12 fällt, hat der Wirbelsturm ›Clem‹ einen Durchmesser von knapp 3000 Kilometern – eine Fläche viermal so groß wie Alaska.

Aber diese Fläche ist fast ein einziger Wirbelsturm, was bedeutet, daß ›Clem‹ von Stürmen flankiert wird, die etwa die Wucht von normalen Taifunen oder Hurrikanen haben. Es handelt sich nur um einen relativ kleinen Sektor um das Auge, der die gigantischen Flutwellen erzeugt, und obwohl bisher noch kein Instrument so lange funktioniert hat, um Daten zu liefern, läßt sich von der Wellenhöhe ableiten, daß der Wind an der Peripherie des Auges die Geschwindigkeit eines Tornados haben muß – in etwa halbe Schallgeschwindigkeit. Hawaii wird von einem Wirbelsturm erfaßt werden, und weil ›Clem‹ so groß ist, daß es trotz seiner außergewöhnlichen Geschwindigkeit lange dauern wird, bis er weitergezogen ist, wird Hawaii der Wirkung dieses Sturmes länger als üblich ausgesetzt sein – wenn sie Glück haben, ist es vielleicht wirklich *nur* ein Wirbelsturm.

Ohnehin hat Hawaii insofern schon Glück gehabt, da die in ›Clems‹ Auge erzeugten tsunamigroßen Wellen überwiegend parallel zur Inselkette verlaufen; ihre Ausläufer haben zwar schon die felsigen Küsten im Nordwesten der Inseln erreicht, aber obwohl die Wellen außerordentlich hoch waren, haben sie an der in diesem Sektor massiven und steilen Küste von Hawaii nur wenig Schaden angerichtet – hie und da wurden eine Küstenstraße und ein Strandabschnitt unterspült oder ein Leuchtturm zerstört, aber die Schäden erreichten bei weitem nicht das Ausmaß, als wenn die Wellen im Neunzig-Grad-Winkel gekommen wären.

Das eigentliche Problem ist der Regen. ›Clem‹ überschüttet die gesamte Inselkette mit Regen, und Hawaii ist gebirgig; die kahlen Gipfel der meisten Inseln leiten den Regen in Hunderten und Tausenden wie aus dem Nichts entstandener, reißender Flüsse ab und blockieren somit Straßen, über welche die Evakuierung der Nord- und Ostseite der Inseln abgewickelt werden müßte.

Hardshaw fragt sich, ob seit Roosevelt oder Truman auch nur ein Präsident Kenntnis von der Existenz von

Hawaii 11 besessen hat; gestern noch wußte sie nicht einmal, daß Hawaii über Autobahnen verfügt, aber besagte Straße ist zwischen Hilo und Pahala an vier Stellen von Sturzfluten und Erdrutschen unterbrochen worden, und was noch schlimmer ist, viele Straßenmeistereien sind ebenfalls zerstört, so daß nicht nur die Evakuierung von Hilo nach South Kona unterbrochen ist (Pioniertruppen sind ausgerückt und versuchen, Behelfsbrücken im heulenden Wind und strömenden Regen zu errichten, und aus ihren Unterlagen geht hervor, daß bereits sechs Pioniere bei dieser Aktion umgekommen sind), aber sofern die Menschen sich überhaupt noch bewegen *können*, müssen sie dazu schlechte Straßen benutzen – und viele jüngere Autofahrer haben, außer in der Fahrschule, noch nie ein Auto manuell gesteuert. Daher ereignen sich laufend Unfälle, und dann sitzen die Leute auf Straßen fest, die jeden Augenblick auch unterspült werden können …

*Wir werden mindestens ein paar tausend Tote haben*, überlegt Hardshaw. Unvorstellbar, daß die Präsidentin der USA in Friedenszeiten über solche Ressourcen verfügt und nicht imstande ist, etwas damit zu bewirken.

Sie entspannt sich; sie hat sich auf das Schlimmste eingestellt und fühlt sich nun besser. Ja, es werden einige tausend Menschen das Leben verlieren. Viele werden auf dieser Straße umkommen, weil sie dem Evakuierungsaufruf der Behörden gefolgt sind, aber von denen, die sich entschieden haben, in Hilo zu bleiben, werden noch viel mehr sterben. Niemand wird dafür die Verantwortung zu tragen haben; Hardshaws Stab wird dem Volk suggerieren, ›Das ist ja schrecklich, aber da kann man nichts machen‹, falls die Leute ohnehin nicht schon dieser Ansicht sind.

Nun widmet sie sich den anderen Meldungen. Die Evakuierungsflotte von Midway hat eine Kursänderung vorgenommen, um dem Sturm zu entkommen – sie erinnert sich vage daran, daß es besser sei, einen

Sturm mit dem Bug oder Heck abzureiten als mit der Breitseite – und versucht jetzt, die Gefahrenzone weiträumig zu umfahren und Yokohama anzulaufen. Jedes Flugzeug, das noch starten konnte, bevor die Wetterbedingungen die Schließung der Flughäfen erforderten, fliegt die Westküste an, und weil die Passagiere überwiegend aus Angehörigen von Militärpersonal bestehen, werden die Flughäfen von San Diego bis rauf nach Portland von Tausenden junger Ehefrauen und ihrer Kinder überfüllt sein, die verzweifelt auf Nachricht warten. Sie gibt eine kurze Anweisung heraus, welche die Standortkommandanten zu ›humanitärer Hilfe‹ verpflichtet, und weil die Lage so prekär ist, hat Harris Diem bereits eine ähnliche Order herausgegeben.

Es ist schon dunkel draußen, und es wird eine lange Nacht werden. Morgen wird das Schlimmste vorbei sein; Brittany Lynn Hardshaw betet, intensiver, aber mit weniger Glauben als bisher, für eine Besserung der Situation.

Die Nachtzone wandert weiter, überquert die Westküste und legt sich über den Pazifik. Die XV-Kommunikationsanlagen erfordern ein sehr breites Frequenzband, und weil so viele Kanäle nach Hawaii durch vom Wind gekappte Antennen unterbrochen sind, bestehen nur noch Telefon- und Fernsehverbindungen.

Das macht Ed Porter jedoch nicht arbeitslos; als einer der besten Redakteure von *Passionet* sitzt er als Sektionschef Pazifik in Honolulu, und obwohl er vom Rest der Welt abgeschnitten ist, tut sich hier auf Oahu auch genug. Er hat das Evakuierungsangebot abgelehnt, weil er der Ansicht ist, hier oben, oberhalb der Stadt in den Dowsett Highlands, auch in Sicherheit zu sein.

Im Moment haben bloß zwei Korrespondenten eine Verbindung zu *Passionet* auf Oahu, was eigentlich zur Folge haben müßte, daß Porter nur eine ziemlich dünne

Dokumentation zur Veröffentlichung vorzulegen hätte. Aber wenn es jemals zwei Spezialisten gegeben hat, dann sind es Candy und Billy, und überhaupt unterstellt Ed, daß Doug Llewellyn weiß, was er tut.

So schwer Ed diese Annahme indes auch fällt, denn die Arbeiten für ›Traum-Flitterwochen‹ waren ein einziger Krampf.

Bill und Candy sind nicht modifiziert; Candys Brüste und ihr Hintern sind wie gewachsen, Bills Muskeln sind kein bißchen verstärkt, und keiner von beiden ist dafür ausgebildet, eine Pseudo-Identität anzunehmen.

Eigentlich sollte es ein Marketing-Gag sein – wir verkabeln euch ein Vierteljahr vor der Hochzeit, und ihr macht ein Jahr Luxus-Flitterwochen auf unsere Rechnung. Außerdem wurde der Wettbewerb diskret manipuliert, nicht bei der Auswahl der Kandidaten, aber es wurde doch sorgfältig darauf geachtet, daß die Bewerber Ähnlichkeit mit Bill und Candy aufwiesen, bodenständige junge Menschen aus dem Mittleren Westen der Vereinigten Staaten, die sich etwas altmodisch kleiden und überhaupt eher konservativ eingestellt sind.

Candys Frisur hinkt der aktuellen Kurzhaarmode um etwa fünf Jahre hinterher und ist etwas zu voluminös, ihr Make-up liegt zehn Jahre hinter dem Trend und ist deutlich zu dick aufgetragen, und ihre Gespräche handeln vorzugsweise davon, wieviel sie an jeder Station ihrer Reise ausgegeben haben und was es dort zu essen gab. Bills Kleidung entspricht seinem Status – er arbeitet als Datensachbearbeiter bei einer Bank und nörgelt immer über das Essen – wenn es nach ihm ginge, würde er sich ausschließlich von Steaks, Pizza und Tacos ernähren, denn er haßt ›fremdes Essen‹. Jedesmal, wenn er feststellt, daß auch ihr neues Reiseziel keine Ähnlichkeit mit Sylvania, Ohio, aufweist, wird er wieder knurrig.

Ed Porter hält die beiden für die langweiligsten Leute, mit denen er es jemals zu tun gehabt hatte, aber

›Traum-Flitterwochen‹ erzielt Rekord-Einschaltquoten, und wenn er diese Sondersendung in den regulären Nachrichten unterbringt, werden die Einschaltquoten noch weiter nach oben schnellen.

Im Moment logieren Bill und Candy noch immer im *Royal Hawaiian Hotel* und sind außer einigen Managern, die gerade die Schließung des Hauses und die Evakuierung in die Hügel vorbereiten, die einzigen Anwesenden. Weil das *Royal Hawaiian* den Sturm bisher unbeschadet überstanden hat, zumal es direkt am Strand von Waikiki steht, glaubt Ed Porter, daß Bill und Candy dort sicher seien… aber falls *nicht* – Porter verdrängt diesen Gedanken. Natürlich sind sie dort sicher.

Aber falls doch nicht, wird *Passionet* den Mega-Hit des Jahrzehnts auf den Markt bringen.

Im Augenblick befinden sie sich in ihrem teuren Zimmer mit Blick auf das Meer. Ed hat ihnen geraten, sich so anzuziehen, daß sie gleich fliehen können, wenn es denn soweit käme, aber natürlich verfügt keiner von beiden über die robuste Kleidung, die hierfür erforderlich wäre, und außerdem hat er Bill ja versichert, sie seien hier nicht in Gefahr, so daß Candy sich in eines dieser verführerischen Negligés aus billigem Glitzerstoff gehüllt hat, die seit den siebziger Jahren des letzten Jahrhunderts für Jungvermählte obligatorisch sind. Sie hat Jeans, Sportschuhe und ein sehr knappes Top, das nicht unbedingt praktisch, dafür aber zwanglos wirkt, an der Tür aufgestapelt, vermutlich in der Absicht, noch die Kleidung zu wechseln, bevor das Hotel einstürzt.

Bill hat seine Unterhosen, Hemden, Bermuda-Shorts, Socken und Schuhe gleich daneben deponiert. Da steht er nun in seinen Bermudas, und Ed entfährt ein glucksendes Lachen. Wo Candy glaubt, sich noch rechtzeitig umkleiden zu können, ist Bill wohl der Ansicht, daß er im Notfall auch noch die Unterwäsche wechseln sollte.

Porter schaltet eine emotionale Verbindung und fühlt…

... daß Bill sich mehr fürchtet, als er Candy gegenüber eingestehen will, und obwohl in diesen ersten Wochen bei *Passionet* alle wirklich nett zu ihnen gewesen sind, muß er dennoch die Bilanz ziehen, dort keine wirklichen Freunde zu haben. (Porter schreibt dieses Gefühl indessen seiner generellen Befindlichkeit zu.) Bill fragt sich nun, wie, zum Teufel, er überhaupt in diese Sache hineingeraten ist.

Nicht, daß er sonst nicht hier wäre – es ist bei ihnen schon Familientradition, die Flitterwochen auf Hawaii zu verbringen; das gehört einfach dazu, genauso wie man Mitglied im Sylvania Country Club ist, an die U von Toledo geht und später den Familienbetrieb übernimmt, wie man entweder Presbyter oder Methodist ist, die republikanische Partei wählt und an den Veranstaltungen seiner alten Schule teilnimmt.

Bill hat gewisse Schwierigkeiten mit dieser Kausalkette. Er wäre ohnehin hier gewesen, aber ohne *Passionet* ... nun, vielleicht hätten sie nur ein oder zwei Tage im *Royal Hawaiian* verbracht. Und vielleicht nicht einmal das. Die Wahrheit ist, daß er nicht einmal weiß, was er hier überhaupt noch soll; das Essen ist im Grunde auch nicht besser als zu Hause, die Matratzen sind zu hart, das Ambiente ist museal, und die Außenarchitektur ist im ›Zuckerbäckerstil‹ gehalten. In Strandnähe gibt es noch viele modernere Hotels, die ihm auch zugesagt hätten.

Candy zittert, aber nicht, weil ihr etwa kalt wäre.

Warum hat er sich bloß von diesem Porter, der anscheinend über jeden Mist lacht, überreden lassen, hier zu bleiben? Porter hat sich in die Berge verdrückt, und Bill ist mit seiner Frau noch immer hier unten ...

*Meine Frau*, denkt Bill und drückt Candy an sich. Das war vielleicht auch der Grund, überlegt er. Er konnte unmöglich vor ihr Angst zeigen. Wenn er allein mit Porter gesprochen hätte, wäre es ihm vielleicht gelungen, ihn eines besseren zu belehren und mit dem

Bus in die Berge zu fahren, aber vor Candy … unmöglich. Er drückt sie noch fester an sich und versucht das Gefühl zu verdrängen, daß er ihre Anwesenheit sehr tröstlich findet.

Erneut taucht Porter in die Gefühlswelt der beiden ein. Verdammt, in Bill tobt ein Sturm der Gefühle, insbesondere eine nur notdürftig kaschierte Todesangst und das Bedürfnis, sich in den Schoß seiner Frau zu kuscheln, was eine gewisse ödipale Komponente aufweist, aber er fixiert sich auf die Frage, weshalb sie überhaupt noch hier sind; den Gedanken an *Passionet* muß er verdrängen – die XV-Nutzer werden nämlich nur ungern damit konfrontiert, daß die Stars verkabelt sind und daß dieser Jemand, der sie verkabelt hat, zwischen ihnen und dem Star steht.

Jetzt zu Candy. Oh, das ist aber schön. Sie dreht fast durch vor Angst und hält Bill allmählich für einen kompletten Narren, aber zugleich regrediert sie zu einem kleinen Mädchen und sieht in ihm eine Vaterfigur.

Mit ihren Augen betrachtet er die großen Wellen – bei weitem keine Sturmflut, denn sie befinden sich auf der ›Clem‹ abgewandten Seite der Insel, aber die Strömungseffekte reichen bereits aus, auch hier eine Rekordbrandung zu verursachen –, die mit Schaumkronen überzogen vom dunklen Ozean an den erleuchteten Strand donnern. Ihr stockt der Atem, als eine Welle besonders weit landeinwärts schwappt und die Kalakaua Avenue mit einer Schaumschicht überzieht, und sie hat das Gefühl, daß der Boden unter dem dicken Teppich erbebt.

Sie schmiegt sich enger an Bill und versucht positiv zu denken; das ist schon immer ihre Begabung gewesen. Dies ist ein großes Abenteuer, und vielleicht steht im Vertrag oder sonstwo geschrieben, daß sie eine Zulage bekommen, wenn sie das hier durchstehen. Diese Geschichte können sie dann später immer wieder ihren

Kindern erzählen. Am nächsten Morgen wird alles vorbei sein, und wenn sie dann spät aufstehen, ist das Hotelpersonal wieder an der Arbeit und serviert ihnen ein schönes, reichhaltiges Frühstück – für Bill natürlich.

Porter kichert. Bill ist wahrlich ein strammer Esser und hat die Proportionen eines Kleiderschranks, aber Candy nimmt ihm auch nicht viel; sie hat ein Bäuchlein, ihre Brüste sind nur deswegen hoch und straff, weil sie noch jung ist, aber in fünf Jahren wird sie sich wie ihre Mutter und Schwestern in eine ungepflegte Matrone verwandelt haben. Das Kichern tut ihm gut und leitet einen Teil der Angst ab, die von Candy ausgeht. Ein Problem bei seiner Tätigkeit als XV-Redakteur besteht darin, daß man sich mit der betreffenden Person identifiziert, besonders, wenn man Signale von einem untrainierten Hirn empfängt. Und das gefällt Porter überhaupt nicht.

Er wechselt wieder zu Bill, wobei er entdeckt, daß der arme, dumme Hund sein letztes bißchen Mut zusammengekratzt hat und es schafft, das Zittern in den Armen und in der Stimme zu unterdrücken, als er Candy ins Ohr flüstert, daß es schon gutgehen würde und die Verwandten nicht in den Genuß einer Schauergeschichte kämen.

Das scheint auch ihr wieder Mut zu machen, denn sie blickt ihn lächelnd an. »Wir brauchen es ihnen auch gar nicht zu erzählen, Schatz, denn sie haben es ja durch uns schon erlebt.«

Bill schnaubt. »Da hast du wohl recht. Nun, zumindest bieten wir ihnen eine wirklich gute Vorstellung.«

Sie schmiegt sich wieder an ihn, und er tätschelt ihr den Rücken; die Spaghetti-Träger ihres Negligés straffen und ihre Brüste heben sich. Mein Gott, besser könnte es gar nicht kommen… diese Kinder haben so wenig Phantasie, daß sie mit etwas Glück wirklich noch… »Außerdem«, meint sie, »sagt einem schon der gesunde Menschenverstand, daß wir hier sicher sind,

Schatz. Sie werden doch nicht alles verlieren wollen, was sie in uns investiert haben.«

*Naseweise Schlampe,* denkt Porter. Er wird die Aufnahme mit Monsterwellen anreichern und vielleicht noch einen Schauspieler engagieren müssen, der die Szenen zusätzlich mit Angst untermalt, und selbst das wird noch nicht ausreichen.

Bill grinst. »Obendrein hast du auch noch Mut, Liebes. Ich bin wirklich froh, daß wir geheiratet und diese Gelegenheit bekommen haben. Selbst wenn es bedeutet...« Er grinst schelmisch, seine Angst verfliegt, und bei einem Blick in Bills Gedanken lacht Porter erleichtert. *Ja! Wir kriegen den maximalen Effekt – wie in* Bis in alle Ewigkeit. *Zu schade, daß ich ihn nicht dazu bewegen kann, mit ihr zum Strand zu gehen und sie dort zu vernaschen, weil da nämlich die Gefahr besteht, daß sie ins Meer gespült werden.*

Candy mit ihrer blonden Lockenpracht und dem übertriebenen Make-up wirbelt auf eine kokette Art herum, die sie, wie Porter mutmaßt, bei Synthi Venture abgekupfert hat –, aber aus ihr wird, bei Gott, nie ein Profi wie Synthi werden. Aber für diese stupide Übung in bukolischer Sentimentalität werden auch gar keine Profis benötigt...

»Was soll das denn nun wieder heißen?« fragt sie mit einem Schmollmund und zieht unbewußt das Negligé straff, so daß die Brüste noch etwas stärker akzentuiert werden. Porter muß sich eingestehen, daß diese kleine Kuh wirklich einen Prachtkörper hat.

»Ach... nun, ich war mir nur nicht sicher, ob ich der einzige Mann bin, der sich bisher für dich interessiert hat, und wenn sie jetzt wissen wollen... äh... wie es ist...«

Sie kichert. »Meine Güte, Bill, du weißt doch, daß sie höchstens herausfinden, wie es zwischen uns läuft. Ich bin noch nie so scharf auf jemanden gewesen wie auf dich, und du weißt es auch.«

»Vielleicht«, murmelt er und fährt mit der Hand an ihrem Schenkel empor.

Die Fensterscheibe erzittert, als ob etwas dagegen geworfen worden wäre, aber sie zerspringt nicht; einen Sekundenbruchteil später hören sie ein infernalisches Krachen, und das Heulen des Sturmes dringt an ihre Ohren. Sie springen beide auf, und die Todesangst kehrt schlagartig zurück.

*Scheiße*, denkt Porter, das war schon mal ein großartiger Angst-Kick, aber er würde sich wirklich noch ein paar Sex-Szenen dazu wünschen...

»Klingt so, als ob die Regenrinne auf den Parkplatz gefallen wäre«, sagt Bill und gibt sich dabei wesentlich lockerer, als ihm eigentlich zumute ist. »Zum Glück ist unser Mietwagen versichert.« Er hat einen Kloß im Hals; weil er aber weiß, daß er wegen Candy die Ruhe bewahren muß, nimmt er sich zusammen.

*Schwupp, schau'n wir mal bei Candy rein – super. Abgefuckt irreal. Dieser arme Depp will sie wirklich vögeln. Wunderbar.* Porter schaltet sich zu und bekommt die volle Ladung ab. Candy betrachtet diesen großen, stämmigen, jovialen Halbtrottel, der noch nie in seinem Leben einen vernünftigen Gedanken gefaßt hat, dessen pseudosportliche Qualitäten und gutes Aussehen in Kürze unter einer wabbelnden Speckschicht verschwinden werden, und irgendwie assoziiert sie ihn mit Superman. Dieser grobschlächtige Tölpel erscheint ihr doch wirklich wie ein Held...

So hat Candy Bill noch nie gesehen. Sie hört seine sonore und ruhige Stimme, und jetzt weiß sie, daß sie wirklich absolut sicher ist. Es tut ihr leid, daß sie so hektisch aufgesprungen ist, denn vielleicht wollte er gerade ein Vorspiel einleiten, und ein bißchen Sex käme ihr gerade gelegen. Also winkt sie ab und sagt: »Nun, es ist ja niemand mehr hier, und deshalb müssen wir nicht die Rollos herunterlassen, wenn ich dir etwas zeigen möchte...«

»Mir was zeigen?« fragt er. Sofort wechselt Porter wieder zu Bill und stellt fest, daß dessen Heldenattitüde ihm jegliche Furcht genommen hat; so etwas soll ja vorkommen. *Sie werden gleich ficken. Super, das ist wirklich perfekt. Passionet wird Milliarden scheffeln.*

Sie zeigt es ihm; scheu zieht sie das Negligé so weit hoch, daß er ihr kleines, sorgfältig frisiertes Dreieck sieht. Porter überzeugt sich davon, daß beide Partner aufzeichnen – von dieser Szene muß eine Männer- und eine Frauenversion erstellt werden – und spürt Bills aufkommende Erektion.

Bill geht unerwartet ruppig mit ihr um, was Porter gerade zupaß kommt – der Gefühlspegel muß nun nämlich nicht mehr so verstärkt werden, daß vielleicht noch Verzerrungen eintreten –, und aus irgendeinem Grund gefällt es ihr diesmal sogar. Vielleicht deshalb, weil sie es als Stärke interpretiert, wenn er sie an den erstaunlich weichen und schlaffen Brüsten packt und sie an die Wand drückt. Er stößt den Penis, der so steif ist, daß er vibriert, zwischen ihre Schenkel, verfehlt das Ziel, grunzt vor Schmerzen, weil er ihn gegen die Wand gerammt hat, und sie greift nach unten und führt ihn in ihre weit offene, tropfnasse Vagina ein. Er stößt sie heftig und keucht unter der Geschwindigkeit und Anstrengung.

Porter ist zwar voll damit beschäftigt, simultan eine Bill-Version, eine Candy-Version und eine Version mit beiden zusammen zu erstellen, aber dennoch ist das selbst für einen abgebrühten XV-Nutzer wie ihn eine scharfe Sache. Er hat zwar keine Hand frei, um sich zu wichsen, aber es kommt ihm auch so, als Candy ihren ersten explosiven Orgasmus hat.

Und es ist nicht einfach nur reine Wollust, sondern beide reichern diese wundervolle Montage mit allerlei Emotionen und Gedanken an, als ob sie irgendwie ...

... ihr Leben vor dem geistigen Auge Revue passieren ließen, erkennt Porter, als er wieder imstande ist, einen klaren Gedanken zu fassen. Sie sind noch immer voll zugange, wobei Candy mit dem Kopf gegen die Wand schlägt (Porter mutmaßt, daß sie sich später wohl fragen wird, woher denn die Kopfschmerzen kommen), und Bill dringt mit aller Kraft in sie ein, wobei er sie schier in die Höhe hebt.

Aber diese morbiden Überlegungen sind indes gegenstandslos. Ihr Leben passiert nicht Revue vor ihrem geistigen Auge, und außerdem hat Porter schon Dutzende von Clips redigiert, in denen die Akteure scheinbar an der Schwelle des Todes standen und wo dann doch nichts passierte.

Deshalb konzentriert er sich jetzt darauf, all diese Reminiszenzen in einen geordneten Kontext zu stellen. Wer hätte es für möglich gehalten, daß diese beiden Landpommeranzen so explodieren würden? Der Bible Belt, der ländliche Mittlere Westen, schwül und calvinistisch verklemmt, aber angereichert mit gutem, solidem Porno, explosiv wie ein Minenfeld ...

Candy, die in einer Studentenpinte herumhängt und Bill zum erstenmal ins Auge fällt, als sie über die Schulter schaut und er sie aus dieser perfekten Haar-Titten-Hintern-Perspektive wahrnimmt, die hundert Jahre Kino, Fernsehen und XV den meisten Frauen auf der Erde antrainiert haben – und der arme, alte Narr von Bill hat reagiert, als ob weder er noch ein anderer Mann jemals eine solche Frau zu Gesicht bekommen hätte ...

Dann der lange obligatorische Spaziergang im Oak Openings Park, an einem dieser seltenen Oktobertage, an denen in Ohio die Sonne scheint und das Laub golden leuchtet; sie gehen Hand in Hand, wobei die beiden sich am liebsten in die Büsche geschlagen und es auf der Stelle und im Stehen getan hätten, aber sie verkneifen sich das, weil sie sich diesen glücklichen Augenblick bewahren wollen, und dann die Überraschung, als ... das bernsteinfarbene Sonnenlicht Candys flachsblondes Haar anstrahlt und es vergoldet.

Bills Schrecksekunde an Heiligabend, als er in die Hosentasche griff, den Verlobungsring nicht fand und sich fragte, wie er ihr die dürftigen Geschenke plausibel machen sollte – und dann der Augenblick der Erleichterung, als er den Ring doch noch fand. Die angenehme Überraschung, daß dieser Moment der schwerste war; sie um das Ja-Wort zu bitten, war nicht halb so schlimm … und dann der gemeinsame Gang zur Methodistenkirche, die Choräle im Kerzenschimmer und hinterher die heiße Schokolade (Porter empfindet den ganzen Vorgang als so typisch amerikanisch, daß er sich am liebsten übergeben möchte, aber er weiß, daß er wegen der Zuschauer an sich halten muß) – und dann (spitzenmäßig!) die Erinnerung an einen schüchternen Kuß, wobei Bill seinen eigenen Samen riecht, als ihr Atem ihn anweht …

Candy hat einen explosiven Orgasmus, wobei sie laut schreit, und bevor es noch zu Ende ist, ergießt Bill sich in sie – pumpt, pumpt, pumpt, bis er erschlafft. Perfekt. Zufrieden beendet Porter die Aufzeichnung. *Passionet* wird noch in hundert Jahren daran verdienen.

Noch immer umschlungen, sinken sie jetzt sehr zärtlich auf den Teppich und spüren erst jetzt ihre Erschöpfung. Bill nimmt Candys Kopf in beide Hände und küßt sie; ihr Mund steht weit offen, und als Porter in sie hineinschlüpft, diagnostiziert er eine selige Bewußtlosigkeit, die nur durch schwache, lustvolle Nachbeben der überhitzten Vulva durchbrochen wird.

Inzwischen hat der Sturm seine maximale Stärke erreicht. In diesem Fall kann die Windgeschwindigkeit sich verdoppeln oder gar verdreifachen. Die von See kommende Bö zerbricht simultan alle Fensterscheiben des Gebäudes. Die Jungvermählten bekommen gerade noch mit, wie das Fensterglas gegen die rosa Wand wirbelt und zerbröselt; Candy holt Luft zu einem Schrei.

Ed Porter, der noch zugeschaltet ist, erschrickt

zunächst selbst, bis ihm bewußt wird, welches großartige und phantastische Material soeben hereinkommt.

Candys Schrei und Bills schreckerfülltes Stöhnen gehen im Lärm der in den Korridor gedrückten Tür unter – es ertönt ein schrecklicher Knall, als sämtliche Innentüren zerbersten oder aus den Rahmen gedrückt werden.

Die Kraft, die der Wind auf ein Objekt ausübt, ist eine aus zwei Komponenten bestehende Funktion: das Quadrat der Windgeschwindigkeit und der Strömungswiderstand der dem Wind zugewandten Fläche. Bei einer turbulenten Strömung erhöht sich mit dem Strömungswiderstand die Reibung und damit auch der Druck des Windes. Deshalb erhöht sich bei gleicher Geschwindigkeit der Kraftstoffverbrauch eines mit offenen Fenstern fahrenden Autos im Vergleich zu einem Fahrzeug mit geschlossenen Fenstern – die offenen Fenster teilen und verwirbeln den Luftstrom, wirken wie eine Bremse und verursachen Turbulenzen.

Die Bö reduziert sich bereits wieder auf die ursprüngliche Windgeschwindigkeit, aber für Bill und Candy kommt es zu spät. Die auf die Fassade des *Royal Hawaiian Hotel* wirkende Kraft wäre gegenüber dem Zeitpunkt ihres Orgasmus nun sechsmal so hoch – aber das war, bevor der Wind durch die leeren Fenster und die unzähligen Flure und Korridore des Hauses fegte. Die zusätzlichen Turbulenzen wirken sich exponential aus – der Prozentsatz des Windes, der durch das Gebäude fährt, anstatt an ihm vorbeizustreichen, vervielfacht sich.

Noch bevor sie sich vor Angst die Lunge aus dem Leib geschrien haben, kollabieren die dünnen rosa Mauern des *Royal Hawaiian*, der hohe Zentralturm bekommt Risse und fällt landeinwärts, die Innenwände und Fußböden, die einem dutzendfach vektorierten Auftrieb unterliegen, werden aus den Befestigungen gerissen, und das Schieferdach rollt sich wie der Deckel einer Sardinenbüchse auf und segelt wie ein Bettlaken im Gewitter landeinwärts, wobei die scharfkantigen Platten zur Erde herabregnen wie Häckselmesser.

Die Scherkräfte erweisen sich als zu stark für die Statik des Gebäudes, und das *Royal Hawaiian* stürzt ein, wobei die Windböen große Trümmer in die benachbarten Geschäfte und Restaurants sowie auf den Ala Wai-Golfplatz schleudern.

Das alles läuft so schnell ab, daß Bill und Candy nicht die geringste Chance haben, zu reagieren. Der Sog der durch ihr Zimmer jagenden Bö reißt den Fußboden heraus und die Decke herunter; Bill bleibt nicht einmal die Zeit, Schrecken zu empfinden oder den Vorgang überhaupt bewußt wahrzunehmen, als Candys Kopf von einem Trümmerbrocken zermanscht wird wie ein Kürbis, denn er segelt quer durch den Raum – er umklammert noch immer ihren Torso – und schlägt mit dem Kopf gegen eine Kante, die ihm den Schädel zerschmettert.

Ed Porter hat alles auf Band. *Passionet* wird es ihm fürstlich lohnen. Und er verfolgt das alles aus sicherer Höhe. Er ist echt high und vollführt ein Freudentänzchen, und um den aufgestauten Druck auszugleichen, schaltet er sich aus dem letzten leidenschaftlichen Geschlechtsverkehr (zusammen mit einigen anderen Erinnerungen) eine Endlos-Schleife mit Candys Orgasmen, wobei er die Pausen zwischen den einzelnen Orgasmen mit der Szene ausfüllt, in der ihr Kopf zerquetscht wird. Davon wäre *Passionet* zwar weniger begeistert, aber Ed hat so seine Verbindungen, und er kennt einige Orte, an denen das ein Knüller ganz anderer Art wäre; er läßt das Band laufen, masturbiert und ejakuliert immer wieder an der Schnittstelle zwischen animalischer Ekstase und Tod, wie ein wildgewordener Stier ...

Eine halbe Stunde später sitzt er noch immer dort, reibt sich den wunden Penis und versucht mit glasigen Augen, noch einen Orgasmus aus Bill und Candy herauszuholen, als das Bruchstück einer bronzenen Fahnenstange, das von einem städtischen Denkmal in der Nähe losgerissen wurde, sich durch die *Passionet*-Büros bohrt und dem Wind einen Angriffspunkt schafft; kurz darauf fliegt das Gebäude explosionsartig auseinander – aber das ficht den mit heruntergelassener Hose dasitzenden Ed Porter, dem die Fahnenstange durch die Brust gedrungen ist, nicht mehr an. Binnen weniger Sekunden sind die Aufzeichnungen der letzten Minuten von Bill und Candy patschnaß, durcheinandergewirbelt und unwiederbringlich davongeweht.

Langsam werden die Satelliten knapp, und nur von Edwards und Baikonur sind noch Starts möglich. Die Kasachen waren sehr kooperativ, aber ihr Raumhafen ist schon alt (kaum zu glauben, daß er schon lange vor Präsidentin Hardshaws Geburt in Betrieb genommen wurde), und die Einrichtungen in Edwards waren von vornherein nur für gelegentliche militärische Missionen konzipiert.

Zudem gestaltet es sich schwierig, ›Clem‹ von einem unbemannten Flugkörper erkunden zu lassen. Während der Sturm auf den Norden von Hawaii zuhielt und der Wind über die befestigten Küsten fegte, wurde das verfügbare Frequenzband im Verlauf der Nacht immer schmaler, so daß zuerst das kommerzielle XV weichen mußte, dann mußte das Fernsehen auf die alte Niedrigauflösung gehen, und von den Bildtelefonen funktionierte nur noch der Audio-Kanal … Mittlerweile kommen diverse fragmentarische Sprechfunkverbindungen zustande, und immer, wenn ein Satellit in geringer Höhe über den Inseln steht, setzen einige Funkamateure auf Lanai und Molokai einen Lagebericht ab … aber der Sturm ist zu heftig, als daß man eine Außenantenne hätte aufrichten können, und deshalb erreichen ihre Signale gerade den niedrigen Orbit in zirka hundertfünfzig Kilometern Höhe.

Admiral Singh meldet sehr schwere See und daß der Trägerverband sich in höchster Gefahr befände, aber dennoch entfernt er sich stetig vom Wirbelsturm ›Clem‹, und man kann davon ausgehen, daß die Flüchtlinge von Midway unversehrt in Hawaii ankommen.

Im Gefolge von ›Clem‹ toben Gewitter entlang der Westküste, aber die meisten hawaiianischen Flüchtlinge sind noch rechtzeitig eingeflogen worden, bevor es richtig schlimm wurde, und es wurden auch keine Todesopfer gemeldet. Die Dienstgipfelhöhe der VTOL-Flugzeuge ist so hoch, daß die Transpazifik-Flüge nicht gestrichen werden müssen, und dem Vernehmen nach sind die Leute ganz wild darauf, einen Fensterplatz auf der linken Seite zu ergattern, um ›Clem‹ aus einer Höhe von hundertsechzig Kilometern zu betrachten.

Seufzend wirft Hardshaw einen Blick auf das vor ihr liegende Dokument. Offiziell gibt es keine Probleme – aber nur deshalb, weil der Informationsfluß von Hawaii völlig versiegt ist. Die schwere Sturmflut im Kielwasser von ›Clem‹ wird nach der letzten Richtungsänderung wahrscheinlich die Südküste von Mexiko heimsuchen, aber die besteht überwiegend aus felsigen Steilhängen mit nur wenigen Badeorten, mit deren Evakuierung die mexikanische Regierung keine Probleme haben dürfte. Die ältere Flutwelle nähert sich währenddessen der Küste von Washington und British Columbia, wobei die Evakuierung der tiefliegenden Küstengebiete durch den heftigen Regen erschwert wird.

Die Antwort auf die Frage ›Was ist mit Hawaii?‹ bleibt indes aus. Die Hauptinseln haben die Kommunikation in schöner Reihenfolge eingestellt, zuerst Kauai, vor wenigen Stunden dann Hawaii – ein heller Mitarbeiter bei der FEMA hat einen Wert registriert, der als ›Stumme Zahl‹ bezeichnet wird – Beaufort-28. Das heißt, wenn ein Sturm die Stärke 28 auf der Beaufort-Skala erreicht, bricht die gesamte reguläre Kommunikation zusammen.

Oahu scheint es bis 29 geschafft zu haben, wohingegen Nihau bereits bei 25 dichtgemacht hat, aber generell hat die Regel sich bestätigt.

Soeben ist der Sturm jedoch mit maximaler Wucht über Oahu hinweggezogen, wo der Großteil der Bevölkerung des Staates lebt. Es steht außer Frage, daß viele Menschen auf den Autobahnen festsitzen müssen, und die maximale Windstärke erreichte Beaufort-35, mehr als genug, um Autos durch die Luft zu wirbeln, so daß mit einigen zehntausend Toten gerechnet werden muß. In vielen Fällen verlaufen die Straßen dicht an der Küste; mit hoher Wahrscheinlichkeit wurden ganze Fahrzeugkolonnen ins Meer gespült und liegen jetzt auf dem Meeresgrund.

Auf den Radarschirmen zeichnen sich fünfzehn bis zwanzig Meter hohe Wellen ab, die im Schlepptau von ›Clem‹ ein kreisförmiges Muster bilden und die Schutzeinrichtungen an den Küsten vernichten. Der Regen – wobei man sich wiederum nur auf das Satellitenradar stützen kann – ist so heftig, daß man sogar damit rechnen muß, daß viele Menschen durch Hochwasser umgekommen sind, und es besteht kein Zweifel daran, daß von den Zentralvulkanen der Inseln wahre Sturzfluten zu Tal strömen.

Also wird es sehr hohe Verluste an Menschenleben geben, und noch viele mehr werden an Unterkühlung, Krankheiten und durch das Wasser verursachte Infektionen sterben, bevor Rettungsmaßnahmen eingeleitet werden können. Kein Gebäude der Welt, mit Ausnahme der paar atombombensicheren Bunker, war jemals für solche Windstärken ausgelegt, und obwohl es zweifellos vereinzelte Überlebende gibt, muß davon ausgegangen werden, daß die ganze Infrastruktur zerstört ist. Um das zu wissen, braucht man es nicht erst gesehen haben.

Über Kauai ist der Sturm bereits auf Beaufort-18 abgeflaut – nur noch ein sehr starker ›konventioneller‹

Wirbelsturm –, aber die Verbindung zur Insel ist nach wie vor unterbrochen, und es wird auch keine Bewegung gemeldet außer dem Wirken des Wassers und des Windes. Ein paar verwegene Hubschrauberpiloten der Army, die dazu ausgebildet wurden, Landungen auch unter widrigen Bedingungen durchzuführen, werden versuchen, in Lihue runterzugehen, der ersten Stadt, wo ein solches Wagnis auch nur entfernt denkbar ist – wenn sie dort ankommen, müßte der Sturm schon auf Beaufort-12 abgeflaut sein, was eine Landung zwar erschwert, aber nicht ausschließt. Theoretisch ist der Absturz eines *Staticopters* mit seinen mehreren hundert elektrostatisch aufgeladener Rotorblätter, die jeweils über zehn Reserveblätter verfügen, unmöglich, solange der Treibstoff nicht ausgeht oder das Triebwerk nicht ausfällt.

Sie wünscht ihnen alles Glück. Plötzlich hat sie die alptraumhafte Vision, daß die Wetterbedingungen sich wieder so verschlechtern, daß alle Rotorblätter abgerissen werden und die zehn Reserveblätter dazu und daß die Besatzungen in das aufgewühlte schwarze Meer fallen. Sie weiß wohl, daß *Staticopter* bereits bei Windstärke 13 und 14 aufgestiegen sind und daß es sich um erfahrene Piloten handelt – aber im Moment ist die Sorge um zehn junge Männer, die sterben könnten, gegenständlicher als der Gedanke an Zehntausende von Menschen, die mit Sicherheit schon tot sind.

Während ›Clem‹ sich austobt, sind schon tausend Prognosen über Hardshaws Schreibtisch gewandert: möglicherweise traten gigantische Flutwellen von einer Länge auf, die dem Radius des Super-Wirbelsturms entspricht, so daß die Inseln von einer Springflut heimgesucht wurden, die hoch genug war, Honolulu und die meisten anderen Städte auszulöschen; anhand eines verschwommenen Radarbildes wurde sogar die Vermutung geäußert, daß eine solche Welle den tiefergelegenen Teil von Oahu überflutet hätte, über Pearl Harbor und die Wheeler-Luftwaffenbasis hinweggerast und schließlich über Waialua im Nordwesten ins Meer zurückgeflossen wäre.

Alles ist möglich, nur nichts Gutes.

Stöhnend erhebt Hardshaw sich vom Stuhl. Sie ist schon zu lange auf und hat zu lange am Schreibtisch gesessen. Außerdem hat sie zu viel Kaffee getrunken und denkt schon wieder an den nächsten. Dies ist nicht das erstemal, daß sie sich wie Präsidentin Großmutter fühlt – Teufel, bei dem Job würde sich jeder wie eine alte Frau fühlen, vielleicht hatte *Kennedy* sich sogar wie eine alte Frau gefühlt.

*In Ordnung, alte Frau, was soll's, du hättest ja auch Hamburger braten oder Rancher bei ihren Streitsachen vor Gericht vertreten können.* Sie streckt sich und sieht Harris Diem hereinkommen. Er hat einen ungesunden grauen Teint, und sie weiß nicht, ob sie ihn jemals schon ohne Krawatte gesehen hat. Aber mit Sicherheit nicht mit so wirrem Haar und solchen Ringen um die Augen.

»Die UN«, sagt er. »Rivera möchte Sie sprechen. Wir haben ihn um zehn Minuten vertröstet, für den Fall, daß Sie sich noch etwas herrichten möchten.«

»Dafür reichen zehn Minuten nicht aus, aber ich werde sehen, was ich tun kann.« Sie geht ins Bad, überlegt kurz und befindet schließlich, daß Rivera sich ruhig schon mal daran gewöhnen soll, auf die Präsidentin zu warten, zieht das Kleid aus, stülpt sich eine Badekappe über und dreht die Brause auf. Sie hat gerade für eine Minute warmes Wasser, kaum genug, sich notdürftig einzuseifen und das Wasser abzuschütteln, bevor sie die Sauna betritt, wo sie sich mit großen, flauschigen Handtüchern abtrocknet, aber sie bemüht sich, jede Sekunde zu genießen. Nach der Rekultivierung fühlt sie sich zwar noch immer wie eine alte Frau, aber wenigstens wie eine saubere alte Frau, und als sie ein Reservekostüm vom Kleiderbügel nimmt, verspürt sie sogar einen Anflug von Siegesstimmung.

Bisher hat sie Rivera ganze dreizehn Minuten warten lassen. *Das kann ich mir als Repräsentantin der mächtigsten Nation der Welt erlauben*, findet sie. Machen wir fünfzehn daraus, fünf mehr als vorgesehen. *Er soll ruhig merken, daß er nicht über grenzenlose Macht verfügt*... sie prüft ihr Make-up, bessert hier und da nach und fährt sich noch einmal mit der Bürste durchs Haar...

Im Grunde ist es nur ein Indiz für ihre Müdigkeit, daß sie einen derartigen Humor entwickelt, aber sie stellt sich einen Beitrag im XV-Magazin ›Beruf und Chance‹ vor, dessen Zielgruppe junge Frauen sind – ›Ihre Karriere als Staatsoberhaupt einer Weltmacht. Wie immer, sind eine adrette Frisur und dezente Kleidung auch hier ein MUSS!!!!‹

Das Lachen hebt ihre Stimmung, und als sie wieder ihr Büro betritt, fühlt sie sich allem gewachsen. Rivera wird aus der Situation sicher Kapital schlagen wollen, und er wird dieses Ziel mit ausgesuchter Höflichkeit verfolgen. »Laß den Leuten immer ihre Würde; sie hat nämlich keinen Wiederverkaufswert«, pflegte ihr Vater immer zu sagen, nachdem er einen Touristen bei der Reparatur seines Autos abgezockt hatte.

Als sie vor dem Bildschirm Platz nimmt, bekritzelt Harris neben ihr gerade einen Zettel; sie wirft einen Blick darauf und liest: ›Die letzten fünf Minuten hat er billige Witze über Frauen gerissen, die zu lange für ihre Toilette brauchen.‹ Sie überprüft, ob der Video-Kanal inaktiv ist und kritzelt dann ihrerseits auf Harris' Notizblock: ›Wie Dorothy Parker bereits sagte, wer sollte sich für ihn auch schon zurechtmachen.‹

Diem grinst und blinzelt ihr zu, und dann aktivieren sie den Video-Kanal, um mit Rivera zu sprechen.

Er kommt ohne Umschweife zur Sache. »Frau Präsidentin, ich arbeite gerade Hilfsmaßnahmen für Ihr Katastrophengebiet aus.«

»Akzeptiert«, erwidert Hardshaw.

»Würde ... ähem ... würde es Sie denn interessieren, worin diese Maßnahmen bestehen?«

»Lebensmittel, Medikamente und sonstiges, was die Pazifikanrainer eben beigesteuert haben, könnte ich mir vorstellen. Und ich weiß auch, daß die UN ihre Hilfe nie an Bedingungen knüpfen. Normalerweise würden wir Ihr Angebot selbstverständlich ablehnen, weil es andernorts auf der Welt dringender benötigt wird und Ihre Ressourcen ohnehin schon knapp sind; wir legen eher Wert darauf, selbst zurechtzukommen. Aber in diesem Fall können wir jede Hilfe gebrauchen.«

Rivera nickt nachdenklich. »Ich verstehe. Und werden Sie ... äh ... können Sie uns schon etwas über das Ausmaß der Katastrophe sagen?«

Mit einem Kopfnicken bedeutet Hardshaw Diem, diese Frage zu beantworten. »In einer halben Stunde haben Sie den aktuellen Stand, wenn Sie daran interessiert sind. Wir können Ihnen aber jetzt schon sagen, daß wir keine Verbindung zu den Inseln haben. Wir erhalten zwar Kurzmeldungen von Funkamateuren, aber die wissen auch nicht mehr, als daß es sintflutartig regnet und daß die Windgeschwindigkeit extrem hoch ist. Sie sind völlig abgeschnitten. In drei Stunden wird eine Einsatzgruppe der Armee versuchen, auf Kauai zu landen. Aber bis einer der Überlebenden zum Hörer greift und uns informiert, wissen wir überhaupt nichts.«

»Ich werde mal sehen, ob wir die Japaner und Chinesen zu einer Kooperation bewegen können. Ich wette, Sie haben von keinem dieser Länder brauchbare Daten erhalten, aber wie die UNSOO mir mitgeteilt hat, haben sie eine Reihe von Satelliten im Orbit. Und natürlich übermitteln wir Ihnen die UNSOO-Daten, auch wenn sie nicht sehr umfangreich sind.«

»Gut«, meint Harris Diem, »und haben Sie Dank für Ihre Hilfe.«

»Schließlich leben wir alle auf demselben Planeten«, weiß Rivera. »Ich freue mich, wenn wir etwas für Sie tun können. Wir bleiben in Verbindung.« Er nickt ihnen zu und hebt die Finger in einer fließenden Bewegung, die entweder als lässiger Gruß oder herablassende Verabschiedung interpretiert werden könnte. Der Monitor verdunkelt sich, noch bevor Hardshaw sich verabschiedet hat.

Sie lehnt sich im Sessel zurück. »Spitze, nach der Dusche, dem Kleiderwechsel und der Verhandlung mit diesem Bastard fühle ich mich topfit. Bestellen Sie uns Kaffee und belegte Brote, Harris, und dann werden wir uns darüber unterhalten, was hier eigentlich vorgeht.«

Sie geht an ihren Schreibtisch zurück und sichtet den neuen Stapel Ausdrucke. Auf Oahu hat sich ein Funkamateur gemeldet, ein sechzehnjähriger Pfadfinder in Pupukea; er hat einen vierzig Jahre alten Ford-Pritschenwagen und zwei vierzehnjährige Helfer, aber die Straße ist dermaßen unterspült, daß es unmöglich sei, vom Berg herunterzukommen, und überhaupt befindet er sich fernab der Orte, über deren Zustand sie etwas wissen müßten. Aber er hat es geschafft, eine Außenantenne zu montieren, die hoffentlich nicht weggeblasen wird. Sie stehen also in ständigem Kontakt mit ihm, und weil es noch einige intakte meteorologische Instrumente im Camp gibt, bestätigt er, daß der Luftdruck schon seit drei Stunden unter 700 Millibar liegt.

»Und was heißt das nun im Klartext?« brummelt Hardshaw, bevor sie die dahingekritzelte Notiz erblickt – sie stammt von diesem Meteorologen, Di Callare; sobald dieses Chaos sich gelegt hat und sie Pauliss abserviert haben, werden sie Callare einweihen müssen – wenn der Luftdruck noch in 220 km Entfernung vom Auge des Wirbelsturms so niedrig ist, dann muß an der Peripherie des windstillen Auges mit seinem momentanen Durchmesser von 140 km eine Windstärke von etwa Beaufort-46 beziehungsweise eine Windgeschwindigkeit von 146 Metern pro Sekunde herrschen, was etwa 330 Meilen pro Stunde entspricht (Hardshaw ist dankbar für letztere Zahl, denn sie kommt mit dem metrischen System nicht zurecht); die Meteorologen verweisen dabei auf die Übereinstimmung mit früheren Beobachtungen und mit der Theorie.

»Da bin ich aber froh«, sagt Hardshaw laut. »Es hätte mir nämlich gar nicht gefallen, wenn ein lausiger Pfadfinder eine ganze Theorie zu Fall gebracht hätte.«

Diem plaziert eine Platte mit belegten Broten und einer Kanne Kaffee auf dem Schreibtisch der Präsidentin, nimmt unaufgefordert Platz und sagt: »Gut, wie verfahren wir nun mit dem *SecGen?*«

»Nun, vielleicht wollte er uns mit einem großen Hilfspaket ködern und dann unsere Einwilligung – vielmehr unsere Kapitulation – erhalten, daß unsere Wissenschaftler mit ihm kooperieren. Weil ich aber schon eingewilligt hatte, bevor er seine übrigen Konditionen darlegen konnte und weil dieses Gespräch auch nicht annähernd abhörsicher war, steht er jetzt in der Pflicht und wird uns helfen müssen. Und wir haben ihm klargemacht, daß wir grundsätzlich nicht auf fremde Hilfe angewiesen sind. Das müßte ihn eine Weile beschäftigen – und außerdem hat er nicht die Möglichkeit, es uns durch eine Verzögerung der Hilfsmaßnahmen heimzuzahlen. Haben die UNSOO-Daten überhaupt einen Wert für uns?«

»An sich nicht, aber wenn Rivera wirklich einen gewissen Einfluß auf Japan hat, sind wir wahre Glückspilze, denn Di Callare und Henry Pauliss haben mir versichert, daß die Japaner über eine Art Tomograph verfügen, der den Sturm scheibchenweise abtastet; daher könnten sie immer dann, wenn einer ihrer Satelliten über Hawaii steht, Angaben zu Wasserstand, Wind- und Strömungsgeschwindigkeit machen. Natürlich nur unter der Voraussetzung, daß der Satellit auch mit diesem Gerät bestückt ist.«

»Gut. Da haben wir also einen guten Schachzug gemacht.« Brittany Hardshaw lehnt sich im Sessel zurück und mustert Harris Diem intensiv. Sie erinnert sich noch an die Zeit als Generalstaatsanwältin von Idaho, wo er ihr Praktikant und Assistent war, und an die vielen guten und schlechten Tage seit damals. Es ist typisch für Leute in ihrer Position, daß sie sich nur selten Gedanken über die persönliche Situation ihres Referenten gemacht hat. Aber dennoch stellt sie sich die Frage, ob er wohl noch immer bei ihr wäre, wenn ihr verschlungener Lebensweg sie nicht vom staubigen Idaho hierher befördert hätte.

Aber das ist natürlich irrelevant. Er ist noch hier, aus welchem Grund auch immer. Aber dennoch... »Sie sehen schrecklich müde aus«, sagt sie.

»Sie auch, Chefin. Und wenn Sie noch nicht müde genug sind, dann habe ich hier eine kleine, beunruhigende Nachricht von Carla Tynan.«

Hardshaw stöhnt innerlich, nimmt noch ein Brot und gießt sich noch eine Tasse Kaffee ein. »Das schmeckt köstlich.«

»Mutters Rezept. Heute nur noch schwer zu bekommen, aber es lohnt sich. Sie kommen vom Thema ab, Chefin.«

»Ja, richtig...« Hardshaw grinst ihn an. »Wie oft haben Sie und ich schon die ganze Nacht durchgearbeitet?«

»Ist der Fünfte Verfassungszusatz noch in Kraft?«

Sie bedeutet ihm zu essen.

Als jeder von ihnen eine Schnitte verputzt hat, sagt sie: »Gut, kommen wir zur Sache. Ich weiß, daß Sie mich nicht mit Kleinigkeiten behelligen, nur um sich selbst nicht damit befassen zu müssen, also wird es sich um etwas Wichtiges handeln.«

Diem nickt und sagt: »Wollen Sie auch den wissenschaftlichen Hintergrund oder nur die Fakten?«

»Nur die Fakten bitte, und gerade so viel Wissenschaft, damit ich beurteilen kann, ob Carla nicht vielleicht übertreibt. Mein Gott, wie konnten wir sie überhaupt aus dem Staatsdienst entlassen? Sie ist zwanzigmal so viel wert wie ein Sesselfurzer wie Henry Pauliss.«

Diem schneidet zwar eine Grimasse, aber er hat seine Stelle hauptsächlich deswegen bekommen und sie auch behalten, weil er alles schluckt und nur im Notfall sagt, was er denkt. »Nur zu Ihrer Erinnerung: nach dem Globalen Aufstand mußte unbedingt verhindert werden, daß Mitarbeiter der NOAA mit schlechten Nachrichten an die Öffentlichkeit traten, und schon gar nicht mit schlechten Nachrichten, die wir unter Verschluß halten mußten, um einen *weiteren* Globalen Aufstand zu verhindern. Also haben wir die Prognose-Abteilung geschlossen, denn die produzierte die meisten Horrorgeschichten.«

Hardshaw lehnt sich zurück und sagt: »Und jetzt erklären Sie mir den Sinn dieser Maßnahme.«

»Der Sinn bestand darin, Chefin, daß wir noch nie mit einem globalen Unwetter konfrontiert worden sind und über keinerlei Anhaltspunkte verfügten, wie ein größerer oder stärkerer Sturm sich auswirken würde. Und die Langfrist-Prognosen enthalten schon seit langem Hiobsbotschaften bezüglich Dürrekatastrophen und ähnlichen Desastern. Das mußten wir gegen zehn Millionen Tote abwägen.«

Sie nickt. »Gut, hiermit erkläre ich, daß die Entscheidung ein großer Fehler war. Notieren Sie das, damit wir es als Antwort parat haben, falls uns jemand danach fragt.«

»Und wo bleibt Ihre Ehrlichkeit als Basis-Medium?«

›Medium‹ ist Medien-Jargon für den Transport von Glaubwürdigkeit. Der Anschein von Ehrlichkeit ist eine Art von Medium; Populismus und Faktenwissen sind weitere. Das hat indes nicht das geringste mit der Wahrheit zu tun, falls die Wahrheit an sich überhaupt bekannt sein sollte, und aus diesem Grund haßt Brittany Lynn Hardshaw, die sich noch daran erinnert, wie ihr für jede Lüge eine Maulschelle verpaßt wurde, diesen Begriff. Davon hat sie Diem aber noch nie etwas erzählt, und sie wird es auch nicht tun. Es fällt in sein Ressort, sich mit ›Medien‹ zu befassen.

Als sie aufschaut, sieht sie das erste Glühen der Morgendämmerung im Fenster und bemerkt, daß die Nachtschicht von der Frühschicht abgelöst wird. Sie nickt jedem zu, winkt, zeigt sich als spendable Gastgeberin und verteilt die restlichen belegten Brote (wobei sie Diems gequälten Gesichtsausdruck goutiert, als die Delikatessen an die unteren Chargen weitergereicht werden).

Dann nimmt sie wieder Platz und flüstert: »Harris, in meinen Augen hat der große Fehler darin bestanden, daß wir die Leute ungeschoren haben davonkommen lassen, die am Globalen Aufstand beteiligt waren. Es gibt nämlich auch so etwas wie persönliche Verantwortung! Wir hätten auf mannigfaltige Art einschreiten können – mit dem Einsatz von Truppen in den Großstädten, die Gouverneure hätten die Nationalgarde ausrücken lassen, die XV-Verantwortlichen festnehmen und so lange in Gewahrsam halten können, bis sie eingewilligt hätten, die verdammten Übertragungen einzustellen...«

»Das hätte eine ganze Prozeßlawine ins Rollen gebracht...«, erwidert er.

Sie macht eine Handbewegung, als ob sie einem Huhn den Hals umdrehen wollte. Diese Geste kennt Diem noch aus ihrer Zeit als Anwältin. »Seit wann hat eine alte Staatsanwältin, die bereits neunzehn Fälle vor dem Obersten Bundesgericht verhandelt hat, denn vor so etwas Angst? Wäre der erste eindeutige Fall seit der Erfindung von XV gewesen, in dem die Sender wegen Gefährdung der öffentlichen Ordnung ihre Tätigkeit hätten einstellen müssen – ganz ohne Kampf, oder? Aber das ist alles Schnee von gestern.« Sie nimmt einen Schluck Kaffee; er hat sich jetzt abgekühlt, und sie genießt ihn wie eine Droge, nicht zum Entspannen wie vorhin. »Der Punkt ist doch der: wir müssen begreifen, daß ich in dieser Krise nicht überall zugleich sein kann, zumal ich ja nicht einmal Verbindung zu jedem Ort habe. Im Moment wissen wir nicht einmal, ob Hawaii mit dem Hubschrauber zu erreichen ist oder ob die Marine in Pearl Harbor einlaufen kann.

Harris, was mir schlaflose Nächte bereitet, ist die Frage, ob die NSA recht hat, und wenn die kleine ›geheime‹ Kabale um Callare und die Tynans korrekte Informationen liefert, dann steht uns vielleicht eine Katastrophe bevor, die jede Regierung hinwegfegt. Einige Administrationen werden sich vielleicht behaupten, die Frage ist nur, in welchen Ländern. Millionen Menschen werden alle neuzeitlichen Errungenschaften verlieren und auf sich selbst gestellt sein. Und ich glaube nicht, daß die Leute dem gewachsen sind. Ich glaube vielmehr, daß die seit ein paar Jahrhunderten an den Wohlfahrtsstaat gewöhnten Menschen darauf warten, daß sie ärztliche Hilfe und Verpflegung erhalten. Aber Sie sehen ja, wie machtlos wir allein schon auf Hawaii sind. Und ›Clem‹ wird zurückkommen, noch bevor wir die Bergungs- und Rettungsarbeiten überhaupt eingeleitet haben.

Also werden die Menschen selbst um ihr Überleben kämpfen müssen, und daher werden wir sie wenigstens mit allen verfügbaren Informationen versorgen.«

»Und wenn sie diese Informationen mißbrauchen?«

»Dann werden wir sie zur Rechenschaft ziehen – falls wir sie erwischen. Und wenn wir sie nicht erwischen, stellen sie auch kein Problem mehr für uns dar. Aber diesen Punkt müssen wir klären, Harris, wie nämlich die Amerikaner und darüber hinaus die gesamte Weltbevölkerung überleben soll, falls wir hier auf der Strecke bleiben. Und ich glaube nicht, daß ihre Chancen sich verbessern, wenn wir ihnen nur Teilinformationen oder gar keine hinterlassen.

Also liegt hier das Problem, Harris. Was auch immer Sie mir jetzt berichten werden, wie schlimm die Nachrichten von Carla auch sein mögen, wir werden sie *jedem* zugänglich machen. Den UN, den anderen Nationen, dem Kongreß, allen Parteien, allen Präsidentschaftskandidaten, allen Unternehmensvorständen – selbst dem Volk. Und daher gilt mit sofortiger Wirkung die Anweisung, alle Informationen, sofern sie nicht der militärischen Geheimhaltung unterliegen, frei zugänglich zu machen – und dann, ob es uns gefällt oder nicht, werden die Menschen zu entscheiden haben. Der Souverän hat das letzte Wort, zum Guten oder zum Schlechten. Und wenn er sich dieser Aufgabe nicht gewachsen zeigt, dann war es eben ein schönes Experiment mit einer Laufzeit von zweihundertfünfzig Jahren. Aber das Chaos, das wir auf Hawaii erleben, ist erst der Anfang – die Wirbelsturmsaison dauert noch einige Monate –, und daher ist es in Anbetracht unserer Hilflosigkeit an der Zeit, den Leuten alle notwendigen Informationen zum Überleben zu geben.«

Harris Diem kann ein Lachen nicht unterdrücken. »Gut, Chefin, ich nehme nicht an, daß Sie scherzen. Aber ich würde mich viel besser fühlen, wenn Sie Ihre Meinung doch noch ändern, nachdem Sie das gehört haben. Abgesehen davon, daß ›Clem‹ wiederkommt, wird es in den kommenden Wochen noch viele weitere ›Clems‹ geben.«

Präsidentin Hardshaw ringt um ihre Fassung – wobei dies sogar ihrem langjährigen Freund und Mitarbeiter verborgen bleibt –, und daher zeigt sich keine Regung in ihrem Gesicht, und die Hände sind ganz ruhig. Ansatzlos sagt sie: »Ich möchte eine detaillierte Erklärung, und dann leiten wir es an die Medien weiter.«

Harris quittiert ihre souveräne Haltung mit einem dünnen Lächeln und einem knappen Nicken. Sie kennt ihn gut genug, um sofort zu spüren, daß er in Gedanken eine Antwort auf die Frage formuliert, warum er ihr neunundzwanzig Jahre lang gedient hat, und daß er irgendwann in seinen Memoiren schreiben wird, sie hätte binnen drei Minuten eine seit Jahren betriebene Politik umgestürzt, ohne mit der Wimper zu zucken. Und als er sie nun über die neueste Entwicklung unterrichtet, hat er sich bereits auf diese neue Politik eingestellt und wird sie mit Verve und Leidenschaft vertreten, obwohl er müde ist, sie mißbilligt und vielleicht nicht einmal versteht.

Eine solche Loyalität beunruhigt sie; es ist ein schier aussichtsloses Unterfangen, die stärkste militärische Macht der Erde regieren und das Schicksal einer Viertelmilliarde Menschen lenken zu wollen, aber sie ist schon lange nicht mehr dieselbe wie damals in Idaho.

Sie konzentriert sich auf seine Ausführungen, und nach zehn Minuten konferiert sie bereits mit Generalsekretär Rivera, mit dem mexikanischen Präsidenten Questora und mit einer Reihe anderer lateinamerikanischer Präsidenten, Diktatoren und Generälen – ohne den kleinen Teleprompter direkt vor dem Gesicht wäre sie nicht in der Lage, ihre Titel richtig zuzuordnen. Gleich nachdem sie aufgelegt hat, erreicht sie eine Meldung aus Hawaii, daß die Einsatzgruppe der Armee gelandet sei, wobei ein *Staticopter* mit sechs Mann Besatzung verlorenging. Der Sturm ist noch immer zu heftig, als daß sie das Basislager verlassen könnten.

Randy Householder ist ein Routinier. Die Jagd dauert nun schon über zehn Jahre. Er findet immer die richtigen Worte, weiß, wo er suchen muß, setzt seine Finanzmittel gezielt ein, und ruckzuck hat er sich einen Lügendetektor beschafft.

Schaudernd betrachtet er das Teil. Die bräunlichen Punkte sagen ihm, daß es schon einmal zum Einsatz gekommen ist.

Nach weiteren vier Tagen hat er ermittelt, daß Jerren Anders nicht als gefährlich gilt und daher auch nicht im Hochsicherheitstrakt einsitzt; bei seiner Festnahme hatte er einen Nervenzusammenbruch, erregte das Mitleid des Richters und der Geschworenen, erholte sich wieder und wird jetzt resozialisiert.

Randy wird sich seiner auch annehmen. Das ist die einfachste und sauberste Option.

Der Gefängnishof ist weder ummauert noch eingezäunt; man verläßt sich darauf, daß die am Fußknöchel angebrachten Transponder die Gefangenen von Fluchtversuchen abhalten, und wenn sie doch fliehen sollten, können sie leicht wieder aufgespürt werden. Er hat nur ungefähr eine halbe Minute, aber im Grunde ist es nicht schwierig, er muß nur den Zeitplan einhalten.

Es geschieht an einem sonnigen Tag, daß Randy hinter einem Baum hervortritt, Anders niederschlägt, eine Waffe auf seine Brust richtet und sagt: »Schönen Gruß von Withers, Wallace und Brown. Du kommst mit mir.«

»Mit dem Scheiß will ich nichts mehr zu tun haben.«

»Dann töte ich dich.«

Anders steht auf und hebt die Hände. Randy lotst ihn schnell zum Fahrzeug. Zum Glück ist es zur Zeit noch nicht möglich, ein Privatfahrzeug aufzuspüren; diese Menschenrechtstypen sind also doch zu etwas gut. Sie steigen ins Fahrzeug, und Randy nennt einen Zielort; dann setzt das Auto sich in Bewegung.

»Was hast du ...«

Randy setzt Anders mit einem Paralysator außer Gefecht. Nicht etwa aus Rücksichtnahme, aber so wirkt es wie eine Betäubung.

Dann nimmt er ein Brecheisen und bricht Anders Füße. Anders Augen weiten sich, und Tränen laufen über sein Gesicht, aber er kann sich nicht bewegen, nur stöhnen.

Wenn man das Band um den Knöchel durchschneidet, stellen sie die Suche ein. Weil es nämlich unmöglich ist, das Band über den Fuß zu ziehen, unterstellen die Behörden, daß man es überhaupt nicht loswerden kann. Das würde dann zutreffen, wenn man sich auf der Flucht befände. Oder wenn man in der Lage wäre, sich dem Brechen der Füße zu widersetzen.

Aber in diesem Fall stehen die Dinge etwas anders. Randy schwingt die Brechstange – er hat nur zirka fünf Minuten für seine Verrichtung –, und die alten, spröden Knochen brechen und splittern unter den Schlägen. Das Knacken nach den ersten Hieben weicht einem patschenden Geräusch. Anders' qualvoll verzogener Mund ist wirklich degoutant, aber im Moment hat er noch keine Zeit, ihn zu knebeln.

Als die in einer Plastiktüte verpackten Füße nur noch Matsch sind, packt Randy das Band und reißt es aus der breiigen, blutigen Masse. Nun wird das Fahrzeug seiner eigentlichen Bestimmung zugeführt – es soll einen automatisierten Lastzug abfangen –, und Randy kurbelt die Scheibe hinunter.

Dort. Gerade fährt eine robotgesteuerte Zugmaschine mit drei Anhängern vom Hof, und das ist die Gelegenheit. Randy übernimmt selbst das Steuer – jetzt kommt ihm die Fahrschule zupaß – und tritt aufs Gas. Der mittlere Hänger transportiert Vieh, das ihn aus großen Augen blöde anglotzt, als er längsseits geht und das Band hineinwirft.

Er rast eine Seitenstraße ohne Leitsystem entlang; auf halber Strecke geht er wieder auf Automatik und programmiert einen langen Umweg ein, bevor das Fahrzeug wieder in eine Straße mit Leitsystem einbiegt. Es wird Wochen dauern, bis sie die Aufzeichnungen des Leitsystems mit dem Bewegungsprofil des Bandes abgeglichen haben und ihm auf die Spur kommen – aber bis dahin will Randy seine Arbeit längst erledigt haben.

Das von der Rückbank dringende Stöhnen wird lauter, als Randy in den Fond steigt, um den nächsten Arbeitsschritt in Angriff zu nehmen. Er fesselt Anders und hebt dann die Wirkung des Paralysators auf.

Jetzt sprudelt es aus Anders heraus, er will ihm alles sagen, halt das Übliche in einer solchen Situation.

Randy stellt die entscheidende Frage: »Du erinnerst dich sicher noch, daß du vor vierzehn Jahren der Mittelsmann für einen Clip mit einem kleinen blonden Mädchen gewesen bist...?«

»Scheiße, Mann, der nicht, nein, Scheiße, du kannst mir gar nicht so übel mitspielen, wie die es tun werden...«

Randy hält den Lügendetektor in die Höhe. »Wetten, daß?«

Schließlich sagt Anders es ihm auch so. Aber die Sache ist zu wichtig, als daß er es riskieren könnte, sich von dem alten Schurken belügen zu lassen; und deshalb visiert Randy ihn an, sagt: »Oh, das war eine Lüge« und treibt den Detektor tief in die Stirn des alten Mannes. Der Mann schreit und geifert, als Randy die Schlüsselwörter abliest und sein Aufzeichnungsgerät alles auf den Clip kopiert.

In dieser Nacht verschwindet der Leichnam von Jerry Anders in einer tiefen, feuchten Klamm, direkt neben der Bundesstraße 93. Randy erhält eine Meldung von seinen Daten-Spähern, wonach es ihnen gelungen ist, in die Datenbank der Highway Patrol von Idaho einzudringen, und vielleicht hat er noch mehr Zeit, als er zunächst gedacht hatte.

Er macht ein ausgiebiges Nickerchen, bevor er den Clip abspielt. Er enthält allen möglichen ekligen Mist, und daher bereitet er sich seelisch darauf vor, nach der richtigen Stelle zu suchen. Nach vier Tagen kämpft er sich noch immer durch Splitter von vergewaltigten, verstümmelten und ermordeten Frauen und Mädchen, durch Winstons schreckliche Drohungen, durch die Szene, in der Brown ihm die Drogen verkauft...

Randy merkt, daß er das nicht länger verkraftet. Der Clip ist ein einziger Alptraum. Er will Anders' Version gar nicht mehr überprüfen, das Wissen, in welchem

Sektor des Clips die relevante Stelle sich befindet oder auch nicht, genügt ihm. Er nimmt ein Beruhigungsmittel.

Sie hatte recht in diesem Traum. Es ist wirklich schlimm. Streiflichtartig sieht er, wie sie ausgespäht wird, wie sie feststellen, daß sie immer allein duscht und niemand auf sie wartet. Er durchlebt, wie Anders Kimbie Dee im Traum ausspäht und dabei onaniert.

Einmal erhält er in dem Clip unfreiwillig Einblick in eine Erinnerung aus zweiter Hand, wie Kimbie Dee mit den Händen ihre Blöße zu bedecken versucht, als dieses auf sie angesetzte Monster in die Dusche kommt, dann der Anblick des großen, widerwärtigen Mannes, wie er eine Waffe zieht und auf sie anlegt, die Scham, als sie die zitternden Hände von den Brüsten nimmt und er sie anstarrt ...

Er stellt das ab, wobei er sich fast übergibt, aber da war noch etwas in dieser Erinnerung, und als er noch einmal zurückgeht, hat er es.

Er hat einen Namen, und dieser Name ist ihm durchaus ein Begriff. Aber nicht als Käufer solcher Machwerke, geschweige denn als Auftraggeber.

Aber Randy weiß, daß kein Irrtum möglich ist. Zumindest war Jerren Anders der Ansicht gewesen, für diesen Mann zu arbeiten und hatte sich damit auch die vielen Todesurteile nach dem Auffliegen des Händlerrings erklärt.

Der Zugang zu diesem Mann wird nicht einfach sein. Er ist froh, daß die Daten-Späher bei der Highway Patrol von Idaho ihm einen Zeitgewinn verschafft haben – denn er wird viel Zeit brauchen.

Vielleicht besteht der eigentliche Grund für das Zustandekommen der Ergebnisse schlicht darin, daß Carla Tynan zum erstenmal seit mehreren Tagen wieder richtig ausgeruht ist. Auf ihrem Kurs zu den Salomonen befindet sie sich bereits weit südlich des Äquators und ist der höheren Geschwindigkeit wegen wieder auf Tauchfahrt gegangen. Ihre innere Stimme untersagt ihr das Sonnenbaden und das Arbeiten im Freien.

Es besteht kein Zweifel daran, daß Dis Team bei der NOAA erstklassige Arbeit bei der Erklärung der Physik des Fallstroms als ›Motor‹ des Wirbelsturms leistet. Man muß der NOAA nur einen Schubs in die richtige Richtung geben, und sie laufen zur Hochform auf...

Aber, so überlegt Carla, die noch immer in ihrer sauberen und warmen Koje liegt und nur entfernt daran denkt, aufzustehen und an die Arbeit zu gehen, genau das war auch ein Problem, mit dem sie damals als Angestellte bei der NOAA zu kämpfen hatte: bei der Genehmigung eines Projekts zeigten die Verantwortlichen durchaus Interesse an Detailfragen; wenn es dann aber an die Durchführung ging, ließ dieses Interesse schnell nach. Wenn ihre Stimmung gut war, attestierte sie sich immer das ›Daniel-Boone-Syndrom‹ – sobald sie einen Hügel genommen und die anderen mitgezogen hatte, wollte sie schon den nächsten in Angriff nehmen. Wenn ihre Befindlichkeit indes weniger gut war, wie so oft damals, bescheinigte sie sich eine Kombination aus echtem kreativen Talent und profunder Faulheit – sie wußte, ihre Ideen waren so gut, daß sie ihr den Arbeitsplatz sicherten, und daher war sie auch weiterhin kreativ und überließ die harte Arbeit den anderen.

Wie so oft, war es erneut Louie, der, obschon selbst nicht mit übermäßiger Selbsterkenntnis gesegnet, ihr einen Einblick in ihr Inneres ermöglichte. »Quatsch, das ist keine Faulheit. Wenn du eine Theorie ausbrütest, arbeitest du doch auch zwanzig Stunden am Tag, oder? Und es ist auch kein Pioniergeist; wenn du nämlich keine Theorie ausbrütest, liest du nur Schundromane oder gehst einkaufen – es ist nun wirklich nicht so, daß du zwanghaft kreativ bist. Ich glaube vielmehr, daß du nur nicht mit Ungewißheiten leben kannst. Wenn du nämlich eine Theorie entwickelt hast, kommst du nicht zur Ruhe, bis du dir halbwegs sicher bist, ob sie richtig ist oder nicht. Und wenn du mal keine auf Lager hast, tust du einfach nur das, was dir Spaß macht. Was ist denn so schlimm daran? Du bist deshalb weder eine Heilige noch eine Verbrecherin.«

Sie läßt den Vorgang noch einmal vor ihrem geistigen Auge ablaufen – es könnte sich ein sehr schöner erotischer Traum daraus entwickeln, aber ihr gefällt dabei noch am besten, daß, wenn sonst schon niemand, Louie sie wenigstens versteht. Apropos Sex mit Louie; diesen Gedanken wird sie sich für die kommenden Monate aus dem Kopf schlagen müssen, denn sein Aufenthalt im Weltraum ist unbefristet verlängert worden. Stöhnend wälzt sie sich aus der engen Koje, geht unter die Dusche (vor und nach dem Schlafengehen duschen – das ist ja richtig exzessiv) und läßt das heiße Wasser über den Körper rinnen.

Das NOAA-Team ist jetzt im Besitz der aktuellen Daten, und trotz der Leistungsfähigkeit des Bordcomputers und ihres Zugangs zu allen möglichen Netzwerken verfügt die NOAA über die weitaus größeren Kapazitäten, so daß sie die Arbeiten am Fallstrom-Problem eigentlich einstellen könnte.

Wenn da nicht jemand – ein Romanautor lange vor ihrer Zeit, den ihr Vater immer zu zitieren pflegte – den Spruch geäußert hätte, man könne immer etwas tun.

Sie schüttelt den Kopf mit der Kurzhaarfrisur wie ein nasser Hund, wobei das warme Wasser den Rücken hinabfließt und reibt sich das verspannte Kreuz. Man kann immer etwas tun. Wozu ist ein Fallstrom also noch imstande, außer eine Hochdruckzelle zu erzeugen, die den Wirbelsturm vor sich hertreibt? Verursacht ein Fallstrom noch andere Phänomene, und wenn ja, welche?

Tornados über dem Land und Wolkenbrüche über dem Meer – Wirbelstürme erzeugen Tornados quasi als

Ableger. Eine große Ansammlung bildet sich rechts neben dem Vektor des Wirbelsturmes, und eine kleinere Ballung entsteht an der Peripherie des Fallstroms. Meteorologie im ersten Semester: die von starken Wirbelstürmen erzeugten Schwerwinde werden in der Horizontalebene durch die an den Rändern vorherrschende Cumulonimbus-Konvektion in Rotation versetzt.

Scherwinde treten dann auf, wenn der Wind von der Erdoberfläche abgebremst wird; die darüberliegenden Strömungsschichten behalten ihre Geschwindigkeit jedoch bei – und dadurch wird die Luft in Bodenhöhe zu einer sich fortbewegenden ›Walze‹ zusammengerollt, vergleichbar mit einem Läufer, der über einen Draht stolpert, wobei sein Unterleib abgebremst wird und der Oberkörper weiter nach vorne strebt. Dann zieht die starke Thermik, die an der Peripherie von Stürmen immer auftritt, den rollenden Zylinder in die Vertikale, wo er zu einem Tornado mutiert.

Dort, wo der Fallstrom auf die Erde trifft, reichert er die Luft mit Feuchtigkeit an und erzeugt eine Hochdruckzelle, von der die Luft wegströmt. Somit entstehen ausgeprägte Scherwinde und viele Cumulonimbus-Wolken, und diese Wolken – Gewitterwolken – weisen eine starke, nach oben gerichtete Thermik auf. Direkt an der Stelle, wo der Fallstrom die Erde erreicht, rotiert die Luft um Tiefdruckzonen, mithin perfekte Bedingungen für die Entstehung von Tornados.

Das alles ist aber schon seit sechzig Jahren bekannt, als der erste große Wirbelsturm auf dem Radar verfolgt wurde und die Meteorologen die ganzen Cumulonimbus-Wolken, Tornados und sogar das Auge selbst *sehen* konnten. In den sechziger Jahren des letzten Jahrhunderts hatte der große Hurrikan *Beulah,* der über dem Festland von einem großen Fallstrom angetrieben wurde, Tornados erzeugt wie ein Lkw, der eine Ladung Fässer verliert.

Also wird ›Clems‹ Fallstrom… stärkere Scherwinde produzieren. Und eine Hochdruckzone in Bodennähe. Noch mehr Tornados und Wolkenbrüche…

Und dieser Fallstrom wandert. Wenn er eine Position geräumt hat, verschwindet plötzlich auch die Hochdruckzelle. Und die komprimierte, verwirbelte Luft in Meereshöhe steigt auf…

…wie eine Blase in kochendem Wasser. Wie ein cartesianischer Taucher – Carla erinnert sich an ein Geschenk ihres Vaters, als sie gerade sechs war, eine versiegelte Wasserflasche mit einem kleinen Taucher aus Glas; im Taucher befand sich eine Luftblase, und wenn man die Flasche zusammendrückte, wurde die Blase durch den Druck komprimiert, wodurch die Dichte des Tauchers sich erhöhte und er sank; wenn man die Flasche losließ, sank der Druck, die Blase im Taucher expandierte, und er stieg wieder auf.

Eine große Luftblase, die aus der Tiefe des brodelnden, warmen Meeres aufsteigt. Mächtige Scherwinde treiben auf Meereshöhe Luftwirbel auf die Position zu, an der die Blase an die Wasseroberfläche steigt…

Falls der Fallstrom sich so schnell bewegt, daß die Hochdruckzone mit ausreichender Geschwindigkeit vertikal expandiert, geht das mit dem Modell der Wirbelsturmentstehung konform. Bei ›normalen‹ Wirbelstürmen indessen verhält sich das anders – der Fallstrom mitsamt der Hochdruckzelle befindet sich nahe genug am Auge des Wirbelsturms. Aber bei einem Gebilde von ›Clems‹ Größe – wo der Fallstrom möglicherweise viele hundert Kilometer entfernt auf die Erdoberfläche trifft…

Binnen einer Stunde hat sie ein Modell skizziert, das ebendiesen Vorgang plausibel macht. Als sie kurz vor dem Abschluß steht – warum wird sie immer nur so schlapp, wenn sie eine gute Idee entwickelt? –, spürt sie, daß ihr kalt ist und merkt, daß sie sich nach dem Duschen nicht abgetrocknet hat. Aber zumindest hat sie diesmal daran gedacht, den Wasserhahn zuzudrehen.

Außerdem ist sie fürchterlich verspannt. Nun, die Dusche muß noch warmes Wasser haben... also duscht sie jetzt zum drittenmal, und diesmal entspannt sie sich wirklich, trocknet sich ab und zieht sich bequeme Sachen an, in denen sie sich wohlfühlt (Louie hatte einmal gelästert, sie würde darin wie eine Wurst aussehen, aber sie hat seitdem einige Pfunde verloren, und die jetzt etwas schlabbrige Kombi ist ihr Lieblingsstück. Was ist gegen ein paar glückliche Erinnerungen einzuwenden? Sie hat sich nicht von dem Mann scheiden lassen, weil sie ihn nicht mehr gern hatte, sondern sie hat sich scheiden lassen, um ihn auch weiterhin zu mögen, wie sie ihm damals erläutert hatte).

Meine Güte, Louie geht ihr im Kopf herum, und dabei muß sie sich mit einem wirklichen Problem befassen. Ja, das Resultat ist plausibel, aber es ist durchaus nicht das einzig plausible. Vielleicht erzeugt ›Clem‹ auch gar keine Tornados, aber das wird sich erst dann herausstellen, wenn der Fallstrom abrupt den Kurs ändert – was noch eine Weile dauern kann.

Aber der Fallstrom hat bereits einen solchen Schwenk vollführt – kurz bevor ›Clem‹ Kurs auf Hawaii nahm. Gerade erst vor ein paar Stunden. Und jetzt fällt Carla ein, daß sie schon seit einiger Zeit nicht mehr die Nachrichten verfolgt hat – sie weiß nicht, ob ›Clem‹ über Hawaii hinwegzieht, und falls doch, was sich dort abspielt.

Als *MyBoat* auftaucht, ist es schon seit einigen Stunden dunkel; es ist ein wundervoller Sternenhimmel, und das Radar ortet keine Schiffe in einem Radius von vielen Kilometern, so daß Carla an Deck geht, ein Haarnetz überstreift und sich einloggt, um direkten Zugriff zu den benötigten Daten zu erhalten. Mit einem Preßluftstrahl trocknet sie das Sonnendeck, streckt sich in der Dunkelheit aus und schaut zu den Sternen empor, wobei sie die vereinzelten Meteore zählt und sich an dem majestätischen dunklen Sternenhimmel erfreut. Eine merkwürdige Vorstellung, daß die meisten Menschen ein solches Bild nur über XV zu sehen bekommen; noch merkwürdiger indessen die Vorstellung, wieviel mehr Sterne Louie zu sehen bekommt. Kein Wunder, daß es ihnen trotz all der Warnungen vor der Strahlung nicht gelingt, ihn von der Beobachtungskuppel fernzuhalten.

Seufzend zieht sie sich das Haarnetz über und steckt den Stecker in die Buchse an der Schläfe. Zeit zum Arbeiten, Carla.

Die dunkle Nacht, die Schönheit der funkelnden Sterne und das sachte auf den Wellen schaukelnde *My-Boat,* was sie als rhythmisches Schwingen des Holzdecks unter dem Rücken wahrnimmt, verschwimmen zu geisterhaften Impressionen am Rande des Bewußtseins, wie die Bruchstücke eines Traums nach dem Erwachen. Sie geht Tausende von Optionen durch und denkt dabei an ihre Präferenzen; als sie sich wieder einloggt, erfährt sie, daß Hawaii bis auf ein paar Funkbrücken bereits von allen Verbindungen abgeschnitten ist, woraufhin sie wieder zu den öffentlichen Kanälen wechselt, um die Satelliten-Daten und die spärlichen meteorologischen Daten in Erfahrung zu bringen …

Als ›Clems‹ Fallstrom abrupt den Kurs änderte, führte ihn der neue Kurs über nicht einmal 20 Grad Celsius warmes Wasser. Zu kalt für die Entstehung eines Wirbelsturms. Und nicht einmal warm genug, um einen Wirbelsturm ›am Leben‹ zu erhalten.

Dennoch entwickelte sich ein beachtliches Tiefdruck-Phänomen, das sich anscheinend zu einem Zyklon ausgewachsen hat – ein ausgedehnter Sturm, der, obgleich er hinsichtlich Windstärke und Regen nur ein laues Lüftchen im Vergleich zu ›Clem‹ ist, jetzt Kurs auf British Columbia nimmt und ganz Pazifikanada mit Regen überschütten wird.

Sie ortet einen japanischen Militärsatelliten im polaren Orbit, der die entscheidenden acht Minuten, als der Fallstrom den Kurs änderte und unmittelbar danach im Neunzig-Grad-Winkel ein neuer Fallstrom entstand, wahrscheinlich festgehalten hat.

Heimlich durchstöbert sie etliche tausend Datenbanken auf der Suche nach alten Aufklärungs-Programmen; ihr leistungsfähiger, schneller Rechner wird dann alle Fragmente zusammenfügen und sie in einer ›konzertierten Aktion‹ auf die gesperrten Knotenpunkte um Tokio ansetzen. Es ist nur eine Sache von Sekunden, aber sie zappelt nervös in der ›realen‹ Realität, als sie spürt, daß ihr Bewußtsein sich anscheinend erweitert und sich von dem kleinen U-Boot gelöst hat.

So perfekt sind die Daten indes gar nicht geschützt; die Japaner vermuten wohl schon, daß dieser Satellit angezapft wird. Es dauert nicht lange, bis sie fündig wird, und dann setzt sie sich wieder ab.

Sie verfügen über eine Art Radar, mit dem sie die Atmosphäre schichtweise abtasten, und das System war während des Überfluges aktiviert. Die Daten sind besser, als sie gehofft hatte – das erkennt sie auf den ersten Blick …

Und dann stößt sie auf die schlechte Nachricht. Keine Frage. Wenn der Vorgang sich über wärmerem Wasser ereignet hätte, wäre inmitten des aufgewühlten Meeres, der Strömungen, Winde und Gewitterwolken eine schnell aufsteigende Warmluft-Säule entstanden: die Art von Säule, die ›Clem‹ hervorgebracht hat und die auch sonst für die Entstehung von Wirbelstürmen verantwortlich zeichnet.

Louie gewöhnt sich allmählich daran, Mondspaziergänge in dem blöden Roboter zu unternehmen; mit zunehmender Routine stellt er den Roboter immer öfter auf Autopilot, bis er schließlich richtig damit arbeitet. Der erste Tag war der schlimmste; die Arbeiten bestanden teilweise darin, einige Maschinen zu reaktivieren, die Kabel und Steckverbindungen für alle möglichen Komponenten produzierten, die wohl doch nie miteinander verbunden würden, und es war eine echte Schinderei.

Die anderthalbsekündige Verzögerung, mit welcher der Roboter seine Anweisungen ausführt, macht ihn für Feinarbeiten untauglich, es sei denn, er würde autonom arbeiten – was bedeutet, daß er dem Roboter das zu montierende Objekt vorlegen, ihm über die direkte Schnittstelle das maximale Drehmoment mitteilen und dann abwarten müßte, bis er den Auftrag ausgeführt hat... die Entfernung einer mit sechs versenkten Schrauben befestigten lausigen Platte, um an zwei blöde Schalter zu gelangen, hat über eine Stunde in Anspruch genommen.

Er hat den Franzosen schon alle möglichen Dinge geklaut. Wenn sie Einwände haben, sollen sie doch kommen und ihn festnehmen; weil sie ihre Aktivitäten aber auch schon reduziert haben, bezweifelt er, daß es ihnen überhaupt auffällt.

Nachdem die Systeme aber erst integriert und die Roboter aktiviert wurden, ging es gut voran. Das Pentagon schickte ihm die ganze verfügbare COD-Software hoch, und seit einigen Tagen betreibt er das Hauptsystem damit. Später am Tag, wenn alles gut läuft, wird er dann ein paar kleine Transportraketen starten, die er und die Maschine hier oben auf dem Mond entwickelt und produziert haben, um einen Teil der französischen Lebensmittelvorräte zur *Constitution* zu verfrachten. Es besteht zwar noch nicht die Gefahr des Verhungerns, aber etwas Abwechslung kann sicher nicht schaden, und außerdem ist diese Fracht für einen Test gut geeignet.

In den letzten Tagen hat er an den Mondspaziergängen direkt Gefallen gefunden. Die kleinen Replikatoren sind jetzt alle ›versklavt‹ – sie operieren nicht mehr selbständig, sondern unter strikter Kontrolle – und wuseln geschäftig umher; die klar konturierten Schatten und der schwarze Himmel sind noch immer ein schöner Anblick für ihn.

Er wünschte sich, er könnte seine eigenen Fußabdrücke auf der Mondoberfläche hinterlassen, die seit Milliarden Jahren unberührt daliegt, und er hat auch schon einen entsprechenden Plan ausgearbeitet. Von der Erweiterung der Kapazitäten der Mondbasis einmal abgesehen, könnte er die *Constitution* mit einem Antriebssystem versehen – sie dürfte aber nur langsame Fahrt machen, weil die Verstrebungen, von denen sie zusammengehalten wird, für eine maximale Beschleunigung von gerade einem zwanzigstel Ge ausgelegt sind – und in eine Umlaufbahn um den Mond bringen. Aber er könnte auch einen längeren Flug damit unternehmen, falls er denn die meiste Zeit im Überlebenstank zubringen wollte.

Wie dem auch sei ... die *Constitution* wird in der Lage sein, überall hinzufliegen, wenn er sie erst einmal entsprechend ausgerüstet hat. Er fühlt sich wieder wie mit sechzehn, als er den alten 94er Geo als Rallye-Fahrzeug umgerüstet hatte.

Das Seltsame bei jedem Auftrag hier oben – und jetzt erst wird ihm das konservative Vorgehen der Franzosen und Japaner bewußt – besteht darin, daß nur am Anfang harte Arbeit zu leisten ist. Die Maschinen verfügen über künstliche Intelligenz, und während dieses Lernprozesses optimieren sie sich selbst, so daß sie bei korrekter Basisprogrammierung bald besser und schneller arbeiten als jeder Mensch. Bei diesem kleinen Raketenprojekt dauerte es fast einen ganzen Tag, bis der für den Festbrennstoff optimale Düsenquerschnitt ermittelt wurde ... aber das übrige Triebwerk wurde dann in nur einer Stunde produziert.

Weitermachen. Er wendet sich der Konstruktion der Rakete zu ...

Ihr Design ist jetzt ganz anders. Sie hat keine Ähnlichkeit mehr mit der Rakete, an der er zuletzt gearbeitet hatte. Dabei weiß er intuitiv, daß sie eine Weiterentwicklung darstellt – und dann, bei näherer Betrachtung, begreift er auch, worin diese Verbesserungen bestehen. Natürlich trägt diese Düsengeometrie zu einer besseren Wärmeabfuhr bei; natürlich gewährleisten die massiven Dreiecksflossen eine höhere Stabilität...

Er registriert das alles an der Grenze zum Unterbewußtsein. Jetzt, wo er sich überwiegend im Roboter aufhält, spielt sich bei ihm ohnehin fast alles an der Grenze zum Unterbewußtsein ab, als ob das ganze Programm für die Modernisierung der Mondbasis dort abgespeichert wäre und sein Bewußtsein sich zur Bewältigung der zusätzlichen Aufgaben erweitern würde.

Er verläßt den Roboter nur noch zum Schlafen, und das kommt in der letzten Zeit nicht mehr sehr oft vor.

Abnehmendes Schlafbedürfnis indes ist eines der Phänomene, die er Dr. Wo melden soll. Es widerspricht zwar seiner Ausbildung und jeglicher Erfahrung, aber Louie ruft den Neurologen dennoch an; irgendwie hat er bei der ganzen Sache kein gutes Gefühl.

Wo ruft schon nach fünf Minuten zurück; offensichtlich wird Louie gehegt wie ein Goldesel. In einigen kurzen Sätzen informiert Louie Dr. Wo über alles.

»Und Sie haben den Vorgang nicht bewußt reflektiert? Die Roboter haben die Konstruktion der Rakete verbessert, und Sie haben es auf Anhieb nachvollzogen?«

»Ja, so kann man es sagen. Und ich schlafe auch kaum noch. Und seit kurzem fällt mir auf, daß meine Erinnerungen klarer sind ... liegt das vielleicht an den Optimierern?«

»Daran besteht wohl kein Zweifel.«

»Was ist also los? Habe ich diese Rakete etwa aus dem Unterbewußtsein heraus entwickelt und gebaut?«

Wo nickt. »Gute Frage. Ich glaube, daß Sie es tatsächlich waren, aber nicht das ›Sie‹, mit dem ich jetzt spreche. Eine Eigenschaft der Optimierer besteht darin, daß sie irgendwo einen wertvollen, effektiven Code kopieren und ihn dann je nach Bedarf zu anderen Orten transportieren. Meine Vermutung geht nun dahin – und zu ihrer Bestätigung werden wir einige Testreihen durchführen müssen, was sich aber schlimmer anhört, als es ist –, daß die Optimierer Teile Ihres Bewußtseins in Computerprogramme kopieren, darunter auch in solche, die auf den lunaren Rechnern laufen. Deswegen haben Sie das Prinzip auch sofort begriffen – Ihre Bewußtseinssplitter sind nämlich wieder ›nach Hause gekommen‹. Das ist wirklich sehr interessant… es würde nämlich bedeuten, daß das Netz, in das Sie integriert sind, Sie nicht nur optimiert, sondern auch Ihre *Identität* annimmt.«

Louie schluckt und stellt nun die Frage, die ihm schon die ganze Zeit auf der Seele liegt: »Doc, bin ich immer noch derselbe?«

Wo setzt sich, wobei die Kamera nachgeführt wird, und kratzt sich am Kopf. Die Sache könnte erhebliche emotionale Implikationen zur Folge haben; das Problem besteht nämlich darin, daß Ärzte, die in militärische Forschungsprogramme involviert und mit der Untersuchung beauftragt sind, warum der Patient noch immer am Leben ist, nur über eine begrenzte emotionale Expressivität verfügen. Obwohl er ihn nun schon seit vielen Jahren kennt, hat Louie noch nie eine Gefühlsregung bei Wo registriert.

Schließlich ergreift der Neurologe wieder das Wort: »Nun, das ist eine interessante Frage. Aber sie transzendiert die Wissenschaft und geht schon ins Philosophische. Zunächst würde ich sagen, daß wir alle uns ändern, aber immerhin besteht eine Kontinuität, und daher werden Sie zumindest diese Kontinuität wahren. Sie bleiben doch auch dann noch Louie Tynan, wenn Sie sich die Fingernägel schneiden oder zum Friseur gehen. Oder? Wären Sie auch nach einer Herztransplantation noch derselbe? Sie hätten sich aufgrund der traumatischen Erfahrung zwar verändert, wären aber immer noch Louie Tynan. Und nach einer Gehirntransplantation? Was ist mit nur einer Gehirnhälfte? Sind Sie noch derselbe Mensch, wenn sie zu einer anderen Religion übertreten? Und handelt es sich noch um dasselbe Computerprogramm, wenn Sie ein Update installieren?«

Nun kratzt Louie sich auch am Kopf – wer auch immer dieses Gespräch mitverfolgt, muß wohl auf den Gedanken kommen, daß sie beide Läuse haben – und erwidert: »Meine Antwort auf diese Fragen dürfte wohl sehr vage ausfallen.«

»Eine unserer Testpersonen hat im Verlauf der Optimierungsarbeiten festgestellt, daß sie viel öfter die Wahrheit sagt – anscheinend hatte sie eine Neigung zu Notlügen und Schmeicheleien gehabt. Den Freunden dieser Person ist ihre Verwandlung durchaus aufgefallen, aber alle waren sich einig, daß es sich noch immer um dieselbe Person handelte, nur daß sie eben wahrhaftiger geworden war. In anderen Worten, die Neigung zum Lügen war kein integrales, sondern nur ein peripheres Merkmal dieser Person, genauso, als ob sie blaue Augen gehabt oder weiße Hemden bevorzugt hätte. Aber nehmen wir einmal an, wir würden Viren losschicken, die den Papst in einen Mormonen verwandeln, einen Ritterkreuz-Träger in einen Deserteur oder homosexuelle Männer in heterosexuelle Männer. Nehmen wir außerdem an, wir würden sie in einen völlig neuen Körper stecken, der zudem nicht einmal den Kriterien eines menschlichen Körpers entspricht. Würden sie dann immer noch ihre ursprüngliche Identität besitzen? Haben Sie schon einmal erlebt, wie ein ursprünglich gesunder Mensch von Alzheimer oder Schizophrenie befallen wird? Was ist denn mit deren Identität?«

In den letzten Minuten hat Dr. Wo mehr mit Louie

gesprochen als in den zwanzig Jahren zuvor. »Für mich ist nämlich entscheidend, wie *sie* ihre Situation beurteilen.

Das ist die einzig sinnvolle Antwort. Wenn man jemanden so verändert, daß der oder die Betreffende eine neue Identität annimmt, alle Brücken abbricht und ein ganz neues Leben beginnt, dann handelt es sich vielleicht um eine andere Person – aber dieser Mensch wird es selbst vielleicht gar nicht so empfinden. Und ich bin noch so altmodisch, daß ich es der jeweiligen Person überlassen möchte, ihre Identität selbst zu definieren. Aber wie dem auch sei, wenn Sie uns gestatten, ein paar Tests durchzuführen – einige mit Ihnen und einige mit den lunaren Rechnern …«

Louie nickt schluckend und willigt schließlich ein. Nachdem sie einen Termin vereinbart haben, legt Wo auf.

Jetzt weiß er es. Der Vorgang ist wahrscheinlich irreversibel. Er kehrt auf den Mond zurück, schaut sich um und spürt, daß die Dinge sich erneut verändert und gleichzeitig auch verbessert haben. Was seine momentane oder zukünftige Identität betrifft – diese Frage ist mehr oder weniger relevant. Mehr, weil der Vorgang real ist – er spürt, wie die Optimierer in ihm schalten und walten; die Erinnerungen sind von einer lichten Klarheit, und die Konzentration hat sich verbessert. Weniger, weil er keinen Einfluß darauf hat.

Egal, ob er schon Louie 2 oder erst Louie 1.1 ist, er hat einen Auftrag auszuführen. Mit der Frage, welche Version von Louie er jetzt darstellt, wird er sich befassen, wenn er Zeit hat.

Der Start der Nachschubraketen gelingt einwandfrei; er verfügt jetzt also über ein Startsystem und beauftragt das aus Computern und Maschinen bestehende Netzwerk, die Konstruktion der von der Erde hochgeschickten Wettersatelliten zu kopieren. Er beschließt, ihnen zu sagen, daß sie die Kompatibilität der Schnittstelle aufrechterhalten, die restlichen Funktionen aber optimieren sollen… wenn die USSF ihn anscheinend schon optimiert hat, dann darf er sie ruhig auch optimieren. Als er sich in die *Constitution* zurückzieht, spürt er im Hinterkopf, wie das Netz dieses Problem in Angriff nimmt. Bald ist er wieder über dem Pazifik, und sicher wird von ihm erwartet, daß er einige Aufnahmen macht.

Erst dann erhält er die Nachricht, daß Hawaii fast bis auf den blanken Fels abgetragen wurde; Schätzungen zufolge sind in den letzten zwei Tagen neunzig Prozent der Inselbevölkerung umgekommen, doch diese Zahl basiert auf den spärlichen Aufklärungsergebnissen der Armee und den Angaben der paar überlebenden Funkamateure. Es hat auch den Anschein, daß nicht nur eine, sondern gleich vier Flutwellen über Oahu hinweggerollt sind.

Carla Tynan hatte sich eigentlich auf eine nette Plauderei mit Louie gefreut. Als er dann aber anrief, sagte er, daß er wegen seiner Arbeit an dem ›Großen Projekt‹ – sie scheut sich, ihn zu fragen, worum es sich dabei handelt; aber was auch immer er auf dem Mond tut, erfolgt meistens per Fernbedienung von der Raumstation aus – und wegen all der anderen Beobachtungen, die er bei dieser und der nächsten Pazifik-Überquerung durchführen soll, voraussichtlich keine Zeit hätte. Er würde aber versuchen, sie in den nächsten Tagen über die Satellitenverbindung zu erreichen.

Beiläufig fragt sie sich, warum sie sich überhaupt die Mühe gemacht hat, sich von ihm scheiden zu lassen, wenn sie ihn vermutlich ohnehin nicht mehr sehen wird.

Dann wird ihr Vorhaben, ungestört zu arbeiten, jäh zunichte gemacht. Di Callare ruft an, im Hintergrund sein inkompetenter Chef Henry Pauliss und Harris Diem, der zwar Stabschef im Weißen Haus, ansonsten aber auch inkompetent ist, und sie soll dranbleiben, bis sie ihre Besprechung beendet haben.

Offensichtlich konferieren sie mit der Präsidentin, und Carla kommen viele Gründe in den Sinn, weshalb die Präsidentin mit ihr sprechen möchte, aber alles, was Carla zu sagen hätte, könnte in einem fundierten schriftlichen Bericht viel besser fixiert werden.

Außerdem nagt die ständige ›Telefonbereitschaft‹ an der Konzentration – alle paar Minuten fragen entweder Di, Pauliss oder Diem nach, ob sie noch dran sei –, so daß sie in der Zwischenzeit nichts zustande bringt.

Sie sitzt auf dem Sonnendeck, späht zum weiten Horizont und genießt die Sonne im Gesicht und auf dem Körper. Sie erinnert sich, daß sie und Louie im vergangenen Jahr alle zwei bis drei Tage miteinander gesprochen haben – der ›wöchentliche‹ Anruf, um ›in Verbindung zu bleiben‹ sowie einige ›ach, und-noch-etwas‹-Meldungen –, während sie auf See und er im Orbit war; man weiß eine Sache immer erst zu schätzen, wenn man sie verloren hat. Jetzt wünscht sie sich sehnsüchtig, einen geruhsamen Nachmittag mit ihm zu verbringen.

Ihr steht der Sinn nach Konversation, eine seltsame Anwandlung für eine Einsiedlerin wie Carla Tynan. Vor den hohen Tieren wird Di keinen Klartext reden (Carla würde interessieren, ob aus Angst, mißverstanden zu werden, oder gerade weil er befürchtet, verstanden zu werden?). Schließlich hat sie Pauliss ihre Kündigung zu verdanken, und jetzt, wo sie gebraucht wird, ist sie mit den Gepflogenheiten in Washington schon so vertraut, um zu vermuten, daß er am liebsten ganz weit weg wäre, wenn das Thema Carla Tynan vor der Präsidentin zur Sprache kommt. Und Diem ist aalglatt und unverbindlich.

Also wird sich die Unterhaltung um Dis Familie drehen: Lori geht es gut, und sie hat den *Schlächter in Gelb* bald fertig; Mark ist ein braver Junge und Nahum ein altkluger Junge. Dafür aber nicht besonders brav, vermutet Carla, falls das, was sie zwischen den Zeilen heraushört, zutrifft.

Diem unterbricht eine Anekdote über Nahum und sagt: »Ist das wahr – ich habe die Bezeichnung vergessen, aber ich meine das System, bei dem Sie zusammen mit den Kindern Nickerchen machen und sie schlafen gehen dürfen, wann sie wollen?« In seiner Stimme schwingt ein tiefer Schock mit, den zu kaschieren ihm nicht ganz gelingt.

Di Callare leidet selbst sichtlich an Schlafmangel, denn er raunzt den mächtigen Mann leicht an: »Ja, es ist wahr, wir leben nach der Londoner Methode und hatten nie Schwierigkeiten mit dem Schlafengehen, und die Kinder sind viel ausgeglichener als die meisten anderen. Vielleicht liegt es aber auch daran, daß XV für sie völlig tabu ist und TV nur in Maßen konsumiert wird.«

Diem nickt griesgrämig. »Es hat wohl wenig Sinn, gegen Fakten zu argumentieren, und weil ich sowieso nie Kinder hatte, kann ich auch gar nicht mitreden. Ich hatte eine ganz andere Kindheit. Von Essen und Kleidung abgesehen, haben sich meine Eltern im Grunde nur dafür interessiert, daß ich zur Schule ging und im Restaurant meines Vaters in Boise aushalf. Sie haben uns eben auf die alte Art aufgezogen.«

Henry Pauliss stellt eine klassische Schleimer-Frage: »Und wie haben Sie es schließlich geschafft?«

»Nun, ich habe an der Hochschule für Berufstätige Jura studiert und dann die Ausbildung meiner Geschwister finanziert. Mein Bruder hat in Harvard Medizin studiert, die älteste meiner drei Schwestern in Purdue Maschinenbau. Und die beiden anderen haben ihre Ausbildung natürlich abgebrochen und sind auf den Strich gegangen.«

Pauliss Unterkiefer klappt hinunter. »Sie … äh … hmm … heißt das …«

»Natürlich nicht«, sagt Diem, »ich wollte damit nur sagen, daß die Vernachlässigung der Kinder sicher nicht der beste Erziehungsstil ist. Manchmal kann man aber auch mit schlechten Karten noch ein Spiel machen.«

Di lacht glucksend, und Carla prustet ungehemmt los. Henry Pauliss' Teint nimmt nun eine leichte Rotfärbung an; wenn Harris Diem ihn einer solchen Lächerlichkeit preisgibt, noch dazu vor seinen Untergebenen, dann ist er schon so gut wie draußen, und vielleicht bekommt er noch richtig einen drauf. Jeder im Raum weiß also, daß Diem soeben Pauliss die Kündigung ausgesprochen hat, und das bewußt in Carlas und Dis Anwesenheit.

Carla wünschte sich, sie wäre ein netter Mensch, der nicht im geringsten nachtragend ist und diesen Vorgang degoutant findet; aber das ist indessen nicht der Fall. Sie genießt es, daß dieser Bastard nun geschaßt wird, nur weil er seine Befehle ausgeführt hat. Das macht das lange Warten auf die Präsidentin (wobei sie über die Identität der Person, auf die sie warten, eigentlich im unklaren gehalten werden sollten) fast lohnenswert.

Als Hardshaw schließlich erscheint, sind ihre ersten Worte an Carla gerichtet: »Wie ich höre, sagen Sie das Wetter immer richtig voraus.«

Carla schnauft. »Wenn ich das Wetter immer richtig voraussagen würde, hätte ich mir längst schon bei Termingeschäften eine goldene Nase verdient. Mag sein, daß ich ziemlich gut bin. Meine Intuition ist wohl besser als die der meisten Meteorologen, und ich bin gut in Mathematik, und außerdem habe ich oft den richtigen Riecher. Aber ich bin nicht perfekt. Und der eigentliche Grund, weshalb ich in dieser Krise ein paarmal recht hatte, ist der, daß ich keine Angst um einen Arbeitsplatz haben muß und meine Meinung daher offen vertreten kann.«

Präsidentin Hardshaw grinst sie an – in Carlas Augen das typische Lächeln, mit dem Politiker sich bei den Wählern einschmeicheln, aber sie merkt auch, daß es seine Wirkung auf sie nicht verfehlt. Als die Präsidentin dann wieder das Wort ergreift, ist Carla noch immer etwas verwirrt. »Nun, ich stelle Ihnen jetzt eine Frage, und selbst wenn es eine wirklich dumme Frage sein sollte, darf niemand erfahren, daß ich sie gestellt habe. Nicht einmal auf einer Party oder um jemandem damit zu imponieren. Denn gerade jetzt darf die Präsidentin der Vereinigten Staaten es sich nicht erlauben, wie ein Trottel dazustehen, und leider hat sie ihre Jugend mit Jura vergeudet, anstatt sich mit Meteorologie zu befassen.«

»Verstehe«, sagt Carla. »Ich werde nichts sagen – ich bin eh nicht sehr gesellig.«

»Das hat Harris mir schon erzählt. In Ordnung. Besteht wenigstens theoretisch eine Möglichkeit, diese Katastrophe abzuwenden? Schließlich ist sie auch von Menschenhand verursacht worden; können wir also irgend etwas tun, um sie zu verhindern?«

Carla holt tief Luft, überlegt, verwirft das erste Konzept gleich wieder, holt noch tiefer Luft und sagt dann, ohne sich indessen völlig sicher zu sein: »Es handelt sich um einen physikalischen Vorgang. Also müßte man ihn im Prinzip auch beeinflussen können. Aber hier wirken gigantische Kräfte auf eine riesige Fläche, so daß wir vermutlich nicht in der Lage sind, auf den Prozeß einzuwirken.«

»Zunächst die Theorie.«

»In Ordnung. Wenn es uns gelänge, den Fallstrom nach Süden umzulenken und dort zu fixieren, könnten wir das Monster in die Beringstraße hinauf oder nach Sibirien schicken, was Ihnen lieber wäre, und ihn sich dort in der Kälte wie einen normalen Wirbelsturm totlaufen lassen. Aber das würde er wahrscheinlich ohnehin tun.

Wenn es uns alternativ gelänge, das in seiner Bewegungsrichtung befindliche Wasser abzukühlen, würde er sich ebenfalls totlaufen. Die Entfernung des Methans aus der Atmosphäre wäre auch eine Möglichkeit, allerdings eine sehr langwierige; dann könnte man auch gleich das Sonnenlicht ausblenden.

Und das ist nämlich der Punkt. Um einen Wirbelsturm zu erledigen, muß er ›kalte Füße‹ bekommen. Theoretisch könnte man auch seine Oberseite erwärmen – vielleicht mittels eines riesigen Sonnenspiegels –, aber dieser Sturm ist so groß, daß er dann womöglich noch die Tropopause durchbricht und sich in der Stratosphäre breitmacht. Dadurch könnte er noch viel stärker werden. Nein, wenn man den Wirbelsturm erledigen will, muß er über eine kalte Fläche ziehen – indem er entweder dorthin bewegt oder das Wasser abgekühlt wird. Sein Kurs ist unberechenbar, müssen Sie wissen, und früher oder später wird er vielleicht über ein hinreichend kaltes Gebiet hinwegziehen.«

»Aber werden in diesem Jahr nicht alle Stürme eine solche Stärke erreichen?« fragt Henry Pauliss. »Wir müssen froh sein, daß wir bisher noch keinen über dem Atlantik hatten, der nämlich noch etwas wärmer als der Pazifik ist. Auch hier könnte jederzeit ein ›Clem‹ entstehen.«

»Oder etwas Vergleichbares«, konzediert Carla. »Sie haben natürlich recht. Wenn man bedenkt, daß sie zum Zirkulieren neigen – vorausgesetzt, ›Clem‹ ist repräsentativ, wobei ich solche Generalisierungen jedoch nicht mag und unprofessionell finde, aber in diesem Fall haben wir wohl keine andere Wahl –; *falls* ›Clem‹ also repräsentativ ist und die anderen Stürme auch zirkulieren, steht außer Zweifel, daß sie noch länger andauern werden. Und je länger sie dauern, desto größer wird die Gefahr einer Überlappung – wir werden weltweit eine permanente Sturmsaison haben, vielleicht sogar mit zwei oder drei Stürmen gleichzeitig. Nein, wenn wir etwas tun wollen, dann dürfen wir jedenfalls nicht darauf warten, bis sie sich auf natürlichem Wege totgelaufen haben.«

»Das ist sicherlich richtig«, bestätigt Hardshaw. »Dann würden Sie also vorschlagen, wie Sie sich ausdrücken, das Sonnenlicht auszublenden?«

»Sicher. Wenn man einen geosynchronen Satelliten in einen solchen Orbit bringen würde, daß er von Nord nach Süd eine enge ›Acht‹ beschreibt und ihn so positioniert, daß er am nördlichen Wendepunkt mit der Tagzone interferiert… und wenn dieser Satellit so groß wäre, daß er einen mehrere hundert Kilometer langen Schatten wirft… dann würde ›Clem‹ nach kurzer Zeit über einen Gürtel mit schön kaltem Wasser hinwegziehen und sich totlaufen. Aber es müßte ein unglaublich großer Satellit sein. Geosynchron bedeutet ein Zehntel der Entfernung Erde–Mond, und der Schatten müßte fünfzigmal so groß sein wie bei einer totalen Sonnenfinsternis… dieser Satellit wäre ein Gigant, mit dem siebenfachen Vollmonddurchmesser. Physisch wäre er größer als die Erde.«

»Ein Mylar-Ballon…«

»… würde sicher funktionieren, wenn man ihn fest verankert. Aber wie sollte man einen Ballon mit einem Durchmesser von etlichen tausend Kilometern überhaupt aufblasen. Stellen Sie sich etwa eine solche Lösung vor?«

Mit Präsidentin Hardshaw wäre sicher nicht gut Poker spielen. Weder blinzelt sie, noch regt sie sich, und sie schaut auch nicht nach einer Reaktion von Diem – der zeigt nämlich auch keine Regung, wohl aber Pauliss, und siehe da, der arme alte Di, der doch sonst kein Freund von Intrigen ist, setzt sich kerzengerade hin. Offensichtlich hat Frau Präsidentin ihnen allen einen heiligen Schwur abgenommen, sie nicht mit Neugierde zu belästigen, und jetzt hat sie die Katze selbst aus dem Sack gelassen.

Wenn Carla dem Umgang mit Führungspersönlichkeiten überhaupt etwas Positives abgewinnt, dann das, daß sie leicht in Verlegenheit zu bringen sind.

Nach einer langen Pause sagt Hardshaw: »Ja, das ist richtig. Wir erwägen tatsächlich, Mylar-Ballone einzusetzen, wenn auch nicht so, wie Sie es skizziert haben.«

»Schließlich bin ich auch Meteorologin und keine Raketenexpertin.«

»Uns liegt ein Angebot vor, sie zu Tausenden in einen hohen elliptischen Orbit mit einer Periode von vierundzwanzig Stunden zu bringen, wobei der erdnächste Punkt in der Tagzone über dem Nordpazifik liegt. Und sie hätten einen Durchmesser von mehreren hundert Kilometern, wobei sie sich der Erdoberfläche bis auf hundertfünfzig Kilometer nähern. Somit würden sie nur zwei- oder dreimal anfliegen, bis sie schließlich beim Wiedereintritt in die Atmosphäre verglühen. Aber wenn die Koordination stimmt...«

»Man würde eine ganze Menge davon brauchen«, gibt Carla zu bedenken.

»Verstehe. Aber *könnte* es denn funktionieren?«

»Wenn sie in ausreichender Anzahl zur Verfügung stehen und entsprechend positioniert werden, dann ja«, entgegnet sie. Bisher war sie von Hardshaw durchaus beeindruckt gewesen, aber jetzt variiert die Präsidentin nur noch dieselbe Frage. »Wünschen Sie, daß ich ein Konzept erstelle?«

»Wir werden in dieser Angelegenheit auf Sie zurückkommen«, sagt Hardshaw. »Wir haben nur eine minimale Chance, und ich möchte, daß Sie das Beste daraus machen. Dürfen wir Ihnen eine Konzeptkopie übersenden?«

»Sicher.«

»Gut. Dann freue ich mich schon darauf, Ihren Bericht zu hören – ich meine wirklich hören; melden Sie sich bei Harris Diem, wenn Sie soweit sind, und er wird dann eine Konferenzschaltung zwischen uns aktivieren. Und, Carla, danke, das Land steht schon jetzt tief in Ihrer Schuld, und diese Schuld wird sicher noch größer sein, wenn alles vorbei ist.«

*Klar, aber kann ich euch dann wenigstens auch zur Kasse bitten?* denkt sie. Die Artikulation dieser Überlegung verkneift sie sich indessen und meint: »Es ist mir eine Ehre, Frau Präsidentin.«

Nachdem sie aufgehängt hat, hört sie ein Memo von Louie auf dem Anrufbeantworter ab. Der alte Blödmann vermißt sie auch. Carla hat heute Konjunktur.

Wobei sie jedoch nicht genau weiß, ob sie sich darüber freuen soll.

Nachdem sie die Besprechung mit Carla Tynan, Di Callare und Henry Pauliss beendet haben, wendet Präsidentin Hardshaw sich Harris Diem zu und sagt: »Ich verstehe durchaus, warum Pauliss uns vor drei Jahren besagten Kopf auf einem silbernen Tablett serviert hatte.«

»Sie bringt einen auf die Palme, was?«

»Überhaupt nicht.« Hardshaw erhebt sich ächzend und streckt sich. »Sie ist wohl direkt, aber sie ist qualifiziert und versteht etwas von Physik. Außerdem versteht sie auch etwas von Politik. Bevor ich mich offiziell zugeschaltet hatte, war ich nur stumme Zuschauerin. Haben Sie denn ihr vergnügtes Lächeln gesehen, als Sie Pauliss in ihrer Anwesenheit bloßgestellt haben? Sie wußte ganz genau, was das zu bedeuten hatte.«

Diem hatte die letzte Arbeitsstunde des Vortages damit verbracht, mit Henry Pauliss zu telefonieren und ihm zu versichern, daß niemand seinen Abschuß plante und daß jedem bewußt war, daß er lediglich politische Entscheidungen umgesetzt hatte, die ihm von oben vorgegeben worden waren. Er kennt Pauliss schon seit ungefähr zehn Jahren, und die beiden haben sich immer sehr gut verstanden; manchmal haben sie sogar etwas zusammen unternommen, denn der Junggeselle

Harris Diem geht ständig mit allen möglichen Leuten in Restaurants, zu Sportveranstaltungen oder ins Theater, insbesondere mit Leuten, an deren Sympathie die Regierung ein gewisses Interesse hat.

Also hat Pauliss letzten Abend, als ihm dämmerte, daß er als Sündenbock für die NOAA herhalten mußte, Diem angerufen und alles versucht, einen ruhigen Posten im Schatten des Stabschefs zu ergattern, woraufhin Diem ihn erst einmal beruhigte und ihm versicherte, alles in seinen Kräften Stehende zu tun.

Und Diem hatte das auch ernst gemeint; Loyalität zwischen Vorgesetzten und Mitarbeitern ist nämlich ein Geschäft auf Gegenseitigkeit – solange keine Konfliktlagen auftreten. Aber Hardshaw hat ihn beauftragt, sich eingehender mit den Meteorologen und Pauliss zu befassen – und Pauliss zu kompromittieren.

»Nun«, sagt Diem zögernd, »ich nehme an, Sie wollen damit sagen, daß Sie verstehen, warum sie jemandem wie Pauliss auf die Nerven gegangen ist.«

»Ja, genau. Der arme Henry Pauliss. War mal ein richtiger Wissenschaftler und wurde dann in die Rolle des Ja-Sagers gedrängt, und jetzt geht die verdammte Präsidentin her und verlangt richtige Wissenschaftler. Wirklich nicht seine Schuld.«

»Also wird er den Kopf für uns hinhalten müssen? Berlina Jameson schnüffelt schon die ganze Zeit herum…«

»Berlina – ach, *Sniffings*. Gute kleine Show.«

Darin zeigt sich ihr Alter, überlegt Diem, denn nur Leute aus ›Präsidentin Großmutters‹ Generation und darüber hinaus bezeichnen Video-Dokumente noch als ›Shows‹. Aber er sagt nur: »Nun, die Präsentation ist gut, und den Leuten gefällt es. Und Jameson recherchiert gründlich…«

»Sie erinnert mich an die Fernsehmoderatoren meiner Kindheit«, erwähnt Hardshaw lobend. »Leute wie Dan Rather… und Sie wissen ja sicher, daß Rather sein

Debut gegeben hat, indem er in der Nixon-Ära ins Weiße Haus eingedrungen ist. Das Weiße Haus hatte das aber geradezu provoziert. Befürchten Sie vielleicht, daß ich Pauliss Berlina Johnson zum Fraß vorwerfen will, damit wir ungeschoren bleiben?«

Diem schüttelt heftig den Kopf. »Für so dumm halte ich Sie nicht, Chefin. Das wirkt immer so, als gäbe es etwas zu vertuschen, und es ist schon schlimm genug, wenn man die Video-Reporter am Hals hat; wenn es aber Indizien für eine Vertuschung gibt, dann werden alle XV-Kanäle der Welt ihre Schnüffler auf uns hetzen. Und wer weiß, was sie dabei vielleicht sonst noch finden. ›Verwegener Reporter enthüllt Verschwörung‹ – so heißt es dann. Schauen Sie sich doch nur diese blöden Ärzte an, nachdem ihr baufälliges Seniorenstift weggeblasen wurde.

Nein, ich befürchte eher, daß Henry Pauliss bei dem Gedanken, den Wölfen zum Fraß vorgeworfen zu werden, in Panik gerät. In diesem Fall wird er sicher gleich zu Berlina Jameson rennen und ihr alles haarklein erzählen.«

»Und was weiß er?« Brittany Hardshaw lehnt sich zurück und fixiert Diem mit einem milden, wohlwollenden Blick. »Er weiß, daß wir die Prognoseabteilung geschlossen hatten, um die Gefahr eines zweiten Globalen Aufstandes zu verringern, denn der erste ist ja durch eine ihrer Prognosen verursacht worden. Er weiß außerdem, daß wir die Gefahr, in der wir uns jetzt befinden, schon viel früher erkannt hätten, wenn die Prognose-Abteilung noch existieren würde. Das ist aber auch schon alles.

Beruhigen Sie ihn irgendwie, und dann rufen Sie Jameson an und erzählen ihr die Geschichte selbst. Schlagen Sie ihr ein Interview vor, wenn Sie die Zeit dafür haben. Machen Sie ihr klar, daß wir es in der Tat verbockt haben, aber wir haben es aus gutem Grund verbockt, und halten Sie keine Informationen zurück.«

»Chefin, mit Ihrem Hang zur Offenheit werden Sie noch viele Probleme schaffen.«

Hardshaw deutet auf den hohen Stapel Papiere, den ›Abschlußbericht‹ über die Millionen Todesopfer auf Hawaii und die Schätzungen, wie lange es dauern wird, diese Verluste auszugleichen; vielmehr, wie lange es dauern wird, die Inseln wieder zu besiedeln. »Wir haben bereits so viele Probleme, Harris, daß es darauf wohl auch nicht mehr ankommt. Nun zum zweiten und wichtigeren Punkt der Tagesordnung – verbinden Sie mich mit Rivera; wir müssen über den Vorschlag von diesem Klieg sprechen.«

In Gedanken versunken verläßt Henry Pauliss sein Büro. Seine geschiedene Frau hat wieder geheiratet. Er hat zwei Sekretärinnen, mit denen er manchmal schläft, und da gibt es noch eine junge Frau, der er eine Weile den Hof gemacht hat, wenn auch ohne Erfolg. Davon abgesehen besteht sein Sozialleben in Ballspielen mit Diem und einigen Kongreßabgeordneten.

Kinder hat er keine. Er hat zwar ein üppiges Bankkonto, aber er weiß eigentlich gar nicht, was er mit dem ganzen Geld anfangen soll. In seinem Testament ist noch immer seine Ex-Frau die Begünstigte, aber das ist ihm im Grunde auch egal.

Er läßt die Gedanken schweifen – vielleicht sollte er ein letztesmal in Luxus schwelgen, sich ein gutes Essen gönnen, eine gute Flasche oder gar eine Edelprostituierte? Nichts von alledem sagt ihm indes zu. Er könnte seinen Rücktritt einreichen (das wird ohnehin von ihm erwartet) und zu einem anderen Glauben konvertieren, oder er könnte sein Bankkonto auflösen und sich zum Angeln in die Wildnis absetzen. Es gibt einige Orte, die er noch nicht kennt und einige Dinge, die er noch nicht getan hat.

Aber wenn ihm jemals etwas daran gelegen hatte, muß das schon eine ganze Weile her sein. Vielleicht hätte der Pauliss, der sich mit dem Gedanken getragen hatte, nach Europa zu reisen oder in den Appalachen zu wandern, auch die Konsequenz zum Rücktritt besessen, als sie die authentischen Daten ermittelt hatten. Wenn er jemals ein wirkliches Leben mit wahren Freunden angestrebt hatte, dann liegt ihm jetzt nichts mehr daran. Es gibt einfach keinen Grund mehr für ihn, weiterzumachen …

Er weiß genau, daß dies ein Klischee ist, aber es funktioniert. Er betritt ein Geschäft und kauft sich einen Paralysator. Die kleinen Hyperschallpistolen sind ausschließlich zur Selbstverteidigung konzipiert; sie haben nur eine Magazinkapazität von zwanzig Schuß und können nicht nachgeladen werden; jede Waffe ist so präpariert, daß sie die Hand des Schützen mit einem individuellen ›Siegel‹ versieht (analog zur Identifikationskapsel in jeder Patrone), und beim Abfeuern der Pistole wird zudem ein Signal abgestrahlt, so daß die Polizei den Standort des Schützen sofort ermitteln kann. Wenn eine Frau in einer leeren Seitenstraße überfallen wird und die Waffe betätigt, stoppt sie den Angreifer nicht nur, sondern holt gleichzeitig Hilfe herbei.

Aber trotz ihrer Identifikationsmerkmale und des Signals ist sie bei Überfällen, Bandenkriminalität oder Mordversuchen nutzlos.

Die Konstrukteure dieser Waffe haben indes nie in Rechnung gestellt, daß sie vielleicht auch anderweitig benutzt würde, und darauf basiert Pauliss' Kalkül. Wenn man eine Waffe gegen sich selbst richtet, besteht immer die Gefahr, daß man aufgrund irgendeines persönlichen oder technischen Versagens oder durch schieres Pech nur verwundet wird. Und in diesem Fall wird es schmerzhaft. Sofern man es dann wieder versuchen sollte, wünscht man sich einen Krankenwagen in der Nähe.

Wenn man den Abzug eines Paralysators betätigt, ist ein Rettungswagen nicht weit.

Pauliss geht zum Memorial Park hinüber, der an der Stelle des alten Kapitols angelegt wurde, und setzt sich wie die Penner, die um diese Tageszeit hier präsent sind, auf einen Mauerrest. Dann zieht er den Schocker, schiebt den Lauf in den Mund und drückt ab.

Wie er kalkuliert hatte, ist der Krankenwagen in weniger als zwei Minuten vor Ort, aber zu diesem Zeitpunkt ist Henry Pauliss schon tot.

Für einen Wirbelsturm ist es untypisch, sich äquatorwärts oder mit der Erdrotation zu bewegen – zumindest für einen normalen Wirbelsturm. Nicht, daß es indessen völlig ausgeschlossen wäre. Aufgrund der geophysikalischen Bedingungen ist ihre allgemeine Bewegungsrichtung Westnordwest beziehungsweise Westsüdwest. Nach Westen deshalb, weil die Erde sich unter ihnen wegdreht und die Lufthülle nach Osten mitschleppt, wobei ein Wirbelsturm diesem Zug etwas mehr Widerstand entgegensetzt als unbewegte Luft. Er zieht polwärts, weil die Corioliskraft mit zunehmender Entfernung vom Äquator ebenfalls zunimmt. Daher erhöht sich der ›Effet‹ der Luftströmung in Polrichtung, der Luftdruck nimmt auf dieser Seite des Auges entsprechend ab, und somit wandert das Auge selbst auch in diese Richtung.

Außerdem verhält es sich in den großen Wirbelsturm-Entstehungszonen der nördlichen Hemisphäre – im Pazifik nahe der Küste von Südmexiko, in der Bucht von Bengalen und in der Karibik – überwiegend so, daß die Höhenwinde in nordwestlicher Richtung strömen, wobei die Wirbelstürme normalerweise dem Kurs der Höhenwinde folgen.

Doch ›Clem‹ ist alles andere als normal. Der Fallstrom hat ihn zu den südlichen Inseln von Hawaii getrieben; in diesem Gebiet weht der Höhenwind allerdings in südlicher Richtung. Eine Zeitlang schiebt der Fallstrom den Wirbelsturm noch nach Osten, und der

Höhenwind lenkt ihn nach Süden ab, so daß er die Westküste Nordamerikas und die Baja in großem Abstand passiert und diesen Stränden die seit Jahren schönsten Wellen für Surfer schenkt. Außerdem geht noch ein für die Jahreszeit ungewöhnlich starker Regen über der Küste nieder, der den Alltag der Menschen jedoch nur unwesentlich beeinträchtigt.

Schließlich folgt der erratische Fallstrom wieder dem Kurs des Höhenwinds. Und so geschieht es, daß ›Clem‹ in Südrichtung beschleunigt und erneut Kurs auf den Ort seiner Entstehung nimmt – ›Clem‹ bereitet sich auf eine zweite Attacke auf den Pazifik vor.

Am 5. Juli, etwa eine Stunde nachdem die Sonne über der Weite des Pazifik aufgegangen ist, befindet das Zentrum des gigantischen Wirbelsturms sich auf 16 Grad Nord 124 Grad West und bewegt sich nun direkt nach Süden. Louie Tynan arbeitet gerade per Fernsteuerung auf dem Mond; sobald der erste Wettersatellit fertiggestellt ist, soll er ihn nach Möglichkeit sofort über dem Pazifik positionieren. Weil das seiner Ansicht nach nicht durchführbar ist, sagt er, daß er sehen will, was sich machen läßt.

Die und Carla beobachten ›Clem‹, aber weniger intensiv als zuvor. Gleich hat Di in Washington ein Arbeitsessen mit den Leitern einiger anderer NOAA-Abteilungen, und in Gedanken geht er noch einmal seinen Vortrag durch. Auf den Salomonen, wo Carla schließlich vor Anker gegangen ist, ist es erst zwei Uhr nachts.

Sie befindet sich in einem Schwebezustand zwischen Wachen und Schlafen. Sie liegt auf einem schmuddeligen Wasserbett im Mendana-Hotel, das angeblich dem Standard auf Honiara entsprechen soll, aber ihr vor kurzem aktualisiertes Datenmodul (dessen Implantation sie einem Geheimfonds der amerikanischen Regierung verdankt) ist mit einem der zwanzig aktiven Universalmodems der neuesten Generation verbunden, die auf der gesamten Insel Guadalcanal vorhanden sind.

Sie surft verschlafen durch das große Netz und stellt Verknüpfungen her.

Wenn sie selbst für diese Aktion aufkommen müßte, wäre das mit astronomischen Kosten verbunden. Aber sie bekommt es gratis – auch ein Geschenk von Onkel Sam, der sie dieser Tage wie eine Lieblingsnichte behandelt. Sie hat sich schon lange gewünscht, in einem solchen Zustand uneingeschränkten Datenzugriff zu haben, denn die besten Ideen kommen ihr immer an der Grenze zum Schlaf. Also befindet sie sich in einer Art Wachtraum, als sie die globalen Datenbanken durchforstet und die Größe von ›Clem‹ ermittelt. Sie überlegt, wie groß ein Objekt sein muß, um den erforderlichen Schatten zu erzeugen, und ob Kliegs Plan nach den Vorstellungen seines ›Experten‹-Teams überhaupt zu verwirklichen ist.

Das Problem ist, daß sich insgesamt nicht einmal dreitausend Meteorologen mit der Erstellung globaler Wetterberichte und Klimamodelle befassen, und von denen sind nur zwei bei Klieg beschäftigt. Und keiner von beiden verfügt auch nur über die geringste wissenschaftliche Reputation. Aber Kliegs Team wird nicht allein dadurch schon entwertet, daß es nicht mit Spezialisten besetzt ist. Und ihr Vorschlag – das Wasser in einem breiten Streifen des Pazifik auf zwanzig Grad abzukühlen, so daß ›Clem‹ und alle seine Nachfolger sich dort totlaufen, anstatt noch Wochen oder gar Monate weiterzuwüten – ist auch nicht das Problem. Wenn der Wasserstreifen breit und kalt genug ist, wird es funktionieren.

Das Problem ist vielmehr, wie die anderen Aspekte sich entwickeln; werden sich eventuell weitere Probleme daraus ergeben? Und wird die von Klieg avisierte Dienstleistung ihren Preis auch wert sein?

Carla dreht sich im Schlaf um. *Dieser* Gedanke verursacht ihr Unbehagen.

Es gibt keine andere Bezeichnung dafür – Klieg ist

ein Erpresser, oder zumindest versucht er die UN zu erpressen, ihm ein Monopol auf Raketenstarts einzuräumen und eine weltweit führende Position in diesem Geschäftsfeld zu verschaffen. Damit wäre er praktisch der ›Herr des Universums‹.

Sie wälzt sich unruhig herum; wenn ein Benutzer den Überblick über das ganze Netz hätte, würde er das seltsame Phänomen ultrakurzer, mikrosekundenlanger Unterbrechungen bemerken, die sich über Milliarden Prozessoren fortpflanzen. Carla bemerkt das jedoch nicht; sie hat das Potential der unentgeltlichen Nutzung des Netzes noch gar nicht in voller Tragweite erfaßt.

Das ist im Grunde nicht ihr Aufgabengebiet, aber eine Ähnlichkeit ist zumindest gegeben; also sträubt sie sich nicht länger gegen das Problem und spielt alle Varianten durch, wobei sie keine Klimamodelle, sondern Zukunftsentwürfe konzipiert. Sie gleitet ins Jahr 2050; die globalen Rahmendaten gewinnen an Kontur, und …

Sie taucht in die Simulation ein. Sie steht auf dem Times Square und betrachtet ein riesiges Porträt von Klieg. Die Straßen wirken peinlich sauber … und das öffentliche Leben scheint gut durchorganisiert zu sein. Sie bemerkt, daß selbst die Gehwege über ›Laufbahn‹-Markierungen verfügen, und als sie näher tritt, um eine solche Linie zu betrachten, kommt ein Polizist auf sie zu. Vor lauter Angst rennt sie davon …

Die zu Tausenden auftretenden Polizisten tragen alle blaue Baretts. Und die Schaufenster aller Geschäfte, an denen sie vorbeiläuft, sind mit einem großen schwarzen ›K‹ markiert, was besagt, daß dieser Betrieb zum Bezug im Weltraum produzierter Materialien berechtigt ist; und jetzt erkennt sie, daß Klieg das weltweite Monopol auf die weltraumgestützte Produktion von Stahl, Glas und Aluminium sowie von Nahrungsmitteln besitzt …

Die Polizei hat sie fast eingeholt. Die anderen Passanten schauen geflissentlich weg. Ihre Gesichter sind merkwürdig ausdruckslos und weisen eine gewisse Ähnlichkeit mit dem Konterfei von Klieg an dem Gebäude auf.

Die Menschen sind alle von weißer Hautfarbe.

Beim Erwachen wird sie in das Hotelzimmer auf Guadalcanal zurückgeschleudert, auf das wabbelnde Wasserbett, und sie tastet nach dem Modul in ihrem Kopf. Sie entspannt sich, und nun befindet sie sich wieder in der Realität, die Impressionen sind verschwunden. Der Traum war sicherlich nur eine Metapher; der Versuch, ein wenig in die Zukunft zu schauen, wobei sie sich etwas zu weit aus dem Fenster gelehnt hat, wie sie nun erkennt. Mehr ist aber nicht geschehen. Beim Versuch, die Daten zu visualisieren, ist sie in eine virtuelle Zukunft verschlagen worden. Sie ist von ihrer eigenen Phantasie und Paranoia, ihrem angeborenen Mißtrauen gegenüber Geschäftsleuten wie Klieg überwältigt worden.

Aber eine Stimme irgendwo im Hinterkopf erzählt ihr etwas ganz anderes. Sie erkennt, daß sie auf einer anderen Ebene die Vorgänge während der Simulation bewußt erlebte: unter anderem hatte ein Dutzend weltweit positionierter Prozessoren alle persönlichen und sonstigen Daten über Klieg, Rivera und noch ein Dutzend Prominenter erfaßt und veröffentlicht. So wird also der Times Square aussehen, nachdem der pragmatische Klieg ihn neu gestaltet und seine Vorstellungen von Ordnung durchgesetzt hat. Und wenn die Weltwirtschaft kurz vor dem Punkt steht, an dem die Nachfrage nach weltraumgefertigten Materialien sprunghaft ansteigt, und wenn Klieg tatsächlich über das Monopol der Raumfahrt verfügt…

Warum gab es nur weiße Menschen? Hatte Klieg in diesem System etwa ein latentes Vorurteil umgesetzt? Hat Klieg etwa einen ihrer Alpträume wahr werden lassen? Früher hatte Carla einen dumpfen alten Großonkel, der aus seinem Rassismus kein Hehl machte und sie immer mit der Drohung erschreckte, ihre schwarzen Spielkameraden umzubringen. In seiner Stimme schwang jedesmal eine perverse Freude mit, wenn er Anekdoten über Lynchjustiz zum besten gab, die er von älteren Verwandten aufgeschnappt hatte. Er sprach mit einem ähnlichen Akzent wie Klieg ... war das vielleicht der Grund für diese Assoziation?

Sie schaut nach unten und merkt, daß sie noch immer den Datenstecker in der Hand hält. Und jetzt, wo sie hellwach ist, müßte sie eigentlich imstande sein, den Vorgang zu abstrahieren.

Carla stöpselt sich wieder ein und versucht, sich zu entspannen, wobei sie sich aber dagegen wehrt, wieder einzuschlafen. Das Summen der Moskitos vor dem Moskitonetz verschmilzt mit dem Summen des elektronischen Netzes ...

Und dann trifft sie ein Schock. Dort draußen ist eine Wesenheit, die nach ihr Ausschau hält, das Gefühl, daß jemand mit ihr sprechen möchte. Instinktiv zieht sie sich zurück, aber dann erkennt sie das Phänomen und wendet sich ihm wieder zu ...

*Sie selbst?*

Sie hat den diffusen Eindruck, ihr Spiegelbild zu betrachten und sich ihm dann immer weiter zu nähern, bis sie abrupt mit ihm verschmilzt. Plötzlich überkommt sie die Erkenntnis. Sie hat die Milliarden Programme nicht beendet, die parallel in Millionen Prozessoren ablaufen. Und für sie ist die physikalische Carla nur ein großer Prozessor, ein großer Knoten im Netz ... ein Prozessor hat sich zwar ausgeklinkt, aber die anderen arbeiten noch ...

Und sie haben nichts anderes getan, als Carla kollektiv zu simulieren. Nein, falsch, in gewisser Weise *waren* sie Carla, eine erweiterte Version von ihr. Während sie sich abgekoppelt hat, haben sie weitergearbeitet – mit der zehntausendfachen Geschwindigkeit, zu der sie in der Lage gewesen wäre. Es liegt jetzt ein vollständiger

Bericht vor, den die Prozessoren so schnell erstellt haben, daß er ihr wie ein Geistesblitz vorkommt: die Indizien, wonach Klieg nach der Weltherrschaft strebt (obwohl die ›weiße Version‹ vielleicht nur ein Fehler der ersten Simulation war, denn Klieg ist die Hautfarbe anderer Menschen egal, solange sie nur seinen Vorstellungen von korrektem Verhalten entsprechen) und die Hinweise, daß er diese Machtfülle tatsächlich haben wird, wenn man es zuläßt, daß er die Welt von ›Clem‹ und seinen ›Ablegern‹ errettet.

Das System hat sogar Prognosen bezüglich eines Verfalls von Kliegs ethisch-moralischem Profil unter dem Druck einer solchen Machtfülle erstellt und ist zu dem Schluß gelangt, daß er sich letztlich vielleicht doch nicht ändern wird – seine Weltsicht ist nämlich zu festgefügt, als daß sie selbst unter solchen Umständen ins Wanken geraten könnte. Das muß indessen nicht positiv zu bewerten sein, denn daraus geht eindeutig hervor, daß seine Wirtschaftsdiktatur milde, wenn nicht gar menschenfreundliche Merkmale tragen wird – so würde er wahrscheinlich eine Vielzahl ethnischer Konflikte auf salomonische Art und Weise beilegen – und somit keine Opposition gegen sich aufkommen lassen, bis es für die Welt zu spät ist, sich gegen ihn aufzulehnen.

Als sie wieder in ihren Bericht eintaucht, entdeckt sie noch etwas. Louie hatte vorgeschlagen, daß sie sich in einige Optimierer-Programme einloggt, mit dem Kommentar, daß sie seine Arbeit auf dem Mond erheblich erleichtert hätten – so stellten zum Beispiel die Wettersatelliten, die er gerade startet, einen enormen technologischen Fortschritt dar, und Louie ist weder ein Konstrukteur noch ein Meteorologe.

Diesen Vorschlag muß sie nach Beendigung der Simulation irgendwo im Hinterkopf gehabt haben, denn die Programme sind auf vielfältige Art optimiert worden, wobei sie nicht einmal in der Lage ist, alle Verbesserungen nachzuvollziehen. Eines ist jedoch klar, daß ihre Arbeit nämlich nicht mehr offiziell mit der US-Regierung abgerechnet wird. Diese Praxis mußte beendet werden, weil die Kosten ins Uferlose wuchsen. Anstatt jedoch auf den Etat zu verzichten, ist es dem Netz gelungen, die Buchhaltungscomputer zu umgehen. Sie arbeitet nun mit Kapazitäten, die illegal von abertausenden Netzwerken auf der Welt abgezogen werden, und während sie noch durch das Netz pirscht, werden die Spuren hinter ihr verwischt.

Sie ist jetzt von den Leuten unabhängig, die sie bezahlen, und entscheidet nach eigenem Ermessen... aber ist es denn nicht immer schon so gewesen?

Zurück an die Arbeit. Die Frage ist, wer oder was wäre sonst noch in der Lage, das von Klieg avisierte Projekt durchzuführen? Aus ihren Simulationen geht hervor, daß, falls Rivera und Hardshaw Kliegs Offerte ablehnen (womöglich mit der Begründung, daß sie mit dem ›Makel‹ der Verbindung zur sibirischen Regierung behaftet sei), Klieg und die Sibirer mit dem Angebot an die Öffentlichkeit gehen werden – woraufhin die Weltöffentlichkeit die UN zwingen wird, das Angebot zu akzeptieren.

Weltöffentlichkeit ist ein neues Paradigma, das vor zehn Jahren noch nicht existiert hatte – aber vor zehn Jahren wäre auch noch kein Globaler Aufstand denkbar gewesen.

Sie läßt sich treiben und merkt, daß ihre Müdigkeit verflogen ist. Ohne Mühe stößt sie auf einen vertraulichen Bericht in einer NASA-Datei und informiert sich darüber, was geschieht, wenn Transfer-Optimiererviren ein menschliches Bewußtsein infiltrieren. Sie stellt fest, daß auch für Louie der Schlaf seine Funktion als mentale Erholung verloren hat, daß er gleichzeitig aber viel mehr ruhen muß, um angesichts des erhöhten Blutzuckerbedarfs des ständig aktiven Gehirns und der hohen Strahlenbelastung die Funktionsfähigkeit seines

Immunsystems zu bewahren. Nun, sie liegt schon im Bett, und es wird noch Stunden dauern – die sie je nach Laune zu Jahrtausenden ausdehnen kann –, bis sie ein üppiges Frühstück zu sich nimmt. In der Zwischenzeit hat sie mehr Gelegenheit denn je zum Nachdenken – und sie wird sich der Tatsache bewußt, daß sich daran bis zu ihrem Lebensende auch nichts mehr ändern wird. Sie schwelgt in der Vorstellung, wieviel Zeit sie von nun an zur Verfügung hat.

Und Louie geht es nicht anders, denkt sie. Sie wird nicht einmal mehr einsam sein.

Sie richtet die Aufmerksamkeit auf ›Clem‹-Satelliten mehrerer Nationen, einschließlich Militärsatelliten, die eigentlich verschrottet sein sollten, mit Instrumenten bestückte Bojen, Aufklärungsflugzeuge – und verfolgt, wie der Fallstrom plötzlich einen Haken schlägt und das befürchtete Tiefdruckgebiet erzeugt. Die tausend Kilometer von ›Clems‹ Auge entfernte, große Luftblase mit einem Durchmesser von zwanzig Kilometern expandiert und reißt auf; auf Meereshöhe verwirbelt der Wind, der selbst in dieser Entfernung vom Auge noch Sturmstärke hat, die aufsteigende Luft und nimmt an Stärke zu…

In weniger als zehn Minuten ist ein ›Auge‹ entstanden, und um dieses herum entwickelt sich ein Wirbelsturm. Dieser Vorgang widerspricht zwar allen Naturgesetzen – aber es besteht kein Zweifel – ›Clem‹ hat ein Auge ›geboren‹, und um dieses Auge formiert sich ein Wirbelsturm. Zudem stoßen die beiden Wirbelstürme so viel Luft aus, daß sich zwischen ihnen eine Hochdruckzone mit abstoßender Wirkung bildet – was bedeutet, daß der ›Ableger‹ Kurs auf Amerika nimmt.

Carla will gerade Honiara anrufen, aber bevor sie noch zum Hörer greift, fällt ihr ein, daß sie genauso gut einen Text abfassen und ihn an Di sowie an Harris Diem schicken könnte, der im Weißen Haus ihr Ansprechpartner für meteorologische Angelegenheiten ist.

Während sie den Text abfaßt, entwirft sie simultan Tausende von Modellen, die ihre Nachricht vielleicht in einem günstigeren Licht erscheinen ließen; aber es ergibt sich immer wieder das gleiche düstere Szenario.

Diogenes Callare und Harris Diem erfahren es zur selben Zeit, kurz nachdem Berlina Jamesons Daten-Späher Carlas Bericht abgefangen haben.

Am späten Nachmittag, als die beiden Männer von Henry Pauliss' Beerdigung zurückkehren, wobei ihre Hemden in der Julihitze von D.C. völlig durchgeschwitzt sind, liegt schon seit Stunden eine neue Ausgabe von *Sniffings* vor.

Die ohnehin schon stolze Berlina bekommt noch mehr Oberwasser. Die Agenturen teilen ihr mit, daß sie an drei verschiedenen Orten ein Stammpublikum hat, was von Vorteil ist, denn so kann sie von Zeit zu Zeit das Publikum abwechselnd düpieren.

Bei ihren treuesten Anhängern handelt es sich um ältere Leute, die sich noch an Bartnick, Arnott und Rather erinnern… Teufel, manche von ihnen kennen vielleicht sogar noch Cronkite – und für die Berlinas Nachrichtenpräsentation ein nostalgischer Genuß ist. So ist es eben – mit Klassik lockt man Klassizisten.

Aber auch bei Anhängern der Vereinigten Linken stößt ihr Konzept wegen des ›Low-Tech‹-Ansatzes auf Resonanz (obwohl sie gerne wüßte, was daran ›Low-Tech‹ sein soll, wenn sie die TV-Dokumentationen auf der Rückbank ihres auf Autopilot gestellten Fahrzeuges produziert. Außerdem sehen die Linken sich bei ihrer Berichterstattung anscheinend in ihrer (zutreffenden) Auffassung bestärkt, daß sich hinter den Kulissen jede Menge abspielt. Und auch dagegen ist nichts einzuwenden – die Linken jeglicher Couleur, ob sie sich nun für Internationalisten halten oder nicht, haben eine traditionelle Affinität zu den unabhängigen Medien in aller Welt.

Dann existiert da noch eine weitere Gruppe, die sie jedoch nicht recht einzuordnen weiß... es gibt eine große Zahl junger Abonnenten, denen ihre Nachrichten gefallen, weil sie ›hip‹ seien; dieser Begriff stammt wie ›cool‹ aus dem Szenejargon und steht für ›gut‹.

Das ist an sich auch in Ordnung, obwohl Berlina mit ›hip‹ eine gewisse Unseriosität assoziiert, wobei sie ja gerade das entgegengesetzte Konzept vertritt. Sie hat das erste Video abgefangen, das die Army gedreht hatte, als die Sichtverhältnisse über Honolulu es wieder zuließen, und dann eine Großaufnahme der Leichen von Studenten auf der Kalei Road gemacht. Sie hatten im Schutzraum der Universität Zuflucht gesucht, der im Sog der vierten Flutwelle zerstört wurde; die Studenten wurden vom Wasser aus dem Bunker gesaugt und, sofern sie nicht vorher schon ertrunken waren, in drei Kilometern Entfernung von den Trümmern einer Einkaufspassage zermalmt. Dann verfolgte sie, wie Präsidentin Hardshaw den Fallstricken in Generalsekretär Riveras Hilfspaket auswich, holte Vertreter der UN und der USA vor die Kamera, die offenkundige Tatsachen dementierten und erhaschte sogar eine Szene, in der ein UN-Gesandter aus Ecuador auf den Tisch schlug und seinen Untergebenen versprach, daß »wir bei dieser Gelegenheit ein für allemal mit den *yanqui*-Bastarden aufräumen«. Sie versteht zwar nicht ganz, was daran ›hip‹ sein soll, aber trotzdem freut sie sich über das jugendliche Publikum.

Dann überlegt sie zum tausendsten Mal, bei der tausendsten Tasse Kaffee, daß im Vergleich zu XV vielleicht alles ›hip‹ ist. Möglicherweise signalisiert der Gebrauch des Wortes ›hip‹ beim eher bohèmianischen Teil der Jugend einen gewissen Zukunftsoptimismus, einen Trend, daß die Menschen sich von diesen verdammten Halluzinationen abwenden oder zumindest auf Hintergrundinformationen bestehen, die eine kritische Distanz gewährleisten und verhindern, daß man völlig in der Geschichte aufgeht.

Am nächsten Tag spricht sie in einer der allgegenwärtigen Info-Börsen mit einem Professor der Kommunikationswissenschaften, der ihr auseinandersetzt, sie sei ›brechtianisch‹, wohingegen XV ›craigeanisch‹ sei. Dies verfehlt seine Wirkung nicht – sie macht sich über diesen Bertolt Brecht und diesen Gordon Craig kundig, und vielleicht kann sie damit bei einem Gala-Diner oder sonstwo Eindruck schinden –, aber im Grunde besagt das nur, daß Berlina eher dazu tendiert, die Leute zu überzeugen, anstatt sie zu überrollen. Was für sie aber keine neue Erkenntnis ist.

Dieser aktuelle Titel an sich ist zwar weniger dramatisch, aber im Zusammenhang wird er für ihr Publikum schon von Interesse sein. Ein neuer Wirbelsturm entsteht und nimmt Kurs auf Mittelamerika (wenn man jedoch die Zeit berücksichtigt, die er für die Strecke braucht und seine Unberechenbarkeit ins Kalkül zieht, wären auch die kolumbianische Pazifikküste oder sogar die Baja mögliche Ziele). Anscheinend erzeugen Stürme von ›Clems‹ Größe Ableger, die bald ebenso groß werden. Sie verfügt also über viel Potential für eine Schauergeschichte, aber sie wird es à la Berlina dosieren, wie das Publikum von *Sniffings* es goutiert – ›hip, geil und cool‹, wie sie es selbst bezeichnet.

Es ist wirklich ein gutes Gefühl, dort draußen ein Publikum zu wissen, das tatsächlich Interesse an ihrer Arbeit hat. Sie sitzt gemütlich auf der Rückbank ihres automatisch gesteuerten Fahrzeugs und freut sich einfach nur des Lebens. In wenigen Minuten muß sie sich an die schwierige Arbeit begeben, die Informationen zu editieren; außerdem muß sie sich noch intensiver mit Meteorologie befassen – wer hätte jemals gedacht, daß sie sich einmal einen langweiligen alten Wetterbericht wünschen würde? In den letzten drei Tagen hat sie mehr über Fallströme gelernt, als sie jemals über das Presseamt der Regierung wußte.

Als Diem und Callare nun die Berichte auf dem Tisch

haben, sich miteinander abgestimmt, ihre Leute zusammengerufen haben und nach ersten Lösungsansätzen für die befürchtete Krise, die Entstehung von ›Clem Zwei‹, suchen (Carla hatte indessen eine neue Nomenklatur vorgeschlagen; auf die ihr eigene subtile Art wollte sie ihnen nämlich sagen, daß sie schon lange vor dem Ende der Wirbelsturmsaison am Ende des Alphabets angelangt wären), und bevor Präsidentin Hardshaw und Generalsekretär Rivera noch begriffen haben, daß es überhaupt einen ›Clem Zwei‹ *gibt*, hat Berlina den Sturm bereits auf den Namen ›Clementine‹ getauft und ihm eine Sondersendung von *Sniffings* gewidmet.

Seit kurzem hält Louie es kaum mehr für sinnvoll, bei der Arbeit Kontakt zu seinem Körper zu halten, und oft entledigt er sich der lästigen Hülle, indem er sie einfach zu Bett schickt. Die Anzahl der Prozessoren, mit denen er auf dem Mond operiert, nimmt geometrisch zu, so daß sich seine Existenz zunehmend von der *Constitution* auf den Mond zu verlagern scheint.

Sein in der Station deponierter Körper wacht nach mehrstündigem Schlaf mit angenehmen Träumen erholt auf, und in der Tat hat er das Immunsystem ein bißchen in Wallung gebracht, denn zufällig hat er vor einigen Tagen eine Einflußnahme des Gehirns festgestellt. Er hat Dr. Wo einen entsprechenden Bericht zukommen lassen und daraufhin eine kurze Anfrage erhalten, ob er wohl bereit wäre, den Nobelpreis in Medizin mit ihm zu teilen. Vielleicht war es also doch mehr als nur ein vager Gedanke. Aber er ist jetzt zu beschäftigt, um sich auch noch damit zu befassen.

Selbst ein Anruf von seinem Körper enerviert ihn; um den Anruf entgegenzunehmen, muß er nämlich zurück in den Erdorbit. Er glaubt schon, er hätte seine Meldungen nicht rechtzeitig abgesetzt, aber dann erkennt er, daß jemand von der Erde mit ihm sprechen will. Als er sich dann im Orbit befindet, sieht er, daß

Carla in der Leitung ist. Schnell transferiert er sich wieder zum Mond, denn ihre Denkvorgänge laufen genauso schnell ab wie die seinen.

Und das, worüber sie mit ihm sprechen will, ist... nun, es ist einfach wunderbar, es ist die bestmögliche Lösung seines Körper-Geist-Problems. Erst als sie ihn darauf hinweist, wird ihm seine merkwürdige Reaktion bewußt. »Ich dachte, es würde dich vielleicht reizen, fünfunddreißigmal tiefer ins All vorzustoßen als irgendein Mensch zuvor.«

»Was? Ja, natürlich, du hast recht, aber ...«, kommentiert er ihre Ausführungen. Er hat mehrere Wochen Normzeit zur Verfügung, um darüber nachzudenken, während seine Antwort die weite Signalstrecke bis zur Empfangsstation durchläuft und ihre Reaktion den weiten Weg mit Lichtgeschwindigkeit zu ihm zurückläuft. Er hat so viel Zeit, um sein ganzes Leben mehrmals Revue passieren zu lassen, und jedesmal aus einer anderen Perspektive, wobei es am Ende jedoch immer auf dasselbe hinausläuft: es gab einmal eine Zeit, da er von Pioniergeist erfüllt war, eine Zeit, in der er sich in eine Reihe mit Hannibal und Leif Eriksson gestellt hatte. Und diese Ära ist vor gerade zwei Wochen Normzeit zu Ende gegangen...

Was etwa achttausend Jahren Relativzeit entspricht. Er benutzt Milliarden Prozessoren, wobei an diesem Nachmittag bereits die Billionengrenze überschritten wird; bei diesen Komponenten handelt es sich zudem um Parallelprozessoren, die Millionen Programme simultan abarbeiten, was sich per Saldo zu mehreren Quadrilliarden parallel ablaufender Programme summiert... und doch ist da etwas tief in seinem Innern, das nach Linearität drängt, auf die Konfiguration einer einzigen Kausalkette, so daß er zur Stabilisierung seines Bewußtseins und vielleicht auch seiner geistigen Gesundheit zu dem Trick greift, in jeder Sekunde mehrere Jahrzehnte zu durchleben (dabei tritt indes eine Beschleunigung auf, denn die zunehmende Parallelvernetzung bedingt auch eine höhere Geschwindigkeit; außerdem kommen nicht nur ständig neue Prozessoren hinzu, sondern auch Prozessoren-Produzenten oder vielmehr Prozessoren-Konstrukteure).

Nicht, daß er sich nicht verändern wollte. Es ist nur so, daß er noch längst nicht alles über seinen aktuellen Standort weiß. In Augenblicken der Muße hatte er sämtliche Daten, die jemals aus dem Orbit über die Erde gewonnen wurden – sei es mit einer Normaloptik, Radar oder Infrarotkameras – ablaufen lassen und die unzähligen schleichenden Veränderungen untersucht, die seit 1960 in der globalen Biosphäre stattgefunden haben. Er hat die Sprachen der Welt in *World transponiert und ermittelt, daß die Ursprache der Menschheit möglicherweise an einem Dutzend Orte lokalisiert werden kann. Er hat die gesamte Geschichtsschreibung revidiert, indem er Dutzende Aspekte korrelierte, deren Bedeutung bisher nicht erfaßt worden war, und er hat neue Fragen aufgeworfen, wo die über Generationen zusammengetragenen Erkenntnisse bisher nur unbefriedigende Antworten geliefert hatten.

Er hat alle Daten über den Mars neu ausgewertet und kennt ihn nun viel besser als damals, als der rote Sand unter seinen Stiefeln knirschte, und außerdem kennt er jetzt nicht nur die wirkliche Natur des Planeten, sondern alle Vorstellungen, die jemals über ihn existiert hatten. Er könnte unglaubliche Dinge über die Verbindungen zwischen Viking und Barsoom erzählen.

Er hat die Daten aller unbemannten Sonden zusammengetragen, einschließlich der geheimen Zahlen der chinesischen Regierung und der japanischen Institute, so daß er auch bestens über jeden anderen Planeten des Sonnensystems informiert ist; mit dem Asteroidengürtel ist er mittlerweile so vertraut wie mit seinem Heimatort. Er hat die Klassiker gelesen sowie sämtliche Kommentare, und nicht nur die europäischen Klassiker, sondern die aller Hochkulturen; er hat den Werken der großen Komponisten gelauscht, und das alles nur, um die Prozessoren zu beschäftigen – weil er nämlich, wenn sie sich nach dem Datenempfang wieder in den Rechenvorgang integrieren, sonst nur Langeweile empfindet.

Wenn er sich wirklich darauf konzentriert hätte, wäre es ihm möglich gewesen, der Technologie auf dem Mond einen Vorsprung von fünfzig Jahren gegenüber den irdischen Standards zu verleihen, nur daß die Menschen nicht intelligent genug gewesen wären, sie auch zu nutzen. Und überhaupt genießt er die Freizeit...

Und diese umfassende Entwicklung des Intellekts hat natürlich auch seinen Pioniergeist beeinflußt. Seine Neugierde ist eher noch stärker geworden, zumal es jetzt so viele neue Dinge gibt, die ihn auch interessieren...

Am meisten gefiel ihm die Vorstellung, nicht mehr zwischen Erde und Mond zu pendeln und sich nicht mehr während der vielen Wochen selbst desaktivieren zu müssen, die ein Funksignal mit einer Dauer von anderthalb Sekunden mittlerweile zu ihm unterwegs ist.

All das komprimiert er in eine Form, die er als ›Terabyte-Haiku‹ bezeichnet – ein umfangreiches Poly-Multimedia-Dokument mit einer extremen Informationsdichte, um seinen Gefühlen Ausdruck zu verleihen, wenn er sie an Carla übermittelt. Ihre Rechenkapazität ist um eine Größenordnung geringer als seine, was indes weniger am Arbeitsspeicher liegt (sie stützt sich auf das umfassende globale Netzwerk), sondern daran, daß sie darauf besteht, sich täglich ein paar Stunden auszuklinken und in der Normalzeit zu leben. Er weiß zwar nicht, weshalb sie das tut, aber es scheint ihr zu gefallen.

Sie benötigt gerade zehn Sekunden, um den ›Terabyte-Haiku‹ zu erfassen und zu verarbeiten. »Verstehe«, lautet ihr erster Kommentar.

Es dauert schier Äonen, bis er erkennt, daß er nun wieder etwas sagen muß.

»Ich frage mich, wann sie es endlich genehmigen werden. Aber bis dahin arbeite ich eben halbtags damit.«

»Vielleicht hat der Computer der Präsidentin das Schreiben noch nicht ausgedruckt. Aus irgendeinem Grund will sie noch immer alles schriftlich haben. Aber wir beide könnten uns dennoch ein paar Gedanken über die Sache machen. Es gibt noch einige Punkte, die geklärt werden müssen.«

Louie stimmt zu, und die beiden tauschen Informationen, Statistiken, Projektionen und Simulationen mit einer Geschwindigkeit aus, bei der alle zwei bis drei Minuten ein Informationsvolumen von der Größe der Kongreßbibliothek umgeschlagen wird. Bei beiden läuft dieser Prozeß ›im Hintergrund‹ ab – was bedeutet, daß sie ihn nur verschwommen erleben, während sie sich ihrer normalen Routine widmen. Nur wenn etwas Wichtiges auftaucht, widmen sie dem Vorgang ihre ungeteilte Aufmerksamkeit.

So bleibt Louie genügend Zeit, die Roboter auf dem Mond im Hochgeschwindigkeitsmodus arbeiten zu lassen; nun, da er weiß, daß er bald gehen wird, muß er ein System implementieren, das es der Erde ermöglicht, per Funk neue Satelliten zu ordern und sie dort oben produzieren und starten zu lassen. Dabei muß er auch entscheiden, welche Komponenten er nachfertigen lassen und welche er mitnehmen wird …

Je länger er darüber nachdenkt, desto mehr Gefallen findet er daran. Er könnte schon jetzt in nur zwei Tagen die gesamte Mondbasis in dem Zustand duplizieren, in dem sie sich vor zwei Wochen befand – eine Arbeit, für welche die Europäer, Japaner und Amerikaner fast zwanzig Jahre gebraucht hatten. Und mit zunehmender Kapazität … nun, wenn man ihn in drei Tagen auffordern sollte, das zu tun, was Carla bereits avisiert hat, wird er in der Lage sein, die ganze Anlage in einer Woche zu rekonstruieren, wobei das große Triebwerk zusammen mit den vielen tausend Mikrorobotern, Replikatoren und den drei Billiarden Prozessoren zur *Constitution* verfrachtet wird, die er als ausreichend erachtet (zumal er unterwegs noch welche nachfertigen kann). Wenn er schon dabei ist, kann er auch noch ein paar schöne große Abschirmungen nach unten schaffen sowie die Maschine für die Lebensmittel-Wiederaufbereitung, die er sich aus dem Hydroponik-Paket beschafft hat…

Es wäre im Grunde besser, für die Dauer der Reise ein Habitat für seinen Körper zu konzipieren und anzufertigen, aber obwohl die Konzeption einfach wäre, müßte er zu viel Material von der Erde bestellen, und von der nördlichen Hemisphäre aus ist kein sicherer Start mehr möglich. Die Australier würden ihm die Sachen vielleicht liefern, aber ›Clem‹ wird sich mindestens noch eine Woche ein paar Grad nördlich des Äquators austoben, so daß seine Bestellung erst zum Kap der Guten Hoffnung und von dort über den Indischen Ozean transportiert werden müßte, um ihm sicher zugestellt zu werden…

Nein, Carla hat schon recht. Wenn er für seine Zwecke einen Kometen einfangen und aushöhlen will, muß er die ganze Raumstation mitnehmen. Wenn sie die Beschleunigung aushalten soll, wird er einige strukturelle Verstärkungen vornehmen müssen, mit denen er sich bisher noch nicht näher befaßt hat…

Irgend etwas stört ihn, wobei er indes nicht genau weiß, was es ist. Es dauert eine Weile, bis er es mit Carla assoziiert…

…mit etwas Angenehmem…

Plötzlich hat er einen sekundenlangen Aussetzer und wird in seinen Körper im Orbit zurückkatapultiert, wo er von Erinnerungen und Phantasien überwältigt wird: Carla hat seinen Penis in der Hand, im Mund, in der

Vagina, im Anus, ihre Orgasmusschreie, die wilde Ekstase, mit der sie auf der langen Fahrt in die Cascade Mountains ihre schweißnassen Körper aneinanderpreßten, als er zuletzt auf der Erde weilte, den Moment, als er sie zum erstenmal sah und wußte, daß es wohl niemand verstehen würde, aber er *mußte* sie haben, und er erkannte, daß sie ihn durchschaute …

Sein Orgasmus ist heftig – und er stößt eine Menge Ejakulat aus. Unter den Bedingungen der Schwerelosigkeit formiert sich sein Samen in der Kabine zu kleinen schwebenden Kügelchen.

Carlas Schreie dringen über zehntausend neuronale Prozessoren und Antennen von der Erde in sein Bewußtsein.

»He!« sagt er. »Du bist eine schamlose Person. Ich hoffe nur, die Regierung hat das nicht mitbekommen.«

Sie lacht keuchend und antwortet über den Audio-Kanal, obwohl er über die Myriaden Schnittstellen noch immer ihre mentale Präsenz spürt; physikalisch sind sie durch Millionen Datenleitungen miteinander verbunden, logisch durch Milliarden Eingabe-Ausgabe-Subroutinen, aber in diesem Augenblick ist es zu verlockend, im alten, langsamen Akustikmodus miteinander zu kommunizieren. Er spürt ihre Zustimmung, noch bevor sie das erste Wort gesprochen hat. »Sie werden entweder mit uns oder mit John Klieg verhandeln«, sagt sie, »und ich glaube nicht, daß sein Sexleben auch nur halb so interessant ist. Sie haben uns teilweise abgehört … sie werden aber sicher eine Woche brauchen, bis sie es ausgewertet haben, und überhaupt dreht sich unser Gespräch hauptsächlich darum, die Konstruktion des Schiffes zu optimieren. Eine Möglichkeit, unsere Privatsphäre zu schützen, besteht darin, die entsprechenden Abschnitte mit Störsignalen zu überlagern. Als ob man im Wohnheim die Stereoanlage aufdreht.«

Louie lacht entspannt. »Ich befürchte, du hast mich wieder in den Erdorbit gerissen. Manches funktioniert real eben besser.« Und doch spürt er bei diesen Worten, wie die gewaltigen Prozesse – mit Verzögerung zwar, aber wahrnehmbar – auf dem Mond ablaufen. Und ihm wird auch bewußt, daß er sich seit dem Beginn der Arbeiten noch nie einen Blick aus der Beobachtungskuppel auf die Mondbasis gegönnt hatte.

»Eine wirklich gute Idee«, lobt er sie. »Dann könnten wir das ja mal wiederholen.«

»Du bist ja unersättlich!« stellt sie fest, und erst jetzt merkt er, daß sie fast nur auf akustischer Basis miteinander kommunizieren, um die spannende Ungewißheit zu genießen, was der andere sagen oder denken wird.

»Nun, muß ja nicht sofort sein«, wiegelt er ab. »Unsere Körper würden das auch gar nicht verkraften. Aber bald wieder. Ist dir schon mal aufgefallen, daß wir … ähem – Teufel, daß es gar keine Bezeichnung dafür gibt, wenn man seinen eigenen Körper mit dem Bewußtsein einer anderen Person wahrnimmt?«

»Ach, hast du das auch schon bemerkt? Was glaubst du wohl, warum ich so abgegangen bin? Mein Gott, Louie, es ist einfach unglaublich. Wir könnten so etwas wohl immer im Hintergrund laufen lassen, wenn wir wollten …«

»Davon halte ich nicht viel, Liebling. Wenn ich es schon mache, will ich wenigstens voll dabei sein. Es ist nur schade, daß es noch Monate dauern wird, bis alle Prozessoren voll vernetzt sind *und* wir es physikalisch tun können. Vorzugsweise in der Schwerelosigkeit.«

»Ich habe aber keine Weltraumlizenz …«

»Wenn ich wieder zurück bin, werde ich mit einem kleinen Schiff auf dem Meer landen, das seinen Treibstoff aus Luft und Wasser synthetisiert, und dich von *MyBoat* abholen. Ich weiß zwar nicht, was die USSF und die NASA davon halten, wenn ich oben ein Rendezvous veranstalte, aber ich werde ihnen schon sagen, daß es sie schließlich nichts kostet und daß es immer noch billiger ist, als mir Landurlaub zu geben. Ich glaube wirklich, daß ich vielleicht nie mehr auf die Erde zurückkehren werde.«

»Es ist nur eine Verabredung, Seemann. Und dabei wird uns auch sicher wieder klar werden, wie verschieden wir doch sind … ich brauche einfach ein paar Stunden am Tag in der Realität. So bin ich eben. Und glaubst du denn nicht auch, daß es lustig wäre, einmal seinem eigenen Ich zu begegnen?«

Das verwirrt ihn etwas, denn irgendwie assoziiert er ihre letzten Worte mit einer Geschichte aus seiner Kindheit; als er in das Netz eintaucht, vernimmt er zwar noch einmal ihre Worte, versteht aber nicht ihren Sinn – bis sie es ihm schließlich erklärt.

»Du bist ja nie lange genug in der Realität, um das zu erleben!« sagt sie und präsentiert es ihm visuell – den Moment, an dem sie wieder ins Netz schlüpft und feststellt, daß die andere Hälfte (oder vielmehr die übrigen neunundneunzig komma Periode neun Prozent) ihres Bewußtseins schon wieder ein paar Jahrhunderte älter geworden ist und ihr eine Menge zu erzählen hat.

»Nein. Nie im Leben. Obwohl es mich vielleicht doch interessieren würde, ob ich mich zwischen dem Mond und den Prozessoren auf der *Constitution* aufteilen könnte … während der vier Monate, die ich mindestens noch beschäftigt bin, operiere ich außerhalb der Normalzeit … was bedeuten würde … Wahnsinn. Beim von mir geplanten Arbeitstempo würde ich erst in ungefähr zehn Millionen Jahren wieder eine Einheit bilden.«

»In den nächsten vierundzwanzig Stunden könnte ich ohne weiteres ein wissenschaftliches Dossier mit etlichen hundert Seiten erstellen, aber …«

»Ich auch. Lach nicht, aber ich könnte ein paar nette Arbeiten zur vergleichenden Philologie, historische Abhandlungen oder einige Literaturkritiken anfertigen.«

Sie lacht dann doch, aber es ist ein gutmütiges Lachen. »Interessant. Da gäbe es auch noch ein paar Arbeiten zur Musikgeschichte, die ich ganz interessant finde. Louie, was geschieht mit uns? Verwandeln wir uns etwa in Maschinen?«

»Ich würde eher sagen, die Maschinen verwandeln sich in uns.«

Sie setzen das Gespräch noch lange fort, wobei sie sich über Gott und die Welt unterhalten, und anstatt die Verbindung dann ganz zu unterbrechen, halten sie sich im Hintergrund einen Kanal offen; vergleichbar mit der quasi-telepathischen Übereinstimmung zwischen alten Ehepaaren, bei denen der eine immer weiß, was der andere denkt. Die beiden Einsiedler sind jetzt nicht mehr einsam und werden es auch nicht mehr sein, bis Louie seine lange Reise antritt.

Am 6. Juli zieht ›Clem Zwei‹ oder ›Clementine‹ fast den ganzen Tag nach Osten, wobei er gelegentlich einen Schlenker nach Süden vollführt. Di erklärt das in Übereinstimmung mit Carla damit, daß die Fallströme der beiden ›Mutter-und-Kind‹-Wirbelstürme einander entgegengerichtet sind und daher eine Hochdruckzelle erzeugen, die sie auf Gegenkurs bringt. Präsidentin Hardshaw konferiert mit einem Dutzend Präsidenten, Diktatoren und Staatschefs über den möglichen Pfad des Sturms.

Berlina Jameson bringt eine Sondersendung von *Sniffings* über den nahenden ›Clem Zwei‹. Die Mehrheit der befragten Amerikaner ist der Ansicht, daß ›Clem Zwei‹ in seiner Eigenschaft als ›Tochter‹-Hurrikan irgendwie mit ›Clem‹ zusammenhängt und daher kleiner als dieser sein müsse. Sie versucht den Leuten klarzumachen, daß, nachdem der Fallstrom von ›Clem‹ das Auge von ›Clem Zwei‹ erst einmal erschaffen hatte, keine weitere Verbindung mehr zwischen ihnen besteht und daß es keine Möglichkeit gibt, ›Clem Zwei‹ aufzuhalten oder sein Wachstum zu begrenzen. An dieser Sendung arbeitet Berlina länger als an allen bisherigen Beiträgen von *Sniffings,* wobei ihre Arbeit noch von allen möglichen Stellen kopiert wird, insbesondere von *Scuttlebytes*, aber darauf kommt es jetzt auch nicht mehr an. Die Leute glauben das, was sie glauben wollen, und wenn viele Teilnehmer sich in XV einklinken, verstärkt diese Tendenz sich noch; warum sollte man sich auch von unangenehmen Fakten um den Genuß bringen lassen?

Ein letztes Mal meldet sie sich noch bei Di Callare, aber der ist zu beschäftigt, um sich mit ihr zu unterhalten; wenn sie dem knappen Gespräch etwas entnimmt, dann das, daß alles den Bach hinuntergeht. Der Mann hört sich so an, als hätte er schon seit Tagen nicht mehr geschlafen. Sie sagt ihm, daß sie nach Mexiko fahren und dann so weit wie möglich nach Süden vorstoßen würde, um zu beobachten, welche Schäden ›Clem Zwei‹ an der Küste verursacht. Er rät ihr, Küstenstraßen zu meiden und bei den Abschnitten ohne automatische Fahrzeugkontrolle besonders vorsichtig zu sein.

Gerade als sie das Gebäude verlassen will, überreicht ihr der Portier einen Brief aus dem Weißen Haus, in dem man ihr für ihre ›Rolle bei der Warnung der Öffentlichkeit‹ dankt und ihr eine Urkunde der Präsidentin für ›Hervorragenden Journalismus und vorbildliches staatsbürgerliches Verhalten‹ verleiht. Sie findet es zwar etwas befremdlich, daß der Stab der Präsidentin nichts Besseres zu tun hat, aber dennoch heftet sie das Zertifikat an den Himmel ihres Fahrzeugs.

* * *

Am 7. Juli zieht ›Clem Zwei‹, unter Mißachtung der Höhenwinde und der Erdrotation, noch immer zielstrebig nach Osten, wobei er nun einem leichten Drall nach Norden unterliegt. In Mexiko wird Sturmwarnung für die Baja California Sur und das Festland von Los Mochis bis hinunter nach Acapulco gegeben. Di weiß, daß Jesse so weit im Süden außer Gefahr ist, zudem Tapachula im Bergland liegt. Falls er nicht nach Punto Madero fährt oder gar versuchen sollte, in die Staaten zurückzukehren, dürfte ihm eigentlich nichts geschehen. Di teilt ihm das in einem kurzen Anruf mit, wobei er indes erfährt, daß Jesse vor Ort bleiben will, zusammen mit seiner aktuellen Freundin, und sich nur wegen einer Ex-Freundin Gedanken macht – ist es gar jene, die Lori als politische Tussi bezeichnet hatte?

Er kommt da nicht mehr so richtig mit, überlegt Di grinsend, nachdem er aufgelegt hat. Aber nach Jesses Ausführungen befindet besagtes Mädchen sich weiter im Norden und hat oft an der Küste zu tun – weil die mexikanische Armee jedoch alle Küstenstädte evakuiert, »braucht man sich wohl kaum Sorgen zu machen – im schlimmsten Fall muß sie ein paar Tage in einem Flüchtlingslager bleiben, bis jemand aus den Staaten ihr telegrafisch Geld schickt«, beruhigt Di seinen Bruder.

Jesse nickt. »Ach, ich mache mir auch gar keine großen Sorgen. Morgen wollte sie nach Tehuantepec. Die Stadt ist bisher noch nicht evakuiert worden; sie befindet sich nämlich nicht *direkt* an der Küste, sondern wie Tapachula im Bergland – also nehme ich an, daß sie in Sicherheit ist. Ich mache mir eben nur Gedanken um eine Freundin.«

»Das verstehe ich«, sagt Di. »Aber trotzdem – bleibe, wo du bist – es sei denn, der Sturm hält auf Tapachula zu. Wenn es sich wirklich abzeichnen sollte, daß er über den Golf von Tehuantepec hereinkommt, bleiben nicht mal mehr vierundzwanzig Stunden für die Evakuierung. Sieh in diesem Fall zu, daß du sofort abhaust, und spiele nicht den Helden.«

»Ich sehe auch die Nachrichten, großer Bruder«, sagt Jesse. »Ich weiß, was auf Oahu los war. Wenn ich von hier verschwinden muß, erreichst du mich in San Cristóbal de las Casas in der Calle del Veinticinco Febrero. Die Armee hat bereits jedem einen Platz zugewiesen.

Und die Endstation des *Zipline,* mit dem wir fahren, ist nur dreißig Kilometer entfernt – sie haben die Strecke im letzten Frühjahr nicht ganz fertiggestellt, aber die paar Kilometer dürften kein Problem sein.«

Sonst gibt es nicht mehr viel zu sagen; die NOAA wird die Regierung solange mit Daten versorgen, bis ›Clem Zwei‹ die Küste erreicht; aber wenn er laut Carla die Halbinsel nach Norden hinaufzieht und weiterhin den generellen West-Ost-Kurs beibehält, wonach es auch aussieht, müßte ›Clem Zwei‹ sich eigentlich am Hauptmassiv der Kordilleren brechen und sich in einem normalen Tiefdruckgebiet auflösen. Sie hat die NOAA indessen schon darauf hingewiesen, daß die Landenge die kritische Stelle ist; sollte ›Clem Zwei‹ über dem Golf von Tehuantepec auf Land treffen und dann nach Norden abdrehen, dürfte das Gebirge an dieser Stelle wohl zu niedrig sein, um ›Clem Zwei‹ daran zu hindern, in die Karibik hineinzuplatzen – wodurch der Hurrikan eine immense Energiezufuhr erfahren würde.

Mit etwas Glück wird es noch Wochen dauern, bis eines dieser Monster sich im Atlantik austobt… aber bisher haben sie nicht viel Glück gehabt.

Am 8. Juli macht ›Clem Zwei‹ eine Vollbremsung und verharrt fast vier Stunden am Fleck, ungefähr 300 km westlich von der Spitze der Baja. Gewaltige Stürme werden den Golf von Kalifornien hinaufgepumpt, und die Behörden im Tal des Unterlaufs des Colorado und im Imperial Valley erlassen dringende Evakuierungsanordnungen. Es kommt zu Unruhen, als mit Mexikanern besetzte Busse – die eigentlich nur auf dem nächsten Highway in das höher gelegene Nogales in Sonora verlegt werden – bei Mexicali die Grenze passieren. In der weißen und schwarzen Bevölkerung hatte sich nämlich das Gerücht verbreitet, wonach die Busladungen mit Flüchtlingen amerikanische Pässe und ein ständiges Bleiberecht erhalten sollten.

Dieser Verdruß legt sich alsbald wieder, denn Rock tritt via *Passionet* auf den Plan und führt Millionen Menschen die Absurdität ihrer Befürchtungen vor Augen; die Mißbilligung strömt ihm schier aus jeder Pore. Er wird von Surface O'Malley flankiert, die sich zügig seinem Standpunkt anschließt (laut Drehbuch ist sie gehalten, ihn auf diesem Trip als soignierten Mann von Welt anzuhimmeln). Die Randalierer, die sich zu Hause oder mit tragbaren Geräten in XV eingelinkt haben, sind ganz verdutzt wegen der Gefühle des Zorns und des Abscheus, die ihnen zuteil werden. Die Zuhausegebliebenen schließen sich den Unruhen nicht wieder an, und diejenigen, die an die Portables angeschlossen waren, verabschieden sich unauffällig.

Verdeckte Ermittler des FBI, die in *Passionet* eingeschleust wurden, registrieren diese Vorgänge und machen höherenorts Meldung; XV ist anscheinend imstande, die Bevölkerung sowohl aufzuwiegeln als auch zu beruhigen. Millionen Menschen scheinen über das Ausbleiben des zweiten Globalen Aufstands enttäuscht und wenden sich von *Passionet* ab, um sich in andere Systeme einzuklinken; ein Empfehlungsschreiben von Präsidentin Hardshaw und eine kurze persönliche Ansprache, um die Zuschauer zurückzuholen, kommt gerade noch rechtzeitig, um Surface und Rock vor der Kündigung zu retten.

Langsam, sehr langsam, aber mit im Laufe der Nacht zunehmender Geschwindigkeit zieht ›Clem Zwei‹ nach Süden. Zunächst hängt man noch der Hoffnung nach, ›Clem Zwei‹ würde doch dem Höhenwind folgen, was einen Westkurs bedingen würde – und was obendrein schlecht wäre, denn ›Clem Zwei‹ würde dann auch dem originalen ›Clem‹ folgen, der soeben über das jetzt leere Kingman Reef hinweggedonnert ist; aber zumindest hätten sie dann eine Atempause.

In der Morgendämmerung des 9. Juli beschleunigt

›Clem Zwei‹ und fegt schließlich in einer weit nach Osten ausgreifenden Bewegung in den Golf von Tehuantepec.

Jesse und Mary Ann haben bereits gepackt – jedem Flüchtling ist nur eine kleine Reisetasche erlaubt. Wenige Minuten nach dem Alarm warten sie schon draußen auf die Militär-Lkw. Aber die Armee tritt nicht an, auch nicht nach mehreren Stunden. Bisher ist von ›Clem Zwei‹ nicht mehr als eine schwache Brise zu spüren, womit es sich noch um einen ganz normalen, windigen Sommertag handelt, an dem ein Gewitter aufzieht. Nach einer langen Wartezeit beschließen sie, den Proviant für später zu reservieren und biegen um die Straßenecke, wobei sie sehen, daß viele der kleinen Cafés wieder geöffnet sind. »Ich kann den Laden immer noch zumachen, wenn die Armee kommt«, erklärt einer der Inhaber.

Die Nachrichten melden, daß große Wellen an die Küste branden und daß alle Busse eingesetzt werden, um zunächst die Bevölkerung dort zu evakuieren. Diese Meldung wird von beruhigenden Bildern begleitet, auf denen Soldaten den Menschen beim Besteigen der Busse behilflich sind.

Auf Jesse wirkt das jedoch alles andere als beruhigend. »Mary Ann – das ist ja gar nicht Puerto Madero!«

»Woher willst du das denn wissen?«

»Weil ich das Gebäude im Vordergrund kenne, und dieser Bau steht in Tuxtla Gutiérrez. Ich weiß nicht, was hier wirklich vorgeht, aber Puerto Madero wird nicht evakuiert, soviel ist sicher.«

»Warum sollten sie ...«

Jesse zuckt die Achseln. »Könnte alles mögliche bedeuten. Vielleicht hat eine Meuterei stattgefunden, und sie wollen nun verhindern, daß die Leute in Panik geraten. Oder die Lage verschärft sich so schnell, daß sie die Menschen überhaupt nicht in Sicherheit bringen können, und sie versuchen sie auf diese Art ruhigzustellen. Möglicherweise wird auch um die sicheren Gebiete gekämpft. Trotzdem halte ich es für am wahrscheinlichsten, daß sie nur nicht in der Lage waren, den Zeitplan einzuhalten, und uns später abholen werden; sie wollen nur gewährleisten, daß die Leute sich in der Nähe der Sammelstellen aufhalten. Es könnte ja sein, daß der *Zipline* eine Panne hat – was übrigens ziemlich oft passiert –, und deshalb wollen sie verhindern, daß die Menschen sich am Kopfbahnhof konzentrieren; das erschwert nur die Beladung des *Zipline*, zumal der Bahnhof auch gar keinen Schutz bietet.«

Mary Ann grinst ihn an. »Also wirklich, du bist schon einer. Daß dir solche Erklärungen einfallen. Die meisten meiner Bekannten hätten jetzt gesagt: ›Das ist typisch‹ oder: ›Oh, da kann man nichts machen‹, aber dir kommen gleich zwanzig mögliche Erklärungen in den Sinn.«

»Von denen vielleicht keine einzige zutrifft.«

»Ja, kann sein, aber das macht nichts. Ich wollte nur sagen, daß du – die Dinge erklärst, anstatt mir irgend etwas zu erzählen.« Mary Ann zieht eine Bandana aus ihrem Rucksack und fährt sich damit über das schweißnasse Gesicht. »Die Hitze und die Stille gefallen mir nicht, und der grünliche Himmel schon *gar* nicht.«

»Mir auch nicht.« Sie rücken zusammen, daß ihre Schultern sich berühren; so wird ihnen zwar noch wärmer, aber Jesse zieht diesen Körperkontakt dem Blick auf die grünbraunen Wolken vor, die sich nun dräuend am Himmel zusammenballen und das letzte Blau nach Osten verdrängen.

Nach dem Mittagessen trinken sie noch eine Tasse Kaffee. »Der Sturm wird schlagartig einsetzen«, erklärt Jesse, »und ein Straßencafé mit einer Markise ist sicher *nicht* der geeignete Platz, um ihn zu überstehen.«

»Die Sammelstelle ist doch auch im Freien.«

»Stimmt, aber dein Haus ist nur etwa dreißig Meter

entfernt. Und aus dem Fenster im ersten Stock sehen wir, wenn der Bus kommt.«

Sie seufzt. »Im Moment, wo der Sturm noch nicht losgebrochen ist, habe ich wirklich den Eindruck, es findet eine ganz normale Versammlung unter freiem Himmel statt. Gut, gehen wir.«

Während sie die Rückseite des kurzen Blocks abschreiten, erkennt Jesse, was sie meint: die hoch am Himmel stehenden, bösartigen grünen Wolken, deren schwarze Grundflächen wie ein Amboß wirken, scheinen überhaupt nichts mit der Welt hier unten gemein zu haben. Kein Lufthauch regt sich mehr, und die Wolken werden immer dicker und schwerer.

Er versucht sich an die Terminologie zu erinnern, die er von Diogenes gelernt hat. Die großen, schweren Wolken heißen Cumulonimbus; sie sind unten dunkel und fasern oben amboßartig aus, weil von der Basis ein Strom Warmluft nach oben gerissen wird, und die Wolke wirkt wie ein Van-de-Graaff-Generator, in dem die Ladungen getrennt werden und ein Potential für Blitze entsteht. Und diese Wolkenbank wird Gewitterfront genannt? Scheint gerechtfertigt. Und irgendwo dahinter rückt die eigentliche Sturmfront heran ... nein, nur bei normalen Stürmen, korrigiert er sich. Aber dennoch wird der Wind stärker werden ...

Sie haben das Haus noch nicht erreicht, als der Regen schon zuschlägt – und ›zuschlagen‹ ist hier die einzig korrekte Bezeichnung –; sie haben den Eindruck, plötzlich einen kalten Guß aus einem Feuerwehrschlauch abzubekommen. Kurz darauf setzen erste, heftige Windböen ein, und obwohl sie losrennen und Mary Ann schon den Schlüssel in der Hand hat, sind sie nach den letzten zehn Metern naß bis auf die Haut.

»Die Sichtweite beträgt ja nicht mal mehr einen Meter«, sagt Mary Ann keuchend.

»Bei diesem Wetter kommt sowieso kein Bus durch«, mutmaßt Jesse. »Ich bin wirklich froh, daß du so teuer wohnst; zahlst du vielleicht noch einen Zuschlag für die dicken Mauern?«

»Das Haus ist aus Sicherheitsgründen verstärkt worden, aber ich weiß nicht genau, was daran gemacht wurde«, entgegnet Mary Ann und lehnt sich an ihn. Er legt einen Arm um sie. Er versucht, sie zu beruhigen und ist gleichzeitig dankbar, daß er jemanden zum Beruhigen hat, denn damit lenkt er sich von seiner eigenen Angst ab.

Der Regen strömt an den Fenstern herab, wie das Wasser in einer Autowaschanlage über die Windschutzscheibe.

»Schätze, wir gehen lieber in einen Innenraum«, schlägt Jesse vor. »Hier gibt es nichts zu sehen.«

Sie nickt. »Das Haus hat eine eigene Stromversorgung, und der Kühlschrank ist gut gefüllt. Wir überstehen hier ein paar Tage, falls der Sturm nicht zu uns hereinkommt.«

»Was ist mit den Fenstern?«

»Es ist kaum zu glauben, aber *Passionet* hat Angst vor Heckenschützen, seit Kimber Lee Melodion erschossen wurde. Die Scheiben sind viel dicker als normale Fenster.«

Der Regen brandet gegen die Fenster; die Sicht durch die Scheibe (die nichts enthüllt außer grauem Licht und einem häßlichen grauen Schemen dahinter) gleicht dem Blick von einem Flußbett an die Wasseroberfläche. »Äh, sind denn auch die Fenster*rahmen* verstärkt worden?«

»Nicht, daß ich wüßte.«

»Dann laß uns in einen Innenraum gehen.«

Der Wind und der Regen verursachen einen solchen Lärm, daß sie erst beim Betreten der Küche sehen, daß sich noch jemand im Haus aufhält. Aber es sind nur Señora Herrera, ihr Mann Tomás und eine Kinderschar. »Ich bitte um Entschuldigung, Madame …«, sagt sie sogleich.

»Unsinn«, wiegelt Mary Ann ab. »Der Bus ist ja nicht

gekommen, und das Haus bietet einen guten Schutz vor dem Sturm. Und überhaupt war es vernünftig, daß Sie und Tomás hergekommen sind. Und selbst mit den Kindern werden die Vorräte vielleicht eine Woche reichen. Aber … ähem … ich wußte gar nicht, daß Sie so viele … sind das denn alles Ihre Kinder?«

Señora Herrera dolmetscht für ihren Mann, der kein Englisch spricht, und er lacht. Dann wendet sie sich wieder Mary Ann zu und erklärt es ihr: »Nein, unsere sind schon erwachsen. Das sind Nichten und Neffen und Enkelkinder, Madame.«

Mittlerweile hat Jesse sie durchgezählt; es sind sechs an der Zahl. Da er weiß, daß der große Kühlschrank gerade erst aufgefüllt worden ist, macht er sich wegen der Verpflegung keine Sorgen, und schließlich ist Mary Ann die Gastgeberin, so daß er sich mit der Situation arrangieren muß. Dennoch ist er ein klein wenig eifersüchtig; er hatte eigentlich gehofft, das Haus mit Mary Ann für sich allein zu haben.

Das verursacht ihm ein Schuldgefühl, und solche Gefühle lösen jetzt immer eine Assoziation mit Naomi aus. Nun, wenn sie halbwegs bei Verstand war, hat sie Tehuantepec heute gemieden, und wenn sie ganz bei Verstand war, ist sie nach Oaxaca hinaufgefahren; wenn der Regen an den Hängen der die Stadt umgebenden Vulkanen zu Tal strömt, wird es vielleicht auch gefährlich, aber die Aussichten sind gut, daß Oaxaca mit kleineren Sturmschäden davonkommt – in den Nachrichten (sein Bruder Di tritt anscheinend jede Nacht im Fernsehen auf, denn diese Reporterin, Berlina Jameson, interviewt ihn ständig) war sogar davon die Rede, daß der Sturm sich oben in den Bergen vielleicht totläuft.

Der Wind bricht sich heulend an den Mauern, und ein leichtes Beben geht durch das Gebäude. Tomás dreht sich zu Jesse um und sagt auf spanisch: »Wir beide sollten vielleicht das Dach sichern. Das ist nämlich noch nicht geschehen.«

Jesse weiß zwar nicht, wovon Tomás spricht, nimmt aber an, daß dieser mehr weiß als er selbst. »In Ordnung«, meint er also, »doch womit sichern wir es?«

»Da liegt« – ein Jesse unbekanntes spanisches Wort – »draußen in meinem Lieferwagen; ich werfe eine Münze, und der Verlierer läuft hinaus und holt es ...«

»Ich bin eh schon patschnaß«, sagt Jesse. »Und was ist ...?«

Es dauert eine Weile, bis Jesse erkennt, daß die Bezeichnung des besagten Gegenstands ›Schleppleine‹ lautet – ein dünnes Drahtseil. Tomás benötigt die ganze große Rolle; seinen Werkzeugkasten hat er schon im Haus, in dem sich die erforderlichen Drahtscheren, Schraubstöcke und Hohlkeile befinden. Er wollte gerade selbst hinauslaufen, als Jesse und Mary Ann erschienen.

Das Fahrzeug steht hinter dem Haus, wo es vor der unmittelbaren Wucht des Sturmes geschützt ist. Die Bergung des Seils gleicht einem Sprung in ein Schwimmbecken mit kaltem Wasser; schon nach dem ersten Schritt ist Jesse wieder tropfnaß. Dann packt ihn der Wind von hinten und wirft ihn zu Boden, noch bevor er auf den glitschigen Kieselsteinen die Balance gefunden hat. Das kalte Wasser umspült Arme und Beine, als er den Kopf nach unten neigt, um Luft zu holen; dann rennt Jesse zum Fahrzeug, und als er gegen die Tür geworfen wird, hat er bereits kein Gefühl mehr in den kalten und stechenden Händen. Glücklicherweise hat die Kiste eine Schiebetür, denn er bezweifelt, daß er in diesem Wind eine Tür nach außen ziehen könnte.

Japsend reißt er die Tür mit einem heftigen Ruck auf, steigt in das Fahrzeug und zieht sie hinter sich wieder zu, wobei die eine Sekunde aber schon genügt, das Innere des Lieferwagens zu fluten. Zum Glück hatte er eine Taschenlampe in den Rucksack gesteckt – obwohl es erst gegen dreizehn Uhr ist –, aber jetzt ist er froh, daß er sie dabei hat. Hier drinnen ist es dunkler als in einer normalen Nacht.

Er findet die große Drahtrolle an der von Tomás bezeichneten Stelle und wuchtet sie sich auf die Schulter.

Der Lieferwagen erzittert ein paarmal heftig; der Wind ist zwar nicht stark genug, um ihn umzustürzen, aber es reicht, um ihn ordentlich durchzuschütteln. Er holt tief Luft ...

Der Rückweg zum Haus gestaltet sich viel schwieriger – er muß nämlich gegen den Sturm ankämpfen. Er verliert zwar nicht das Gleichgewicht, aber er schlittert auf den Steinen, als ob er in einem Gebirgsbach gegen die Strömung waten würde. Außerdem prasselt der Regen so heftig gegen die Brust, daß ihm das Atmen schwerfällt. Als er losrennt, erkennt er das weniger als fünfzehn Meter entfernte Haus nur schemenhaft, und der Regen nimmt ihm dermaßen die Sicht, daß er erst einmal neben der Tür gegen die Mauer läuft, bevor er das Haus betritt.

Tomás grinst ihn an. »Die nächsten Jahre werden Sie wohl kein Bad mehr nötig haben.«

Jesse atmet tief durch und erwidert: »Wollen wir wetten, wie lange es dauert, bis der Bus nach San Cristóbal ohne uns abfährt?«

Tomás lacht. »Ich habe noch eine Idee. Das Dach wird schon nicht wegfliegen, während Sie sich umziehen; warum erledigen Sie das also nicht ...«

»Nun, wenn wir noch einmal an den Lieferwagen müssen, tun wir das am besten, solange ich noch naß bin.«

»Es erscheint mir aber zu herzlos, Sie wieder in dieses Unwetter hinauszuschicken, vor allem deswegen, weil man unter das Fahrzeug kriechen müßte, um Gurte unter dem Boden durchzuführen ...«

»Wollen Sie den Wagen etwa festzurren? Warum fahren wir ihn nicht dicht ans Haus heran und sichern ihn dort?«

Tomás stutzt und kratzt sich nachdenklich am Kopf. »Das wäre sinnvoller«, gibt er schließlich zu. »Aber womit sollen wir das Fahrzeug dann sichern?«

»In der Waschküche stehen doch leere Zweihundert-Liter-Fässer, nicht wahr? Wenn ich also heranfahre und wir vier Fässer in den Lieferwagen stellen und mit Wasser füllen, dann haben wir einen Ballast von fast einer Tonne. Und Wassermangel haben wir jetzt sicher nicht zu befürchten.«

Tomás schlägt ihm auf die Schulter. »Señor Callare, Sie sind ein brillanter *ingeniero*. Und wie Sie richtig sagten, sind Sie sowieso schon naß.«

Diesmal ist es nicht so schlimm, denn er weiß, daß ihm der Rückweg durch das Wasser erspart bleibt. Er ist beeindruckt von der Pflege, die Tomás dem Fahrzeug angedeihen läßt – der Wagen springt sofort an. Aus dem Gedächtnis orientiert er sich im Garten, folgt dem Pfad und peilt die Tür zum Wirtschaftsraum an. Mit einem Satz hoppelt er vom Pfad in den Schlick, wo sich vormals Rosen, Mulch und Kompost befanden, aber obwohl die Räder zunächst durchdrehen, greifen sie wieder, und dann steht er neben der Mauer, gerade zwei Schritte von der Tür entfernt.

Als er ins Haus stürzt, sagt Tomás: »Darf ich Sie etwas fragen, Señor?«

»Nenn mich Jesse. Bis der Sturm vorüber ist, machen wir einen auf Demokratie.«

»Darf ich dich dann etwas fragen, Jesse?«

»Sicher.«

»Warum sind wir denn nicht früher auf die Idee gekommen, den Wagen ans Haus zu fahren, damit du nicht dreimal den ganzen Weg zurücklegen und die Drahtrolle schleppen mußtest?«

Jesse sackt der Unterkiefer hinunter, und dann brechen beide in Gelächter aus.

Es ist auch so noch schwierig genug, die leeren Fässer den knappen Meter zum Lieferwagen zu schaffen, und als sie endlich fertig sind, steht der Wirtschaftsraum mehrere Zentimeter unter Wasser, aber nachdem sie die Fässer erst einmal im Fahrzeug untergebracht haben, müssen sie nur noch einen Schlauch holen und sie füllen.

Während die Fässer vollaufen, gehen sie auf den Dachboden, sondieren die kritischen Punkte und umwickeln die Dachbalken mit Draht. Außerdem ziehen sie ihn noch durch Bohrungen in den Balken. Jetzt wäre wirklich eine sehr hohe Kraft erforderlich, um das Dach abzuheben.

Während dieser Verrichtung laufen sie immer wieder nach unten, um die Fässer zu beschicken, so daß das Haus und der Lieferwagen gleichzeitig gesichert werden. Nachdem sie die größtmöglichen Sicherheitsvorkehrungen getroffen haben, verschwindet Tomás im großen Bad, und Jesse geht nach oben, um sich umzuziehen.

Mary Ann überreicht ihm drei Handtücher und einen Satz trockene Kleidung. »Der *Powerchip* sorgt wenigstens dafür, daß die Waschmaschine und der Wäschetrockner funktionieren, solange das Haus noch steht.«

»Was ist mit der Wasserversorgung?«

»Wir haben eine Zisterne.« Sie deutet auf ein Fenster, und Jesse schlägt sich selbst an die Stirn. Er genehmigt sich eine schnelle warme Dusche, geht dann in die heiße Sauna in ihrem Bad und genießt die Trockenheit und Wärme.

* * *

Naomi Cascade ist tatsächlich nach Tehuantepec gefahren, wobei sie sich über den Unsinn dieser Maßnahme durchaus im klaren war, aber ihre innere Stimme wandte sich dagegen, daß sie sich in Sicherheit befand, während so viele ihrer Bekannten in Gefahr waren; also ist sie gefahren. Sie ist gerade rechtzeitig eingetroffen, um wie alle anderen auch zu erkennen, daß es keine Evakuierung geben wird.

In dem Augenblick, als Jesse nur dreihundert Kilometer südöstlich unter der heißen Dusche steht, sucht sie mit einigen Schülern, die sich mit dem Rücken an eine Mauer gekauert haben, Schutz vor dem Sturm. Sie mußte sich schon mehrmals beherrschen, um nicht aufzuschreien: zuerst, als das Dach sich ablöste, wie ein großer Drachen in die Luft stieg und sich wenig später in seine Einzelteile auflöste; dann, als die Innenwand in einem Schauer aus Putz und Mörtel zerbröckelte und nur eine leere Fläche zwischen ihnen und der gegenüberliegenden Außenmauer zurückließ; und nun wird diese Mauer zusehends abgetragen. Vier Kinder klammern sich an sie, und wenn sie dem Wind erst einmal direkt ausgesetzt sind, wird sie unmöglich imstande sein, alle festzuhalten.

Sobald die Wand weit genug abgetragen ist, wird sich die volle Wucht des Windes entfalten.

Soweit sie es beurteilt, nimmt die Windstärke weiter zu. In den letzten Nachrichten hat sie gehört, daß das Auge direkt über Tehuantepec hinwegziehen wird.

Sie wünschte, Jesse wäre hier, denn ihre Intuition sagt ihr, daß die Mauer mit abnehmender Höhe immer langsamer abgetragen wird, aber sie ist sich eben nicht sicher und glaubt daher, daß der Wissenschaftler, wie sie ihn insgeheim nennt, es ihr erklären könnte. Wenn die Mauer nicht bis auf ihre Höhe abgetragen wird – sie hofft inständig, daß das nicht eintritt, und sagt es auch den Kindern –, dann könnten sie genauso gut hierbleiben, bis sich das Auge über ihnen befindet, und sich dann nach einer besseren Deckung umsehen. Aber wenn die Mauer doch ganz zerstört wird, dann müssen sie bis zu ihrem Ende kriechen, bevor der Wind noch stärker wird, und versuchen, über die Straße zu der ein paar Meter entfernten kleinen Kathedrale zu gelangen – *die* wird dem Sturm sicher standhalten. Sie weiß jedoch nicht, wie sie die Kinder dorthin bekommen soll, ohne daß sie vom Wind mitgerissen oder von herumfliegenden Trümmern erschlagen werden, die wie Kanonenkugeln gegen die andere Seite der Mauer prasseln und sie zum Schwingen bringen.

Tehuantepec hat ihr immer gefallen, obwohl der hiesige *zócalo* nicht gerade repräsentativ ist; auch die sonstige Architektur der Stadt ist nicht unbedingt überwältigend, und die Meeresfrüchte, die in den Restaurants serviert werden, sind nicht besser als anderswo an der Küste. Es ist eben nur eine kleine Stadt mit einem Busbahnhof, in dem Durchreisende umsteigen, und die Einheimischen arbeiten als Straßenbauer oder auf den umliegenden Bauernhöfen … eine Kleinstadt wie jede andere auch …

Bei dem Wort ›Kleinstadt‹ muß sie wieder an Jesse denken. Obwohl er sich in solchen Situationen vielleicht auch nicht besser bewährt als jeder andere, muß sie sich dennoch eingestehen, daß seine Krähwinkel-Attitüde, wonach er glaubt, aufgrund der bloßen Fähigkeit, einen Reifen zu wechseln oder einen Felsen zu erklimmen, auch eine Rakete fliegen oder einen Atomreaktor bauen zu können, gerade jetzt *so* beruhigend wirken würde. Außerdem würde ihm in dieser Situation vielleicht noch mehr einfallen als ihr.

Sie ist froh, daß ihre Mutter nicht Zeuge dieser Überlegungen ist.

Luisa, die Kleinste, schmiegt sich eng an sie und fragt, wobei sie gegen den Wind anschreien muß, ob sie jetzt alle sterben werden. Naomi streicht dem Kind über das Haar, wobei sie dem Drang widersteht, ›noch nicht‹ zu sagen, und ruft ihr statt dessen zu, daß sie keine Angst zu haben brauche, sie würden nur sehr naß und schmutzig werden. Sie ist sich indessen nicht sicher, ob Luisa sie bei dem tosenden Wind und Regen überhaupt verstanden hat.

Über ihren Köpfen löst sich ein großes Mauerstück,

und Sand rieselt auf sie herunter, aber der Brocken – sechzig Zentimeter mal ein Meter zwanzig – verschwindet horizontal im strömenden Regen. Naomi hört das Mauerstück nirgendwo aufprallen. Vielleicht ist es in großer Entfernung heruntergekommen, oder vielleicht sind die Windgeräusche auch lauter, als sie gedacht hatte.

Die Kinder drängen sich noch dichter aneinander, und Naomi versucht, so weit wie möglich an der Mauer herunterzurutschen, ohne sich zu weit auszustrecken. Der Himmel verdüstert sich, und der Donner wird lauter, bis sie schließlich mit den an sie gedrückten Kindern und ihren Gedanken isoliert ist.

Ihr geht vieles durch den Kopf. Obwohl der Donner, die gegen die Mauer prasselnden Steine und die Dunkelheit sie gleichermaßen ängstigen, verspürt sie im Augenblick keine Schmerzen, sondern nur Unbehagen; da sie jetzt weder für sich noch für die Kinder etwas tun kann, hat sie viel Zeit zum Nachdenken. Am liebsten würde sie schlafen – wenn sie das überstehen sollte, will sie ausgeruht sein, und wenn nicht, wäre es besser, im Schlaf zu sterben.

Sie läßt einen Streit vor ihrem geistigen Auge ablaufen, den sie mit Jesse hatte und bei dem sie ihm nachträglich recht geben muß; früher oder später wäre das ohnehin passiert. Unter dem Meeresboden und im Permafrostboden der Tundra existieren viele Methan-Lagerstätten, und früher oder später hätte ein Vulkanausbruch, ein Meteoreinschlag oder auch nur die zunehmende Erwärmung der Erde selbst die Freisetzung dieses Methans bewirkt. Niemand war darauf vorbereitet, und es darf bezweifelt werden, daß auch nur einer der verantwortlichen Politiker mit einer akzeptablen Option hätte aufwarten können.

Jetzt, da sie hinter dieser einstürzenden Mauer hockt, bekommt sie eine gewisse Vorstellung von ›inakzeptablen Optionen‹.

Der Junge, den alle nur ›Compañero‹ nennen – seinen richtigen Namen kennt Naomi nicht, aber er ist der Sohn des Ortsvorsitzenden der Kommunistischen Partei und ein richtiger Störenfried im Ausbildungszentrum – zittert vor Angst oder Kälte oder was auch immer, und sie fährt ihm sachte über das Haar.

Wenn sie das hier überleben sollte, wird sie gegen sämtliche Prinzipien verstoßen und sich selbst Kinder anschaffen. Sie wurde in dem Glauben erzogen, daß die Weltbevölkerung drastisch schrumpfen müsse und daß höchstens drei Prozent der Bevölkerung Kinder haben dürften, wobei der Rest sterilisiert werden sollte … aber trotz des Drucks ihrer Eltern hat sie sich diesem Eingriff nie unterzogen. Da sitzt sie jetzt hier mit anderer Leute Kinder, und wenn sie es überstanden hat, will sie selbst welche haben. Außerdem wird die Welt sowieso deutlich entvölkert werden, bevor das alles vorbei ist.

Und überhaupt ist das eine interessante Frage. Was will Naomi überhaupt? Naomi ist dahingehend erzogen worden, gar nichts zu wollen, keine Bedürfnisse oder Wünsche zu hegen, wodurch wertvolle Ressourcen vergeudet würden.

Aber sie weiß nicht einmal, was ihr dadurch alles entgeht.

Etwas – Gott weiß was, ein Teil eines Autos oder eines Zaunes, ein großes Hagelkorn oder vielleicht auch nur ein Stein – dringt zwei Meter über ihnen und etwa fünf Meter links von ihnen durch die Mauer. Der Wind heult mit einem tiefen Baß durch das Loch und bringt die ganze Mauer und den Boden zum Vibrieren.

Schließlich glaubt sie, die Ursache erkannt zu haben und versucht, den Kindern die Erklärung ins Ohr zu schreien. Jesse hatte ihr einmal erzählt, daß Dinge mit Löchern dem Wind mehr Widerstand entgegensetzen; sie hat es zwar nicht ganz verstanden, aber es scheint zu stimmen, denn sie spürt, daß die Mauer sich ganz leicht krümmt und dann wieder in die Vertikale geht.

Das Beben, das sie in den Beinen und im Po spürt, sagt ihr, daß soeben ein großer Teil der Mauer eingestürzt ist.

In weiter Entfernung – wenige Zentimeter von ihren Ohren – hört sie Luisas Schreie. Compañero ruft etwas, das sich nach einem Gebet anhört. María, die sich an ihren Rücken gedrückt hat, schluchzt oder lacht hysterisch – auf jeden Fall kommt ihr Atem stoßweise –, und Linda, die an ihrer anderen Seite lehnt, ist anscheinend die einzige, die überhaupt nichts sagt, aber ihre Körperhaltung läßt den Schluß zu, daß sie ohnmächtig geworden ist – oder ist sie von etwas getroffen worden, das die Mauer durchstoßen hat? Nein, dann würde man nämlich den Wind durch das Loch pfeifen oder brüllen hören.

Die Zeit verstreicht unter dem düsteren Himmel, und bis auf den fortwährenden Lärm geschieht nichts mehr. Es bleibt dunkel. Naomi fragt sich, wie lange sie schon hier sitzen; es war vielleicht vierzehn Uhr, als es ganz dunkel wurde, und gegen zwölf Uhr mittags hatte sie zum letztenmal auf die Uhr geschaut ...

Sie hält sich die Uhr dicht an die Augen, wobei sie darauf achtet, Luisa nicht loszulassen, die sich wie ein Opossum an sie geklammert hat. Es gelingt ihr, den Knopf für die Skalenbeleuchtung zu drücken. 16:57 Uhr. Drei Stunden sind also vergangen. Vielleicht hat sie sogar geschlafen und geträumt.

Die Zeit verstreicht, und es wird noch dunkler, wobei alles vom tiefen Heulen des Windes überlagert wird. Naomi hat keine Ahnung, wie weit die Mauer schon zerstört ist, aber sie versucht den Vorgang von Jesses Warte aus zu betrachten und gelangt dann zu dem Schluß, daß sie noch stehen muß, denn sonst wäre ihr Abschnitt auch schon zerstört worden. Als sie erneut auf die Uhr blickt, ist es 05:48 Uhr. Diesmal muß sie länger wach gewesen sein.

In Gedanken erstellt sie Speisepläne und überlegt

sich Reiseziele. Sie schwört sich, daß sie sich wenigstens einmal, in einer fremden Stadt, zu einem Lustobjekt umformen lassen und dann ein paar Tage dort umherspazieren wird, um sich von den Männern anstarren zu lassen, nur um zu sehen, was für ein Gefühl das ist. Schließlich kann sie den Versuch ja abbrechen, wenn es ihr nicht gefällt.

Sie wird eine Wanderung ohne XV-Begleitung unternehmen. Sie möchte wieder in der Wüste bumsen, vielleicht mit einem anderen als Jesse. Vielleicht auch mit Jesse und einer dritten Person, denkt sie und kichert dabei. Sie fragt sich, warum sie angesichts der Möglichkeit, jeden Moment wie ein Insekt auf der Windschutzscheibe zu zerplatzen, so viel Gefallen an solchen Gedanken findet.

Rein hypothetisch stellt sie sich vor, Giftmüll in einer unberührten Wildnis zu deponieren und die letzten Menschenaffen der Erde mit einem Knüppel zu erschlagen. Sie findet diese Erwägungen zwar nach wie vor abscheulich, aber dennoch dienen sie ihr als Ventil: sie kommt sich jetzt nur noch selbstsüchtig vor, nicht mehr böse.

Sie ist konditioniert worden, beides gleichzusetzen. Aber sie hofft nun, daß sie sich an die Verschiedenartigkeit dieser Begriffe erinnert, wenn sie das alles hinter sich hat.

Das nächstemal, wenn ein Typ sie auf einer Party anzumachen versucht, indem er auf sie eingeht und ihre Äußerungen bedacht und nuanciert kommentiert, wird sie eine Weile mit ihm spielen und dann mit einem anderen Kerl verschwinden, nach draußen gehen und tanzen, und sie werden um drei Uhr morgens auf der Straße singen und die Leute aufwecken.

In ihrem bisherigen Leben hat sie ein Vergnügungsdefizit zu verzeichnen. Das ist sie ausgleichen entschlossen – wenn das Schicksal ihr gnädig gestimmt ist.

Wenn sie schon dabei ist, wird sie auch viele Bücher

lesen, die auf dem ›zentrisch-linearen‹ Index stehen, den diverse *Deeper*-Gruppen erstellt haben, um ihre Mitglieder vor ›oberflächlich plausiblen Werken‹ zu warnen, die ›gefährlichen ideologischen Überzeugungen Vorschub leisten‹. Vielleicht wird sie *Huckleberry Finn* lesen; sie weiß nur soviel über dieses Buch, daß zwei Jungen an warmen, sonnigen Sommertagen mit einem Floß einen Fluß befahren. Die Vorstellung von warmen, sonnigen Sommertagen übt eine schier magische Anziehungskraft auf sie aus.

Fliegenfischen. Sie wird sich an Fliegenfischen versuchen. Das scheint eine sehr kontemplative Beschäftigung zu sein.

Und vielleicht wird sie auch wissenschaftliche Bücher lesen. Sie versteht zwar nicht viel von dieser Materie, aber es wird sicher nichts schaden.

Es gibt so vieles, was sie für sich tun könnte, wenn sie nur wollte. Und für andere Menschen könnte sie auch noch mehr tun.

Sie hat die vage Vorstellung, daß ihren Eltern das nicht gefallen wird. Aber was soll's.

Dann ertönt ein Donnerschlag, gefolgt von einem blendenden Licht. Ihr erster Gedanke ist, daß es sich um einen Blitz handelt, ihr zweiter, daß sie einen Effekt aus dem Reich der Toten erlebt, und dann identifiziert sie es als … Sonnenlicht.

Mit Getöse ergießt sich ein Regen aus Sand, Steinen und Trümmern über sie. Alle drängen sich dicht an die Mauer, und nur María wird von einem kleinen Stein am Knöchel getroffen; sie schreit zwar auf, aber es scheint nichts Schlimmes zu sein. Ein paar Meter entfernt kippt ein noch durch Mörtel verbundener Mauerrest um und fällt in den Schlamm, wobei er sie alle mit Dreck bespritzt. Sie warten noch eine Minute, bis sie aufstehen und die Kleidung säubern.

Die Fünf schauen staunend nach oben. Die entgegengesetzte Mauer ist völlig eingestürzt, wobei sie diesen Vorgang bei dem ganzen Chaos nicht einmal mitbekommen haben; Naomi gratuliert sich selbst zur Wahl ihrer Mauer. Die Kathedrale auf der anderen Straßenseite ragt aus großen Schuttbergen empor; der Glockenturm und der größte Teil des Daches sind zwar abgeschert, aber sie steht noch.

Warmes Sonnenlicht spielt über die zerstörten Häuser und leergefegten Straßen, und Naomi steigen die Tränen in die Augen. So ein schöner Anblick …

»Mama?« sagt Luisa zögernd und ergreift Naomis Hand. Vor dem Ausbruch des Sturms waren die Kinder im Gebäude der Stadtverwaltung gewesen, und sie waren die einzigen, die nicht von ihren Eltern abgeholt wurden, bevor das Wetter alle Aktivitäten lähmte. Naomi hat sich ihrer in der Hoffnung angenommen, daß die Busse, die dann nie kamen, auch nach versprengten Leuten Ausschau hielten, denn in Tehuantepec war sie gar nicht registriert – sie ist in Oaxaca gemeldet.

Naomi geht in die Hocke. »Wir schauen mal, ob wir deine Mutter finden«, sagt sie auf spanisch, »und die Eltern von den anderen, aber wir haben nur ein paar Stunden, bis der Sturm wieder losbricht. Und vorher suchen wir uns einen schönen, sicheren Keller mit etwas zu essen und einer Toilette.«

Wie sie da so hockt und von einer Toilette spricht, wird ihr bewußt, daß es bei ihr selbst pressiert, und während der nächsten fünf Minuten erleichtern sie und die Mädchen sich an der einen Seite der Mauer, und Compañero tut auf der anderen Seite vermutlich das gleiche. Unter dem Eindruck gewisser Ereignisse verändern Menschen sich tatsächlich, überlegt sie. Compañero gehört nämlich zu der Sorte böser Buben, die sich normalerweise bei der Verrichtung der *gringa* und der Mädchen als Voyeur betätigt hätten. Aber vielleicht mußte er wirklich mal.

Als sie sich auf die Suche nach der Stelle begeben, wo

Luisas Haus gestanden hatte, erkennt Naomi, daß die Stadt Tehuantepec nicht mehr existiert. Der Wind hat Schneisen freigeblasen, die indessen nicht immer der Straßenführung entsprechen; manche Straßen sind unter drei bis vier Meter hohen Schutthalden begraben. Oft stoßen sie in dieser Trümmerlandschaft auf Straßennamen und sind so in der Lage, ihre Position zu bestimmen, aber sie laufen lange Zeit rufend im Kreis herum, bis ihnen schließlich bewußt wird, daß, obwohl sie vielleicht dicht dran waren, keine Hoffnung besteht, Luisas Haus zu finden.

Naomi wünschte, Luisa würde weinen. Die Augen des Mädchens weiten sich und nehmen einen starren Ausdruck an, sie steckt den Daumen in den Mund und packt Naomi am Handgelenk, aber sie weint nicht.

Das Elternhaus von Compañero war groß; Teile der Mauern stehen noch. Und dann erfährt sie auch Compañeros richtigen Namen, als der Vater des Jungen, der gerade Schutt vor einer Kellertür wegräumt, aufschaut und »Pablo!« ruft.

Sie drückt Luisa fest an sich, während Vater und Sohn sich umarmen und beide eine Erklärung stammeln; als der Vater von Compañero – nein, Pablo, sie wird ihn von nun an mit seinem richtigen Namen anreden –, als Pablos Vater ihr also überschwenglich die Hand schüttelt, gestattet sie sich sogar ein gewisses Gefühl des Stolzes. Noch besser, er hat einen tiefen Keller, dessen Decke mit am Boden fixierten Holzbalken abgestützt ist. Außerdem hat er mehrere Autobatterien in Reihe geschaltet, so daß der Keller zumindest trübe erleuchtet ist. Es gibt einen Tank mit dreitausend Litern Trinkwasser, reichlich dehydrierte Nahrungsmittel, die er aus einem Geschäft in der Nähe ›organisiert‹ hat, und eine aus einem Eimer und einer Sitzauflage improvisierte chemische Toilette mit etlichen Litern Bleichlauge.

Pablo wird zu Hilfsarbeiten abgestellt, und die anderen durchstreifen die Nachbarschaft nach Leuten, die einen sichereren Schutz benötigen. Naomi versucht, die Familien von María und Linda ausfindig zu machen – die beiden sind Cousinen und haben im selben Haus gewohnt. Außerdem wird sie jeden mitbringen, der einen Platz braucht; kurzfristig bietet der Keller ohne weiteres Raum für fünfzig Menschen, vor allem dann, wenn sich in der Stunde vor dem Wiederaufleben des Sturmes genügend Leute an seinem Ausbau beteiligen.

Sie bricht mit den drei Mädchen auf. Es ist ein unglaublich heißer Abend. Der tiefblaue Himmel kontrastiert mit den weißgrauen Trümmerhaufen, was der üblichen Farbpalette von Tehuantepec entspricht; erst nach einem Moment fällt ihr auf, daß das satte Grün der Bäume, der bewässerten Rasenflächen und Parkanlagen fehlt. Der Sturm hat alles vernichtet; es steht keine einzige Palme mehr, und die wenigen Büsche, die nicht entwurzelt und weggewirbelt wurden, sind völlig kahl.

Von überallher tauchen die Menschen auf, aus Kellern und Innenräumen, die durch dicke Wände geschützt waren. Einige moderne Gebäude haben dem Druck standgehalten, überwiegend jene, die dem traditionellen südmexikanischen Stil nachempfunden wurden; ihre massiven Mauern bestehen aus Stahlbeton und haben nur wenige oder überhaupt keine Fenster auf der Süd- und Westseite. Sie spricht mit vielen Menschen, aber die meisten haben gerade erst die Schutzräume verlassen und sind nicht über die aktuelle Lage informiert. Einem Mann ist es gelungen, ein Videosignal von einem Satelliten zu empfangen; er hat die durch das Auge des Hurrikans geschaffene Ruhezone genutzt und auf einem dem Satelliten zugewandten Hang eine Wäscheleine aus Metall schleifenförmig ausgelegt.

Das ist ein weiterer Bereich, in dem Naomi gern besser Bescheid wüßte, um so etwas auch tun zu können, aber der Mann hat nur in Erfahrung gebracht, daß die Welt dort draußen über die Vorgänge hier informiert ist und daß das Zentrum des Auges etwa zwanzig Kilometer nördlich die Küste erreicht hat. Die momentane Prognose, soweit das anhand einer Landkarte und eines Taschenrechners überhaupt möglich ist, besagt, daß ›Clementine‹ sich etwas verlangsamt und ihnen somit noch etwa eine Stunde und zehn Minuten bleiben, bis der Sturm an der Randzone des Auges wieder mit einer Stärke von über 40 Beaufort über sie hereinbricht.

María und Linda stoßen auf eine Tante und eine Cousine, beziehungsweise eine Tante von María und eine Cousine von Linda, und sie trennen sich, um sich ihren jeweiligen Familien in einem großen Schutzraum anzuschließen, den der ganze Clan improvisiert hat.

Also ist nur noch Luisa übrig, und als die anderen Mädchen gegangen sind, fängt Luisa an zu weinen. »*No llores*«, murmelt Naomi, bis ihr dann der Unsinn dieser Worte bewußt wird, denn das kleine Mädchen muß den Tränen freien Lauf lassen, und ausserdem hält Luisa sie dadurch nicht auf. Sie geht wieder zu Pablos Haus zurück.

Es ist warm, der Himmel blau, und wäre da nicht das schluchzende Kind – und die Trümmerlandschaft, die an Berlin, Hiroshima oder Port-au-Prince auf alten 2-D-Photos des vorigen Jahrhunderts beziehungsweise an Washington nach dem *Blitz* erinnert – Naomi würde die Wärme und das Licht fast genießen. Sie nimmt es in sich auf, wie sie die Tasse mit frischem Wasser trinkt, die ihr von einer Frau angeboten wird, die große Eimer schleppt – gierig, bis zur Neige, im Bewußtsein dessen, was kommen wird.

Zwei Dinge erstaunen sie indes: daß nur wenige Leute, vielleicht zehn, das Angebot eines guten Schutzraumes annehmen und daß kaum jemand versucht, Verschüttete aus den Trümmern zu bergen. Schließlich wendet sie sich an einen großen, muskulösen Mann, der ihr vage als stellvertretender Vorsitzender des örtlichen Pächterverbandes in Erinnerung ist. »Das habe ich mich auch schon gefragt«, erwidert er seufzend. »Aber jetzt, wo ich darüber nachdenke, sucht sich kaum jemand einen besseren Schutz, weil die alten Zufluchtsorte ja auch schon ziemlich gut sein müssen, wenn sie den Sturm bisher überstanden haben; andernfalls wären die Menschen, die nur unzureichend oder gar nicht geschützt waren … nun, sie wären einfach nicht mehr hier. Und selbst wenn man einen Verwandten oder Freund ausgräbt, stellt sich die Frage, ob er oder sie überhaupt noch lebt, ob es einen Arzt, Medikamente oder sonst irgendwelche Hilfe gibt. Und die Wahrscheinlichkeit ist groß, daß er oder sie nicht mehr lebt … und was geschieht dann mit den Leichen? In den Schutzräumen dürfen sie wegen der Seuchengefahr nicht gelagert werden. Sie einfach auf die Straße legen, geht auch nicht – der Sturm wird sie auf Nimmerwiedersehen verschwinden lassen. Und wir haben auch keine Zeit, Gräber auszuheben. Also bleiben die Leichen am besten, wo sie sind … und wenn es wirklich noch Überlebende unter den Trümmern gibt … nun, sie sind die längste Zeit am Leben gewesen. Vielleicht halten sie ja auch durch, bis wir sie bergen. Das klingt zwar sehr hart, aber andere Möglichkeiten bestehen nicht.«

Sie nickt, und beim Weitergehen sagt Luisa: »Unser Haus hatte an der Südseite ein großes Aluminiumfenster von Sears. Es war Mamas ganzer Stolz, aber die Leute von Sears hatten es nicht sehr gut montiert. Sie sagten, sie könnten den Rahmen nirgendwo richtig befestigen …«

Naomi legt den Arm um das Kind, und Luisa weint sich an ihrer Schulter aus. »Ich bin ja da, und du kannst bei mir bleiben. Und vielleicht finden wir deine Mutter doch noch. Die Türen einiger Schutzräume sind blockiert, so daß die Leute zwar in Sicherheit sind, aber nicht hinauskommen. Aber du kannst bei mir bleiben, solange es nötig ist. Und solange du bei mir bist, werden wir zusammen nach deiner Mutter suchen.«

Dadurch versiegen Luisas Tränen zwar noch nicht, aber immerhin schwächt das Weinen sich zu einem Schniefen ab. Eilig suchen die beiden den Schutzraum auf; am Horizont kriecht bereits der Rand des Auges über das Land, eine dunkle Wolkenwand, und die Sonne wird gleich ausgeblendet werden.

Als sie sich dann in Sicherheit befinden, nimmt Naomi sich vor, die nächsten zwei Wochen überhaupt nichts zu tun, höchstens Dinge, die ihr Spaß machen, bei denen sie früher jedoch immer Schuldgefühle verspürte. Und jeden Abend wird sie ihre Eltern anrufen und sie mit detaillierten Meldungen schockieren. Sie lacht über diese Vorstellung, wobei es ihr egal ist, ob jemand das sieht oder falsche Schlüsse daraus zieht. Unglaublich, daß sie erst dem Tod ins Auge sehen mußte, um ein Leben nach ihren Vorstellungen zu führen.

John Klieg quittiert den Bericht aus Mexiko mit einem Lächeln. Die Starteinrichtung der mexikanischen Regierung hatte nicht genügend Kapazitäten, eine substantielle Nutzlast ins All zu schicken, und außerdem handelte es sich nur um eine Franchise-Kopie einer normalen japanischen Startanlage. Nein, seine Meteorologen verheißen ihm den ersten Preis – das Auge von ›Clem Zwei‹ wird direkt über die Landenge von Tehuantepec hinwegziehen, in die Bucht von Campeche einschwenken und dort die Hölle entfesseln. Der Übersichtlichkeit halber ist der Pfad über die Landenge auf der Karte markiert – er verläuft parallel zur Bundesstraße 185.

Bisher war sein kleines Team – das von der unersetzlichen Glinda zusammengestellt wurde – so gut wie die NOAA und zuweilen (weil die Leute an einem spezifischen Problem arbeiten) sogar noch besser.

Und wenn sie recht haben, ist der Atlantik überfällig für eine ›Kaskade‹ von Hurrikanen. Sobald ›Clem Zwei‹ sich wieder über warmem Wasser befindet, wird er einen Fallstrom erzeugen. Unter dem Einfluß der schwachen Höhenwinde über der Karibik schlägt ›Clem Zwei‹ dann einen erratischen Kurs ein und produziert dabei viele weitere Hurrikane – die ihrerseits wieder ›Ableger‹ erzeugen werden. Bald wird der Atlantik sich in einen wahren Hexenkessel verwandeln, weil die Methan-Anreicherung ihn schon so aufgeheizt hat, daß die Hurrikane dem ganzen Verlauf des Golfstroms folgen und schließlich über Europa hereinbrechen werden.

Der einzige Wermutstropfen besteht indessen darin, daß Glinda sich noch immer in Canaveral aufhält, aber dem wird schnell Abhilfe geschaffen werden. Sie leitet nämlich die Evakuierung des Stammpersonals von *GateTech*, das zum Teil nach Birmingham, Alabama (noch in potentieller Reichweite des Hurrikans, aber dennoch in relativer Sicherheit) und zum Teil hierher, nach Novokuznetsk, verlegt wird. Mit etwas Glück ist die Aktion in zwei Tagen abgeschlossen, und dann kommen Glinda und Derry wie der geölte Blitz zu ihm.

Es ist schon irgendwie komisch. Er vermißt Glindas Effizienz, ihren Sinn für Humor und Derrys kindliches Wesen, und ganz sicher vermißt er den Sex mit Glinda; was ihm aber am meisten fehlt, ist dieses Gefühl der Ganzheitlichkeit, das Gefühl, daß er etwas für andere aufbaut. Im nachhinein fragt er sich, wie er sein bisheriges Leben überhaupt ausgehalten hat.

Er wendet sich wieder der Phalanx von Bildschirmen zu, die er aufgebaut hat. Die Monitore sind im Grunde ebenso nutzlos wie die in Canaveral, aber in seiner Karriere als Geschäftsmann ist Klieg fast nur vor solchen Geräten fotografiert worden, und daher war es eine gute Idee, die Einheimischen daran zu erinnern, wer er ist. Auch so eine Inspiration von Glinda … er sollte sie wirklich fragen, ob sie vielleicht wüßte, wo man hier einen *Shoney's* mit englischsprachiger Bedienung eröffnen könnte.

Auf einem Bildschirm erscheint ein Lichtpunkt, und er wendet den Blick dorthin; das blinkende Symbol meldet den Eingang einer wichtigen Nachricht, die er nun durchliest.

Er schürzt die Lippen, stößt einen Pfiff aus und grinst. Nun geht es richtig los. Sämtliche Indizien, ganz zu schweigen von einem ziemlich elastischen Eigentumsbegriff auf der Mondbasis, verraten, daß man einen Konkurrenzbetrieb in Sachen Weltraumflüge eröffnen will, wobei die Satelliten im All gebaut und auch dort gestartet werden sollen. Und ohne Zweifel haben sie noch ein As im Ärmel, wo sie nun laut Aussage seines technischen Stabes einen riesigen Schatten aus dem Weltraum über den Pazifik werfen wollen.

Zunächst ruft er Hassan an. Dies ist indessen nicht so sehr eine Geste des Respekts – die beiden respektieren sich wohl, ohne das jedoch übermäßig zu zeigen – oder ein Versuch, sich bei ihm einzuschmeicheln; es verhält sich einfach so, daß Hassan über mindestens genauso viel Einfluß verfügt wie Klieg und daß sie sich in dieser Sache miteinander abstimmen müssen.

Nach den üblichen Begrüßungsfloskeln kommt Klieg gleich zur Sache: »In den Staaten gibt es ungefähr ein Dutzend Kongreßabgeordnete, die nach meiner Pfeife tanzen – unser Kongreß achtet normalerweise darauf, daß die Regierung von privaten Anbietern kauft, selbst wenn das viel teurer kommt, denn die Unternehmer sind das Rückgrat des Landes.«

»Ich wünschte, mein Land wäre auch so aufgeklärt.«

»Sie sagen es.« Nun zählt Klieg die einzelnen Punkte an den Fingern ab. »In einigen meiner Unternehmensbereiche stecken beträchtliche geheime japanische Beteiligungen, und das werde ich ausnutzen – es wird nämlich eine Menge Ärger geben, wenn die Sache auffliegt, und sie wird auffliegen, wenn die Japaner keinen Protest gegen die Expansion der Amerikaner in ihren Sektor der Mondbasis einlegen. Dasselbe gilt für die Franzosen, nur daß ich eine Filiale in Paris und Einfluß auf die Legislative in Brüssel habe ... und ich werde das dort erst klären, bevor ich mich mit der Generalversammlung in New York anlege.«

Hassan nickt. »Mein Freund, ich sehe, worauf Sie hinauswollen, aber glauben Sie denn, Sie hätten damit Erfolg?«

Klieg spricht aus Erfahrung, als er entgegnet: »Ich wüßte nicht, warum es nicht funktionieren sollte, Hassan.«

Der nickt bedächtig; der Effekt ist am Bildtelefon noch wirkungsvoller, als wenn sie sich direkt gegenübersitzen würden. »Angesichts Ihrer aktuellen Prognosen, die bis zu einer Milliarde Toten verzeichnen – und die anderen Prognosen dürften wohl das gleiche melden –, in Anbetracht der buchstäblichen Auslöschung von Ländern wie den Niederlanden und Bangladesh, den katastrophalen Schäden und der Zerstörung ganzer Städte ... und mit dem Schicksal von Honolulu vor Augen ... nun, mein Freund. Glauben Sie denn, sie würden keine Gegenmaßnahmen ergreifen?«

»Ja, vielleicht am Anfang. Aber dann kommt es auch nicht mehr darauf an. Als ob man jemandem die Schnürsenkel zusammenbindet. Deswegen ist der Betreffende noch lange nicht gelähmt, sondern man hält ihn nur solange auf, bis er den Knoten gelöst hat. Sie müßten all meine kleinen Hindernisse beseitigen – und vielleicht auch noch die von Ihnen?«

»Darüber habe ich gerade nachgedacht.«

»Nun, alles, was wir brauchen, ist Zeit. Wenn es erst einmal losgeht, wird die Bevölkerung die Regierung zur schnellsten Lösung drängen. Und diese Maßnahmen werden uns phänomenale PR-Erfolge bescheren –

für die nächsten zehn Jahre hätten wir dann praktisch Narrenfreiheit.«

Hassan nickt. »Es scheint einen Versuch wert. Ich habe ein paar Freunde in den Regierungen einiger kleinerer Länder; bei der Auseinandersetzung mit der Generalversammlung werde ich Ihnen sicher helfen können, zumal manche dieser kleinen Länder sich von den Modalitäten des Zweiten Bundes benachteiligt fühlen. Wie steht es mit den Medien?«

»Ich habe meine beste Mitarbeiterin damit beauftragt.«

»Miss Gray?«

»Woher wissen Sie das?«

Hassan grinst ihn zähnebleckend und ohne jeden Humor an. »Wer ist denn *mein* bester Mitarbeiter?«

»Pericles Japhatma; ich kenne ihn aber nicht persönlich. Schon gut. Ich habe verstanden.« Nie wieder wird einer den anderen nach seinen Informationsquellen aushorchen. Nach einer angemessenen Pause sagt Klieg schließlich: »Nun, dann sind wir uns wohl einig. Es wird auf jeden Fall problematisch werden, die Regierung davon abzubringen. Im Grunde ist es nämlich eine Frage des Prinzips – wenn unsere Regierung oder irgendeine Regierung so etwas selbst erledigt, dann wird es Jahrzehnte dauern, bis solche Aufgaben wieder an die Privatwirtschaft übertragen werden. Wenn dem Sozialismus erst einmal Tür und Tor geöffnet sind …« Seufzend breitet Klieg die Hände aus.

»Genau«, bestätigt Hassan. »Diese Nation trägt nach all den Jahren noch immer am Erbe der Sowjetunion. Dann werden wir der Welt eben einen Gefallen erweisen – und uns obendrein, was?«

»Nur so läuft's, Genosse«, erwidert Klieg, und diesmal kommt das Lächeln auf beiden Seiten von Herzen. Nachdem Hassan aufgelegt hat, führt er den ganzen Vormittag weitere Telefonate, und als Glinda schließlich Vollzug meldet, hat sein Terminkalender schon Eselsohren.

Diogenes Callare ist sich der Verantwortungslosigkeit seiner Handlung durchaus bewußt – um es vorwegzuschicken, er hatte vom *Zipline* aus schon zwei Telefonate geführt –, aber er mußte Lori und die Kinder einfach wiedersehen und hatte auch eine Erholungspause nötig, so daß er im *Zipline* schlief, anstatt zu arbeiten. Außerdem hat Lori den *Schlächter in Gelb* soeben fertiggestellt, so daß sie in einem feinen Restaurant – mit Kinderbetreuung – ausgiebig tafeln werden. Das geht zwar ordentlich ins Geld, aber »allein durch den Umsatz in der ersten halben Stunde nach Erscheinen des Buches wird das mehr als ausgeglichen«, zerstreut Lori seine Bedenken.

»Na gut.« Er schwenkt den temperierten Rotwein und schaut sie über das Glas hinweg an. »Es ist wirklich komisch; von Polizisten, Feuerwehrleuten und Soldaten wird ganz selbstverständlich erwartet, daß sie ihre Familien und fremde Menschen schützen. Aber ein Meteorologe soll das nicht tun dürfen.«

»Iß deine Lasagne«, sagt sie, »anstatt morbide zu werden.«

»Ja, richtig, ich werde morbide«, bestätigt er, »aber ich habe schließlich recht.«

»Aah. Und die Lasagne ist noch heiß.«

Es stimmt, sie ist sehr gut. Nach einer Weile ergreift er ihre Hand und sagt: »Es ist nur ... ich bin eben sehr gern mit dir zusammen. Erst in diesem Monat ist mir klar geworden, wie gern ich zu Hause arbeite. Und weil die Methankonzentration in der Atmosphäre die nächsten zehn Jahre erhöht ist ...«

»Das ist doch jetzt müßig«, sagt sie lächelnd und stupst ihn mit dem Zeigefinger auf die Nase. »Iß. Oder wechsle das Thema. Oder mach deiner Frau ein paar Komplimente, daß sie sich bei dieser kurzen Vorwarnzeit fein gemacht hat und mit dir ausgegangen ist.«

Das entlockt ihm ein Lächeln; sie sieht in der Tat blendend aus. Er mustert sie eine Minute lang intensiv und läßt den Schwung des blonden Schopfes und die großen, strahlenden Augen auf sich wirken… er läßt den Blick über den pinkfarbenen Pullover wandern (er schmeichelt ihr wirklich)… »Teufel, ja«, sagt er dann. »Von allen Leuten hier siehst du am besten aus.«

»Danke. Ich weiß, daß du dir wegen des Hurrikans Gedanken machst, der Kurs auf die Karibik nimmt. Aber am meisten sorgst du dich sicher wegen Jesse, Di.«

Er hebt eine Schulter, was nicht mehr besagen soll, als daß er ihre Worte vernommen hat. »Er ist schließlich schon fast erwachsen und wird auch allein zurechtzukommen, es sei denn, er begeht eine Dummheit. Ich wüßte gern, wie es ihm geht, aber zur Zeit sitzt er sicher in einem Schutzraum und hofft, daß der Sturm bald nachläßt. Wenn die Zivilisation dieses Chaos überlebt, wird er sicher ein paar nette Geschichten zu erzählen haben. Und bis dahin kann ich nichts für ihn tun, sondern nur hoffen, daß er in Sicherheit ist.« Nun stellt er fest, daß er den Wein schneller als beabsichtigt ausgetrunken hat.

Seufzend nimmt Lori seine Hand. »Du kannst nicht die Last der ganzen Welt tragen, Schatz. Wirklich nicht.«

Er grinst und drückt ihre Hand. »Das war vorhin gar nicht so müßig«, meint er. »Solange die Methankonzentration in der Atmosphäre erhöht ist, müssen wir mit gigantischen Wirbelstürmen rechnen, und die NOAA wird die Vorgänge dokumentieren…«

Erneut legt sie ihm die Hand auf die Lippen, und als sie sicher ist, daß er schweigt, füllt sie ihm wieder das Weinglas. »Trink.« Sie neigt den Kopf leicht zur Seite und mustert ihn wie ein Vogel, der nicht genau weiß, ob es sich bei dem Objekt vor ihm um einen Regenwurm handelt. »Jetzt hör mir mal genau zu. Es gibt zwei Möglichkeiten. Die eine besteht darin, daß die Zivilisation die Stürme *nicht* übersteht und daß unsere

Familie sich irgendwie durchschlagen muß. Diese Aussichten sind wohl alles andere als erfreulich, aber sie werden auch dadurch nicht besser, wenn du dem Genuß eines zivilisierten Abendessens entsagst. Die zweite Möglichkeit besteht darin, daß die Zivilisation zwar überdauert, die Stürme aber noch jahrelang weitertoben. Dann wird das alles zur Routine – und wenn es einmal Routine geworden ist, hast du auch wieder Freizeit. So einfach ist das.«

Das ist plausibel; er nickt und widmet sich wieder seinem Essen. Immer wieder schielt er zu ihr hinüber, um zu sehen, ob sie traurig oder angespannt wirkt; aber ob sie die Sorgen nun verdrängt oder von Natur aus optimistisch ist, sie lächelt ihn nur an. So fügt es sich, daß der Wein, seine liebende Frau und die Aussicht, heute *nicht* in einem Hotel in Washington übernachten zu müssen, seine Stimmung doch noch deutlich heben. Sie tanzen sogar ein paarmal zur Musik der Band in der oberen Etage, bevor sie die Kinder aufsammeln, ins Auto steigen und es für die Heimfahrt programmieren; während des Fahrzeug automatisch nach Hause fährt, schlafen alle. Als sie dann daheim angekommen sind, wird der Genuß, zusammen mit Lori im Bett zu liegen, nur dadurch getrübt, daß er bald wieder einschläft.

Als Di am nächsten Morgen wieder im *Zipline* sitzt, ist er zuversichtlich, das Problem zu bewältigen.

* * *

Weil das Auge von ›Clementine‹ nicht über sie hinwegzieht, haben Jesse, Mary Ann und die Kinder keine Gelegenheit, vor die Tür zu gehen, aber das macht im Grunde auch nichts. Jesse geht der Gedanke durch den Kopf, daß weder die Herreras noch ihre Enkel, Neffen und Nichten jemals so komfortabel gewohnt haben.

Sie durchleben achtundvierzig triste Stunden, wobei

wahre Sturzbäche an den Fenstern hinabströmen und Tag und Nacht nur durch den Unterschied von fast dunkel und völlig dunkel markiert werden. Der Sturm tobt mit unverminderter Heftigkeit, und oft prallen schwere Objekte gegen die Mauern des Hauses, aber sonst ereignet sich draußen nicht viel.

Jesse bringt den Kindern Monopoly bei und stellt verdutzt fest, wie schnell sie es lernen; er fragt sich, ob Naomi ihn deshalb als Verderber der Jugend schmähen würde. Hoffentlich ist sie so vernünftig gewesen, oben in Oaxaca zu bleiben! Weil sie keine Nachrichten empfangen, wäre es immerhin möglich, daß Oaxaca doch schwerer als erwartet in Mitleidenschaft gezogen wurde oder daß die Nordküste sicher ist; weil eben keine neuen Informationen hereinkommen, muß Jesse seine Hoffnungen auf die Situation vor Ausbruch des Sturmes gründen.

Irgendwie mutet ihn der Anblick seltsam an, wie Mary Ann mit den Kindern spielt. Er weiß, daß ihre Liaison vielleicht nicht von Dauer sein wird. Es liegt nicht daran, daß sie älter oder viel erfahrener ist als er – der eigentliche Reiz hat darin bestanden, sich miteinander zu arrangieren.

Im Grunde liegt es an Jesse. Wie so viele Amerikaner Anfang Zwanzig ist er noch nicht bindungsfähig; er empfindet zwar tiefe Gefühle und Leidenschaft, aber keine richtige Liebe. Solange er mit Leuten seiner Altersgruppe zusammen ist, fällt das auch nicht weiter auf, aber wo Mary Ann Waterhouse – vorausgesetzt, sie fände den richtigen Mann – sich durchaus vorstellen könnte, jeden Morgen neben diesem Mann aufzuwachen, bis daß der Tod sie scheidet, und somit weit in die Zukunft (und in die Vergangenheit) extrapoliert, lebt Jesse wie ein Kind nach wie vor nur in der Gegenwart. Er ist wohl imstande, Gefühle für jemanden zu entwickeln und auch eine gewisse Kontinuität im Umgang mit anderen an den Tag zu legen, aber die Fragen, die verliebte Erwachsene sich stellen – einschließlich des heiklen Punkts, ob man die Verbindung unter Umständen lösen sollte – kämen Jesse nie in den Sinn.

Aber wenn er auch noch zu jung für die Liebe ist, ist er doch schon alt genug, um das zu wissen, und als er Mary Ann ins Spiel mit den Kindern vertieft sieht, wie sie eine antiquierte Tastatur bearbeitet… da wird ihm bewußt, daß er, wenn er schon soweit wäre, sie sofort nehmen würde.

Sofern sie ihn überhaupt haben wollte – schließlich ist sie es, die am meisten in eine Beziehung einzubringen hätte, nicht nur in finanzieller, sondern auch in geistiger, seelischer und nicht zuletzt sexueller Hinsicht. Dies ist indessen eine etwas schmerzhafte Erkenntnis.

Am späten Abend liegen Jesse und Mary Ann im Obergeschoß in der Badewanne und schrubben sich im Kerzenlicht gegenseitig den Rücken; durch das Oberlicht sehen sie den sintflutartigen Regen, der zuweilen durch die flackernden Kerzen angestrahlt wird. Jesse schätzt den Stand des Wassers über dem Oberlicht auf mehrere Zentimeter; von hier unten wähnt er sich direkt auf dem Meeresgrund.

Sie legt den Kopf auf ihre Schulter, und Jesse registriert mit Wohlgefallen, daß trotz der nach wie vor unnatürlichen Rotfärbung ihres Haars am Ansatz ein strohblonder Farbton zum Vorschein kommt; um ihre natürliche Haarfarbe wiederzuerlangen, müßte sie sich einen Bürstenschnitt verpassen lassen, aber es wäre immerhin möglich.

Während er ihr den Rücken schrubbt, stellt er fest, wie zierlich sie doch ist und begreift, daß sie die Stelle beim XV gerade wegen ihrer zarten Statur bekommen hat. Beim Einseifen ertastet er ihre operativ verkürzten Rippen, den Innengürtel, die zusätzlichen Bänder zur Abstützung der enormen Brüste und die verheilten Operationsnarben. Er versucht, sich über seine Gefühle angesichts all dieser Narben und Male klar zu werden, als er mit den Händen darüberfährt; er würde gern sagen, es gefiele ihm, weil es ein Teil von ihr ist, aber das stimmt einfach nicht – genauso wenig verspürt er jedoch Zorn über das, was ›ihr angetan‹ wurde, denn schließlich hat sie es ja freiwillig machen lassen und ist außerordentlich gut dafür honoriert worden. Manchmal glaubt er, daß ihm die Berührung ihrer Narben und ›Anbauteile‹ gefällt, weil es ihr etwas Puppenhaftes verleiht, aber das stimmt auch nicht – ihr Körper wirkt einfach fremder auf ihn als die Körper anderer Frauen.

Vielleicht gefällt es ihm auch nur, Mary Ann zu berühren, vor allem an den ungewöhnlichsten Stellen.

Sie hingegen wäscht ihn gründlich und mit etwas Nachdruck – er hat ihr schon oft gesagt, er würde sich ›gestriegelt‹ vorkommen, und sie hat ihm mindestens genauso oft zu verstehen gegeben, daß es ihr Spaß macht. Nachdem sie sich abgetrocknet und auf dem Bett ausgestreckt haben, gleiten sie mit den Händen über Oberkörper und Genitalien und küssen sich die Brustwarzen, als sie plötzlich von einem Geräusch aufgeschreckt werden …

Zunächst hört Jesse nur den gegen die Mauern platschenden Regen und den heulenden Wind, aber das dürfte für einen Hurrikan wohl normal sein.

Dann merkt er es jedoch. »Der Sturm wird schwächer«, sagt er, »wahrscheinlich nur noch Gewitterstärke. Vielleicht sehen wir morgen schon etwas.«

Sie stößt einen leisen Jubelschrei aus, rollt sich auf ihn und küßt ihn innig; er spürt eine aufkommende Erektion, und sofort hat sie seinen Penis in der Hand, streichelt ihn mit schnellen Bewegungen und sorgt so für die erforderliche Härte, bevor sie sich auf Jesse schwingt und sich ihn einführt. Während der Hurrikan sich zu einem normalen Sturm abschwächt, reitet sie ihn genußvoll und kommt dabei selbst.

Der Vorgang hat Ähnlichkeit mit einem XV-Porno, überlegt Jesse und erkennt gleichzeitig, daß sie ihm genau das geben will: nicht, wie sie wirklich ist, sondern wie er sie sich in seiner Phantasie vorstellt; das Krachen des Donners, das Tosen des Windes und das Flackern der Blitze über ihrem vom Kerzenlicht beschienenen Körper stimuliert ihn noch mehr, und er bäumt sich auf, als sie immer wieder kommt, in einer triumphalen, ekstatischen Woge.

»Das werden wir immer machen«, sagt sie und gibt seinen noch immer zuckenden, erschlaffenden Penis frei, »wenn wir eine große Sache überstanden haben. Ich wollte dir nur einen Anreiz zum Überleben bieten.«

Bald darauf ist sie in seinem Arm eingeschlafen. Sie hat sich mit dem Rücken an ihn geschmiegt, und seine Hand ruht auf ihrem merkwürdig festen, straffen Bauch, wobei die Finger auf den Narben des Innengürtels herumspielen. Sie haben die Kerzen ausgeblasen, und jetzt gibt es nur noch den heulenden Wind und den strömenden Regen. Nach dem großartigen Sex ist er wohlig müde, aber ein Gedanke läßt ihn nicht zur Ruhe kommen – während er sich gerade ›bewährt‹ und die Angst unterdrückt hat, die er in Anwesenheit der Herrera-Kinder verspürt hatte, war es nämlich Mary Ann, die die Situation voll im Griff hatte.

Jesse versucht, sich seinen eigenen Tod vorzustellen, aber es gelingt ihm nicht; er weiß jedoch, daß die Frau, die er in den Armen hält, sich ihren Tod schon vorgestellt, es ausgehalten und ihre Angst vor ihm verborgen hat. Er kommt zu dem Schluß, daß sie nicht nur älter und reifer ist als er. Sie ist einfach zu groß und wundervoll für ihn.

In ihm keimt der Vorsatz, sich ihr als ebenbürtig zu erweisen, und er überlegt noch eine Weile, ob er dazu überhaupt in der Lage ist. Schließlich wird er von einem tiefen und traumintensiven Schlaf übermannt, aber er erinnert sich an keinen davon. Am frühen Vormittag wachen sie durch die lautstarke Unterhaltung der Herreras auf – sie sind auch erst spät zu Bett gegangen und haben die erste richtige Morgendämmerung seit Tagen verschlafen. Es ist zwar noch immer stürmisch, aber das Tageslicht ist unverkennbar.

Im Vergleich zum ersten Durchgang von ›Clem Zwei‹ mutet Naomi dieser Sturm wie eine milde Brise an. Die Batterien machen bald schlapp, aber wenigstens gibt es in diesem tiefen Keller Lebensmittel, menschliche Gesellschaft, Trinkwasser und sogar eine Toilette ... und, was das Wichtigste ist, sie hat keine Angst. Sie findet sogar etwas Schlaf.

Die Leute singen oder machen Wortspiele in der Dunkelheit. Naomi spricht nicht besonders gut Spanisch, aber für diese Art der Unterhaltung reicht es, und immer, wenn sie erfolgreich an einer Runde teilgenommen hat, gibt es großen Applaus. Und die gemeinsamen Sangesübungen machen auch Spaß.

Als der Sturm sich zu Windböen und der Regen zu einem Nieseln reduziert haben, ist es schon dunkel, und ihre Gastgeber laden sie ein, die Nacht auch noch im Keller zu verbringen, bevor sie sich ins Freie wagen; draußen ist alles totenstill.

Also rollen sie sich wieder zusammen, wobei sie die Wärme und die Nähe der anderen suchen. Es ist sehr ruhig und angenehm, und Naomi verdrängt den Schlaf noch eine Weile, um dieses Gefühl bewußt zu genießen.

Dabei weiß sie sehr wohl, daß sie mit ihrem Hang zur Reinlichkeit den Gestank hier unten eigentlich unerträglich finden müßte, der weniger von dem Gemisch aus Kot und Bleichlauge in der unzureichend abgedichteten Toilette ausgeht als vielmehr von den vielen Leibern, die eine Wäsche dringend nötig hätten. Aber im Moment stinkt sie wie alle anderen auch, und irgendwie hat das ... nun, etwas Demokratisches.

Dann fragt sie sich, ob die Tatsache, daß sie sich über den Körpergeruch anderer Menschen echauffiert, nicht vielleicht ein Ausdruck unterschwelligen Rassismus sei. Neben einem Regal hat sie sich aus alten Badetüchern ein Lager bereitet, und auf diesem rollt sie sich nun zusammen und ergeht sich eine Zeitlang in Selbstanklagen – sie weiß nämlich, daß die Leute hier alle reinlich sind und daß die Dusche am Abend auch Bestandteil ihres Lebens ist ...

Und jetzt quält sie die Frage, ob die Kenntnis der Tatsache, daß dies eine ›gepflegte‹ Kultur ist, nicht auch latenten Rassismus darstellt.

Dann erinnert sie sich daran, daß sie vor zwei Tagen, als sie schon glaubte, ihr letztes Stündlein hätte geschlagen, den Vorsatz gefaßt hatte, sich nicht mehr mit solchen Überlegungen zu belasten. Und nun ist sie wieder unter Menschen. Zeit, ein neues Leben zu beginnen, wie auch immer es aussehen wird. Mit diesem angenehmen Gedanken driftet sie in einen süßen Schlummer ab.

Als sie erwacht, laufen die Leute alle durcheinander, und es dauert eine Weile, bis sie den Unterschied bemerken: es ist weder Regen noch Wind zu hören. Sie springt auf, um sich sofort der Rettungsmannschaft anzuschließen. Es wird wohl noch eine Zeitlang dauern, bis sie die alten Gewohnheiten abgelegt hat, aber sie wird es schon schaffen.

Bis dahin wird sie ihren Beitrag leisten, sich aber nicht wie Mutter Teresa gebärden.

Die vordringlichste Aufgabe besteht zunächst sowieso darin, die Außentür aufzustemmen, und das ist harte Knochenarbeit. Zum Glück gibt es etliche Männer in der Gruppe, und als sie erst einmal ermittelt haben, daß bloß etwas Schweres auf der schrägen Kellertür liegt, wissen sie, daß sie wohl mit einigen kräftigen Stößen freikommen werden.

Sie verwenden einen Balken als Rammbock und hoffen, dadurch die Tür von ihrer Last zu befreien. Niemand wirkt sonderlich beunruhigt – es besteht keine unmittelbare Dringlichkeit, den Schutzraum zu verlassen, und überhaupt dürften die Bergungstrupps schon unterwegs sein.

Als alle Männer sich auf der niedrigen Treppenflucht unterhalb der Tür postiert haben, schwingen sie den Rammbock und lassen ihn bei jedem dritten Schwung gegen die Stahltür krachen: ›*Uno, dos, tres!*‹ *Bumm!* Daraufhin wird das nächste ›*uno, dos, tres!*‹ von rutschendem Schutt übertönt.

Als das achte *Bumm* durch den Keller hallt und dumpf von den Lehmwänden verschluckt wird, dringt ein greller Blitz durch die Tür, und die Männer taumeln mit einem Schrei zurück, wobei sie den Balken fallen lassen und die Hände vors Gesicht schlagen. Es folgt eine unheimliche Stille, als alle sich fragen, was draußen wohl auf sie wartet; in ihren Angstphantasien verquicken sich Bilder der von Atombomben zerstörten Städte – Hiroshima, Nagasaki, Port-au-Prince, Kairo, Damaskus, Washington, und einen schrecklichen Augenblick lang glauben sie, ein Atomkrieg sei ausgebrochen...

»El sol«, sagt eine alte Frau neben Naomi, und dann flüstert die Menge im Keller wie in Trance »el sol«, woraufhin alle in Gelächter ausbrechen.

Das helle Sonnenlicht blendet die Menschen, die sich viele Stunden im Dunklen aufgehalten hatten. Die Männer wenden den Blick von der Tür ab und schwingen erneut den schweren Balken, zwölf Schwünge, vier Treffer – und bei diesem letzten Treffer ertönt ein Stöhnen und Rumpeln, wie entfernter Donner, und etwas rutscht kratzend die Tür hinab und fällt krachend zur Seite.

Einer drückt gegen die Tür – und sie fliegt auf.

Als das helle Licht hereinflutet, erfolgt ein kollektives Aufstöhnen, und alle schlagen die Hände vors Gesicht, aber die Wärme und Trockenheit sind so verlockend, daß sie mit beschirmten Augen und gesenktem Kopf ins Freie treten.

Naomi torkelt zusammen mit den anderen nach draußen, wobei sie die Augen mit dem Unterarm beschattet, nur auf ihre Füße schaut und der Menge hauptsächlich aufgrund des Tastsinns folgt. Dann betritt sie die erste Stufe.

Nach dem ohrenbetäubenden Tosen des Sturmes und der Grabesstille im Keller dringt nun ein solcher Lärm auf sie ein, daß sie nicht imstande ist, die verschiedenen Geräusche zu sortieren.

Als sie jedoch den Treppenabsatz erreicht hat, hört sie aufgeregte Rufe. Sie nimmt den Arm herunter und sieht vor sich ein Fahrzeugwrack.

Das war einmal ein kleines Automatik-Auto gewesen; vielleicht hatten die Kinder beim Versuch, nach Hause zu fahren, aus Versehen die Steuerautomatik deaktiviert. Das Auto verfügt über einen Not-Aus-Schalter für das Radar/Ultraschall-System, welches das Fahrzeug automatisch steuert – aber manchmal fallen diese Systeme auch ohne ersichtlichen Grund aus, insbesondere dann, wenn auf manuelle Steuerung umgeschaltet wird. Aber selbst dann hätten die Kinder das Auto noch sicher zum Stehen bringen können. In diesem Augenblick hat der Sturm das Fahrzeug wohl erfaßt und durch die Gegend geschleudert.

Sie waren nicht angeschnallt, und dem Zustand des Dachs und der Motorhaube nach zu urteilen, hat das Gefährt sich mehrmals überschlagen. Die vom Sturm sandgestrahlte Karosserie ist völlig lehmverschmiert; es gelingt Naomi nicht, die ursprüngliche Farbe zu identifizieren.

Die Kinder liegen reglos da wie Puppen; sie sind in dem sich überschlagenden Fahrzeug umhergeschleudert worden und weisen überall Quetschungen auf; ihre Hemden sind blutverkrustet. Arme und Beine sind so zertrümmert, daß sie überhaupt nicht mehr wie menschliche Gliedmaßen wirken.

Die Gesichter sind nicht zu identifizieren; nachdem

die Knochen zerschmettert wurden, sammelte sich das Blut in der unteren Gesichtshälfte, so daß die maskenhaft deformierten Gesichter der beiden eine schwarzblaue Färbung angenommen haben.

Einige Umstehende schreien auf, und es entbrennt eine Auseinandersetzung darüber, was nun zu tun sei. Kurz darauf werden die Kontrahenten der Entscheidung enthoben; zwei Polizisten nähern sich über einen Trümmerhaufen.

Die Leute werden aufgefordert, sich um ihre eigenen Belange zu kümmern und ›den Anschein von Plünderungen zu vermeiden‹, was wohl bedeutet, daß sie sich ruhig verhalten und nicht den Eindruck erwecken sollen, als ob sie etwas stehlen würden. Wie es heißt, wird die Armee morgen früh hier eintreffen; Fragen, was die Soldaten so lange aufgehalten hat, beantworten die Polizisten mit Achselzucken, und als einige Leute diese Frage etwas nachdrücklicher wiederholen, rollen sie nur die Augen. Kenn' sich einer mit der Armee aus.

Freiwillige beziehungsweise Leute, deren Besitz völlig vernichtet ist, werden gebeten, sich zum Zócalo zu begeben und sich dort den Rettungsmannschaften anzuschließen.

Naomi hält hier nichts, so daß sie wie selbstverständlich zum Zócalo geht, und doch stimmt etwas nicht, denn als sie dort ankommt, stellt sie fest, daß die meisten ›Freiwilligen‹ überhaupt nichts tun. Vielmehr sitzen sie herum, manche desorientiert, manche verzweifelt, und manche sitzen nur da und warten darauf, daß sich jemand ihrer annimmt. Sie weiß nicht recht, was sie davon halten soll. Es ist nicht einfach, die Leute, die vielleicht nicht einmal sich selbst helfen können, von den anderen zu unterscheiden, die aus irgendwelchen anderen Gründen nichts tun.

Außerdem fällt ihr auf, daß der Zócalo nun wieder vom warmen Licht der Sonne beschienen wird. Der fürchterliche Sturm hat ihn blankgefegt und die Trümmer in alle Richtungen verweht – Tehuantepec gleicht jetzt in der Tat einer Ruinenstadt –, und die Palmen, die den kleinen Platz früher gesäumt hatten, sind abgeholzt worden und liegen zersplittert im Schmutz, aber der Boden selbst ist angenehm warm, und es überkommt sie die Anwandlung, sich in der Sonne auszustrecken und ein ausgiebiges Nickerchen zu machen.

*So* sehr hat sie sich nun auch nicht verändert; sie verspürt mittlerweile wieder Langeweile, und fünf Minuten später registriert sie mit großer Erleichterung, daß der Lkw mit den Freiwilligen wieder vorfährt.

Sie wird einer nur aus Frauen bestehenden Rettungsgruppe zugeteilt, die den Auftrag hat, an Trümmerhaufen Horchposten zu beziehen. Sie sollen sich Töpfe oder Pfannen als Resonanzkörper an die Ohren halten, um so Bewegungen oder Hilferufe von Verschütteten zu orten.

Der stürmische Wind hatte die Trümmerhaufen wie Dünen mit hohen Kämmen formiert. Jetzt, wo der Sturm sich gelegt hat, bröckeln die meisten von ihnen ab und zerfallen. Außerdem sind manche Objekte in diesen Haufen sehr instabil und bewirken einen konstanten Abbau der rutschenden Schutthalden. Sie haben erst ein paar Trümmerhaufen durchsucht, als ihnen bewußt wird, daß die Suche sinnlos ist, solange sie niemanden schreien oder weinen hören; um eventuelle Überlebende zu bergen, ist es daher am besten, die Halden gleichzeitig zu durchsuchen, und zwar so schnell wie möglich.

Nachdem die Frauen bereits über ein Dutzend Trümmerhaufen durchsucht haben – Tehuantepec hat sich in ein aus Fundamenten und Schutthalden bestehenden Ruinenfeld verwandelt –, hören sie plötzlich ein Schluchzen. Schweigend graben sie mit Hacken, Spaten und Brechstangen, in ängstlicher Erwartung dessen, was sie wohl vorfinden werden – wird der Mensch, den sie ausgraben, so schwer verletzt sein, daß er die Bergung nicht übersteht oder sie nicht einmal mitbekommt? Werden sie ein hilfloses Kind bei seiner toten Mutter finden?

Schließlich stoßen sie auf den Leichnam eines Mannes; dem grauen Haar auf dem zertrümmerten Schädel nach zu urteilen muß er schon älter gewesen sein; wenn er durch einen der herumliegenden Trümmerbrocken erschlagen wurde, dürfte er nicht lange gelitten haben.

Der schwere Körper ist weich und biegsam; irgendwo hatte Naomi einmal gelesen, daß die Totenstarre nicht sehr lange anhält, oder vielleicht lag es auch nur daran, daß er unter den nassen Trümmern begraben war. Die Leiche riecht nicht verwest, aber als die Frauen sie bergen, fühlt sie sich kalt und glitschig an. Sie müssen zu viert anpacken – er wird sicher seine 120 Kilo gewogen haben –, wobei Naomi ihn an den Knien faßt, was ein hartes Stück Arbeit ist. Dann legen sie ihn in einer der vom Wind geschlagenen Schneisen zwischen den Schutthalden ab und stecken ihn in einen der Plastiksäcke, welche die Polizei von Tehuantepec den Bergungstrupps mitgegeben hat.

»Sollen wir ein Gebet für ihn sprechen?« fragt eine der Frauen.

»Überlassen wir das den Priestern – die werden auch bald hier sein«, erwidert eine andere, und dann schließen sie sich wieder ihrer Abteilung an, die währenddessen stetig weitergegraben haben.

Sie haben die Geräuschquelle fast erreicht, als sie ein Wimmern hören – Schreie eines Babys? Sollte etwa ein Baby unter diesen Trümmern überlebt haben? Naomi hat schon alle möglichen improvisierten Kinderwagen gesehen, und wenn das Baby in einem metallenen Gestell oder sogar in einer Badewanne lag …

Sie rennen alle los, um zur Stelle zu sein, wenn das Kind geborgen wird.

»Unter diesem Metall!« ruft eine Frau, und nun entfernt die ganze Truppe vorsichtig den Schutt von dem verrosteten Wellblech, um die Last so verringern, daß sie das Metall anheben können. Obwohl sie schnell arbeiten, scheint es eine Ewigkeit zu dauern. Schließlich versammeln sie sich alle um das Wellblech, um es anzuheben ...

Langsam heben sie es hoch und werfen es die Halde hinunter.

Eine hysterisch miauende Katze kommt zum Vorschein und verschwindet.

An diesem Tag gehen sie noch vier weiteren Geräuschquellen nach. Zweimal stoßen sie dabei auf Trümmer, die zu schwer für sie sind; sie müssen Bulldozer, Kräne und Winden anfordern, und sobald die Mannschaft mit dem Gerät vor Ort ist, setzen sie die Suche nach weiteren Überlebenden fort. Einmal bergen sie ein Schwein. Ein anderer Trümmerhaufen fällt mitten beim Graben zusammen und bringt die Geräusche zum Verstummen; obwohl sie intensiv weiterarbeiten, finden sie den Ursprung der Geräusche nicht.

Sie bergen so viele Tote, daß sie zweimal Nachschub an Plastiksäcken benötigen. Gegen Abend, als die Hitze die Trümmer getrocknet hat, verstärkt sich der Leichengeruch. Naomi hatte einmal ein Zimmer mit einer Studentin geteilt, die nur vorgab, Vegetarierin zu sein; beim Auszug hatte sie ein Pfund Hamburger im Kühlschrank vergessen, und genauso stinken auch diese Leichen. An der Luft entfaltet sich der Gestank der Exkremente und der metallische Geruch des Blutes erst richtig, so daß ihr eine Mischung aus diesen drei Duftnoten in die Nase steigt. Sie befürchtet, daß dieser Gestank sich auch im Haar und in der Kleidung festsetzt, und sie hat sich noch nie so sehr nach einem Bad gesehnt wie jetzt.

Als sie in der Abenddämmerung zum Zócalo zurückkehren, ist die Armee bereits angetreten und hat Zelte mit Duschen und eine Feldküche aufgebaut, die Suppe und Brot ausgibt. Wenn Naomi an der Dusche etwas beanstandet, dann nur die Tatsache, daß sie nicht die ganze Nacht darunter stehen kann; die vielen sich abschrubbenden Leute erinnern sie an die Gemeinschaftsdusche für Erstsemester im Studentenwohnheim.

Als es dann richtig dunkel geworden ist, sitzt Naomi mit dem Rücken an der Mauer der Kathedrale und verspeist eine Notration der Armee. Wie viele andere auch hat sie sich schon mehrmals einen Nachschlag geholt – die Soldaten mögen zwar erst spät eingetroffen sein, aber wenigstens sind sie gut ausgerüstet. Vielleicht hat die Armee aber auch nur nicht mit so vielen Todesopfern gerechnet.

Ein Mann liest auf spanisch laut Meldungen von einem Monitor ab, so daß jeder hört, daß ›Clem Zwei‹ in die Karibik durchgebrochen ist und sich über den Inseln austobt, wobei er alle paar Stunden einen weiteren Hurrikan erzeugt.

Sie muß an Jesses Bruder Di denken und fragt sich, ob der arme Kerl diese Woche wohl die Gelegenheit bekommt, seine Kinder zu sehen. Dann denkt sie an die vielen toten Kinder, die sie heute gesehen hat und an die etwa hundert verlassenen Kinder, deren Eltern sehr wahrscheinlich umgekommen sind, und die jetzt zusammengedrängt in einem großen Zelt auf der anderen Seite des Zócalo sitzen, während ein gutmütiger älterer Feldwebel jedem einzelnen Kind immer wieder die gleichen Fragen stellt.

Es ist ihr zwar peinlich, aber sie bricht in Tränen aus, und als die ältere Frau neben ihr den Arm um sie legt, weint Naomi sich an ihrer Schulter richtig aus. Die Tränen sind noch nicht ganz versiegt, und sie fühlt sich noch immer elend, als sie sich in eine der auf dem Boden ausgebreiteten Decken einwickelt.

Sie träumt vom ehemaligen Tehuantepec und seinen staubigen Straßen, den liebevoll gepflegten Häuschen, den melodischen Stimmen, den warmen Braun- und

Rottönen, die sich gegen den dunklen Nachthimmel abhoben – und in ihren Träumen wandert sie durch eine menschenleere Stadt, wo vor jedem Haus eine Anzahl weißer Kreuze steht. Sie möchte die Menschen aus den Häusern rufen, aber obwohl sie schon seit vielen Monaten hier arbeitet und sich in der Stadt bestens auskennt, fällt ihr nur der Name ihrer Mutter ein.

Irgendwann verschwinden diese Träume, und sie fällt in eine mehrere Stunden dauernde gnädige Bewußtlosigkeit, bevor die Soldaten die Leute wecken und ihnen ein schnelles *desayuno* mit Brötchen, Fruchtsaft und Kaffee servieren. Auf die Wurst verzichtet sie, obwohl sie den Geruch noch nie so verführerisch gefunden hat. Es ist ein wahres Festmahl, aber warum ist sie nur so hungrig, wo sie doch am letzten Abend erst so viel gegessen hatte? Vielleicht sind ihre Lebensgeister doch so stark … und vielleicht haben sie sich bisher nur noch nicht richtig entfaltet.

Nach dem Frühstück erwägt sie zwei Möglichkeiten: sie könnte hierbleiben, für weitere zwei Tage mit den Rettungsmannschaften arbeiten und sich so einen Platz auf einem der Militär-Lkw sichern, die wieder nach Oaxaca City zurückfahren; oder aber sie könnte sich den Flüchtlingen anschließen und die fünfunddreißig Kilometer zum *Zipline*-Kopfbahnhof nach Ixtepec marschieren. Wie es heißt, soll der *Zipline* schon wieder fahren.

Dabei stellt sich natürlich die Frage, ob die Armee, von der sie zumindest weiß, daß sie Fahrzeuge hat, oder die Regierung mit ihrem *Zipline*-Monopol, wobei man jedoch nie weiß, ob die *Ziplines* auch funktionieren, zuverlässiger ist. Schließlich entscheidet sie sich für den Marsch; zum Teil deshalb, weil die Armee sie schon einmal im Stich gelassen hat und sie nun den Líneas Rápidas Mejicanas die Chance geben möchte, sie im Stich zu lassen, und hauptsächlich deshalb, weil sie nach ihrer Entscheidung, sich in ihrem Leben mehr

Egoismus zu gönnen, sich nicht mehr verpflichtet fühlt, ihre Zeit mit dem Ausbuddeln von Leichen zu vertun. Vielleicht wird sie nach der Ankunft in Oaxaca ihren Vater anrufen und ihm sagen, daß es ihr gutginge. Vielleicht wird er dann fortan auf den Vortrag verzichten, sie würde ihm nicht mehr bedeuten als jeder andere Mensch auf Erden. Er sagt immer, alles Leben sei wertvoll, und sie habe durchaus ihren Stellenwert, aber die Erde selbst habe Vorrang vor allem anderen. Ihre Mutter vertritt diesen Standpunkt auch.

Nachdem sie diesen Entschluß gefaßt hat, schließt sie sich einer Gruppe an und begibt sich auf den langen Marsch. Von der Kuppe des ersten Hügels hatte man immer einen guten Blick über die Stadt – sie liebte das frühmorgendliche Panorama, wenn sie auf den Sechs-Uhr-Bus wartete und die warme Sonne die Stadt in ein goldenes Licht tauchte, das mit dem tiefblauen Himmel kontrastierte. Als sie jetzt nach unten schaut, stellt sie fest, daß sie eine schöne Aussicht auf die Ruinen hat.

Aber zumindest ist die Gegend nicht bis auf den blanken Fels abgetragen worden, wie es auf Hawaii der Fall war. Das hätte eine Sturmflut vorausgesetzt, aber zum Glück ist Mexiko ein gebirgiges und felsiges Land; an das Schicksal der Hafen- und anderen Küstenstädte denkt man im Moment aber lieber nicht.

Die Kathedrale steht noch, außerdem sechs oder sieben weitere Gebäude – und das war dann auch schon alles. Ansonsten ist Tehuantepec eine Ruinenstadt, deren Fundamente mit Schutt übersät sind. Die Stadt wird wieder auferstehen, sagt sie sich – sie befindet sich an einem natürlichen Knotenpunkt, und die Straßen existieren auch noch – aber bis auf den Namen wird die neue Stadt Tehuantepec mit der alten nichts mehr gemein haben.

Es wird schon heiß, aber der Marsch auf der staubigen Straße ist immer noch besser als die Suche nach

Verschütteten. Sie läuft los, um den Anschluß an ihre Gruppe nicht zu verlieren.

Um die Mittagszeit ist sie schon wieder müde; die Gruppe hat ein Tempo vorgelegt, bei dem sie kaum mithalten kann; sie will sich jedoch nicht beklagen, denn die anderen mögen sie nicht. Die Gruppe besteht anscheinend aus Studenten der Universität von Ciudad de México und einigen Kommilitonen der Juárez-Universität, und obwohl man annehmen sollte, daß Studenten die eigentlichen Kosmopoliten sind, zumal in dieser Zeit, wo VTOL-Flugzeuge und *Ziplines* die Welt zu einem Dorf schrumpfen lassen und die riesigen Datennetze und XV-Sender nicht nur akustische Verbindungen ermöglichen, sondern auch direkte Kontakte von Gehirn zu Gehirn, verhält es sich so, daß die Studenten auch die Touristen mit dem ausgeprägtesten politischen Bewußtsein und dem schlechtesten Benehmen sind. Kompromißfähigkeit und ein Verständnis für fremde Kulturen müssen sie erst noch lernen.

Von den acht Leuten in ihrer Gruppe scheinen vier der Ansicht zu sein, die *yanquis* trügen die Verantwortung für die Hurrikane, wobei jeder ihr eine detaillierte Begründung hierfür liefern will. Früher hätte sie ihnen einfach zugestimmt, eine mit *›Es verdad‹* beginnende Gegendarstellung gebracht und schließlich die Werte und Analysen der Gegenseite korrigiert. Jetzt ist es ihr jedoch scheißegal.

Außerdem formuliert sie ihre Erwiderungen nicht mehr im Geiste vor, so daß sie sich stärker auf die Ausführungen der anderen konzentriert, auf ihre eigene Position und die Fakten. Wenn es um abstrakte Erörterungen geht, mag das vielleicht funktionieren, aber im konkreten Kontext ist es anstrengend. Sie scheinen sich an ihrem Ärger zu weiden und beleidigen sie noch dazu. Ihr fällt auf, daß die Verurteilungen des *imperialismo* mit vielen Blicken auf die unter ihrer Bluse wippenden Brüste einhergehen. Noch vor wenigen Tagen hätte sie sich bemüht, beide Aspekte analytisch zu verknüpfen und es ihnen aufgrund der allgemeinen Unterdrückung dieser Menschen nachzusehen, aber nun hat sie das Gefühl, daß sie nur in ihrer Eigenschaft als Frau schikaniert wird und daß *imperialismo* diese Kerle im Grunde gar nicht interessiert. Und auch sonst nicht viel, außer Priorität Eins (nach Oaxaca zurückzukehren) und Priorität Zwei (die Titten der *gringa* anzustarren).

Und sie wollen sie gleichzeitig dafür bestrafen, daß sie sie sexuell zurückweist, daß sie eine *puta* ist. Außerdem glaubt sie, daß es hier viele wirkliche Opfer des *imperialismo* gibt – sie hat lange Zeit mit ihnen gearbeitet –, aber diese Kinder verdanken ihre gesellschaftliche Stellung nur ihrer Position an der Schnittstelle zwischen der eurozentrischen, kapitalistischen Machtstruktur und der bäuerlichen Unterschicht. Wenn die Industriegesellschaften morgen verschwinden würden, wären diese Typen so bedeutungslos wie ein Furz in einem Sturm, um ein Bonmot von Jesse zu benutzen.

Jetzt erlebt sie zum erstenmal, daß Leute sich in politischen Diskussionen echauffieren, daß die Gesprächspartner persönlich werden und oft vorsätzlich die Gefühle anderer verletzen. Ihre zum Beispiel.

Bisher ist die Straße leer und still gewesen, und ungeachtet der Warnungen des Leutnants vor Plünderern und den allgemeinen Gefahren, vor allem für alleinreisende Frauen, hat sie in den letzten Stunden keine Menschenseele gesehen. Die Beine schmerzen schon von dem Versuch, mit diesen Kerlen Schritt zu halten, und langsam geht ihr die Puste aus. Es ist noch so lange hell, daß sie Ixtepec auch in einem gemächlicheren Tempo erreichen wird.

Naomi schluckt. Jetzt wird es hart. Sie muß etwas nur für sich selbst tun; anscheinend wird kein anderes Gruppenmitglied müde oder belästigt, so daß sie niemanden außer sich selbst verteidigen kann. Sie hat einen Frosch im Hals, weshalb sie nach dieser Entscheidung noch einen ganzen Kilometer läuft, ohne etwas zu sagen; aber schließlich kommt ihr ein Ausspruch von Jesse in den Sinn – als ihm zum ersten Mal eine Frau einen Orgasmus verschafft hatte, hat er vorgetäuscht, sich selbst stimuliert zu haben. Also versucht sie sich einzureden, sie würde jemand anders verteidigen. Als ob Naomi eine andere Frau wäre, die von diesen Männern beleidigt wird …

Dann sagt sie es ihnen. Sie versuchen nicht einmal, sie davon abzubringen; sie gehen einfach weiter und sind nach wenigen Minuten hinter dem Hügel verschwunden, während sie gemütlich einherschlendert.

Nun, da sie eine langsamere Gangart angeschlagen hat, fällt ihr auf, daß es heute unangenehm heiß ist, was für diese Jahreszeit aber nicht ungewöhnlich ist; wenigstens scheint die Sonne. Der Wald, der die Hügel zuvor bedeckt hatte, ist gefällt worden, wobei jeder Hang von schlammigen Schneisen gezeichnet ist, die von Sturmböen, Sturzbächen und Erdrutschen geschlagen wurden. Die meisten Bäume haben ihr Laub verloren, so daß die Schwarz- und Brauntöne der von Wind und Wasser erodierten Hänge nur noch punktuell von tiefgrünen Farbtupfern durchsetzt sind.

Sie erblickt die Überreste kleiner Farmen, die überall dort angelegt worden waren, wo das Gelände eben genug war; es wird lange dauern, sagt sie sich, bis die Bauern hier wieder etwas anbauen. Falls es hier überhaupt noch Bauern gibt.

Sie hat weitere vier Kilometer in diesem gemütlichen Tempo zurückgelegt, sich mit Sonnenschutzmittel eingerieben und die Bluse um die Hüfte gebunden, als sie hinter sich ein Auto hört. Die Transponder der Leitsysteme sind ausgefallen und werden wohl so schnell auch nicht wieder einsatzbereit sein, so daß das Fahrzeug manuell gesteuert werden muß. Vielleicht ist es ein Armee-Jeep.

Ihr ärmelloses Oberteil ist etwas knapp geschnitten; sie überlegt, ob sie nicht vielleicht wieder die Bluse anziehen sollte, aber das wäre ihr jetzt zu viel Aufwand.

Was da hinter ihr den Hügel heraufkommt, ist indes weder ein Jeep noch ein Behördenfahrzeug und auch kein Rettungswagen. Ein solches Fahrzeug hätte sie hier jetzt am allerwenigsten erwartet – einen nagelneuen, offenbar frisch gewaschenen GM-Luxrover, einer dieser großen, luxuriösen Geländewagen, der von den imperialistischeren *corporados* und Prominenten aus Wirtschaft und Politik bevorzugt wird. Der Wagen ist mit Kennzeichen bestückt, die es als amerikanisches Fahrzeug mit internationaler Reisetätigkeit ausweisen. Wegen der getönten Scheiben sieht sie nicht, wer oder was sich im Innenraum befindet. So, wie der Fahrer den Hügel heraufrast, scheint er es eilig zu haben; als er aber auf gleicher Höhe mit Naomi ist, bremst er plötzlich ab und fährt vor ihr an den Straßenrand.

Sie geht auf das Auto zu; was sollte sie auch sonst tun. Es spricht nämlich alles dafür, daß es sich um einen netten Touristen handelt, vielleicht männlichen Geschlechts, der das schöne Kind gesehen hat und glaubt, daß sie vielleicht eine Mitfahrgelegenheit braucht; andererseits könnte es aber auch ein potentieller Vergewaltiger sein, und sie bekommt es mit der Angst zu tun, aber dann wägt sie das geringere Risiko einer Gefahr gegen die größere Chance eines netten Mannes ab. Außerdem verfügt das Auto sicher über eine Klimaanlage, und so, wie ihr die Beine jetzt schon weh tun, wird sie gewiß mit Blasen an den Füßen in Ixtepec ankommen.

Zum Teufel, sie hat ›Clem Zwei‹ überlebt und wird wohl auch noch mit einem kleinen, alten, irren Vergewaltiger fertig werden, falls es überhaupt so weit kommen sollte.

Die Tür des Luxrovers schwingt auf, und der Fahrer steigt aus. Er ist um die Dreißig und trägt einen makellosen Sommeranzug, wie sie in den kleinen CADCAM-Studios in Oaxaca gefertigt werden, aber bei näherem Hinsehen – ja, er besteht tatsächlich aus Seide. Und da steckt doch wirklich eine frische Crysantheme im Knopfloch. Wenn er eine gelbe Blume trägt, dann ist er sicher kein Mexikaner und wird auch noch nicht lange im Land sein …

Außerdem trägt er eine große dunkle Sonnenbrille. Sein Haar ist sehr kurz, und er hat eine ziemlich kleine Nase. Und zudem ist der Mann spindeldürr. Alles in allem erweckt er den Eindruck eines großen Käfers.

»He, willst du mitfahren?« fragt er sie auf englisch. Seine Stimme hat diesen jammernden, dünnen Klang, den sie mit erfolglosen Geschäftsleuten assoziiert.

»Sie sind Amerikaner«, sagt sie, obwohl sie es bereits weiß. Mit dieser Eröffnung gewinnt sie erst einmal Zeit, bis sie sich ein besseres Bild von ihm machen kann.

»Du wirst dich wohl fragen, was ich hier mache.«

»Das frage ich mich echt«, erwidert sie patzig. Sie hat sich immer geärgert, wenn Jesse das zu ihr sagte, und sie will diesen Kerl ein bißchen abschrecken, so daß eventuelle romantische Anwandlungen von seiner Seite nicht schon in den ersten fünf Minuten durchbrechen.

»Nun, ich war lange unterwegs und habe mir das Land und den ganzen Kram angesehen, während ich im Netz Geschäfte machte. Jetzt sind das Netz und die Transponder ausgefallen, und deshalb bewege ich meinen Arsch zurück in die Staaten. Und da dachte ich, mit einem netten Mädchen macht die Fahrt noch mehr Spaß. Du bist nicht wie eine Mexikanerin gekleidet …«

»Was stimmt denn nicht mit den Mexikanerinnen?« fragt Naomi. Der Typ ist soeben auf ihrer Punkteskala beträchtlich abgerutscht.

»Nichts; höchstens, daß sie kein Englisch sprechen.«

»Sprechen Sie denn Spanisch?«

»Keine Silbe. Ich fahre nur von einem Ferienort zum anderen und komme kaum aus dem Auto; wenn die

Transponder funktionieren, werde ich hingefahren, und dann schaue ich mir alles aus dem Wagen an.«

Ihr liegt schon eine kritische Bemerkung auf der Zunge; aber dann sagt sie sich, daß sie bisher ja selbst nur einige *barrios* und ein paar Kleinstädte gesehen hat. Es gibt wohl unterschiedliche Ausprägungen von Beschränktheit. Und außerdem befindet sie sich jetzt schon so dicht beim Auto, daß sie den Kaltluftstrom der Klimaanlage spürt. »Ich vermute«, sagt er dann, »daß du hier draußen Studien über Armut durchführst oder in der Art.«

»In der Art.«

»Ist nicht mein Ding. Aber ich würde gern etwas von dir darüber hören; die CDs kenne ich alle schon, und beim manuellen Fahren kann ich auch nicht per XV oder Video arbeiten.«

Jetzt ist es an der Zeit, ihm ein wenig Honig ums Maul zu schmieren, befindet sie; sie hat eine gewisse Distanz geschaffen, und er scheint wirklich der zu sein, wofür er sich ausgibt – ein *Gringo*-Geschäftsmann, der die schöne mexikanische Landschaft und die schönen mexikanischen Strände mag, Mexiko selbst aber nicht. Bis Oaxaca wird sie schon damit klarkommen – oder sogar bis in die Staaten. Eine ausgesprochen gute Idee. »Von mir gibt es nicht viel zu erzählen«, sagt sie. »Ich befürchte, Sie beurteilen mich nur nach meinem Aussehen. Und können Sie dieses Ding wirklich selbst fahren? Auf der High school habe ich zwar den Führerschein gemacht, aber seitdem bin ich nicht mehr manuell gefahren. Sie müssen Reflexe wie ein Kampfpilot haben.«

Das entlockt ihm ein leichtes Grinsen; weil die Augen sich hinter der dunklen Sonnenbrille verbergen, wäre es gleichermaßen möglich, daß er sich über diese Schmeichelei amüsiert oder ihr gleich an die Gurgel geht. Sie entscheidet sich jedoch dafür, dieses Grinsen als freundliche Würdigung der ihm von ihr entgegengebrachten Bewunderung zu interpretieren. »Teufel, unsere Großeltern sind alle manuell gefahren.«

Sie unterdrückt das Bedürfnis, ihm zu erläutern, daß ihre Großeltern zu den ersten *Deepers* gehört hatten und ab Mitte Dreißig nie mehr Auto gefahren sind, genauso wie sie Fleisch und allen sonstigen tierischen Lebensmitteln entsagt hatten. Statt dessen sagt sie: »Nun, ich würde gern mitfahren. Ich wollte nach Ixtepec und von dort aus mit dem *Zipline* nach Oaxaca.«

»Ich fahre auch nach Oaxaca«, entgegnet er, »und von dort aus hoch nach Mexico City und dann weiter bis nach Nogales. Wenn man die Nachrichten verfolgt, dann wäre es an der Zeit, sich in die Rockies zu verdrücken, und ich habe ein Ferienhaus oben in der Nähe von Green River, Utah. Du kannst mitfahren, so weit du willst oder solange wir es zusammen aushalten. Wenn wir bis Oaxaca miteinander auskommen, halten wir dort an und laden dein Gepäck ein.«

Sie weiß nicht, wie lange sie es wohl zusammen aushalten werden, aber sie sagt: »Alles, was ich in Oaxaca habe, paßt in zwei Koffer, und meine Eltern leben in Grand Junction. Ich würde *sehr* gern mit Ihnen fahren.«

Und dann geht er wie ein Gentleman in einem alten Film um das Auto herum und öffnet ihr mit einer kleinen Verbeugung die Tür. Sie lächelt – Teufel, beim Gedanken an die Klimaanlage und den womöglich noch mit Getränken bestückten Kühlschrank, den sie gerade erspäht hat, kann sie ein nachgerade *affektiertes* Grinsen nicht unterdrücken. Wenn das nicht ein so wundervoller Anblick wäre, würde sie sich für dieses Grinsen schämen.

Als sie wenige Minuten später die noch immer auf der Walz befindlichen mexikanischen Studenten überholen, sagt er: »Ich kenne die Mentalität der Einheimischen nicht. Meinen Sie, wir sollten sie mitnehmen?«

»Nee«, erwidert sie, »das würde ich nicht. Die sehen nicht sehr vertrauenswürdig aus.« Sie rasen an ihnen vorbei, wobei das Vergnügen nur dadurch getrübt wird, daß die Männer sie durch die getönten Scheiben vielleicht nicht sehen.

»Ich heiße Naomi«, sagt sie.

»Und ich Eric«, erwidert er. »Nimm dir einen Orangensaft aus dem Kühlschrank – du siehst so aus, als ob du einen vertragen könntest und nur zu höflich bist, um zu fragen.«

Als sie den ersten kühlen Schluck genießt – und an die Wanderer dort draußen denkt, sagt sie: »Du weißt wirklich, wie man eine Dame behandelt, Eric. Bist du gar ein edler Ritter?«

Er grinst wieder hinter der Sonnenbrille. »Ich wußte schon immer, daß Geld die beste Rüstung ist.«

Harris Diem wünschte sich, daß er eines Tages beim Öffnen der Kellertür eine Betonwand statt Treppenstufen vorfände. Am besten wäre es indes, wenn es nicht einmal eine Kellertür gäbe. Sollte das wirklich eintreten, müßte Harris Diem mit zwei Dingen rechnen – entweder würde er einen tiefen Seufzer der Erleichterung ausstoßen oder wegen der Klapperschlange an der Schädelbasis, die ihn nicht in Ruhe läßt, durchdrehen. Wobei die Wahrscheinlichkeit für letzteres größer wäre, denn dieses Gefühl macht sich jetzt auch wieder bemerkbar, und dann müßte er wahnsinnig riskante Dinge tun.

Aber wenn er nur Erleichterung verspüren würde ... wie schön das wäre. Es ist schier unvorstellbar.

Und natürlich ist die Kellertür noch immer da. Er hat seinen Leuten im Weißen Haus gesagt, er *müsse* heute abend nach Hause gehen und sich einmal vom Stress erholen; was er ihnen indessen nicht gesagt hat und was sie auch nichts angeht, denn es würde ihn vernichten, wenn sie es wüßten, war, um welche Art von Stress es sich dabei handelt und wie er ihn zu kompensieren gedenkt.

Als die Kellertür sich hinter ihm schließt, seufzt er erleichtert; die dünne Klebstoffschicht, mit der er immer die Stufen präpariert und die man nur sieht, wenn man sie mit einer Taschenlampe in einem bestimmten Winkel anstrahlt, so wie jetzt, ist unversehrt. Die Putzfrau ist nicht hier unten gewesen (seine größte Sorge), und es hat auch kein Eindringling hier herumgeschnüffelt (seine geringste Sorge).

Er geht die Treppe hinunter, schaltet das gedämpfte, orangefarbene Licht ein und schaut sich mit einer gewissen Zufriedenheit um; er wünschte sich zwar, das ganze Inventar wäre nicht hier und er würde nie mehr das Bedürfnis verspüren, in den Keller zu gehen, und doch haben Macht und Geld auch ihre Vorteile – es ist ein komplexes System.

Die Couch ist mit einem Rückhaltesystem ausgestattet, das ihn nur solange fixiert, wie er sich dessen nicht bewußt ist. Das Haarnetz ist mit einem angenehm weichen Satin-Futter versehen; die Anschlüsse für Penis und After mit ihrer Neuro-Stimulator-Funktion sind vom Feinsten, und die Muskel-Stimulatoren in den Befestigungsgurten übertragen Wahrnehmungen mit einer Empfindlichkeit von bis zu einem hundertstel Newton.

Wie immer öffnet er den Kühlschrank, nimmt sich eine Flasche Mineralwasser und trinkt sie aus; sollte es wieder eine der üblichen Nächte werden, wird er ungefähr drei Stunden auf der Couch liegen und die zusätzliche Flüssigkeit brauchen.

Er hängt den Bademantel an den Haken und entkleidet sich. Dann stopft er die Sachen in den kleinen Wäschebeutel, in dem er den Bademantel nach unten gebracht hatte. Für einen Moment vergräbt er das Gesicht im Frottee des flauschigen, sauberen Kleidungsstücks, wobei er jedoch darauf achtet, ihn nicht mit der Penisspitze zu berühren, die schon feucht ist von der ersten Sekretion.

Diem läßt den Bademantel los, worauf dieser geräuschlos an die Wand zurückschwingt. Dann geht er zur kleinen Waschmaschine und holt die frisch gewaschenen Tücher heraus.

Erneut ruft er sich in Erinnerung, daß er das eigentlich nicht tun *müsse* und daß er eine Menge dringend benötigten Schlafs nachholen könnte, wenn er jetzt einfach wieder nach oben ginge; doch dann macht er beschwingt kehrt und drückt den Daumen auf das Schloß des Schranks. Die Sperre wird durch seinen Daumenabdruck aufgehoben.

Die Tür schwingt auf, und er überfliegt das XV-Archiv. Die meisten Clips befinden sich in schlichten weißen Kästen, die in schöner Handschrift mit verschiedenen Frauennamen beschriftet sind.

Mädchennamen, korrigiert er sich, und allein bei diesem Gedanken versteift sich sein Penis bereits. ›Allie‹ ist oben links; ›Zulika‹ unten rechts. Heute nacht möchte er sich etwas ganz Besonderes gönnen. Schließlich wird es für lange Zeit die letzte Sitzung sein, und wenn das, was sich da im Golf von Mexiko zusammenbraut, wirklich so schlimm wird, ist es womöglich die letzte überhaupt – vielleicht existieren dieser Raum, oder Diem selbst, oder vielleicht auch beide, in einigen Tagen gar nicht mehr.

Nun, ›etwas ganz Besonderes‹ trifft eigentlich nur für drei Dinge zu. Kimbie Dee, Michelline und DeLana. Kimbie Dee ist eine lebhafte, etwa vierzehnjährige Blondine, und der Mann ist ein alter Hausmeister mit einem übel entstellten Gesicht, der sie allein im Umkleideraum erwischt; einige Szenen sind wirklich gut. Michelline, ein rothaariges Kind mit einem Engelsgesicht, ist noch nicht einmal in der Pubertät, und als ihr betrunkener Vater spät in der Nacht über sie herfällt, hört niemand ihre Schreie ... Er greift nach DeLana.

Sie ist eine Schwarze, und das macht einen Teil des Reizes aus. Er fragt sich, ob es im Falle seiner Enttarnung möglich wäre, herauszufinden, daß dies sein Lieblingsclip ist. Weiterhin fragt er sich, ob das dann andere politische Konsequenzen hätte als die Clips mit den weißen Kindern. Falls ja, sinniert er, was wäre wohl schlimmer? Ein Bursche von vietnamesischer Abstammung, der sich an der Vergewaltigung schwarzer Mädchen (traditioneller Rassenhaß im Getto) und weißer Mädchen (Farbiger Mann und weiße Frau) delektiert.

Nun, wie die Zukunft auch immer aussehen wird, er ist heute nacht hier, und jetzt will er DeLana. Anschließend wird er sich Michelline ›widmen‹, dann vielleicht Kimbie Dee und zum Schluß noch einmal DeLana. Er legt die Clips ein, programmiert das Abspielgerät auf Spracherkennung und streckt sich aus. Den einen Anschluß schiebt er sich in den After, den anderen stülpt er sich über den Penis, und dann zieht er sich das Haarnetz über den Kopf. Daraufhin schnallt er Beine und Unterleib fest und legt sich zurück, nachdem er dafür gesorgt hat, daß die anderen Gurte bereitliegen. Nun streift er die Datenhandschuhe über, setzt die Brille auf, befestigt den Kopfgurt und drückt die Arme in die Arretierungen...

»Fertig. Los«, sagt er.

Er ist DaLana und *simultan* der Mann, der sie auf der Straße entführt. Er zerrt sie an den Haaren und spürt den Schmerz in ihrem Kopf; er schmeckt das Metall des Pistolenlaufs, den er ihr in den Mund geschoben hat und spürt das leichte Zittern des Fingers am Abzug; sie schreit »Mama! Mama!«, als er sich in ihren Anus ergießt. Er spürt, wie sie zerbricht, den Widerstand aufgibt und sich ihm unterwirft; er spürt, wie ihre kleine feuchte Zunge ihn säubert – und schließlich... nein, nein, kein Schnitt, noch nicht...

Ah. Micheline. Sie windet und sträubt sich unter der Decke. Sie ist zu Tode erschrocken, denn Dad hat das schon öfter getan, aber jetzt ist er so grob, daß es ihr weh tut; Dad spürt, wie sie sich wehrt und sich ihm zu entziehen versucht…

Die Gegenstände, mit denen er sie traktiert, werden immer bizarrer, und Blut strömt über ihre Schenkel (er spürt das Blut, ihr Blut, über seine Schenkel rinnen) – und dann schlägt sie mit dem Kopf gegen die Bettkante, und der Michelline-Kanal erstirbt buchstäblich, er ist tot, und Dad – und er mit ihm – ist immer noch auf den kleinen, noch warmen Körper.

Jetzt ejakuliert Diem heftig, wobei die Hoden schmerzhaft rollen, und gleich darauf verfolgt er Kimbie Dee durch einen Korridor, nachdem sie allein in der Turnhalle trainiert hat; er schleicht sich an sie heran, spürt, wie sie unter der warmen Dusche steht und genießt, wie der entstellte Hausmeister während der nächsten Stunde ihre kleinen Brüste quetscht, ihr den Besenstiel in den After stößt, sie auf dem kalten Boden vergewaltigt und den Büstenhalter um ihren Hals verknotet, während sie vor Schmerzen wimmernd daliegt – jetzt kommt Diem schnell und ohne zu ejakulieren, immer wieder, wobei er weiß, daß er die nächsten Tage einen wunden Penis haben wird –, und er sieht zu, wie ihr nackter Körper unter der Dusche zusammensackt, wobei sie noch immer diesen schreckerfüllten Gesichtsausdruck hat; dann zieht die Schlinge sich zu – und er spürt den Ruck im Hals, und die Tränen der Scham versiegen für immer…

Sofort springt Diem wieder zu DeLana zurück, wirft sie aus dem oberen Stockwerk, und er spürt den eisigen Wind, der an ihrem nackten Körper vorbeistreicht, die heftigen, durch die Schläge verursachten Kopfschmerzen und die Kälte, die sich in ihren Schädel frißt – sie sieht die auf sie zurasende Straße, ohne zu wissen, wie ihr geschieht…

Eine Explosion fürchterlicher Schmerzen, und er ist allein in der Dunkelheit.

Nun ejakuliert Diem wieder oder versucht es zumindest, aber er hat keine Samenflüssigkeit mehr; er zerrt schreiend an den Gurten, und die Krämpfe sind so stark, daß er glaubt, sein Unterleib würde in zwei Hälften auseinandergerissen. Wie immer gleitet er dann in einen traumlosen, bleiernen Schlaf ab und wacht ungefähr eine Stunde später wieder auf.

Er löst die Gurte und setzt sich auf; wie üblich sprüht er den Penis mit einem schmerzstillenden Mittel ein und reibt ihn dann mit warmem Öl ab, bevor er sich anderen Verrichtungen widmet. Irgendwann im Verlauf der Sitzung hat er die Kontrolle über die Blase verloren, so daß er nun in Urin schwimmt; er weiß nicht, wie oder wann das geschehen ist, aber es erhöht für ihn den Reiz der Sache noch.

Im Kellerraum stinkt es so barbarisch, daß er es kaum noch aushält; am liebsten würde er jemanden engagieren, der hier für ihn saubermacht, aber das ist natürlich unmöglich; er ist erschöpft, das Schmerzmittel hat seine Wirkung noch nicht entfaltet, und er ist schier hysterisch vor Schuldgefühlen und Erleichterung, aber die nächste halbe Stunde wird er hier saubermachen müssen.

Er stopft die Laken in die Waschmaschine und stellt sie an. Das Waschmittel wird das Blut, den Kot, Samen, Schweiß und Urin zwar entfernen, aber trotzdem verschleißen die Laken auf Dauer.

Die Arme schmerzen, und er hat sich nach einer Sitzung noch nie so schlapp gefühlt wie jetzt. Dennoch sammelt er die Clips ein und schließt den Schrank ab; dann greift er zum Desinfektionsmittel und wischt das Bett, die Gurte und Beschlagteile ab. Vor lauter Müdigkeit läßt er den Eimer fallen, so daß er umkippt und eine Überschwemmung verursacht. Er verzagt schier bei der Vorstellung, das aufzuwischen, aber dann erkennt er, daß er es auch gar nicht tun muß; die Brühe wird nämlich auf dem Spezialboden trocknen, so daß er ihn immer noch aufwischen kann, wenn er mal Zeit hat.

Endlich kommt er unter die Dusche. Er hat reichlich warmes Wasser und genießt den Duft des desinfizierenden Duschbads; er weint vor Erleichterung, weil es vorbei ist …

Aber im Unterschied zu den früheren Nächten, vielleicht wegen der Intensität des Vorgangs, geht ihm etwas im Kopf herum. Während Diem sich das warme Wasser auf den Kopf prasseln läßt, geht er in Gedanken zu den Anfängen zurück, als der erste Porno im ›Parallel-Modus‹ auf den Markt kam, zu der Zeit, als Brittany Lynn Hardshaw ihre Arbeit als Staatsanwältin aufnahm und dann Generalstaatsanwältin von Idaho wurde.

Meine Güte, wie sind sie nur darauf gekommen? Im nachhinein ist es offensichtlich … aber wer hatte überhaupt diese Geschäftsidee? Leute, die andere Menschen belästigten und vergewaltigten, genossen ihre Taten, weil sie *wußten*, was sie dem Opfer antaten – das war ein wesentlicher Grund dafür, weshalb mißbrauchte Kinder in der Regel später selbst zu Tätern wurden –; folglich mußte der Genuß für Vergewaltigungsporno-Liebhaber noch viel größer sein, wenn sie den Vorgang auf der Doppelspur aus der Täter- und der Opfer-Perspektive mitverfolgen konnten.

Eine wahrhaft geniale Geschäftsidee.

Aber in diesem Zusammenhang drängt sich auch die Frage hinsichtlich der mentalen Disposition von Männern wie Diem auf. Er schrubbt sich den Rücken mit der langstieligen Bürste, bis er rosig wird und schmerzt. Aber er fühlt sich immer noch nicht sauber, und außerdem ist er so müde …

Am Anfang war die Neugierde. Es war einfach, Kopien von konfiszierten Clips anzufertigen. Zuvor hatte Diem sich immer als asexuell eingeschätzt – College-Experimente mit mehreren jungen Frauen und einem jungen Mann hatten ihn nur gelangweilt. Es war einfacher, zu Hause zu bleiben und zu masturbieren, und vor dem Einstieg in den ›Parallel-Modus‹ hatte ihn überhaupt nichts fasziniert... zumindest war er sich dessen nicht bewußt, wenn ihn etwas reizte...

Alles klar. Er weiß selbst, daß er ein Kandidat für den Psychiater wäre. Solche Neigungen lassen sich mittlerweile behandeln. Aber das würde implizieren, eine Menge Dinge zu gestehen, einschließlich der Tatsache, daß seine ›Experimente‹ auf dem College darin bestanden hatten, sich als Voyeur bei Vergewaltigungen in weit entfernten Städten zu betätigen...

Das Land könnte sich in einem viel schlechteren Zustand befinden, sagt er sich. Brittany Lynn Hardshaw ist einer der besten Regierungschefs der letzten fünfzig Jahre, und das ist nicht nur Diems Meinung – bei der Erfüllung seiner Aufgaben rangiert präzises Urteilsvermögen vor Loyalität. Selbst wenn er seinem eigenen Urteil nicht vertrauen würde, gäbe es immer noch die nahezu einhellige Meinung der Historiker und Politikwissenschaftler, auch wenn der energische Führungsstil der Präsidentin nicht auf ungeteilte Zustimmung stößt.

Deshalb wissen viele Leute, daß sie ihren Ruhm zum Teil auch ihrem ›Schatten‹ verdankt...

Er sinkt auf den Boden der Dusche und betet eine Liste seiner Verdienste herunter. Quasi en passant hat er für drei Millionen Menschen Wohnungen gebaut, dreizehn Millionen einen Arbeitsplatz verschafft und mehreren Millionen Gerechtigkeit vor Gericht widerfahren lassen, die sonst keine Chance gehabt hätten...

Während seiner Zeit als Kongreßabgeordneter ist das *Diem*-Gesetz verabschiedet worden, wodurch über tausend Leute für die Produktion von Clips, wie sie im verschlossenen Schrank lagern, zum Tode verurteilt wurden. In einigen Fällen hatte er sogar die Leute, mit denen er selbst in Kontakt stand, bei der Polizei denunziert... wollte er gar auffliegen? Oder wollte er nur, daß *sie* auffliegen?

Er fühlt sich noch immer elend; die schmerzhaften

Krämpfe in den Lenden, der durch den VR-Aufsatz wundgescheuerte Penis und die durch den vehemente Impulse sendenden Anus-Stecker verursachten Schmerzen gehen einher mit einer überwältigenden Übelkeit. Er schafft es kaum von der Dusche zur Toilette, wo er sich mehrmals so heftig übergibt, daß er sich wie ausgewrungen vorkommt; die Beine zittern und der Kopf schmerzt, schlimmer als bei jeder Grippe.

Jede wahrhaft intensive Sitzung wird mit wirklich schlimmen Nachwirkungen quittiert. Das unerträgliche, fordernde Summen an der Schädelbasis ist verschwunden und wird sich während der nächsten Wochen oder Monate auch nicht mehr melden. Dafür gibt es jetzt etwas anderes, das ihn quält.

Die nicht verdrängten Gedanken melden sich sofort wieder zurück; erneut stellt er sich unter die Dusche, spült die Reste des Erbrochenen ab, trocknet sich ab und zieht den Bademantel an. In guten Nächten hat das Duschritual gleichsam die Wirkung einer Taufe: nach einer schmerzhaften Läuterung wird er rein und unschuldig wiedergeboren; in schlechten Nächten schmort er jedoch im Fegefeuer.

Der unsichtbare Begleiter hat ihn in dieser Nacht voll im Griff. Er torkelt nach oben und verharrt längere Zeit am Treppenabsatz, denn er müßte eigentlich wieder zurückgehen, die Klebstoffschicht auftragen und sich für das nächste Mal ihre Position gründlich einprägen …

Meine Güte, das nächste Mal. Dann ist DC vielleicht schon weggespült, und Diem wird hier womöglich wie die armen Teufel auf Hawaii umkommen, während er darauf wartet, mit dem Rest der Regierung evakuiert zu werden … aber wie dem auch sei, er muß den Keller versiegeln. Niemand darf von seiner Existenz erfahren …

Lange starrt er auf den dünnen Streifen trocknenden Kunststoffklebers und prägt sich die unverwechselbaren Konturen ein. Wenn ein Eindringling dieses Siegel einmal gebrochen hat, wird er es nie wieder restaurieren können, und dann wäre Diem zumindest gewarnt ...

Dann wird ihm weich in den Knien. Sein imaginärer Verfolger jagt wie ein wütender, bissiger Hund die Treppe herauf. Er wirbelt herum, knallt die Tür zu, verschließt sie, hetzt die dem Personal verbotene Hintertreppe hinauf und betritt das Schlafzimmer. Er schleudert den Bademantel von sich, woraufhin dieser wie eine große Fledermaus auf dem Schreibtisch landet; dort liegen noch drei Bücher, die er vor Wochen gelesen hatte, bevor alles aus dem Ruder lief.

Er wirft sich auf die weichen Laken des großen Wasserbetts und vergräbt den Kopf unter der Decke; er schafft es gerade noch, den Haus-Computer anzuweisen, die Zimmerbeleuchtung auszuschalten.

Es verfolgen ihn mehrere Überlegungen:

Alle Clips, bis auf die drei ›Sonderausgaben‹, in die er sich heute nacht eingeklinkt hatte, sind Kopien von ›Parallel-Modus‹-Pornos, die von Händlern, die dieses Zeug vertrieben hatten, beschlagnahmt wurden. Einige dieser Händler hat er selbst angeklagt.

Drei Clips – die drei, die er heute abend abgespielt hat – weichen in einer Hinsicht von den anderen ab: Er hat sie selbst in Auftrag gegeben.

Jeder dieser drei Clips hat ihn viermal soviel gekostet wie sein Auto.

Und kurz vor dem Einschlafen sagt der unsichtbare Begleiter mit seiner eigenen Stimme, als ob er sich selbst in den Zeugenstand gerufen hätte:

*Mr. Diem, Ihnen ist sicher bekannt, daß diese Clips nach der Vergewaltigung durch eine gewaltsame Anzapfung des Kurzzeit-Gedächtnisses angefertigt wurden und daß die Täter dann auch für die Morde selbst verantwortlich waren.*

*Und Sie haben diese Clips in Auftrag gegeben, Mr. Diem. In diesem Fall ist der Auftraggeber genauso schuldig wie der Auftragnehmer. Und bei den Preisen, die Sie bezahlt haben, Mr. Diem, wußten Sie, worum es ging. Diese Clips sind spe-*

*ziell für Sie produziert worden. Und was mit diesen drei jungen Mädchen geschehen ist, hat einzig auf Ihr Betreiben hin stattgefunden.*

*Und wenn Sie das nicht glauben, Mr. Diem, erinnern Sie sich, daß der finale, große Orgasmus, den Sie gehabt haben, nicht auf die grausame Folter von Kimbie Dee, Michelline und DeLana zurückzuführen ist … nicht einmal auf ihre brutale Ermordung durch diese Ungeheuer … nein, Mr. Diem. Deswegen hatten Sie keinen Orgasmus.*

*Sie hatten ihn, weil Sie wußten, daß das alles* tatsächlich *stattgefunden hat, nicht wahr?*

Dunkelheit überkommt ihn. Er schläft bis in den Vormittag. Als er aufsteht, ist es schon nach zehn. Es ist ein trüber, grauer Tag, und es ist eine Nachricht von Präsidentin Hardshaw eingegangen, wonach er den Tag freinehmen und sich von den Überstunden erholen soll.

Oft wünscht Berlina Jameson sich, daß sie eine Reporterin der alten Schule wäre. Als solche hätte ihre Arbeit überwiegend darin bestanden, über Schulveranstaltungen zu berichten und sich vor Autowracks ablichten zu lassen, bevor ihr der große Durchbruch gelang; auf diese Art hätte sie auch viel Erfahrung im Umgang mit Prominenten gesammelt. Aber sie wird es auch so schaffen müssen.

Glinda Gray, die Dame von *GateTech* mit einem dieser Operettentitel, der sie sowohl als Frühstücksdirektrice als auch als hohes Tier ausweisen könnte, was man aber wohl selbst herausfinden soll, sagt nicht die ganze Wahrheit. Dessen ist Berlina sich sicher. Sie ist sich auch sicher, daß sie mit weiteren zehn Jahren Berufserfahrung genau wüßte, was ihr vorenthalten wird. Leider gebricht es ihr nicht nur an der Erfahrung, das herauszufinden – es mangelt ihr zudem auch an der Erfahrung, die von Ms. Gray stammenden Andeutungen richtig zu interpretieren.

*Teufel, was hätten Edward R. Murrow oder Morley Safer*

*jetzt getan?* fragt Berlina sich. Zur Zeit fährt sie an der Golfküste entlang nach Süden, um vor Ort zu sein, wenn der Sturm losbricht. Im Moment denkt sie jedoch nicht an die Dokumentation über verwüstete Landstriche, sondern hat sich im Fond des Autos ausgestreckt, schaut in einen Stereovisor und schneidet die Bilder von Glinda und sich virtuell zusammen, so daß sie sich scheinbar in einem Fernsehstudio befinden; sie muß indes aufpassen, nicht in die Topfpflanze zu greifen. Berlina stellt fest, daß Glinda Gray in dieser Umgebung mindestens genauso heimisch ist wie sie selbst.

Im Zweifelsfall sollte man es mit der Wahrheit versuchen. »Also«, sagt Berlina Jameson, »die Dokumentation ist wirklich überzeugend. Die USSF und die NASA plündern ungeniert den japanischen und europäischen Sektor der Mondbasis, und außerdem haben sie mit Hilfe der NSA Sicherheitscodes geknackt, so daß sie jetzt auch unentgeltlich private Ausrüstung benutzen. Dieses Material wäre auch schon brisant genug, aber dennoch gibt es mindestens noch zwei Fragen, die Sie nicht beantwortet haben. Zum einen, warum haben Sie sich an *Sniffings* gewandt und nicht an *Scuttlebytes*, und zum zweiten, was springt für *GateTech* dabei raus?«

Glinda schiebt sich das ergrauende Blondhaar aus der Stirn, wobei Jameson neidisch feststellt, wie gestylt diese Frau aussieht, als ob Gray schon jahrelang sich selbst spielen würde. »Nun, wir sind der Ansicht, daß *Sniffings* sich möglicherweise aus zwei Gründen dafür interessiert, und Sie dürfen beide zitieren. Zunächst vertritt *Scuttlebytes* eine, sagen wir, recht pubertäre Einstellung gegenüber Unternehmertum und Marktwirtschaft – sie feinden die Unternehmen an, nur weil in der Privatwirtschaft Geld und Prestige eine gewisse Rolle spielen und Unternehmer in der Regel eher konservativ eingestellt sind. Und was noch wichtiger ist, wir wissen ziemlich genau, weshalb die Bundesbehörden und die UN das tun. Nämlich aus dem Grund, weil die meisten Staaten der Welt übersehen haben, daß Bedarf an Raumfahrtzentren besteht, die auch bei schlechten Wetterbedingungen noch einsatzbereit sind. Unser Land ist dafür ein perfektes Beispiel; zuerst haben wir Canaveral an einer sturmgefährdeten Küste errichtet und sind dann nach Kingman Reef ausgewichen, das in seiner Eigenschaft als Insel noch sturmgefährdeter war. Aber die anderen Länder haben sich auch nicht viel geschickter angestellt.

Was geschieht also, wenn die eigentlich vorhersehbare Katastrophe eintritt? Es gibt zwei Möglichkeiten – man könnte entweder die Starteinrichtungen nutzen, die Privatunternehmen in weiser Voraussicht eingerichtet haben, oder man könnte das tun, was auch gerade getan wird – Privatbesitz entschädigungslos enteignen, sich am Eigentum anderer Nationen vergreifen und sich auch sonst alles erlauben, das, wenn wir es täten, zu Recht als Diebstahl, Piraterie oder Sabotage bezeichnet würde; und das alles nur, um zu verhindern, daß ein Privatunternehmen das Problem löst. Diese Regierung ist in hohem Maße gegen die Privatwirtschaft eingenommen, Ms. Jameson, und das Resultat sehen Sie hier. Offen gesagt, es reicht uns jetzt; alles, was wir wollen, sind faire Wettbewerbsbedingungen, aber wir befinden uns in einer Situation, in der wir nach den Regeln spielen müssen und die anderen nicht.«

Berlina tröstet sich damit, daß es sich um eine wahre Zitatensammlung handelt, und dem komischen Gefühl, das sie dabei hat, kann sie später immer noch nachgehen. Das Material ist so umfangreich, daß sie sich wünschte, sie hätte in eine Kopfbuchse investiert, um eine Zwei-Wege-Verbindung zu Datenbanken schalten zu können; aber sie hätte jede Menge Fragen beantworten müssen, und außerdem ist die Installation extrem teuer.

Sie spricht noch einige Minuten mit Glinda Gray, ohne jedoch weitere Fakten in Erfahrung zu bringen.

Schließlich verabschieden sie sich mit den üblichen Floskeln; wenn sie noch etwas Interessantes erfährt, dann das, daß John Klieg auch ein Fan von *Sniffings* ist. Irgendwie klingt Glinda dabei verlegen, als ob sie das eigentlich gar nicht von ihrem Chef wissen dürfe.

Nun, dann stimmen vielleicht die Gerüchte, wonach sie sich außerordentlich ›bewährt‹ hat ... aber Privatangelegenheiten sind *wirklich* eine andere Sache. Wo ein Senator, der seine Referentin vögelt, auf dem Schleudersitz sitzt, dürfen die Privatunternehmer es mit jedem treiben, und sie tun es auch; niemand scheint sich daran zu stören. Berlina weiß nicht, ob sie in einer Welt, in der solch unterschiedliche Maßstäbe angelegt werden, klarkommen wird.

Nun, an eine Regel hält sie sich indes doch: Wenn man nicht versteht, was man hat, muß man sich mehr beschaffen. Mit wem könnte sie noch sprechen? In den letzten Wochen hatte sie einige kurze Unterredungen mit Harris Diem, aber nur eines kurzen Gesprächs wegen wird sie ihn nicht anrufen.

Di Callare vermittelt auch nicht den Eindruck eines nüchternen Geschäftsmanns, aber zumindest hat er etwas zu sagen und ist immer gesprächsbereit.

Er geht sofort in die Luft. Deshalb dauert es eine Weile, bis sie die grundlegende Tatsache dargelegt hat – daß Klieg nur Kapital aus der Situation schlagen will. »Wenn Sie sich anschauen, wann die Genehmigung erteilt wurde, wann mit dem Bau begonnen wurde und wann er mit seinen Leuten nach Sibirien gegangen ist, wird ersichtlich, daß er mit dieser Katastrophe gerechnet und dann günstig ein geeignetes Stück Land erworben hat ...«

*Nach welchem Zeitplan geht Klieg vor*, fragt sie sich. *Woher hätte er wissen oder ahnen sollen, daß ein Sturm wie ›Clem‹ entstehen würde?* Ein weitsichtiger Straßenbauer zu sein, ist eine Sache, sagt sie sich. Eine Mautstation für Flüchtlinge zu eröffnen, eine andere ... und sicherlich sollte sie auch einmal Kliegs Verbindungen zur kriminellen sibirischen Regierung recherchieren.

Sie entschuldigt sich bei Di für die Störung, wobei sie sich davon überzeugt, daß er sie noch als Freundin betrachtet, und legt auf. Di hat nichts gesagt, was sie zitieren möchte, aber wenigstens hat sie durch dieses Gespräch eine Vorstellung davon bekommen, was Diem vielleicht sagen wird, oder sogar Hardshaw, falls sie das Glück hat, bis zu ihr vorzudringen.

Sie hat das unbestimmte Gefühl, daß Kliegs Organisation das Material, das sie hat, gern in den Medien veröffentlicht sähe, aber ihr ist nicht klar, weshalb. Bis zu einer Veröffentlichung weiß sie natürlich nicht, was sie damit anfangen werden...

Und dieser Gedanke ist gleichzeitig auch schon die Antwort. Sie trifft ihre Vorbereitungen und hinterläßt dann eine kurze Nachricht für Glinda, die sie davon in Kenntnis setzt, daß die Geschichte in der nächsten Ausgabe von *Sniffings* als Aufmacher erscheint. Außerdem zeichnet sie eine ausführliche Audio/Video-Nachricht für Harris Diem auf.

Als er sie noch in dieser Nacht zurückruft, weiß sie, daß sie richtig gehandelt hat.

Jesse und Mary-Ann ist es gelungen, derselben Rettungsmannschaft zugeteilt zu werden. Hier in Tapachula ist es bei weitem nicht so schlimm wie in Tehuantepec; der Ort ist so weit landeinwärts gelegen, daß es nicht mehr als ein sehr starker Hurrikan war, der ihn heimsuchte. Und weil die Armee nicht erschienen ist, haben die Einwohner von Puerto Madero die Stadt zum größten Teil selbst evakuiert, bevor die Springflut anrollte. Die kleine Stadt und der Strand sind verschwunden, und die Obdachlosen haben sich den Obdachlosen von Tapachula angeschlossen, aber sie haben überlebt; außerdem stehen noch viele Gebäude in Tapachula. Sogar einige der Hütten, die sich um die Stadt gezogen haben, haben es irgendwie überstanden, und es gibt noch genug öffentliche Gebäude, um jedem eine Schlafstätte zu bieten – und die womöglich noch komfortabler sind als diejenigen, die die Leute vor dem Durchzug von ›Clementine‹ zur Verfügung hatten.

Nicht, daß es nichts zu tun gäbe, aber die Zahl der Todesopfer geht hier nur in die Dutzende, nicht in die Hunderte, und bei der Vielzahl der Helfer sind die Trümmerhaufen schnell durchsucht. Mary Ann sieht, wie zwei kleine, verdreckte und verängstigte Jungen aus den Trümmern eines Hauses geborgen werden und hört dann den Freudenschrei der Mutter.

Düster sagt sie sich, daß sie, falls sie jetzt im Dienst wäre, ihre Emotionen künstlich aufpeitschen müßte – damit die XV-Benutzer auch ja den Eindruck hätten, etwas Schönes gesehen zu haben.

Der ohnehin schon lange Tag wird noch länger; weil der Vermieter nicht anwesend ist und somit auch keinen Einspruch einlegen kann, hat Mary Ann das von ihr gemietete Haus in ein Notquartier verwandelt; außer den unersetzlichen Herreras halten sich nun noch zwanzig weitere Menschen dort auf. Deshalb ist es mit einem gewissen Aufwand verbunden, für alle eine Schlafgelegenheit herzurichten; weil Señora Herrera die Gäste aber am Eingang ›überprüft‹ hat, sind nur diejenigen aufgenommen worden, die auch bereit waren, für Kost und Logis zu arbeiten. Nun wirkt das Haus fast noch sauberer und ordentlicher als zuvor.

Jetzt steht Jesse und Mary Ann nur noch das Herrenschlafzimmer und das dazugehörige Bad zur Verfügung, aber das stört sie nicht weiter; es ist sogar ganz gemütlich, als ob sie das größte und schönste Zimmer in einem Wohnheim hätten.

An diesem Abend müht Jesse sich mit dem Computer ab. Die Verbindungen nach draußen und somit nach ganz Mexiko scheinen in Ordnung zu sein. Die Nachrichtenübertragung zwischen Nord- und Südmexiko wird jedoch per Satellit abgewickelt – ›Clementine‹ hat bei ihrem Durchzug eine Schneise geschlagen und die paar unterirdisch verlegten Glasfaserkabel herausgerissen. Damit ist Mexiko durch das Chaos auf der Landenge von Tehuantepec in nachrichtentechnischer Hinsicht eine geteilte Nation.

Es beschleicht ihn zwar ein gewisses Unbehagen bei dem Gedanken, aber dann sagt er sich, daß der Versuch einer Kontaktaufnahme mit Naomi das mindeste ist, was er tun kann. Er setzt einen kurzen ›Hoffe-es-geht-Dir-gut‹-Brief an Naomi auf und schickt ihn dann in eine mit ihrer Netzkennung versehene Warteschleife – ein kleines Programm, das so lange im Netz verweilt, bis sie sich wieder einloggt.

Wenn er schon dabei ist, plaziert er auch gleich ein ›Memo‹; das ist ein Programm, das alle Naomi betreffenden Eingänge registriert. Er programmiert es so, daß es in den Großrechnern und Prozessoren der Bundesstaaten Oaxaca und Chiapas zirkuliert. Wenn sie – bei diesem Gedanken zuckt er leicht zusammen – im Krankenhaus liegt, sich in einem Bus mit Flüchtlingen befindet oder sich wo auch immer aufhält, wird das Memo es herausfinden und ihn informieren.

Jedem stehen einige Telefongespräche zu, um Verwandte anzurufen, aber Jesse hat bisher noch keinen Gebrauch davon gemacht. Vielleicht sollte er seinen Vater anrufen, aber ein Gespräch mit Di wäre genauso gut – Di wird Vater dann Bescheid sagen –, zumal er sich mit Di viel zwangloser unterhalten kann.

Zu seiner Überraschung erscheint Di fast sofort auf dem Monitor. »Junge! Ich versuche schon seit zwei Tagen herauszufinden, wo du in Mexiko steckst! Was ist los? Bist du in Ordnung?«

»Mir geht es gut, Di, wirklich. Ich habe eine reiche Freundin, die in einem festungsartigen Haus wohnt. Wir haben den Sturm hier draußen überstanden, ohne daß uns etwas passiert wäre. Vor ein paar Stunden sind hier die Telefonleitungen wieder repariert worden. Meine alte Wohnung hat es ganz schön zerlegt, aber mir ist nichts passiert, und der größte Teil meiner Sachen war eh schon bei meiner Freundin. Ich wollte dir nur Bescheid sagen, daß es mir gut geht.«

»Mein Gott, bin ich froh, das zu hören!«

Jesse betrachtet sich die Abbildung seines Bruders näher und sagt: »Du siehst wirklich müde aus, Di. Dürft ihr denn keine Pausen mehr machen?«

»Wir dürfen schon, aber ich mache trotzdem keine. Hast du schon die Nachrichten gehört?«

»Ich weiß nur, daß Salina Cruz nicht mehr existiert und daß die meisten Küstenstädte von der Sturmflut plattgemacht wurden. Und daß das Land am *Istmo* praktisch geteilt ist.«

»So sieht es aus«, bestätigt Di. »Es ist zwar noch nicht offiziell, aber die mexikanische Regierung hat eine Entscheidung getroffen, die ich mir von unserer Präsidentin auch wünschen würde. Man hat den permanenten Notstand ausgerufen – aufgrund der vielen Hurrikane, die über dem Meer entstehen, und unserer Prognosen, daß zumindest die nächsten sechs Sommer genauso aussehen werden, organisiert die Regierung Massenevakuierungen in sichere Regionen und nutzt die schweren Regenfälle, um in der Wüste Getreide anzubauen. Du solltest also so schnell wie möglich von hier verschwinden – sonst könnte es dir nämlich passieren, daß du die nächsten vier Wochen oder so mit einer Flüchtlingskolonne in die Berge unterwegs bist.«

»Im Regenwald von Chiapas wird man von den Stürmen wahrscheinlich nicht einmal etwas merken, sofern sie nicht direkt über ihn hinwegziehen«, erwidert Jesse. Es ist schon komisch – im letzten Monat hätte die Vorstellung, nicht rechtzeitig wieder am Az zu sein, ihm immer noch Panik verursacht, aber jetzt sieht er das viel gelassener. »Hier regnet es viel. Aber – *viele* ›Clems‹.«

»Ja, viele. ›Clem‹ hat zwei neue Hurrikane erzeugt und wandert noch immer auf Westkurs über den Pazifik, wobei ein Ableger ihm direkt folgt und der andere nördlich von ihm einen parallelen Kurs verfolgt; ›Clem Zwei‹, oder ›Clementine‹, wie Berlina ihn bezeichnet, verursacht ein solches Chaos im Golf, daß wir nicht einmal genau wissen, wie viele Stürme es dort wirklich gibt – ›Clem Zwei‹ hat vier Fallströme ausgeprägt, die überall herumwirbeln und neue Augen erzeugen. Außerdem haben wir eine neue Nomenklatur erstellt: ›Clem‹ ist jetzt ›Clem 100‹, ›Clem Zwei‹ ist ›Clem 200‹, und die beiden unabhängigen Ableger im Pazifik sind ›300‹ und ›400‹; die Klassifizierung der einzelnen Stürme orientiert sich jeweils an ihren direkten Vorgängern. Wir vermuten, daß mindestens ein ›Clem 210‹, ›Clem 220‹ und ein ›Clem 230‹ vom Golf hereinkommen werden.«

»Mein Gott.«

»Ähem. Und dann haben wir da noch die tropische Zyklone ›Donna‹, die sich in Äquatornähe im Atlantik aufbaut. Darauf kannst du wetten, Jesse, wenn du in Mexiko bleibst, wirst du bis zum Herbst mindestens fünf weitere Hurrikane erleben. Und was die USA betrifft, so prognostizieren wir drei große Hurrikane über der Chesapeake Bay.«

Jesse schüttelt den Kopf und versucht, die sich jagenden Gedanken zu ordnen. »Gibt es denn überhaupt noch einen sicheren Ort?«

»Sibirien müßte wohl sicher sein. In den Staaten vielleicht Kansas, obwohl ich bei dem Regen über den Rockies mein Lager nicht unbedingt an einem Fluß aufschlagen würde. Utah dürfte auch sicher sein, solange man nicht gerade von einer Flutwelle überrascht wird; einige unserer Modelle zeigen, daß die ausgetrockneten Seen alle wieder vollaufen werden – im Oktober wird es dort eine Kette von Salzseen geben.«

Nachdem Jesse den ersten Schock überwunden hat,

sagt er: »Nun, dann – sag mir, Di … kann man überhaupt etwas tun. Wird es denn wenigstens versucht?«

Di zuckt die Achseln. »Natürlich versuchen die Leute, etwas zu tun.«

Das klingt indes nicht sehr überzeugend. Es gibt wirklich keinen Grund, die Rückreise anzutreten. Hier in Chiapas hat er seine Bekannten. Und in den Bergen oder im Regenwald könnte man auch ganz gut überleben, wenn es denn sein müßte. Es überkommt ihn das Gefühl, daß er vielleicht gerade darüber entscheidet, wo seine *Enkelkinder* leben werden. Hier könnte er es aushalten – er ist gesund und scheut die Arbeit nicht; außerdem spricht er mittlerweile fließend Spanisch und verfügt über einige Talente, die hier vielleicht gefragt sind, obwohl an Realisations-Ingenieuren vorerst wohl kein Bedarf besteht. »Dann werde ich hier unten bleiben, Di. Es gefällt mir hier, und sicher ist es auch.«

»Äh … ist da ein Mädchen im Spiel?«

»Du kennst mich doch. Nein, eigentlich nicht. Ich glaube, ihre Arbeitgeber holen sie bald wieder aus dem Urlaub. Und im Grunde ist sie auch gar kein Mädchen, sondern eine Frau. Sie ist … äh … eher in deiner Altersklasse als in meiner.«

Di stößt einen Pfiff aus und blinzelt ihm zu. »Kuu kuu ka tschuu, Mrs. Robinson.«

»Was?«

»Ich weiß auch nicht, was das heißen soll, aber Dad hat das immer gesagt, wenn er einen jüngeren Mann mit einer älteren Frau sah.«

»Das muß er sich aber schon vor meiner Geburt abgewöhnt haben.«

»Richtig. Eigentlich müßte ich jetzt wieder an die Arbeit, aber im Augenblick dokumentieren wir nur dieses fürchterliche Chaos im Golf, und ich kann dir sagen, es ist eine wahre Wohltat, sich mal mit jemand anders zu unterhalten. Wir können nur zusehen, wie der Sturm größer wird …« Di seufzt. »Aber genug davon. Paß auf dich auf. Du bist zwar schon erwachsen, aber trotzdem bist du immer noch mein kleiner Bruder. Diese Alte, mit der du zusammen bist ...«

»He!«

»... kenne ich sie vielleicht?«

Weil Jesse befürchtet, daß sein Bruder ihn in die Psychiatrie einweisen lassen würde, wenn er ihm von Synthi erzählte, verneint er diese Frage: »Ich glaube nicht. Kennst du eine Schauspielerin namens Mary Ann Waterhouse?«

»Nie von ihr gehört. Sag ihr, sie soll gut auf meinen kleinen Bruder aufpassen, ja?«

»Gut. Und du hast ein Auge auf meine Neffen.«

Sie verabschieden sich mit einem pseudo-militärischen Gruß. Dann lehnt Jesse sich nachdenklich zurück; das hatte sich ganz nach einem Lebewohl angehört, und diese Vorstellung behagt ihm gar nicht. Und doch – nun, die Satelliten stehen noch immer dort oben, unberührt von den Unbilden der Witterung, und es gibt viele unterirdische Glasfaserleitungen ... selbst wenn die Zivilisation zusammenbricht, wird das Netz noch für lange Zeit funktionieren.

Er hat die Vision, daß Mary Ann und er mitten im Dschungel einen kleinen Garten bestellen, wobei sie als einziges Hilfsmittel über einen angespitzten Stock verfügen; währenddessen ist Mary Ann auf Sendung, so daß weltweit Millionen Menschen, deren eigene Gärten verwildert sind, in ihren Hütten an der Erfahrung teilhaben, mit einem spitzen Stock Gartenarbeit zu verrichten.

»Worüber lachst du denn?« fragt Mary Ann, die gerade aus der Dusche kommt. Ihr vollendeter Körper beeindruckt ihn nach wie vor.

»Ach, ich habe gerade mit meinem Bruder telefoniert. Er ist wirklich ein Spaßvogel.«

Zu dem Zeitpunkt, als sie ihre Sachen aus dem kleinen Bungalow holen, ist Naomi zu dem Schluß gelangt, daß

Erics Weltsicht sich grundlegend von der ihren unterscheidet. Sie weiß indessen nicht, welche Konsequenzen sie aus dieser Erkenntnis ziehen soll – er ist höflich und geht auf sie ein, aber weil sie den Leuten abgeschworen hat, die mit ihren Werten hausieren gehen, merkt sie plötzlich, wie wenig sie im Grunde zu sagen hat. Sie ist schon an vielen Orten gewesen, wobei sie aber meistens direkt vom *Zipline* in irgendein Armenviertel marschiert ist; aus diesem Grund kann sie ihm zwar etwas über die Slums in diversen Städten erzählen, sonst aber auch nichts – und Slums sehen überall gleich aus.

Sie findet die kurze Nachricht von Jesse; nach kurzer Überlegung verschiebt sie die Antwort auf später – Eric bringt bereits ihre Sachen zum Auto, und sie will nicht, daß er die ganze Arbeit allein macht.

Als sie die Stadt verlassen, erzählt Eric ihr vom Museum in Oaxaca, in dem viele Artefakte ausgestellt sind, die sie auf Monte Alban ausgegraben haben. Er scheint sich Sorgen über den Zustand der Exponate zu machen.

Beschämt gesteht sie ihm, daß sie, obwohl sie schon seit Wochen hier ist und zudem auch Freizeit hatte, weder im Museum noch auf Monte Alban gewesen sei. Sie ist nur auf Versammlungen gewesen und hat sich mit der Definition von Werten befaßt; und selbst wenn sie das Museum besucht hätte, so sagt sie sich selbstkritisch, hätte sie es ohnehin nicht zu würdigen gewußt. Sie hätte dann nur der schönen Kultur und dem Verlust für die lineare, zentrische Euro-Kultur nachgetrauert...

Als sie Oaxaca verlassen, ist es schon spät am Tag, aber die Transponder der Bundesstraße 190 sind intakt, so daß das Fahrzeug die Strecke bis Ciudad de México im Automatik-Modus zurücklegt. Ein umgeknickter Baum drüben am großen Springbrunnen in der Paseo Juárez ist alles, was hier an Sturmschäden zu verzeichnen ist; im Hinterland von Tehuantepec hat ›Clem

Zwei‹ einen Rechtsschwenk vollzogen, wodurch Oaxaca noch glimpflich davongekommen ist; Chiapas hingegen hat seine volle Wucht zu spüren bekommen.

»Das Museum ist also nur drei Blocks entfernt, genau dort drüben«, sagt sie. »Teufel, ob ich wohl noch mal die Gelegenheit bekomme, es zu besuchen?«

»Sicher; wenn du bei mir bleibst, Mädchen; ich liebe diese Stadt nämlich«, meint Eric mit einem Grinsen. Zügig fahren sie die Calle Niños Héroes de Chapultepec entlang, die Ausfallstraße aus der Stadt, und nehmen Kurs auf die A 190.

Es hat ihr gefallen, als ›Mädchen‹ tituliert zu werden. Wenn Jesse sich das jedoch erlaubt hätte, wäre sie ausgerastet. Irgendwie war das wie ein Schock für sie – was wohl als nächstes kommt, ›Baby‹ vielleicht?

Andererseits interpretiert sie das so, daß er sie mag und attraktiv findet, und warum soll er das nicht auch kundtun; wenn sie damit Probleme bekommt, wird sie es ihm einfach sagen. Er macht einen netten Eindruck und wird sie sicher nicht auf eine Art anreden, die ihr nicht gefällt.

Wenige Minuten später gibt er die Koordinaten eines Hotels in Mexico City in den Bordcomputer ein und schaltet auf Automatik um – als sie sich hinüberlehnt, um den Namen des Hotels in Erfahrung zu bringen, stellt sie schockiert fest, daß sie das Haus kennt. Es ist einer der neuen, erdbebensicheren Riesenpaläste, deren billigste Zimmer schon mehr als eines ihrer Monatsgehälter verschlingen würden. »Äh«, sagt sie, »ähem … ich sollte mir vielleicht etwas suchen, das ich mir auch leisten kann …«

»Kein Problem«, erwidert er. »Ich habe eine Zwei-Zimmer-Suite gebucht. Du bist mein Gast. Ich mag dich nämlich, Naomi. Ich will nicht bestreiten, daß ich gern das Bett mit dir teilen würde, aber ich würde lieber gefragt werden als selbst fragen.«

*Mach nur so weiter*, sagt sie sich, *und ich werde dich*

*wirklich fragen. Wie es wohl wäre, Sex mit einem Mann zu haben, nur weil ich es will? Ohne auch nur den Versuch zu machen, ihn zu erziehen.*

Diese Überlegungen sind ihr nachgerade unheimlich, und deshalb sagt sie: »Weißt du, ich muß gestehen, wenn ich das Museum besucht hätte, dann wäre ich mit einer vorgefaßten Meinung über non-europäische Artefakte dorthin gegangen und hätte das Wesentliche überhaupt nicht erkannt. Ich bin wohl nicht sehr offen für neue Erfahrungen – obwohl ich mein ganzes Leben versucht habe, mich eins mit der Welt zu fühlen.«

Er lächelt. »Warum bist du nicht einfach eins mit dem, was du magst?«

Sie erwidert das Lächeln. »Ich könnte jetzt sagen, das sei eine extrem negative Werte-Entscheidung. Aber ich weiß nicht; einfach eins sein mit dem, was man an seinem Liebhaber mag. Das hat wohl nicht sehr viel mit Liebe zu tun, aber ich glaube, du wärst dazu imstande.«

»Nun, das ist eben meine Philosophie«, sagt er. »Ist dir überhaupt klar, daß du zu den Leuten gehörst, die es einem schon seit einigen Generationen gründlich verleiden, in den USA Geschäfte zu machen? Du hast sicher schon viele Dinge getan und dich für Dinge engagiert, die ich verabscheue wie der Teufel das Weihwasser. Richtig?«

»Richtig.« Sie möchte sagen, daß es ihr leid tut; dann wird sie wütend, weil es überhaupt nichts gibt, wofür sie sich entschuldigen müßte, und kommt sich schließlich blöd vor, weil er ja gar keine Entschuldigung von ihr verlangt hat. Letztlich ist es ohnehin egal, denn er erzählt einfach weiter.

»Nun, meinetwegen kannst du ruhig darüber sprechen. Ich mag die Art, wie du lächelst, deinen schönen Körper und daß du eine gute Zuhörerin bist. Und wenn wir schon dabei sind, beim Umgang mit Männern entwickelst du einen ziemlich derben, skurrilen Humor; und, ob du es glaubst oder nicht, ich strenge mich so an, dir zu gefallen, daß ich fast verrückt werde. Aber ich weiß auch, daß es keinen Zweck hätte, dir nach dem Mund zu reden, denn du würdest das schnell merken. Also nehme ich an, daß du nur meine Großzügigkeit und Höflichkeit magst.«

»Man könnte noch ergänzen, dein gutes Aussehen und die vielen Erfahrungen, von denen ich gern hören würde«, sagt sie, »solange du dabei nur nicht auf dumme Gedanken kommst.«

»Keine, die ich sowieso schon länger nicht mehr gehabt hätte. Gehen wir nach hinten; dort haben wir mehr Platz, und ich hole was Eßbares aus dem Kühlschrank. Wenn du aus einer *Dee-per*-Familie stammst, bist du sicher Vegetarierin…«

»Äh, ich fürchte schon. Und – hmm. Ich weiß, daß die meisten Leute uns *Deepers* nennen, aber wir selbst bezeichnen uns als ›Klare Werte‹ oder KW.«

Eric nickt verständnisvoll. »Gut, ich habe frisches Obst, Salat und Naturjoghurt. Alles amerikanische Ware; es wird dir nicht schaden, auch wenn du die letzten Monate nur einheimische Nahrungsmittel gegessen hast. Ich hoffe, du hast nichts dagegen, wenn ich ein paar Schinkensandwiches verdrücke.«

»Einer der Werte, die ich etwas relativieren möchte, ist die Frage, ob das Recht auf Eigentum einen geringeren Stellenwert hat als das Recht auf Bildung«, sagt Naomi mit einem breiten Grinsen. »Gerade ist mir nämlich wieder eingefallen, daß es schließlich dein Auto und deine Sandwiches sind und daß ich hier nur Gast bin.«

Während des gemütlichen Abendessens sprechen sie über Themen wie Kindheit, Unternehmens-Simulationen oder die Planung von Demonstrationen. Schließlich bricht die Nacht herein. Die Klimaanlage des Autos funktioniert perfekt, und Naomi wird sich bewußt, daß sie auch keine Schlaglöcher gespürt hat. Den größeren

Löchern weicht das Fahrzeug aus, und die kleineren werden von den Stoßdämpfern absorbiert. So bequem wie jetzt ist sie wohl noch nie gereist.

Es sind noch immer drei Stunden bis Mexico City; an einer automatisierten Tankstelle machen sie eine kurze Rast, wobei sie sich nur der kühlen Bergluft aussetzen, um die Toilette aufzusuchen. Als Naomi fertig ist, wartet er draußen in der Kälte auf sie.

»Warum hast du dich nicht wieder ins Auto gesetzt?« fragt sie ihn. »Meine Güte, heute nacht friert es.«

»Ich bin halt ein Gentleman«, erwidert er. »Kann vorkommen, wenn man als Junge bei den Pfadfindern war.«

»Meine Eltern hatten meinem Bruder verboten, Pfadfinder zu werden. Uniformen sind nämlich militaristisch, und das Zelten schadet der Natur.«

»Außerdem, wenn man einer alten Frau über die Straße hilft, werden wegen der alten Dame auch noch wertvolle Energien vergeudet«, ergänzt er und öffnet ihr den Schlag.

»Dieses Argument hätten sie auch noch angeführt, wenn es ihnen eingefallen wäre. Du hättest doch eben fast den Arm um mich gelegt, oder?«

»Aber nur fast.« Er schließt die Tür und geht um das Auto herum, steigt ein und sagt: »Night Rider, Spracherkennung an. Alle Passagiere an Bord. Verriegeln und weiterfahren. Night Rider, Spracherkennung aus.«

Das Auto bestätigt mit einer Frauenstimme: »Alles klar, Boss. Schöne Dutteln hat die Biene.« Dann fährt das Fahrzeug wieder auf die Bundesstraße auf.

Das kam so unerwartet, daß Naomi in schallendes Gelächter ausbricht. Eric scheint sich auf dem Sitz verstecken zu wollen. »Es tut mir leid«, sagt er. »Ich hatte ganz vergessen, die Ansage umzuschalten und ...«

»Weshalb nennst du das Auto denn ›Night Rider‹?«

»Das habe ich aus meinem Lieblings-Kinderbuch. Absoluter Quatsch, wirklich – Kinderkram. Da kam ein

Auto mit diesem Namen vor, und – oh, nun, es tut mir wirklich leid. Ich habe da eine etwas ausgeflippte Freundin in Utah …«

»Oh«, entgegnet Naomi.

»Nein – es ist – egal, rufen wir sie an. Fast wäre ich, was dich betrifft, auf dumme Gedanken gekommen. Aber ich versichere dir, du brauchst dir keine Sorgen zu machen.«

»Und du kannst sie um diese Zeit noch anrufen?«

Als das Auto eine enge Kurve nimmt, sagt er: »Wir kennen uns schon von der Highschool, und sie ist bereits zum zweitenmal verheiratet. Wie gesagt, dieser alten Freundin hat das Buch auch sehr gut gefallen, und weil Knight Rider immer eine deftige Sprache pflegte, hat sie mir das Sprachmodul zu Weihnachten geschenkt.«

Der Name dieser Freundin ist Zoe Matson. Sie ist lieb und nett und sagt Eric sofort, daß »du mir zum Glück einen Schlüssel dagelassen hast. Ich gehe gleich zu deinem Haus rüber und kaschiere alle Hinweise auf deinen Lebenswandel, du schmutziges Schwein. Dann trommle ich alle *anderen* minderjährigen Mädchen zusammen, die ich finde, gebe ihnen eine Busfahrkarte in die Stadt und mache es überall publik …«

Die Tatsache, daß Eric eine solche Freundin hat, verschafft ihm bei Naomi noch mehr Sympathien, und nun ist wirklich alles in Ordnung. Als das Gespräch mit Zoe beendet ist, fragt Naomi: »Hegst du noch immer … äh … solche Gefühle für mich?«

»Ja«, erwidert er. »Ich meine, ich bin immer noch ein Gentleman …«

»Das weiß ich, Kumpel«, sagt sie, und dann – der Vorgang kommt ihr absolut irreal vor, und als sie es dann richtig genießt, lacht sie über sich selbst – schaltet sie die Innenbeleuchtung ein, so daß er sieht, wie sie das Oberteil auszieht. »Also – willst du mal die Dutteln von der Biene sehen?«

Sie wundert sich über ihre Gefühle.

Als sie den Entschluß dazu faßte, hatte sie fast schon damit gerechnet, daß er wild über sie herfallen würde, aber nach dem Herumalbern mit Zoe erkennt sie, daß sie ihn wirklich will; es ist der letzte Schritt zur Selbstfindung. Selbst wenn er wie ein Tier über sie hergefallen wäre, hätte sie es trotzdem genossen.

Statt dessen beugt er sich jedoch langsam nach vorne, hebt ihr Kinn an, bringt ihren Mund an den seinen und küßt sie fest; er streichelt ihren Hals, fährt zärtlich über die Schulter, die weiche Armbeuge und dann über die Brust, bis er schließlich ihre erigierte Brustwarze berührt. »Ich danke dir dafür«, flüstert er.

Sie küßt ihn auf die Wange und legt seine beiden Hände auf ihre Brüste. »Fick mich«, verlangt sie. »Fick mich einfach – reden können wir später.« Sie fühlt sich wie im XV, und sie findet dieses Gefühl göttlich, und sie findet auch sonst alles göttlich, was geschieht, und sie findet Eric göttlich. Sie weiß nicht, ob sie sich jemals in ihrem bisherigen Leben solche Gefühle gestattet hat.

Das Auto fährt weiter nach Norden, es gleitet lautlos dahin; zum Glück ist der Bordcomputer umsichtig genug, sie rechtzeitig zu wecken, daß sie sich noch vor dem Eintreffen im Hotel anziehen können.

Naomi hätte nicht gedacht, daß danach noch Feuer in ihnen wäre, aber das große Bett und das schöne Zimmer verfehlen ihre Wirkung nicht … sie bleiben noch einen ganzen Tag in Mexico City und müssen Zoe daher Bescheid sagen, daß sie erst später kommen. Es macht Naomi nicht einmal etwas aus, deswegen gefrozzelt zu werden.

*Vielleicht sollte ich mich bei Passionet bewerben,* überlegt sie.

Als sie die Ergebnisse bekommt, stößt Berlina Jameson einen Seufzer der Erleichterung aus. Die Gerüchte, die sie im Netz ausgestreut hatte, haben ihren Zweck erfüllt; zehn Minuten, nachdem sie Glinda Gray informiert hat, daß die Story über die ›Raumpiraten der USSF‹ der Aufmacher der nächsten *Sniffings*-Sendung sein würde, wurden über siebzig Kurzmitteilungen an UN-Botschafter, Kongreßabgeordnete, Abgeordnete des Europarlaments und japanische Parlamentsmitglieder versandt... sie erkennt, daß das vorliegende Material die Struktur von Kliegs Einfluß abbildet. Diese Leute werden John Klieg und *GateTech* ein Monopol auf die Weltraumfahrt einräumen, wobei sie vielleicht mit diversen Dienstleistungen oder auch nur mit barer Münze honoriert werden.

Sie stellt daraus eine Sondersendung von *Sniffings* zusammen, die nachträglich gebracht wird. Weil es schon spät ist, desaktiviert sie für die Nacht die Verbindung zu den anderen Nachrichtenagenturen. Sie hat jetzt genügend Material über den Golf, um später über die Katastrophe zu berichten, die sich dort bereits abzeichnet; den höchsten Nachrichtenwert hat im Augenblick die immense Anzahl von Menschen, die ihre Häuser aufgeben und in die höhergelegenen Regionen im Norden flüchten.

Dann fällt ihr ein, daß es dort oben noch gar keine Flüchtlingslager gibt. Viele Menschen weichen in die Rockies aus, wohl im Bewußtsein, daß es höher nicht mehr geht; also beschließt sie, das Schicksal der Flüchtlinge zu recherchieren – vielleicht bekommt sie dadurch Material für eine neue große *Sniffings*-Sendung und macht ordentlich Knete. Sie programmiert das Auto mit Kurs nach Wyoming und legt sich zum Schlafen nieder, während das Fahrzeug durch die Nacht braust.

Der Tag fängt schlecht an für Diem; am liebsten würde er zurücktreten.

Zunächst stellt sich heraus, daß Hardshaw die allgemeine Erlaubnis erteilt hat, mit Berlina Jameson zu sprechen, daß sie umfassend von den Büros des Weißen Hauses unterstützt wird und daß er von alledem nichts wußte. Außerdem hätte Diem in seiner Eigenschaft als Stabschef von ihrem Gespräch mit Rivera unterrichtet werden müssen. Derart übergangen zu werden, ist inakzeptabel und eigentlich ein Indiz für eine Kündigung oder Maßregelung, aber bisher ist sie mit ihren höchsten Mitarbeitern noch nie so umgesprungen...

Ihr Blick wird etwas milder, als sie sagt: »Sie waren noch nicht im Haus, Harris, als ich den Termin festgelegt habe. Wären Sie gleich in Ihr Büro gegangen, anstatt bei mir hereinzuplatzen, dann hätten Sie es auch gesehen. Das war wirklich nicht gegen Sie gerichtet. Und ich verstehe auch nicht, weshalb Sie sich wegen Jameson so aufregen. Wir haben sie damit beauftragt, Kliegs Einflußbereich zu recherchieren und die Verbindung zu Hassan aufzudecken, und sie wird das auch tun.«

»Aber so, wie Sie vorgehen, wird alles publik werden... wir hätten dann keine Handhabe mehr. Wir könnten ihnen dann nicht mehr mit einer Enthüllung drohen. Verdammt, ein Spiel mit lauter schlechten Karten.« Mit einem Seufzer nimmt er Platz und zwingt sich zur Ruhe. »In Ordnung. Ich bin ganz ruhig. Erklären Sie mir die Spielregeln, ich kenne sie nämlich noch nicht. Ich dachte, Sie hätten einen brillanten Plan ausgearbeitet, um Klieg und ein halbes Dutzend Regierungen in Mißkredit zu bringen. Offensichtlich war das nicht Ihre Absicht.«

»An Ihrem freien Tag haben Sie sich aber nicht erholt.« Sie sagt das zwar in humorvollem Ton, meint es aber durchaus ernst.

»Komisch, ich dachte nämlich, ich *hätte* mich erholt. Sie tun mir das nicht wieder an, Chefin, nicht wahr?«

»Wenn es sich vermeiden läßt. In Ordnung, und jetzt zum Prozedere bezüglich Rivera ...«

Es ist nur ein Blatt Papier, auf dem vier Punkte notiert sind. Harris Diem liest den Text zweimal durch, schaut dann auf und fragt: »Darf ich das behalten?«

»Warum?« fragt sie zurück.

»Für meine Memoiren.« Er greift in seinen Aktenkoffer, holt eine Dokumentenmappe heraus und legt das Blatt säuberlich ein. »Ich werde das irgendwo zwischen Lincolns Proklamation in Gettysburg und Roosevelts *Day of Infamy*-Ansprache plazieren. Ist vielleicht noch bedeutender als Roosevelts Rede.«

»Es wird wohl noch einige Zeit dauern, bis Sie Ihre Memoiren schreiben«, sagt sie.

»Geduld kann ich mir dann leisten, wenn ich tot bin.«

Sie nickt knurrend; was auch immer sie noch sagen wollte, wird für immer ungesagt bleiben, denn der Generalsekretär ist nun in der Leitung.

Die höflichen Vorreden fallen kürzer aus als sonst, wirken aber aufrichtiger; zumindest hat Harris Diem diesen Eindruck. Schließlich sagt Rivera: »Frau Präsidentin, ich finde, wir sollten es kurz machen. Die Historiker würden uns sicher wohlwollender beurteilen, wenn wir überlegter handeln, aber ich habe schon immer gern einen Kopfsprung ins kalte Wasser gemacht.«

»Einverstanden«, sagt Hardshaw, »zumal es vielleicht auch das Letzte ist, worauf wir uns verständigen. Haben Sie Ihren Vorschlag formuliert?«

»Habe ich, wie besprochen. Wenn Sie ihn durchgelesen haben, diskutieren wir ihn.«

Hardshaw drückt auf einen Knopf. Die vier Punkte, die Harris Diem im Original vorliegen, erscheinen auf dem Bildschirm des Generalsekretärs; seine vier Punkte erscheinen auf dem Bildschirm von Präsidentin Hardshaw, und sie und Diem beugen sich vor, um sie durchzugehen.

Es dauert keine Minute, bis sie sich hoffnungsvoll und mit dem Anflug eines Lächelns anschauen. Diem schüttelt den Kopf. »Das war wohl unvermeidlich. Was getan werden muß, ist so eindeutig – es sei denn, wir wollen zulassen, daß in der Welt nach ›Clem‹ Klieg, Hassan und die Sibirer an den Hebeln der Macht sitzen –, daß es kein Wunder ist, wenn beide Seiten drei von vier Punkten identisch formuliert haben. Hatten Sie denn vier Punkte vereinbart?«

»Nein«, erwidert Rivera, »aber der vierte Punkt ist trotzdem plausibel. Frau Präsidentin, sind wir uns dann dahingehend einig, daß Oberst Tynan die Expedition zum Kuiper-Gürtel aus gegebenem Anlaß unverzüglich fortsetzt und daß er weder weitere Anweisungen für Modifikationen noch weitere Rückrufe erhält, sondern unter Berücksichtigung der ursprünglichen Ziele den Plan nach eigenem Ermessen modifiziert – Ihre Terminologie gefällt mir noch besser als meine – und daß er die entsprechende Order von uns beiden empfängt und sie auch einzeln bestätigt?«

»Einverstanden«, erklärt sie. »Es ist kein rechtsverbindliches Dokument, so daß es auf präzise Klauseln nicht ankommt. Nun zum strittigen Punkt: Was würden Sie sagen, wenn wir uns selbst stellen? Wir werden verkünden, daß die Übernahme des japanischen und französischen Sektors der Mondbasis ein Akt vorsätzlicher Aggression war und bieten Schadenersatz an, und gleichzeitig konzedieren wir, daß unser Vorgehen einen casus belli darstellt.«

Rivera grinst. »Dann würde ich sagen – schließlich sind wir beide erfahrene Anwälte, Frau Präsidentin –, daß wir uns vor Gericht sehen. Der Generalsekretär hat nämlich für die Dauer des Notstands alle Weltraumeinrichtungen beschlagnahmt – und im Gegensatz zu Ihrer nationalen Verfassung bin ich aufgrund des Zweiten Bundes der UN ermächtigt, den Notstand rückwirkend auszurufen und Eigentum entschädigungslos zu beschlagnahmen –, so daß der unter meinem Befehl stehende Oberst Tynan absolut legal gehandelt hat. Werden Sie das Urteil des Weltgerichts denn anerkennen?«

»Ja, zum Teufel. Vielleicht werde ich mich sogar selbst vertreten.«

Mit geweiteten Augen sagt Rivera: »Frau Präsidentin, ich bitte Sie – tun Sie das nicht.«

Es geschieht nicht oft, daß Brittany Lynn Hardshaw verwirrt oder konsterniert dreinblickt. »Und weshalb nicht? Wenn Ihre Entscheidung steht, bin ich ohnehin nur die Gouverneurin einer UN-Provinz; und dann könnte ich meine Zeit auch sinnvoller nutzen.«

Rivera schüttelt den Kopf, wobei Diem ein Funkeln in seinen Augen erkennt. »Das Problem, Frau Präsidentin, besteht darin, daß, wenn Sie die Vertretung der Vereinigten Staaten übernehmen, ich nicht der Versuchung widerstehen werde, angesichts der Bedeutung des Falls vor Gericht selbst gegen Sie anzutreten – und es wäre gegenüber der Welt nicht zu verantworten, wenn wir beide unsere Kräfte dabei binden.« Sein Grinsen wird breiter. »Außerdem ist die Ironie einfach köstlich. Wenn Sie der illegalen Aneignung japanischen und französischen Eigentums für schuldig befunden würden, dann hätten Sie nämlich die Souveränität Ihres Landes bewahrt. Also werden Sie sich vor Gericht als Piratin zu präsentieren versuchen, und die UN werden versuchen, Ihre Unschuld zu beweisen.«

Sie nickt. »Wir sehen uns dann vor Gericht. Und ich bin schuldig wie die Hölle.«

»Frau Präsidentin – das sind Sie nicht. Darf ich also davon ausgehen, daß wir soweit fertig sind und wie besprochen verfahren werden?«

»Richtig. Grüße an Ihre Familie …«

»Und ich habe mich über die Gelegenheit gefreut, mit Ihnen zu sprechen«, erwidert er. Erneut haben sie sich auf die formale Ebene begeben, aber trotzdem wird Diem das Gefühl nicht los, daß sich Sympathie dahinter verbirgt. Das Büro des Generalsekretärs schaltet ab. Das blauweiße UN-Logo flackert kurz und verschwindet dann vom Bildschirm.

Sie dreht sich zu ihm um und sagt: »Natürlich habe ich es über einen abhörsicheren Kanal überprüft; Tynan ist wirklich startbereit. Hätte auch ziemlich blöd ausgesehen, wenn er noch drei Wochen im Erdorbit hätte herumhängen müssen, während eine Prozeßlawine ins Rollen gekommen wäre. Ich glaube, wir können das Signal wohl senden – starten Sie die Aktion, Harris. Dieses Band ist für Tynan.«

Diem nimmt es entgegen und betrachtet die Cassette; er sagt sich, daß dieser Gegenstand eines Tages vielleicht im Smithsonian Institute ausgestellt wird, falls es diese Einrichtung dann überhaupt noch gibt. »Ach, Harris, noch etwas«, sagt sie.

Diem schaut auf.

»Es wäre möglich, daß Sie die Bedeutung richtig einschätzen. Aber im Gegensatz zu Teddy Roosevelt muß ich nicht befürchten, daß der Kongreß beschließt, den Oberst einfach im Weltraum auszusetzen.«

»Sie müssen aber eine Amtsenthebung befürchten.«

Sie steht auf und streckt sich, und plötzlich sieht er, wie alt und müde sie wirkt; die Lider hängen etwas, der Teint ist grau, und der Körperhaltung nach zu urteilen, scheinen ihr einige Muskeln nicht mehr zu gehorchen. »Befürchten? Harris, ich *freue* mich darauf.«

# DREI

# SINGULA-
# RITÄT

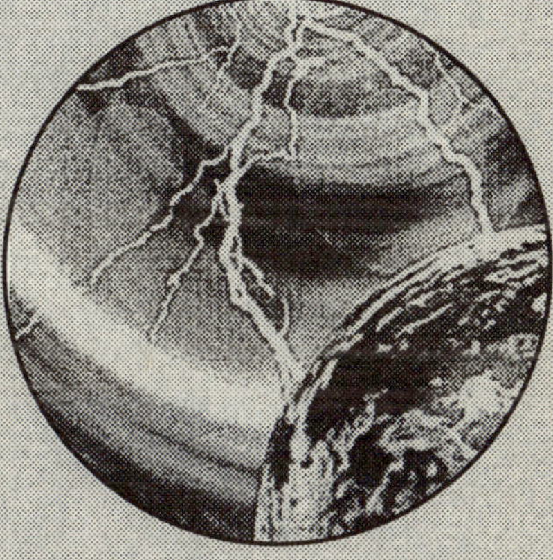

›Clem‹ setzt seine Wanderung fort. Nach dem Holocaust von Hawaii, wie die Leute es mittlerweile nennen, sprechen die Medien nur noch selten davon, wie ›rücksichtslos ‚Clem' sich den Menschen gegenüber verhalte‹. Die wenigsten Leute müssen oder wollen daran erinnert werden, daß ›Clem‹ sich über die Menschen keine Gedanken macht.

Am 14. Juli bahnt sich der Untergang der Republik der Marschall-Inseln an. Am Freitag, dem vierzehnten, um 10:00 Uhr Ortszeit, befindet das Auge des gigantischen Wirbelsturms sich auf 166 Grad West 7 Grad Nord. Hier erstreckt der Pazifik sich endlos in alle Richtungen, wobei nur das kleine, hochpreisige Reiseziel Palmyra Atoll aus den Fluten ragt, das schon lange evakuiert ist und nun die volle Wucht des Sturms zu spüren bekommt.

Doch spät an diesem Nachmittag, gegen 15:30 Uhr Ortszeit (obwohl es niemanden gibt, für den diese Ortszeit relevant wäre), vereinigen die Fallströme, die ›Clem‹ vorangetrieben haben, sich nordöstlich des riesigen Wirbelsturms und schieben ihn rasch nach Südwesten.

Die Marschall-Inseln sind bereits bei ›Clems‹ letztem Durchgang verwüstet worden, wobei sein Pfad sich noch ziemlich weit südlich erstreckt hatte. Diesmal ist der Wirbelsturm jedoch viel größer; seit Hawaii hat er nicht an Stärke verloren, und er zieht mitten zwischen den zwei parallel verlaufenden Inselketten der Republik hindurch.

Es ist zwar rechtzeitig Sturmwarnung gegeben worden, aber das heißt noch lange nicht, daß jeder sich auch in Sicherheit bringen konnte; diese Chance hat nur in der Theorie bestanden.

Admiral O'Hara, der auf der Brücke der HMS *Abel Tasman*, des Flaggschiffs der UN-Rettungsflotte, steht, hat das ungute Gefühl, daß diese theoretische Chance den UN-Politikern auch ausreicht. Die Republik der Marschall-Inseln ist nämlich schon seit fast einer Generation eine Eiterbeule für die UN, und aus der Perspektive des Generalsekretärs könnte ›Clem‹ kaum einen besseren Ort erwischen. Der unter O'Haras Befehl stehende internationale Verband ist überhaupt nicht in der Lage, einen Rettungsauftrag auszuführen, und selbst ohne Wirbelsturm wären sie nicht imstande gewesen, die zwanzig Fraktionen des Bürgerkriegs zu befrieden, der das einstige Inselparadies in ein einziges Notstandsgebiet verwandelt hat.

O'Hara ist stolz auf die Leistungen seiner Australier und Neuseeländer, und auch die aus Filipinos, Indern, Koreanern und Thais bestehenden Einheiten sind über jeden Zweifel erhaben, aber er weiß auch, daß sie vor einer unlösbaren Aufgabe stehen – und wenn man einem militärischen Verband einen undurchführbaren Auftrag erteilt, kann man die Leute nur zum Durchhalten auffordern.

Und sie müssen viel aushalten. Die einzige Insel, auf der sie – bisher – noch nicht unter Feuer geraten sind, ist Kwajalein, aber sie haben fast niemanden von dieser Insel evakuiert. Die mehreren tausend Menschen in der ehemaligen amerikanischen Kolonie, eine Art ›Vorstadt‹, die für die auf dem Raketengelände arbeitenden Amerikaner angelegt wurde, gehören einer Vielzahl christlicher Kulte an, deren gemeinsamer Nenner das extreme Mißtrauen gegenüber Meldungen von der Außenwelt ist. Die meisten von ihnen weigerten sich, an Bord der Schiffe zu gehen, weil sie das für einen Trick hielten, um so den Amerikanern die Rückkehr zu ermöglichen.

Es gibt aber noch viele friedliche Atolle, Schauplätze aus *Südpazifik* oder *Meuterei auf der Bounty*, bei deren Anblick einem das Herz lacht. Aber schon der erste Durchgang von ›Clem‹ hat viele dieser Atolle isoliert – es bestehen zwar direkte Satellitenverbindungen zu allen Inseln, aber nicht alle Bewohner haben die Antennen ausgefahren, und dann gibt es noch einige tausend Menschen, die keinen Satellitenanschluß haben, so daß sie die Warnungen überhaupt nicht mitbekommen. Die Thais rasen zwar in ihren Luftkissenbooten von einem Anwesen zum anderen, und die Besatzung des indischen Trägers *Brahma* hat auch noch einige Leute informiert, aber sie wissen dennoch nicht, auf welchen Atollen sich noch Menschen aufhalten oder welche Atolle illegal besiedelt sind. Die Zeit ist einfach zu knapp, um alle zu erreichen. Wenn die großen Flutwellen und der Wind mit einer Stärke von über 35 Beaufort zuschlagen, dann werden viele Tausende ertrinken, ohne daß die Außenwelt ihren Tod überhaupt zur Kenntnis nehmen würde.

Aber das nur am Rande. O'Hara echauffiert sich nur deshalb, weil selbst die Kultanhänger von Kwajalein doch halbwegs vernünftige Leute sind, und er würde lieber friedliche, harmlose Menschen in Sicherheit bringen, als sich mit dem auseinanderzusetzen, womit sein Verband jetzt konfrontiert wird.

Das Barometer fällt bereits, und obwohl der durch den Südschwenk stark geschwächte ›Clem‹ noch mehr als tausend Kilometer entfernt ist, wirkt O'Haras Gesichtsausdruck irgendwie resigniert; er fragt sich, ob er diese Laufbahn würde auch gewählt haben, wenn er gewußt hätte, wie sie enden würde.

Er hat noch nie einen Schuß im Zorn abgegeben; die australische Marine hat sich schon lange nicht mehr in Kampfhandlungen befunden. Selbst wenn er in einen

Kampf verwickelt worden wäre: bei der *Tasman* handelt es sich um einen KROK, einen Kombinierten Robotischen Operations-Kreuzer, ein Schiff, das eine Vielzahl intelligenter Drohnen auf, über und unter dem Ozean ausschwärmen läßt; wenn ein Objekt so weit vordringen würde, um das Schiff zu gefährden, dann wäre der Kampf schon verloren.

Aber hier werden keine Kämpfe stattfinden – jedenfalls nicht gegen andere Schiffe. Und überhaupt könnte er schon in den Vorruhestand gehen …

Irgendwo dort draußen, weit hinter dem Horizont, erobern koreanische Marineinfanteristen Haus für Haus im Kampf um einen erbärmlichen, zwölf Kilometer langen und zweihundert Meter breiten Strandabschnitt; sie rücken in die ausgedehnte ›Vorstadt‹ vor, die zwischen Darrit-Uliga-Delap und dem Flughafen entstanden ist und die nun durch den Bürgerkrieg, der nach der Vertreibung der Amerikaner ausbrach, in ein halbes Dutzend Territorien zersplittert ist. Wenigstens die Koreaner haben einen klaren Auftrag – Vertreibung der bewaffneten Banden, damit die Zivilisten sicher die Busse zum Flughafen besteigen können. Das einzige Problem für die Koreaner besteht darin, daß ihre Truppe zu klein ist – die UN-Soldaten sind an zu vielen Punkten zugleich eingesetzt und können von dort nicht abgezogen werden.

Die Kiwis und Aussies, die versuchen, den Ort Ebeye auf dem Kwajalein-Atoll nördlich der Hauptinsel Kwajalein zu evakuieren, sind die eigentlich Gekniffenen. Die zirka tausend Einheimischen, die auf dem Raketengelände arbeiteten, hatten 1990 noch für 7500 Angehörige zu sorgen; im Jahre 2010 ernährten dieselben tausend Stellen schon 25 000 Menschen, die zum größten Teil jünger als zwanzig Jahre waren.

Unmittelbar vor den Kämpfen, die zum Abzug der Amerikaner führten, hatten die USA versucht, das außerordentlich kompromittierende Problem dieses Insel-Slums, dessen Vierte-Welt-Elend sich im Hintergrund von Kwajaleins Golfplatz, der Einkaufspassagen und Kinos degoutant ausnahm, dadurch zu lösen, indem man Ebeye mit modernen Hochhäusern praktisch zubaute.

Dann brach eine gewaltsame Revolution aus, die zum Exodus der Amerikaner führte, und nach dem *Blitz* waren die Amerikaner nicht mehr gewillt, eine Basis so fern der Heimat mit militärischen Mitteln zu schützen. Folglich zogen sie praktisch ohne Ankündigung ab, und die 25 000 Bewohner der entlegensten Wohnsiedlung der Welt standen vor dem Nichts. Binnen weniger Wochen brach die Versorgung mit Wasser und Strom öfter zusammen, als sie funktionierte, und Banden, deren Aktivitäten in Abhängigkeit von der Finanzlage entweder zur Politik oder zur Kriminalität tendierten, übernahmen in einer undurchsichtigen Abfolge von Kämpfen um Territorien und Macht die Herrschaft.

Während der letzten Jahre ist Ebeye ein Dauerthema der XV-Korrespondenten gewesen – Geschichten über Kannibalismus, von Mädchen, die einzig zum Zweck der Prostitution aufgezogen und dann zu Dutzenden an japanische Unternehmer verkauft wurden, der Erste Aufstand, als in der einzigen Meerwasserentsalzungsanlage ein Störfall auftrat, die Belagerung eines großen Gebäudes durch ein örtliches Verbrechersyndikat mit Lösegeldforderung, der Händlerring, der Gewebe von Kleinkindern für die Produktion von Transplantations-Material verkaufte …

Die UN-Truppen versuchen, einen Brückenkopf für eine sichere Evakuierung offenzuhalten (wobei sie unter ständigem Feuer von Heckenschützen liegen) und sichere Korridore für die Einwohner zu schaffen. Die Bevölkerung von Ebeye spricht überwiegend Englisch und glaubt den Aussagen von Weißen meistens nicht, aber dennoch flüchten sich viele Menschen an den Strand – fast ausschließlich Frauen und Mädchen, von denen nach den Berichten, die O'Hara vorliegen, viele unbekleidet sind.

Im letzten Jahr hat XV Geschichten von einer ›Gartenparty‹ veröffentlicht, auf der ausgewählten Weißen und Asiaten die Gelegenheit geboten wurde, ein feines, von Sklavenmädchen dargebotenes Mahl zu genießen. Dann durften sie die Mädchen nach Lust und Laune vergewaltigen und zusehen, wie einige gefoltert und getötet wurden. Die geheime UN-Untersuchung, die O'Hara während der Vorbereitungen zu seiner Mission zu sehen bekam, veranschlagte den Wahrheitsgehalt der Geschichte auf fünfundsechzig Prozent.

Dennoch hatten die UN damals nicht interveniert. Die Aufzucht von Frauen wie Vieh war kein hinreichender Grund für eine Intervention. Dann ist es also, folgert O'Hara, in Ordnung, einzelne Menschen nur so zum Spaß zu töten, nicht jedoch, sie massenweise ertrinken zu lassen. Vielleicht stimmt die Analogie zum Vieh tatsächlich … niemand hat Einwände gegen das Schlachthaus, aber wenn zehntausend Kühe vom Ertrinken bedroht sind …

Er bricht diese Überlegungen ab. Schon zu seiner Zeit als Kadett hatte man ihm immer wieder vorgehalten, er würde seinen Beruf nicht mit der gebotenen Nüchternheit und Distanz betrachten. Vielleicht stimmt das sogar – er wäre gern dieser amerikanische General, Marshall, gewesen, der seine Reputation hauptsächlich dem Wiederaufbau Europas nach dem Zweiten Weltkrieg verdankte. Wenn O'Hara ein Diktator wäre, dann wären die Medienleute mit ihrer Behandlung vielleicht nicht zufrieden, aber es würde Wasser, Elektrizität, ordentliche Straßen und Jobs geben und keine Morde, Vergewaltigungen oder Diebstähle.

Mit diesen Überlegungen verdrängt er nur den Gedanken an die Fallschirmjäger und Marineinfanteristen auf Ebeye, deren Einsatz eine bizarre Kombination aus Nordirland, Sarajewo und Tschetschenien darstellt. Alle paar Stunden wird ein weiterer Soldat von einem Heckenschützen getroffen, noch ein junger Mensch mit einer Kugel im Körper, die ihn entweder tötet oder für den Rest des Lebens zum Krüppel macht; wenn er Glück hat, dann wird er für die nächsten vierzig Jahre nur von Alpträumen verfolgt. Die Bodentruppen schicken Stoßtrupps zu den nächsten Häusern, kämpfen Korridore frei und öffnen Durchgänge, durch welche die Flüchtlinge entkommen.

O'Hara hat einen kurzen Bericht geschrieben, den er auch veröffentlichen will – nach diesem Einsatz wird seine Karriere ohnehin beendet sein – und aus dem hervorgeht, daß die tatsächliche Bevölkerungsstruktur auf Ebeye vor der Intervention folgendermaßen aussah: zirka zweihundert männliche Befehlshaber, dreitausend männliche Söldner und Aufseher im Dienst der Kommandeure sowie mehr als zwanzigtausend Sklavinnen.

Sein Bemühen, diese Fakten mit soldatischer Nüchternheit zur Kenntnis zu nehmen, schlägt fehl; nach weiteren fünf Minuten hat er eine Entscheidung getroffen, die ihn vor das Kriegsgericht bringen wird, aber jetzt muß er tun, was er für richtig hält.

Vor zwei Stunden hat ein *Staticopter* von der *Brahma* zwanzig indische Soldaten auf dem Dach eines Hochhauses von Ebeye abgesetzt, das Vorauskommando einer aus 100 Mann bestehenden Kompanie, welche die oberen Stockwerke des Gebäudes stürmen, die dort verstreuten Maschinengewehrnester ausschalten und es den Anzacs ermöglichen soll, das Gebäude zu betreten und zu säubern. Beim Versuch, vom Dach des Hochhauses abzuheben, wurde der *Staticopter* getroffen, und weil seine Trümmer andere Maschinen an der Landung hindern, ist die indische Einsatzgruppe nun abgeschnitten. Nichtsdestoweniger sind sie so weit ins Gebäude vorgestoßen, um das erste Maschinengewehrnest auszuschalten und hätten die anderen sicher auch noch erledigt – wenn der Häuptling, dem das Gebäude gehörte, seine Leute nicht abgezogen und die Feuertüren in offener Stellung blockiert hätte. Dann hat er die Sprinklertanks gesprengt und das Gebäude in Brand gesetzt. Außer den Soldaten verbrannten auch noch mehrere hundert Sklaven, überwiegend Mädchen, in ihren verschlossenen Zimmern oder stürzten sich aus dem Fenster auf den Betonboden, während die Aussies und Neuseeländer von schwerem Beschuß aus den Nachbargebäuden niedergehalten wurden – und das Feuer nicht erwidern konnten, weil der Feind sich hinter Sklavinnen als lebendigen Schutzschilden versteckte.

In dem wie eine Fackel lodernden Gebäude ist niemand mehr am Leben; es gab keine Möglichkeit, die im obersten Stockwerk eingeschlossenen Soldaten herauszuholen, und was von ihnen noch übrig ist, vergeht gerade in den orangefarbenen Flammen und dem schwarzen Rauch, der die hohen, bleigrauen Nimbuswolken verdeckt.

Es muß sofort gehandelt werden. O'Hara schaltet eine Konferenzschaltung und gibt den Befehl heraus; er hat ihn so formuliert, daß er, was auch immer geschieht, vor Gericht die ganze Verantwortung dafür übernehmen wird.

Wenn eine gut ausgebildete Truppe einen rein militärischen Befehl erhält, führt sie ihn auch aus. Binnen einer halben Stunde sind vier strategisch wichtige Hochhäuser in der Hand der UN-Truppen, was jedoch mit dem Tod von über zweihundert Geiseln erkauft wurde. Die Söldner sind in den Gebäuden gefangen, und die UN sind in der besseren Position. Noch eine Stunde, und die Insel ist befriedet.

Viele Australier und Neuseeländer werden für den Rest ihres Lebens von den Frauen träumen, die sie mit ihren Maschinengewehren in Stücke geschossen haben, um die schreienden neunzehnjährigen Jungen hinter ihnen zu töten.

Von nun an wird die Evakuierung zügig abgewickelt;

die vormaligen Beherrscher der Insel und ihre Handlanger werden interniert – wobei sich zweifellos der eine oder andere unschuldige männliche Sklave oder Gefangene unter ihnen befindet, denn die Soldaten sondern alle Männer, die eindeutig der Pubertät entwachsen sind, aus und sammeln sie an einem Ende der Insel. Man kann davon ausgehen, daß etwa fünf Prozent – vielleicht 150 – der 3000 internierten Männer unschuldig sind. Mit solchen Marginalien belastet O'Hara sich indessen nicht.

In der Zwischenzeit werden die Frauen und Kinder so schnell wie möglich über die Pontonbrücken zu den Transportschiffen geleitet. Ohne Zweifel sind auch einige Aufseherinnen unter den Frauen, aber nicht sehr viele, und es ist durchaus möglich, daß sie unterwegs der Lynchjustiz durch die anderen Frauen zum Opfer fallen.

Mit zunehmender Befriedigung registriert O'Hara die eingehenden Nachrichten; nicht einmal die Meldung von Oberst Park, daß die Marines durchgebrochen sind, Majuro genommen haben und die Flüchtlinge schnell evakuieren, hat diesen Stellenwert. Schließlich läßt er die Kamera die letzten Minuten von Ebeye einfangen.

Die männlichen Gefangenen warten geduldig darauf, an Bord der Schiffe zu gehen. Wie O'Hara erwartet hatte, werden sie unruhig, als sie sehen, daß die Pontonbrücken abgebaut werden, und dann geraten sie in Wallung, als ob sie zur letzten Brücke rennen wollten, bis ihnen klar wird, daß auch diese abgebaut wird.

Nun verkünden die Lautsprecher, daß andere Vorbereitungen getroffen wurden, und einige Männer verharren zögernd; diejenigen, die dennoch auf die Brücke zulaufen, werden mit Schlagstöcken und Tränengas empfangen, und nun scheinen sie es auch verstanden zu haben. Sie stehen niedergeschlagen und unschlüssig herum.

Fasziniert schaut O'Hara zu; was eine Waffe doch

alles bewirkt. Die meisten dieser Männer haben gegen Bezahlung getötet, viele zum Vergnügen, und noch vor vier Stunden waren fast alle stolze Kämpfer. Nun fällt auf, daß nur wenige älter als fünfundzwanzig sind, viele haben Übergewicht und sind aufgeschwemmt, manche haben anscheinend Tuberkulose, als Spätfolge von Unterernährung in der Kindheit oder vielleicht angeborener Syphilis. Sie hatten wie Barbaren ausgesehen, hinter ihren Gewehren und von Sklaven umgeben, und sie hatten sich auch so verhalten; traurigere Gestalten wie diese hat O'Hara indes noch nie gesehen. Streiflichtartig fragt er sich, wann diese Verwandlung wohl eingetreten sein mag, als sie die Waffen oder die Sklaven verloren hatten ... und mit Unbehagen fragt er sich, ob er sich auch verändern wird, wenn er nicht mehr über Kriegsschiffe und Matrosen gebietet.

Solche Fragen stellt man sich wohl nur dann, wenn man zu sensibel für einen Beruf wie diesen ist, denkt er. Obwohl er stark bezweifelt, daß man ihm für diese Aktion das Prädikat ›sensibel‹ verleihen wird, sofern man ihm nicht überhaupt Wahnsinn attestiert.

Erst als die wartenden Männer sehen, daß die Wachmannschaft an Bord der letzten beiden *Staticopter* geht, geraten sie in Panik; als die Rotoren sich drehen, stürmen sie los, aber die letzten Männer, die den *Staticopter* besteigen, eröffnen ohne Warnung das Feuer aus Maschinenpistolen, und als die erste Reihe zu Boden sinkt, bleibt die Menge stehen.

O'Hara hatte darum gebeten, eine Kamera vor Ort zu belassen, und nun schaltet er zu dieser um, betrachtet die panischen Männer, von denen fast keiner Rücksicht auf die am Boden liegenden Verwundeten nimmt und die durcheinanderreden, was sie jetzt tun sollten und was das alles zu bedeuten hätte.

Als sie die ersten Explosionen hören, gehen die Köpfe nach oben. Es dauert eine Weile, bis die vorne stehenden Männer erkannt haben, was geschehen ist, und dann sehen sie, daß Wasser aus jedem Gebäude strömt; und die Wassertürme selbst sind auch gesprengt worden.

Die Trinkwasserreserven von Ebeye strömen aus den Gebäudeeingängen und fließen in die Lagune.

Selbst dann sehen die meisten noch nicht, was sich ereignet hat, und die paar Leute, die es gesehen haben, versuchen es den anderen lautstark zu erklären; dann ertönt die zweite Explosionswelle, und gleichzeitig gehen alle Hochhäuser in Flammen auf.

Binnen einer Stunde wird Ebeye sich in ein einziges Flammenmeer verwandelt haben; ein paar Leuten gelingt es, die schwierige Strecke nach Kwajalein schwimmend zurückzulegen (wo die Kultanhänger die nette Tradition pflegen, jeden Mann, der herüberschwimmt, zu steinigen), eine größere Anzahl harrt am Strand aus – und alle werden umkommen, wenn ›Clem‹ diese Inseln bis auf den blanken Fels abträgt.

Nachdem O'Hara die zu Tode erschrockenen Gesichter gesehen hat, denkt er daran, wie diese Männer ihr (in der Regel kurzes) Leben verbracht haben und findet dann Gefallen an der Vorstellung, ein Kriegsverbrecher zu sein.

Die Verschiebung des Fallstroms ist nicht unbemerkt geblieben, und am späten Nachmittag hält O'Haras Flotte, deren überwiegend requirierte Frachtschiffe mit mehr als 100 000 Insulanern besetzt sind (und die trotzdem noch sehr viele freie Kapazitäten aufweisen), mit Höchstfahrt nach Süden auf den Äquator zu. Bisher ist ›Clem‹ genauso wenig wie jeder andere Wirbelsturm in der Lage gewesen, den Äquator zu überqueren, und auf hoher See wird man die Sturmflut nur als leichtes Stampfen des Schiffes wahrnehmen; wenn sie ›Clems‹ irrsinnigen Winden ausweichen, dürfte es keine Probleme geben.

Als ›Clems‹ Ausläufer am nächsten Morgen die ausgebrannten Ruinen von Ebeye erreichen, ist die Sturmflut bereits mehrmals über die Ratak-Kette hinweggerollt, und zum erstenmal seit Jahrzehnten wird auf Majuro der Müll ›abgefahren‹. Ausweislich der zurückgelassenen Kamera-Drohnen haben die in den Kasernen von Kwajalein lebenden Jünger des christlichen Kults sich auf dem Sportplatz der ehemaligen Highschool versammelt; auf Ebeye gibt es keine Spur von Überlebenden.

Nicht nur vier Flutwellen wie auf Oahu, sondern gleich Hunderte haben die Marschall-Inseln bis auf die Korallenbänke blankgeputzt; der höchste Punkt der Inseln lag gerade einmal einunddreißig Meter über dem Meeresspiegel.

Die UN-Flotte befindet sich weiter auf Südkurs. Die Schiffe spüren die Flutwellen kaum, zumal sie weit abseits des Sturms fahren; am Abend des 19. Juli sind sie südlich des Äquators auf offener, ruhiger See unter wolkenlosem Himmel in Sicherheit. O'Hara inspiziert seine Flotte mit dem Fernglas, und dabei sieht er, daß die Decks mit Menschen übersät sind.

Als er einen Anruf vom Generalsekretär bekommt, verschweigt er ihm sein Vorgehen auf Ebeye. Rivera bedankt sich kurz und herzlich bei ihm und verleiht der Hoffnung Ausdruck, daß die Insulaner bald die Flüchtlingslager im Golf von Carpenteria erreichen – verbunden mit dem inoffiziellen Hinweis, die Evakuierungsflotte zusammenzuhalten. Zur Zeit nimmt eine japanisch-chinesisch-indonesische Evakuierungsflotte Kurs auf die Marianen. Es wird erwartet, daß ›Clem‹ über dem Westpazifik wieder nach Osten dreht, und daher sagt Rivera: »Wir müssen davon ausgehen, daß der Wirbelsturm ›Clem‹ von Dauer sein wird, so daß noch viele weitere Orte zu evakuieren sind. Ihre Flotte verfügt schon über einschlägige Erfahrungen – und Sie haben den Auftrag gut ausgeführt.«

Dies ist die einzige Würdigung seiner Aktionen, die O'Hara jemals zu hören bekommt. Erst nach einigen

Tagen wird ihm bewußt, daß die Operation nicht von XV-Reportern begleitet wurde und daß alle Video-Aufzeichnungen sich in den Händen der UN befinden.

Louie Tynan darf das ›Schiff‹ für die Expedition nach 2026RU taufen; weil es sich bei dem Schiff um die alte Raumstation *Constitution*, einige größere Komponenten der französischen und japanischen Habitate auf der Mondbasis sowie um eine enorme Anzahl von Sonden, Replikatoren, Drohnen und Robotern handelt – die von vielen Orten gestartet (wobei noch mehr folgen werden) und dann irgendwie zusammengebastelt wurden –, fällt es ihm nicht schwer, dieses Konstrukt als ›Schiff‹ zu betrachten, zumal er aufgrund seiner verstärkten Prognosekapazität mit über fünfzigprozentiger Wahrscheinlichkeit davon ausgeht, daß in der Zukunft nur noch solche Konstruktionen die Bezeichnung ›Schiff‹ tragen werden.

Für diese Überlegungen stellt er nur eine sehr geringe Kapazität ab – in etwa das Äquivalent eines Dutzend Poeten, die ein Jahrhundert lang debattieren –, bis er sich schließlich für einen Namen entscheidet, der seines Erachtens den mit der Expedition verbundenen Hoffnungen am besten entspricht: die *Good Luck*.

Seit siebzig Jahren schon läßt die Geschichte sich nicht mehr anhand spezifischer Personen und Ereignisse definieren; so gibt es zum Beispiel keine Antwort auf die Frage ›Wer hat den Computer erfunden?‹ oder ›Wie lange dauerte der Dritte Balkan-Krieg‹? Deshalb ist es auch kaum verwunderlich, daß niemand genau weiß, wann die *Good Luck* abfliegt; es steht nicht einmal fest, wann sie ›fertiggestellt‹ wurde. Bojen, die später in sie integriert werden, waren bereits am 1. Juli in den solaren Orbit katapultiert worden, andere Baugruppen waren am 10. Juli zu verschiedenen Asteroiden unterwegs, und viele Komponenten werden erst dann zur Verfügung stehen, wenn das Schiff schon wieder auf dem Rückflug ist.

Doch wenn ein bestimmtes Datum benötigt wird, dann ist der 20. Juli 2028 – auf den Tag genau neunundfünfzig Jahre nach der ersten Landung auf dem Mond – genauso gut wie jedes andere. An diesem Tag, Mitteleuropäische Zeit, erreicht die von Louie Tynan geflogene *Constitution* die Fluchtgeschwindigkeit von der Erde.

Schon diese Definition ist problematisch. Louie Tynan ist sich nämlich gar nicht sicher, ob der Mensch, der da in der *Constitution* schwebt, wirklich ›Louie Tynan in Person‹ ist. In letzter Zeit fühlt er sich eher wie ein großer, sehr komplexer und zugleich langsamer und unzuverlässiger Parallelprozessor. Mittlerweile steckt schon so viel von seiner Substanz in den Prozessoren auf dem Mond, daß er das Abflugsdatum lieber als den Zeitpunkt definieren sollte, an dem er merkte, daß Louie-das-Schiff nicht mehr ein Teil von Louie-auf-dem-Mond war, sondern mit ihm kommunizierte, und das war nicht vor dem achtundzwanzigsten Juli der Fall.

Aber in der Zwischenzeit sind auch noch viele andere Dinge geschehen. Die *Good Luck* wird während des Fluges vervollständigt, und dieser Konstruktionsprozeß liefert einen großen Teil der benötigten Antriebsenergie; tatsächlich wird das Schiff 51 AE – einundfünfzig astronomische Einheiten, die einundfünfzigfache Entfernung der Erde von der Sonne, über den Pluto-Orbit hinaus – auf einem Strom seiner Komponenten zurücklegen.

Der erste Schritt besteht darin, die Replikatoren in einer ergiebigeren Umwelt als dem Mond schürfen zu lassen. Erz wird nämlich nicht durch seine Zusätze wertvoll, sondern durch das Fehlen derselben – das heißt, es sollte in relativ reiner Form vorliegen und Verunreinigungen sollten relativ leicht zu entfernen sein. Gewöhnliches Gestein, aus dem die Mondoberfläche besteht, enthält zu viele Zusatzelemente (obwohl jede dieser Substanzen in isolierter Form durchaus auch ihren Wert hätte); Cognac, Beluga-Kaviar, Filet Mignon und Jamaica Blue Mountain-Kaffee sind sehr edle Genußmittel, aber nicht mehr, wenn man sie zusammen in einen Mixer schüttet.

Wo das Mondgestein ein chemisches Gemisch darstellt, bestehen viele Asteroiden nur aus einer reinen Eisen-Nickel-Legierung, und andere weisen einen hohen Gehalt an Kohlenstoff, Wasserstoff, Sauerstoff und Stickstoff auf – die Grundbausteine des Lebens (und von Kunststoff) – sowie Leichtmetalle. Deshalb stellen die Asteroiden die natürlichen Bergwerke des Sonnensystems dar, und die großen Magnetkatapulte, die Louie auf dem Mond stationiert hat, haben schon Replikator-Pakete zu diversen potentiellen Lagerstätten befördert. Ein ›Paket‹ besteht aus Hunderten kleiner Schürfgeräte, einem Antriebssystem, mit dem die Einheiten aneinander andocken können, einem miniaturisierten He-3-Fusionsreaktor und einem Zentralprozessor-Gehirn, dessen Kapazität ausreicht, eine ›Leicht-Version‹ von Louie zu simulieren.

Diese Kopien von Louie sind natürlich nicht so intelligent und vielseitig wie das Original an Bord der *Constitution.* Andererseits scheinen sie sich über seine Kommunikationsschwäche zu mokieren, sowohl untereinander als auch gegenüber Louie; er bezeichnet sie deshalb als ›Schlaumeier‹. Am 20. Juli gibt es bereits vierzig von ihrer Sorte, und wenn er den Mars passiert hat, werden es schon siebzig sein. Jeder ›Schlaumeier‹ wird sich seinerseits in eine vielseitige Fabrik mit einem Katapult verwandeln und eine eigene Antriebsquelle einrichten – und einige Ableger von sich erzeugen.

Es dauerte Hunderttausende von Jahren, bis die Menschheit den Mond eroberte, und dann noch einmal fünfundvierzig Jahre, um auf dem Mars zu landen und die Kolonialisierung des Weltraums einzuleiten … und bevor dieses Jahr noch vorüber ist, wird es im Sonnensystem von Industrieanlagen wimmeln, und schon jetzt, obwohl es außer Louie noch niemandem aufgefallen ist, haben die Roboter und Replikatoren die ehemalige

Mondbasis in eine der größten Industrieanlagen aller Zeiten verwandelt. Die Wachstumsrate übertrifft alles bisher Dagewesene; am ehesten vergleichbar mit diesem Vorgang wären noch die Rüstungsbetriebe, die während des Zweiten Weltkrieges aus dem Boden gestampft wurden, nur daß damals die Anzahl der Arbeiter nicht mit der Anzahl der Fabriken wuchs. Aufgrund des zusätzlichen Energiebedarfs verringerte sich mit jeder Fabrik das ›Humankapital‹ zum Bau und Betrieb weiterer Fabriken. Auf dem Mond indessen hält die Energieversorgung automatisch mit dem Wachstum Schritt, und wenn die ›Arbeitskräfte‹ knapp werden, errichtet Louie einfach eine neue Fabrik zur Produktion von Arbeitern.

Louies Schätzungen zufolge verfügt die Mondbasis nun, was Energiekapazität und Datenumschlag pro Stunde betrifft, über das doppelte Potential des japanischen OKK-Komplexes – und es hatte etwas länger gedauert, Osaka, Kobe und Kyoto zu errichten. Außerdem verfügt er allein über dieses Potential … wo ein Großteil der Energie und Daten von OKK in Geschäften, Restaurants, bei der Müllabfuhr, XV und TV, in Krankenhäusern und dergleichen gebunden werden, hat der Komplex, über den Louie gebietet, nur die Aufgabe, zu expandieren und die Mission zu erfüllen. Mithin dürfte er der reichste Bewohner des Sonnensystems sein.

Teufel, wenn er nach seiner Rückkehr die ganze Anlage mit voller Kapazität weiterarbeiten lassen will, dann wird der besiedelte Sektor des Sonnensystems mit den Besitztümern von Louie Tynan angefüllt sein. Und mit Schutt. Das ist keine schlechte Altersversorgung.

Zunächst wollen Jesse und Mary Ann nicht gehen; in Anbetracht der Tatsache, daß es Städte gibt, die über bessere Straßen leichter zu erreichen sind, scheint der Plan irgendwie hirnrissig. Aber Señor Escobedo, der *administrador* der mexikanischen Regierung, der eingeflogen wurde, um den Einwohnern von Tapachula die Idee schmackhaft zu machen, ist geduldig und beredt und weiß anscheinend, wovon er spricht. »Überlegen Sie doch einmal«, sagt er bereits zum tausendsten Mal. »Wo wollen Sie denn sonst hin? Der Regenwald ist mittlerweile ein einziger Sumpf; die Flüsse führen Hochwasser, und in diesem Fall… Außerdem gibt es hier in der Nähe keine *Zipline*-Station. Und bedenken Sie auch, daß es hier kaum Arbeit und nur sehr wenige Notunterkünfte in Tuxtla Gutiérrez und San Cristóbal de las Casas gibt. Es sind kleine Städte ohne Perspektive.«

Natürlich nicken alle beifällig – die Mexikaner sind nämlich sehr bodenständig, und wenn ein Auswärtiger sagt, Tapachula sei die wichtigste und perspektivträchtigste Stadt in Chiapas, dann verleiht das seinen Ausführungen Gewicht und Substanz.

Erneut wiederholt Escobedo, mitten auf dem Zócalo, seine Ausführungen, wobei er sich eines Laser-Zeigestocks und eines Projektors bedient. Währenddessen herrscht ein reges Kommen und Gehen auf dem Platz; die Menschen hören dem Regierungsvertreter zu, ziehen sich mit Freunden zu einem Schwätzchen zurück und kommen dann wieder.

Oaxaca ist weit, und sie müssen unterwegs mit ein paar Hurrikanen rechnen, aber dann befinden sie sich auch hoch über der Küste und haben im Notfall Zeit, sich einzugraben. Und was das Wichtigste ist, sie werden dort absolut sicher sein; hoch oben in den Bergen mit ihrem guten Wasserabfluß werden sie es aushalten können.

Er unterstellt, daß einige Soldaten trotz ihres Auftrags, die Stadt vor Plünderern zu schützen, sich vielleicht selbst als Plünderer betätigen. Die Offiziere haben nicht alles unter Kontrolle und sind zudem selbst nicht perfekt. Ja, wenn man viel zu bewachen und keine Angst hat, in den Überschwemmungen umzukommen, die sicherlich eintreten werden, wenn stärkere Stürme direkt landeinwärts ziehen, dann tut man gut daran, zu bleiben. Natürlich wird man als Toter nicht mehr viel von seinem Besitz haben – man sollte den Tatsachen schon ins Auge sehen –, aber die Erben werden es einem sicher danken.

Wenn sie dann aus Oaxaca zurückgekehrt sind.

Escobedo ist ein begnadeter Redner mit Sinn für Humor; das kommt ihm sehr zustatten, und nach einigen Tagen halten die Leute seinen Plan nicht mehr für verrückt oder murmeln grimmig etwas von einer Intrige der Regierung, wonach sie ihr Eigentum schutzlos zurücklassen sollen, sondern sie bereiten sich auf die Evakuierung nach Oaxaca vor, »nur für alle Fälle, Sie wissen schon«, und wenige Tage später packen sie bereits. Die Dinge geraten in Bewegung.

Deshalb sind Jesse und Mary Ann auch nicht weiter erstaunt, sich am Morgen des 21. Juli in der Kolonne wiederzufinden. Sie sind beide als marschtauglich eingestuft worden – die Alten, Kranken und Kinder fahren in Bussen, und andere Leute haben Plätze auf den Lkw ergattert, die per Los vergeben wurden. Die meisten fahren jedoch mit dem Fahrrad, gehen zu Fuß oder reiten auf einem Maultier. Insgesamt gibt es an der gesamten Pazifikküste von Chiapas zwanzig solcher Kolonnen mit jeweils ein paar tausend Menschen.

Am ersten Tag läßt man es bewußt langsam angehen; dadurch können Kradfahrer nach Tapachula zurückfahren, wenn jemandem einfällt, daß er noch etwas vergessen hat, und so werden die Menschen auch mit der neuen Lage vertraut. Es herrscht zwar eine drückende Hitze, aber wenigstens ist es nicht allzu staubig, und die von der Regierung bereitgestellten Tankfahrzeuge sind auch im Einsatz. Es werden ausreichend Pausen eingelegt, so daß Jesse bis auf die unvermeidlichen Anstrengungen des Marsches keinen Grund zur Beschwerde hat. Und die Nachtlager machen sogar Spaß, vor allem weil Jesse und Mary Ann aufgrund der am Lagerfeuer vorgenommenen Einteilung und vieler Verhandlungen mit den Nachbarn ein eigenes, wenn auch kleines Zelt haben – was sich mit Geld nicht alles erreichen läßt. Angesichts der Präferenzen, die Jesse entwickelt und falls die Sache mit Mary Ann zu Ende gehen sollte, ist er sehr motiviert, schleunigst einen Abschluß als Realisations-Ingenieur zu erwerben. Wenn man erst einmal weiß, was man mit Geld alles machen kann, ist es schwer, ohne auszukommen.

Am Morgen des zweiten Tages, einem Samstag, geraten sie in einen Wolkenbruch, der die Straße zwar rutschig macht, sie jedoch nicht abkühlt. Die Leute von der Regierung treiben sie an, und die Hügel werden immer höher. In dieser Nacht verspürt Jesse leichte Schmerzen in den Beinen, und Mary Ann muß ein paar zusätzliche Schmiergelder verteilen, um sich aus dem Feldlazarett Pflaster für die blasenübersäten Füße zu beschaffen.

Die letzten Kilometer müssen bei extremer Hitze und Luftfeuchtigkeit und in sehr schwierigem Terrain zurückgelegt werden, und Jesse und Mary Ann freuen sich nicht unbedingt auf den nächsten Tag. Es ist zu heiß und schwül, um miteinander zu schlafen oder sich auch nur im Arm zu halten, so daß sie Hand in Hand im Zelt einschlafen. Die Morgendämmerung setzt entschieden zu früh ein, und als das morgendliche Gewitter losbricht, sind alle wieder unterwegs.

Die Ionenraketen, welche die *Constitution* ins All befördern, unterscheiden sich von den konventionellen elektromagnetischen Triebwerken, die bei der Mars-Mission zum Einsatz gelangten. In diesem Fall wird mit Hilfe der Kraftwerke auf dem Mond normale Materie in Antimaterie umgewandelt, worauf diese Antimaterie mit Helium-3-II reagiert, das bis zur Grenze der Supraleitung abgekühlt wurde – mit dem Effekt, daß die He-3-Atomkerne annähernd mit Lichtgeschwindigkeit abgestoßen werden. Der winzige Antimaterie-Puls, der durch das Zentrum einer tischtennisballgroßen Helium-3-Phase jagt, erzeugt ein hochaufgeladenes Plasma und ein sehr kurzes Funkecho; die sich um die Heliumphase windende supraleitende Spule wirkt wie eine Antenne, die das Funksignal auffängt. Der Strom induziert ein Magnetfeld, welches das Plasma so stark verdichtet und beschleunigt, daß die thermonukleare Fusion noch dreißig Meter oberhalb des Triebwerksaustritts stattfindet.

An einem klaren Tag könnte man von der Erde aus den etwa zweihundert Kilometer langen weißglühenden Strahl sehen, der an der Rückseite der Plattform austritt, an der die *Constitution* angeflanscht ist; dieser Strahl ist dünner als die aurora borealis.

Das Triebwerk ist zwar nicht gerade sparsam – aber die Temperatur des ›Abgasstrahls‹ beträgt etwa eine Viertelmilliarde Grad Celsius, und hohe Abgastemperaturen sind gleichbedeutend mit *Schnelligkeit* des Schiffes.

Aber obwohl es das beste jemals entwickelte Triebwerk ist und von vielen Gigawatt der lunaren Kraftwerke befeuert wird, reicht es dennoch nicht aus. Mit diesem Motor allein würde der Flug nach 2026RU viereinhalb Jahre dauern. Außerdem würde nach zirka 5 AE der Wirkungsgrad der Energieübertragung vom Mond abnehmen, so daß die effektive Flugdauer sich dann auf sechs bis sieben Jahre belaufen würde. Rivera, Hardshaw und ihre Berater sind nicht der Ansicht, daß die Erde so lange Zeit hätte; Louie Tynan, dessen mentale Kapazität der ihren tausendfach überlegen ist, schließt sich dieser Ansicht an.

Das Problem besteht eigentlich darin, daß das Material die erforderlichen Tätigkeiten ausführt. Um das Sonnenlicht wirksam auszublenden, muß der Schild, der den Schatten wirft, *niedrig* über der Erde positioniert werden. Um das Material effektiv einzusetzen, muß der Schild breit und flach sein. Und um den maximalen

Wirkungsgrad zu erreichen, muß der Schild sich langsam bewegen, um die strategische Zone des Pazifik lange genug in Dunkelheit zu tauchen.

Deshalb verbietet es sich, einfach einen riesigen Reflektor im geosynchronen Orbit zu stationieren; der Schild müßte stabil sein und dürfte nicht von seiner Position abweichen, und es existiert kein hinreichend fester Werkstoff, um einen derart großen Reflektor zu konstruieren, welcher der enormen Gravitationswirkung des Mondes und der Sonne standhielte. Also muß der Schild in geringer Höhe positioniert werden … aber dann würde er sich so schnell um die Erde drehen, daß er überhaupt nichts bewirkt. Außerdem würde er gar nicht im Orbit bleiben. Die dünnen Ausläufer der Erdatmosphäre im Zusammenwirken mit dem Sonnenwind würden die Schilde nämlich binnen kurzem abstürzen lassen.

Deshalb basieren Kliegs Ballons und Louies Konzept nicht auf einem im Orbit stehenden Satelliten, sondern auf dem Einsatz Tausender Projektile. Die Verantwortlichen haben vor, Kliegs Angebot zu akzeptieren – und ihm alles zu versprechen, was er verlangt –, denn so besteht zumindest eine reelle Chance, einige Wirbelstürme zu neutralisieren, zumal sie auch wissen, daß er nicht für immer obenauf sein wird. Louie indes genießt alle Vorteile – er muß nichts von der Erde ins All befördern, sondern nur etwas hinunterbringen. Und wenn er erst einmal das notwendige Material hat, ist es ein Kinderspiel.

Was den Einsatz von 2026RU nahelegt. Er nähert sich schnell, zumindest für einen Kometen, und wäre bei seinem ›fahrplanmäßigen‹ Erscheinen im Jahre 2047 einer der spektakulärsten Kometen des einundzwanzigsten Jahrhunderts gewesen; aber die Präsentation muß jetzt vorgezogen werden. Er nimmt bereits mit beachtlicher Geschwindigkeit Kurs auf das innere Sonnensystem, und elektromagnetische Katapulte auf seiner eisbedeckten Oberfläche werden die Rettung der Erde noch beschleunigen, indem sie Eispakete ins Erde-Mond-System schicken. Diese Pakete bestehen aus zirka zwei Millionen Tonnen Eis und haben die Form einer sechzehnhundert Meter durchmessenden und einen Meter dicken Frisbee-Scheibe. Dieses Eis weist interne strukturelle Verstärkungen auf, wobei eine millimeterdicke reflektierende Schicht aufgesprüht wurde, um das Schmelzen zu vermeiden. Zudem sind diese ›Frisbees‹ mit einem Antriebs- und Leitsystem bestückt, und bei ihrer Annäherung an die Erde wird Louie – der dann schon wieder zu Hause ist – das Leitsystem übernehmen und die Scheiben in einem extrem spitzen Winkel über den Pazifik schicken, so daß sie fast parallel zur Erdoberfläche hereinkommen. Dann sinken die ›Frisbees‹ bis auf eine Höhe von etwa dreißig Kilometern ab, bevor sie durch den Luftwiderstand abgebremst werden, das schmelzende Eis auseinanderbricht und die Fragmente verdampfen.

Jede dieser sechzehnhundert Meter durchmessenden Scheiben wird einen entsprechend großen Schatten werfen, aber es sind nicht nur diese Schatten, die ›Clem‹ den Garaus machen. Während die gigantischen Eisscheiben rotierend in die Stratosphäre eintauchen und explosionsartig verdampfen, wird der Wasserdampf in der kalten, dünnen Luft sofort zu Wolken von Eiskristallen gefrieren, analog zu den bekannten Cirrus-Wolken, die oft einem Sturm vorausgehen. Aber diese Wolken werden zwei- bis dreimal so hoch sein und außerdem viel zahlreicher; diese Schicht aus Eiskristallen wird ausreichen, die Erdoberfläche zu verdunkeln, so daß das Oberflächenwasser des Pazifik sich bald so weit abgekühlt hat, daß ›Clem‹ neutralisiert wird.

Es gäbe natürlich auch noch viele Eis-Depots, die nicht so weit entfernt sind wie der Komet – aber keines, das sich schon mit so hoher Geschwindigkeit auf fast richtigem Kurs befände. Überdies stehen die anderen potentiellen Quellen, Charon und Pluto, in Halbjahresintervallen auf der erdabgewandten Seite der Sonne, was einen längeren und weniger wirkungsvollen Orbit erfordern würde. Alle anderen Eisdepots befinden sich tief in den Gravitationsquellen der Gasgiganten. Die Energie selbst ist nicht das Problem – die selbstreplizierenden Industrieanlagen, die Louie errichtet hat, stellen genug davon bereit –, sondern die Beschleunigung; um den Schwerefeldern von Jupiter, Saturn, Uranus oder Neptun zu entkommen, wäre eine Fluchtgeschwindigkeit erforderlich, bei der die Eis-Frisbees wie Wasser fließen und aufgrund dieser Verzerrungen für den geplanten Einsatz unbrauchbar würden.

Die Ankunft bei 2026RU wird auf jeden Fall lange dauern, und weil angesichts der momentanen Entfernung des Kometen (etwas über 56 AE) zudem noch völlig unklar ist, was man dort vorfinden wird und was genau getan werden muß, wird Louie selbst dorthin fliegen und improvisieren müssen. Es hat eine Weile gedauert, bis er ein Konzept entwickelt hatte, das die Abwicklung dieser Arbeiten in einem vernünftigen Zeitrahmen gewährleistet; selbst im günstigsten Fall wird er nicht vor Juni 2029 zurück sein, und Gott allein weiß, in welchem Zustand die Erde sich dann befindet.

Berlina Jameson geht es gut, und in Anbetracht der Geschichte, die sie in Arbeit hat, kommt das fast einem Wunder gleich. Als Harris Diem und Diogenes Callare ihr Hilfe anboten – obwohl der erste Teil ihres Beitrags heftige Proteste hinsichtlich der extremen Nonchalance auslöste, mit der die US-Regierung und Oberst Tynan sich an fremdem Eigentum vergriffen –, hatte sie sie nur für nette, tüchtige Beamte gehalten.

Vielleicht *war* das auch ihre ganze Motivation. Sie hätten nämlich nur so viel wissen können, daß Klieg sich sowohl bei der UN-Generalversammlung als auch bei Regierungsstellen in Washington unangemessenen Einfluß verschaffte. Vielleicht wollten sie ihm nur eine Falle stellen und ihn ein wenig zurechtstutzen.

Aber bei dem, was sie seitdem recherchiert hat, bezweifelt Jameson, daß Diem und Callare wirklich völlig ahnungslos gewesen sein sollten. In langen Nächten hat sie sich alle relevanten Videos angeschaut, alle relevanten Tondokumente angehört und alle relevanten Unterlagen gesichtet. Als sie das Bild schließlich komplett hatte, war sie zumindest noch so klaren Sinnes, um zu erkennen, daß sie zu erschöpft war, um ihre Ergebnisse jetzt zu präsentieren; es sei denn, sie wollte sich fürchterlich blamieren. Also hat sie einen Tag freigenommen; sie redigiert den Beitrag und versieht ihn mit Feinschliff, ißt sich satt, schläft sich aus und spannt aus.

Nun steht sie frisiert und frischgemacht vor der weißen Wand eines Hotelzimmers in Richmond (wobei sie das Personal mit üppigen Trinkgeldern dazu angehalten hatte, in den nächsten Minuten nur auf Zehenspitzen über den Flur zu schleichen) und geht auf Sendung:

»Ich begrüße Sie zu einer neuen Ausgabe von *Sniffings*. Heute möchte ich Ihnen die Machtstrukturen von John Kliegs *Gate-Tech* enthüllen, deren Tentakel wie ein Oktopus auf die höchsten Ebenen nationaler und internationaler Politik ausgreifen: UN-Botschafter, die ihre Befehle von Klieg empfangen und von ihren Heimatländern bezahlt werden; Kliegs Plan, sich ein globales Monopol auf die Raumfahrt zu sichern. Zu einem Zeitpunkt, da die Welt verzweifelt auf Weltraumzentren angewiesen ist, möchte er sich nicht nur seinen rechtmäßigen Lohn für die Bereitstellung einer solchen Anlage sichern, sondern er versucht obendrein, jegliche Konkurrenz aus dem Feld zu schlagen.

Und das ist erst die Spitze des Eisbergs. In diesem Zusammenhang drängt sich nämlich die Frage auf, welche Verbindungen zwischen Klieg und der sibirischen Regierung bestehen. Welche Verbindungen existieren zwischen Kliegs Unternehmen, Hassans berüchtigtem Drogen- und Söldnerkartell sowie Elementen der sibirischen Streitkräfte, die dem kriminellen und inhaftierten Diktator Omar Abdulkashim nahestehen? Ist es nicht offenkundig, daß Klieg mit der einen Hand die UN melkt und mit der anderen ihre Feinde unterstützt – und die Regierung seines Landes daran hindert, seine Aktivitäten zu untersuchen?

Und falls Klieg eine globale Diktatur errichtet oder als Graue Eminenz hinter den UN und den Großmächten steht… welches Programm hätte er denn vorzuweisen außer schierem Größenwahn? Wir haben Ihnen ein Dutzend Videoclips mit inoffiziellen Privatgesprächen von Klieg präsentiert, in denen er die Probleme der Welt zum größten Teil darauf zurückführt, daß sie nicht ›normal‹ und ›regulär‹ sei und auch nicht dem Dutzend anderer Kriterien entspräche, die ein Synonym für ›wie das weiße Mittelschicht-Wisconsin‹ darstellen. Ich könnte Ihnen noch fünfzig weitere Bezeichnungen nennen. Dieser Mann weder über keine Phantasie noch Toleranz – aber fast unbegrenzte Macht.«

Sie signiert die Sendung, überprüft alles noch einmal, fügt den Abspann ein und lädt den Beitrag ins Netz. Es ist Zeit, Wyoming Richtung Süden zu verlassen – sie hat eine Menge großartiger Interviews von den Flüchtlingen der Ersten Welle, wie sie sich selbst nennen, die Menschen von der Golfküste, die sich früh für eine Evakuierung entschlossen haben und nun zum größten Teil auf Baustellen in Montana, Wyoming und Colorado arbeiten. Anscheinend jeder, der es sich leisten kann, kauft Land und errichtet darauf Notunterkünfte für die erwarteten Flüchtlingswellen; dafür, daß es sich bei ihnen um Flüchtlinge handelt, sind die Menschen der Ersten Welle erstaunlich guter Dinge.

Einige Hurrikane der ›Clem-200‹-Serie toben sich bereits über der Küste aus, und Gerüchten zufolge soll DC evakuiert werden. Auf dem Weg nach Denver ruft sie

Di Callare an, worauf dieser sie in eine Drei-Wege-Konferenz mit Harris Diem integriert. Vor allem Diem macht einen sehr gutgelaunten Eindruck.

»Ich glaube nicht, daß Sie die Konsequenzen Ihrer Sendung überblicken, Ms. Jameson«, sagt er. »Und ich muß gestehen, daß ich nicht sehr glücklich war, als Sie auf Sendung gingen. Ich war nämlich der Ansicht, daß es am sinnvollsten wäre, so vorzugehen, daß die Leute, die vielleicht quergeschossen hätten, nicht als erste davon erfuhren. Aber Sie haben die ganze Welt für eine intelligente globale Perspektive mobilisiert – und Sie haben das so gut gemacht, daß ich wette, Sie können Klieg Paroli bieten.«

»Ich will gar nicht gegen Klieg antreten ...«, wiegelt sie ab, etwas schwächlich zwar, weil dieser Eindruck nämlich gar nicht so abwegig ist, aber sie will nicht das Gefühl haben, jemanden ›drankriegen‹ zu wollen oder Partei zu ergreifen.

»Ich verstehe. Sie halten sich also für streng objektiv. Von Ihrem Standpunkt mag das auch stimmen. Nichtsdestoweniger haben Sie ihn erwischt, und Sie haben ihn gut erwischt, wie die Präsidentin und ich in Idaho zu sagen pflegten. Unternehmen wie *GateTech* dürfen nur von Leuten geführt werden, die sich an die Regeln halten, selbst wenn es nicht zu ihrem Vorteil ist – was normalerweise auch wünschenswert ist, denn dadurch wird die öffentliche Ordnung aufrechterhalten. Wenn aber jemand seine ganze Karriere darauf aufbaut, die Regeln zu mißbrauchen und jedes produktive Projekt zu sabotieren – nun, dann muß ich sagen, daß Klieg einen sehr guten Standort gewählt hat. Ich bezweifle aber stark, daß er in der nächsten Zeit in die Vereinigten Staaten zurückkehrt und daß es ihm gelingt, sein Unternehmen aus dem Ausland erfolgreich zu führen. Er ist draußen – obwohl er mit dem Start seiner Ballons noch sehr viel verdienen wird. Über wirkliche Macht verfügt er aber nicht mehr.«

Berlina hat Diem sehr aufmerksam zugehört und sich dabei gefragt, ob er ihr vielleicht aufgrund irgendeines Kalküls schmeicheln wollte. Sie ist sich nicht schlüssig, aber vielleicht hat er es auch nur geschickt kaschiert.

Sie plaudern noch eine Weile, und dann legt Diem auf und läßt sie mit Callare allein. »Wir kommen schnell voran«, erklärt er. »In ein paar Wochen wird Lori alles gepackt und das Haus gegen den Sturm gesichert haben – die Hurrikane, welche die Ostküste heraufziehen, werden zwar schlimm, aber es wird nicht der Riesensturm sein, mit dem wir spätestens im nächsten Jahr rechnen.«

»Der Riesensturm? Ich dachte, daß ›Clem‹ ...«

»Bisher gibt es im Atlantik nichts von ›Clems‹ Größe. Damit ein Sturm sich zu ›Clems‹ Größe auswächst, muß er sich, wie ›Clem‹, einige Wochen über sehr warmem Wasser aufhalten oder über warmem Wasser ein großes Auge ausprägen, wie ›Clem Zwei‹, Entschuldigung, ›Clem 200‹. Und andere Hurrikane nutzen einen Teil der verfügbaren Energie und binden einen Teil der Luftströmung. Als ›Clem 200‹ in die Karibik durchbrach, glaubten wir uns schon verloren, aber zum Glück wirbelte er mit seinen Fallströmen herum und erzeugte so viele Augen, daß sie sich gegenseitig behinderten. Mit etwas Glück resultieren daraus nur vier oder fünf starke Hurrikane, ›Clem 200‹ inbegriffen; er hat bereits an Dynamik verloren. Die Stärke, die er vor der Überquerung Mexikos hatte, hat er nicht wiedererlangt.«

Ein Schauder geht durch Berlina. »Aber so viele Hurrikane hat es bisher doch gar nicht gegeben ...«

»Richtig, aber es hat auch nicht gerade *wenige* gegeben. Und die meisten dieser Kameraden werden dem Golfstrom und dem Höhenwind folgen und der amerikanischen Ostküste fernbleiben. Also werden wir zwar schwere Stürme haben, Verluste an Menschenleben und Material und so weiter – aber nicht die Katastrophe, die dann eintritt, wenn ein Hurrikan aus eigenem ›Antrieb‹

über der östlichen Karibik steht. Dann bläht er sich nämlich zu ›Clems‹ Größe auf, widersetzt sich den Höhenwinden und sucht die Küste heim.«

Berlina nickt in die Kamera. »Allmählich begreife ich. Werden die Hurrikane, die hier entstehen, auch Europa erreichen?«

»Wahrscheinlich. Richtung Norden nimmt die Temperatur des Atlantik ab; wenn sie also diesen Kurs einschlagen, laufen sie sich tot. Wenn sie aber den richtigen Pfad erwischen, werden sie mit Sicherheit auf Europa treffen, und wegen der Vielzahl der Hurrikane wird das auch in einigen Fällen zutreffen ...«

Plötzlich blinkt der Cursor in der Ecke des Bildschirms. Sie sagen »Bleiben Sie dran« und drücken die Stand by-Taste; sie haben nicht einmal die Zeit, sich über den Zufall zu wundern, daß sie beide zur gleichen Zeit einen Anruf bekommen, so unerwartet befinden sie sich wieder in der Konferenzschaltung mit Harris Diem.

»Haben Sie es schon gesehen oder gehört?« fragt er.

Berlina verneint die Frage, und Di schüttelt nur den Kopf.

»Glückwunsch, Ms. Jameson.« Diem setzt ein sardonisches Lächeln auf, wobei sein Blick jedoch ernst ist. »An einem Tag haben Sie zweimal Geschichte geschrieben. Es hat den Anschein, als ob Ihre letzte *Sniffings*-Sendung den Zweiten Globalen Aufstand ausgelöst hätte.«

Der erste Globale Aufstand hatte in Islamabad und Seattle seinen Ursprung. Der Ursprung des Zweiten Globalen Aufstands indes läßt sich nicht so präzise bestimmen.

Aber Sniffings ist sicher der Auslöser; mindestens die Hälfte der Gewaltausbrüche ist auf die eine oder andere Art darauf zurückzuführen, daß Berlina Jameson die Strukturen von Kliegs Organisation offengelegt hatte, ihren Einfluß und die Verbindungen sowohl zum organisierten Verbrechen als auch zu Abdulkashims kriminellem Regime.

Quaz, der Typ mit der Böse-Buben-Attitüde, der ›Schwarze Peter‹ von Passionet, dem zu Unrecht Intelligenz bescheinigt wird, hält sich gerade in Oran auf. Den ganzen Tag wandert er schon durch staubige Straßen, läßt die Atmosphäre auf sich wirken und verdrängt nach besten Kräften das Bewußtsein, daß er morgen in eine Verhandlung hineinplatzen und mit einigen wichtigen Zeugen sprechen wird. Außerdem ignoriert er die Tatsache, daß die sehr eingeschüchtert wirkenden Zeugen ihm nur deshalb alles sagen, was er wissen will, weil die Polizei sie wegen ihrer Kooperation mit den Detektiven von Passionet nicht gefoltert hat. Seit kurzem ist *Passionet* das bevorzugte Netz für die Berichterstattung über die Zerschlagung des organisierten Verbrechens in der Dritten Welt, vorausgesetzt, das Verbrechen ist hinreichend sensationell organisiert.

Quaz' Problem besteht darin, daß er zwar intelligent genug ist, Ironie als solche zu erkennen, jedoch nicht intelligent genug, auch damit umzugehen. Mehrmals mußte der Sender schon technische Probleme vorschieben, weil er die Drehbuchinhalte für den nächsten Tag nicht ausreichend unter Verschluß gehalten hatte. Der reibungslose Ablauf der Aktion läßt ihn leichtsinnig werden, und zuweilen interessiert er sich auch zu sehr für die Detektive von *Passionet* (bei denen es sich um anonyme graue Gestalten handelt, die immer mit sanfter Stimme sprechen und sich ansonsten reserviert geben und überhaupt nicht die geringste Affinität zu Quaz' intellektuell-dekadenter Alt-Punk-Attitüde aufweisen).

Kurz gesagt, er vergißt immer wieder, daß er sich unter Kontrolle haben muß, wenn er real auf die Netz-Teilnehmer wirken will. Niemand interessiert sich mehr für die Arbeit realer Detektive, denn heutzutage besteht ihre Tätigkeit nur noch darin, Leute in die Falle zu locken und sie zu verhören, oder was noch wahrscheinlicher ist, sie schreiben lange Suchprotokolle für Datenspäher, die im Netz ausgeschwärmt sind und warten auf den Augenblick, in dem eine Person, ein Geldbetrag oder ein mutmaßlicher Verbrecher ins große Kollektivbewußtsein des Kapitalismus dringt.

Das Ganze wird mit dramatischen Phrasen unterlegt, und wenn man dann noch alle fünf bis zehn Sekunden die Illusion von Müdigkeit einstreut, wird den Leuten das Gefühl vermittelt, sie hätten die ganze Nacht mit der Verfolgung von Banditen verbracht; jemanden bei der Befragung eines verängstigten Zeugen zu beobachten, ist jedoch nur langweilig, und jemandem zuzusehen, der am Computer sitzt, ist wirklich sterbenslangweilig. Vor allem dann, wenn die Leute den Vorgang in Echtzeit miterleben.

Aber Quaz kapiert das natürlich nicht, und darin liegt das Problem. Aus unerfindlichen Gründen sperrt der arme Narr sich gegen die Einsicht, daß er nicht als Reporter im Einsatz ist, geschweige denn als Detektiv. Nachdem man ihm schon ein neues Gesicht spendiert und den Bauch operativ gestrafft hat, sollte man eigentlich annehmen, daß er wüßte, wo es langgeht …

Diese Gedanken gehen Dennis Ysabel-Garcia, der Quaz von *Passionet* als spezieller Leibwächter zugeteilt wurde, durch den Kopf, als er Quaz im Abstand von etwa dreißig Metern folgt und sein Bewußtsein über einen tragbaren Anschluß anzapft. Es wird bereits dunkel, und Dennis, der Quaz die ganze Zeit nachgelaufen ist, langweilt sich und wird zunehmend gereizter; die Füße tun ihm weh, und die Kleidung ist schon ganz staubig und verschwitzt. Quaz ist weiß Gott nicht das ideale Objekt für einen Leibwächter – Rock und Synthi Venture sind immer höflich und weichen nicht vom markierten Pfad ab; sogar der Neuen, Surface O'Malley, gelingt es trotz ihres marionettenhaften Enthusiasmus, sich an die Anweisungen zu halten.

Ein paar Blocks weiter sind Schüsse zu hören. Dennis ist nur erschrocken, aber nicht überrascht, als Quaz kehrtmacht und auf den Schauplatz zurennt, obwohl es ihm vom hiesigen Sicherheitsbüro streng untersagt worden ist. Dennis läuft Quaz nach und biegt nach mehreren Ecken in eine Seitenstraße ein, die nur an der Einmündung zu einem langen Häuserblock sicher ist …

Die Demonstration findet vor der Moschee statt und scheint von einer der Fundamentalistengruppen organisiert worden zu sein, die heutzutage immer Gewehr bei Fuß stehen, wenn irgendwo in der islamischen Welt eine Herrscher-Dynastie von einem Skandal erschüttert wird. Die Demonstranten verbrennen Bilder ihres UN-Botschafters, der auch auf Kliegs Gehaltsliste stand; dann stürzen sie sich auf eine Gruppe von Abdulkashim-Anhängern, die hier gegen die Lügen demonstrieren wollten, welche die westlichen Medien über ihren Führer verbreiteten. Im nachhinein weiß niemand mehr genau, wie es zum Zusammenstoß der beiden Gruppen kam; die plausibelste Erklärung ist wohl die, daß alle Beteiligten der Ansicht waren, das Zusammentreffen zweier verschiedener Demonstrationen auf einem Platz sei schon Grund genug für einen Kampf.

»Die ersten Schüsse wurden vom ersten Polizisten abgegeben, der auf der Bildfläche erschien. Ich glaube, er hat in die Luft geschossen, in der Hoffnung, die Aufmerksamkeit der Leute auf sich zu ziehen. Dann hat jemand ihn erschossen. Jetzt zerstreut sich die eine Hälfte der Demonstranten und verläßt den Platz, und die andere Hälfte muß wohl zu dem Schluß gekommen sein, daß Plünderungen der beste Auslöser für einen Aufstand seien«, flüstert der Sicherheitsbeauftragte in Dennis' Bewußtsein. »Was hat dieser gutaussehende Trottel dort zu suchen? Wir müssen ihm sagen, er soll abbrechen und zurückkommen.«

Soviel bekommt Dennis gerade noch mit, während er hinter Quaz herrennt, der in seiner typischen Naivität die beiden Seiten fragt, worum es bei diesem Kampf denn überhaupt gehe. Weil anscheinend keiner der Anwesenden der englischen Sprache mächtig ist, spricht er nun laut und langsam und gestikuliert wild herum.

Dennis hat den im Zwielicht liegenden Platz vor der Moschee fast schon überquert, als jemand Quaz mit einer Pistole in den Bauch schießt, einem Einweg-Hyperrasanz-Derringer, der in den Staaten in jedem Laden für zwanzig Dollar zu erwerben ist. Obwohl das Projektil winzig klein ist – ein wenig Uran von der Größe eines Stecknadelkopfes –, hat es die zehnfache Durchschlagskraft einer alten .357-Magnum-Patrone; außerdem taumelt das Geschoß nach dem Eindringen in den Körper und verursacht in Quaz' Bauchhöhle eine solche Druckwelle, daß seine Eingeweide an der Wirbelsäule vorbei durch das Ausschußloch hinausgedrückt werden.

Während der auf dem Rücken liegende Quaz im Verlauf des sechsminütigen qualvollen Todeskampfs seine blutenden Eingeweide auf der schmutzigen Straße zerdrückt, schalten sich weltweit über sechzig Millionen Teilnehmer in *Passionet* zu; hunderttausend Kanal-Relais machen das möglich. Durch den Vorhang aus Schmerzen riechen sie den Rauch, sehen rennende Füße, hören Schüsse (überwiegend von Dennis, der den Mob auf Distanz von Quaz zu halten versucht – Dennis selbst wird von einer Salve aus einer Maschinenpistole niedergemäht, kurz bevor Quaz stirbt, so daß das letzte, was die Netz-Teilnehmer aus Oran sehen, Dennis Ysabel-Garcia ist, wie er über Quaz zusammenbricht).

Bevor Quaz noch tot ist, brechen weltweit in dreißig weiteren Städten Unruhen aus. *Passionet* springt zu Surface O'Malley, sagt ihr, sie hätten eine schlechte Nachricht für sie und ersuchen sie, ob dieser Kunde blindlings auf die Straße zu taumeln.

Daraufhin gibt Surface zu bedenken, sie sei gerade in

Bangkok im Orient-Hotel und die Ausschreitungen würden einen erkennbar fremdenfeindlichen Charakter annehmen. Das ist indes auch nicht weiter verwunderlich, denn der thailändische Botschafter hatte ebenfalls auf der Gehaltsliste der Klieg-Organisation gestanden, und überdies ist erst in dieser Woche ein großer sibirischer Spionagering zerschlagen worden. »Ich bin kein Feigling«, sagt sie, »und ich würde auch gern etwas für meine Karriere tun, aber ich will verdammt sein, wenn ich auf die Straße gehe. Ich habe rote Haare, um Himmels willen. Wenn der Pöbel mich nicht erwischt, die Soldaten schnappen mich mit Sicherheit.«

Sie bieten ihr noch viel mehr, aber sie weigert sich dennoch. Die Intendanten von *Passionet* hämmern fluchend auf die Schreibtische und versuchen wutschnaubend herauszufinden, wer ihr frei gegeben hat, aber sie droht nur damit, sich ganz auszuloggen, bis sie sich wieder bei ihr melden und ihr mitteilen, daß sie von einem *Staticopter* ausgeflogen würde. Im Moment ist es nämlich so, daß ihre Chefs mehr auf Surface angewiesen sind als umgekehrt – die Unruhen in Bangkok sind am publikumswirksamsten, und deshalb brauchen sie Material von ihr, wobei es allerdings kontraproduktiv wäre, wenn darin erwähnt würde, daß *Passionet* ohne Not ihr Leben aufs Spiel setzt oder Druck auf sie ausübt.

Das Problem ist, daß, wer immer das auch sagt, als Schlappschwanz dasteht, der vor der Schlampe klein beigegeben hat, wenn nächste Woche die Ergebnisse ausgewertet werden und jemand fragt, weshalb sie nicht auf der Straße war, vor Steinewerfern geflohen ist und sich durch die Straßen hat jagen lassen. Und vielleicht hätte ihr Flehen im Angesicht einer Massenvergewaltigung auch noch ein paar Profite eingefahren.

Noch schlimmer indessen, daß ihre Leibwächter sie ebenfalls unterstützen. Ysabel-Garcias Tod muß ihnen ganz schön zugesetzt haben, obwohl ihnen die mit diesem Job verbundenen Risiken sicher bekannt sind; deshalb werden sie schließlich auch so gut bezahlt.

Während sie sich also streiten, versuchen Surface (deren richtiger Name Leslie ist) sowie Fred und Saul, die zwei Leibwächter, mit denen sie sich zwischenzeitlich angefreundet hat, die Vorgänge aus dem Fenster mitzuverfolgen. Der Agent und der Redakteur in der Kontrollstation am anderen Ende der Stadt, wo die Stadtautobahn den Klong San Sab quert, bekommen fast einen Rappel, und nicht nur, weil sie sich von ihren Leibwächtern mit ›Les‹ anreden läßt; ab und zu schaut sie auch zu ihnen hinüber, obwohl sie eigentlich gar nicht existieren dürften. Der Redakteur muß das dann immer durch das Einspielen von Geräuschen und Flimmern neutralisieren, und selbst dann weiß er nur zu gut, daß er Fred und Saul nicht völlig ausblenden kann – sie tauchen nämlich auch in ihren Gedanken auf, und das läßt sich nur notdürftig kaschieren.

Die Redakteure wünschten, Rock wäre hier, und Rock *wird* auch kurz auftreten – er befindet sich nämlich an Bord eines japanischen Marinehubschraubers im Geleit der internationalen Bergungsflotte. Der Redakteur wünscht sich einen wirklich professionellen Reporter, der sein Handwerk versteht und keine Angst kennt. Die alte Synthi Venture, bevor sie in Point Barrow eine Krise bekam, wäre jetzt genau die Richtige. Der Zweite Globale Aufstand gewinnt an Dynamik und verspricht seinen Vorgänger noch zu übertreffen, und da sitzen sie nun …

Dranbleiben. Sie holen es ran. Scheiß drauf; was Surface beziehungsweise Leslie und ihre Leibwächter sehen, ist viel zu interessant, um es auszublenden, zumal eh alle schon Bescheid wissen. Sie können es dann immer noch als ›unzensiertes Material‹ deklarieren, was auch immer das im Zusammenhang mit einem XV-Clip bedeuten mag.

Leslie, Fred und Saul beobachten die Menge drüben

im Chinesenviertel, das durch den Chao-Phraya-Fluß vom Orient-Hotel getrennt ist. Nun entwickelt sich anscheinend ein Kampf auf der Phra-Pinklao-Brücke südlich von ihnen; die Perspektive ist zwar ungünstig, aber durch das Fernglas sieht Leslie – Surface, verdammt! Wir bezahlen dich für den Namen Surface! …

Leslie erkennt einen Ausschnitt; auf der Brücke setzt ein Schußwechsel ein, und die Leute sinken reihenweise zu Boden. »Unglaublich«, flüstert der Redakteur.

Über ihre Gedanken wird er Zeuge des ›Eureka!‹-Moments – der Mob im Chinesenviertel hatte aus Thais bestanden, die indische und chinesische Läden angriffen; mittlerweile sind die Inder, Bengalen, Pakistanis und Chinesen anscheinend so zahlreich, um einen Gegenangriff zu starten, und sie kämpfen sich über die Brücke in die Innenstadt durch. »Nach achtzig Jahren Krieg dürfte wohl jeder Krämer dort drüben ein paar automatische Waffen haben«, bemerkt Fred. »Sie mußten sich nur noch organisieren.«

»Aber die Thais sind auch gut bewaffnet«, sagt Leslie. »Die Bewohner von Chinatown kämpfen um ihr Leben, für ihre Geschäfte und Familien, aber im Augenblick haben sie echt schlechte Karten. Verdammte Scheiße.«

Sie schauen wieder durch die Ferngläser, und der Redakteur sieht mit Leslies Augen, daß die Menge vor Panzern der thailändischen Armee zurückweicht. Er fängt einen tiefen, etwas zu dramatischen Seufzer der Erleichterung von Surface auf, so daß man fast glauben könnte, sie würde jetzt kooperieren.

Die Kämpfe verlagern sich nach Süden, und Leslie alias Surface und die Leibwächter hasten zu den Fenstern an der Südseite des Gebäudes. Schließlich stoßen sie auf ein Panoramafenster mit Blick auf die Nationalgalerie.

Die vom Chinesenviertel vorrückenden Panzer waren aus gutem Grund in Eile. Das Nationalmuseum steht in Flammen; fünftausend Jahre Kulturgeschichte gehen vor der schockierten Leslie in Flammen auf. Unfähig, den Blick zu wenden, sieht sie, daß der das Museum umgebende Pöbel uniformiert ist – sie gehören zum Heer der Fabrikarbeiter, die normalerweise ihren schweißtreibenden Zwölf-Stunden-Tag in den riesigen europäischen, japanischen und amerikanischen Fabriken absolvieren. Sie werden durch Dauerberieselung mit XV-Pornos ruhiggestellt, Schmerzmittel verdrängen Schmerzen und Müdigkeit während der Arbeitszeit, abgestumpft und apathisch folgen sie dem Takt der Computer. Das Herz wird ihr schwer; was sie verzehrt, gehört ihnen, es ist ihr Geburtsrecht, der Ausdruck der stolzen Thai-Nation...

Diese Leute wissen vielleicht nicht einmal, daß sie Thais sind. Im Dämmerzustand verbringen sie ihr Leben im ›Ameisenhügel‹, dem sechzehnhundert Meter hohen Plattenbau-Wohnheim, das innerhalb des durch die Stadtteile Indrapithak, Toksin und den Klong Samray gebildeten Dreiecks errichtet wurde. Sie träumen vom Reichtum, dem Glanz und dem pulsierenden Leben, auf das sie aus den Fenstern über den Wolken hinabschauen.

Sie richtet das Fernglas auf einen Panzer, der seine Maschinengewehre auf den Mob richtet und dadurch eine Gasse für die nachfolgenden Löschfahrzeuge bahnt. Hundert Menschen sterben vor ihren Augen, völlig umsonst – das Dach des alten Palasts, der nun den Mitteltrakt des Museums bildet, stürzt ein. Da ist nichts mehr zu retten.

Der neben dem Panzer stehende Offizier kommt ihr bekannt vor, und sie erkennt Major Srimuang, der ihr am ersten Tag die Stadt gezeigt hatte. Als sie das Fernglas auf maximale Vergrößerung fokussiert, sieht sie ihn weinen; ob wegen der verstreuten uniformierten Leichen oder des brennenden Museums, kann sie nicht sagen. Sie hat ihn als kultivierten, intelligenten Mann in Erinnerung, und er hat ihr auch von den menschlichen

Robotern in den Fabriken erzählt; vielleicht weint er wegen der Toten, der Vernichtung der Kunstgegenstände und der Vorstellung, daß eine fünftausend Jahre alte Kultur von einem Pöbel zerstört wird, dem sie eigentlich gehört und der nie die Gelegenheit hatte, sich mit ihr vertraut zu machen.

Schwer atmend klopft er an den Panzer; dann spricht er in sein Funkgerät und erteilt anscheinend einen Befehl. Kurz darauf ist seine Stimme über die auf jedem Panzer montierten Lautsprecher zu hören; anscheinend wendet der Major sich direkt an die Menge. Er wischt sich die Tränen aus dem Gesicht, nimmt Haltung an und beginnt mit fester Stimme zu sprechen.

»Können Sie mir eine Übersetzung davon geben?« fragt sie den Agenten.

»Wir arbeiten daran – fuck, Leslie, verschwinde von hier; er erzählt ihnen, sie hätten ihr Erbe vernichtet, das Museum sei angefüllt mit thailändischem Kulturgut, und jetzt will er, daß sie ...«

Aber die Drei haben schon gesehen, was los ist, und rennen durch den Korridor zurück. Die Panzerkanonen richten sich auf das Orient-Hotel.

Die Drei haben fast schon den nächsten Flügel erreicht, als die erste Granate hinter ihnen im Gebäude einschlägt; sie stürzen zu Boden, und Leslie sagt sich verärgert, daß ihr das Laufen mit diesen großen Brüsten verdammt schwer fallen wird. Dieses Gefühl ist so tief und leidenschaftlich, daß der Redakteur es nicht herausschneidet, ebensowenig wie die Stellen, an denen der Agent sie ›Leslie‹ nennt.

»Geil, das ist großes XV, die beste Sendung, die wir je gemacht haben«, murmelt der Controller.

»Ja, wir werden die Namen und Rollen später noch überarbeiten.«

Im Orient-Hotel kommen Leslie und ihre Leibwächter wieder auf die Füße und flüchten aus dem brennenden, einstürzenden Südflügel des Hotels. »Soweit ich weiß, sind die UN-Truppen nicht mehr weit«, ruft Fred. »Wir sollten versuchen, auf den Parkplatz zu gelangen, vielleicht sammeln sie uns dort auf…«

Erneut brüllen die Panzerkanonen auf, und das Gebäude erzittert, als die Fassade dieses Flügels zusammenbricht. Sie fassen sich an den Händen und rennen die Treppe zum Parkplatz hinunter. Ein thailändischer Hotelangestellter springt mit einer massiven metallenen Vorhangstange auf sie zu, und Saul schießt ihn in vollem Lauf nieder, ohne ihn zu fragen, was überhaupt los sei.

Als sie sich schließlich an der Tür zum Parkplatz befinden, hören sie ein himmlisches Geräusch – das hochfrequente Sirren von *Staticoptern* sowie den kreischenden Abschuß und den dumpfen Einschlag von Panzerabwehrraketen. Später erfährt Leslie dann, daß die Japaner mit der ihnen eigenen Gründlichkeit alle thailändischen Panzer vernichtet haben, zuzüglich aller Löschfahrzeuge, die das Nationalmuseum retten wollten, und die noch stehenden Trakte des Museums.

Im Augenblick jedenfalls geraten sie vor Freude schier aus dem Häuschen, als sie Rock sehen, der sich aus einer Tür des stromlinienförmigen *Staticopters* lehnt, und binnen weniger Sekunden taumeln sie an Bord. Sie sind in Sicherheit. Die Verbindung zur Redaktion wird für kurze Zeit unterbrochen, bis die drei wieder zur Besinnung kommen. Rock umarmt Leslie und küßt die beiden Männer auf die Wange… »Dachte schon, wir hätten das nette Trio verloren«, sagt er. »Ihr habt sicher eine gute Show abgezogen, Leute.«

Erst in diesem Moment wird Leslie bewußt, gegen wie viele Klauseln ihres Arbeitsvertrags sie verstoßen hat, aber als sie sich gerade eine Minute mit dem Gedanken an die Kündigung befaßt hat, gratuliert man ihr schon zur Kreation eines völlig neuen Genres – XV live hinter den Kulissen. Die Einschaltquoten sind ins Astronomische gestiegen, und von nun an soll sie im Bedarfsfall aus der Surface-Rolle fallen und als Leslie auftreten.

Rock hingegen soll auch weiterhin nur als Rock und nicht als David auftreten – sein Künstlername hat nämlich für zu viele Leute eine identitätsstiftende Wirkung. Leslie sagt sich, wobei sie das sorgfältig unter Verschluß hält, daß sie dabei nur verlieren können.

Ein Problem für Louie besteht darin, daß er trotz des physikalischen Umfangs seines Auftrags mental überhaupt nicht ausgelastet ist. Daher steht ihm so viel Zeit zur Verfügung, sich mit der Mission und den Konsequenzen ihres Scheiterns zu beschäftigen, wenn es denn soweit kommen sollte, daß es schon wieder kontraproduktiv ist.

Einige der von ihm erstellten Klimamodelle weisen eine überdurchschnittliche Erwärmung der Antarktis aus; normalerweise strahlt sie nämlich den größten Teil der terrestrischen Wärme in den Weltraum ab, und das sich über der Antarktis schließende ›Methanfenster‹ wird folglich um so mehr Wärme zurückhalten. Wenn das zutreffen sollte, dann werden sich allerhand Konsequenzen ergeben: die riesige Eisdecke wird abschmelzen und das darunterliegende Land von seiner Last erleichtern.

Aber diese Überlegungen sind müßig... er kommt nur so schnell voran, wie er die ›Bohnenstange‹ hinabsteigt, und die muß er erst noch konstruieren. Als ›Bohnenstange‹ bezeichnet er den Strom der zusätzlichen Komponenten und Materialien, den die Katapulte auf dem Mond und den Asteroiden ihm nachsenden werden.

Wenn man ein elektromagnetisches Katapult verlängert, nimmt die Geschwindigkeit der abgeschickten Pakete proportional zu; alle Katapulte werden kontinuierlich verlängert, so daß die von ihnen ausgesandten Pakete immer höher beschleunigt werden. Die mit einer

Magnetbremse bestückten Pakete werden die *Good Luck* überholen und einen zehn Kilometer langen Tunnel aus konzentrischen Ringen passieren. Während des Bremsvorgangs werden die Pakete von der *Good Luck* geborgen; die Pakete sind zwar noch immer schneller als die *Good Luck*, aber deutlich langsamer als zuvor. Gleichzeitig wird das Schiff beschleunigt.

Wenn die Pakete das Schiff überholt haben, erzeugen sie selbst auch einen magnetischen Tunnel; die nachfolgenden Pakete passieren dann nicht nur das Schiff, sondern auch die vor ihnen stehenden Pakete und beschleunigen sie bis zum Austritt an der Spitze des Stroms.

Während so jedes Paket einmal die Führung übernimmt, werden die Leitpakete sukzessive immer langsamer, weil jedes neue Paket mehr Energie an das Schiff und die sich verlängernde Kette aus Paketen abgibt. Dafür wird das Ende des Stroms immer schneller.

Irgendwann wird dann einmal der Punkt erreicht sein, an dem das Schiff die vor ihm fliegenden Pakete überholt und sie zurückdrängt. Das wird zwar nicht ausreichen, ihre Richtung umzukehren – sie werden weiter Kurs auf den Rand des Sonnensystems halten –, aber es wird sie deutlich verlangsamen.

Doch während das Schiff die Führung übernimmt und die Pakete hinter sich läßt, werden diese durch die nachströmenden Pakete erneut beschleunigt. Wenn das Schiff sich nun an die Spitze der Kolonne gesetzt hat, haben die nachfolgenden Pakete wieder eine höhere Geschwindigkeit erreicht, setzen zum Überholen an, und der ganze Vorgang wiederholt sich – nur daß sich jetzt die Geschwindigkeit der gesamten Kette erhöht hat.

Während die Pakete durch die Magnetfelder ihrer Vorgänger wandern, falten sie sich zusammen und entfalten sich dann wieder, um die Nachfolger durchzuschleusen, wie große pulsierende Tulpen, die durch das All jagen.

Je mehr Pakete eintreffen, desto länger wird der Strom und desto schneller werden die von immer größeren Katapulten abgeschossenen Nachfolger.

Während die Kolonne sich zu der ›Bohnenstange‹ entwickelt, an der die *Good Luck* emporsteigen muß, bewegt die Spitze sich langsamer als die Nachhut, und die von hinten nach vorne strebenden Komponenten beschleunigen. Somit nimmt die Geschwindigkeit des ganzen Stroms zu.

Irgendwann wird die Good Luck dann einige Pakete auf ihre Geschwindigkeit abbremsen, sich die brauchbaren Komponenten des Pakets einverleiben und den Rest als Reaktionsmasse abstoßen. Die Rückstände wirbeln dann entgegen der Flugrichtung davon, wobei jedes nachfolgende Paket mit der Hülle kollidiert.

Auf diese Art wird Louie zum einen schneller und vermehrt zum anderen die Prozessoren – seine Intelligenz steigt proportional zur Geschwindigkeit. Er müßte 2026RU um die Weihnachtszeit erreichen, die erforderlichen Arbeiten bis Ende Januar abgeschlossen haben und Anfang Februar den Rückflug antreten, wobei seine Gehirnkapazität sich im Vergleich zu heute um das Fünfzigfache erhöht haben wird (die jetzt schon ungefähr 8000 menschliche Gehirn-Jahre pro Tag beträgt).

Noch bevor Louie die Eiskugel von 2026RU erreicht hat, wird ›Clem‹ die Nördliche Hemisphäre ›abgearbeitet‹ haben. Wenn Louie dann den Rückflug antritt und die ersten Frisbees hinter ihm auftauchen, wird die Südliche Hemisphäre von noch wesentlich stärkeren Stürmen heimgesucht werden, weil es dort weniger Landmassen gibt, an denen sie sich brechen könnten.

Louies auf über einer Billiarde Modellrechnungen basierende Prognose besagt, daß die Stürme zwischen 0 Grad und 32 Grad südlicher Breite um den Äquator zirkulieren werden, wobei sie generell einen Süd-West-Kurs einschlagen, aber so variieren, daß sie ihre Dynamik bewahren und regelmäßig neue Stürme erzeugen.

Mit viel Glück trifft er noch zu dem Zeitpunkt ein, wenn die letzten Stürme in der Südlichen Hemisphäre abflauen und bevor der nächste ›Clem‹ sich in der Nördlichen Hemisphäre aufbaut.

Mit viel Glück wird ein Teil der Zivilisation überdauert haben, und wenn nicht, dann werden trotzdem noch viele Millionen Menschen am Leben sein, manche werden noch Radio oder Fernsehen haben, und die Datennetze werden an vielen Orten noch intakt sein.

Wenn die Zivilisation indes völlig ausgelöscht ist, wird Louie mit viel Glück imstande sein, nach der Eliminierung der Stürme eine neue zu errichten.

Aber da hat er seine Zweifel. Der Zweite Globale Aufstand geht bereits in den vierten Tag und weitet sich noch immer aus. Weltweit verzeichnet jede Stadt mit über 500 000 Einwohnern weitere Opfer des Aufstands. In Städten wie Berlin, Tokio, Moskau, Caracas, Montevideo, Riad, Bujumbara und Katsina hat die Armee wahre Massaker an plündernden Zivilisten verübt… die Liste könnte beliebig fortgesetzt werden.

Die Tatsache, daß *Sniffings* das alles ausgelöst hat, ist längst in Vergessenheit geraten; genauso, wie das tropische Tief, aus dem ›Clem‹ hervorging, sich schon lange aufgelöst hat, sind die Ursachen für den Aufstand nicht mehr zu ermitteln. ›Clem‹ wütet weiter, weil er eben ein Hurrikan ist und es reichlich warmes Wasser gibt; der Zweite Globale Aufstand dauert an, weil es eben ein Aufstand ist und es noch viel zu plündern und anzuzünden gibt.

Würde es sich beim Zweiten Globalen Aufstand um einen Krieg handeln, dann stünde er bereits auf Rang Sechs der blutigsten Kriege des einundzwanzigsten Jahrhunderts – noch immer kein Vergleich zu den ›Leistungen‹ des zwanzigsten Jahrhunderts, aber noch ist ja Zeit…

Er darf keine einzige Sekunde verschenken, sagt Louie sich. Geschwindigkeit ist jetzt alles.

So schnell wie er ist noch kein Mensch gewesen; und er wird immer schneller – aber er hat noch einen weiten Weg vor sich.

In Novokuznetsk sollen kaum Unruhen stattgefunden haben; das wird Klieg zumindest erzählt. Aber diese Aussage muß man wohl im Zusammenhang betrachten. Angesichts einer täglichen Quote von weltweit Zehntausenden von Toten sind ein bißchen Kriegsrecht, ein paar Plünderungen und gelegentliche Heckenschützen wahrhaftig relativ geringfügig.

Auf jeden Fall ist er in Anbetracht der viel schlimmeren Situation in den Staaten froh, daß Glinda und Derry hier sind.

John Klieg hat sich seit jeher als Pragmatiker bezeichnet, und der Grundstein dieses Pragmatismus ist die Überzeugung, daß die meisten Menschen nicht die geringste Ahnung haben vom Unternehmertum, seinen Prinzipien, was es leisten kann und was nicht. Was sie ständig aus dem Blick verlieren, ist die Tatsache, daß es im Geschäftsleben darum geht, Kapital von einem Ort zum anderen zu transferieren und daß die Geschäftsleute die Welt rational und vernünftig gestalten, weil sie nämlich selbst rationale und vernünftige Leute sind. So einfach ist das. Die Marktwirtschaft macht einige Leute reich und gibt den meisten anderen Arbeit. Was sie indes nicht leisten kann, ist, die Welt in ein Paradies zu verwandeln, wo es wie im Film zugeht und jeder das bekommt, was ihm zusteht.

Wenn die Unternehmen die Welt wie in den Filmen gestalten würden, dann müßten die Film-Unternehmen Konkurs anmelden. Und Klieg *liebt* Filme, und viele seiner Freunde investieren in diesem Geschäft.

Was ihn wirklich wurmt, ist die Tatsache, daß er hier nicht nur die Gelegenheit des Jahrhunderts, sondern vielleicht sogar des Jahrtausends hatte und daß mitten im Spiel die Regeln geändert wurden. Wie diese Bastarde von der Regierung. Teufel, wenn die Privatwirtschaft von vornherein die Erschließung des Weltraums hätte betreiben dürfen, anstatt sich mit der Regierung herumzuschlagen, dann wäre die Küste von Orlando bis Canaveral mit Millionen-Dollar-Häusern zugebaut worden, noch bevor der erste Satellit ins All geschossen wurde, und dann gäbe es heute auch in der Raumfahrt etliche große Namen, so wie Rockefeller für Öl, Ford für Autos und Hughes für Flugzeuge steht. Statt dessen wurde immer nach dieser irren Hüh-Hott-Methode verfahren, bei der gute Ansätze im Sand verliefen. Es gab keine wirklich Verantwortlichen und weder eine Bank noch einen Finanzplan, um die Finanzierung zu gewährleisten.

Und als der Welt schließlich die Gelegenheit für ein kohärentes Weltraumprogramm geboten wurde, genügte eine lausige Reporterin …

Vor lauter Zorn verschlägt es ihm schier die Sprache. Man hätte eigentlich annehmen dürfen, daß diese Schlampe Jameson, die ihre Kunden überwiegend im privaten Netz hat und somit selbst eine Geschäftsfrau ist, seine Stellung irgendwie zu würdigen wußte. Und diesen Anschein hat sie ja auch erweckt, als sie ihm geholfen hatte, diese räuberischen sozialistischen Piraten und diesen durchgeknallten Astronauten kaltzustellen …

Aber die Sozialisten sind jetzt doch nicht kaltgestellt, und sie war wirklich keine große Hilfe. Was sie gut gemacht hat, war die Recherche bezüglich seiner Verbindungen zu Freunden in diversen Regierungen. Seine Leute in Tokio, Paris, New York und Brüssel glauben nicht, daß sie die jeweiligen Regierungen zu einer Beschwerde bewegen können, ganz zu schweigen, die Sache vor Gericht zu bringen. Hardshaw und Rivera werden alle Beteiligten zufriedenstellen, und er hat dann das Nachsehen.

Man sollte sich etwas Eigenes schaffen, philosophiert

er dann, wenn man sich mehr davon verspricht. Sein Startmonopol ist noch ungefähr ein Jahr gültig, und, bei Gott, er wird es weidlich ausnutzen.

Er freut sich schon auf das für den Nachmittag anberaumte Treffen mit Hassan. In einer Hinsicht hatte der alte Karl Marx recht: die Bourgeoisie ist wirklich die internationale Klasse. Hassan zählt mittlerweile zu Kliegs besten Freunden; man kann von den Geschäften, die er betreibt, halten, was man will (und was ist daran auszusetzen, außer daß er auf der einen Seite die Nachfrage der Menschen bedient und auf der anderen Seite anderen Regierungen Konkurrenz macht, indem er Söldner vermietet), aber Hassan ist wirklich ein talentierter Geschäftsmann.

Klieg hat noch ein paar Minuten; also geht er in die Hinterzimmer, um Glinda und Derry zu begrüßen. Seit dem Ausbruch des Zweiten Globalen Aufstands klebt Derry am XV – und wann wird man endlich diese verdammte Jameson verhaften und sie deswegen belangen? Vor allem deshalb, weil Millionen Kinder, die nicht so gut beaufsichtigt werden wie Derry, sich in die Unruhen eingelinkt haben müssen und nicht nur bei Polizei und Feuerwehr mitfahren und verantwortungsvollen Leuten bei der Bewältigung der Katastrophe zuschauen, sondern selbst *plündern* und *vergewaltigen* … wie pervers muß eine Welt überhaupt sein, die Kindern so etwas zugänglich macht? Und warum, zum Teufel, steckt Berlina Jameson nicht irgendwo im Gefängnis, oder was noch besser wäre, warum urteilt man sie nicht schnell ab und knüpft sie an einem Kälberstrick auf, bei den vielen Toten, für die sie die Verantwortung trägt?

Plötzlich merkt er, daß er seiner zukünftigen Familie zornbebend gegenübertritt, und das ist nun wirklich nicht gut. Er atmet tief durch und sagt: »Ich wollte nur mal vorbeischauen. Tut mir leid, daß ich so schlecht gelaunt bin – an euch liegt es nicht.«

Glinda lächelt ihn an und sagt: »John, wage es nur

nicht, dich zu entschuldigen. Was dir zugemutet wird, würde selbst die Geduld eines Heiligen auf die Probe stellen.«

Derry blinzelt ihm zu und grüßt ihn mit der alten Geste der Black-Power-Bewegung, der hochgereckten Faust. Er fühlt sich wie ein Held.

Er umarmt sie beide und geht dann nach unten, um mit einem Taxi zur Besprechung mit Hassan zu fahren. Er trifft seinen Geschäftspartner im *Hole-in-Corner*, dem kleinen Restaurant, in dem sie sich immer treffen und wo sie ein eigenes Hinterzimmer bekommen können. Er und Hassan vermuten, daß die Geheimpolizei alle Gespräche in den Büros abhört, und deshalb treffen sie sich hier – das Schlimmste, was ihnen jetzt passieren könnte, wäre, daß die Geheimpolizei glaubt, die beiden Geschäftspartner würden eine Verschwörung planen.

Im *Hole-in-Corner* führt der verschwiegene verwitterte, alte Oberkellner Klieg durch muffelnde Wandteppiche zum Hinterzimmer. Bei seinem Eintreten zuckt Hassan zusammen. Kliegs erster Gedanke ist, *so nervös habe ich ihn noch nie gesehen. Er verhält sich ja wie ein Vierjähriger im Wartezimmer eines Arztes.*

»Bei all den Gerüchten weiß niemand, was wirklich geschehen wird«, sagt Hassan und kratzt sich am rechten Handgelenk. »Im Ausland werden so viele unserer Leute verhaftet, und so viele Organisationen werden plötzlich ausgehoben, daß ich nicht einmal weiß, welche Figuren noch auf dem Brett sind. Mr. Klieg, mein Freund, ich muß Ihnen sagen, daß ich beunruhigt bin. Wenn die Dinge plötzlich kippen sollten, geraten wir vielleicht in eine sehr schlechte Lage.«

»Mit diesem Risiko müssen Sie leben«, sagt Klieg mit fester Stimme, denn ihm hat dieser Spruch noch immer geholfen.

Hassan nickt und sagt seufzend: »Ja, ich weiß; Sie haben recht. Aber trotzdem besteht ein Unterschied. Dort, wo Sie herkommen, riskieren Sie höchstens den

Bankrott. Hier jedoch sind die Risiken in jeder Hinsicht substantieller.«

Plötzlich schaudert Klieg; er glaubt zwar nicht, daß sie es wagen würden, ihn anzurühren, geschweige denn Glinda oder Derry, aber man weiß ja nie, und Hassan genießt sicher nicht solche Sicherheiten.

Die Schlüsselfigur ist Abdulkashim. Der Grund, warum sie sich überhaupt mit ihm eingelassen haben, besteht darin, daß er noch die Loyalität der Generalität genießt, und solange er nicht beschlossen hat, das Allwetter-Raumfahrtzentrum auch nach einer Rückkehr an die Macht weiterzubauen, stellen sie einen mächtigen Stolperstein dar.

Mit Abdulkashims Rückendeckung haben sie unerwartet viel Hilfe erhalten, aber die Frage ist, wie lange das noch anhält. Zur Zeit besteht die Regierung aus nationalistischen Abdulkashim-Gegnern, die einzige Option, welche die UN akzeptiert hatten. Aber es gibt noch ein halbes Dutzend Fraktionen, die zu schwach zur Regierungsbildung sind und zu stark, um übergangen werden zu können. Diese Fraktionen führen Störmanöver durch.

Bei Fruchtsaft und Eiswasser geht Hassan ausführlich auf diese Sachverhalte ein. »Wenn wir schon den Gang in unser jeweiliges Paradies antreten müssen, dann sollten wir wenigstens mit sauberen Nieren antreten«, sagt er, als sie wieder eine Toilettenpause einlegen. Sie gehen einzeln, unter den wachsamen Blicken von Hassans Leibwächtern. Klieg verdrängt die Überlegung, ob die Leibwächter ihn eskortieren, weil sie auf seine Sicherheit bedacht sind oder weil sie verhindern wollen, daß er irgendwie eine Waffe einschmuggelt. Trifft vielleicht beides zu.

Schließlich sind es nur noch sechs Tage, sagt er sich, als er sich auf der Schüssel niederläßt. Dann wird er den ersten Probestart vornehmen, und wenn alles funktioniert, wird niemand es mehr wagen, die Aktivitäten von

*GateTech* zu behindern, denn sie sind die einzige Möglichkeit, ›Clem‹ den Garaus zu machen.

Plötzlich hört er draußen ein lautes Krachen und begreift gerade noch, daß es ein Schuß war, als die Tür auffliegt. Er reißt die Hose hoch, aber nicht schnell genug; zwei große Männer schieben die leichte Toilettentür beiseite und packen ihn an den Ellbogen.

Das alles geht so schnell, daß er nicht einmal einen Satz herausbringt, bevor sie ihn hinausschleifen. Sie lassen ihn nicht einmal die Hose hochziehen und den Gürtel schließen, so daß die Füße sich auf eine lächerliche Art in der Hose verfangen.

Als er durch das Restaurant gezerrt und zur Hintertür hinausbefördert wird, sieht er zwei von Hassans Leibwächtern tot in den Korridoren liegen, und bei dem in ein Tischtuch gewickelten Bündel, das gerade von zwei Kellnern hinausgetragen wird, kann es sich nur um Hassan selbst handeln.

Sie scheinen kein Englisch zu sprechen und reagieren auch nicht auf das, was er auf russisch, jakutisch und burjatisch vorbringt. Er wird in einen Lieferwagen geworfen und kann sich jetzt wenigstens die Hose hochziehen, obwohl er sich vor lauter Angst und Überraschung hineingemacht hat. Aber auf einen ruinierten Tausend-Dollar-Anzug kommt es in dieser Situation auch nicht mehr an.

Erst nach vier Stunden erscheint jemand in seiner Zelle, um sich mit ihm zu befassen. Während dieser vier Stunden hat er die Schreie und das Schluchzen eines von den Wachen vergewaltigten Mädchens gehört. Es war nicht Derry – das Mädchen hatte auf jakutisch geschrien –, aber Klieg ist sich sicher, daß man ihm damit zu verstehen geben wollte, es hätte ebensogut auch Derry sein können.

Es gibt Augenblicke, in denen man zu jedem Handel bereit ist. Schließlich wird ihm eröffnet, daß es sich um einen Coup von Leuten handele, die loyal zu Abdulkashim stehen; dieser versuche gerade einen Ausbruch aus dem Gefängnis in Stockholm. Im übrigen wollten sie ihm ganz klar zu verstehen geben, daß sein Weltraumzentrum verstaatlicht worden ist.

Mit einem solchen Vorgehen der Regierung muß jeder erfolgreiche Geschäftsmann rechnen. Er verspricht ihnen, ein guter, kooperativer und nützlicher Gefangener zu sein, so oft sie es hören wollen, und dann darf er die verängstigte Glinda und Derry sehen, und nach einigen weiteren Drohungen lassen sie Klieg und seine Frauen gehen.

Er hält sich nun schon eine Weile in diesem Teil der Welt auf, und er kennt die Spielregeln. Selbst als er die beiden in den Arm nimmt und beruhigt, schwört er sich, daß er ihnen diese Demütigung, die Bedrohung seiner Familie und vor allem den Tod seines Freundes und Partners zurückzahlen wird. Noch vor wenigen Monaten hätte er nicht den blassesten Schimmer gehabt, wie er eine solche Racheaktion hätte durchführen sollen. Aber jetzt, nachdem die neue Regierung sie spät in der Nacht freigelassen hat und sie in ihr Appartement zurückkehren, nimmt er eine ausgiebige Dusche, um den an ihm haftenden Gestank von eingetrocknetem Kot abzuspülen; und während er sich abschrubbt, läßt er sich Lösungsmöglichkeiten durch den Kopf gehen.

Bevor er in dieses Land kam, hätte ihn die Kombination aus phantasievollen und grausamen Gedanken wahrscheinlich etwas schockiert. Jetzt aber genießt er es noch mehr als die Dusche.

Der Hurrikanableger ›Clem 114‹ entsteht, als einer von ›Clems‹ Fallströmen in geringer Entfernung westlich von Minami Tori plötzlich nach Norden schwenkt. Bislang haben die Medien sich noch nicht einmal die Mühe gemacht, zu erklären, wie die von zwei Fallströmen erzeugte Hochdruckzelle zwei Superhurrikane auf Gegenkurs schickt; sie weisen nur darauf hin, daß ›Clem 114‹

in südwestlicher Richtung wandert, wo das Meer viel wärmer ist und wo er wahrscheinlich in wenigen Tagen die Größe seines Vorgängers erreichen wird.

Manuel Tagbilaran kennt nicht einmal die Anzahl der sich nähernden Wirbelstürme; angesichts der zu bewältigenden Aufgaben scheint das auch völlig irrelevant. Er muß nämlich die letzte Gruppe Passagiere, die gerade mit der Fähre von Luzon an der Insel Samar angelegt hat, nach Tacloban bringen.

Manuel Tagbilaran weiß nicht, warum er das überhaupt tut. Seit die Kinder erwachsen sind und seine Frau gestorben ist, lebt er allein auf einer kleinen Farm oben am Westhang der Berge, die gleichsam das ›Rückgrat‹ von Samar bilden; zuweilen veranschaulicht er den Touristen die Gestalt der Insel, indem er Samar mit einem vom Auto überfahrenen Kaninchen vergleicht, das nun auf der linken Seite liegt, wobei das gebrochene Rückgrat nach oben hin absteht und die Straße sich um das Rückgrat windet.

Zumindest wird er an den Berghängen vor dem Wind geschützt sein. Und überhaupt ist diese Route Schwachsinn, denn normalerweise bringt er die Passagiere der Fähre von Luzon über das südlich gelegene Leyte nach Tacloban. Die Fähre wird nicht ablegen, nicht einmal dieser Idiot Ramon – mein Gott, Manuel hofft, daß Ramon in Sicherheit ist; sie hatten diese Route gemeinsam eröffnet, damals, '96. Über dreißig Jahre her.

Der Wind wird stärker, und obwohl es erst Nachmittag ist, wird es schon dunkel. In kurzen Intervallen wird der Bus, ein Mitsui '12 IntelliTracker von schweren Sturmböen durchgeschüttelt, so daß der Aufbau ächzt. Er umklammert das Steuer und spricht zu dem Bus, als ob ein solch rustikales Gerät über eine Moral verfügte, die man durch eine persönliche Ansprache heben könnte.

Aber vielleicht hat das auch nur etwas mit seiner eigenen Moral oder der der Passagiere zu tun, sagt Manuel sich.

Normalerweise sind hundert Kilometer ein Katzensprung – auf der durchgehend asphaltierten Straße und mit dem Radar des IntelliTrackers wäre eine Reisegeschwindigkeit von 140 km/h möglich. Aber sie sind bereits zwei Stunden unterwegs und haben noch nicht einmal ein Drittel der Strecke zurückgelegt.

Wenigstens verhalten die Passagiere sich ruhig. Im hinteren Abschnitt des Busses sitzen einige chinesische Versicherungsvertreter, die oben in der Hauptstadt eine Woche lang Hausrats- und Lebensversicherungen vertrieben haben und sich nun auf dem Heimweg zu den kleinen chinesischen Vorstädten befinden, die in Leyte entstanden sind. Sie machen sich wahrscheinlich nur darüber Sorgen, daß sie erst spät nach Hause kommen und morgen dann zu müde zum Tennis- und Golfspielen sein werden. Außerdem gibt es da noch eine ältere Dame mit ihrer Tochter, wobei diese Tochter schon in mittlerem Alter ist und eindeutig zur Fettleibigkeit neigt; wahrscheinlich ist sie die graue Maus der Familie und zur Betreuung der Mutter abgestellt worden.

Manuel geht dieser Anblick an die Nieren; seiner Lieblingsschwester war nämlich das gleiche Schicksal beschieden; sie verwandelte sich in eine griesgrämige, verbitterte alte Dame, bis sie schließlich nur drei Jahre nach dem Tod von Mama auch von dieser Welt abtrat.

Die restlichen Passagiere bestehen aus zwei Schülern des Gymnasiums von Ormoc, wobei der Junge ein schlanker, stattlicher junger Teufel ist (mein Gott, welches Leben Manuel mit einem solchen Aussehen hätte haben können! Und dieser Junge wird es wahrscheinlich auch haben!); bei dem Mädchen handelt es sich um ein vollbusiges und verschmustes kleines Ding mit einem Babygesicht. Sie werden wohl vorgegeben haben, an die Universität von Manila zu fahren, aber Manuel ist sich absolut sicher, daß die Eltern dieser Kinder wohl keine Ahnung hatten, daß die beiden zur selben Zeit zum selben Ort gefahren sind.

Der langsam fahrende Bus erreicht eine Spitzkehre der serpentinenförmigen Straße nördlich von Calbayog. Manuel sieht die Straße vor sich nicht mehr; in den letzten zehn Minuten haben sich Ströme an Stellen aufgetan, an denen es noch nie welche gegeben hatte. Sie schneiden durch den aufgebrochenen Asphalt vor ihm, und einmal mußte der IntelliTracker schon den Allradantrieb zuschalten, ins Gelände ausweichen und die unterspülte Straße umgehen. Die umgestürzten Bäume, die ihnen immer wieder den Weg verlegen, zählt er schon gar nicht mehr.

Da wird er den Enkelkindern etwas zu erzählen haben, die jetzt sicher in den Schutzräumen sind, die er, seine Söhne und Schwiegersöhne auf dem Familienbesitz entlang der Straße eingerichtet hatten.

Plötzlich hält der IntelliTracker an und meldet: »Kann die Straße nicht mehr identifizieren.«

Manuel schaut durch die Windschutzscheibe, an der eine zentimeterdicke Wasserschicht zu kleben scheint. »Ich auch nicht, Kumpel. Schaffen wir es mit Automatik und Radar?«

Nach einer langen Pause erwidert der IntelliTracker schließlich: »Den Meldungen zufolge hat die Ebbe vor Catbalogan ein Rekordmaximum erreicht. Die Behörden raten …«

»Zum Teufel«, meint Manuel. Wie jeder Filipino weiß, folgt auf Ebbe auch wieder Flut, die in der Regel schnell und heftig einsetzt. Sicher wird dieser Monster-Wirbelsturm, den die *yanqui*-Wissenschaftler erzeugt haben (Manuel weiß es zwar nicht genau, aber die Annahme ist zulässig, daß die *yanquis* dahinterstecken), Flutwellen ungeahnten Ausmaßes produzieren, und wahrscheinlich wird das Auge im Norden hereinkommen und sogar direkt über Manila hinwegziehen.

Der IntelliTracker wartet eine Weile, und dann sagt der arme Idiot, unfähig, Manuels Unterton zu interpretieren: »Nicht ratsam, unter den gegebenen Umständen die Passagiere auf dieser Strecke weiterzubefördern. Wahrscheinlichkeit eines schweren Unfalls siebzehn Prozent.«

Dieses Risiko ist noch viel höher, sagt Manuel sich. Er dreht sich zu seinen sechs Passagieren um; alle wirken müde und verängstigt, und so, wie er sich selbst fühlt, ist er froh, alles weitere an den Bus zu delegieren, denn ansonsten würde er vor Angst schier durchdrehen.

»Könnten wir es bis zur Farm als Zwischenstation schaffen?«

»Welche Farm?« gibt der blöde Bus die Frage zurück.

»IntelliTracker – Identifikation Primärbasis – schließe IntelliTracker«, erwidert Manuel in der primitiven Programmiersprache, die für den IntelliTracker konzipiert wurde. Die Kapazität des Busses für die Verarbeitung natürlicher Sprache ist begrenzt; Manuel hat die Lage also geklärt, aber dennoch hat er das unbestimmte Gefühl, daß der IntelliTracker schmollen wird, wenn er ihn wieder aktiviert. So, wie er sich immer fühlt, wenn koreanische Seeleute, deren Schiffe in Subic Bay vor Anker liegen, oder amerikanische Pensionäre ihn in Manila mit Pidgin ansprechen.

Nach einer Bedenkpause meldet der IntelliTracker mit seiner monotonen mechanischen Stimme: »Erfolgschancen hoch. Gewisses Risiko wegen unbefugten Eindringens.«

Manuel zuckt gleichmütig die Achseln; wozu hat er schließlich eine Rechtsschutzversicherung. »Kursänderung ausführen«, befiehlt er, worauf der Bus die Straße verläßt und die Steigung in Angriff nimmt.

»Ich bringe Sie zu mir nach Hause«, wendet er sich an seine Passagiere. »Die Fähren haben den Betrieb eingestellt, und meine Farm liegt hoch in den Bergen. Wenn Sie zu Hause anrufen möchten, hinten im Bus ist ein Telefon.«

Drei Stunden später, zu einer Zeit, wo eigentlich die Sonne untergehen müßte, was aber wegen der dunklen

Wolken nicht zu erkennen ist, stoßen sie auf die an seiner Farm vorbeiführende einspurige Makadam-Straße, nachdem sie zuvor ein halbes Dutzend Felder umgepflügt hatten – allerdings wird die Fährte des Busses nach dem Durchzug des Wirbelsturms ohnehin verwischt sein. Zweimal mußten sie Abschnitte mit umgeknickten Bäumen weiträumig umfahren, was jedesmal eine halbe Stunde kostete, und einmal mußten sie vor einem Erdrutsch den Rückzug antreten. Die Passagiere sind übereingekommen, sich direkt hinter Manuel zu versammeln; das stört ihn nicht, bietet es ihm doch die Gelegenheit, sich zu profilieren.

Als in der Nähe ein Blitz einschlägt, nimmt er es zunächst von der heiteren Seite – »Keine Panik, Leute, wenn er uns getroffen hätte, hätten wir es nicht einmal gehört« –, aber dann bleibt der IntelliTracker stehen. Ein kurzer Blick auf die Instrumente zeigt, daß der Bordcomputer sich verabschiedet hat; vielleicht sind irgendwo ein paar Fünf-Pfennig-Teile verschmort. Normalerweise würde er jetzt einfach einen dieser kleinen Straßenwacht-Roboter mit einem Ersatzteilsortiment anfordern und spätestens in einer Stunde wieder mobil sein, aber bei der momentanen Situation könnten die Ersatzteile sich ebensogut auf dem Mond befinden.

Nun, die Lösung liegt auf der Hand, zumal er kaum hierbleiben kann – es bilden sich bereits Pfützen um die Reifen. Wenn er hierbliebe, wären binnen einer halben Stunde auch die übrigen Reifen zerstört, und dann würden sie hier auf offener Straße festsitzen. Er schaltet auf manuelle Steuerung um – zu seiner Erleichterung funktioniert sie noch, und er weiß auch noch damit umzugehen, obwohl er schon seit mindestens zwanzig Jahren ausschließlich auf Automatik gefahren ist.

Die nächsten drei Stunden gestalten sich interessanter als alles, womit er sich seit langem befaßt hat; er fühlt sich wieder wie damals, als er Schüler seines Vaters war. Der alte Mann hatte auf einem alten GM-Schulbus Fahren gelernt, der außer einem Lenkrad, Pedalen für Bremse, Gas und Kupplung sowie einem Schalthebel keine Bedienungselemente hatte; aber Manuel glaubt nicht, daß sein alter Herr diese Rutschpartie den Berg hinunter besser bewältigt hätte als er, wobei der Bus gelegentlich so beschleunigt, daß sie bei Kurvenfahrten in die Sitze gedrückt werden. Obwohl er keine Zeit hat, sich umzudrehen, weiß er, daß seine Passagiere versuchen, ihre Furcht zu verbergen.

Aber im Grunde ist gar nichts dabei; in den alten Zeiten war das Routine. Selbstverständlich stellt Manuel aber sein überlegenes fahrerisches Können unter Beweis.

Dennoch war er noch nie so froh wie jetzt, vor seinem Haus vorzufahren. Und wenn er gewußt hätte, daß wegen ›Clem 114‹ das junge Paar sich gleich auf der anderen Seite des Hügels niederlassen würde und die chinesischen Versicherungsvertreter eine ganze Saison als im Grunde unnötige Hilfskräfte hier verweilen würden, bis ihre Familien die nicht einmal hundert Kilometer entfernten Flüchtlingslager verließen – oder daß er nach der Beerdigung von Mama die dralle Tochter heiraten und in seinem Alter noch einmal eine Familie gründen würde – nun, er hätte wahrscheinlich nicht anders gehandelt, außer daß er vielleicht sein bestes Hemd angezogen und einige Kurven noch etwas mehr geschnitten hätte. Ein Mann möchte seine Freunde beeindrucken, und er wird diese Geschichte – mit den sechs Passagieren als Zeugen – immer wieder erzählen.

Am 28. Juli, acht Tage, nachdem er aus dem Erdorbit zu seiner Reise aufgebrochen war, beschließt Louie Tynan, in seinem Körper Urlaub zu machen.

Er ist schon so weit in die Maschinen integriert, daß sie auch ohne ihn laufen, zumindest was die Routineaufgaben betrifft. Die Gesundheitschecks ergeben schon seit einiger Zeit schlechte Werte, und deshalb hält er es für angezeigt, sich körperlich zu ertüchtigen und regelmäßig zu schlafen, und vor allem möchte er die Passage eines Pakets durch den Tunnel mit bloßem Auge betrachten.

Zu diesem Zweck hat er die Beobachtungskuppel aufgesucht. Er hat sich sorgfältig angeschnallt, denn es werden Beschleunigungsspitzen von fast vier Gravos auftreten. Ebenso, wie die Physiker Geschwindigkeit als Positionsänderung in Relation zur Zeit und Beschleunigung als Geschwindigkeitszuwachs in Relation zur Zeit definieren, haben in den dreißiger Jahren des zwanzigsten Jahrhunderts Nemtin und andere Ingenieure auch die Relevanz der Beschleunigungsänderung in Relation zur Zeit erkannt und dies als ›Ruck‹ bezeichnet. Und Louie steht ein Ruck bevor, wie er ihn noch nie erlebt hat.

Selbst nach mehrtägigem Flug macht er sich noch mehr Gedanken über die *Good Luck* als über sich selbst. Er wird in die an der Wand der Beobachtungskuppel – die sich zeitweise in die ›Decke‹ verwandeln wird – befestigten Gurte gepreßt werden, in denen er jetzt noch gemütlich schwebt, der Kopf wird in den Rückhaltegurt gedrückt, und das Blut wird ihm in den Kopf schießen, aber alles, was ihn fest- und die Beobachtungskuppel zusammenhält, wird der Belastung mehr als gewachsen sein. Außerdem haben gesunde Menschen schon mehr ausgehalten als das.

Er ist sich indessen nicht sicher, ob die Gesamtstruktur der *Good Luck* der Beschleunigung standhalten wird. Schon in den ersten Tagen sind beim Durchgang der Pakete kleinere Schäden aufgetreten, und gestern erst hat er zwei Antennen der Kommunikationseinrichtung verloren. Als Virtuell-Louie könnte er noch einige letzte Checks durchführen, so daß er wenigstens beschäftigt wäre, und er empfindet eine leichte Abneigung gegen die langsamen Reaktionen und die verminderte Intelligenz im ›Naturzustand‹.

Es gab einmal eine Zeit, als der Blick aus der Beobachtungskuppel die eigentliche Motivation für sein Verbleiben an Bord der *Constitution* darstellte. Jetzt kommt noch hinzu, daß er im Gegensatz zur immer wieder faszinierenden, aber bekannten Aussicht auf die Erde ein Panorama vor Augen hat, das er seit der Mars-Expedition nicht mehr genossen hat. Erde und Mond gemeinsam vor Augen, die gleichen sichelförmigen Konturen scheinbar dicht nebeneinander. Die Perspektive ist einzigartig: Erde und Mond stehen fast hintereinander und werden seitlich von der Sonne beschienen. In diesem Augenblick ist er ungefähr fünfundsechzigmal so weit von der Erde entfernt wie der Mond.

Die Erde ist nicht mehr so eindrucksvoll wie zuvor und erscheint bei näherem Hinsehen nur als sichelförmig konturierter Fleck, und der Mond gleicht zunehmend einem hellen Stern, obwohl er ihn bei intensiver Beobachtung noch immer als Komma statt als Punkt ausmacht.

Er versucht sich vorzustellen, wie er sich wohl gefühlt hätte, als er noch in seinem Körper gefangen war und wie er sich jetzt fühlen würde, wenn er diese Reise nur als körperliches Wesen angetreten hätte.

Diese Überlegungen sind nicht sehr ersprießlich. Obwohl er rein kognitiv weiß, daß dies der eindrucksvollste Anblick ist, den er mit seinen menschlichen Augen wahrnimmt, taugen diese Augen einfach nichts mehr; den kleinen Ausschnitt des Spektrums von Rot bis Violett, das bescheidene Gesichtsfeld von 165 Grad, das schmale Frequenzband, innerhalb dessen Signale vom menschlichen Sehnerv weitergeleitet werden, die Tatsache, daß nur zwei unabhängige Sensoren in einem Abstand von wenigen Zentimetern einen Abgleich durchführen – und daß er dazu ein so großes Gehirn benötigt –; all diese Dinge, die sich seit dem Paläolithikum nicht verändert haben, vermitteln ihm das Gefühl, ein Krüppel zu sein.

Wenn er es mit seinem Radarblick sehen würde, der den gesamten Frequenzbereich von Radiowellen bis zur harten Gamma-Strahlung abdeckt, *dann* wäre es ein wahrhaft überwältigender Anblick... und dazu bedürfte es nur eines geringen Teils seiner Prozessorkapazität; er könnte den Anblick voll genießen, während er sich gleichzeitig mit anderen Dingen befaßte. Dieses winzige Ein-Personen-Gehirn reduziert nicht nur Schnelligkeit und Intelligenz; weil es die immensen Datenströme nicht erfaßt, ist man obendrein blind und taub.

Andererseits ist auch ein großes Gehirn nicht unbedingt ein Ausweis für Intelligenz, denn er hatte eigentlich angenommen, auf seine organischen Sinne würde ein vorbeifliegendes Paket eindrucksvoller wirken. Er hat aber auch keine Zeit mehr, die Gurte zu lösen und wieder in den Virtuellmodus zu wechseln, bevor das Paket durchgeschleust wird; also muß er hierbleiben. Er versucht, das Beste aus der Situation zu machen; wer hätte wohl gedacht, daß man die Sicht im Weltall eines Tages als begrenzt und trübe empfinden würde?

Vor der *Constitution* steht eine Vielzahl silbrig glühender, bizarr geformter Objekte, die in der totalen Finsternis des Vakuums und im schwachen Schein der achtern stehenden Sonne auf den ersten Blick wirr im All driften. Aber dann erkennt Louie die tiefschwarzen Konturen, die zuweilen die Erd- und Mondsichel überlagern, die schwarzen Linien, die ab und zu durch eines der schimmernden Objekte schneiden, die offensichtlich in perfekter Formation mit der *Constitution* fliegen. Dann macht er in der Nähe der *Constitution,* wo die an der engsten Stelle vierhundert Meter durchmessende Spule sich zu einem vollen Kilometer erweitert, ein Glitzern aus, und sofort formt das Auge aus diesem Spiel von Licht und Schatten, welches das schwarze Vakuum des Weltraums ausfüllt, das Bild einer gigantischen Spule mit einer Länge von sechs Kilometern, die sich zur Sonne hin öffnet und an der alle anderen Komponenten des Schiffs angebracht sind.

Zunächst erscheint das anfliegende Paket bloß als heller Punkt. Weil es außerdem nur einen Durchmesser von hundert Metern hat, muß es bis auf zwölf Kilometer herankommen, damit es so groß wie der Mond wirkt, wie man ihn nachts von der Erde aus sieht. Und weil das Paket nur eine Länge von sechshundert Metern hat, dauert es nicht einmal einen Herzschlag, bis es die Spule der *Good Luck* durchflogen hat und die Reise durch das All fortsetzt. Wenn Louie geblinzelt oder geniest hätte, wäre ihm der Vorgang überhaupt nicht aufgefallen.

Und weil das Paket sich fast mit der zehnfachen Geschwindigkeit des Schiffs bewegt, nimmt Louie mit bloßem Auge nur einen hellen Strich wahr; das menschliche Auge ist nicht imstande, so schnelle Objekte aufzulösen.

In der Hauptsache spürt er nur, wie er in die Gurte gepreßt wird. Das Paket wird durch die Spule geschleust, worauf eine Wechselwirkung zwischen den supraleitenden Magneten auf seiner Oberfläche mit dem starken elektrischen Feld eintritt, das von den Generatoren und Kollektoren der *Good Luck* erzeugt wird; dadurch verliert das Paket in einem Sekundenbruchteil zirka zwanzig Prozent seiner Geschwindigkeit – und diese kinetische Energie wird an die *Good Luck* transferiert. Die große Spule zieht sich zusammen und dehnt sich dann wieder aus, wodurch die *Constitution* und die anderen Module wie Baumwipfel in einem Sturm zittern, und dann ist das Paket verschwunden und nimmt Kurs auf 2026RU.

Louie wird dieses Paket auf der anderen Seite von Jupiter wieder einholen, alle brauchbaren Teile entnehmen und den Rest als Reaktionsmasse verwenden.

Hauptmann Musharaf ist sich schmerzlich bewußt, daß die Stadt Khulna nicht im Mittelpunkt des öffentlichen Interesses steht. Es handelt sich um eine der Städte, die niemand zum Vergnügen aufsucht, von deren Arbeit aber die ganze Welt profitiert. Soweit er weiß, hat kein einziger Einwohner dieser Zweieinhalb-Millionen-Stadt eine XV-Buchse; die Explosion verhallt von der Welt unbemerkt.

Zur Zeit versucht er, so viele Menschen wie möglich zu evakuieren; die hiesige Zivilregierung existiert schon seit einiger Zeit nicht mehr, und Mushrafs Oberst und Major haben vor drei Tagen, während des Aufstands, das Weite gesucht. Die anderen Hauptleute des Regiments haben ihn zum neuen Kommandeur gewählt, und wenn er überhaupt eine Order aus Dhaka erhält, dann bestätigt diese ihn in seiner neuen Position.

Und wenn nicht, welchen Unterschied würde es machen? Die Zentralregierung wäre gar nicht imstande, ihren Anweisungen Nachdruck zu verleihen.

Dem Regiment ist es nicht gelungen, die ganze Stadt zu befrieden; dazu haben die Dinge sich zu extrem entwickelt. Wie in vielen anderen Regionen Asiens, haben auch hier die von den internationalen Konzernen in geistiger Sklaverei gehaltenen Fabrikarbeiter eine Bevölkerung herausgebildet, der es an Loyalität fehlt und die nur das Bedürfnis verspürt, an dem teilzuhaben, was sie für die guten Dinge des Lebens hält. Eine Million Menschen beiderlei Geschlechts, von sechs bis achtzig Jahren, malochen in den großen Hochhaus-Fabriken, die über dem ehemaligen Gartenpark und dem Stadion errichtet wurden.

Musharaf ist hier aufgewachsen, und erst jetzt wird ihm seine Wut auf die Koreaner richtig bewußt, die den ganzen öffentlichen Bereich der Stadt aufgekauft haben, um hier ihre dreihundertgeschossigen Fabriken hochzuziehen, ganz zu schweigen davon, daß sie die meisten seiner Nachbarn in Zombies verwandelt haben, die sich ihrer Identität als Bengalen kaum noch bewußt sind.

Nun, wenn man diese Zustände hätte ändern wollen, dann hätte das schon viel früher geschehen müssen. Im Moment versuchen Musharaf und seine Kompanie nur, den *ghat* zu halten, die Stufen, die zum Rupsa-Fluß hinunterführen, und eine Anlegestelle für das Luftkissenboot zu sichern, das die Menschen in das Hochland der indischen Provinz Assam evakuiert. Die Aktion läuft schon seit drei Tagen, als sich abzeichnete, daß ›Clem 114‹ die Bucht von Bengalen heimsuchen würde.

Außerhalb des von Musharafs gehaltenen Sektors befinden sich Zehntausende von Menschen, von denen manche schreien und Steine werfen und andere nur apathisch auf den *ghat* starren. Viele tragen Haarnetze, so daß sie simultan auch in London den Leuten den Kopf einschlagen, einen Familienbetrieb in Dayton in Brand setzen und die Leichen in Manila fleddern.

Nur sporadisch gibt es Beschuß von Heckenschützen, denn die Bevölkerung von Bangladesh ist so arm, daß sich praktisch niemand eine Waffe leisten kann. Das ist zumindest ein gewisser Trost.

Erneut fragt er den Computer ab; die Lage ist unverändert. Es bleiben ihm nur noch acht Minuten, zirka 1200 Mütter mit ihren Kindern an Bord des am *ghat* liegenden Luftkissenboots zu bringen. Dann muß das Boot starten. Die große, von ›Clem 114‹ erzeugte Flutwelle rast schon landeinwärts, und er kann keinen der Armeeposten mehr alarmieren, die in den Sundarbans, den großen Mangrovensümpfen an der Südflanke der Khulna-Division stationiert sind.

Da kommt ihm ein Gedanke. Er nickt seinem Kompaniefeldwebel zu, der daraufhin salutiert. Er fragt sich, was der Mann wohl von ihm halten mag. Nun, in vierzehn Minuten wird das keine Rolle mehr spielen.

»Holen Sie einen Mullah«, sagt Hauptmann Musharaf. »Sofort. Irgendwo in der Nähe wird schon einer sein.«

Ohne weitere Fragen macht der Feldwebel kehrt und verschwindet.

Musharaf nimmt an, daß der Mob völlig ahnungslos ist. Das Marschland, wo Ganges und Brahmaputra sich vereinigen und ins Meer fließen, weist die höchste Bevölkerungsdichte der Erde auf. Bangladesh zählt nicht mehr zu den ärmsten Ländern der Welt – immer, wenn Musharaf daran denkt, daß sein Land sich in den letzten dreißig Jahren so schnell entwickelt hat, daß es Länder wie Sambia und Paraguay überrundete, die eine viel längere Entwicklungsphase zur Verfügung hatten, überkommt ihn eine leichte Aufwallung von Stolz. Aber dennoch nimmt die Weltöffentlichkeit die demographischen und volkswirtschaftlichen Daten des Landes nicht zur Kenntnis, und für die Inländer gilt dasselbe. Die zwei Kilometer hohe Welle, die nun auf sie zurast, ist nur deshalb so hoch, weil das Kontinentalschelf sich so weit in die Bucht von Bengalen hinausschiebt. Diese Welle wird auf keinem Kanal erwähnt oder erörtert, und nur jemand, der die lokalen Nachrichten hört, weiß überhaupt von ihrer Existenz.

Als Kind war er jeden Tag hier – seine Mutter verkaufte an einem südlich von hier gelegenen Stand *sringala*, dreieckige, in Gemüseblätter gewickelte durchgebratene Fleischhappen, und in der Regel paßte er auf den Stand auf, während sie am Herd stand. Das war eine gute Geschäftsidee, denn mit den nicht verkauften Exemplaren konnte seine Mutter die Familie ernähren; sie gingen zwar manchmal todmüde, aber nie hungrig zu Bett.

Er würde die Hälfte der ihm noch verbliebenen Minuten dafür geben, wieder am Stand seiner Mutter zu stehen, den vertrauten Geruch von Zwiebeln und Pfeffer in der Nase, im Schulbuch zu lesen, denn sie bestand darauf, daß er während der Arbeit lernte, und am Ende des Tages mit ihr und seinen Schwestern die übriggebliebenen *sringala* zu vertilgen.

Zwei seiner Schwestern befinden sich bereits in Assam, und die dritte hat einen reichen Deutschen geheiratet, der nach der Vertreibung aller Farbigen aus Europa mit ihr nach Ontario auswanderte. Seine drei Neffen wird er nie sehen... aber wenigstens sind sie in Toronto, und dort befinden sie sich wohl in Sicherheit.

Der Feldwebel erscheint mit einem Mullah, und mit leiser Stimme erklärt Hauptmann Musharaf ihm die Lage. Der Mullah stimmt sofort zu und läuft zur nächstgelegenen Moschee. Musharaf hält es für einen Glücksfall, daß dies ein noch junger und recht agiler Mullah ist.

Als der Mullah um die Ecke verschwindet, verliert sich in der Ferne das Triebwerksgeräusch des letzten Luftkissenboots; die Leute warten nun geduldig auf das nächste. Nur Musharaf, der Mullah und jetzt auch sein Feldwebel wissen, daß kein Boot mehr kommen wird.

Es bleiben noch vier Minuten, als der Muezzin – eine Stunde zu früh, aber den allerwenigsten Leuten wird das auffallen – die Gläubigen zum Gebet ruft. In diesem Teil der Stadt kniet der wogende Mob, der Bodensatz des Zweiten Globalen Aufstands, sich zum Gebet nieder; die geduldigen Flüchtlinge und Musharaf selbst rollen ihre Gebetsteppiche aus, so sie einen besitzen, oder verneigen sich nur in Richtung Westen, wo Mekka liegt.

Die große Welle kommt aus dem Hinterhalt, von Südosten, und sie ist über ihnen, bevor die Menschen sich noch erheben können. Musharaf tröstet sich mit dem Gedanken, daß seine Chancen, ins Paradies aufgenommen zu werden, durch das abrupt unterbrochene Gebet sicher steigen.

Ob das nun zutrifft oder nicht, es ist sehr schnell vorbei; die schwarze Welle, die bereits mit Zehntausenden von Leichen gesättigt ist, donnert weiter nordwärts. Erst nach vielen Kilometern wird sie sich so weit abgeflacht haben, daß eine Überlebenschance besteht.

* * *

Sie befinden sich gerade in Progreso, einer kleinen Stadt unweit von Pijijiapan, als *Passionet* Mary Ann schließlich aufspürt. Jesse weiß, daß sie schon ernsthaft ans Aufhören gedacht hat, aber weil Mary Ann durch *Passionet* reich geworden ist, glaubt sie ihnen zumindest ein Gespräch zu schulden. Er spielt derweil mit Tomás' Enkelkindern – zwei von ihnen sind recht gute Fußballspieler, und Jesse hatte auf der Highschool auch Fußball gespielt, so daß sie sich auf einem dreieckigen Platz gegenseitig den Ball zukicken, und nach einer Weile hat er das Eindringen der Realität in sein Abenteuer wieder ganz vergessen.

Er erschrickt fast, als Mary Ann mit ihm reden will; eben ist das Pfeifsignal gegeben worden, wonach in zehn Minuten Abmarsch ist, aber weil Jesse sich bereits an das Marschieren gewöhnt hat, nimmt er nur einen Extraschluck Wasser, bevor es weitergeht. Diese Etappe, auf der die Straße dem Küstengebirge folgt, ist ein grandioser Wanderweg, und selbst diejenigen, die ihre Häuser wohl für immer aufgeben, scheinen es zu genießen.

»Nun«, sagt sie, »Ich weiß, was sie wollen, und diesmal ist es wirklich etwas anderes. Ich weiß nicht, wie ich es dir sagen soll. Hast du in den letzten Monaten zufällig eine von Surface O'Malleys Sendungen gesehen? Sie ist meine Stellvertreterin, und obwohl sie zu höflich sind, es zu sagen, ist sie wohl auch als meine Nachfolgerin vorgesehen.«

»Nein, habe ich nicht. Was hat sie denn mit der ganzen Sache zu tun?«

»Nun, vor einigen Tagen hat sie es geschafft, in einer Stunde gegen sämtliche Dienstvorschriften zu verstoßen, und den Zuschauern hat es gefallen. Jetzt halten sie es natürlich für einen Geniestreich und wollen, daß wir anderen es auch tun.« Während der nächsten Stunde, als sie zur Bundesstraße 200 hinabsteigen, erklärt sie Jesse die Hintergründe; einen Tag lang sind sie auf der schmalen, schlecht asphaltierten Landstraße von Chiapas gewandert, die parallel zur gut ausgebauten Bundesstraße verläuft, um diese Straße für dringendere Konvois freizuhalten. Bei ihrem Tempo hat das auch keinen großen Unterschied gemacht, höchstens den, daß die Wanderung ruhiger und angenehmer verlaufen ist, und aus irgendwelchen Gründen wirken die Farmer und Einheimischen zugänglicher und verkaufen ihnen Melonen und Mais.

»Willst du dich also mit ihnen anlegen?« fragt Jesse schließlich. »Willst du ihnen jetzt suggerieren, mit offenen Karten zu spielen, wo du ihnen bisher immer vorgegaukelt hast, falsch zu spielen?« Diese Diagnose hat er sarkastischer vorgebracht, als er es eigentlich vorgehabt hatte; nun läßt er den Blick über die unter dem tiefblauen Äquatorhimmel liegenden grünen Täler schweifen, die jetzt dort von schwarzen Schlammspuren durchschnitten werden, wo die von ›Clem Zwei‹ verursachten Erdrutsche und Sturzbäche die Hänge erodiert haben. Er erkennt, daß er sich nur darüber ärgert, aus diesem kleinen persönlichen Paradies vertrieben zu werden, daß das besondere Abenteuer für ihn und Mary Ann zu Ende geht.

Sie lacht über seinen Kommentar, aber mit dieser höflichen Geste will sie eindeutig eine Auseinandersetzung vermeiden. »Wenn du mir schon so kommst, dann würde ich sagen, ich *muß* es tun, Jesse.« Sie ergreift seine Hand, und es ist so wie immer, der unglaubliche Moment, wo er sie anschaut und ein Jugendtraum ihn anlächelt, aber gleichzeitig weiß er auch, daß es die gute, alte, verläßliche Mary Ann ist, seine Freundin und Partnerin, die mit ihm durch dick und dünn gegangen ist …

Grinsend zuckt er die Achseln. »Es ist deine *Pflicht*? Für wen hältst du dich denn, für Berlina Jameson? Ich dachte, bei *Passionet* ginge es nur um Unterhaltung.«

»Das hatte ich auch gedacht, und *Passionet* wohl auch. Unter anderem war ich deshalb so lange weg, weil ich seit dem Anruf von Doug Llewellyn – dem Präsidenten von *Passionet* – wußte, daß etwas Merkwürdiges im Gange ist. Normalerweise sprechen Leute mit meiner Tätigkeit höchstens einmal im Jahr mit einem Vizepräsidenten. Wir sind vielleicht das Aushängeschild für *Passionet*, aber unsere tatsächliche Bedeutung für das Unternehmen ist sicher geringer – ich glaube, wir sind einfach zu leicht zu ersetzen.« Sie nimmt seine Hand in ihre beiden kleinen Hände und küßt seine Finger. »Einer der Gründe, weshalb ich es so genieße, wie ein menschliches Wesen behandelt zu werden, besteht darin, daß die Zusammenarbeit mit den Leuten von *Passionet* einem zeigt, daß das nicht immer die Regel ist. Wie dem auch sei, als der Anruf von Llewellyn kam, wußte ich, daß eine große Sache im Gange war, die sie mir verheimlichten, und ich wollte es wissen, bevor ich irgendwelche Zusagen machte. Schließlich mußten sie David Ali holen – den du unter dem Namen ›Rock‹ kennst, mein bester Freund im Geschäft – und ihn einige Erklärungen abgeben lassen.

Wie du weißt, heißt es heute immer, eine Zensur wäre nicht mehr möglich, weil es so viele Ausweichmöglichkeiten gibt und weil komprimierte Daten auf mannigfache Art durchsickern und ausgewertet werden können.«

»Ja; oder hast du vergessen, daß ich Ingenieur bin?«

Sie schneidet eine Grimasse. »Wenn du eine Erklärung willst, dann laß es mich auf meine Art tun. Okay?«

»Klar.« Er nimmt ihre Hand und schlurft ein Stück die Straße entlang.

Erneut hebt sie seine Hand an, spielt daran herum und sagt dann mit einem Lächeln: »Nun, auch heute kann man noch ziemlich effektiv zensieren, wenn man nicht vor rüden Maßnahmen zurückschreckt. Hast du in den Nachrichten etwas vom Zweiten Globalen Aufstand mitbekommen?«

»Ich weiß nur, daß er stattfindet und daß niemand sicher ist, wie lange er noch dauern wird. Es wird wohl schon viele Tote gegeben haben.«

»Ähem. Heute morgen waren es schon neunzehn Millionen Tote, wobei diejenigen noch nicht mitgerechnet sind, die sich nicht mehr vor den Wirbelstürmen in Sicherheit bringen konnten, weil sie durch die Unruhen daran gehindert wurden. Zwanzig Regierungen existieren nicht mehr. Ganz Bangladesh ist verloren – die Flutwelle von ›Clem 114‹ hat das, was von den Unruhen noch übrig war, endgültig vernichtet. Es heißt, daß man noch zehn Millionen Menschen hätte evakuieren können, wenn die Armee und die Transportmittel nicht zur Aufrechterhaltung der öffentlichen Ordnung benötigt worden wären.«

»Jetzt redest du schon wie eine Persönlichkeit des öffentlichen Lebens.«

»Nun, ich bin eine Persönlichkeit des öffentlichen Lebens, ob es mir gefällt oder nicht.« Sie drückt sich wieder an ihn, und trotz der Hitze legt er den Arm um sie, wobei ihr kleiner, warmer Körper sich in seine Armbeuge schmiegt. »Das grundlegende Problem globaler Unruhen besteht darin, daß der ansteckende ›subversive Geist‹ per XV-Übertragung weltweit verbreitet werden kann. Und weil es ein höchst dramatischer und emotional aufgeladener Vorgang ist, ist er natürlich sehr populär und erzielt hohe Einschaltquoten.«

»Und was hat das nun mit dem Anruf des Präsidenten von *Passionet* zu tun?«

»Eine Menge. Heute morgen ist er von einer Abteilung Marines sehr unsanft aus dem Schlaf gerissen worden. Sie haben sein Haus auf den Kopf gestellt, seine Familie einer gründlichen Leibesvisitation unterzogen und

›aus Versehen‹ seine halbe Kunstsammlung zerstört. Er ist noch mit einem blauen Auge davongekommen – man hat nämlich auf freier Strecke einen *Zipline* angehalten, in dem drei seiner Mitarbeiter saßen, und sie in aller Öffentlichkeit nackt und in Handschellen abgeführt.

Als ihre Anwälte erschienen, um sie gegen Kaution aus dem Gefängnis zu holen, erklärte man ihnen, daß das Kriegsrecht über diesen Gerichtssaal verhängt worden sei und verhaftete sie ebenfalls. *Und* die Armee beschlagnahmte die XV-Bibliothek von *Passionet*, wobei sie verkündete, daß sie für die Bestände keine Verantwortung übernähme, und wenn einiges gelöscht würde, täte es ihnen wirklich leid. *Und* sie haben auch durchblicken lassen, daß ein großer Teil des Materials auf die eine oder andere Art Gewalt- und Sexszenen enthalte und sie sich deshalb veranlaßt sehen könnten, es als ›Pornographie‹ zu deklarieren, wobei *Passionet* für die Dauer der Untersuchungen keinen Zugriff auf das Material hätte. Und dann würden aufgrund der Beweislage viele Verhaftungen erfolgen, wobei das *Diem*-Gesetz die rechtliche Grundlage lieferte.«

»Mein Gott. Ich dachte, dieses Gesetz würde nur für den Vertrieb von Todespornos gelten.«

»Es untersagt den Verkauf von Mord- und Folterclips zu Unterhaltungszwecken. Bisher ist der Wortlaut ziemlich eng gefaßt gewesen und bezog sich nur auf Vergewaltigung, Mord und Folter von Menschen sowie den Vertrieb solcher Clips, aber das kann sich auch ändern. Theoretisch könnte *Passionet* für jeden Mord, jede Körperverletzung und jeden irren Nachahmungstäter zur Verantwortung gezogen werden. Und in besonders schweren Fällen könnte für Manager, Großaktionäre und Clip-Produzenten tatsächlich die Todesstrafe verhängt werden. Wie damals bei den Nürnberger Prozessen – ›Ich habe nur Befehle befolgt‹ ist keine Entschuldigung.«

»Mein Gott! Ist das überhaupt legal?«

»Natürlich nicht. Aber Präsidentin Hardshaw war schon vor *Passionet* beim Obersten Bundesgericht, und das Gericht nimmt keine Klageanträge an; sie bezeichnen es als ›übergeordneten nationalen Notstand‹, wie seinerzeit Lincoln *Habeas Corpus* aussetzte oder die Geheimhaltung während des Kalten Krieges. Im Juristenjargon wird das dann zu ›Tut lieber, was wir sagen‹ verharmlost. Und dabei war das alles nur eine Machtdemonstration, mit der sie Llewellyn begreiflich machen wollten, daß sie es auch auf die harte Art können und daß er besser kooperieren sollte.«

»Ich vermute, daß er *das* begriffen hat. Was wollten sie denn von ihm?«

»Nicht nur von ihm, sondern von jedem XV-Netz, auf das sie Zugriff haben. Es ist ein Befehl: die Netze dürfen nichts senden, was weiteren Zündstoff für den Zweiten Globalen Aufstand liefern könnte. Rein gar nichts. Statt dessen sollen wir jetzt alles mögliche Material über die zusammenwachsende Menschheit zusammenstellen, über Mut und Hoffnung und Solidarität und so weiter. Die Art von positiven Nachrichten, welche die Politiker schon immer am liebsten gesehen haben.«

»Mein Gott, Mary Ann. Ich weiß, worauf du hinauswillst. Du hast tatsächlich keine Wahl – ich habe nicht den Eindruck, daß du mit diesen Kerlen herumvögeln willst. Sie könnten alles mit dir anstellen, was ihnen gerade in den Sinn kommt.«

Der Seufzer, den sie nun ausstößt, klingt weniger traurig als vielmehr ungeduldig, als ob sie bereits wüßte, worauf sie sich da einläßt. Sie nimmt seinen Arm, den er zuvor in der sengenden Hitze, die Ende Juli in Südmexiko herrscht, um ihre Schultern gelegt hatte und der dadurch etwas warm und pappig geworden ist. Dann nimmt sie wieder seine Hand und küßt sie zärtlich. Er begreift, daß sie ihn auf ihre Art wie einen Sohn behandelt, und es mißfällt und gefällt ihm gleichermaßen; er schluckt und beschließt, ihr wirklich aufmerksam zuzuhören, denn ihm wird schmerzlich bewußt, wie viel mehr sie weiß als er.

»Auf einmal fühle ich mich wie deine große Schwester«, sagt sie, »das heißt, deine große Schwester, die gerne zudringlich wird. Jesse, die Regierung setzt zwar *Passionet* unter Druck, aber nicht mich. Ich will es tun; es geht dabei nicht um ›Kooperation‹. Ich gehöre zu ihnen. Wenn ich sehe, daß jemand die Zensur zu unterlaufen versucht, werde ich ihn anzeigen.« Ihr scheint für einen Moment der Atem zu stocken. Weil er nichts sagt, fährt sie fort: »Nichts treibt einem die Romantik gründlicher aus als ein romantischer Job. Jesse, Nachrichten für die Massen, ob sie nun von XV gemacht werden oder damals von den Zeitungen, ist *Unterhaltung*. Egal, was einem in der Schule erzählt wird, die Leute verfolgen die Nachrichten nicht der Informationen wegen, sondern sie wollen *unterhalten* werden. Wenn es so wäre, wie es in der Schule gelehrt wird, dann würde man nämlich den Staatshaushalt, Forschung und Wissenschaft und Biographien hoher Beamter als Aufmacher nehmen und der Nobelpreisverleihung sowie dem Jahresbericht der Weltgesundheitsorganisation eine Sondersendung widmen. So läuft es aber nicht. Die Berichterstattung befaßt sich mit Kriminalität, Sport, den amourösen Affären von Prominenten, lustigen Tiergeschichten und Reisebeschreibungen. Das ist nämlich interessant und lustig und unterhaltsam.

Das wäre aber gar nicht mal so schlimm, wenn das Leben der Menschen nicht so trist wäre, daß sie dieser Unterhaltung noch Glauben schenken – und wir erzählen ihnen nun schon seit hundert Jahren, daß die Welt ein sehr gefährlicher Ort sei, daß hinter jeder Ecke die Gewaltkriminalität lauere, daß ständig die Gefahr eines Krieges über uns schwebe, daß Sex ihr dringlichstes Bedürfnis sei und so weiter.

Scheiße, Jesse, wenn du ein Psychiater wärst und einen Patienten hättest, der nur über Gewalt, Extravaganzen, Sadismus und seine sexuellen Phantasien sprechen wollte – was würdest du ihm raten? Mehr davon?«

Leicht konsterniert fragt Jesse: »Und wo bleibt da die Pressefreiheit?«

Sie schnaubt; Jesse empfindet dieses Geräusch gleichermaßen als lustig und unangenehm. »Tut mir leid, Jesse«, sagt sie dann, »aber die Zeiten haben sich geändert. Hältst du dic Sender etwa für Benjamin Franklin, der Flugblätter verteilte, die nur von wenigen gelesen und von den meisten ignoriert wurden? Schau, ein paar große Privatunternehmen verdienen ihr Geld mit der Verbreitung von Angst, Haß, Depression und einer ausbeuterischen Einstellung. Öffentliche Hinrichtungen im Namen der Gerechtigkeit. Ich glaube nicht, daß der bloße Appell an die Medien, gute Nachrichten in den Vordergrund zu stellen, hilfreich ist angesichts der Tatsache, daß wir mit den Leuten leben müssen, die diesen Müll glauben. Das ist nur gute Semiotik. Noch besser wäre es wohl, den Medien überhaupt die Daumenschrauben anzulegen, aber es ist zumindest ein Schritt in die richtige Richtung.«

Jesse läßt den Blick über die bergauf und bergab führende Straße schweifen; die Spitze der Kolonne erreicht gerade die nächste Hügelkuppe nach der, auf der die beiden gerade stehen. »Hier findet ja eine richtige Parade statt. Wann gehst du also auf Sendung?«

»In drei Stunden soll per *Staticopter* ein Agent eintreffen; man hat die mexikanische Regierung mit einem mobilen Lazarett bestochen.«

»Nette Bestechung. Ich hätte da aber an etwas Persönlicheres gedacht...«

»Ich bin sicher, daß es auch davon genug gegeben hat.« Sie tätschelt ihm zärtlich den Rücken. »Du bist nicht wütend auf mich, oder?«

»Wütend nicht.« Er scharrt im Dreck und erkennt sofort, wie kindisch das ist. »Äh«, sagt er, »könntest du mir das mit der Semiotik erklären? Damit habe ich selbst als Ingenieur Schwierigkeiten.«

Sie lächelt ihn an. »Es ist ganz einfach, Jesse; der XV-Multiplikator ist immer privilegiert – die Leute identifizieren sich mit seinen oder ihren Werten. Seit Jahren hat man schon davor gewarnt, Morde, Vergewaltigungen und so weiter nur aus der Perspektive des Täters darzustellen, weil die Zuschauer dadurch Gefallen an der Rolle des Aggressors finden. Deshalb müssen wir nur die Irren und Mörder, die Randalierer und diejenigen, die zur Verschärfung des globalen Notstands beitragen, mundtot machen. Sie bekommen kein Forum mehr. Wenn sie sich in den Aufstand einklinken wollen, prallen sie gegen eine Mauer aus Ablehnung, ohne das Geringste zu erreichen. Oder, wenn es dir lieber ist, wir deprivilegieren den Aggressor.«

Jesse versteht, was sie sagen möchte, wobei das Problem für ihn nur darin besteht, daß er nach wie vor den Eindruck hat, es soll eine ›einseitige Berichterstattung‹ durchgesetzt werden. Aber er formuliert die Frage vorsichtiger: »Wird es denn funktionieren?«

»Das sollte es lieber.«

Dem stimmt er zu; wenn die Regierung schon die Medien kontrolliert, dann wenigstens für einen guten Zweck. »Hoffentlich funktioniert es. Ich werde dich vermissen.«

»Mich vermissen? Ich gehe doch gar nicht fort. Ich meine, nur nach Oaxaca, aber es wird noch Wochen dauern, bis wir dort ankommen.«

Verwirrt stammelt er: »... aber ich dachte ... ich meine, *Passionet* würde doch nicht ...«

»Sie waren nicht vorher schon da, nein. Aber jetzt sind sie es. Sie wollen den Marsch nach Oaxaca aus der Perspektive von Mary Ann Waterhouse miterleben, ohne schwülstige Emotionalität. Mir ist sogar der Gedanke gestattet, daß die großen Titten, die sie mir angenäht haben, auf einem langen Marsch in dieser Hitze wirklich lästig sind.«

Ihm fällt dazu nichts ein, so daß er sie einfach umarmt; sie drückt ihn auch und sagt: »Hast du also geglaubt, die alte Kuh loszuwerden, nachdem du sie gemolken hast?«

»Überhaupt nicht«, dementiert er, »ich hatte nur befürchtet … nun, mich von dir verabschieden zu müssen. Selbst wenn ich das irgendwann einmal tun muß, jetzt bin ich noch nicht dazu bereit.«

»Ich auch nicht. Außerdem hast du einen guten Grund, in meiner Nähe zu bleiben; dann kannst du dich nämlich viel leichter verabreden.«

»Wie?« Er schaut sie an und sieht diesen verschmitzten Gesichtsausdruck; sie versucht ein Lächeln zu unterdrücken. »Gut, wie meinst du das?«

»Mal ernsthaft, Jesse, hast du denn schon einmal daran gedacht, daß bald Millionen Frauen auf der ganzen Welt wissen werden, wie es ist, mit dir zu schlafen? Das wird sicher nicht zu deinem Schaden sein.«

Jesse ist so verdutzt, daß es ihm die Sprache verschlägt; er drückt sie nur an sich und küßt sie lange, wobei er sie die ganze Zeit streichelt. Es wäre schließlich möglich, daß dies vorerst die letzte Intimität ist.

Louies Dienstplan sieht nun drei Stunden Gymnastik und Schlaf vor, damit er sich an den langen Aufenthalt im All gewöhnt. Er freut sich indes weniger darauf als auf einen Zahnarzttermin.

Allein schon deswegen, weil er Muskelkater hat und bisher nur von Mahler – *Das Lied von der Erde* – stimuliert worden ist, der aus den Lautsprechern drang. Er ist frustriert, weil er nach der Vervollständigung der Prozessoren Gefallen an Mahler gefunden hatte und ihn jetzt nicht in vollem Umfang genießen kann – der Frequenzgang seiner Ohren ist der digitalen Übertragung eben unterlegen. Außerdem verfügt er nicht über die

Gehirnkapazität, gleichzeitig auch sämtliche Kritiken und Vergleiche mit anderen Werken aufzurufen … aus seiner Perspektive nimmt sich das so aus, die Musik in einem schlechten Autoradio über einen schwachen Mittelwelle-Sender zu empfangen.

Zudem gestaltet sich nicht einmal die Körperertüchtigung so qualvoll, wie sie eigentlich sein müßte; sicher, es ist lästig und unerquicklich, aber die Intensität des Gefühls wird von der Anzahl der Neuronen bestimmt, und dieses Gefühl muß man noch in Relation zur relativ geringen Gedächtniskapazität setzen …

Er bricht in Gelächter über sich selbst aus, wobei er Mahler für einen Augenblick ausblendet (Noch etwas, das er nicht simultan tun kann!) und atmet erst einmal tief durch, nachdem er auf der Streckbank gelegen hat. In Ordnung, er wird wieder in sein elektronisches Ich transferieren. Er wünschte sich, er hätte es nie verlassen müssen. Wenn es nach ihm ginge, dann würde er nur gelegentlich in seinen Körper schlüpfen und auch nur, um mit Carla zu schlafen …

Teufel, das wäre vielleicht noch besser. Sie sollten eine drahtlose Verbindung herstellen und könnten so zusätzlich zu den eigenen Erfahrungen und Erinnerungen noch an denen des Partners teilhaben, und zwar in Echtzeit anstatt imaginär oder virtuell.

Er schüttelt lachend den Kopf; nein, er mag seinen Körper einfach nicht mehr. Außerdem bekommt er vor lauter Kopfschütteln noch eine Genickstarre, und jetzt merkt er zum erstenmal, daß einem vom Lachen etwas schwindlig wird, weil man nicht mehr richtig atmet. Lustig … nach einem Monat außerhalb des Körpers hat man plötzlich alles mögliche daran zu beanstanden.

Apropos – er begibt sich zum Kopf. Er hat wohl schon seit einer Woche nicht mehr abgeladen.

Noch eine Erfahrung, die er fast vergessen hat, wobei diese aber auch durch noch so viele Sensoren und Prozessoren *nicht* verstärkt werden kann.

Nach einer weiteren Stunde hat er schließlich wieder das bevorzugte Arrangement getroffen. Mittlerweile schmerzt sein Körper wegen der ungewohnten Streck- und Bewegungsübungen, und als er den Stecker durch das Haarnetz schiebt, sagt er sich, daß es mit der Zeit wahrscheinlich nur noch schlimmer wird …

Etwas ist anders.

Sofort nach dem Transfer in seine elektronische Daseinsform hat er das seltsame Gefühl, daß etwas in ihm ist. Einen Moment später erkennt er, daß er selbst es ist; binnen weniger Mikrosekunden hat er sich reintegriert, die Erfahrung, seinem Ich zu begegnen, mit der Erfahrung abgeglichen, die Carla vor einem Monat gehabt hatte, festgestellt, daß sein System durch diesen Vorgang erheblich komplexer geworden ist und befunden, daß er davon profitiert. Er macht sich eine Notiz und ändert die Programmierung der die Asteroiden anfliegenden ›Schlaumeier‹; die von den Asteroiden abgeschickten Pakete werden eine Kopie jedes ›Schlaumeiers‹ mitbringen, damit sie sich in Louie reintegrieren.

Als das nächste Paket vom Mond durch die Spule der *Good Luck* jagt, widmet Louie ihm seine volle Aufmerksamkeit, denn er ist bereits so weit vom Mond entfernt, daß er den Spagat zwischen Louie-auf-dem-Mond und Louie-das-Schiff kaum mehr aufrechterhalten kann. Louie nimmt das Paket auf dem Mond, schleudert es mit dem Katapult davon, wechselt die Perspektive, sieht, wie das Paket die Entfernung zwischen Mondkatapult und Spule zurücklegt, verfolgt seinen Durchgang, ortet die durch Wirbelströme in den nicht perfekt abgeschirmten Leitern erzeugte Wärme, beobachtet den Austritt des Pakets, und das alles mit einer Leichtigkeit, wie ein Jongleur mit seinen Bällen hantiert. Dieser Anblick ist viel eindrucksvoller, und gleichzeitig tut Louie noch hundert andere Dinge. So wird es gemacht.

Mittlerweile fliegen ihm schon sechsundvierzig Pakete voraus, und ihre Funksignale erreichen ihn erst nach siebenundachtzig Sekunden, wobei siebenundachtzig Sekunden für Louie zweihundertachtzig Gehirn-Tage darstellen; in dem Zeitraum, da Louie-das-Schiff etwas gesagt, Louie-auf-dem-Mond geantwortet und Louie-das-Schiff die Antwort verarbeitet hat, sind für einen normalen Menschen vier Mental-Jahre verstrichen.

Er hat nun nicht mehr den Eindruck, mit den Paketen zu jonglieren, sondern sie zu fangen und zu werfen. Während der Zwangspausen in seinem Körper improvisiert er Handballspiele in der Beobachtungskuppel, wozu er einen alten Tennisball benutzt, der unmotiviert in der Raumstation *Constitution* umherschwebte; aber es ist natürlich nicht dasselbe.

Er bleibt in Bewegung. Der Aufenthalt in seinem Körper wird ihm mit jedem Tag mehr zuwider. Am meisten bedauert er, daß Carla und er sich nun ›Romane‹ schreiben, wie sie es bezeichnen – detaillierte simulierte Erfahrungen wie im XV, nur besser, wobei sie Sex, Romantik, Abenteuer und Vergnügen miteinander teilen –, aber nur alle dreißig Gehirn-Jahre (oder alle fünfzig Minuten), und natürlich sind diese Romane schon nicht mehr aktuell, wenn nach mehreren Subjektiv-Jahren die Antwort des Empfängers eingeht. Überdies sind die Geschichten so lebendig – besser, als das Leben sie jemals hätte scheiben können –, daß er sich wünscht, sie würden auf der Erde Urlaub machen, auf der Erde vor ›Clem‹, um herauszufinden, ob dieses gemeinsame Vergnügen im virtuellen Raum der Realität gleichkommt. Nicht, daß sie nicht auch so das Paris des achtzehnten Jahrhunderts besuchen oder aus dem Orbit nach Tahiti surfen könnten.

Nun, zumindest dafür ist sein Körper noch zu gebrauchen, und deswegen wird er ihn auch schön konservieren; obwohl seine Kapazitäten so groß sind, um nach Belieben ›physikalische‹ Erfahrungen zu konstruieren.

Berlina Jameson erwartet im Grunde nichts mehr vom Leben – es ist schon so lange dermaßen kompliziert, daß sie sich von ihm nichts mehr erhofft. Das Letzte indes, was sie erwartet hätte, war eine Meldung von John Klieg, noch dazu garniert mit einer Namensliste, Daten, Dateien, Quellen, und Knoten, die sie recherchieren konnte. Für einen Moment fragt sie sich, ob das vielleicht seine Rache sei und ob er sie bei ihren Recherchen womöglich in die Fänge einer Extremistengruppe treibt. Aber weshalb hat er dann den kurzen Hinweis hinterlassen, daß sie ihre Recherchen unter einem sauberen – also gefälschten, neuen und nicht zurückzuverfolgenden – Identifikationscode durchführen solle? Wenn es tatsächlich eine Falle sein sollte, dann durchschaut sie sie nicht.

Vielleicht ist er auch nur ein Mann mit Sportsgeist, der begreift, daß es nichts Persönliches war, daß sie nur ihre Arbeit gemacht hat.

Sie investiert eine große Summe, um ihre Daten-Späher in einem kommerziellen Parallelnetzwerk zu plazieren und so gut wie möglich zu tarnen. Als sie aus diesem Anlaß ihren Kontostand abfragt, entdeckt sie, daß sie nun eine reiche Frau ist.

Die Suche erbringt spektakuläre Ergebnisse, und sie begreift sofort, daß sie Klieg etliche Gefallen schuldet, die sie zum größten Teil dadurch tilgt, daß sie alle zu ihm führenden Spuren verwischt. Zum anderen wird sie gut aufpassen müssen, daß sich nicht die Schlinge um ihren eigenen Hals legt, wenn sie das in *Sniffings* bringen will.

Am besten hält sie diese Informationen bis zur nächsten *Sniffings*-Sendung unter Verschluß. Sie hält Ausschau nach einem sicheren Ort, von dem aus sie ihren Anruf tätigen kann, überwacht Harris Diems Privatanschluß und fährt dann nach ein paar Stunden, ohne sich bei jemandem abgemeldet zu haben, nach Green River, Utah; so muß sie nicht aus Denver anrufen, wo die Gefahr besteht, daß sie observiert wird.

Als sie ihn schließlich erreicht, wirkt er erschöpft und elend, um nicht zu sagen erschrocken.

»Ich habe nicht viel Zeit«, sagt sie ohne weitere Einleitung. »Einige unmarkierte Pakete sind zu Ihrem Privatanschluß unterwegs. Ich verfüge über hieb- und stichfeste Beweise, daß ein Plan existiert, Abdulkashim aus dem Gefängnis in Stockholm zu befreien und ihn in Sibirien wieder an die Macht zu bringen. Die Aktion ist für den zweiundzwanzigsten September geplant, einen Tag vor dem Beginn der Gerichtsverhandlung. Ich werde die Geschichte achtundvierzig Stunden früher bringen, oder noch eher, falls der Termin vorverlegt wird oder Sie einige Verhaftungen vornehmen. Sie müssen sich nicht verpflichtet fühlen, Mr. Diem, aber ich würde mich über ein Exklusiv-Interview freuen, wenn Sie die Sache bereinigt haben.«

»Es wäre mir sogar ein Vergnügen«, sagt er mit einem düsteren Lächeln. Plötzlich ist der Ton weg, und seine Lippen formen eine Wortfolge, die sie nicht identifiziert; welche Anweisung auch immer er soeben seinem Hausanschluß erteilt hat, er unterbricht das Gespräch sofort. Vielleicht, um Abhörversuche zu unterbinden.

Berlina hat noch ein wenig Zeit, und es darf nicht nur bezweifelt werden, daß dieser Anruf registriert wurde; es ist auch unwahrscheinlich, daß an diesem abgelegenen Ort ein Agent postiert wurde. Also verdunkelt sie die Fenster, bindet sich ein Kopftuch um, schlüpft in ihre Schuhe und geht in einem *Diner* essen. Dort hat es ihr immer schon am besten geschmeckt.

Es ist ein schöner Tag; in diesen Höhenlagen bleibt die Temperatur auch an schönen Sommertagen erträglich, und das Panorama um die Stadt ist spektakulär. Viele Menschen nicken ihr freundlich zu, und das löst eine amüsante Überlegung bei ihr aus; früher war Utah kein Ort für Schwarze, und das ländliche Utah noch weniger. Jetzt aber nicht mehr… dafür haben die Europäer schon gesorgt. Als sie alle ›Kanaken‹ vertrieben und ihren erbärmlichen kleinen Kontinent ›gesäubert‹ hatten...

*Sei ehrlich, Berlina, es hat dir dort gefallen, es war deine Heimat, du bist nur sauer – weil du nicht zurückkehren darfst, ärgerst du dich. Aber wenn sie es dir gestatten würden, wärst du sofort wieder drüben.*

Sie haßt es, sich selbst gute Ratschläge zu geben, und überhaupt war das auch nicht der Punkt. Was diese Veränderungen in Utah und gleichzeitig auch in Mississippi und Detroit und im ganzen Land verursacht hat, war der Kleine Kalte Krieg, die trilateralen Spannungen zwischen den USA, Japan und Europa. Dabei ging es um Wirtschaftsfragen, Macht, die Ressourcen auf dem Boden der Meere und im Weltraum sowie Zugang zu den Märkten der Dritten Welt. In dem Maße, wie die Japaner und Europäer zu rassistischen Gegnern aufgebaut wurden, wurde Rassismus zunehmend ›unamerikanisch‹. Die Hälfte dieser lächelnden und winkenden Leute würde bei dem Gedanken, sie bei sich duschen zu lassen, wahrscheinlich kotzen, aber Freundlichkeit kostet sie nichts und wertet sie gegenüber den Europäern auf. Sie hat schon Geschichten aus den alten Zeiten gehört, als Flüchtlinge aus Rußland wie die Maden im Speck jahrelang von der Großzügigkeit von Antikommunisten gelebt hatten; weil sie gern Hemden und vor allem Hosen mit der grün-rot-schwarzen Europa-Flagge anzieht, nur daß die Farben in der umgekehrten Reihenfolge erscheinen, verscherzt sie sich wohl diesen Status.

Sie fragt sich, ob die hiesige Bevölkerung auch zu einheimischen Schwarzen so höflich ist wie zu Afropäern.

Wie dem auch sei – es ist ein schöner Tag. Außerdem macht sie ein *Diner* im original klassischen Stil ausfindig, mit Linoleum mit Karomuster, einer Stahltheke mit Resopalbeschichtung und schönen alten, drehbaren Naugahye-Barhockern. Wie immer bestellt sie das Gericht mit der ausgefallensten (und in ihren Augen amerikanischsten) Bezeichnung – den ›Chili Dog Over Mac‹, der sich dann als Hotdog mit einer faden, süßlichen Soße auf einer Pampe von Käsemakkaroni erweist.

Das Restaurant ist ziemlich leer; dort sitzt eine junge Familie mit einer unüberschaubaren Kinderschar, wobei der Altersunterschied jeweils ein Jahr beträgt. Die Kinder verhalten sich überwiegend ruhig und gesittet, aber rein statistisch ist diese Population so groß, daß es immer irgendwo laut und ungesittet zugeht; der Pegel schwankt zwar, fällt aber nie auf Null.

Der Vater, ein schwarzhaariger junger Mann mit einem weißen Hemd, und die Mutter, die unglaublich gut geschminkt, schlank und hübsch ist für eine Frau, die vermutlich all diese Kinder geboren hat, kümmern sich gleichermaßen um die Kinder und haben das Chaos im Griff, aber es ist eindeutig ein Kampf, und Berlina schaut amüsiert zu. Sie beendet für eine Weile die Observierung der Straße und widmet sich ihrem Erdbeereis und den Bemühungen der Eltern, die beide eine Eistüte in der Hand haben und denen es sogar gelingt, ihr Eis auch zu essen, während sie ständig die Münder ihrer Kinder abputzen.

Als die Eistüten auf ein Niveau abgeschmolzen sind, bei dem weitere Ferkeleien unwahrscheinlich sind, verschwindet die Familie, wobei die Kinder durcheinanderplappern, und als Berlina wieder die Stirnseite des Restaurants betrachtet, schrickt sie plötzlich zusammen und schaut auf die junge Frau, die still an ihrem Tisch Platz genommen hat.

»Hi«, sagt das Mädchen. »Ich wollte Sie nicht erschrecken, aber Sie sind nicht von hier, stimmt's?«

»Nur auf der Durchreise«, erwidert Berlina. Irgendwie stört es sie doch, daß sie hier Aufmerksamkeit erregt, wo sie sich eigentlich bedeckt halten wollte.

Das Mädchen macht den Eindruck einer ganz normalen Studentin; sie ist nicht geschminkt, und ihrem Kleid nach zu urteilen gehört sie keiner Studentenverbindung an; aber es ist recht figurbetont und wirkt zeitlos modisch. Wenn es überhaupt etwas signalisiert, dann einen Hauch von Konservativismus. Das Mädchen lächelt. »Keine Bekannten hier?«

»Im Grunde nicht. Sind Sie immer so neugierig?«

»Gott, nein, aber ich muß unerkannt aus der Stadt verschwinden. Ich bin keine Verbrecherin oder so. Es ist nur wegen dieses Kerls, mit dem ich zusammen war, und … nun … er ist nett, aber auch schon älter, und er meint es ernst, aber ich nicht …«

Berlina stellt die naheliegende Frage: »Ist er gefährlich?«

»Nur, wenn man viele Briefe und Anrufe als gefährlich betrachtet. Und das wird es wohl auch noch, denn er wird Memos plazieren, und wer kommt heutzutage schon ohne Computer aus? Erst gestern habe ich ein Memo von einem alten Freund bekommen, der noch immer unten in Mexiko ist und ›Clem Zwei‹ dort abgeritten hat.« Das Mädchen nimmt einen Schluck Sodawasser und sagt dann: »Da quatsche ich Ihnen nun die Ohren voll. Ist ja lächerlich. Es hat einen halben Tag gedauert, bis ich mich getraut habe, jemanden um eine Mitfahrgelegenheit zu bitten. Es fällt mir nicht leicht, jemanden um einen Gefallen zu bitten.«

Berlina lächelt sie an. »Mir auch nicht. Wenn ich Ihnen nun sagen würde, ich hätte auch ein paar Geheimnisse, und ich will wirklich nicht damit hausieren gehen, wären Sie dann zur Diskretion imstande?«

»Diesen Eindruck mache ich nicht gerade, stimmt's? Aber ich bin trotzdem diskret, wirklich.« Sie streicht sich das lange braune Haar aus dem Gesicht und vom Oberteil des figurbetonten Kleids, und nun begreift Berlina, weshalb ein älterer Mann mit Geld sich für dieses Mädchen interessieren könnte; sie hat eine beneidenswerte Figur, und außer den klaren, leuchtenden Augen hat sie noch schön geschwungene Wangenknochen und volle Lippen. »Ich habe nur drei Koffer dabei – anfangs waren es zwei, aber, meine Güte, der Typ war so spendabel, aber trotzdem … nun, wenn Sie neugierig sind, könnte ich Ihnen unterwegs etwas erzählen; das heißt, falls Sie mich überhaupt mitnehmen wollen …«

»Ich tue alles für eine irre Geschichte«, sagt Berlina grinsend.

»Hoffentlich sind Sie nicht enttäuscht. Übrigens, ich heiße Naomi Cascade.« Mit maskulinem Gestus streckt sie die Hand aus, und Berlina schüttelt sie feierlich.

»Meinen Namen sage ich Ihnen etwas später – für eine Weile muß ich ihn wirklich verschweigen. Sie haben mich nicht einmal gefragt, in welche Richtung ich fahre.«

»Oh, ›einfach nur weg von hier‹ ist doch irgendwie romantisch, finden Sie nicht?« erwidert Naomi. »Außerdem führt sowieso nur die 70 raus aus dieser Gegend, und das bedeutet entweder rüber zum Co oder runter ins Az. Mir wäre beides recht.«

Berlina nickt, und damit ist die Sache klar. Sie verstauen Naomis drei Koffer in Berlinas Auto und steigen dann selbst ein. Naomi nimmt im Fond Platz, denn Berlina wird auch nach hinten kommen, sobald sie das Leitsystem erreicht haben, und weg sind sie.

Ursprünglich hatte Berlina geplant, zurück nach Denver und dann Richtung Norden zu fahren, um dort die 80 rüber zum Ca zu nehmen; auf diese Art wollte sie die Gefahr verringern, daß (falls überhaupt jemand den Anruf zurückverfolgt hat) sie mit dem Anruf für Harris Diem in Verbindung gebracht wird. Weil aber ohnehin schon ein Zipfel ihrer Tarnung gelupft ist, kann sie auch einen anderen Kurs einschlagen – sie wird die direkte Südroute durch den Az nehmen, den mexikanischen Bundesstaat Sonora durchqueren und bei Tijuana wieder in die Staaten einreisen.

Als sie dann unterwegs sind, fragt Berlina Naomi beiläufig: »Haben Sie schon mal *Sniffings* gesehen?« Dann nimmt sie das Kopftuch ab. Das Mädchen bekommt große Augen, und Berlina erinnert sich nicht, daß ein Mensch jemals so beeindruckt gewesen wäre. Jedenfalls nicht wegen Berlina.

Nach zwei Stunden sind sie zwar noch keine Freundinnen, aber auf dem besten Weg, welche zu werden, und Berlina fragt sich, ob sie nicht vielleicht eine persönliche Assistentin einstellen sollte. Naomi hat noch einige Sachen bei ihren Freundinnen an der U des Az, so daß der Gedanke eigentlich naheliegt.

Außerdem verschafft ihr das die Möglichkeit, Utah 24 zu umgehen, Goblin Valley auszuweichen und durch eine Wüste und einen Nationalpark zu fahren, um ihre Spur noch gründlicher zu verwischen. Die beiden lehnen sich zurück, genehmigen sich ein paar große Limonaden und arbeiten an ihrer Freundschaft.

Am neunundzwanzigsten Juli erhält Louie Tynan eine Sechzehn-Terabyte-Botschaft von Carla; es ist ein Bericht über die Ereignisse in Dhaka, als die im Gefolge des Zweiten Globalen Aufstandes ausgebrochenen Kämpfe von der Flutwelle aus der Bucht von Bengalen zum Erliegen gebracht wurden. Es ist ihm buchstäblich nicht möglich, das zu verdrängen; während er die vom Mond abgeschossenen Pakete aufsammelt (die ›Schußkadenz‹ hat sich erhöht, die Abstände zwischen den Paketen werden immer geringer, und der Strom ist bereits auf achtundsiebzig Pakete angewachsen, wobei die *Good Luck* noch immer die Nachhut bildet), hat er ständig das Bild von zweihundertfünfzig Millionen Menschen vor Augen, die in den Ozean gespült werden… und der üblen Dinge, die sich zuvor ereignet hatten… aber auch des Mutes und der Redlichkeit vieler Menschen…

Er hält es nicht mehr aus; als er seinen Körper überprüft, stellt er fest, daß er vor Übelkeit würgt.

Die Bucht von Bengalen ist überall. Die großen Flutwellen werden an vielen Stellen zuschlagen. Und obwohl der Verlust von Bangladesh, des größten Teils von Burma und Westbengalen sicher unglaublich viele Todesopfer gefordert hat, weiß Louie – besser als sonst jemand, denn er hat einen weiteren geistigen Horizont als sonst jemand –, was der Verlust auch nur eines Menschenlebens bedeutet.

Der Schrecken will nicht von ihm weichen.

Er haßt die Körperlichkeit wie noch nie, als er schließlich doch wieder in seinen Körper schlüpfen muß. Es gibt so viel zu tun, und so, wie er hier die Zeit vergeudet, ist er für niemanden mehr eine Hilfe. Er macht Gewichtheben und setzt sich auf einen Heimtrainer, um die Muskeln zu kräftigen, wo seine Kollektoren und Reaktoren in jeder Sekunde die Energie einer kleinen Atombombe liefern. Er spielt gegen sich selbst Raquetball, um die Augen-Hand-Koordination nicht verkümmern zu lassen, wo er doch als Raumschiff eine dreimillionenmal schnellere Reaktionszeit wie als Mensch hat. Er stopft organische Materie in sich hinein, damit sie im Magen zu Energie verbrennt, wo seine Solarzellen, He-3-Fusionskraftwerke und Schnellen Brüter ihm den milliardenfachen Energiebetrag bereitstellen. Teufel, selbst die unmittelbare physikalische Wahrnehmung, wie ihm der Dödel steigt, verblaßt angesichts der physikalischen Eindrücke, die Carla ihm schickt und die er dann ergänzt, so daß jeder von ihnen den Sex auch aus der Perspektive des Partners erlebt.

Louie wünschte sich, in seiner virtuellen Existenz vor einem knisternden Kaminfeuer ein gutes Mahl zu genießen, sich nackt in einem den Konturen seines Körpers angepaßten Sessel zu räkeln und sich von atemberaubend schönen, lüsternen und willigen Frauen bedienen zu lassen. Hier draußen in der Einsamkeit der kleinen Blechdose, in der er lebt, kann er sich nur eine Tüte Bananenflocken oder Dörrfleisch aufmachen, wobei die Gerüche von Maschinenöl, Louies Überresten und der Toilette sich vermischen. Der flache Sitz ist nur deswegen bequem, weil Louie in der verringerten Schwerkraft nicht einmal ein Pfund wiegt.

Ihm ist durchaus bewußt, wie Freudianer, Tantra-Anhänger, Hedonisten und *sensei* den Haß auf seinen Körper kommentieren würden. Aber er haßt nicht die Körperlichkeit an sich. Er haßt *beschränkte* Körperlichkeit, er haßt es, ein *Krüppel* zu sein, er haßt die Vorstellung, wieviel größer sein Potential wäre, wenn er sich wieder in den Virtuell-Modus transferieren würde…

Und, verdammt, überhaupt ist dieser Sack aus Fleisch und Innereien die Schwachstelle.

Bei dem Gedanken wird ihm schier schwindlig, so offenkundig ist er.

Während der letzten Tage hat er die Struktur des Schiffs ständig verstärkt; Roboter kriechen an den riesigen Spulen von Einheit zu Einheit und bessern die Schäden infolge der wuchtigen Lastwechselreaktionen aus, und manchmal ersetzen sie auch ein kleines Teil, das sich ganz gelöst hatte.

Aber in den letzten achtzehn Stunden hat er weder Reparaturen noch strukturelle Verstärkungen durchgeführt; es hätte keinen Sinn mehr. Er hat getan, was zu tun war. Das Schiff wird halten. Die ganze Struktur wird der zehnfachen Beschleunigung – eine ganze Größenordnung – widerstehen, der sein Körper gewachsen ist, und weil die maximale Beschleunigung deutlich unter diesem Wert liegen muß, benötigt das Schiff keine weiteren Verstärkungen mehr.

Dieser Körper, in dem er sich befindet, ist die Schwachstelle.

Ein weiterer Gedanke geht ihm durch den Kopf; es muß einen Grund dafür geben, weshalb er nicht früher schon darauf gekommen ist.

Und dann gibt er sich auch schon die Antwort. Sein ›anderes Ich‹, das ›authentische Ich‹, mit dem er immer verschmilzt, sobald er das Haarnetz, die Cyber-Brille und Daten-Handschuhe anlegt, ist viel größer als er, und es sucht sich aus, was heruntergeladen wird und was nicht… zweifellos wäre der andere, größere Louie, mit dem er gerade verschmelzen will, zu diesem Gedanken in der Lage – aber nicht zu einer Suggestion. Und das ist ein verläßlicher Indikator.

Er nimmt Platz und tippt umständlich einen Brief an sich selbst; er ist kurz und bringt die Sache auf den Punkt. Sein Körper nutzt ihm nichts mehr; wenn Louie-das-Schiff die Stromstärke in der Spule erhöht, dann wird der Impuls jedes passierenden Pakets deutlich verstärkt und zu einer Beschleunigungszunahme des Schiffs führen, zumal er jetzt ohnehin darauf angewiesen ist. Auf diese Art wird er 2026RU einige Monate früher als geplant erreichen.

Es gibt nur einen Louie-der-Körper, und er mag diesen Louie-der-Körper nicht einmal. Zur Zeit bevölkern neun Milliarden Menschen die Erde, und mindestens zwei Drittel von ihnen leben in sturmgefährdeten Gebieten.

*Opfere mich*, schreibt er. *Sei ehrlich. Ich bin nur ein kleiner, schwacher Prozessor auf einer zerbrechlichen Platine. Wirf mich weg und rette die Menschheit. Ich weiß, daß du es nicht gern tust, Louie; aber, Kumpel, wir beide wissen, daß du es tun mußt.*

Die Tastatur, an der er arbeitet, ist ›lokal‹ – sie kommuniziert mit keinem System, das größer ist als sie selbst –, und so schickt er die Botschaft ab, bevor Louie die Gelegenheit erhält, sich deswegen mit ihm zu streiten.

Einen Moment überlegt er, und kommt sich dumm dabei vor, einen anderen Absender anzugeben – aber Briefe müssen unterschrieben werden –, und so fügt er hinzu: *Louie Tynan*. Dann überlegt er noch einen Moment und erkennt, daß Louie-das-Schiff sein Anliegen nur dann ausführt, wenn er es in Befehlsform kleidet; also fügt er hinzu:

*Dies ist ein Befehl.*

*Gruß*
*Oberst Louis Tynan, Expeditionsleiter.*

Er liest die Mitteilung noch einmal durch, wobei er sich fragt, wie Louie-das-Schiff sie wohl aufnehmen wird; er fühlt sich zwar wie ein Idiot, aber er ändert ›*Gruß*‹ in ›*In Liebe*‹. Jetzt geht es ihm besser, und er schickt die Nachricht ab, bevor er doch noch kalte Füße bekommt.

Er setzt sich auf den Heimtrainer und überlegt, ob er sich einen Schluck kalten Wassers genehmigen solle, als seine eigene Stimme sich meldet: »Louie?«

»Ja?«

»Wir müssen uns darüber unterhalten.«

»Nee. Müssen wir nicht. Schau, wenn du glaubst, ich würde nicht rechtzeitig wieder in den Virtuell-Modus wechseln, hast du recht. Es gibt keinen Grund, weshalb ich den körperlichen Schmerz, den ich empfinden werde, oder das Gefühl, Selbstmord zu begehen, deiner Personalität aufbürden sollte. An solche Dinge erinnert niemand sich gern, und auf diese Art kommst du erst gar nicht in die Verlegenheit. Ich werde mir jetzt den Bauch vollschlagen und mich vollaufen lassen, bevor das nächste Paket eintrifft – von Dr. Esauns alten Privatbeständen ist ungefähr noch ein Fünftel vorhanden – und dann zum oberen Korridor hinaufsteigen. Alles, was dort oben ungesichert herumliegt, wird hinabgeschleudert, *muy pronto*. Unten gibt es ein schönes massives Stahlschott, und obwohl ich es nicht so präzise berechnen kann wie du, dürfte ich bei einer Beschleunigungszunahme von neunzig Prozent statt zwanzig Prozent mit über dreihundert Kilometern pro Stunde mit dem Kopf dagegenknallen. Ich werde den Schmerz kaum spüren.«

»Bei der viel größeren geistigen Kapazität wird gar kein Schmerz auftreten. Außerdem mußt du wissen, daß die Erinnerung an Schmerzen überhaupt nicht relevant ist; selbst die schrecklichsten Erinnerungen können einem nichts anhaben.«

Er tritt stärker in die Pedale und sagt: »Diese Behandlung des Körpers ist nur fair. Ich meine, er hat mir so lange gedient, und jetzt bin ich das Schiff und der Komplex auf dem Mond ... nun, ich bin einfach der Ansicht, daß ein Teil von ihm berechtigt ist, bei vollem Bewußtsein abzutreten.«

»Aber du willst dich selbst unter Drogen setzen ...«

»Vielleicht nur bei *halbem* Bewußtsein. Wenn ich schon nicht will, daß *du* den Schmerz fühlst, kannst du dir sicher vorstellen, wie *ich* mich fühle.«

Die mechanische Stimme, die Louies eigener Stimme so ähnlich ist, daß er nicht fähig ist, sie auseinanderzuhalten, lacht. »Ein kleines Problem gibt es doch. Du hast beschlossen, für die Menschheit zu sterben. Das würde ich gern in meinen Speichern haben. Könntest du vielleicht noch einmal das Haarnetz überziehen und den Stecker in die Kopfbuchse stecken, bis ich die neuen Erinnerungen kopiert habe? Laß die Brille und die Handschuhe weg, wenn du mir nicht traust – so kannst du dich notfalls nur auf deine Sinneswahrnehmungen konzentrieren und bist dann noch in der Lage, das Haarnetz abzustreifen.«

Gegen dieses Anliegen ist nichts einzuwenden; nach weiterer Überlegung gesteht Louie sich ein, daß mit der Entscheidung, sich zum Wohle der Mission zu opfern, tatsächlich eine Veränderung mit ihm vorgegangen ist. »Gut«, sagt er, wobei er sich sofort blöd vorkommt, denn Louie-das-Schiff hat die Zustimmung wahrscheinlich schon an seiner Bewegung oder sonst einem Indiz erkannt, das Louie-der-Körper nicht registriert hat.

Als er zum Haarnetz greift, stellt er belustigt fest, daß er sich wirklich wie ›Louie daselbst‹ fühlt, obwohl er um die überlegene Kapazität und den Erfahrungsreichtum von Louie-das-Schiff weiß. Er fragt sich, ob das nun die Emotionalität von Louie-dem-Schiff, Louie-auf-dem-Mond oder die der ›Schlaumeier‹ ist ... oder haben sie das Gefühl, daß er die realere Entität ist? Er wird sich danach erkundigen, wenn er sich wieder im Virtuell-Modus befindet…

Er zieht sich das Haarnetz über den Kopf, wobei seine Mikrofasern unter das Haar gleiten, um engen Kontakt zur Haut herzustellen; Induktoren richten sich so aus, daß ihre Millionen Impulse in allen Regionen des Gehirns immer die richtigen Axone finden, in denen dann die virtuellen Signale erzeugt werden. Dann steckt Louie den Stecker in die Kopfbuchse, so daß die Maschine Zugriff auf seine Gedanken und Erinnerungen hat.

Die Augenlider klappen so heftig herunter, daß eine Woge des Schmerzes durch die Wangenmuskulatur zuckt.

Er spürt eine intensive Bewegung, einen Vorgang in den Muskeln, den er nicht völlig identifiziert; und dann schwingen die Hände nach oben und schlagen so fest auf die Ohren, daß die Trommelfelle platzen.

Die Schmerzen und der Schock sind unerträglich, und er konzentriert sich auf den Schmerz, um sich an etwas zu klammern, das nicht aus der Maschine kommt, damit er den Willen und die Motorik aufbringt, sich das Haarnetz vom Kopf zu reißen…

Abrupt verschwindet der Schmerz, als ob ein Schalter betätigt worden wäre. Die Arme hängen schlaff hinunter. Er spürt, wie seine Erinnerungen durch die Buchse entschwinden, und er verflucht Louie-das-Schiff, wütend über den Verrat, wütend, weil er auf jeden Fall sterben wird (denn er glaubt nicht, daß Louie Milliarden Menschen sterben lassen wird, nur um diesen einen alten Kadaver zu retten), aber jetzt ist er auch noch seiner Würde beraubt und für unfähig erklärt worden, seine Sache gut zu machen…

Er schreit vor lauter Frustration, was dadurch unterstützt wird, daß er den Hals wieder spürt, aber bevor er die Arme unter Kontrolle hat, blockiert die Luftröhre. Das Blut rauscht durch die Venen, er versucht Puls und Herzschlag zu regulieren, um…

Das Herz setzt aus. Die Halsschlagader wird eingeschnürt.

Musik ertönt, und er bewegt sich durch einen langen, dunklen Tunnel, wobei er fast lachen muß, weil alles so abläuft, wie man es ihm beschrieben hat, und sicher werden seine Eltern, an die er in den letzten zehn Jahren keine fünfmal gedacht hat, ihn dort erwarten, und …

Er wacht auf. Er ist in der Maschine; Louie-der-Körper und Louie-das-Schiff sind eins, und sofort begreift er, daß Louie-das-Schiff die Notwendigkeit wohl erkannt hatte, aber nichts von sich verlieren wollte; er wägt das Für und Wider der Entscheidung ab, Punkt für Punkt, akzeptiert sich so, wie er ist und beendet diesen schizoiden Zustand; mit der Ausnahme indes, daß er beim Blick durch die Kamera seinen toten Körper auf dem Deck liegen sieht. Die robotische Müllabfuhr kommt und bringt ihn hinunter ins Kühlfach. Dies vermittelt ihm erneut ein Gefühl der Spaltung, wobei ein Teil von ihm sich erinnert, in diesem Körper gestorben zu sein, und der andere, ihn getötet zu haben.

Noch merkwürdiger ist jedoch die Erkenntnis, daß, bevor er wieder mit dem Bewußtsein des Schiffs verschmolz – als er zum ›realen‹ Louie Tynan wurde –, als er vom Licht weggezerrt wurde und von Mom und Dad (Dad wollte gerade etwas sagen und lächelte dabei, wie er es zu Lebzeiten nur selten getan hatte) …

… vor dem Tod des Körpers eine winzige Zeitspanne verstrichen ist und daß sich noch ein Louie in diesem Körper befand. Also hat er sich selbst getötet … und wenn er jemals eine Seele hatte, dann ist sie jetzt entweder im Himmel oder in der Hölle. Hat er nach seinem Überleben eine neue bekommen? Oder ist er jetzt absolut seelenlos?

Mit dieser Frage kann er sich nun für immer befassen.

Er wähnt sich an einem Strand im warmen Südpazifik, vor dem Sturm, und liest erneut Carlas letzte Meldung durch. Einen Monat segeln sie gemeinsam an den

Salomonen entlang; sie lachen und unterhalten sich ausführlich, und sie verstehen sich besser als je zuvor.

Er weiß nicht, ob er noch eine Seele hat, aber er weiß mit Bestimmtheit, daß er noch Liebe empfindet – und das ist mehr, als man von einem Pragmatiker erwarten kann. Vier Minuten – etwas über zweiundzwanzig Gehirnjahre – nach dem Tod seines Körpers hat er seinen inneren Frieden gefunden.

John Klieg ist guter Dinge; wie sonst sollte er sich auch fühlen, wenn die vier Gruppen auf der Welt, die er als seine Todfeinde betrachtet, sich gerade auf Kollisionskurs befinden. Er glaubt zwar nicht, daß sein Gespräch mit Berlina abgehört wurde, aber falls doch, wäre es auch nicht schlimm. Das Wichtigste ist, den Ausbruchsversuch von Abdulkashim zu vereiteln und die Verschwörer wissen zu lassen, daß ihr Plan mißlungen ist; wenn seine Quellen ihm in den nächsten Tagen keine Planänderung melden, hat er noch ein paar Tricks auf Lager, sie darauf zu stoßen.

Wenn es im Moment einen Wermutstropfen gibt, dann die Nachrichten, die auf seinen hundert Bildschirmen erscheinen. Er versucht, alle Beiträge mitzuverfolgen, nur um zu sehen, was für ein Gefühl das ist. Derry sitzt still neben ihm auf der Couch und malt Pferde – das einzige, was für diese düstere, schmutzige Grenzfeste spricht, sind die vielfältigen Möglichkeiten für ein pferdebegeistertes Kind. Glinda macht ein Nickerchen; aus verständlichen Gründen hat sie sich diese Woche nicht besonders gut gefühlt. Marktwirtschaftlicher Wettbewerb ist eine Sache, Mord und Staatsstreich eine andere. Klieg wundert sich, wie leicht er die Sache weggesteckt hat.

Nach wie vor ist er über die Situation in den Staaten nur unzureichend informiert; er möchte sich täglich in den Hintern treten, weil er es versäumt hat, vor seiner Abreise einen Informanten zu bestellen; aber schließlich war es das erste Mal, daß er sich in ein globales Krisengebiet gewagt hat.

Mit Interesse verfolgt Klieg auf den Monitoren, wie ›Clems‹ Ableger Europa verwüsten. Die Amerikaner werden kaum noch über Europa informiert, zum Teil wegen der Flüchtlings-Lobby – zwei Millionen Afropäer, zuzüglich einer Million Flüchtlinge aus verschiedenen europäischen Ländern laufen Sturm, wenn wohlwollend oder auch nur neutral aus Europa berichtet wird. Und in den letzten zwölf Jahren haben sich auch viele Amerikaner diese Vorurteile zu eigen gemacht.

Im Moment jedoch wird überwiegend das Übliche gezeigt – Schiffe werden an die Strände geworfen, Gebäude, die man von Postkarten und Kalendern kennt, schwanken und stürzen ein, und so weiter. Ein halbes Dutzend Hurrikane und Orkane haben das Mittelmeer dermaßen anschwellen lassen, daß der Meeresspiegel alle Rekorde bricht, und durch den Eintrag organischer Schlämme, die Verdünnung des Salzwassers und die Dunkelheit gehen die meisten Lebewesen zugrunde. Der Gestank soll unglaublich sein, weshalb Klieg darauf verzichtet, den Vorgang per XV zu verfolgen. Der eigentliche Grund besteht natürlich darin, daß Klieg trotz der Dramatik der Ereignisse und der Vernichtung historischer Kulturgüter ein in die Zukunft schauender Mann ist – und Menschen, die vor Überschwemmungen fliehen, sind überall gleich. Scharen weinender Kinder, hustende alte Menschen, die es vielleicht nicht schaffen, Leute mit verweinten Augen, die ihren ganzen Besitz verloren haben – wenn man es zum erstenmal sieht, ist man betroffen. Beim hundertsten Mal zuckt man desinteressiert die Achseln.

Im Fernsehen und mit den zwei XV-Garnituren des Pubs hat jeder gesehen, was sich auf Hawaii ereignet hat. Die Stimmung ist gedrückt, denn das Dorf wird das gleiche Schicksal ereilen, und es heißt, daß die Flutwelle vielleicht sogar über ganz Irland hinwegrasen wird. Also versammeln die Leute sich bei Pater Joseph in der Kirche; nicht etwa, weil sie sich dort in Sicherheit wähnten oder glaubten, es würde schon nicht so schlimm kommen, und nicht einmal, weil die Kirche ein etwas solideres Dach hätte (was durchaus zutrifft), sondern weil sie der passende Ort ist, auf den Tod zu warten.

Die letzten Nachzügler kommen aus der pechschwarzen Nacht, eine Nacht, die so finster ist, daß man zwar die Lichter der Taschenlampen sieht, ihre Träger aber nicht. Die Straßen sollen sich in Morast verwandelt haben, aber jetzt wollte sie ohnehin niemand mehr befahren. Wenn man schon ertrinken muß, warum nicht in Clare County; und wenn es einem bestimmt ist, zu überleben, dann kann man den Sturm auch im Trockenen in einer auf einem Hügel gelegenen Kirche abreiten.

Irgendwo, weit im Westen, steht ›Clem 238‹ und schiebt die großen Flutwellen vor sich her, welche die Radarstationen schon vor Stunden ausgemacht haben.

In der Kirche gibt es reichlich Kerzen, so daß Pater Joseph einige anzündet und die Leute auffordert, ein Lied zu singen; das übertönt den Lärm, als ein paar Männer die blinden Fensterscheiben von innen vernageln (von außen hatte Pater Joseph das vor einigen Stunden selbst schon getan).

Als Priester dieser Menschen wünscht er sich jetzt Mut und Standhaftigkeit. Seine Tätigkeit besteht überwiegend aus Taufen, Eheschließungen und Begräbnissen, und gelegentlich versucht er auch, einen Sünder auf den rechten Weg zurückzuführen. Aber das hier fällt nicht in Pater Josephs Ressort.

Einen betrifft es schon, Gott höchstselbst, denn der gesunde Menschenverstand legt nahe, zu Ihm zu beten. Er spricht einige Gebete. Manche Leute dösen, doch der Priester bringt es nicht übers Herz, sie zu wecken.

Der Uhrzeit zufolge müßte jetzt die Morgendämmerung einsetzen, doch sie bleibt aus; nicht einmal ein Lichtstrahl dringt durch die Ritzen des Portals. In der Kirche riecht es nach Körperausdünstungen und nasser Kleidung.

Michael Dwyer bietet sich an, den großen Suchscheinwerfer seines Lkw einzuschalten – er muß wohl zuviel amerikanische Musik gehört haben, denn er nennt das Fahrzeug jetzt immer ›rig‹ –, damit sie wenigstens die Vorgänge im Tal mitbekommen.

Die Kirche ist bereits vom Wasser eingeschlossen, und der Pegel steigt weiter. Michael und Joseph erörtern kurz die Lage. »Ich halte es für besser, ihnen nichts zu sagen.«

»Hatte ich auch gar nicht vor, Pater. Noch besteht kein Grund zur Panik.«

Sie gehen wieder hinein, durchnäßt bis auf die Haut und vor Kälte bibbernd, und verkünden, daß es zu dunkel ist, um etwas zu sehen.

Stunden später, als ihre Sachen soweit getrocknet sind, daß sie sie wieder anziehen können, ist jedes Wort überflüssig. Der Pegel ist gestiegen, und das Wasser fließt in Gegenrichtung zu den Flüssen, die früher durch das Tal strömten. Aus einer Laune heraus steigt Michael ein Stück den Hügel hinab und taucht die Hand ins Wasser. »Schmeckt salzig, Vater«, meldet er bei der Rückkehr. »Der Ozean kommt.«

Daß wieder ein halber Tag vergangen ist, läßt sich nur an der Uhrzeit erkennen; eine merkwürdige Vorstellung, daß diese Dunkelheit von einem Hurrikan verursacht wird, und dabei ist es bisher nur ein starker Sturmwind, mehr nicht. Funkmeldungen zufolge wird ›238‹ den Kurs ändern, an Irland vorbeiziehen und sich im Norden totlaufen.

Das Wasser steigt auch noch die nächsten zwölf Stunden; als Michael und Pater Joseph den letzten Kontrollgang machen, kommen sie nicht mehr zu Michaels Lkw durch, und sie befürchten schon, daß die Leute vielleicht das Rauschen des Wassers hören. Die Menschen leben jetzt schon seit zwei Tagen von ihrem Proviant.

Am nächsten Tag setzt wirklich die Morgendämmerung ein. Als Pater Joseph nach draußen geht, gerät er zwar in einen Wolkenbruch, aber der Wasserstand ist wieder gefallen. Er sieht, wie sich am Himmel ein blauer Fleck bildet.

Michael kommt zu ihm. »Pater, ich habe über Funk gehört, daß das Meer sich den Shannon hinauf bis nach Lough Derg geschoben hat. Bei den Schäden, die entstanden sind, glauben die Behörden nicht, daß es noch schlimmer kommt; wir haben jetzt ein Binnenmeer in Irland.«

Joseph nickt und zeigt dann mit dem Finger. Ein patschnasser Vogel stürzt mit hektischem Flügelschlag ab. Sie gehen zu ihm hin; der Vogel ist so erschöpft und hilflos, daß er nicht vor ihnen fliehen kann. Der Priester hebt ihn auf. »Stellen wir uns vor, es wäre eine Taube, nicht wahr?« sagt er

Am Nachmittag treffen die *Staticopter* mit Notrationen ein. Nach dem ›Wunder‹ der Kirche auf dem Hügel läßt niemand sich zum Gehen bewegen, so sehr der Regierungsvertreter sich auch bemüht.

* * *

Fasziniert verfolgt Klieg einen anderen Ableger von ›Clem‹ – ›Clem 239‹. Mit knapper Not seinen Status als Hurrikan behauptend, umrundet ›239‹ Schottland und steht nun über der Nordsee, wobei das Auge nur 200 Kilometer vom Skagerrak entfernt ist. Flutwellen branden gegen Dänemark, und interessiert verfolgt Klieg, wie Bauernhäuser und Scheunen und zuweilen auch Viehherden von den turmhohen Wellen mitgerissen werden. Die Windgeschwindigkeit beträgt 220 km/h, Stärke 12 auf der Beaufort-Skala, was gerade noch Orkanstärke entspricht. Aber der Sturm soll noch heftiger werden.

Die letzten acht Stunden ist ›Clem 239‹ nicht weitergewandert, und das erregt Kliegs Interesse. Man könnte sagen, er hat eine Wette auf den weiteren Kurs von ›239‹ abgeschlossen. Und ihm kommt der kleine Schlenker, den der große Sturm in der Nordsee vollzogen hat, Hunderte von Kilometern von den eigentlichen Hurrikanzonen entfernt, gerade recht.

Mit dem Stratosphären-Flugzeug ist man von Novokuznetsk bis Stockholm etwa anderthalb Stunden unterwegs – aber es gibt keine Linienflüge zwischen beiden Städten. Vielleicht landen sie in Warschau oder Frankfurt und nehmen dann den *Zipline* – falls die Ostsee das noch erlaubt.

Er hat sämtliche *Zipline*-Fahrpläne und *Strato*-Flugpläne der Region studiert und glaubt, daß es klappen wird. Die entscheidende Frage ist jetzt nur, ob die vertrottelten örtlichen Behörden auch so clever waren, das zu tun. Klieg hofft es inständig. Das Problem mit dummen Menschen, so hat er Glinda immer wieder erläutert, bestehe darin, daß man sich generell zwar auf die Dummheit ihrer Handlungen verlassen dürfe; aber wenn sie einmal etwas richtig machen, dann trifft es einen unerwartet.

Aber bisher tut sich nichts; ›Clem 239‹ sitzt 200 Kilometer westlich des Skagerrak und erzeugt große Flutwellen. Dieser Vorgang macht Klieg wieder zu einem reichen Mann, denn Kliegs Meteorologen haben richtig prognostiziert, daß ein Superhurrikan Schottland umrunden würde, und sie haben auch die Bedingungen dargelegt, unter denen dies eintreten würde. Ja, das haben sie … und Klieg hat sämtliche Aktien von Royal Dutch Shell abgestoßen, zwei Tage, bevor alle anderen nachzogen.

Den optimistischsten Schätzungen zufolge halten die Deiche noch neun Stunden; der Verkehr kommt völlig zum Erliegen, als die ›kleinen Leute‹ versuchen, mit Bestechungen einen Platz auf den Transporten zu bekommen oder zu illegalen Maßnahmen greifen.

Es ist ja nicht so, daß die Leute die Holländer als solche nicht mögen. Viele wären sogar bereit, einen Holländer oder zwei für ein paar Wochen in ihrer Straße zu dulden, wenn es ihnen helfen würde, sinniert Horst. Aber es müssen eben auch praktische Aspekte berücksichtigt werden, so einfach ist das. Er hofft, der Hauptmann wird den Befehl nicht geben müssen, aber er wird ihn ausführen, wenn es sein muß.

Will kommt das Ganze irgendwie irreal vor. Er ist schon ein paarmal mit der Fähre rübergefahren, um sich ein Fußballspiel anzuschauen oder mit Freunden einen zu trinken und rumzuhuren. Erst im letzten Jahr hat er dort Urlaub gemacht. Nun sitzt er hier in seinem *Staticopter* und hat die Fähre auf dem Radarschirm. Sie ist mit Holländern und Belgiern beladen, und das arme Vereinigte Königreich hat es auch böse erwischt. Sicher, die Kameraden in Brüssel sagen, wir müßten sie aufnehmen. Aber man schaue doch mal, wo Brüssel liegt. So ein Zufall… Sicher sind auch Kinder auf dem Kahn. Und Frauen. Wirklich eine Schande. Er wartet auf Befehle.

Paul-Luc sitzt in seinem Wachhäuschen und wartet; er und seine Kameraden haben sich mit den belgischen Mädchen vergnügt. Sie haben gehört, wenn man das täte, worauf die französischen Soldaten hier stehen, würden sie einen irgendwie rausschmuggeln. Paul-Luc, Jean und Marc haben die Gefälligkeiten angenommen, die Mädchen in den Wald geführt und ihnen danach die Garrotte angelegt. Es war wie XV, nur besser.

Marc indes war etwas blaß… und Paul-Luc und Jean sind zu dem Schluß gekommen, daß es vielleicht nicht nur die Mädchen sind, die zum Schweigen gebracht werden müssen.

Wenn schon das Ende der Welt gekommen ist, soll man sich wenigstens noch mal amüsieren, richtig?

Richtig, sagt Will sich und schießt die Rakete auf die

überfüllte Fähre ab – zum Glück befindet sie sich hinter dem Horizont, und es ist dunkel, so daß er die Flammen und Leichen nie sehen wird.

Richtig, denkt Horst, und zu seiner eigenen Überraschung wirft er das Gewehr weg und desertiert. Es ficht ihn wenig an, als er verhaftet wird. Jeder Narr sieht, daß es vorbei ist.

Klieg zuckt die Achseln und macht sich wieder ein amerikanisches Bier auf. Drei pro Tag sind sein Limit. Er fragt sich, welcher Qualifikation es für einen Idioten oder Politiker bedürfe. Vor einer halben Generation haben die Europäer das Problem ihrer Vereinigung so gelöst, indem sie sich zusammenrotteten und jeden verfolgte, der ihnen nicht weiß genug war. In Kliegs Augen waren sie mindestens so dumm wie Hitler in bezug auf die Juden. *GateTech* beschäftigt mindestens hundert integre, fähige Afropäer.

Er betrachtet die Ereignisse in Europa und erinnert sich daran, wie schön es dort ist, aber Mitgefühl überkommt ihn indes nicht. Vor zwanzig Jahren galten die Afropäer als Saboteure der europäischen Einheit, fünf Jahre später waren es Türken und Serben, und nun sind es für den Durchschnittsdeutschen die Franzosen, Polen und Italiener – wenn nicht gar die Bayern.

Wo sie jetzt zusammenstehen müßten, gehen sie sich an die Kehle.

Auf einem Bildschirm wird eine Szene aus Kopenhagen eingeblendet; er vergrößert die Darstellung und erhöht die Lautstärke. Eine Gruppe aus deutschen und polnischen Motorbootfahrern sind an Land gewatet und töten Frauen und Mädchen, vorzugsweise Blondinen. Zuerst zwingen sie sie mit vorgehaltener Waffe, sich zu entkleiden, schießen sie nieder und filmen ihren Todeskampf. Niemand weiß warum.

Truppen werden von den Evakuierungspunkten abgezogen, und wegen der durch Panik verursachten Verkehrsstaus werden noch weniger Dänen aus der Stadt entkommen.

Nach einigem Nachdenken fallen Klieg die Namen von vier deutschen Firmen ein, die Todespornos vertreiben; er greift zum Telefon und erwirbt von allen vier Firmen Aktien. Die Aussichten stehen ausgesprochen gut, daß er einen Glücksgriff getan hat; es wird sicher jemand bereit sein, gutes Geld dafür zu zahlen, schöne Frauen, insbesondere Blondinen, qualvoll sterben zu sehen.

Ihm schaudert, als er an Glinda und Derry denkt, aber er nimmt den Auftrag nicht zurück. Er braucht Geld, so oder so. Dann transferiert er seine CD-Konten in die USA.

Eine Stunde später nimmt ›Clem 239‹ Kurs auf die Ostsee. John Klieg sagt Derry, sie solle seine Tasche packen und mit ihrer Mutter im Schlafzimmer bleiben. Es hat keinen Zweck, irgendwelche Risiken einzugehen.

Derry tut wie geheißen und stellt ihm auch keine Fragen. Ein paar Minuten vor der Abreise schickt er noch eine kurze Anweisung an sein Hauspersonal; das tut er immer, bevor er zu Bett geht.

Diesmal jedoch setzt eine ›Makro-Programmierung‹ eine ganze Abfolge von Ereignissen in Gang; Künstliche Intelligenzen rufen bei Regierungsstellen und Redaktionen an und lassen ihre Ansagetexte ablaufen, ohne daß jemand zuhören würde. Der ganze Vorgang läuft als Endlosschleife ab.

Das Klopfen an der Tür ist erstaunlich sachte. Die beiden Männer sind adrett und gepflegt und nehmen seine Erklärung bezüglich der schon gepackten Tasche, »in diesen unsicheren Zeiten, Sie wissen schon«, kommentarlos zur Kenntnis. Sie legen ihm nicht einmal Handschellen an und bringen ihn direkt zum Regierungszentrum.

Eigentlich hatte er den Regierungs-Rat erwartet; er hätte nicht damit gerechnet, daß Abdulkashim telefonisch mit ihnen sprach. Aber das ist er, überlebensgroß, wobei seine berühmte Ähnlichkeit mit Stalin durch die Gefängniskluft noch etwas prononciert wird. Abdulkashim spricht Russisch, noch immer die sibirische lingua franca, doch dann entdeckt Klieg an seinem Kopfhörer Einstellungen für Englisch, Deutsch, Japanisch, Spanisch, Chinesisch, Arabisch, Jakutisch, Burjatisch und einige andere regionale Sprachen. Natürlich weiß Klieg schon vorab, was besprochen wird, wenn nicht wörtlich, so doch in groben Zügen, und so überlegt er, ob er nicht in eine ihm unbekannte Sprache reinhören soll. Letztlich tut er das dann doch nicht, denn er muß das Gespräch wegen des Zeitplans mitverfolgen.

»Meine Herren Regierungs-Räte, werte ausländische Besucher und Regierungschefs, ich entbiete Ihnen meine Grüße. Wie Sie sicher bereits wissen, haben mich kürzlich loyale Einheiten der sibirischen Armee und Luftwaffe aus dem Gefängnis befreit, in dem ich illegal inhaftiert war. Ich betrachte es als eine ausgesprochen pikante Ironie, daß meine Befreiung aus dem politischen Gefängnis der UN in Stockholm unter dem Schutz eines der vielen Hurrikane erfolgt ist, die durch den absolut illegalen, brutalen, unbegründeten und umweltschädlichen UN-Angriff auf unsere Streitkräfte am neunten März dieses Jahres verursacht wurden.

Ich vertraue nun darauf, daß meine sibirischen Landsleute erkennen, daß meine Warnungen bezüglich der Infamie fremder Mächte im allgemeinen und der Vereinten Nationen im besonderen gerechtfertigt waren. Aber ich vertraue auch darauf, daß mein Volk die Weisheit unserer Entscheidung erkennt, daß unsere Nation sich fremden Unternehmen öffnet, denn ungeachtet unserer Differenzen mit den Vereinigten Staaten ist es ein amerikanischer Staatsbürger, Mr. John Klieg, der uns heute abend in die Lage versetzt hat, unsere rechtmäßige Unabhängigkeit zu behaupten. Seit heute abend ist Sibirien als einzige Nation der Welt imstande, von der Erde aus eine Nutzlast ins All zu befördern, und wir sind bereit, diese Fähigkeit in den Dienst der ganzen Menschheit zu stellen. Sibirischer Genius, wie Sie sich wohl denken können …«

Nicht ein einziger Sibirer gehört dem Entwicklungsteam an, denkt Klieg. Wieder so ein Punkt, über den er nachdenken muß, während der Große Mann weiterschwadroniert …

»… hat es ermöglicht, die schreckliche Geißel der Super-Hurrikane zu besiegen, und wir sind zum sofortigen Handeln bereit, wenn unseren berechtigten Forderungen, die allzu lange von den internationalen Gerichten mißachtet wurden, entsprochen wird. Sobald unsere rechtmäßigen territorialen Ansprüche anerkannt werden und eine angemessene Entschädigung von Nationen gezahlt wird, die wir im einzelnen noch benennen, werden wir die Wirbelsturmgefahr umgehend eliminieren.«

Klieg setzt sich aufrecht hin und mimt Aufmerksamkeit, eine Taktik, die er damals als Verkäufer entwickelt hatte. Er ist aber der Ansicht, daß jeder Geschäftsmann der Welt, zumindest jeder erfolgreiche, notfalls auch dazu in der Lage ist. Natürlich wird es fast ein Jahr dauern, bis so viele Ballons in der Luft sind, um eine Entspannung der Lage herbeizuführen. Er fragt sich, ob Abdulkashim das wirklich nicht weiß oder ob er es doch weiß und es nur verschweigt. Im Grunde ist es auch egal. Abdulkashim verlegt sich jetzt nämlich auf Drohungen.

»Ich möchte Sie davon in Kenntnis setzen, daß die Startanlage von unseren Truppen umstellt ist und daß kein Angreifer, wie stark er auch sein mag, die Einrichtungen in intaktem Zustand in die Hände bekommt. Als Entwicklungsland fordern wir das Recht ein …«

Von außerhalb des Erfassungsbereichs der Kamera ertönt ein Schrei. Die Augen des Diktators weiten sich; er dreht sich um und sagt etwas. Dann wackelt das Bild und verschwindet.

Klieg hatte recht; das ist das Stichwort. Aus einem halben Dutzend Verstecken im Raum bringen die ›Moderaten‹ des Regierungs-Rates – alle Leute, die über eine Machtbasis verfügen und nicht in offener Opposition zu Abdulkashim stehen – Eisenrohre zum Vorschein.

Klieg vermeidet es, allzu direkt hinzuschauen.

Es halten sich vier Abdulkashim-Anhänger im Raum auf und drei Moderate, und für jeden gibt es ein Eisenrohr. Die Rollenverteilung scheint schon frühzeitig vorgenommen worden zu sein; jedenfalls hält der Größte immer die Beine fest, der Kleinste die Arme, und der Dritte schwingt das Rohr.

Die Abdulkashimisten schreien und zappeln, aber ohne jeden Erfolg. Immer, wenn es ihnen gelingt, einen Arm oder ein Bein zu befreien, schlägt der Mann mit dem Rohr zu.

Als sie schließlich mit gespreizten Beinen auf dem Boden liegen, erklärt der Justizminister sie alle für Staatsfeinde, und der Sonderminister für Bergbau, der Direktor der Akademischen Forschung, der Gesundheitsminister und der Verkehrsminister machen nun ernsthaft Gebrauch von den Rohren. Den drei männlichen Abdulkashimisten werden zunächst die Hoden zermalmt, und dann wird ihnen brutal auf den Kopf geschlagen, bis sie entweder bewußtlos sind oder tot.

Die Rohre sind zu groß, um damit in die Frau einzudringen, aber sie sind schwer genug, um ihr die Rippen zu zertrümmern, und der Akademie-Direktor drischt brutal auf ihre Brust ein, bevor er ihr mit einem Hieb den Schädel zerschmettert.

Wenn er lebend hier herauskommt, ist John Kliegs Bilanz ausgeglichen. Wenn er die nächste Viertelstunde übersteht, wird er reich sein. Ganz langsam geht er mit gesenktem Kopf auf eine Nebentür zu.

In diesem Augenblick wird die Tür aufgebrochen,

und Soldaten strömen in den Raum. Ein Klieg unbekannter Oberst hat beschlossen, den Befehl über die verschiedenen Fraktionen zu übernehmen, zum Wohle der Nation. Zu seinen ersten Amtshandlungen gehört die Abschaffung des Kapitalismus und die Verhaftung des prominentesten sibirischen Kapitalisten.

In dem Moment, als John Klieg zum zweitenmal in Handschellen abgeführt wird, versucht Louie Tynan, einen anderen Fang zu machen. Als das Paket ankommt, bremst er es hart ab und fängt es ein.

Die Roboter schlachten das Paket aus und bergen die wertvollen Prozessoren. Er wird viele Prozessoren benötigen.

Dann entnimmt er dem Paket die anderen Rohstoffe, verfüttert sie an die Synthesemaschinen, und anschließend nimmt er die restlichen sechs Tonnen Eisen und sonstiger Metalle und zermahlt sie zu feinem Staub. Schließlich stößt er den Staub nach hinten aus, wobei die in der Spule induzierten Wirbelströme so stark sind, das Eisen schlagartig zu Plasma zu erhitzen. Die Atome treten mit fast zehn Prozent der Lichtgeschwindigkeit aus. Der Schub ist schön kräftig – dreiundzwanzig Gravos hätten den alten Körper in Mus verwandelt –, und jetzt zählt jedes Gravo.

Zwei Tage später, Wochen früher als geplant, setzt er zum Überholen der ihm vorausfliegenden Pakete an. Hinten auf dem Mond und vorne auf den Asteroiden verlängern der andere Louie und die ›Schlaumeier‹ hastig die Katapulte und verstärken die Leistung der Laser, so daß die Pakete auch weiterhin über das Ende des Katapults hinaus beschleunigt werden. Das Einfangen der Pakete gestaltet sich nun viel schwieriger, aber er ist auf diese Pakete angewiesen. In den Intervallen zwischen dem Ausschlachten der Pakete und seiner eigenen Integration arbeitet er jetzt mit einer Kapazität von sieben Gehirn-Jahren pro Minute.

»Ich würde sagen, die Ergebnisse waren absolut zufriedenstellend«, sagt Harris Diem, aber Brittany Lynn Hardshaw mag sich dieser Einschätzung nicht so recht anschließen.

Genauso wenig wird ihr alter Freund und vertrauenswürdigster Berater zurücktreten. An diesem Tag ist Abdulkashim abgeschossen worden und eine Gegenrevolution in Novokuznetsk ausgebrochen, und jetzt gehen die ersten Medienechos ein. Die Öffentlichkeit hat ganz richtig vermutet, daß die USA hinter dem Abschuß stecken – wer sonst hätte einen solchen Präzisionssatelliten im niedrigen Erdorbit, um das Flugzeug mit Abdulkashim an Bord abzuschießen? – und daß hochrangige Angehörige der sibirischen Regierung vorab informiert waren und den Abschuß als Auslöser für ihren Putsch nutzten.

Harris Diems Freude ist schier grenzenlos. Auf einen Streich haben sie die Regierung Sibiriens in die Hände von gierigen und schäbigen Figuren gelegt, die weder Abdulkashims Fähigkeiten noch sein Charisma besitzen; somit wird Sibirien für mindestens eine politische Generation keine reale Bedrohung mehr darstellen. Weiterhin ist die Gefahr gebannt, daß Alaska von den Sibirern angegriffen oder zu einer Allianz mit ihnen verleitet wird; solange die Hardshaw-Doktrin, wonach kein ehemaliges amerikanisches Territorium ein Bündnis mit einer asiatischen oder europäischen Macht schließen darf, Bestand hat, wird Alaska ungeachtet seines offiziellen Status ein Teil der USA bleiben.

Weil es sich bei dieser Aktion zudem um eine rein amerikanische Militäraktion gehandelt hat, die nicht auf Ersuchen der UN erfolgte (Diem hat Rivera für die Lösung des Abdulkashim-Problems das Versprechen abgetrotzt, daß die UN die USA weder mit Sanktionen belegen noch verurteilen), ist ein Präzendenzfall für einseitige amerikanische Aktionen geschaffen worden. Dies stellt einen Ausbau der durch Louie Tynans Mission geschaffenen Tatsachen dar. Das anfangs gültige Prinzip, wonach die UN und die USA die Mission gemeinsam leiteten, so daß Oberst Tynan sich sagen konnte, die Befehle eines amerikanischen Kommandeurs zu befolgen, ist nun außer Kraft. Die USA kontrollieren die Mission allein, ohne daß der Generalsekretär ein Mitspracherecht hätte. Stück für Stück wird die in den Jahren nach dem *Blitz* verlorene Souveränität wiedererlangt, und wenn ›Clem‹ und seine Ableger der Preis sind, der dafür zu entrichten ist, dann wird Harris Diem ihn zahlen. Er hat nämlich sein ganzes Leben der Aufgabe gewidmet, jede von Brittany Lynn Hardshaw geleitete Organisation zu stärken, angefangen beim Büro des Staatsanwalts in Shoshone County.

Seine Chefin indes ist weniger begeistert. »Zum einen, Harris, wenn es Ihnen noch nicht aufgefallen ist, die Super-Hurrikane und ihre Nachwirkungen fordern jede Woche noch immer über eine Million Menschenleben. Wenn im Winter Hungersnöte und Krankheiten ausbrechen, wird diese Zahl noch steigen. Und obwohl Abdulkashim nicht mehr seine Pfoten auf dem Weltraumzentrum von *GateTech* hat, wird es noch immer von der sibirischen Armee kontrolliert und ist obendrein bei den Kämpfen beschädigt worden – und wir können nicht einmal Ingenieure hinschicken, um das *Ausmaß* der Schäden zu ermitteln. Jetzt hängt alles von Louie Tynan ab.«

»Da wird nichts schiefgehen, er ist ein guter Mann.«

»Es ist schon *alles* schiefgegangen, wenn die Zukunft des Planeten von einem einzigen Menschen abhängt, egal wie intelligent er ist oder welche Kapazitäten er sich zusätzlich verschafft hat!«

Nachdem Diem das Oval Office verlassen hat, schüttelt er den Kopf. Es ist eine Schande, daß die Chefin nach all den Jahren weich wird; vielleicht hat sie kein Interesse mehr an Machtpolitik. Vielleicht ist sie auch von dieser seltsamen Krankheit befallen worden, der

Geschichte ihren Stempel aufdrücken zu wollen. Diese Ambitionen hatten auch schon frühere Präsidenten gehegt, und in den allerwenigsten Fällen hat sich das zum Wohle des Landes ausgewirkt.

Aber in einer Hinsicht ist sie noch immer die alte, und außerdem sind ihre Bedenken berechtigt. Der Einfluß der USA muß dahingehend geltend gemacht werden, Klieg aus dem Gefängnis in Novokuznetsk zu befreien; es ist ganz offensichtlich, daß er Hardshaws und Riveras Informant war und sie über den Zeitpunkt der Befreiung von Abdulkashim informiert hat. Er ist in einem Gefängnis dieses Landes nicht sicher, und es würde auch nicht gut aussehen, wenn ihm etwas zustieße – wenn man in einem solchen Spiel Freunde haben will, muß man die Freunde schützen, die man schon hat.

Als Carla Tynan die Nachricht von Louie erhält, erkennt sie zwar, daß sie sich von den früheren unterscheidet, weiß aber nicht auf Anhieb, worin. Es ist eine lange Mitteilung, angefüllt mit süßen und wehmütigen, lebendigen und entrückten, lustigen und düsteren Erinnerungen. Es ist der schönste Liebesbrief, den sie jemals bekommen hat, und doch ist er offenbar nur eine Einleitung.

Dann begreift sie, was er getan hat; diesen schönen Brief hat sie von einem Toten bekommen.

Sie denkt an ihren warmen, gut trainierten Körper, der lebendig und gesund in einem Hotelbett in Guadalcanal liegt und daran, daß Louie Tynan sie nun nie mehr berühren und im Arm halten wird. Sie erinnert sich an das Gefühl, als er bei ihrer ersten Verabredung den rechten Arm gegen ihren Schenkel stemmte und sie an einem Arm hochhob, nur um ihr zu zeigen, daß er es konnte. Sie erinnert sich an seinen warmen Atem an ihrem Hals, wenn er einschlief und sie als Kissen benutzte. Sie erinnert sich, wie sie ihm über seinen kratzigen Bürstenhaarschnitt gefahren ist.

Sie ärgert sich wahnsinnig darüber, denn sie kennt ihn gut genug um zu wissen, er hätte das erwartet; aber sie erinnert sich auch an das Gefühl seines steifen Schwanzes zwischen den Lippen und daran, wie er ihr den Finger in den Anus gesteckt hat, daß sie vor Wonne verging…

Alles vorbei. Unwiederbringlich. Anscheinend hat er seiner Mission höhere Priorität eingeräumt. Aber Louie hatte seinen prächtigen Körper auch lange schon vernachlässigt. Schon vor dem ferngesteuerten Einsatz auf dem Mond und vor der Produktion zusätzlicher Prozessoren. Und mit diesem Körper hatte er in Carlas Augen die Verbindung zu ihr gehalten; sie kann sich Louie nicht ohne seinen Körper vorstellen. Ihr Kummer jagt durch eine Milliarde Prozessoren um den Globus.

Der Schmerz ist um so größer, weil sie aufgrund der detaillierten und eindeutigen Botschaft sicher ist, daß er es ernst meint.

Der wichtigste Teil fehlt jedoch – daß er trotz der unvermeidlichen Sachzwänge den Verlust seines Körpers nicht bedauert und daß er ihre Gefühle nicht berücksichtigt hat. Er weiß vielleicht, daß sie ihn liebt, aber sonst weiß er nach all den Jahren nicht mehr viel von ihr.

Und das schmerzt fürchterlich.

Zum erstenmal seit seinem Aufbruch läßt sie über vierundzwanzig Stunden verstreichen, ohne auf seine Nachrichten zu reagieren; sie liest sie nicht einmal in die Prozessoren ein, um ihm damit zu zeigen, daß sie sie noch nicht zur Kenntnis genommen hat. Sie macht ihm auf tausenderlei Weise klar, daß sie beschäftigt ist und nicht gestört werden will, und überhaupt pflegen sie eine streng geschäftsmäßige Beziehung, also soll es auch dabei bleiben.

Wenn er sonst schon nichts bedauert, dann wenigstens das, daß er jetzt keine Hände mehr hat, um Rosen darin zu halten, Füße, um auf ihrer Veranda zu stehen und einen Kopf, um ihn verlegen sinken zu lassen.

Fast sein ganzes Leben hat Jopharma Kaffee gepflückt, überwiegend in diesem kleinen Gebirgsabschnitt in Zentralsumatra. Als es einmal einen großen Bonus gab, hat er eine Zeitlang auf Celebes gearbeitet und seiner Mutter Geld für die Hochzeit geschickt, aber nun, da er verheiratet ist, hat er keinen Grund mehr, anderswohin zu gehen. Natürlich weiß er über ›Clem‹ Bescheid, denn er ist in aller Munde. Aber da weder er selbst noch jemand aus seinem Umfeld daran etwas ändern können, hat er bis vor kurzem einfach weiter Kaffee gepflückt.

Aber nun wird die Lage verzweifelt. Die dichte Wolkendecke und der Regen haben die Ernte vernichtet, so daß er arbeitslos geworden ist. Wenigstens werden sie in dieser Höhe nicht wie die armen Seelen in den Tälern ertrinken, aber trotzdem... die ständig geschlossene Wolkendecke ist eine neuartige Erscheinung für ihn. Früher war es nur nachts so kühl, daß ein Feuer ganz angenehm war, aber in der letzten Zeit ist es immer kälter geworden, so daß jetzt den ganzen Tag ein Feuer brennen muß. Holz gibt es auch nicht umsonst, und der Vermieter wird nicht auf die Miete verzichten, nur weil die Welt untergeht.

Eine Zeitlang hatte der ein Stück bergab lebende Mann, der als einziger hier in der Gegend ein Fernsehgerät hat, immer erklärt, zu welchem ›Clem‹ die Wolken jeweils gehörten, aber seitdem es überhaupt nicht mehr aufklart – den Aussagen dieses Mannes zufolge hatten die Wetter-Wissenschaftler im Fernsehen behauptet, die Inseln würden das schlechte Wetter einfangen oder so ein dummes Zeug – irgendwann wurde dieser Aspekt dann uninteressant.

Jopharma hat bisher kaum etwas von der Welt gesehen, aber wie die meisten Menschen hat er sich schon in XV eingelinkt und viel ferngesehen. Er weiß also ein bißchen Bescheid. Deshalb verliert er auch nicht die Fassung, als er aus der Tür tritt und es schneit. Sein Mut sinkt nur.

Weil sie schon so lange nicht mehr auf Sendung war, gelingt Mary Ann erst am späten Nachmittag eine zufriedenstellende Übertragung. Es ist wirklich eine beachtliche Leistung, wenn man bedenkt, daß sie von einem fahrenden Lkw aus operieren. Auf ihre Bitte hin hält Jesse die ganze Zeit ihre Hand – im Grunde ist sie gar nicht nervös, wenn sie auch den Anschein erweckt, aber sie glaubt, es würde ihm gefallen, den ganzen Tag in einem Fahrzeug mit Klimaanlage zu fahren.

Außerdem ist es interessant, weil er sich während der Ausbildung zum Realisations-Ingenieur umfassend mit verschiedenen Systemen für Gehirn-Direktschnittstellen beschäftigt hat. Bei seinem Studium liegt der Schwerpunkt natürlich auf der Entwicklung einer Schnittstelle zwischen Bewußtsein und Simulator, so daß das Bewußtsein spielerisch experimentiert – das ist nach den Maßstäben des konventionellen Maschinenbaus zwar teuer, aber es lohnt sich dennoch, weil dadurch die Produktkonzeption optimiert wird.

Hier indes geht es eher um Authentizität als um Präzision an der Schnittstelle. Das heißt, es geht viel weniger darum, was Ann – beziehungsweise Synthi Venture – genau fühlt, sondern darum, die Handlung so authentisch rüberzubringen, daß sie real wirkt und nicht wie ein Traum oder eine Animation. Pseudo-Wahrheit ist wichtiger als die Wahrheit selbst, sagt Jesse sich.

Im Moment manipulieren die Leute vom Sender an ihrem Gehirnsektor herum, der beim Singen aktiviert wird. Eines der Resultate ist Übelkeit, was wahrscheinlich an den kleinen Falten eines erbsengroßen Knotens liegt, der sich in diesem Abschnitt befindet; sie stimulieren sie, identifizieren die Störstelle, regulieren die angelegte Spannung und versuchen es erneut.

Es wird ein sehr langer Tag, und schließlich erfährt Mary Ann von einem Arzt, das Problem würde zum Teil darin bestehen, daß sie »einen richtigen Urlaub gemacht hat«.

»Ist das ein Verbrechen?«

»Nun, in der Regel wird man deswegen nicht ins Gefängnis gesteckt, aber Sie üben schließlich auch einen nicht ganz alltäglichen Beruf aus. Wenn Sie dort Urlaub gemacht hätten, wo Sie sonst arbeiten, und zwar inkognito, um den Stress zu vermindern, und die ganze Zeit am Pool gelegen und Früchtepunsch getrunken hätten, anstatt Neuronen absterben zu lassen, dann hätte Ihre Gehirnstruktur sich auch nicht verändert. Alles wäre noch so, wie die Maschine es vor Ihrem Urlaub arrangiert hatte. Aber Sie haben neue Dinge ausprobiert, und Lernprozesse verändern nun mal die Struktur des Gehirns. Die fundamentalen Strukturen sind zwar noch vorhanden, aber sie sind leicht modifiziert worden. Vielleicht merken einige Zuschauer auch, daß Sie nicht mehr die alte Synthi Venture sind – wenn jemand aus einem realen Urlaub zurückkommt, passiert das immer.«

»Wird Rock deshalb laufend der Verschwörung verdächtigt?«

»Ja. Diesem Kerl fällt in seiner Freizeit immer etwas Neues ein. Die Feinstruktur seines Gehirns gleicht den Konturen der norwegischen Küste. Wogegen der arme alte Quaz – nun, er war ein netter Kerl, aber er hätte sich wirklich nicht dreimal winden müssen, um seine Gehirnzellen aneinanderzureiben.«

»Armer alter Quaz? Was ist mit ihm?«

Sie wußte es noch nicht, und als sie es erfährt, bricht sie in Tränen aus. »Ich mochte ihn nicht mal besonders, aber ich habe ihn auch nie richtig kennengelernt…« Sie umklammert Jesses Hand.

Der Arzt nickt. »Sehen Sie? Und zu allem Überfluß haben Sie auch noch Gefühl entwickelt.«

Als sie sich in dieser Nacht lieben, stellt Jesse sich vor, daß auf der ganzen Welt Millionen Mädchen in seinem Alter sich in Synthi Venture eingeloggt haben und spüren, was er mit ihr macht, millionenfach mit ihren

Körpern wie Marionetten auf den Rhythmus reagieren, den er ihnen aufzwingt. Es ist großartig; nichts, weshalb er sich Gedanken machen müßte.

Mit der Ausnahme natürlich, wie er sich kurz vor dem Einschlafen sagt, daß sich auch Tausende runzliger alter Omas – und Opas – in Synthi Venture eingeloggt hatten …

Mary Ann spürt, daß er sich verspannt, fragt ihn, was los sei, dreht sich um und legt ihm eine Hand auf die Brust. Er erzählt es ihr, und nun, da er wieder wach ist, kuscheln sie sich kichernd aneinander.

»Hast du dich entschlossen?« fragt er. »Sie überlassen die Entscheidung dir.«

»Ja. Ab jetzt werde ich definitiv als Mary Ann auftreten, obwohl sie natürlich für beide Namen Werbung machen werden, bis es ins Bewußtsein der Öffentlichkeit gedrungen ist, daß Synthi und Mary Ann ein und dieselbe Person sind. Ich glaube sowieso, daß meine künstliche Identität zwangsläufig Probleme aufwerfen mußte. Wenn man eine fremde Identität aufgezwungen bekommt und über ein Mindestmaß an Selbsterhaltungstrieb verfügt, dann kann man diese fremde Persönlichkeit nur von der schlechten Seite darstellen. Das ist auch ein Grund, weshalb die meisten Leute in diesem Gewerbe entweder ausgebrannt oder Arschlöcher sind.«

»Klingt plausibel«, sagt er.

»Natürlich«, fährt sie dort, »geschieht es immer wieder, daß meine jugendlich-pubertäre Seite Synthi Venture am liebsten zum Teufel schicken würde und meine mittleren Alters es doch irgendwie genießt.«

»Klingt so, als ob es einen Versuch wert sei«, sagt Jesse, und sie setzen es in die Praxis um. Mary Ann holt tief Luft, ihr Blick wird starr, und er erkennt, daß sie jetzt Synthi Venture ist. Er nimmt sie in die Arme, und die nächste halbe Stunde ist angefüllt mit wilder Ekstase und Lustschreien.

Danach sagt Jesse ihr, daß Mary Ann besser sei, aber Synthi sei wilder, und das dürfte den Sachverhalt wohl treffen.

Am nächsten Morgen wähnt Jesse sich in einem surrealistischen Traum. Bei *Passionet* findet eine Redaktionskonferenz statt, und er hätte nie gedacht, an einer solchen Runde teilzunehmen, ganz zu schweigen in Anwesenheit von zwei renommierten Professoren der Semiotik, einem prominenten Veranstalter von Rock-Konzerten und zwei schweigsamen Herren in Anzügen (der eine aus dem Weißen Haus und der andere von den UN), einschließlich ›Synthis Repräsentativer Freunde‹, wie einer der Berater sie nennt und dabei von ihnen spricht, als wären sie überhaupt nicht da. Bei den ›SRF‹ handelt es sich indessen nur um Jesse und die Herreras, wobei er und Tomás sich während der letzten Kaffeepause schon darüber gestritten haben, ob der Aufdruck auf den T-Shirts nun ›SRF: Synthis Freunde – JETZT‹ oder ›SRF World Tour 2028‹ lauten solle.

Zwei Autoren halten die Idee für »witzig – wir befassen uns später damit. Nehmt den ersten Spruch, Leute; wir haben euch als Urheber registriert, und wenn wir ihn benutzen, gibt's ein Honorar.«

»Wieviel das wohl sein wird?« flüstert Tomás Jesse zu. »Und brauchen sie wirklich so dringend Ideen?«

»Nun, für ein Bier wird es wohl reichen«, erwidert Jesse etwas unsicher, denn er als *norteamericano* müßte eigentlich der Experte für solche Dinge sein und hat dabei nicht mehr Ahnung als Tomás. »Und was die Ideensuche betrifft – hast du schon mal XV *gesehen?*«

Tomas schaut ihn nur an, nickt, als ob er soeben eine sehr schlaue Bemerkung gehört hätte und klopft ihm auf den Rücken.

Die Konferenz zieht sich lange hin, und Jesse hat den Eindruck, daß seine alten Dozenten aus der Pflichtvorlesung ›Interdisziplinäre Kommunikation‹ wirklich wußten, wovon sie redeten, wenn sie ständig behaupteten, daß zwischen Vertretern verschiedener Fachgebiete praktisch keine Kommunikation möglich sei. Die Regierungsvertreter sind anscheinend der Ansicht, es würde genügen, Mary Ann und den Drehbuchautoren eine Liste vorzulegen, die sie dann in die Köpfe der erwartungsvollen XV-Nutzer einprogrammieren, vergleichbar mit den Anti-Drogen-Botschaften in den alten Situationskomödien. Die Semiotik-Professoren vertreten indessen die Position, daß die Zuschauer, unabhängig von der Thematik der Beiträge, die Inhalte doch wieder in ihre alten subjektiven Raster pressen würden. Die Autoren selbst sind anscheinend von der Vorstellung besessen, mit Projekten aufzuwarten, die ›Gewalt ersetzen und einen echten Handlungsrahmen schaffen‹. Den Entscheidungsträgern von *Passionet* scheint indes jede Lösung willkommen zu sein, bei der niemand aufsteht und den Raum verläßt.

Nachdem in einem langwierigen Prozedere alle Positionen noch einmal durchgekaut worden sind, sagt Mary Ann: »Wenn Sie gestatten, möchte ich Sie noch auf etwas hinweisen.«

Die Runde nickt ihr zu, und sie fährt fort: »Meiner Ansicht nach besteht das Problem darin, daß Sie das Material für uninteressant halten. Ich meine, nach dem, was wir in den letzten Wochen erlebt haben und auch heute noch erleben, ist XV *viel* attraktiver geworden als früher.«

»Sprechen Sie weiter«, sagt nach einer langen Pause einer der Manager.

Mary Ann lächelt ihn an. »Ich könnte noch mehr tun. Wenn Sie bitte ein Haarnetz überziehen wollen, dann werde ich Ihnen genau zeigen, wie ich die ganze Sache beurteile. Ich meine, das *ist* doch unser Arbeitsmedium, nicht wahr?«

Erneut tritt eine längere Pause ein, und dann nicken alle Konferenzteilnehmer. Weil, wie Jesse vermutet, solche Vorkommnisse in diesen Konferenzen an der Tagesordnung sind, steht auch gleich eine Kiste mit Haarnetzen, Cyber-Brillen und Datenhandschuhen bereit; nachdem er sich davon überzeugt hat, daß die Herreras mit ihren Haarnetzen zurechtkommen, zieht er sich seins über.

Seit er Mary Ann kennengelernt hatte, ist er nicht mehr in ihrem Bewußtsein gewesen – im Grunde ist er noch nie in Mary Anns Bewußtsein eingedrungen, immer nur in das von Synthi Venture. Es ist ein merkwürdiges Gefühl, denn im Moment wartet sie noch darauf, bis alle fertig sind, und so sieht er den Raum aus ihrer Perspektive. Jesse registriert plötzlich ein halbes Dutzend Dinge – der Metallstuhl, der sich in die zu kleinen und zu hoch angesetzten Pobacken drückt, das lästige Gewicht der großen Brüste und die unangenehm warmen und verschwitzten Stellen darunter, und die üppige Haarpracht vermittelt das Gefühl, von einem Handtuch umwickelt zu sein.

Während sie spricht, spürt er die Schwingungen ihrer Stimmbänder und kennt die Worte schon, bevor Mary Ann sie artikuliert. »In Ordnung, jeder, der mit meinen Ohren hört und mit meinen Augen sieht, die Hand heben.«

Alle Hände gehen hoch, etwas zittrig, denn die Bewegung wird durch die Wechselwirkung mit der Motorik der Originalkörper erschwert. Jesse sieht, wie sein Arm spastisch auf und ab zuckt; weil der Vorgang aber von Mary Anns Motorik überlagert wird, spürt er es kaum. Die Herreras wirken jedoch sehr erschrocken.

»Gut, jetzt lehnen Sie sich zurück, während ich mich umschaue und Ihnen einige Dinge in Erinnerung rufe«, sagt Mary Ann. Sie erhebt sich, verläßt das Konferenzzelt von Passionet, geht am *Staticopter* vorbei, mit dem die Leute eingeflogen worden sind und steigt auf eine kleine Anhöhe, von der aus sie die ganze Kolonne überblickt. Sie besteht aus Zehntausenden von Menschen, wobei die Alten und Kranken in Bussen und auf

Lkw transportiert werden, einige Radfahrer sind dazwischen (der Einsatz von Privatfahrzeugen war nicht möglich, denn die Tankwagen hätten die Kolonne auf den zerstörten Straßen der Landenge nicht versorgen können), aber der bei weitem größte Teil marschiert. Einige Trauben von Menschen singen, als ob sie zu einem Picknick unterwegs wären, und manche stolpern die Straße entlang, als wären sie gerade einem Artillerieangriff entronnen; die meisten Leute gehen achtlos an ihnen vorbei.

Viele der armen Leute sind noch nie so weit von daheim fortgewesen. So gut wie von den Feldküchen sind sie noch nie versorgt worden; natürlich sorgen sie sich wegen der Hütten, die sie zurückgelassen haben, aber sie betrachten es auch als eine Art Abenteuerurlaub.

Mit Mary Anns Augen sehen sie Tapachula – vor dem Wirbelsturm – und ihre nordwärts wandernden Einwohner; sie erinnern sich an die warmen und dunklen Nächte, die schlichte Stadt mit ihren einfachen Menschen, die ›nur‹ arbeiteten und Familien gründeten, den Geruch der staubigen Straßen und die sengende Sonne am Himmel …

Sie denkt an Dutzende Bekannte, die sie dort hatte, Geschäftsleute und Arbeiter, Gemüsehändler und Straßenkünstler, Kinder und Bettler, die sie jeden Tag gesehen hatte. Sie ruft alle möglichen Erinnerungen auf: den besonders schönen Garten vor einem Haus (den Gärtner hat sie nie gesehen, vermutet jedoch, daß er auch in der Kolonne marschiert), das Café Sante, das ein paar pseudo-französische Gerichte auf der Speisekarte hatte und eine große Auswahl guter Hausmannskost aus Chiapas, den Geruch Dutzender Holzkohlegrills, wenn es Zeit zur *comida* war, das Lächeln des fahrenden Händlers, der exquisite LammTacos mit Knoblauch feilbot …

Und dann kommt der Hurrikan über ihr Publikum, so abrupt und realistisch, daß sie selbst ins Taumeln gerät; sie zeigt ihnen die Zerstörung der Stadt, den Schrecken und die Hoffnung, die beiden Kinder, die ihre Mutter wiederfanden, das an den Fenstern hinabströmende Wasser, die tagelangen Bergungsaktionen – alles inmitten dieser Menschen, die sie so detailliert beschrieben hatte.

Das Ende der Stadt und der Marsch in eine neue Zukunft; die langen Tage auf der Straße, die verbindenden Anstrengungen, die Eifersüchteleien und Habgier, doch auch das gemeinsame Abenteuer – sie läßt nichts aus. Und als sie nun die auf der alten zweispurigen Straße unterhalb der dunkelgrünen Vulkanhänge dahinziehende Kolonne aus Lkw, Bussen und Menschen sehen, spüren sie die tiefere Bedeutung dieses Vorgangs und wissen, daß jeder dieser Menschen einzigartig ist …

Dann beendet sie die Präsentation. Einen Moment später legen alle die Brillen, Haarnetze und Handschuhe ab, seufzen und reiben sich die Augen, als Mary Ann wieder das Zelt betritt. Sie schaut in die Runde und fragt »Gut?«, ohne dabei zu lächeln oder eine positive Reaktion zu erwarten.

Der Programmdirektor und die Drehbuchautoren erholen sich anscheinend am schnellsten. Alle reden durcheinander, wobei jeder Satz mit ›Ich glaube‹ oder ›Ich glaubte‹ beginnt; Frank Capra, Norman Rockwell und ›Americana‹ scheinen die Schlüsselwörter zu sein, bis es plötzlich heißt: »Sehr international, am Puls der Welt« …

»Ich betrachte das als eine visionäre, nun, erstaunlich realistische Darstellung von Menschen, absolut positiv«, meint der Direktor schließlich, und die Autoren nicken beifällig und sagen: »So ist es, Sie haben es auf den Punkt gebracht.« Sie wirken glücklich.

Die Regierungsvertreter schauen sich an und nicken. »Wir glauben, es wird funktionieren.« Der Mann aus Washington lächelt sogar und sagt: »Ich sollte vielleicht noch hinzufügen, Miss Venture, daß Sie uns anscheinend zugehört haben; diese Art von Botschaft wünschen wir uns nämlich.«

»Sehr polyzentrisch«, findet der UN-Vertreter. »Ich glaube aber nicht, daß ›Americana‹ hier die angemessene Bezeichnung ist.«

Die Manager von *Passionet* werfen dem Autor, der diesen Begriff verwendet hatte, böse Blicke zu; der Missetäter ist ein junger, agiler Bursche mit einem bräunlichen Bart, über den er sich nun hektisch streicht. »Oh, es tut mir leid, ich habe natürlich vergessen, den Kontext zu klären; ich wollte eigentlich sagen, das könnte dem ganzen Planeten zugutekommen, wie damals die ›Americana‹ für die Vereinigten Staaten, zum Beispiel – Sie wissen schon, ›My Planet Tis of Thee‹; die Menschen werden ein Gefühl globaler Loyalität und Identität entwickeln, ein Eine-Welt-Bewußtsein ...«

»Ah, ich verstehe«, sagt der UN-Repräsentant. »Aber ich hoffe, Sie wollen damit den legitimen kulturellen Aspirationen der Völker der Erde keinen Schaden zufügen oder sie anderweitig beeinträchtigen. Darauf müssen wir nämlich achten.«

»Nein, nein, ich ... ähem ... wollte nur sagen, eine Art globaler Loyalität und globalen Bewußtseins bei den einzelnen Menschen, den einzelnen Stämmen und einzelnen Nationen zu erzeugen.«

Der UN-Vertreter nickt lächelnd. »Genau so hatte ich mir das auch vorgestellt.«

»Protokollieren Sie das?« fragt ein *Passionet*-Manager Mary Ann.

»Natürlich. Ich glaube, dieser Punkt wird kein Problem darstellen.«

»Großartig! Sie sagt, wir würden keine Probleme damit haben.«

Alle nicken. Dann werden die beiden Universitätsprofessoren um eine Stellungnahme gebeten, worauf sie sich in einen heftigen Disput verstricken, in dem Frank Capra eine zentrale Rolle spielt. Jesse hört höflich zu; sein Bruder

Di ist ein großer Capra-Fan und hat Jesse sogar schon einmal überredet, sich einen dieser alten Schwarzweiß-Streifen anzuschauen. Er hat sich tödlich gelangweilt. Vielleicht besteht die Strategie ja darin, daß die Leute lieber vor Langeweile einschlafen als Randale machen sollen.

Schließlich hören die Professoren auf zu gestikulieren, worauf sich alle bei ihnen bedanken. Ein *Passionet*-Manager fragt Mary Ann, ob sie das implementieren könne, und sie antwortet: »Kein Problem.«

Nun nickt die Runde feierlich, und jeder bedankt sich bei jedem. Der UN-Repräsentant interessiert sich noch für die Meinung der Herreras und von Jesse, und die Drei sagen übereinstimmend, es sei eine große Sache.

Jesse hält sich nun schon lange genug in Mexiko auf, um zu wissen, daß Höflichkeit sich hierzulande darin äußert, jedem, insbesondere höhergestellten Personen, das zu sagen, was sie hören wollen. Als er gerade ins Land gekommen war, hielt er das für verlogen; jetzt betrachtet er es als Ausweis gesunden Menschenverstands.

Weil sich nun alle über alles einig sind, nicken die *Passionet*-Manager geschlossen mit dem Kopf und weisen Mary Ann, die Autoren und den Programmdirektor an, die Sache weiterzuverfolgen. Die Professoren, Bürokraten und Manager erheben sich, das Personal baut das Zelt ab, und Mary Ann, der Direktor und die Autoren schließen sich wieder der Kolonne an, wobei sie sich angeregt unterhalten.

Jesse und die Herreras halten sich in einiger Entfernung, so daß Jesse sich Mary Ann wieder anschließen kann, sobald sie fertig ist. »Ich habe kein Wort davon verstanden«, gesteht Tomás nach einer Weile.

»Ich auch nicht«, sagt Jesse.

»Ich dachte, du hättest es vielleicht verstanden. Du hättest mich nämlich überzeugt.«

»Du hast mich auch überzeugt«, erwidert Jesse.

* * *

Als Di Callare nach Hause kommt, muß wirklich nur noch gepackt werden, aber sie haben noch einen Tag Zeit. Man ist übereingekommen, daß es genügt, wenn er ihnen nach einer einstündigen Einweisung jeden Tag eine Lagebeurteilung vorlegt, bis Kliegs System startbereit ist. Dieses System ist wichtiger denn je, weil Oberst Tynan offenbar wahnsinnig geworden ist und mit Werten beschleunigt, die ihn umbringen müßten – tatsächlich hat er sich auch schon mehrmals für tot erklärt –; er hat eine Flugbahn eingeschlagen, die ihn vorzeitig zum Kometen führen wird, aber Gott allein mag wissen, was er tun wird, wenn er angekommen ist.

Beide Kinder haben in den letzten Tagen beschlossen, daß sie schon zu groß seien, als daß Mom und Dad noch bei ihnen schlafen müßten, und Mark entscheidet selbst, wann er zu Bett geht und hält sich auch daran. Die erwägt schon ernsthaft, seinen Vater anzurufen und es ihm zu erzählen, aber dann sagt er sich, daß sein Vater das doch nur wieder negativ beurteilen und ihm ankreiden wird, warum sich also die Mühe machen?

Auf jeden Fall haben Di und Lori jetzt deutlich mehr Zeit, auch für sich, und im Augenblick liegen sie zusammen im Bett und unterhalten sich, nachdem sie miteinander gebumst haben. »Der *Schlächter in Gelb* verkauft sich gut«, sagt sie. »Wenn es weiter so gut läuft, können wir uns ein neues Haus kaufen, selbst wenn die Versicherungsgesellschaft nicht mehr existiert.«

»Gut zu wissen«, entgegnet er, »und so wird es wohl auch kommen. Wir verzeichnen sehr viele Stürme, und dabei ist es noch nicht einmal August oder September, wo normalerweise die stärksten Hurrikane in der nördlichen Hemisphäre auftreten; außerdem ist das Differential diesmal breiter.«

»Wenn du damit nicht das Bauteil bei einem Auto meinst, weiß ich nicht, wovon du sprichst«, sagt sie und küßt ihn auf die Nase.

»Tut mir leid. Jetzt rede ich auch schon zu Hause in

meiner Fachsprache.« Er legt eine Hand auf ihre geschwungene Hüfte. »Wozu ist also ein Differential bei einem Auto gut?«

»Moderne Autos haben keins mehr. Sie haben separate Elektromotoren«, weiß sie.

Er haut sie mit dem Kissen, und sie kichert. »Und soll ich dir auch sagen, was am schlimmsten ist, Di?«

»Ja, bitte.«

»Ich will es wirklich wissen. Ich habe dich nur auf die Nase geküßt, weil es so lustig ist.« Ihre Augen leuchten, und sie hat ein wundervolles Lächeln.

»Nun«, sagt er, »das Differential, das ich meine, bezieht sich auf die zeitliche Änderung der Oberflächentemperatur des Ozeans. Die Oberfläche des Ozeans ist im August wärmer als im Mai. Aufgrund der erhöhten Methankonzentration in der Atmosphäre hat schon am elften Juni die Temperatur des Ozeans in der nördlichen Hemisphäre den bisherigen Höchstwert übertroffen. Das war an sich schon schlimm genug. Aber wie sich dann herausstellte, lag nicht nur eine höhere Basis vor…«

»O Gott. Du willst also sagen, die Wassertemperatur erhöht sich unnatürlich schnell.«

»Ja. Eigentlich hätte sie am 1. Juni 25° C betragen und dann bis zum 15. August um zwei Grad auf 27° C ansteigen müssen. Statt dessen betrug sie am 1. Juni schon 29° C – und wird sich vielleicht noch um fünf Grad erhöhen. Diesen Wert würde man normalerweise in einem flachen See auf Meereshöhe am Äquator erwarten. Die Stürme werden viel stärker und weiträumiger werden. ›Clem‹ wird viel mehr Energie zugeführt werden als bisher. Also läuft es kurz gesagt darauf hinaus, daß dieses Gebiet verwüstet und in einen Morast verwandelt wird, obwohl wir uns etwa dreißig Kilometer landeinwärts und zwölf Meter über dem Meeresspiegel befinden.«

Schaudernd schmiegt sie sich an ihn. »Wir schaffen es trotzdem.«

»Sicher.«

»Versprochen?«

»Es ist Onkel Sams Versprechen, Liebes, nicht meins. Es heißt, daß wir evakuiert werden.«

»Das wollte ich nicht wissen.«

Di denkt eine Weile nach. »Du meinst, wenn die Lage sich verschlechtert, soll ich meinen Arbeitsplatz verlassen, nach Hause kommen und dich und die Kinder von hier wegbringen?«

»Oder mich anrufen und mir sagen, wo ich die Kinder hinbringen soll, und dann desertierst du und triffst uns dort. Es ist mir scheißegal, Di, ich möchte nur, daß wir das überleben.«

Di seufzt. »Kann nur hoffen, daß Kliegs Plan funktioniert. Angenommen, wir befreien ihn aus dem Gefängnis und die Sibirer zerstören daraufhin nicht sein Weltraumzentrum, dann müßte es gar nicht so weit kommen.«

»Du hast ihnen nichts versprochen.«

»Ich kann nicht, Lori. Ich habe dort Verpflichtungen.«

»Du hast auch hier Verpflichtungen.«

»Ähem«, sagt er. »Stimmt. Und ich … nun, ich meine …« Ihm fehlen die Worte, aber er kann sich nicht vorstellen, daß er tut, was sie von ihm verlangt, und so schaut er nur hilflos in diese schönen Augen, ohne daß er imstande wäre, seine Gedanken zu artikulieren.

Er glaubt, jetzt hätte er sie verärgert, aber statt dessen legt sie nur die Arme um ihn und weint sich aus. Er hält sie über eine Stunde, küßt sie auf die Wangen und streichelt ihr den Rücken. Er wünschte, er könnte ihren Wunsch erfüllen oder ihr wenigstens sagen, daß es ihm schwerfiele, ihn ihr abzuschlagen.

Schließlich hört sie auf zu weinen und schläft an seiner Brust ein; er spürt dort eine kleine klebrige Pfütze aus Tränen und Rotz. Er bewegt sich nicht, sondern hält sie nur, und nach einer Weile gleitet er in böse Träume ab, wo etwas nach ihm greift und ihn in eine mit dunklem Wasser gefüllte Grube hinabzieht.

Am nächsten Morgen, dem einunddreißigsten, läßt Di während des Packens den Fernseher eingeschaltet, damit sie immer auf dem laufenden sind; danach packt er die Bücher im Schuppen ein, wo kein Fernsehgerät steht. Plötzlich hört er Lori und Mark schreien und läuft ins Haus, um nachzusehen. Als er drin ist, greifen sie gerade nach ihrer XV-Ausrüstung, und Lori reicht ihm seine. »*Passionet*«, sagt sie.

Er legt Haarnetz, Brille und Handschuhe an und klinkt sich in Passionet ein – mein Gott.

Er wußte ja schon, daß Jesse eine ältere, reiche Freundin hat. Es hat diesem schlitzohrigen Jungen ähnlich gesehen, ihm zu verheimlichen, daß es sich dabei um Synthi Venture handelt. Auch jetzt kann Di vor Bewunderung nur mühsam an sich halten – und dann zieht ihn etwas in seinen Bann. Er hatte keine Ahnung, welche enormen Anstrengungen in Mexiko unternommen wurden, und obwohl er die Stürme an dieser Küste tausendmal ausgewertet hatte, wußte er nie, was dort wirklich vorging – oder wer sich dort aufhielt! Mary Ann Waterhouse wird sicher eine Geschichte zu erzählen haben; er fragt sich indes nur, weshalb sie für solch einen popeligen Schundsender wie *Passionet* arbeitet.

So verstreicht der halbe Nachmittag, aber es kümmert ihn nicht. Solche Sachen sind pädagogisch wertvoll für Mark und Nahum, sagt er sich; nachdem sie sich nämlich ausgeklinkt haben, spielen sie ein wenig und sprechen dabei etwas Spanisch miteinander.

»Es funktioniert«, stellt Harris Diem fest. »Wenn Sie Medaillen für XV-Stars haben, dann sollten Sie sie jetzt verleihen.«

Sie betrachten die Grafiken auf seinem Bildschirm. Sie alle zeigen weltweit das gleiche; dort, wo das XV-Netz entsprechend dicht ist, brechen keine neuen Aufstände mehr aus. In anderen Gebieten werfen amerikanische und UN-Flugzeuge billige, in Großserie gefertigte Haarnetze ab, und sobald die Menschen sie übergezogen haben, werden die Unruhen im Ansatz erstickt. Die Leute klinken sich in XV ein, um den Hurrikan aus Synthi Ventures Perspektive zu erleben (oder welchen komischen Namen auch immer sie jetzt hat – für alle ist sie nach wie vor nur ›Synthi‹).

»Sie werden es nicht glauben, aber sie ist die Freundin von Di Callares kleinem Bruder. Dieser junge Mann, Jesse, neben dem sie geht.«

»Ich wünschte, Sie hätten mir das nicht gesagt«, erwidert Brittany Lynn Hardshaw grinsend. »Jetzt weiß ich nämlich wirklich nicht mehr, wen ich beneiden soll. Wenigstens sieht es jetzt etwas besser aus. Und ich hoffe, dieser Universitäts-Semiotiker behält recht.«

Von all den Prognosen haben sie nur die verstanden, wonach XV bei den Menschen einen Nachahmungseffekt auslöst – und weil Synthi Venture ihrem Publikum ein idealisiertes Porträt ehrbarer, hart arbeitender und tapferer Menschen präsentiert, versuchen sie diesem Vorbild auch gerecht zu werden. »Ich hoffe auch, daß er recht hat. Und wegen dieses subversiven Krams mache ich mir keine Sorgen; wollen wir wetten, daß Venture sich darum kümmert, wenn es aktuell wird?«

»Keine Wette. Sie ist eine harte Nuß. Wir harten Nüsse respektieren uns. Die übrigen Prognosen des Semiotikers beziehen sich auf eine ›eventuelle Subversion‹, womit er wohl sagen will, daß viele Freizeit-Randalierer und Gierhälse dort draußen versuchen werden, mit diesem Material entweder Haß zu erzeugen oder es als Seifenoper zu verkaufen.«

Hardshaw schaut auf die Checkliste auf dem Notebook-Bildschirm. »In welchem Stadium befindet sich die ›Operation Valiant‹ jetzt?«

»Es sieht gut aus«, antwortet er. »Ich glaube, sie werden heute grünes Licht geben. Die Top-Agenten vor Ort melden, daß die sibirischen Arbeiter heute nicht arbeiten, weil sie keine amerikanischen Vorarbeiter mehr haben. Hie und da gibt es vielleicht noch ein paar Geheimpolizisten, aber wir werden ohnehin mitten in der Nacht zuschlagen – wir rechnen nur mit geringem Widerstand im Weltraumzentrum. Das Gefängnis macht mir viel mehr Sorgen. Wäre eine schlechte Nachricht, einige prominente Geiseln zu verlieren.«

»Nun, wenn es darauf hinausläuft … dann stellen Sie mich zu Rivera durch. Schauen wir mal, ob es klappt. Am Tag vor dem Putsch sagte Klieg, er könne in einigen Wochen starten. Je weniger er zu reparieren hat, desto besser.«

»Mal wieder etwas von Tynan gehört?«

Hardshaw lehnt sich zurück und streckt sich stöhnend. »Alles läuft bestens, nur daß er auf eine so hohe Geschwindigkeit beschleunigt hat, die er laut Aussage der Ärzte unmöglich überlebt haben kann, und er bestätigt das auch; aber trotzdem hält er weiter Verbindung zu uns. Eine Theorie besagt, er hätte vergessen, auf das Schiff überzuwechseln und würde sich noch immer auf dem Mond aufhalten, aber anhand der Daten, die er uns geschickt hat, muß er doch unterwegs sein – außerdem hat er uns noch Bilder seines mumifizierten Körpers übermittelt. Carla glaubt ihm anscheinend, aber trotzdem betreiben sie immer diese seltsame Breitband-Kommunikation. Vielleicht halluziniert sie nur von ihm.« Zögernd fährt sie fort: »Wenn er uns indessen doch die Wahrheit sagen sollte, dann dürfte wohl klar sein, daß das Problem Monate früher als geplant gelöst wird, und im Grunde sogar kostenlos. Ich traue mich fast nicht, an den Erfolg zu glauben.«

Harris Diem nickt. »Und ich habe Angst, daß es ein Erfolg wird. Wenn Tynan den Auftrag ausführt, dann wird er sich nämlich zum Diktator des Sonnensystems aufschwingen – und der Zustimmung der Weltöffentlichkeit sicher sein.«

»Ja.« Plötzlich lacht sie.

»Was ist denn?« fragt Diem.

»Ach, wissen Sie, ich habe Louie Tynan schon ein paarmal getroffen. Was einer Frau wohl sofort an ihm auffällt, ist, daß er ein geiler Kerl ist; als der große Raumfahrer war er immer ein Frauenschwarm. Als Diktator des Sonnensystems – na gut. Sie werden auf ihn fliegen, und er kann nichts mit ihnen anfangen. Stellen Sie sich das mal vor! Er könnte jede Frau haben, und mit keiner kann er etwas anfangen.«

Diem lächelt. »Das ist wirklich nicht angenehm.«

* * *

Vom 25. Juli bis zum 2. August zieht ›Clem‹ auf einem erratischen Kurs westwärts, wobei er erneut den Gepflogenheiten eines normalen Wirbelsturms zuwiderhandelt: er folgt den Höhenwinden und seine Fallströme wandern entgegen der Coriolis-Kraft. ›Clem‹ hängt zwischen dem 35. und 45. nördlichen Breitengrad, ein Sektor, in dem ein Wirbelsturm sich eigentlich schon totgelaufen haben müßte, aber gleichzeitig weist dieser Abschnitt des Ozeans auch das größte Differential auf – ein durchgehender Warmwasser-Gürtel, aus dem ›Clem‹ immer mehr Energie absaugt.

Etwas kommen sehen und seine Bedeutung zu verstehen sind zwei völlig verschiedene Dinge; die Westküste der USA wird in einem steten Strom evakuiert. Auf jeder Autobahn ist ein Fahrstreifen für die nach Westen fahrenden Tankwagen reserviert, und auf der anderen Spur wird der Verkehr Richtung Osten abgewickelt. Für Busse und Kleinbusse ist eine Überholspur reserviert, um die Menschen zu befördern, die keine Automatik-Fahrzeuge haben – und um diejenigen aufzunehmen, die eine Fahrzeugpanne hatten. Zeltstädte und provisorische Siedlungen entstehen überall in den Rockies; Chugwater, Wyoming, blüht zu einer Metropolis auf, wobei die Pioniertruppen rund um die Uhr arbeiten, um die Kanalisation, Straßen und Stromleitungen den gestiegenen Erfordernissen anzupassen.

Im Norden, in Pazifikanada, strömen die Einwohner von Vancouver nach Calgary.

Doch als am Nachmittag des 1. August die Sturmflut in den Puget Sound gedrückt wird und an der Küste entlangwandert, ist die Evakuierung noch nicht abgeschlossen. Manche Leute warten noch auf ihren Abtransport, andere sind in höhergelegene Abschnitte ausgewichen. Einige wenige haben sich stur geweigert, an die nächste Flutwelle zu glauben, in der Überzeugung, daß Gott oder die Natur doch wohl nicht so grausam seien, die Küste ein zweitesmal heimzusuchen.

Und wieder andere, wie Old Robert und Old Bob, haben nie die Nachrichten gehört. Old Robert arbeitet schon lange Zeit als Schrotthändler, und Old Bob, sein Hund, hat ihn immer dabei begleitet. Die Spitznamen hat Old Robert sich ausgedacht, der immer nur in der dritten Person von sich und zu sich spricht.

Sie gehen die lange Pier mit ihren gehobenen Fischrestaurants entlang; zum erstenmal hält niemand sie auf, und die Polizei schikaniert sie nicht. Das Meer sieht heute lustig aus, aufgewühlt und mit hohen Wellen, aber weil die Leute ziemlich schnell davonlaufen, kann Old Bob sich an Resten gütlich tun.

Old Robert klopft an die Tür eines Restaurants mit dem Namen *Acres of Clams*, vor allem deshalb, weil der Typ auf dem Schild einen grauen struppigen Bart hat und alte, verschlissene Klamotten trägt, genau wie Old Robert. Die Tür geht auf; jemand muß die Sturmwarnung wohl ignoriert haben. »Komm, Old Bob. Old Robert und du werden jetzt was essen.«

›Essen‹ ist neben seinem Namen die einzige Vokabel, die Old Bob beherrscht. Wie der Blitz flitzt er durch die Tür.

Das Gebäude verfügt über einen Energiechip, mit dem es Gas aus Luft und Wasser gewinnt – jemand hat es Old Robert mal vor langer Zeit erklärt. Er war früher ein recht guter Koch, und er stellt eine große Pfanne auf den Herd, gibt ein Stück Butter hinzu, stellt die Unterhitze an und geht zum Kühlschrank. Der ist mit großen Fischfilets und weichschaligen Krabben bestückt, und er wirft sie zusammen mit einer Handvoll kleingehackter Zwiebeln in die Pfanne. So ein Duft ist ihm noch nie in die Nase gestiegen.

Old Bob macht sich über das her, was auf dem Boden statt in der Pfanne landet, und das ist reichlich.

Die große Pfanne mit gebratenem Fisch ist lecker, aber Old Robert tut sich auch schwer damit – solch ein üppiges Mahl ist er nämlich nicht gewohnt. Der Rest geht dann an Old Bob, der solche Probleme nicht hat.

Außerdem ist ein umfangreiches Weinsortiment vorhanden; Old Robert beschließt, sich ein wenig davon zu genehmigen, ein Fläschchen vielleicht, und Old Bob mit ein paar Steaks ruhigzustellen.

Er muß ein bißchen herumkramen, bis er den Korkenzieher findet, aber schließlich hat er ihn. Er wirft Old Bob ein Stück rohes, blutiges Rindfleisch hin, und der Hund macht sich darüber her wie ein verhungernder Wolf. Dann hebt er die Flasche. Es regnet nun in Strömen, und der Wind wird stärker. An einem Tag wie diesem bleibt man am besten zu Hause.

»Auf bessere Zeiten!« ruft er Old Bob zu. Erschrocken läßt der Hund das Fleisch fallen und versucht dann hektisch, es wieder zu schnappen. Das ist so komisch, daß Old Robert die Hälfte des Weins aus der Nase hinausläuft.

Der Hund scheint den Spaß zu begreifen und tobt bellend umher. Old Robert lacht, und dann widmet der eine sich dem Wein und der andere dem Steak. Meine Herren, besser kann es wirklich nicht mehr kommen. Wie haben sie damals gesagt? Irre. Es ist ein wirklich irrer Nachmittag.

Sie sehen nicht, wie die turmhohe Welle über dem

ächzenden Gebäude zusammenschlägt und sie unter sich begräbt. Beide sind völlig benommen, als das Verhängnis über sie kommt; Old Bob hat den Kopf an Old Roberts Brust gelegt. Das Restaurant wird von Sog erfaßt und in den Puget Sound gerissen; ihre Leichen werden nie gefunden.

»Unglaublich«, sagt Berlina am 5. August. Sie und Naomi sind nun oben in Portland, wo die große Flutwelle, die hundertsechzig Kilometer den Columbia hinaufgedrückt wurde, Jantzen Beach und Hayden Island überrollt, einen neuen Kanal nach Willamette geschaffen und auf dem Rückzug die *Montavilla Arcology* mitgerissen hat. »Sie waren gewarnt, sie wußten es, sie hatten es auf tausend Bildern gesehen und sie mußten einfach wissen, daß ihre verdammte Beton-Schildkröte einer achthundert Meter hohen Flutwelle nicht standhalten konnte, und trotzdem sind sie geblieben.«

Das sagt sie zu Naomi Cascade, die als Fotografin fungiert und sich in der zweiten Woche als Berlinas Teilzeitkraft und der ersten Woche als ihre Vollzeit-Verehrerin befindet. Vor ihnen erstreckt sich ein großes Oval aus Beton- und Rebar-Trümmern mit einer Ausdehnung von achthundert Metern; das ist alles, was von dem dreißig Stockwerke hohen Gebäude noch übrig ist, nachdem die Wucht der Welle die im Gebäude eingeschlossene Luft gleichsam zum Explodieren gebracht hat.

Naomi zuckt die Achseln. »Es war ja kaum noch jemand da. Nur ein paar alte Leute und XV-Nutzer …«

»Genau das meine ich doch. Mein Gott, eigentlich ist es ein Unding, daß ein Journalist Mitleid mit Bürokraten hat, aber ich fasse es einfach nicht, daß sie die Evakuierungsaufrufe der Regierung nicht befolgt haben, nur weil sie ihnen kein XV in den Bussen versprechen konnte. Die Leute wollten nicht von Synthi getrennt werden, weil es einfach zu interessant ist, *sie* bei der Evakuierung zu beobachten.«

»Die Menschen sind eben bekloppt«, konstatiert Naomi. »Vielleicht hätte man Synthi dazu veranlassen sollen, so etwas zu sagen wie ›He, ihr Idioten in Portland, bewegt eure Ärsche!‹.«

»Das hätte sie sicher getan. Sie ist die einzige XV-Darstellerin, die mir etwas sagt. Dein alter Freund hat einen guten Geschmack. Wir haben jetzt genug Material für unseren Bericht, und wir sollten verschwinden, bevor die Armee auf die Idee kommt, uns die Sondergenehmigung zu entziehen und *Staticopter* auf uns ansetzt.«

»Richtig.« Naomi nimmt die Kamera herunter, bleibt stehen und überfliegt das riesige schlammige Trümmerfeld mit ihren eigenen Augen und nicht mit der Linse der Kamera. »Weißt du«, sagt sie, »ich glaube nicht, daß man das überhaupt in Worte fassen kann.«

In zehn Minuten haben sie die Ausrüstung im neuen Kleinbus verstaut, den Berlina gekauft hat; jetzt wo sie wohlhabend ist, hat sie ihren alten Kleinwagen ehrenhaft entlassen. Das Leitsystem der Straßen ist ausgefallen, aber das Fahrzeug verfügt über eine vollautomatische Trägheitsnavigation, so daß Berlina nur die Richtung angeben muß. Den Rest erledigt das Auto selbständig; es gleicht Kurs und Position mit den Satelliten ab.

»Wir haben einen günstigen Zeitpunkt erwischt«, sagt Berlina. »Wenn es wärmer wird – du glaubst nicht, wie es hier dann stinkt.«

Naomi nickt ernst und verstaut die Ausrüstung möglichst platzsparend. Berlina lehnt sich zurück, sagt sich, daß die Einstellung einer Hilfskraft die beste Entscheidung sei, die sie je getroffen hätte und grinst leicht bei dem Gedanken daran, was sie soeben getan hat. Es war nicht annähernd so schlimm wie eine unterlassene Bemerkung, um eine romantische Stimmung …

… bei einem Reporter-Lehrling aufkommen zu lassen. Sie lacht vergnügt. Zu einem solchen entwickelt Naomi sich nämlich, und das bedeutet, daß Berlina Jameson nicht mehr die jüngste Nachrichtensprecherin ist. Sie fragt sich, ob sie nicht vielleicht Wendy Lou Bartnick anrufen und ihr sagen soll, daß sie Großmutter geworden ist.

Der Kleinbus rollt nach Osten – trotz des Sturms ist der Bennet-Paß über den Mount Hood wundersamerweise noch geöffnet. Sie bereiten Sandwiches und Kaffee zu und setzen sich gerade hin, um den verwüsteten Wald und die zerstörten Kleinstädte am Straßenrand zu betrachten. Als die Sonne untergegangen ist, wird es so dunkel, daß nur die Scheinwerfer noch Licht spenden. Ruinen, umgestürzte Bäume und vereinzelte Leichen sowie Kadaver von Elchen, Bären und Rindern tauchen im Scheinwerferlicht auf und versinken wieder in der Dunkelheit. Nach einer Weile schlafen sie ein.

Mit größter Vorsicht, wobei er ein neutrales Signal aussendet, das wie normales Rauschen wirkt, macht ein externer Daten-Späher sich im Bordcomputer des Kleinbusses zu schaffen, dringt ins Navigationssystem ein und arbeitet sich immer weiter vor, bis er schließlich Zugang zu den elektronischen Archiven und Berlinas Rohfassung der nächsten *Sniffings*-Ausgabe bekommt. Dann löscht er lautlos alle Spuren und verschwindet wieder.

Carla Tynan hat das von Louie-auf-dem-Mond gewünschte Material besorgt und ist daher nicht weiter überrascht, als er sie dann noch bittet, die Forschungs-Dateien zu öffnen und einige Passagen zu streichen, die Jameson auf die Spur des Projekts zur Bergung des Kometoiden bringen könnten.

Sie aktiviert die im Fahrzeug installierte Kamera und schaut sich kurz um. Naomi Cascade schläft nackt auf der unteren Koje, und das von den Scheinwerfern reflektierte Licht genügt, die Konturen ihres Körpers nachzuzeichnen. *Meine Güte,* denkt Carla, *eigentlich habe ich den Männern immer gefallen, aber wenn ich so gebaut wäre ...*

Dann wendet sie sich Berlina Jameson zu und sieht, daß die Reporterin die schlafende Naomi intensiv mustert. Vor Carlas Augen greift Berlina sich mit einer Hand zwischen die Beine und befriedigt sich selbst, wobei sie sich noch umdreht, um Naomi besser zu sehen.

Carla schaltet ab; sie ist keine Voyeurin. Und sie ist sich auch bewußt, daß sie wegen der Sabotage von Jamesons Recherchen nicht mehr in der Lage ist, den Fortgang von Louies Expedition mitzuverfolgen … sie mag die Reporterin nämlich, und allmählich verspürt sie starkes Mitgefühl für jeden, der sich danach sehnt, den Körper eines unerreichbaren Menschen zu berühren.

Am 5. August GMT, nur 390 Stunden nach Erreichen der terrestrischen Fluchtgeschwindigkeit, kreuzt Louie Tynan den Orbit des Mars, 1,57 AE von der Sonne entfernt. Damals, bei der Mars-Expedition, hatte er noch neun Monate dafür benötigt.

Eigentlich sollte er diese Position erst im September erreicht haben; er kommt wirklich gut voran. Die Mondkatapulte sind nun länger und haben eine höhere Kadenz als je zuvor, und obendrein hat er noch Laser-Hilfstriebwerke installiert: an der Rückseite der Pakete befinden sich in einem hinten offenen Zylinder Blöcke aus gefrorenem Wasserstoff, die nach dem Katapultstart von einem starken Laser verbrannt werden und so zusätzlichen Schub erzeugen.

Seine Kapazität beträgt nun elf Gehirnjahre pro Minute, mit steigender Tendenz; falls er überhaupt noch in die Kategorie Mensch fällt, da er nicht mehr über einen Körper verfügt, um sich als solchen auszuweisen, ist er nun der schnellste Mensch aller Zeiten. Alle zehn Tage legt er eine astronomische Einheit zurück, viermal so schnell wie ursprünglich vorgesehen. Er findet, daß dafür ein Glückwunsch fällig wäre.

Die Nachrichten von der Erde sind bizarr; nachdem

es anfangs für unmöglich gehalten wurde, bedurfte es nur eines guten XV-Programms, um den Zweiten Globalen Aufstand zu beenden. Er ist sich gar nicht mehr sicher, ob er überhaupt wieder ein Mensch sein will. Außerdem stellt er erfreut fest, daß er Jesse und Mary Ann *mag*, und dann gelangt er zum Kern der Sache: jeder, der sonst nichts zu tun hat, bleibt zu Hause, um sich in die Helden einzulinken. Wenn man sich schon nicht auf die Solidarität der Leute verlassen kann, stören sie wenigstens nicht. Das ist indessen etwas deprimierend.

Carla hat ihm die Opferung seines Körpers anscheinend verziehen, obwohl er erst dann wirklich das Gefühl haben wird, daß sie ihm vergeben hat, wenn sie wieder in Echtzeit-Kontakt miteinander treten und ihre Gefühle tatsächlich austauschen. Aber trotzdem ist es schon mal ein gutes Zeichen, daß sie keinen Zorn mehr auf ihn verspürt.

Er steht jetzt ungefähr fünf Lichtminuten von der Erde entfernt, was bedeutet, daß zwischen dem Absenden einer Nachricht an Carla und dem Eintreffen ihrer Antwort hundert Relativ-Mentaljahre verstreichen. Weil er überhaupt nicht mehr schläft, ist diese Zeitspanne indes ein Drittel länger und beläuft sich alles in allem auf 146 Jahre. In dieser Zeit kann er viele Überlegungen anstellen; aber zum Glück erhöhen Carlas Kapazitäten sich auch.

Louie hat sich mit vielen philosophischen Problemen befaßt und manche auf ihren bloßen subjektiven Gehalt reduziert. Früher hatte er sich nie sonderlich für Philosophie interessiert, und er befaßt sich auch nur damit, weil es für ihn die effektivste Art ist, die Prozessoren auszulasten; schließlich muß er die Zeit irgendwie nutzen. Sonst würden nämlich Erinnerungen wach werden, die er verknüpfen und dann auf eine Art und Weise reagieren würde, die den aktuellen Gegebenheiten überhaupt nicht angemessen ist.

Eine Weile versuchte er, dem Ursprung dieser Emotionen auf den Grund zu gehen und gelangte schließlich zu dem Schluß, daß es sich um Hysterese handeln müsse. Im menschlichen Körper entstehen Emotionen aufgrund der bei mentalen Vorgängen ablaufenden chemischen Prozesse; die chemischen Substanzen wirken sich unterschiedslos auf jede Zelle des Nervensystems aus, und die Entsorgung eines chemischen Stoffes dauert länger als das Auslösen eines elektrischen Signals. Dadurch entsteht eine in sich geschlossene Emotionalität (selbst bei unterschiedlichen Signalen), so daß zwischen Gefühl und konkreter Situation keine Kongruenz besteht, weil die bei früheren mentalen Vorgängen synthetisierten Stoffe noch nicht völlig abgebaut sind.

In Louies Fall dauert die durch die Denkvorgänge verursachte Hysterese – die in einem Leiter entstehende Selbstinduktion, wodurch der Strom ständig weiterfließt – etwas länger als der verzögerte Abbau der chemischen Substanzen in seinem alten Körper. Dies liegt an seiner schieren Größe, an der Verzweigung und der Parallelvernetzung, die viel schneller arbeitet als die ›Elektronik‹, die seine Existenz als Mensch sicherte. Und irgendwo in dieser kleinen, durch eine Spannungsänderung verursachten Lücke … hat er Gefühle.

Streiflichtartig fragt er sich, ob sein Bewußtsein über Sektoren für Wut, Liebe, Freude, Angst und so weiter verfügte, die jeweils durch Hysterese-Phänomene aktiviert wurden – oder ob diese Emotionen intrinsische Eigenschaften eines jeden Systems sind.

Diese Frage ist jedoch nicht einmal von besonderer Relevanz. Hauptsache, er verspürt überhaupt Emotionen. Wenn er seine Emotionalität verloren hätte, wäre er auch nicht traurig gewesen, aber es hätte ihm doch etwas gefehlt.

* * *

Am 9. August 2028 kommt ›Clem‹ bei Kingman Reef über den Gräbern seiner ersten Opfer zum Stillstand. Sein Auge hat einen Durchmesser von knapp über 350 Kilometern, und die Windgeschwindigkeit an der Peripherie des Auges beträgt 250 Meter pro Sekunde, ein Wert, der von keinem Tornado erreicht wird. Dieser Wind wirbelt um ein Auge von der Fläche des Staates Ohio. ›Clem‹ pumpt noch mehr Energie von der warmen Oberfläche des Ozeans ab, aber er nähert sich auch einem oberen Grenzwert; die Windgeschwindigkeit erhöht sich schnell auf Mach 1, Schallgeschwindigkeit, und über der Wasseroberfläche beträgt die Windgeschwindigkeit an der Peripherie des Auges Mach 0,7. Also hält der Widerstand, den die Wasseroberfläche dem Wind entgegensetzt, ›Clem‹ bei seiner jetzigen Geschwindigkeit.

Dies führt zu einer merkwürdigen Situation: Wenn der Ozean sich noch etwas erwärmt, wird die Geschwindigkeit von ›Clem‹ sich nicht weiter erhöhen. Di und Jesse würden das so ausdrücken: Bei einer Windgeschwindigkeit v und einer Oberflächentemperatur T des Ozeans ist $\Delta v / \Delta T$ sehr klein in diesem Bereich von T, beziehungsweise die Situation ist nun ›temperaturunabhängig‹.

Nur wenn der Ozean so viel Energie abgibt, daß ›Clem‹ in den Überschallbereich expandiert, wird der Superhurrikan noch einmal deutlich stärker werden – und wenn diese Energiezufuhr erfolgt, wird die Windgeschwindigkeit an der Peripherie von ›Clems‹ Auge binnen weniger Minuten von ihrem jetzigen Wert auf Mach 1,2 oder höher schnellen, denn Überschallströmungen wird im Vergleich zu unterschallschnellen Strömungen viel weniger Widerstand entgegengesetzt.

Zum Glück ist der Ozean noch nicht so warm, als daß diese Gefahr akut wäre, zumal er diese Temperatur nur im Hochsommer an flacheren Stellen erreichen wird.

Irgendwo hat John Klieg einmal eine lange Liste von Menschen durchgelesen, die im Gefängnis bedeutende Bücher geschrieben oder andere große Leistungen konzipiert haben. Lenin war einer von ihnen, einige Apostel und … nun, auf jeden Fall waren es viele.

Er war immer der Ansicht, daß man dazu nur viel Zeit zur Verfügung haben müsse, wobei er jedoch keine klare Vorstellung davon hatte, was ›viel Zeit‹ wirklich bedeutet. Jetzt wird es ihm langsam klar.

Während der ersten zwei Tage hat niemand mit ihm gesprochen, aber man überbrachte ihm eine Notiz, wonach Glinda und Derry unter Hausarrest stünden und daß es ihnen gut ginge. Das Essen hier ist annehmbar, nur daß es immer den gleichen Eintopf mit Brot gibt, aber dafür hat er ihn auch schnell gegessen und kann dann wieder schlafen. Sie haben ihn in einen Overall gesteckt, den er jeden Tag zur Wäsche gibt, duscht und dann einen frischen bekommt.

Rein physisch geht es ihm nicht schlecht, aber nach drei Tagen hätte er für ein Notebook gemordet. Das Denkvermögen wird durch die Erinnerung begrenzt, und ohne ein Notebook reicht die nicht weit; ein paarmal hat er längere Kopfrechenübungen ausgeführt, nur um schließlich zu vergessen, was er überhaupt ausrechnen wollte.

Außerdem ist es frustrierend, weil er mit der vielen Zeit zum Grübeln eine viel klarere Konzeption für *GateTech* und das Geschäftsleben überhaupt entworfen hat, und wenn er wieder draußen ist, wird er ein paar Tage am Diktiergerät verbringen, um die ganzen Ideen zu sammeln. Vor seinem geistigen Auge entsteht eine neue Unternehmensstrategie … bisher hat *GateTech* auf primitiven Strategien basiert, und auf diese Art in die Raumfahrt einzusteigen ist noch primitiver. Er hat immer schon gewußt, daß das eigentliche Gewinnpotential nicht in der Produktion liegt, sondern in der Ausübung von Kontrolle; »Der Hotelbesitzer wird durch den Besitz der Schlüssel reich, und die Zimmermädchen bleiben durch die Reinigung der Toiletten arm«, wie einer seiner Betriebswirtschafts-Professoren damals an der Universität von Madison gesagt hatte.

Der Trick ist, sich nicht in den Toiletten, sondern an der Rezeption aufzuhalten. Noch besser ist es aber, jemanden für die Rezeption einzustellen und selbst zu Hause zu bleiben.

Dann wird Klieg bewußt, daß er in der Zelle hin und her läuft; das ist irgendwie tröstlich, denn er hat es in so vielen Filmen gesehen und freut sich nun, daß manches doch so funktioniert, wie es soll. Nicht, daß dieser Ort ein Kerker wäre; das Gefängnis gleicht eher einem einfachen Hotel – innen gibt es nicht einmal ein Türschloß –; das muß er Glinda erzählen…

Die kahlen Wände sind gelblich weiß, und das Gebäude ist so schlampig errichtet worden, daß man trotz seines geringen Alters schon einige feuchte Stellen erkennt. Das Bett besteht aus einem einfachen Metallrahmen, aus dem Wasserhahn kommt nur kaltes Wasser, und bei der Toilette handelt es sich um ein ziemlich primitives Modell mit Wasserspülung, aber ohne Deckel. Die Uhr durfte er behalten, so daß er weiß, das Licht geht morgens um sieben an und abends um neun aus.

Hin und her, hin und her… fünf Schritte von einer Wand zur anderen. Der Trick ist der, daß Maschinen, insbesondere diese Replikatoren – die durch die Aktionen dieses Arschlochs von Tynan, dem steuergeldvergeudenden Beamten einen Quantensprung erfahren haben –, die physikalische Produktion übernehmen werden, wobei ein Großteil der Entwicklung und Konstruktion wahrscheinlich von diesen Künstlichen Intelligenzen übernommen wird. Also werden die Dreckarbeiten, die Latrinenputzer-Jobs, finanziell… Zeit, die finanzielle Kontrolle abzugeben? Und was dann, nur noch Informationen besitzen? Es ist zwar nicht die dümmste Idee, die er bisher hatte, aber er hat keine Ahnung, wie er sie umsetzen soll.

Er setzt sich auf die Bettkante und erwägt ernsthaft, trotz der Beleuchtung zu schlafen. Das Problem ist nur, daß er eigentlich nicht in der Stimmung ist …

Der eigentliche Grund, weshalb manche Menschen im Gefängnis bedeutende intellektuelle Leistungen vollbringen, besteht nach Kliegs Ansicht darin, daß ein halbwegs intelligenter Mensch das Denken nur für kurze Zeit aussetzen kann. Nachdenklich streckt er sich auf dem Bett aus … wie soll er in einer Welt voller Datenspäher und KI-Reversions-Ingenieure Informationen sichern? Gesetzliche Titel und Genehmigungen bieten da auch kein Schutz.

Vielleicht wird die Welt sich zu seinen Gunsten verändern? Niemand weiß, was die von ›Clem‹ und seinen Ablegern verwüstete Welt nachfragen wird, aber wenn er den Bedarf ermitteln und spezifizieren könnte … aber als Inhaber einer Monopolstellung muß man natürlich immer damit rechnen, daß irgendein Politiker wegen dieses Monopols einen Kreuzzug startet. Es ist wirklich nicht fair, daß man mit um so höherer Wahrscheinlichkeit eins draufbekommt, je besser das Geschäft ist.

In der Ferne Scheppern und dumpfe Geräusche. Der Lärm nähert sich. Ein Aufschlag. Wie immer bei unüblichen Geräuschen, kontrolliert Klieg die Schnürsenkel und schaut nach, ob die wenigen Besitztümer, die er behalten durfte, alle in den Taschen stecken, insbesondere die Lesebrille.

Diesmal hält der Lärm länger an, so daß er sich von der Tür zurückzieht (aber so, daß er sie noch im Blick hat) und sich darauf vorbereitet, die Hände zu heben. Wenn er nicht gerade unterstellt, daß es sich um eine Truppe trotteliger Lieferanten handelt, bestehen zwei Möglichkeiten: es findet wieder mal ein Putsch statt und er wird als wertvolle Geisel genommen; in diesem Fall wird er mit dem nächsten Bewaffneten kooperieren, um nicht im Kreuzfeuer umzukommen, oder …

Etwas hämmert heftig gegen die Tür, und Risse bilden sich um den Rahmen. Er zieht sich zurück und bedeckt den Kopf mit den Händen.

Ein erneutes Krachen, und diesmal erbebt die Tür; ganz eindeutig wollen sie ihn mit hydraulischem Gerät rausholen, denn er hört das Zischen zwischen den Schlägen. Er hat die Brille, die Taschen sind voll, die Schuhe gebunden, die Hose ist so weit hochgezogen, daß er nicht auf den Saum tritt …

Krachend fliegt die Tür in den Raum, und Klieg sieht die kleine Ramme, mit der sie zertrümmert wurde; ein Gerät auf einem massiven Stativ, das eine verblüffende Ähnlichkeit mit einem riesigen Schnappschloß aufweist.

Der Mann, der durch die Tür tritt und »Mr. John Klieg?« sagt, trägt eine blaue UN-Uniform.

»Ja, Sir. Bin bereit.«

»Gut. Folgen Sie mir.«

Jetzt ist überall das Geräusch von Alarmsirenen zu hören, und es riecht nach Rauch. In anderen Abschnitten des Gebäudes hört Klieg noch immer Schüsse. Aber weder er noch sein Retter – falls es überhaupt einer ist – sprechen ein Wort. Sie rennen den Korridor entlang. Für Erklärungen ist später immer noch Zeit.

»Wir können Sie davon freistellen«, sagt eine Stimme in Mary Anns Gehirn. »So etwas muß Synthi Venture nicht tun.«

*Wenn Sie dieser Ansicht sind, dann haben Sie wirklich gar nichts verstanden,* erwidert Mary Ann in Gedanken. Dann läßt sie den Vorgang noch einmal auf der Bewußtseinsebene ablaufen, damit alle XV-Nutzer ihn mitbekommen.

*»Bitte tun Sie das nicht, es paßt nicht ins Bild …«*

Genau. Was wir hier nicht brauchen, ist ein schöner Schein. Sie greift wieder zur Schaufel. *Jetzt seien Sie ruhig und lassen Sie mich arbeiten.* Dann geht sie wieder in den langen Graben, den sie und einige hundert Leute ausheben. Am 6. August, etwa bei 16 Grad Nord 135 Grad West, hat ›Clem‹ einen neuen Ableger erzeugt, ›Clem 500‹, der gleich auf Südostkurs gegangen ist. Seit dreißig Stunden hält er nordwärts auf die Landenge von Tehuantepec zu, und die aus Tapachula evakuierten Menschen sind angewiesen worden, sich einzugraben. Flugzeuge und Lkw haben umgehend Lebensmittel, Trinkwasser und chemische Toiletten bereitgestellt, und die Aushub-Halden werden ständig länger. Jesse befindet sich drüben auf dem provisorischen Flugfeld – aufgrund seiner technischen Ausbildung hat man ihn nach einer zwanzigminütigen Einweisung an ein Radargerät gesetzt, das vor zwanzig Jahren im Tower eines kleinen Zivilflughafens in den Staaten im Einsatz war.

In der Zwischenzeit errichten ungelernte Helfer wie Mary Ann die Unterstände.

Bei der Arbeit hat sie ein angenehmes Gefühl im Rücken und den Schultern; sie ist zur Zeit in guter Kondition. Außerdem macht es irgendwie Spaß, in einer reinen Frauengruppe zu arbeiten; sie fragt sich schon, ob sie vielleicht den jungen Männern hinterherpfeifen oder sie belästigen solle, wobei *Passionet* diesen Plan indessen mit einem indignierten Quäken kommentiert.

Eine der Konditionen, die sie sich vor der Rückkehr zu *Passionet* ausbedungen hat, besagt, daß sie jede Stunde zehn Minuten für sich hat, und es kostete sie einige Anstrengung, den Verantwortlichen klarzumachen, daß ›für sich‹ nicht ›zum Schwätzen‹ bedeutete.

Deshalb ist sie auch höchst ungehalten, als sie spürt, wie sich in der Pause ein fremder Gedanke einschleicht. Nach einer langen Pause sagt die Stimme dann: »Es tut mir leid, ich wußte nicht, daß Sie Pause machen, aber ich komme nicht von *Passionet,* und ich wollte Kontakt zu Ihnen aufnehmen, während Sie nicht auf Sendung sind.«

*Sie sind nicht – aber es ist doch unmöglich, in ein Gehirn-Protokoll einzudringen …*

»Das würde ich nicht sagen. Es ist nur nicht ganz leicht. Schauen Sie, mein Name ist Carla Tynan – wußten Sie schon, daß …«

*Sie sind die Meteorologin, um die sich die Regierung so bemüht hat.*

»Die bin ich.« Kurz klärt Carla sie über ihren unbeschränkten Netzzugang auf. »Ich wollte Ihnen nur sagen, es gibt einige Dinge, die Sie, glaube ich, wissen sollten.«

*Ja, sicher. Und das wäre?*

Carla Tynan ist noch immer schnell zur Sache gekommen. Zügig setzt sie Mary Ann über Louies Plan in Kenntnis. »Es ist also Hilfe unterwegs, selbst wenn die Regierung sich weigert, ihm zu glauben und die Öffentlichkeit zu unterrichten. Das wollte ich Ihnen sagen. Außerdem kann ich Sie mit Informationen aus aller Welt versorgen.«

*Warum ich?* fragt Mary Ann in Gedanken.

»Weil Sie Synthi Venture sind, und Synthi Venture ein enormer Multiplikator ist. Und wenn ich Sie vorab über die Entwicklung informiere und Ihnen damit die Gelegenheit gebe, den Nutzen von Louies Plan zu erkennen, dann verlieren die Menschen die Angst und machen keine Dummheiten, bevor sie sich mit diesem Gedanken vertraut gemacht haben. So, wie ich Ihnen die Geschichte erzähle, wird sie auch ins Bewußtsein der Menschen dringen. Vielleicht werden sie sie nie mehr vergessen. Und ich glaube, Sie werden die Geschichte um so besser erzählen und den Menschen ein besseres Verständnis vermitteln, je mehr Details des Projekts Sie kennen. Denken Sie aber daran, wenn Sie helfen wollen, sagen Sie ihnen nichts, bis wir soweit sind.«

*Wer ist ›wir‹? Und wenn es wirklich so wundervoll ist, dann zeigen Sie es mir.*

Carla folgt dieser Aufforderung; Mary Ann stockt

schier der Atem, so daß sie erst mit einer kleinen Verzögerung wieder auf Sendung geht. Während sie bei der Arbeit Witze macht und sich mit den Frauen in ihrer Gruppe unterhält, läßt sie in den Tiefen des Bewußtseins, die unterhalb der XV zugänglichen Region liegen, Carlas Bericht Revue passieren. Wenn es stimmt, dann ist ›Clem‹ wirklich nicht der wichtigste Punkt auf der Tagesordnung.

»Sie haben Klieg rausgeholt«, sagt der junge Uniformierte und schaut von der Tastatur auf. »Es hat aber eine Verzögerung wegen starken Seitenwinds gegeben, und ein Ortungssatellit muß wohl einen Bauabschnitt mit einer wichtigen Landmarke verwechselt haben, so daß sie noch nicht auf dem Raketengelände eingetroffen sind.«

Im Krisenstab macht sich Anspannung bemerkbar. Es erübrigt sich zu sagen, daß die ganze Sache umsonst war, wenn sie die Starteinrichtung nicht unbeschädigt in die Hände bekommen, auch wenn man sich generell über Kliegs Befreiung freut.

Schließlich wendet Hardshaw sich seufzend an den General neben ihr und fragt: »Wie ist das geschehen?«

General Tim Bricker ist ein großer, dünner Mann mit schleppendem Südstaatenakzent; zudem ist er jünger, als man vermuten würde. Er ist einer dieser ehrgeizigen Überflieger, die gern im Stab arbeiten, weil man dort gute Chancen hat, protegiert zu werden. Hardshaw hat ihn einerseits deswegen ausgewählt, weil er der richtige Mann für den Job ist, der Öffentlichkeit die politischen Aspekte vermitteln kann und verhandlungssicher und kompromißfähig ist, aber auch, weil er einige Jahre Chef einer Infanteriekompanie war und sich schon zweimal im Kampfeinsatz befunden hat, in kleinen Rettungsaktionen wie dieser.

Gemächlich klappt Bricker das Notizbuch zu und beugt sich zu ihr hinüber. »Frau Präsidentin, es ist eine

Situation eingetreten, die wir als *clusterfuck* bezeichnen. Mehrere Dinge, die normalerweise funktioniert hätten, sind schiefgegangen. Einige Leute haben im Feld versucht, den Schaden zu beheben, und weil sie nur über unzureichende Informationen verfügten, haben sie die Lage bloß noch verschlimmert. Es ist eins zum anderen gekommen. Also muß ich Ihnen auf Ihre Frage nach der Kausalität antworten, daß ich es noch nicht weiß, aber wir arbeiten daran. Doch wenn Sie den Schuldigen wissen wollen, damit Sie ihn rechtzeitig aus dem Verkehr ziehen können, müßte ich sagen, daß es im Grunde keinen Schuldigen gibt, und wenn Sie doch einen Schuldigen wollen, dann müssen Sie sich einen suchen.«

Sein Ton ist feindselig, sogar rüde, und Hardshaw verspürt das Bedürfnis, ihm Kontra zu geben, aber sie hat schon genug Zeit mit feindseligen Leuten verbracht. »General«, sagt sie also, »wenn es Ihnen besser gefällt, die Frage war rein rhetorisch, und ich ziehe sie hiermit zurück. Ich möchte nur eines wissen: wenn eine solche Sache geplant wird, warum werde ich dann nicht im voraus über mögliche *clusterfucks* informiert?«

»Weil wir die Aktion gar nicht erst durchgeführt hätten, wenn wir damit gerechnet hätten. Überraschungen sind nie auszuschließen.« Er verharrt in seiner Position, rührt sich keinen Zoll und schaut ihr direkt in die Augen.

»Ich habe mich nicht richtig ausgedrückt, General, mein Fehler.« Sie sagt es leise und sanft, fast schnurrend; Harris Diem würde dieser Ton von einigen harten Gerichtsverhandlungen noch bekannt vorkommen, aber sonst weiß niemand im Raum ihn zu deuten. »Ich wollte Sie eigentlich fragen, warum Sie immer von einer ›Erfolgswahrscheinlichkeit von x Prozent‹ ausgehen und dann unterlassen zu sagen, ›Und dann könnten wir natürlich aus Versehen unsere eigenen Leute beschießen, nachdem wir sie am Strand abgesetzt haben, zwei *Staticopter* könnten zusammenstoßen, wir könnten versehentlich einen Schulbus zusammenschießen oder vielleicht werden dreißig unserer Leute gefangengenommen und gefoltert‹. Nur um einige Beispiele aus den letzten Jahren zu erwähnen.«

»Weil Sie uns nicht fragen und es auch nicht hören wollen. Frau Präsidentin, ich sage nur, daß so etwas möglich ist. Es geschieht eben. Wir müssen in Sekundenbruchteilen reagieren, und das in einer Umgebung aus Feuer, Rauch, Lärm, Explosionen und Schüssen – da passiert schon mal so ein Scheiß. Sie sind doch schon eine Weile im Amt und haben ein paar Rettungsaktionen erlebt. Wie können Sie dann hier sitzen und behaupten, Sie wüßten nicht, daß so etwas möglich sei?«

Hardshaw lehnt sich zurück und mustert den General fest. Es liegen einige Probleme vor; zum einen hat er im Grunde recht, und viele der hier Anwesenden wissen das auch, so daß sie ihn nicht einfach herunterputzen kann. Zum zweiten betreibt er fast schon Insubordination, was sowohl mit Strategie als auch mit Ungeduld erklärt werden könnte, aber wie dem auch sei, sie darf ihm das nicht durchgehen lassen. Sie kennt Bricker jetzt schon ungefähr ein Jahr, und deshalb tippt sie auf Strategie; vielleicht will er sich als der Mann profilieren, der die Ehre der Streitkräfte gegenüber Präsidentin Großmutter verteidigt hat, ein aufrechter Soldat, der kein Blatt vor den Mund nimmt und sich somit als Kandidat für die nächsten Präsidentschaftswahlen empfiehlt.

Was aber nicht besagt, daß er nicht recht hätte.

Sie muß der Sache Einhalt gebieten. »Das Problem wurde zur Kenntnis genommen«, sagt sie also. »Bitte nehmen Sie auch zur Kenntnis, daß ich von nun an bei jedem Alternativplan oder sonstiger Einsatzplanung, die mir vorgelegt wird, über die Möglichkeit eines *clusterfuck* informiert werden möchte. Wir werden das …« – sie lächelt ihn an – »als Bricker-Bestimmung bezeichnen, um Sie entsprechend zu würdigen. Passen Sie aber auf, daß Sie die Terminologie nicht beschönigen, General. Wenn Sie mich auf die Möglichkeit eines *clusterfuck* hinweisen, erwarte ich, daß diese Bezeichnung auch in den Berichten auftaucht.«

»Zur Kenntnis genommen«, sagt Bricker. Seine Reaktion ist unergründlich; vielleicht genügt es ihm schon, das Problem überhaupt angesprochen zu haben, mit größerer Wahrscheinlichkeit aber überlegt er sich bereits den nächsten Zug.

Drei Minuten später trifft die Meldung ein. Die Sibirer hatten ausreichend Zeit. Sie haben die Starttürme vernichtet, die Kontrollräume und die unterirdischen Beschleunigungsröhren, die Klieg für Allwetter-Starts vorgesehen hatte. Wenn überhaupt noch mit Hilfe zu rechnen ist, dann nur von Louie Tynan.

Am 16. August, einem Mittwoch, hat Louie sich so weit von der Erde entfernt wie kein anderer Mensch vor ihm. Anhand der Daten, die ihm von Louie-auf-dem-Mond übermittelt werden, haben sich mindestens eine halbe Milliarde Menschen, die vor der Ausgabe der Haarnetze keinen Zugang zu XV hatten, in Synthi Venture eingelinkt und verbringen nun den ganzen Tag damit, Nachrichten zu hören und sie auf dem Marsch zu begleiten. Die Zerstörung von Kliegs Weltraumzentrum scheint nur zu einem kurzfristigen Aufflackern von Unruhen geführt zu haben, was überwiegend darauf zurückzuführen ist, daß Synthi Venture in ihrer Rolle als Multiplikator Plünderungen und Kämpfe schärfstens verurteilte.

Aus unerfindlichen Gründen haben Hardshaw, Rivera und alle anderen Verantwortlichen entschieden, die Medien nicht über die Expedition zu 2026RU zu unterrichten; die Geheimhaltung fällt aber schwer. Wenn es Carla nicht gelungen wäre, Jameson (und das Dutzend Nachahmer, das sie bereits hat) im Netz aufzustöbern, wäre das Geheimnis schon lange keines mehr.

Louie fragt sich, warum man die Mission als Verschlußsache behandelt und den Anschein erweckt, die Erde sei verloren, obwohl das gar nicht der Fall ist. Vielleicht liegt es daran, daß er tot ist. Er versteht aber wirklich nicht, weshalb sie das gegen ihn verwenden sollten. Schließlich müffelt er ja nicht.

Ihm ist jedoch schon aufgefallen, daß offenbar niemand mehr direkt mit ihm kommunizieren will, und seine Komponenten auf dem Mond und den Asteroiden bestätigen diese Einschätzung. Macht es sie nervös, daß er tot und dennoch lebendig ist? Oder daß er ihnen die Illusion eines lebenden Menschen vorgaukelt?

Er fragt sich, ob er sich im Universum einsamer fühlen wird, als er anfangs gedacht hatte, weil nämlich nur die allerwenigsten Leute Freundschaft mit einem Toten pflegen wollen.

In ihrem letzten Brief hat Carla ihn des Selbstmitleids geziehen. Vielleicht sollte er einmal Selbstkritik üben.

Alles ist gut, solange er nicht einsam ist.

Mittlerweile ist seine Prozessorkapazität so groß, daß er sein lunares Ich um alle verfügbaren Daten bittet, und auf der Erde sind noch genügend Systeme aktiv, um seinen Wissensdurst zu befriedigen. Er bekommt Zugriff auf die Kongreß-Bibliothek und erwägt ernsthaft, alle Bücher durchzulesen; er bekommt Wetterberichte und Satellitendaten, Rohdaten von Universitäts-Instituten, manche davon auf Video – und die gefallen ihm am besten. Obwohl er weiß, daß die Kameras entweder manuell oder automatisch geführt wurden, genießt er das Gefühl, keinen ›Spielfilm‹ zu sehen; und obwohl er letzten Endes doch nicht sicher ist, was davon dokumentarisch ist und was nicht, muß die Authentizität ziemlich groß sein.

Louie betrachtet Menschen, die bis auf die vierzig Angehörigen ihres Stammes noch nie andere Menschen gesehen hatten und jetzt der ganzen Welt vorgeführt werden. Er beobachtet Tiere bei der Kopulation, wie sie sich gegenseitig töten, alt werden und sterben. Er sieht, wie Seen zu Wäldern und wieder zu Seen werden; er erfaßt die enorme Komplexität der Flugbewegungen eines Kondors und die Schlichtheit des Stickstoff-Zyklus.

All das gefällt ihm sehr. Eine der interessantesten Erkenntnisse der Kreativitäts-Forscher (und plötzlich entdeckt Louie sein Interesse an der Kreativität, beschafft sich binnen weniger Minuten alle zu diesem Thema verfaßten Studien, liest sie durch und bildet sich eine eigene Meinung) besagt, daß auf einer tieferen Ebene die Komplexität unserer Wahrnehmungen mit einem ästhetischen Vergnügen verknüpft sei – wobei diese Ästhetik manchmal mehr auf dem Wahrnehmungsvorgang als auf der Komplexität des Objekts selbst beruht.

Wir empfinden die Natur deshalb als ästhetisch, weil sie auf einigen wenigen, einfachen Prinzipien basiert: dem Raum-Flächen-Gesetz; Fraktalen; Spiralen; den mathematischen Gesetzmäßigkeiten, die Wellen, Rädern, trigonometrischen Funktionen und harmonischen Schwingungen gleichermaßen zugrundeliegen; die Bedeutung des Quotienten kleiner Primzahlen; bilaterale Symmetrie; Fibonacci-Reihen, Goldene Sektoren, Quantisierung, fremde Attraktoren, Pfad-Abhängigkeit, all die Dinge, die überall dort auftauchen, wo man nicht mit ihnen rechnet... diese Paradigmen stehen ständig und auf allen Ebenen in einer kooperativen und konkurrierenden Wechselbeziehung, so daß sich aus ihrer intrinsischen Simplizität die Komplexität der Welt ergibt, in der wir leben. Dieses Spannungsfeld – zwischen den einfachen Regeln, welche die Welt erklären und der komplexen Welt, die wir wahrnehmen – ist selbst einfach strukturiert und gleichermaßen höchst komplex in seinen Auswirkungen. Deshalb sind die Ebenen, Kombinationen und Relationen von Komplexität, die anscheinend die Struktur der Lustzentren des menschlichen Gehirns definieren – oder sind sie vielleicht doch integrale Komponenten von Intelligenz und Wahrnehmung? – auch Merkmale der Außenwelt.

Louie begrüßt es in hohem Maße, daß wir so konstruiert sind, die Welt, in der wir leben, zu mögen. Mittlerweile hat er sich eingehend mit Kunst befaßt, die überwiegend visuell ausgerichtet ist, und nun, da sein Blick geschärft ist, interessiert er sich weniger für die Kunst und mehr für die Natur. Alle möglichen Vorgänge spielen sich dort ab: Tautropfen auf Blättern, verbrannte Berghänge, die wieder vom Wald in Besitz genommen werden, die Aufhebung der durch die Füße einer Ente erzeugten Oberflächenspannung, wenn der Vogel sich in die Luft erhebt, und das Absinken der Erdkruste in den Mantel.

Es ist eine endlose Palette; zu Vergleichszwecken reichert er sie mit Daten von anderen Planeten an und bringt sogar noch ein paar Orbiter im Startplan unter, so daß er auf dem Rückflug jedes größere Objekt im Sonnensystem überwacht. Aber dennoch weiß er jetzt schon, daß die Erde sein Lieblingsplanet ist … die belebte Erde natürlich, mit ihrer Sauerstoff-Atmosphäre, der Plattentektonik und dem Wasserkreislauf, der ständig die Konturen der Küsten verändert, wo eine winzige Temperaturänderung katastrophale Auswirkungen hat …

Er sieht, daß auch ohne seine Intervention ›Clem‹ und dessen Ableger nicht das Ende allen Lebens auf der Erde bedeuten würden, vielleicht nicht einmal das Ende der menschlichen Rasse. Wo seine Lebenserwartung nun gegen unendlich geht (denn er kann sich nach Belieben selbst warten und kopieren) könnte Louie sich nun zurücklehnen und beobachten, wie die Erde sich wieder regeneriert, die leeren Nischen wieder besetzt, die Nischen zwischen diesen neubesetzten Nischen und so weiter …

Er könnte wohl, aber er mag die Erde so, wie sie ist. Muß wohl sentimentale Anhänglichkeit sein.

Am 20. August kreuzt Louie Tynan den Jupiter-Orbit, etwas mehr als fünf Astronomische Einheiten von der Sonne entfernt. Der Riesenplanet selbst steht noch weitab; es handelt sich hierbei um eine rein willkürliche Grenze, eine imaginäre Linie, die eine Ellipse im schwarzen Vakuum markiert. Jupiter ist der erste der Gasriesen, einer der vier großen Planeten des äußeren Systems, die in ausreichender Entfernung von der Sonne entstanden sind, um ihre ursprünglichen Wasserstoff- und Helium-Anteile zu konservieren. Jetzt befindet er sich tatsächlich im kalten und dunklen Weltraum.

Mittlerweile wird der Strom der im Asteroidengürtel an ihm vorbeirasenden ›Schlaumeier‹ immer länger, und selbst mit dem verlängerten Katapult und dem Laser-Zusatztriebwerk dauert es sechs Tage, bis die vom Mond abgeschickten Pakete ihn einholen und durch den Tunnel geschleust werden. Seit einiger Zeit rekonfiguriert er nun schon den Strom und ›hangelt‹ sich an ihm entlang, so daß seine Prozessorkapazität zunehmend auf die Pakete übertragen wird. Das reduziert den Materialverbrauch, und in dem Maße, wie er den Transfer der Pakete in den Griff bekommt, verbessert sich auch die Koordination; ihre Schreie im elektromagnetischen Spektrum hört er so deutlich wie ein menschliches Ohr das Pfeifen eines Teekessels, wenn er sie wie ein Jongleur durch die Tunnels schleust, wobei die Hände selbständig und doch unter einheitlicher Kontrolle arbeiten.

Die ersten paar Tage war es noch eine Herausforderung; als die Prozessoren dann zahlreicher und dichter vernetzt wurden, war es nicht mehr schwierig, sondern nur noch amüsant. Jetzt ist es reine Routine; automatisch fängt er sie ab und reicht sie weiter, wie ein Arbeiter an einem Fließband eine Schraube anziehen würde.

Mit siebzig Fabriken in den Asteroiden – und diese Zahl wird sich vor dem Abschluß der Mission noch vervierfachen – ist er im Grunde nicht mehr auf die Pakete vom Mond angewiesen und könnte eigentlich sofort auf sie verzichten. Nach kurzer Überlegung instruiert er Louie-auf-dem-Mond, die lunaren Pakete auf einen anderen Kurs zu schicken, und zwar auf den, den er in wenigen Wochen auf dem Rückflug zur Sonne einschlagen wird.

Am effizientesten wäre es wohl, ganze Gürtel von Stationen in um die Sonne gestaffelte elliptische Orbits zu bringen und dann Schiffe wie Pakete zwischen ihnen hin und her zu befördern. Wenn das richtig durchgeführt würde, könnte man eine ›Eisenbahn‹ bis an den Rand des Sonnensystems einrichten … selbst für einen Normalsterblichen aus Fleisch und Blut wäre es dann eine Sache von wenigen Wochen, den Pluto zu erreichen oder noch weiter ins All vorzudringen. Er konzipiert einen Plan … statt eine einzige Staffel solarer Satelliten in einem langen elliptischen Orbit einzurichten, wäre es wirklich besser, gleich mehrere solcher Staffeln zu implementieren … und schließlich könnte man ein ›Gitter‹ konstruieren, so daß man von jedem beliebigen Punkt aus starten und am Zielort aufgefangen würde.

Er beschließt, dieses Gitter einzurichten, wenn die Zeit zur Besiedelung des äußeren Systems gekommen ist. Und zum erstenmal seit mehreren tausend Gehirn-Jahren hat Louie Angst vor seiner eigenen Courage; an die Durchführung eines so großen Projekts hatte er noch gar nicht gedacht.

Aber die Wahrheit sieht so aus, daß er beliebig viele Habitate dort draußen errichten kann … zumal die Erde von zu vielen Menschen bevölkert ist – sympathisch als Individuen, Städte und Kulturen, aber tödlich in diesem Kollektiv.

Es bereitet ihm großes Vergnügen, ein Dutzend Konzepte zu entwickeln, den Jupiter in eine Sonne zu verwandeln und die großen Monde einer Terraformung zu unterziehen. Dann entwirft er einen Plan, welche Nationen wo unterzubringen seien. Das ist so unterhaltsam, daß er sich fast zehn Minuten mit diesem Projekt befaßt und en passant ein paar Pakete abfängt. Jetzt, wo die *Good Luck* sich in einen kohärenten Konvoi aus mehreren hundert Paketen mit einer Länge von etwa anderthalb Millionen Kilometern verwandelt und er sich über diesen Strom verteilt hat, gleicht das Abfangen und Weiterleiten der Pakete dem Spiel mit einem Jo-Jo, und wenn man den Bogen erst mal raus hat, ist es richtig entspannend.

Nur so aus Jux will er jetzt mal sehen, wie lange das Terraformen aller geeigneten Objekte im Sonnensystem wohl dauern würde, wenn er seine gesamten Ressourcen investieren und die Fabriken voll auslasten würde.

Der Mars dürfte kein Problem sein; man müßte nur den im Boden gebundenen Sauerstoff und Stickstoff freisetzen und Wasser und andere flüchtige Substanzen hinzufügen ... auf der Basis der Forschungsergebnisse von Louies Expedition würde der Mars eine Milliarde Jahre lang bewohnbar sein. Mit ein wenig Nachhilfe wäre er dann noch einmal für eine Milliarde gut.

Beim Mond sieht es nicht viel schlechter aus (langfristig würden zwar Luft und Wasser entweichen, aber Louie könnte das in seiner Eigenschaft als Quasi-Unsterblicher in den Griff bekommen). Die Jupitermonde stellen ihn da schon vor größere Probleme – das Magnetfeld von Jupiter ist ein natürliches Zyklotron und wird von harter Strahlung bombardiert, so daß die Entfachung eines Kernbrandes im Kern von Jupiter diesen Prozeß durch die stark erhöhte Partikelzufuhr noch verstärken würde. Man müßte die Rotation des Riesenplaneten verlangsamen, um das Magnetfeld abzuschwächen ...

Und die äußeren Gasriesen werden noch problematischer sein; ihr fester Kern ist nämlich so klein, daß eine Reaktion kaum aufrechtzuerhalten wäre. Vielleicht könnte man die Energie von sonnennäheren Stationen übertragen? Sechs große Satelliten im polaren Sonnenorbit ... die Gasriesen als Reflektoren nutzen ... Uranus kommt nicht in Frage, weil er keinen ausreichend großen Mond hat ...

Aber die ›heiße‹ Venus. Er müßte sie von der Temperatur kochenden Bleis herunterkühlen, sie auf eine passable Rotationsgeschwindigkeit bringen (ohne dadurch die Temperatur wieder zu erhöhen) und die Wolkendecke beseitigen, deren Druck achthundert Meter Wassertiefe auf der Erde entspricht ... man könnte sie vielleicht mit metallischen Kalziumverbindungen ausfällen, um das Kohlendioxid in Karbonate umzuwandeln, und wenn man ausreichend große Kalziumbrocken im Orbit positioniert, könnte man ihre Gravitation vielleicht nutzen, um die Rotation der Venus zu beschleunigen ... außerdem könnten sie als Spiegel dienen, um das Sonnenlicht zu reflektieren ... *das* wäre eine Aufgabe. Im Vergleich hierzu wäre der Mars ein Kinderspiel.

Also wird er die Sache mal simulieren. Wie lange wird es dauern, und was soll er dann mit den ganzen Welten anfangen? Angenommen, er würde neun neue, bewohnbare Habitate erschaffen: Venus, Mars, Luna, Ganymed, Callisto, Io, Europa, Titan und Triton. Ein paar Dutzend Kontinente und Meere ...

Der Gedanke ist wie ein kleiner Orgasmus. Seit zwanzig Jahren archiviert die Kongreß-Bibliothek nun Genome; künstliche Viren sind in der Lage, eine DNA zu rekonstruieren, und dann wird mittels der Klon-Technologie ein Organismus produziert. So hat man in einigen Zoos schon den Bestand mancher Arten gesichert und den Blauwal wiederauferstehen lassen, nachdem die Japaner das letzte Dutzend abgeschlachtet hatten. Auf die gleiche Art sind in den letzten zehn Jahren schon der Dodo, der Moa, das Wollmammut, die Felsentaube und das Riesenfaultier wieder zum Leben erweckt worden.

Einige Aufzeichnungen sind zwar durch den *Blitz* vernichtet worden, aber vielleicht existieren irgendwo noch Kopien … außerdem gibt es noch viele verschiedene Proben.

Er könnte alles wieder zum Leben erwecken. Und hätte noch viel Platz für schöne Städte und Farmen … neun Gärten Eden. Platz genug nicht nur für die Menschheit, sondern für das Leben.

Bisonherden, so groß wie Texas-Counties, jungfräulicher Urwald, der ganze Kontinente bedeckt, Schneeleoparden, die auf Olympus Mons umhertollen, und weißer Riesenstör in den Flüssen von Ischtar. Die Flugeigenschaften eines Adlers bei niedriger Schwerkraft? Teufel, er wäre vielleicht sogar imstande, ein Reh in die Lüfte heben … aber auf den kleineren Welten wird man sicher keine Einzelvögel halten können.

*Wie lange?*

Fast wünscht er sich wieder ein physikalisches Herz, um das Pochen zu spüren. Und dann sagt er sich, egal, wie lange es dauern wird, er hat Zeit.

Schließlich erhält er die Antwort. Nicht einmal tausend Jahre. Ungläubig überprüft er die Auskunft … aber es gibt nichts daran zu rütteln. Wenn man erst einmal eine sich selbst reproduzierende Maschinerie implementiert hat, die mit Atomenergie oder Sonnenlicht betrieben wird, dann wird sie jedes Produkt in jeder gewünschten Menge herstellen.

Die Gedanken überschlagen sich schier angesichts der Implikationen. In denselben tausend Jahren könnte die Menschheit große Fortschritte machen – jedem könnte ein langes Leben vergönnt sein, ohne daß die Sterberate erhöht oder die medizinische Versorgung reduziert werden müßte … jeder könnte reich sein und seine Vorstellung vom materiellen Glück verwirklichen …

Und anhand der Millionen EEG-Aufzeichnungen der Bibliothek der Komparativen Psychologie im Staate Kansas weiß Louie, wie negativ Hunger, Kälte, Krankheit und Angst sich auf die Verfassung der Menschen auswirken. Von den neun Milliarden Menschen auf der

Erde leiden zur Zeit ungefähr anderthalb Milliarden an Unterernährung, zweieinviertel Milliarden sind obdachlos und zirka drei Milliarden werden sich noch in diesem Jahr eine heilbare Krankheit zuziehen, ohne indes auf ärztliche Hilfe hoffen zu können. Und aus diesen Teilmengen ergibt sich dann noch eine Schnittmenge von Menschen, auf die alle der genannten Punkte zutreffen...

Die Angst ist indes etwas schwieriger zu quantifizieren.

Das schiere Ausmaß *unnötigen* menschlichen Unglücks übersteigt sogar Louies Fassungsvermögen. Irgendwie ist er auch froh, daß er es nicht weiß.

Dieser Begriff ›unnötig‹ geht ihm nicht aus dem Sinn. In tausend Jahren sind die körperlichen Gebrechen der Menschheit vielleicht nur noch Geschichte, zumal sich außer Louie ohnehin niemand mehr daran erinnern wird. Und dann sind da noch diese anderen Träume – Löwen, die auf dem Grasland von Aphrodite Wildpferde und Känguruhs jagen. Delphine im Meer der Stille, die auf den Grund dieses Meeres tauchen, wo die Menschen zum erstenmal auf dem Mond gelandet sind. Ein Grizzly, der aus dem Pinienwald am Hang von Valle Marineris bricht und bergab zu seiner Tränke am großen See läuft. Der mächtige Jupiter steht blutrot am Himmel über den endlosen Ozeanen und driftenden Inseln von Ganymed und Europa.

All das und ihre Gesundheit obendrein, sagt Louie sich und lacht lautlos. Nun, wenn er sich entschließen sollte, diesen Traum zu verwirklichen... es würde zwar über das in seinem Arbeitsvertrag festgelegte Tätigkeitsprofil hinausgehen, aber er glaubt nicht, daß die Nachfahren seiner Arbeitgeber sich deswegen beschweren würden.

Aber vielleicht finden ihre Nachfahren *doch* einen Grund zur Beschwerde, denn die Menschen sind anscheinend so disponiert, daß sie einen Hang zum Masochismus haben. Aber dies zu ändern, steht nun wirklich nicht in Louies Ermessen. Schließlich ist er kein Gott.

Eigentlich nicht.

Noch nicht.

Im stillen bezeichnet Mary Ann die Phase nach dem Wirbelsturm als ›Pseudo-Hurrikan‹. ›Clem‹ ist aber immer noch aktiv und real, und als ›Clem 500‹ über die Landenge von Tehuantepec rast und sie sich ein paar Tage furchtsam in den Gräben zusammenkauern, wird ihnen diese Realität deutlich bewußt. Aber es ist nicht mehr so schrecklich wie zuvor; die Unterstände sind geräumig genug, um allen Unterschlupf zu bieten, und solide genug, um Sicherheit zu gewährleisten. Die Menschen verbringen die Zeit mit Gesängen, Wort-Spielen, Schlafen und Geschichtenerzählen – es ist quasi eine längere Erholung von dem endlosen Marsch in der Hitze. Als der Sturm vorbei ist, kommen die Leute erholt und guter Dinge heraus; die Unterstände werden im Originalzustand zurückgelassen, so daß sie im Notfall auch anderen Wanderern zur Verfügung stehen.

Deprimiert stellt Mary Ann fest, daß dies ein Indiz dafür ist, daß mit weiteren Stürmen gerechnet werden muß.

Nachdem der Sturm sich gelegt hat, gehen sie wieder auf die Wanderschaft und säubern dabei die Straße. Währenddessen macht ›Clem‹ nun zum viertenmal die Runde über den Pazifik und fegt erneut über Inseln hinweg, die er zuvor schon verwüstet hatte.
Es gibt nicht viele Todesopfer; die Flutwellen branden heran, aber wo sie zuschlagen, waren schon andere Flutwellen vor ihnen gewesen, und schließlich kann man niemanden zweimal töten.

Für Brittany Lynn Hardshaw ist diese Zeit aus anderen Gründen schmerzlich. Die Gebiete, die Harris Diem ›Cupiarchie‹ nennt – Staatswesen, die von Leuten getragen werden, die sich nach Belieben alles aneignen – sind deshalb so schwer zu erobern, weil man keine guten, schlechten oder gleichgültigen Menschen findet, die wirklich an der Führung der Regierungsgeschäfte interessiert wären. In der Zwischenzeit finden sich viele junge Intellektuelle und Besserwisser, die nun, da sie in Sicherheit sind vor den gedungenen Schlägern der verschiedenen ›Cash-Lords‹ – eine andere Wortschöpfung von Diem, die von den Medien langsam aufgegriffen wird – ihre ganze Freizeit darauf verwenden, der Besatzungsregierung das Leben zur Hölle zu machen.

Wenigstens glaubt Klieg, daß er innerhalb von zwei Monaten eine Rakete starten kann, damit die südliche Hemisphäre verschont bleibt; alle Schätzungen besagen, daß, wenn nichts geschieht, der Sturm in diesem Gebiet viel schlimmer toben wird, da dort viel mehr Wasser als Festland ist, die jahreszeitlich bedingten Temperaturschwankungen größer sind und der südliche Pazifik kälter ist.

Aber obwohl Sibirien Priorität genießt und praktisch von einem amerikanischen Prokonsul regiert wird, ist Hardshaw die meiste Zeit unterwegs, um Flüchtlingslager zu besuchen. An der Westseite der Rocky Mountains ist so viel Wasser hinabgeflossen, daß die Küstenwache Radaraufnahmen auswertet, nur um sich ein Bild davon zu machen, welche Konturen die Westküste jetzt hat. In Flußbetten, die seit der Ankunft der weißen Siedler kein Wasser mehr geführt hatten, betrug die Wassertiefe auf einmal 18 m, und in den Sierras fiel so viel Schnee, daß sich an vielen Stellen neue Gletscher gebildet haben.

Die ungefähr siebzig Prozent der Westküsten-Bevölkerung, die ostwärts geflohen sind, leben nun über die Rocky Mountains und die Wüstenstaaten verstreut; an der Westküste haben die Wassermassen mehr Überflutungen und Todesfälle verursacht als anderswo, und laut NOAA steht es fest, daß der Zufluß, der von den Bergen noch zu erwarten ist, viele Seen wieder auffüllen wird, die seit dem Ende der Eiszeit ausgetrocknet waren. Vielleicht ließe sich damit sogar eine Werbekampagne aufziehen... es wird daran gearbeitet, erzählt Hardshaw allen, die sie danach fragen.

Von Carla heimlich beobachtet, erliegt Berlina Jameson eines Nachts der Versuchung und legt ihren Arm um Naomi Cascade; als Naomi sich an sie anlehnt, schluckt Berlina, hebt das Kinn der jüngeren Frau an und küßt sie fest auf den Mund. Es dauert einen langen Augenblick, bis Naomi den Kuß erwidert.

Zehn Tage lang gibt es keine neuen Beiträge von *Sniffings*, während Berlina die Jahre der emotionalen Deprivation kompensiert. Naomi sagt sich zwar noch immer, sie sei heterosexuell, aber sie liebt Berlina wirklich. Das ist eine so normale Verhaltensweise für eine junge Frau, daß Carla, wenn sie die alten Berichte ansieht, in denen Naomi bei Versammlungen und Demonstrationen Reden hält, den Eindruck hat, Naomi sei nicht mehr dieselbe Person wie früher.

Nach einer langen Pause geht Di Callare nach Hause, um die Umzugsvorbereitungen in das Zwei-Zimmer-Appartement in Denver zu treffen, in das die Bundesbehörden sie umquartieren werden. Nach ›Clems‹ nächstem Durchzug wird die ganze Regierung dorthin umziehen. Es wäre besser, die Büros und Abteilungen gleich zu verlegen, aber es findet ein wüstes politisches Gerangel über Präzedenzfälle statt, und aus reinen PR-Gründen können die obersten Ebenen der Hierarchie nicht umziehen, bevor die anderen evakuiert sind. Für alle Fälle stimmt Diem sich mit der Regierung von West Virginia ab; nach Di Callares Meinung ist Charleston die dem District of Columbia am nächsten gelegene Stadt, die den Sturm wahrscheinlich unbeschadet überstehen wird, und schließlich ist sie nur vier Autostunden, vierzig *Zipline-* und zwanzig *Staticopter*-Minuten von Washington entfernt – im Krisenfall könnte man schnell dorthin gelangen.

Am 25. August wird Eniwetok erneut von ›Clem‹ gestreift, und die Satelliten zeigen einen verdächtig schwankenden Fallstrom, was bisher immer Vorbote eines neuen Hurrikans war.

Am 23. August kreuzt Louie Tynan den Orbit des Saturn, 9,5 AE von der Sonne entfernt; er hatte neunzehn Tage allein für die erste astronomische Einheit seiner Reise benötigt, aber da der industrielle Komplex, der ihn vorantreibt, exponentiell gewachsen ist, hat auch sein Beschleunigungskoeffizient zugenommen … die vierte Ableitung der Position bei linear fortschreitender Zeit, weiß Louie. Die Art von Gleichung, die auch bei Kernspaltung, Bakterienkolonien, beim Rüstungswettlauf und bei galoppierender Inflation relevant ist.

In diesem Moment arbeitet sein Verstand mit 20 504 Gehirn-Jahren pro Tag, zweieinhalb Mal so schnell wie beim Verlassen des Mondes; ein normaler Mensch müßte 300 000 Jahre leben, um die Erfahrungen zu sammeln, die Louie in den vergangenen 34 Tagen gemacht hat.

Je weiter er ins All vorstößt und je schneller sein Geist arbeitet, desto mehr Zeit verwendet er auf Tagträume und die Beschäftigung mit dem ›Kunst-Natur-Was?-Paradigma‹. Hierbei handelt es sich um den Zusammenhang zwischen drei Milliarden Jahren Evolution, Michelangelos *David* und der Frage, warum dieser *David* von den Menschen so geschätzt wird. Das ist so ziemlich das interessanteste Problem, mit dem er sich je befaßt hat. Louie hatte indes nie ein Faible für Kunst gehabt – in den Personalfragebögen, deren Beantwortung die USSF quartalsweise verlangte, vermerkte er immer: »Verfüge weder über künstlerisches, literarisches noch musisches Talent; kann aber einigermaßen pfeifen, vorausgesetzt, es hält sich niemand in meiner unmittelbaren Nähe auf.«

Jetzt wünscht er sich, er hätte viel mehr gelernt, als sein Gehirn noch kleiner war; nun muß er einen gigantischen Auftrag ausführen, und der nimmt seine ganze Aufmerksamkeit in Anspruch. Und während er also tiefer in das äußere Sonnensystem vorstößt, in die dunkle und kalte Einöde, simuliert und übt er ständig, arbeitet mit der Spieltheorie, versucht es immer wieder. Er stellt sich vor, daß er eine große artistische Bewegung vollführt, mit vierzig oder fünfzig Versuchsaufgaben und einem ausführlichen Kommentar, etwa alle vier Stunden ... und das alles simuliert.

Vor zwei Tagen wäre es wahrscheinlich noch anstrengend gewesen, diese ganze Arbeit zu erledigen und gleichzeitig weitere Pakete zu empfangen, den Kurs nach 2026RU zu programmieren und so weiter. Nun läuft das alles wie von selbst.

Was er wirklich braucht, ist eine andere künstlerische Perspektive, und da sein Gehirn sich nun der Vollendung nähert, fallen ihm einige Änderungsmöglichkeiten ein; er sendet entsprechende Anfragen an die ›Schlaumeier‹. Wenn er in einigen Tagen den Orbit des Neptun kreuzt und somit wirklich in die Randzone des Sonnensystems eintaucht, wird er einige sehr unterschiedliche Pakete erhalten.

Das *Bode'sche Gesetz* beschreibt die Position der Planeten. Wenn man die Zahlenreihe {0, 3, 6, 12, 24 ...} nimmt und zu jeder Zahl 4 addiert, so daß sich {4, 7, 10, 16, 28 ...} ergibt, erhält man die Entfernungen der Planeten von der Sonne, wobei die Entfernung der Sonne von der Erde (eine astronomische Einheit) als Zehn definiert ist. Mathematisch wird diese Zahlenreihe als ›Geometrische Reihe‹ bezeichnet.

Erst zu Beginn des dritten Jahrtausends gelang es mit leistungsfähigen Supercomputern, die Gültigkeit dieses Gesetzes definitiv nachzuweisen. In der primitiven Urmaterie, aus der sich das Sonnensystem herausbildete, entstand nach der Sonne als erster Planet Jupiter, wobei er eine enorme Gravitationswirkung auf die andere Materie ausübte, die um die Sonne kreiste. Resonanzen in den Orbits bewirkten, daß im Laufe einiger Hundert Millionen Jahre manche Gürtel ›ausgespült‹, andere mit Trümmern gefüllt wurden, mehrere Trümmerbrocken sich zu einem größeren vereinigten und dann wieder zu anderen Formationen zerfielen. Es entstanden die Planeten und der Asteroidengürtel, in Entfernungen, die ein Vielfaches der Orbital-Distanz von Jupiter betrugen – nun wurde das Quadrat der Elemente einer einfachen Zahlenreihe durch 13 geteilt, die kleinste ganze Zahl, welche die Entstehung von Resonanzkatastrophen über geologische Zeiträume hinweg verhinderte.

Mit ihrem steigenden Beschleunigungskoeffizienten produziert Louies Reise auch eine geometrische Reihe, und beide weisen eine merkwürdige Kongruenz auf – er braucht jeweils drei Tage, um die Distanz zwischen den Orbits zweier Planeten zu überbrücken, obwohl der Abstand zwischen diesen Orbits immer größer wird. So kommen die neuen Pakete nur sechs Tage, nachdem er ›anderen Sinnes geworden ist‹ – ein Scherz, der ihm immer besser gefällt – an. Er gesteht sich ein, daß er sie mit einer gewissen – nun, in Ermangelung eines besseren Wortes – Ehrfurcht entgegennimmt. Vielleicht ist das dadurch begründet, daß er weiß, welch schwierigen Weg sie zurückgelegt haben.

Sie sind nichts anderes als Kopien der ›Schlaumeier‹. Die vereinfachten Louies haben sich nach ihrer Rückkehr zum Asteroidengürtel selbst zu größeren und leistungsfähigeren Prozessoren konfiguriert, haben ihm Daten entnommen, sie in diese verstärkten Versionen integriert und sie dann abgeschickt, um sich ihm anzuschließen. Wenn sie ankommen – jeweils im Abstand von einigen Stunden – integriert er sie, und plötzlich erinnert er sich, daß er bereits siebzig Mal auf einen verschwommenen, dunklen Körper in der Kälte des Weltalls gestoßen, auf seine Oberfläche hinabgestiegen ist und sich in seinen Kern gebohrt hat (oder besser gesagt, in seine Kerne, denn meistens waren es mehrere Körper, die sich umeinander drehten), worauf dieses Objekt sich dann in eine Weltraumfabrik und -schmiede verwandelte.

Die ›Schlaumeier‹ ergingen sich oft in Tagträumen, und Louie-auf-dem-Mond ist auch ihr Mentor, ohne sich jemals mit Louie-dem-Schiff abgestimmt zu haben. Er ist nicht beleidigt; im Gegenteil, das Wiedersehen ist wunderbar, und jeder hat Spaß daran, jedermanns Gedächtnis zu testen; es ist eine tolle Party, die fast vierundzwanzig Stunden dauert und ihn/sie zwei volle AE aus dem Orbit des Neptun hinausbefördert, bevor die Diskussion beginnt oder er sich fragt (je nachdem, wie viele Louies er gerade ist), wie man das Sonnensystem entwickeln soll, wenn dieser lokale Störfall auf dem dritten Planeten erst einmal behoben ist.

Erst in der dritten Stunde der Begegnung wird aus der Konversation ein Monolog. Louie fühlt sich wieder als Einheit, aber auch einsam.

Er muß sich jetzt auf mehr Prozessoren und über eine größere Entfernung verteilen, und nun beträgt die Distanz zwischen den beiden Endpunkten fast zwei Lichtsekunden. Es ist ein anderes Gefühl, aber keines der Beschränkung, sondern er hat den Eindruck eines erweiterten Unterbewußtseins und einer tieferen Emotionalität. Er fragt sich, wie es wohl wäre, über das ganze Sonnensystem verteilt zu sein. Wenn er in den Orbits der Planeten Prozessor-Verbindungsstationen einrichten würde, in Abständen von ein paar Lichtsekunden über die ganze Distanz zwischen dem Orbit des Merkur im inneren Sonnensystem bis hin zum Orbit des Neptun am Rande des Systems …

Nun gut, zweifelsohne wird er es eines Tages herausfinden. Er wird sowieso jede Menge Prozessoren brauchen, um das Netzwerk der Verstärkungsstationen zu überwachen, das er bereits geplant hat … Tausende von Louies, alle auf dem ›Weltraumbahnhof‹ – der Gedanke an den Schachclub und die Debattierclubs, die sie aufziehen könnten, hat etwas für sich. Langsam wird es nämlich langweilig hier draußen.

In der Statistik existiert ein Theorem, wonach man zum Erreichen eines absoluten Rekords erstens außergewöhnlich begabt und zweitens immer zum richtigen Zeitpunkt am richtigen Ort sein muß. Franklin Roosevelt war ein brillanter Wahlkämpfer, aber er wurde nur einmal mit einem erstklassigen Gegner konfrontiert. Joe Louis und Muhammad Ali waren großartige Boxer, aber sie kämpften sehr oft gegen Amateure. Babe Ruth war ein großer Baseball-Spieler, aber er hatte elastischere Bälle, kürzere Feldbegrenzungen und schlechtere Werfer als Gegner; Hank Aron mußte gegen aufsteigende Vereine kämpfen.

So ist der Meister im Totschlag, ›Clem 650‹, einer der größten Ableger von ›Clem‹ und zugleich auch zur richtigen Zeit am richtigen Ort. Es hat niemals auch nur die geringste Chance bestanden, Japan zu evakuieren, und selbst mit Replikationsmaschinen hätten die Japaner nicht genügend Zeit gehabt, ausreichend hohe Deiche zu errichten. ›Clem 650‹ vollführt einen Schwenk, nimmt Kurs auf das nordöstliche Honshu und rast über die dichtbesiedelte Insel hinweg, für die jede Hilfe zu spät kommt. Allein dieser Sturm fordert in neun Tagen eine halbe Milliarde Todesopfer.

Am 26. August trifft er auf die Küste bei Yokohama, und obwohl die Japaner auf diesbezügliche Fragen nicht reagieren, zeigt das Radar am nächsten Tag, daß in Tokio kein Gebäude mehr steht.

›Clem 650‹ schwenkt nach Süden, zieht über die Meerenge zwischen Honshu und Kyushu hinweg und erzeugt eine trichterförmige Flutwelle, die an die chinesische Küste brandet, und dann rast er nach Süden durch die Meerenge von Formosa.

Die Flutwelle, die sich in der Meerenge von Formosa zwischen der Insel Formosa und dem chinesischen Festland bildet, wird aufgestaut und kanalisiert, wobei sie eine solche Dynamik entwickelt, daß sämtliche Hafenstädte von Quanzhou bis Zhanjiang ausradiert werden – einschließlich Honkong und Macau –, wie Wasser aus einem Feuerwehrschlauch, das in eine Schneeverwehung schneidet. Die Videoaufnahmen aus China sind grauenhaft – Massen von Menschen, die über kollabierte Leichenhaufen in den Straßen klettern und verzweifelt versuchen, aus den tiefgelegenen Küstenstädten zu entkommen.

Später, als die Ausläufer von ›Clem 650‹ über China hinwegziehen und sich mit Tornados und Gewittern verabschieden, überrascht der Sturm Millionen von Flüchtlingen auf freier Ebene. Am 4. September dringt ›Clem 650‹ zum letzten Mal ins Landesinnere vor und überzieht die Tibetanische Hochebene mit einer breiten Front feuchter Warmluft, worauf er den Flüssen Mekong, Red and Hongshui ein schweres Hochwasser beschert.

Nun, da die Nachrichtenübermittlung zusammengebrochen, die Armee in kleine Einheiten zersplittert ist und Millionen von Menschen vermißt werden, verliert die chinesische Zentralregierung die Kontrolle über die Gebiete südlich und östlich des Yuan-Flusses. Innerhalb einer Woche haben verschiedene hohe Offiziere sich zu Kriegsherren aufgeschwungen, ohne sich indes als solche zu bezeichnen; ein für Außenstehende undurchschaubarer Bürgerkrieg mit vielen Fronten bricht aus, und mehrere taktische Atomwaffen wurden abgefeuert. Wenn man die Opfer von Seuchen, Überschwemmungen und Krieg zusammenzählt, hat ›Clem 650‹ fast eine ganze Milliarde Menschenleben gefordert.

Als Louie Tynan noch einen Tag von Neptun entfernt ist, kehrt er den Strom der Prozessoren um. Er hat nun bereits 36 AE zurückgelegt und bewegt sich mit einer Geschwindigkeit von fast fünf AE pro Tag fort – schnell genug, um an einem Nachmittag von der Sonne bis zur Erde zu gelangen, und schnell genug, um die Distanz von der Erde bis zum Jupiter, für die bei den ersten Versuchen Jahre benötigt wurden und wozu selbst die *Good Luck* noch einen Monat brauchte, an einem Tag zurückzulegen. Es ist an der Zeit, die Geschwindigkeit zu verlangsamen.

Jetzt braucht er keine Prozessoren oder sonstigen Arbeitskräfte mehr, sondern bloß noch Masse und Schubkraft, so daß das, was die ›Schlaumeier‹ ihm schicken, nur noch den reinen Materialwert besitzt. Um seine Fahrt zu verlangsamen, während sie ihn überholen, beschleunigt er den Durchlauf der Eisenstäbe durch die Prozessorenkette, indem er den Schub erhöht, mit dem sie durch die Trichter schießen. Die Geschwindigkeit wird beibehalten – und indem die Eisenstäbe beschleunigt und mit einer Geschwindigkeit aus dem Sonnensystem hinausgeschleudert werden, mit der sie Alpha Centauri in 14 000 Jahren erreichen könnten, wenn sie die entsprechende Richtung einschlagen würden, geht dieser Schub dem Schiff verloren, und die *Good Luck* verlangsamt ihre Fahrt.

Er wird eine Woche lang mit 2 Gravos fliegen müssen, um die für das Rendezvous mit 2026RU nötige Verzögerung zu erreichen; in dieser Zeit wird das Schiff sich ganze 56 AE von der Sonne entfernt und so die bisher zurückgelegte Distanz fast verdoppelt haben, aber in nur einem Fünftel der Zeit. Es wird ein toller Flug werden, und zum Glück hat er keine Ambitionen mehr, der schnellste Mensch der Welt zu sein, denn obwohl er sicherlich schnell ist, ist er kein Mensch mehr. Jedenfalls kein richtiger.

Hier draußen erreichen ihn Funksprüche von der Erde mit einer Verzögerung von vier Stunden, so daß eine Antwort von Carla immer ungefähr acht Stunden alt ist, und mittlerweile ist sein Gehirn in einem solchen Ausmaß parallel vernetzt, daß ein normaler Mensch

5021 Jahre alt werden müßte, um die geistige Leistung zu erbringen, die Louie mit seiner Kapazität in diesen acht Stunden erreicht.

Nicht, daß er das auf diese Weise ausprobieren wollte. Er fühlt sich eher wie zweihundert telepathisch begabte Fünfundzwanzigjährige.

Er denkt angestrengt nach, um zu ermitteln, was mit ›Clem 650‹ geschehen ist, gelangt aber zu keinem Ergebnis. Er sagt: *Jeder von ihnen war so individuell wie ich, wie Clara, wie meine Eltern, wie alle, die ich kenne;* unter ihnen waren Dichter und Handwerker, Ärzte und Versager, Säufer und Schürzenjäger und Heilige und alles mögliche. Kinder schrien im Sterben nach ihren Eltern, Eltern nach ihren Kindern, einige starben still, andere nach vielen Stunden, manche sofort. So viele Tote ... in tausend Jahren wird man die Ruhestätten dieser Toten auf dem Grund des Südchinesischen Meeres finden.

So weit schweifen seine Gedanken, aber es tut weh, und er geht wieder an die Arbeit.

Wenn er jetzt noch mit bloßen menschlichen Augen sehen könnte, würde er die Sonne als einen sehr hellen Stern ohne erkennbare Scheibe wahrnehmen; aber mit den Rezeptoren, die über den mehr als drei Millionen Kilometer langen Strom der *Good Luck* mitsamt Paketen und Nebenkomponenten verteilt sind, sieht Louie das ganze elektromagnetische Spektrum. Immer noch unterscheidet er einzelne Asteroide, und er könnte, wenn er wollte, die Kontinente der Erde und ›Clem‹ selbst ausmachen. Aber es hat nicht viel Sinn, dorthin zu blicken.

Bevor er diese Mission in Angriff nahm, dachte er, daß hier draußen im All seine alte Natur vielleicht wieder durchbrechen und er wenigstens ein bißchen Sehnsucht nach den Sternen verspüren würde, obwohl er sich nie auf diese Weise von der Erde davonstehlen wollte. Ob die Optimierung ihn wohl verändert hat?

Nein, es liegt nur daran, daß er so viel Zeit hat. Irgendwann einmal wird er nach Alpha Centauri fliegen.

Warum sollte er nicht die Galaxis mit Kopien seiner selbst kolonisieren. Unsterbliche können sich in Geduld üben. Er könnte sich jedes Vergnügen gönnen, das ihm zusagt; allein dafür würde er mehr Zeit zur Verfügung haben als ein Normalsterblicher in seinem ganzen Leben, wenn es das ist, was Louie will. Teufel, wenn er wieder aus Fleisch und Blut bestehen wollte, könnte er einen neuen Körper erzeugen und sich teilweise in ihn herunterladen – er hat nämlich sein Genom abspeichern lassen.

Der Drang, zu sehen, was hinter dem nächsten Hügel liegt, entspringt zum Teil der Furcht, es *niemals* zu sehen, daß man niemals weiter als bis zum Dorffriedhof käme, wenn man nicht heute den Hügel bestiege.

Er genießt die Woche der Verzögerung. 2 Gravos sind natürlich nur ein Durchschnittswert – die Verzögerung findet in Wirklichkeit nur in dem kurzen Moment statt, in dem die Eisenstäbe, jeder von ihnen über achtzig Tonnen schwer, kreischend in den Trichter einfliegen und er sie mit einem kräftigen Stoß vorwärtsbewegt. Die Eisenstäbe kommen in einem winzigen Sekundenbruchteil durch, denn sie wurden an den Startvorrichtungen von Laserimpulsen beschleunigt, die neunzig Prozent ihrer ursprünglichen Masse abschmelzen und diesem Rest von achtzig Tonnen eine Geschwindigkeit von acht AE pro Tag (oder knapp fünfzig Millionen Kilometern pro Stunde) verleihen. Wenn sie vorbeikommen, beschleunigt Louie sie, und das verlangsamt ihn wiederum. In diesem Sekundenbruchteil beschleunigt die *Good Luck* um zirka 1000 Gravos, und Louie führt alle zwei Minuten ein solches Manöver durch.

Man stelle sich vor, man würde auf einem Skateboard mit einer Geschwindigkeit von 80 km/h dahinrollen; dies entspricht der Bremswirkung, die sich ergibt, wenn man sich mit einer Stange an vorbeifahrenden Autos abstößt. Trotz all seiner Prozessorkapazität und Rechengeschwindigkeit ist es für Louie eine interessante und anspruchsvolle Arbeit, viel interessanter als unter einer Brücke hindurchzufliegen; er fühlt sich, als ob er die Speere einer ganzen Truppe von Speerwerfern abfinge. Zur Zeit verarbeitet die *Good Luck* nur wenig mehr als 400 Eisenstäbe am Tag, und in dem Maße, wie er das Schiff verzögert, nimmt die Kapazität zu.

Und das ist nur von Vorteil, denn während er das Schiff abbremst, erhöht die Geschwindigkeit der Eisenstäbe sich relativ zur *Good Luck*, so daß Louie immer weniger Zeit hat, sie anzustoßen, und das erschwert die Positionierung. Sehr oft kommt ein ›ungezielter Wurf‹, den er einfach passieren lassen muß, außerstande, sich schnell und weit genug zu bewegen, um ihn seitlich abzufangen. Jedesmal, wenn das geschieht, überträgt er das Äquivalent eines schrillen Pfiffs an den ›Schlaumeier‹, von dem dieser Wurf kam; dann hallt das Sonnensystem wider von den Funkechos der lustigen Neckereien zwischen den ›Schlaumeiern‹.

Wenigstens sieht es nach einer Atempause aus. Nachdem ›Clem‹ seine mörderische Tochter abgestoßen hat, schwenkt er wieder zum oberen Sektor des Nordpazifik und scheint sich dann abzuschwächen, wobei er auf einen zickzackförmigen Nord-Süd-Kurs geht und sich gelegentlich im Kreis dreht. Vom 28. August, dem Tag der dichtesten Annäherung an Japan, bis zum 6. September, an dem er ein weiteres Mal über die Leichenberge auf Hawaii hinwegfegt, erzeugt ›Clem‹ gigantische Flutwellen, die ein Faszinosum für die Meteorologen darstellen. Die Anzahl der Fallströme schwankt zwischen einem und acht, wobei jedoch nur sehr geringe Zerstörungen auftreten, allein schon deshalb, weil ›Clem‹ bereits verwüstete Gebiete heimsucht. Louie beobachtet ihn aus weiter Entfernung, wobei er die Funkmeldungen erst Stunden später erhält, und atmet erleichtert auf – dadurch wird er viel mehr Zeit zur Verfügung haben.

Am 6. September, 56,23 astronomische Einheiten von

der Sonne entfernt (obwohl seine Route einen langen Bogen von fast 70 AE beschrieben hat), bringt Louie Tynan den Hauptkörper der *Good Luck* in einen Orbit um 2026RU. Im Vergleich zu seiner ersten Marsexpedition hat er nun mehr als die sechsunddreißigfache Distanz zur Sonne zurückgelegt, und schon damals hatte er einen Rekord aufgestellt. Nun, da er tot ist, bricht er viele Rekorde.

Eine Reihe von Sonden, die er vorausgeschickt hatte, bestätigen, daß es sich bei 2026RU um einen Kometoiden mit ungefähr 1260 Kilometern Durchmesser handelt. Er ist von einem Eispanzer bedeckt, unter dem sich ein Gesteinsmantel mit einem Eisenkern verbirgt, der einen Durchmesser von zirka 130 Kilometern aufweist. In diese Struktur eingebettet sind große Vorkommen von Chondrit, Methan, Ammoniak, gefrorenem Stickstoff, verschiedenen Gesteinsarten und Metallen.

Es ist die Art von Schneeball, die Louie als Kind benutzte, wenn es ernst wurde – Steine und Metallstücke, umschlossen von Eis und Schnee.

Die ersten zweihundert Pakete sind schon in den Orbit gegangen oder auf die Oberfläche hinabgestiegen, und die ersten Roboter kriechen nun auf der eisigen Oberfläche herum oder graben sich ein, in Richtung des Kerns aus Fels und Metall. Nach vier Stunden kommen die ersten Metalladungen an die Oberfläche, um die hungrigen Fabrikationsanlagen zu füttern; Louie hat eine Woche Zeit und möchte einen maximalen Ertrag erzielen.

Der 9. September ist ein Samstag, und alles läuft so gut, daß Louie sich im Scherz sagt, er solle sich einen Tag Pause gönnen, so hart wie er gearbeitet hat. ›Clem‹ trampelt noch immer auf den Leichenbergen von Hawaii herum und schickt so viele Flutwellen über Oahu, daß von Honolulu nur noch die Fundamente übrigbleiben; alles andere wird ins Meer gespült. Aber es gibt niemanden mehr, der verletzt werden könnte, und was noch zerstört werden könnte, hat bereits jeden Wert verloren.

Inzwischen sind hier draußen in der Dunkelheit die Replikatoren, Roboter und automatischen Anlagen nach zwei Tagen fieberhafter Selbstvermehrung am Ende ihrer Kapazität angelangt. Der Kern wurde zum großen Teil ausgebeutet, und der Rest bildet nun ein Gewirr aus Röhren, Türmen, Stützen und Trägern. 2026RU wird der massivste Komet, der jemals gebaut wurde. Aber auch die wenigsten Kometen mußten eine Beschleunigung von 3 bis 4 Gravos aushalten, und die letzte Phase der Annäherung an die Erde wird mindestens diese Werte erfordern.

Ursprünglich war es Louies Plan gewesen, die ›Eis-Frisbees‹ fortzuschleudern, um dann – indem er an einer immer längeren Säule aus Eisenstäben hinabstieg – die Frisbees wieder zurückzuschleudern und die Eisenstangen so zu positionieren. Wenn er es nicht schaffte, nun, dann konnte Louie-auf-dem-Mond mit Sicherheit an seine Stelle treten. Aber das war vor dem Zweiten Globalen Aufstand und seiner Entscheidung gewesen, seinen Körper aufzugeben, damit er den Kometen rechtzeitig erreichte; nun wird er alles, was er mitbringt, in die Erhöhung der Geschwindigkeit investieren müssen.

Dies veranlaßte ihn zu der Entscheidung, gleich den ganzen Kometen mitzunehmen, beziehungsweise den ganzen Kometen abzüglich einer Menge Zeugs, das er auf dem Rückweg abwerfen würde. Das verlängert den Vorgang um einen Tag, der dafür benötigt wird, die gigantischen Maschinen und die zu ihrem Antrieb erforderlichen Fusionsreaktoren zu fertigen, die Stahlträger durch das Eis zu treiben und diese Kanäle wieder zu vereisen. Aber wenn er diese Arbeit erledigt hat, wird er nur noch Tage von der Erde entfernt sein und nicht mehr Monate.

Am Tag, nachdem er seine Arbeit beendet hat, ist die

eine Hälfte der Eiskugel mit einem Wald von zwölf Millionen Türmen und der größte Teil der übrigen Oberfläche von Radiatoren bedeckt, riesige Platten, in denen die Flüssigkeit zirkuliert, welche die 100 Fusionskammern an der Basis der Türme kühlen wird.

Aus statischen Gründen wird er rund vierzig Prozent der Masse von 2026RU und einen großen Teil der *Good Luck* abstoßen. Da er das Wassereis beim Anflug auf die Erde braucht und die anderen Substanzen nützliche Kühl- und Betriebsmittel darstellen, wird er alles Überflüssige abstoßen – der größte Teil des Eisenkerns ist noch vorhanden, auch nachdem er allen Ballast entfernt hat, und von den Komponenten der *Good Luck* benötigt er außer Prozessoren, Robotern und Energiesystemen im Grunde nichts.

Er fragt sich, was Goddard, von Braun, Verne oder Heinlein wohl von einem Raumschiff aus Eis gehalten hätten, das Eisenplasma als Treibstoff benutzt. Wahrscheinlich wären sie von jeder Art Raumschiff begeistert gewesen.

Der Zeitpunkt des Rückflugs rückt näher, und obwohl er gut darauf vorbereitet ist, hat er es merkwürdigerweise nicht eilig. Vielleicht wird es eine Weile dauern, bis er als richtiger Mensch wieder hierherkommt … aber Zeit bedeutet ihm so wenig …

Es ist nicht einmal Neugier – er läßt Relais zurück, und ein paar ›Schlaumeier‹ haben auf weiten Orbits mit Radien bis zu 1200 AU etliche Sonden positioniert, die in Intervallen Fahrt aufnehmen und in ein paar Jahren diese Position erreicht haben werden; wenn es hier draußen also etwas Interessantes geben sollte, wird er es früh genug erfahren.

Diese Gedanken mögen vielleicht unsinnig sein, aber schließlich ist sein Bewußtsein auch viel komplexer als früher. Er überprüft seine Speicher, die vielen Speicher, die er von den ›Besserwissern‹ geerbt hat, die ganze psychoanalytische Literatur. Merkwürdig, daß er sich überhaupt noch an Emotionen erinnert oder welche verspürt.

Vielleicht liegt es daran, daß er sich nun vollständig auf 2026RU konfiguriert hat und durch das Ausbleiben der verzögert eingehenden Funksprüche kein Zeitgefühl mehr besitzt? Nein, wenn überhaupt, dann sind seine Gefühle so stark wie immer; die Hysterese allein genügt schon.

Als er lange genug sondiert hat, kommt er dahinter. Im ersten Schwall aus Ausschuß, der verdampft und aus den Triebwerken geblasen wird, befinden sich auch die Überreste seines Körpers. Er hat schon das ganze Wasser und andere komplexe organische Materie geborgen, aber da existierte immer noch ein beträchtlicher Brocken, eine ausgetrocknete, geschrumpfte Mumie, die er mit dem anderen Abfall entsorgt hatte.

Nun betrachtet er sie; sie wirkt wie eine kleine, runzlige Backpflaume, die nicht annähernd so aussieht wie er zu Lebzeiten. Aber früher einmal… er ertappt sich bei dem Gedanken, daß er seinen Körper mehr vermissen könnte, als er das jemals für möglich gehalten hätte.

O ja, die Erde muß gerettet werden; die Menschen sind darauf angewiesen, daß im Sonnensystem Terraformung durchgeführt wird, und überhaupt hatte er auf seiner Reise zuviel Spaß gehabt, als daß er sich gewünscht hätte, sie nicht angetreten zu haben. Trotzdem überfordert es ihn emotional ein bißchen, seinen Körper einfach zusammen mit irgendwelchem Unrat ins All zu kippen. Nach kurzer Zeit hat er die Abdeckungen einiger Reserveinstrumente zu einem provisorischen Sarg zusammengeschweißt und seinen Körper dort bestattet.

Es klappt auf Anhieb; ein He-3-Kügelchen wird mit einem Laser zur Fusion angeregt, das expandierende Plasma wird zertrümmert, gedehnt und im Zentralturm beschleunigt, ein anderer Laserstrahl erhitzt das mit Drall in der Röhre aufsteigende Plasma – und sein Körper verläßt das Sonnensystem als kilometerlanger Strahl ihrer Elektronen beraubter Atome, die sich nahezu mit Lichtgeschwindigkeit fortbewegen. Einige dieser Ionen werden wohl in eine Sonne stürzen; die meisten jedoch werden allmählich wieder Elektronen einfangen, bei ihren seltenen Zusammenstößen Energie abgeben und sich wieder in durch die Galaxis driftende Atome verwandeln.

Es ist ein durchaus würdiger Abgang. Und nun, da er sich besser fühlt, schickt er sich entschlossen an, das Eisen zu bergen. Schließlich hat cr einen Auftrag auszuführen.

Er plant einen schnellen Anflug, viel schneller, als das allein aufgrund der Anziehungskraft der Sonne möglich wäre. Dann wird er um die Sonne rasen, wobei er sich der Hitze im Merkur-Orbit aussetzt, einen den Planetenbahnen entgegengerichteten Kurs einschlagen, die Bremswirkung der Gravitation des Merkur und dann der Venus nutzen... alles in allem etwa drei Wochen von hier bis zur Erde. Dies stellt einen weiteren Sprung in der Entwicklung der Menschheit dar – neben der schier über Nacht erfolgten Industrialisierung des Sonnensystems und angesichts der Tatsache, daß Louie allein über mehr als zwei Drittel der gesamten Rechenkapazität im Sonnensystem verfügt, während Louie-auf-dem-Mond immer größere Kapazitäten bereitstellt...

Das ist nicht mehr die alte Welt... und das ist auch gut so, denn schließlich ist er auch nicht mehr der alte Louie. Und was die Zukunft dieser neuen Welt betrifft, so wird er deutlich mehr mitzureden haben, als es hinsichtlich der Zukunft der alten Welt der Fall war.

Die Fusionstriebwerke feuern nun, wobei in jeder Sekunde viele Tonnen Eisen verdampfen und als große weißglühende Wolken mit annähernd Lichtgeschwindigkeit aus den Hunderten von Türmen – von denen jeder fünfzigmal so hoch ist wie das World Trade Center – ausgestoßen werden. Mit unbewehrtem Auge würde ein Beobachter die Plasmaspur über eine Entfernung von hundertsechzigtausend Kilometern verfolgen, aber einem solchen Beobachter würde das indes auch nicht gut bekommen – 2026RU beschleunigt nämlich auf eine Geschwindigkeit, die mehr als ausreichend ist, um seine eigene Schwerkraft zu überwinden; das heißt, wenn man auf der Seite mit den Türmen stünde, würde man vom Kometen heruntergerissen; stünde man auf der entgegengesetzten Seite, würde man im Schnee versinken. Die robotischen Kettenfahrzeuge, die damit beschäftigt sind, die reflektierende Beschichtung und die Isolierung aufzutragen, stoßen trotz ihrer überbreiten Ketten zuweilen zusammen.

Als er am 19. September wieder den Orbit des Neptun kreuzt – die ›tatsächliche‹ Grenze des Sonnensystems, da Pluto und Charon offensichtlich eingefangene Kometoiden wie 2026RU sind, nur viel größer – gibt es dort allen möglichen komprimierten, im Eis versunkenen Schutt, und man hat ihn eindringlich darauf hingewiesen, daß amorphes Wassereis, wie Fensterglas und manche Gesteine, im Grunde eine sehr viskose Flüssigkeit ist – bei den 2,3_Gravos, mit denen er geflogen ist, hat 2026RU getröpfelt wie eine Eistüte an einem warmen Tag, wodurch er gezwungen wurde, die Schubtürme und die brechenden und sich verwindenden internen Strukturen zu verstärken. Während der Eisenkern langsam durch das Eis sinkt, nähert er sich den Triebwerken und dem Standort der Ersatzteilfertigung, die Louie mit Hilfe der Triebwerksabwärme durchführt.

Ein paar Stunden, nachdem er den Orbit des Neptun gekreuzt hat, dreht er 2026RU um die Längsachse und leitet das Bremsmanöver ein. Bei der Geschwindigkeit, mit der er aus der Peripherie des Sonnensystems ins innere System rast, wird er auf dem größten Abschnitt der Strecke ›auf der Bremse stehen‹ müssen, um dann wieder von der Sonne eingefangen zu werden.

Zu diesem Zeitpunkt wird die Erde vom Glück verlassen.

Von der Bucht von San Francisco bis hinunter nach Ensenada in der Baja existiert nur noch ein Bruchteil der Infrastruktur. Zudem haben so wenige Menschen die bisherigen Durchgänge des Sturms überlebt, daß weder die amerikanische noch die mexikanische Regierung den Verwüstungen, die ›Clem‹ an dieser Küste noch anrichtet, besondere Aufmerksamkeit schenken. Entsprechend verhalten sich auch die Nachrichtenredaktionen. Weit im Süden haben Mary Ann und Jesse fast Oaxaca erreicht, und das hat einen wesentlich höheren Nachrichtenwert.

Der extreme Regen verwandelt den Colorado in einen reißenden Strom und flutet teilweise den Grand Canyon, woraufhin die dadurch ausgelöste Flutwelle den Golf von Kalifornien wieder mit dem Salton-Meer verbindet.

Randy Householder nimmt die Nachrichten mit einer gewissen Faszination zur Kenntnis. Sogar er muß zugeben, daß das eine große Sache ist. Nach den Flutwellen, die Boise heimgesucht haben und nach all den anderen Katastrophen nehmen sie ihn noch nicht fest, selbst wenn sie ihn bereits aufgespürt haben sollten. Er wird also jede Menge Zeit haben, Harris Diem zu stellen.

Das Problem besteht indes darin, daß Diem in seiner Eigenschaft als engster Mitarbeiter der Präsidentin das denkbar schwierigste Ziel darstellt.

Randy observiert Diem vom Auto aus und linkt sich unterdessen bei Synthi Venture ein. Sie ist eine tolle Frau, und sie hat einen netten Jungen bei sich.

Er fragt sich, ob Kimbie Dee sich auch zu so einem lieben Menschen entwickelt hätte. Wahrscheinlich schon, sagt er sich. Bei dieser ähnlichen Biographie. Schöne Mädchen, die sich an die Spitze gekämpft haben.

Er seufzt. Er würde wirklich gern die Cyber-Brille und die Datenhandschuhe überziehen und intensiver in diese Handlung eintauchen. Es ist lange her, seit er in einer Welt aus Liebe, Hoffnung und Mut lebte. Aber wenn er Diem erwischen will, muß er mit allen Sinnen präsent sein.

Früher oder später wird Diem nach Hause kommen. Das tun diese Kerle ohne Ausnahme; sie haben nämlich eine XV-Ausrüstung in ihren Häusern. Randy ist es gelungen, die Putzfrau auszuhorchen, und sie hat ihm bestätigt, daß Diem nachts allein zu Hause sei, falls er denn zu Hause ist – was seit vier Tagen nicht mehr der Fall war. Angesichts des Drucks und der fehlenden Möglichkeit, nach Hause zu gehen und ihn abzubauen, müßte Diem in diesem Augenblick schier vergehen.

Wenn Diem nach Hause kommt, ist es ganz einfach. Er wird die XV-Ausrüstung aktivieren – Randy hat diese Leute so gründlich studiert, um jeden Zweifel auszuschließen. Während Diem angeschlossen ist, ist er hilflos.

Randy hat eine Pistole im Handschuhfach. Das Betätigung der Waffe wird die Polizei alarmieren, und so soll es auch sein; wenn er Diem tötet, ist das ein guter Anfang, aber wenn die Welt dann auch noch erfährt, warum… nun, es ist nur Gerechtigkeit, nichts weiter. Nur Gerechtigkeit nach all den Jahren. Mehr, als Kimbie Dee je erfahren hatte.

Synthi Venture, oder Mary Ann, je nachdem, besteigt gerade einen Hügel, und ein Teil von Randys Gehirn füllt sich mit warmem mexikanischen Sonnenlicht und einer Straße, die in den Himmel hinaufführt; Synthi ist von Hunderten guter, starker und tapferer Freunde umgeben. Es ist so schön und friedvoll; warum, verdammt, können die Menschen denn nicht *danach* süchtig werden?

Andererseits ist Sucht vielleicht auch nicht der richtige Weg. Als er vor einigen Wochen in Wyoming in einem Flüchtlingslager untertauchte, verdiente er sich schier eine goldene Nase, weil er einer von ungefähr einem Dutzend Leuten war, die bereit waren, Latrinen auszuheben und Kartoffeln zu schälen. Alle anderen waren zu sehr damit beschäftigt, im XV Synthi Venture beim – Latrinenausheben und Kartoffelschälen zuzusehen. Dadurch wurden diese Tätigkeiten in den Lagern nur aufgewertet.

Merkwürdig. Natürlich ist es für viele Menschen jetzt attraktiver, eine Schauspielerin bei ihrem Auftritt zu beobachten, als Randys Tätigkeit zu verrichten. Hätte er die Wahl gehabt, dann wäre sein Leben anders verlaufen.

Ein leichter Regen setzt ein; die Abenddämmerung ist noch nicht angebrochen. Harris Diem kommt wahrscheinlich auch heute abend nicht – aber bis dieses ›wahrscheinlich‹ zu einem ›sicher‹ umschlägt, wird Randy sich nicht von der Stelle bewegen.

»Ja, ich habe ausführlich mit Mary Ann gesprochen«, sagte Harris Diem, »sie ist sich des Problems bewußt und versucht, es zu lösen. Wir möchten aber trotzdem nicht, daß sie von ihnen völlig alleingelassen wird, denn ihr haben wir es in erster Linie zu verdanken, daß keine großen Unruhen ausgebrochen sind, und außerdem enthalten ihre Botschaften viele positive Aspekte. Wir wollen nur, daß sie selbständig agieren und Synthi Venture nicht ins Gehege kommen. Das Problem ist nur, daß ihre Schilderungen die Realität gerade jetzt in einem viel rosigeren Licht erscheinen lassen als die Versionen anderer Leute.«

Hardshaw nickt und sagt: »Gut, den nächsten Bericht – Di, Sie und Carla haben schlechte Nachrichten?«

»Die allerschlechtesten, fürchte ich. Die Temperatur des Oberflächenwassers in der Karibik hat jetzt siebenunddreißig Grad Celsius erreicht und steigt weiter. Das ist mehr als genug, um einen überschallschnellen Hurrikan zu erzeugen, wenn unsere Schätzungen richtig sind. Und natürlich kommt ›Clem‹ demnächst wieder vorbei, so daß mit ziemlicher Wahrscheinlichkeit ein neuer Sturm entsteht.«

Hardshaw nickt. »Irgendwelche Vorschläge?«

»Nun, wenn wir Oberst Tynans Kometen oder John Kliegs Ballons hätten, dann ja. Wir müßten die Karibik abkühlen. Sonst haben wir keine Chance. Wir haben keine Vorstellung, wie groß der nächste Sturm wird, wir wissen nur, daß er eben ›größer‹ wird. Und um Ihnen die Wahrheit zu sagen, ich wollte Sie gerade um Erlaubnis zu bitten, nach North Carolina zu fahren und meine Familie zu holen, denn in achtundvierzig Stunden wird es vielleicht schon zu spät sein.«

»Tun Sie das, und gehen Sie jetzt«, sagt die Präsidentin. »Warum soll ich Sie hierbehalten, wenn es nichts für Sie zu tun gibt. Und wenn wir schon dabei sind: Harris, Sie gehen auch nach Hause und schlafen sich aus. Carla, rufen Sie mich an, wenn eine Lageänderung eintritt. Ich werde auch früh zu Bett gehen und versuchen, den Schlaf nachzuholen. Dann bin ich wenigstens ausgeruht und gesättigt, wenn es losgeht.«

Di ist überrascht, wie schwer es ihm fällt, sich von seinen Mitarbeitern zu verabschieden. Die meisten von ihnen verhalten sich so, als würden sie ihn zum letzten Mal sehen. Gretch ist beim ersten Schub, der morgen nach Charleston fährt, insofern ist es für ihn wirklich ein Abschied; aber Talley und Peter reisen erst eine Woche später ab, und er rechnet damit, sie wiederzusehen. Mohammed und Wo Ping, die sich um ihre Familien sorgen, sind bereits beurlaubt – die NOAA wird auf dem alten NORAD-Gelände in Cheyenne Mountain ihr neues Hauptquartier beziehen, und sie sind schon als Vorauskommando dort.

Bis zum Wiedersehen in Colorado wird er sie alle vermissen, und er sagt ihnen das auch. Alle sind den Tränen nahe, sogar Peter.

Zehn Minuten später sitzt er im *Zipline* und telefoniert mit Lori. Es ist der 22. September, ›Clem‹ zieht gerade in der Nähe der Landenge von Tehuantepec über Mexiko hinweg, und Jesse und Synthi Venture haben bereits den größten Teil des Weges nach Oaxaca zurückgelegt – sie müßten morgen dort ankommen, wenn sie nicht von den Gewittern in ›Clems‹ Schlepptau aufgehalten werden. Also wird der Junge in Sicherheit sein. Sein Vater befindet sich in einem Flüchtlingslager bei Flagstaff und ist schlechter Laune.

Seltsam, sagt er sich, während der *Zipline* durch die Dunkelheit jagt, daß die Sitze des *Zipline*, der *Zipline* selbst und seine Lebensumstände dieselben geblieben sind, obwohl die Geographie der Vereinigten Staaten sich im Detail bereits stark verändert hat. Wenn er eines der Lager im Westen erreicht, wird er sich vielleicht langsam damit abgefunden haben.

Schließlich schlägt er das Buch *Schlächter in Gelb* auf, das Lori ihm gegeben hat. Es ist wirklich eines ihrer besten Werke, obwohl es ihn ein wenig überrascht, daß so wenig Gewaltszenen darin vorkommen. Neulich hat sie einmal gesagt, es falle ihr nicht mehr so leicht wie früher, Leute abzumurksen.

* * *

Harris Diem hat das Gefühl, als wäre sein Kopf eine einzige hallende Türklingel. Er ist müde, er ist immer noch verwirrt ob des Ausmaßes, in dem die Welt sich verändert hat, und er versucht sich dazu zu zwingen, ins Bett zu gehen anstatt nach unten in den Keller.

Keine Chance.

Die Robe, die sauberen Tücher, die Ekstase der Auswahl ... heute abend wird er es seinen drei Lieblingsmädchen wieder besorgen, angefangen bei der hübschen kleinen Cheerleaderin, dem Typ Mädchen, auf die man im Alter von vierzehn Jahren so irre scharf war und die man nicht bekommen konnte, weil das Leben nur aus Arbeit und Lernen bestand ...

Stimmt nicht, gesteht er sich ein. Er ist ein Ungeheuer und ein Perverser, aber zum Selbstbetrug neigt er nicht.

Jedenfalls nicht in dieser Hinsicht. Wenn er im Alter von vierzehn Jahren mit einem Mädchen wie Kimbie Dee hätte machen können, was er wollte, dann hätte er sie vergewaltigt und umgebracht. Das ist seine Veranlagung.

»Okay«, flüstert er vernehmlich, »kleines blondes weißer-Müll-Schätzchen, auf geht's ...«

Er beobachtet die Hände, wie sie von den perfekten kleinen Brüsten abwärts gleiten zu ihrem wiegenden Becken, genüßlich hört er den ersten Schluchzer der Scham und sieht die Tränen, die aus den blauen Augen rollen ...

Sie steht nackt da, fühlt sich völlig entblößt und hilflos und wünscht sich, Dad wäre hier; er würde dieses Reptil *töten*.

Die Darstellung erlischt. Es ist dunkel und ruhig.

Kann kein Stromausfall sein – das Haus hängt an einem Energiechip.

Er drückt auf den Auslöser, streift die Cyber-Brille und die Datenhandschuhe ab. Dort steht ein Mann ...

»Wessen Vater sind Sie?« fragt Diem sehr leise und ruhig. Er will es wissen; er darf diesen Kerl nicht dazu bringen, zu schnell abzudrücken.

»Der Vater von Kimbie Dee Householder.« Der Mann richtet eine Pistole auf Diems Gesicht.

Diems Mund ist trocken; ein Teil von ihm erwartet immer noch ein paar Orgasmen, eine heiße Dusche, ein Schuldgefühl und etwas Schlaf. Ein anderer Teil fragt sich, was er beim Eindringen des hyperschallschnellen Projektils wohl empfinden wird. »Möchten Sie noch etwas von mir wissen, bevor Sie mich töten?«

»Wenn Sie noch etwas loswerden wollen, dann tun Sie's.«

Diem hebt leicht die Schultern. »Ich bin eben so veranlagt. Vielleicht wird man eines Tages entdecken, was mir fehlt, und den Fötus abtreiben.«

»Sie haben noch mehr von diesem Zeug gekauft?«

»Ich würde noch mehr davon kaufen, wenn ich die Nerven dazu hätte. Ich würde diese Dinge auch weiterhin tun, wenn ich damit davonkäme.« Irgend etwas geht in Diem vor. Er weiß, daß er tot ist, und endlich kann er laut aussprechen, was ihm durch den Kopf geht. Er schaut auf die wäßrigen blauen Augen, den grauen Bart – das arme Schwein kann sich noch nicht mal Spritzen leisten, um seine Haarfarbe zu konservieren – und die abgetragenen Kleider. Hier ist ein Mann, der sich nie ein Haus, sondern nur ein Wohnmobil leisten konnte, einer jener Menschen, über die Diem bei seinem Weg an die Spitze hinweggetrampelt ist. »Verstehst du das? Es gibt keinen Grund dafür. Ich *liebte* es einfach, dieser kleinen Hexe einen Besenstiel in den After zu stoßen.«

Mit diesen Worten bekommt er eine Erektion, wodurch der noch immer aufgesteckte VR-Penisaufsatz in die Höhe steigt.

Householder zuckt leicht zusammen. Die Pistole brüllt auf. Blut spritzt.

Mein Gott, denkt Diem, was für ein Abgang. Er schaut noch immer auf das Blut, das aus seinem zerfetzten Geschlechtsteil strömt, und ergötzt sich an den Qualen, während er sich die Lippen blutig beißt; dann trifft Householders zweiter Schuß ihn zwischen die Augen.

Randy Householder setzt sich hin und wartet auf die Polizei. Er hat das Sicherheitssystem aufgescheucht, wobei das Signal obendrein noch aus dem Haus des höchsten Beamten des Weißen Hauses kommt; das dürfte ganz schnell beträchtliche Aufmerksamkeit erregen.

Er hat sich gerade hingesetzt und einen Orangensaft aufgemacht, als die Tür aufgeht, aber die Männer, die hereinkommen, tragen Strumpfmasken. Er hat keine Zeit, auch nur »Was ...« zu sagen, als er schon von Kugeln durchsiebt wird; er stürzt zu Boden, sein Bauch schmerzt höllisch, es wird dunkel um ihn herum, er hört Schüsse und – kein Zweifel – Granatenexplosionen. Es hört sich an wie ein Scheißkrieg, irgendwie hat Randy einen Scheißkrieg ausgelöst.

Der *Zipline* jagt weiter in Richtung North Carolina, und Di unterbricht die Lektüre des *Schlächters in Gelb*, um ein wenig über die Zukunft nachzudenken. Der größte Teil ihres Besitzes wurde schon vor Wochen nach Westen abtransportiert, aber Lori und die Jungen sind in dem fast leeren Haus zurückgeblieben. Lori hat sich richtig renitent verhalten – sie würde nicht ohne ihn gehen –; also wird Di sie jetzt überlisten ... er wird sie in einen *Zipline* nach Westen setzen und sie bis zum letzten Moment im Glauben lassen, daß er mitfahren wird. Er glaubt nicht, daß Lori die Jungen in die Gefahrenzone zurückschickt, wenn sie ihr erst einmal glücklich entronnen sind.

Trotz allem wird das nicht einfach sein. Di ist eigentlich nicht der Typ, der seine Frau anlügt. Andererseits will er sie auch nicht sterben lassen, und darauf würde es hier hinauslaufen.

Polizisten, Bergarbeiter, Feuerwehrleute, Marineinfanteristen ... das sind die Berufe, in denen man sich nach einer Frau umsehen muß, die bereit ist, mit der Möglichkeit zu leben, daß man nicht zurückkommt. Meteorologen zählen eigentlich nicht zu dieser Kategorie. Nicht einmal Angestellte im öffentlichen Dienst.

Lori ist schön, talentiert und intelligent, und deswegen behält sie in Krisensituationen einen kühlen Kopf. Aber sie versteht nicht im geringsten, daß Di noch etwas anderem als seiner Familie Loyalität entgegenbringt. Für sie endet das moralischen Universum mit ihrer Familie.

In was für einer Welt leben sie denn jetzt, daß eine solche Einstellung als schlecht gilt?

Ein Anruf von Carla reißt ihn aus seinen Gedanken. Sie versucht, ihm einen Gedankenanstoß zu geben.

›Clems‹ Fallstrom zieht sich wie ein dünner Tentakel über die Landenge von Tehuantepec an der Pazifikküste bis zur Bucht von Campeche am Golf von Mexico. Dieser Fallstrom wird jeden Moment abreißen – ›Clem‹ befindet sich schon auf dem Rückzug – und dann eine Tiefdruck-Zelle zurücklassen.

Die Temperatur des Oberflächenwassers im südlichen Abschnitt des Golfs von Mexiko beträgt 38° C – wärmer als menschliches Blut. Di erachtet das als ausreichend für die Entstehung eines überschallschnellen Hurrikans, und Carla ist sich da sogar ganz sicher.

Zumindest ist damit die Frage beantwortet, ob er sich aus dem Staub machen soll.

Während der restlichen Reise nimmt Di keine Telefongespräche mehr entgegen. Als er nach Hause kommt, wartet seine Familie mit gepackten Sachen auf ihn, und als er das Gepäck ins Auto wirft, erklärt er Lori die Situation so schnell wie möglich. »Wir müssen wenigstens über die Appalachen kommen, und am besten wäre es noch, wenn wir es bis in die Rockies schaffen würden«, sagt er.

Sie steigen ins Auto; Nahum schnieft, Mark ist mürrisch, aber in Anbetracht der Umstände halten sie sich ganz tapfer. Fünfzehn Minuten bis zur *Zipline*-Station. Zehn Minuten, um die Fahrkarten zu kaufen. Schlimmstenfalls eine halbe Stunde Wartezeit, dann werden sie unterwegs sein …

Acht Minuten später stehen sie in einem endlosen Stau; es geht nicht mehr voran. Nahum schluchzt leise, Mark quengelt und Lori knetet die Hände.

»Was, glaubst du, ist da passiert?« fragt sie.

»Nun, da müßte ich raten … heutzutage, wo es Datenspäher und solche Sachen gibt, bleibt nichts lange geheim. Als ich es herausgefunden hatte, verfügten wahrscheinlich nicht einmal hundert Leute über die Daten – aber das war vor einer halben Stunde. Mark, sei bitte ruhig, deine Mutter und ich unterhalten uns …«

»Komm nach vorne und setz dich auf meinen Schoß, Schatz, und du, Nahum, willst du nicht bei Dad auf dem Schoß sitzen?« Lori streckt den Arm nach hinten aus, um den Kindern nach vorne zu helfen.

Der Autokorso bewegt sich mindestens zwei Stunden nicht vorwärts. Wahrscheinlich ist der Parkplatz an der *Zipline*-Station überfüllt, und die Autos müssen umgeleitet und die Menschen dann mit Bussen zur *Zipline*-Station gebracht werden. Es kann noch eine ganze Weile dauern.

Hier der schlechteste Ort, um von einem Hurrikan überrascht zu werden, überlegt er, und muß dann über sich selbst schmunzeln; der Hurrikan ist gerade im Entstehen begriffen, weit über dreitausend Kilometer entfernt. Er versucht, die Panik auf ein der Situation angemessenes Maß zu reduzieren.

Als die Kinder es sich auf dem Schoß ihrer Eltern bequem gemacht haben, erklärt Di: »Ich wette, es ist folgendes geschehen: Die Daten sind sehr schnell in der ganzen Gegend publik geworden, jeder rief seine Familie an der Ostküste an, die wiederum rief andere Leute an, die ihrerseits andere Leute anriefen, und ziemlich bald – voilà. Alles fährt zur *Zipline*-Station.« Er seufzt. »Ich glaube, wir kommen raus, aber es wird noch eine Weile dauern. Egal, ich habe mir den *Schlächter in Gelb* vorgenommen. Besser als deine letzten Romane, glaube ich, aber du wirst wohl nicht mehr so viele Blutlachen aufzuwischen haben wie in deinen früheren Büchern.«

»Das kommt von der Mutterschaft. Wenn man einmal eine Geburt hinter sich hat, fällt es einem schwer, Schmerzen zu verklären, und wenn man zwanzig oder dreißig kleine Wunden verbunden hat, sind große Wunden auch nicht mehr so interessant.«

»Kann ich diese Bücher auch lesen, wenn ich groß bin, Mama?« fragt Mark, und wie immer sagt sie, ja, aber jetzt sei er noch nicht groß genug.

Das Telefon klingelt. Di hebt ab. »Hallo?«

»Hallo, Dr. Callare.« Es ist Präsidentin Hardshaw. »Entschuldigen Sie die Störung, aber wir benötigen dringend Ihren Rat. Es wird noch vier Stunden dauern, bis der Weg wieder frei ist; also haben Sie noch Zeit. Ist das ihr Sohn?«

»Das sagt Lori jedenfalls«, erwidert er lächelnd. Lori zupft ihn am Arm. »Das ist Nahum. Nahum, das ist die Präsidentin.«

Nahum klammert sich an seinen Vater und verbirgt das Gesicht an seinem Körper.

»Viele Menschen empfinden so«, sagt die Präsidentin. »Auf jeden Fall möchten wir, daß Sie und Carla eine Konferenzschaltung einrichten. Ein Auge ist entstanden und bewegt sich nordwärts auf warmes Wasser zu.«

Di stößt einen Pfiff aus. »Wirklich schlechte Nachrichten. Okay.«

Er zieht seinen Computer heraus, schaltet mehrere Fenster auf dem Bildschirm, so daß er gleichzeitig die Gesichter und Diagramme im Überblick hat und loggt sich ein. Nahum schmiegt sich derweil an seinen Nacken.

»Ein liebes Kind«, sagt Carla, deren Gesicht auf dem Bildschirm erscheint. Erst nach einem Augenblick begreift er, daß sie ein Bild von sich eingespielt hat, anstatt im Original zu erscheinen. Nach der langen Zeit, die sie nun schon im Netz verbracht hat, sieht sie wahrscheinlich gräßlich aus und will von ihnen nicht gesehen werden.

Carla läßt die Simulationen ablaufen und zeigt ihm die geschätzten Werte. Als sie geendet hat, fragt Di: »Wie geht es also jetzt weiter?«

»Ja, wenn man Louie glaubt, dann müßte er schnell wieder hier sein. Aber ich wüßte nicht, was wir sonst noch tun könnten. Wenn wir die Daten veröffentlichen, werden wir nur erreichen, daß sich Staus auf den Autobahnen bilden und die Menschen dort umkommen anstatt zu Hause. Lassen wir es also auf uns zukommen, wenn es zu vertreten ist.«

»Diese Verbindung ist nicht sicher.«

»Ich weiß. Wenn nur *einige* Leute zuhören, werden auch einige rauskommen. Aber für das Gebiet südlich von Gainesville besteht meiner Ansicht nach keine Hoffnung.«

»Wann wird der kritische Punkt erreicht sein?«

»In vierzig Minuten bis einer Stunde.«

Hardshaw schnappt nach Luft, atmet schwer und sagt dann: »Mein Gott. Ihr beiden, gerade eben – ist Harris Diem ermordet worden, und Ihre Büros, Dr. Callare, sind in die Luft gejagt worden…«

*»He!«* ruft Carla, und die Leitung ist tot.

Langes Schweigen. »Carla?« fragt er. »Carla?«

Diogenes Callare schaut auf und sieht Männer zwischen den Autos die Straße entlangrennen. »Sie sind aus einem Staticopter gestiegen«, flüstert Lori, »während du gesprochen hast…«

Di schubst Nahum vor Loris Füße, stößt die Tür auf, stolpert hinaus und läuft los. Wenn sie an Harris Diem herangekommen sind, der zu den besonders geschützten Personen gehört, dann muß eine Verschwörung im Gange sein…

*Geh hinter diesem Lieferwagen in Deckung, lauf um den Bus herum, lauf weiter, mein Gott, welche Hitze an einem Herbstabend in Carolina, sie dürfen nur nicht…*

Wenn sie an Harris in seinem Büro im Neuen Weißen Haus herangekommen sind, dann haben sie den Zaun überwunden, sind an den Wachen vorbei, durch die Stahltüren und an zwei weiteren Wachen vorbei. Schnell genug, um zu verhindern, daß Diem aufmerksam wurde…

*Roll dich unter diesen Laster, robbe vorwärts, wenn sie ihn nicht sehen, geben sie vielleicht auf…*

Wenn sie Carla und ihn zur selben Zeit erwischen… und das Labor – er betet zu Gott, daß alle schon nach

Hause gegangen waren – hier läuft keine spontane Terroraktion ab. Seltsam, die ganzen Jahre macht man das Anti-Terror-Training mit, und dann tritt auf einmal der Ernstfall ein. Er muß von der Autobahn herunterkommen, aber erst, wenn er keine Zielscheibe mehr für sie darstellt, und da draußen ist nichts als freies Feld …

*Unter dem Lkw hervorkriechen und …*

Sie packen ihn am Kragen und drücken ihn trotz Gegenwehr auf den Asphalt. Gott, es sind so viele – sie reißen ihn so fest an den Haaren, daß die Kopfhaut sich strafft. Sein Gesicht wird auf die Straßendecke gepreßt. Jemand drückt eine Pistole an seine linke Schläfe.

Di Callares letzte Gedanken sind von Dankbarkeit erfüllt, wenigstens so weit von seiner Familie entfernt zu sein, damit sie das nicht mit ansehen muß; das letzte, was er fühlt, ist der heiße Asphalt an seiner Wange, dann spürt er nichts mehr.

Als Lori Minuten später mit der Polizei eintrifft, bekommt sie einen Nervenzusammenbruch; der Anblick seines zerschlagenen Gesichts und der blutige Matsch, in den sie seinen Hinterkopf verwandelt haben, sind zu viel für sie. Es dauert fast eine Stunde, bis sie begreift, daß Di für immer von ihr gegangen ist. Die Autoschlange vor der *Zipline*-Station hat sich noch immer nicht vorwärtsbewegt.

Erst, als sie den Stecker aus der Kopfbuchse ziehen, merkt Carla Tynan, daß sie da sind; sie kann gerade noch *He!* rufen, bevor sie die Verbindung unterbrechen. Sie feuern ein ganzes Maschinenpistolen-Magazin auf sie ab, bevor sie noch die Gelegenheit hat, ihre Blöße mit den Händen zu bedecken.

Brittany Lynn Hardshaw würde gern um die Toten trauern, aber dazu ist keine Zeit. Geheimdienstleute geleiten sie schnell durch einen der Tunnel, die zum Sicherheitstrakt führen. Harris lebt nicht mehr … und die anderen, die sie kennen- und schätzen gelernt hatte …

»Mit an Sicherheit grenzender Wahrscheinlichkeit waren es die Sibirer«, sagt Hardshaw laut. »Wahrscheinlich die alte Truppe von Abdulkashim, die gewartet hat, bis das Schlimmste vorbei war, um dann gegen uns loszuschlagen. Haben Sie einen geschnappt, den wir verhören könnten?«

Der Geheimdienstmann, der zur Bewachung von Harris Diem abgestellt war, schüttelt den Kopf. »Es war ein höchst professioneller Coup. Sein Haus war seit zwei Tagen von zwei verschiedenen Teams umstellt, eine Gruppe von sechs Kommandos und ein einzelner Agent. Die Kommandos zogen sich einen Block zurück, und es hatte den Anschein, daß sie sich zu einem Angriff formierten, besonders, weil sie elektronische Überwachungskameras zurückgelassen hatten. Den Einzelagenten hatten wir als Späher eingesetzt. Natürlich folgten wir dem Team, aber dieser Kerl war ein Supermann. Er überlistete die Alarmanlage des Hauses, drang ein und erschoß Mr. Diem, und das alles in zwei Minuten. Er benutzte ausgerechnet einen *Self-Defender* – aber das war natürlich das Signal für das Kommando-Team. Sie stürmten das Haus, warfen Granaten und – nun, das Haus wurde völlig zerstört. Es brennt immer noch. Und alle sind im Kampf umgekommen. Wir wissen nicht einmal mit Sicherheit, welche von den Leichen Mr. Diem und welche der Einzelagent ist – sie hatten in etwa die gleiche Statur.«

Harshaw nickte. »Ich wollte, es gäbe Zweifel, aber die sind wohl unangebracht. Der Plan bestand darin, uns unmittelbar vor dem Supersturm in ein Chaos zu stürzen, und sie hören die ganze Zeit zu. Lassen Sie die Aufzeichnungen noch einmal ablaufen.« Sie geht in den Sicherheitsraum, über den das Weiße Haus seit dem *Blitz* verfügt, und setzt sich an ihren Schreibtisch. Sie aktivieren einen Video-Bildschirm, und die Aufzeichnung läuft. Einer der Geheimagenten flüstert, daß keine Bestätigung für einen geplanten Angriff auf das Weiße Haus vorliege.

Sie hört wieder, wie Diogenes Callare und Carla Tynan es ihr erklären. Gott, es ist schwer zu glauben, daß nicht mehr am Leben sind.

Als das Band zu Ende ist, sagt sie: »Gut, Sie haben recht. Keine öffentlichen Erklärungen. Aber ich glaube, wir sollten besser schnell abhauen … nein, streichen Sie das. Ich vertraue Carla Tynan, und wenn sie sagte, daß es so schnell geschehen würde, dann mußte es auch so kommen. Bringen Sie mich nach Charleston und setzen Sie so schnell wie möglich die landesweite Evakuierungsaktion in Gang.«

In der Bucht von Campeche bildet sich das Auge des Sturms, und es ist mehr als genug Energie vorhanden. Die Wand des Auges bricht auf, und die Windgeschwindigkeit steigt. Als sie sich Mach 1 nähert, nimmt sie langsamer, aber immer noch stetig zu.

Unmittelbar nach Einbruch der Dunkelheit schäumt und donnert die See für eine kurze Zeit, hundert Meter hohe Wellen bäumen sich auf und krachen hernieder, und dann verwandelt der Luftstrom sich mit einem Mal in eine sanfte Schichtströmung – das Auge des Sturms bewegt sich nun mit Überschall-Geschwindigkeit.

Zu diesem Zeitpunkt befindet sich das Zentrum des Auges bei 92 Grad West 22 Grad Nord, weit draußen im Golf von Mexico, und es hat schon einen Durchmesser von 400 Kilometern. Flutwellen walzen bereits über Veracruz und ziehen die amerikanische Golfküste hinauf.

Carlas Prognose ist in einem Punkt falsch, aber nur in einem. Genau wie sie vorhergesagt hatte, hat sich binnen zwanzig Minuten ein Hurrikan mit einer Stärke von über 12 Beaufort und einem Durchmesser von 1600 Kilometern entwickelt, als ob man im Zentrum des Golfs einen großen Stöpsel herausgezogen hätte. Der Druck des Auges ist auf 530 Millibar gefallen, das Auge selbst expandiert sehr schnell, und die Windgeschwindigkeit nimmt zu.

Trotzdem ist Carla ein Detail entgangen: Ein Überschall-Sturm verursacht nicht nur tsunamigroße Flutwellen, sondern ist auch groß genug, um beachtliche Mengen warmen Wassers aufzunehmen. Je feiner das Wasser-Luft-Gemisch ist, desto wärmer wird die Luft und desto verheerender wirkt der Sturm sich aus, indem er die Wärme des Meeres in Wind umwandelt. Er hat mehr Energie – und viel mehr Feuchtigkeit.

Als Jesse von Dis Ermordung erfährt, setzt er sich hin und weint eine Stunde lang. Mary Ann weiß nicht, was sie tun soll. Sie selbst hat im XV schon einige Bekannte verloren, und man erwartet in solchen Fällen einen Gefühlsausbruch – sie bewundert Surface O'Malley dafür, daß sie diese Linie nicht verfolgt. Aber Jesse ist nur ein Kind, das um seinen großen Bruder weint. Was soll man da sagen? ›Kopf hoch?‹

Sie entschließt sich dann zu einem »Es tut mir sehr leid.«

Er klammert sich an sie wie ein Ertrinkender, und sie hält seinen Kopf und streichelt sein Haar. Sie denkt daran, daß nun eine Welt für ihn zusammenbricht, daran, daß sie Di nie mehr wiedersehen wird (und sie hatte sich so darauf gefreut!), und daß Jesse nie mehr derselbe sein wird, denn sein Leben ist von einer sinnlosen Katastrophe heimgesucht worden.

Überall in Nordamerika und Europa sitzen Menschen, die eigentlich auf der Flucht sein sollten, und trauern mit Synthi Venture.

›Clem 900‹ bringt Millionen Menschen einen schnellen Tod. Innerhalb weniger Stunden hat die Sturmflut ein solches Ausmaß erreicht, um ganz Florida zu überrollen. Diejenigen, die bis jetzt nicht evakuiert werden konnten oder wollten, werden von den Dutzenden Metern hohen Wellen verschlungen, die in Intervallen über die Halbinsel hereinbrechen; die Mangrovenbäume, die das Land gestützt hatten, knicken um, Beton zerbröckelt, Stahl biegt sich und bricht, und die Oberfläche von Florida wird in den Atlantik gespült und rutscht in einer großen Lawine das Kontinentalschelf hinunter. Immer mehr kommt nach; am nächsten Morgen wird nicht mehr viel Landmasse übrig sein.

Selbst in einer so weit nördlich gelegenen Stadt wie Memphis erreicht der Wind Geschwindigkeiten von bis zu 250 km/h; Städte und Wälder werden niedergewalzt.

Der vom Sturm erzeugte Sog wirbelt im ganzen Golf umher, trennt Plaquemines Parish von Louisiana ab, verschafft dem Lake Pontchartrain wieder einen Zugang zum Meer und schleift die ganze Golfküste von Brownsville bis Panama City. Wenn die Sonne sich demnächst wieder zeigt, wird sie einen wesentlich breiteren Golf bescheinen – und einen mit wesentlich mehr Zuflüssen.

Die im Zentrum des Sturms gelegenen Karibischen Inseln werden bis zu den höchsten Bergspitzen unter Wasser gesetzt, zerschlagen, erodiert, zu neuen Formen geschliffen. Sie werden eine Wüstenei von Schutt, Sand, Felsen und aufgetürmten Trümmern sein – aber erst nach dem Ende des Sturms. Jetzt sind sie zunächst einmal Orte, an denen Wasser und Wind wütend gegen alle Hindernisse anrennen.

Und doch verblaßt dies alles neben den Auswirkungen der Fallströme des neuen Sturms. Indem er Meerwasser wie ein riesiger Schwamm aufsaugt, Wasser und Luft wesentlich effizienter mischt und deshalb eine höhere Energieausbeute erzielt, schüttet der große Hurrikan innerhalb von neun Stunden mehr als zweitausend Tonnen Wasser pro Hektar – fünfundzwanzig Zentimeter Regen – über dem ganzen östlichen Drittel der Vereinigten Staaten aus, bevor der Sturm einen abrupten Schwenk vollführt, um über den Atlantik zu rasen und Energie aufzutanken. Dann sucht er Europa heim und regnet noch nach drei Tagen tief im Innern von Kasachstan Salzwasser ab.

Der Mississippi ist nun fast so breit wie der Erie-See; der James River schwemmt ganz Richmond ins Meer, und das Wasser steigt am *blitz*geschädigten Sockel des Washington-Denkmals über zwanzig Meter.

In Georgetown werden die immer noch schwelenden Trümmer von Harris Diems Haus von der Flut mitgerissen. Die brennenden Überreste von Randy Householder, die noch nicht einmal geborgen worden waren, werden mit dem Schutt vermischt und in den Atlantik gespült, zusammen mit all den Clips der vergewaltigten und getöteten Mädchen.

In seinen düsteren Träumen hat Harris Diem immer mit seiner Enttarnung gerechnet. Aber vierzehn Jahre nach ihrem elenden Tod ist es, als habe es niemals eine Kimbie Dee Householder gegeben.

Karen wird immer richtig wütend auf sich, wenn sie daran denkt, aber da ist es schon wieder… sie fragt sich, was Mary Ann jetzt wohl tun würde. Es ist merkwürdig, wie facettenreich das Leben doch ist… Karens Haar war zu dunkel, um es mit Injektionen aufzuhellen, und weil ihre Hüften nur ein bißchen zu breit waren, wurde sie vom Auswahlverfahren für *Passionet* ausgeschlossen.

Und das merkwürdige Resultat ist nun, daß, während Synthi Venture sich mit einem gutaussehenden Jungen unten im warmen, sicheren Mexiko aufhält, Karen Mary Ann im Hochhaus von *Dance Channel* sitzt – dem größten Gebäude der Vereinigten Staaten, so groß, daß der Herald Square sein Hinterhof ist – und auf Manhattan hinunterschaut, das einem wuselnden Ameisenhaufen gleicht.

Der Salzregen ist so schnell und hart gefallen, daß der Bauingenieur die Regenrinnen mit dem Pumpensystem des Gebäudes verbunden hat. Wie er ihnen bereits erklärt hat, ist das Gebäude achtzig Stockwerke höher als das World Trade Center und damit zu groß, um den Regen einfach durch die Schwerkraft abzuleiten; deshalb sind auf jeder Etage Pumpen installiert worden. Nun, da das Gebäude mit seiner Kapazität von einer Viertelmillion Menschen größtenteils leer ist, war er in der Lage, das Pumpensystem so zu modifizieren, daß es das Regenwasser vom Dach und den Terrassen in die Kanalisation pumpt.

Der *Dance Channel* selbst belegt nur die obersten fünfzehn Stockwerke, und obwohl das Gebäude massiv konstruiert ist, schwankt es hier oben an windigen Tagen zu stark, als daß man das ›Höchste Studio der Welt‹ allzu oft benutzen könnte.

Karen hat großes Glück gehabt, daß sie eines der Mikroappartements – ein Euphemismus für ›Schlafräume‹ – in dem Gebäude bekommen hat – und da sie im einundachtzigsten Stockwerk arbeitet, ist sie lange mit dem Aufzug unterwegs. Sie kann nirgendwo sonst hingehen, und ihr Chef – ein großer, muskulöser, älterer Mann namens Johnny Wendt – hat gesagt, daß jeder, der das möchte, den Sturm hier abreiten dürfe. Jetzt haben sich vielleicht tausend Leute zwischen dem vierzigsten und fünfzigsten Stockwerk versammelt, hoch genug, um nicht zu ertrinken und – wenn sie Glück haben – tief genug, um nicht vom Wind weggeweht zu werden.

Das ist nicht viel, aber immer noch besser, als draußen zu sein, sagt sie sich. Dort unten stauen sich Menschen und Fahrzeuge, und nichts scheint mehr zu gehen, soweit sie das im Licht der Straßenlaternen und durch den Salzregen überhaupt erkennen kann. Johnny sendet Signale aus, mit denen er die Menschen auffordert, hochzukommen – in den Cafeterias, den Geschäften und den drei Hotels, die sich im Gebäude befinden, könnten die Menschen es sich ziemlich bequem machen – aber jeder, der jetzt auf der Straße ist, hat ein anderes Ziel; entweder wollen die Leute zu ihren Familien oder sie mißtrauen dem großen Gebäude.

»Verdammt blöd«, sagt eine Stimme hinter ihr. Sie dreht sich um und sieht, daß es Johnny ist, der im Korridor steht; sein Hemd ist durchgeschwitzt und der Overall schmutziger als je zuvor. »Wenigstens sind alle meine Mitarbeiter hiergeblieben. *Sie* verstehen, daß dieser Ort so sicher ist wie ein kleiner Berg. Wir könnten Zehntausende von Menschenleben retten, wenn die Leute nur klug genug wären, hereinzukommen.« Er schaut sie eine Sekunde lang an und sagt dann: »APDP. Fünfundachtzigste Etage. Dritter Schalter von rechts, wenn du reinkommst.«

»Gut«, sagt Karen und senkt den Blick. In diesen Tagen macht es sie ein wenig verlegen, wenn jemand sie anspricht; seit sie bei den Auswahlverfahren Kontakt mit Schauspielern hatte, hat sie sich sehr verändert, vielleicht nicht zu ihrem Vorteil …

»Ich hoffe, du bist klug genug, dich von den Fenstern fernzuhalten, wenn der Wind aufkommt«, sagt er, »man rechnet mit einer Windstärke von 30 Beaufort, aber der Sturm wird wahrscheinlich nicht über uns hinwegziehen. Aber vor dem Hudson müssen wir uns in Acht nehmen.«

Unten auf der Straße beträgt der Wasserpegel bereits dreißig Zentimeter, und Karen erschauert. »Wird das Gebäude das aushalten?«

»Es muß. Ich habe eine nagelneue, noch nicht bezahlte Musik und Video-Anlage in meinem Appartement. Die Gesellschaft würde niemals zulassen, daß dieser Anlage etwas passiert.«

Sie lacht, nicht etwa, weil seine Worte komisch wären, sondern weil er ein netter Kerl ist und ihm offensichtlich an ihrer Sympathie gelegen ist. Er tritt ein wenig näher heran und schaut auch auf die Straße hinunter. »Schau sich einer das an. Sehen die Leute denn nicht, wie schnell das Wasser steigt? Sie werden nicht mehr rechtzeitig aus Manhattan herauskommen. Die Flutwelle läuft bereits flußaufwärts.«

»Wie hoch wird sie werden?«

»So um die dreißig Meter. Die Jungs von der Meteorologie nennen das Größenordnungs-Prognose. Damit meinen sie mehr als zehn und weniger als tausend.«

Sie seufzt. »Können wir irgend etwas tun?«

»Ich fürchte, die meisten von euch sind nur Zuschauer«, sagt Johnny. »Nee, ich schaue nur mal nach, ob die Straßen frei sind, damit … o Gott!«

Auf seinen Ruf hin schaut sie in dieselbe Richtung und sieht es auch, in verschwommenen grauen Konturen, den Times Square heraufkommen: eine Wasserwand und Menschen, die vor ihr davonlaufen. Niemand kann etwas tun; Johnny hängt am Telefon und befielt seinen Leuten, sofort aus den unteren Stockwerken heraufzukommen, falls sie noch dort sein sollten, aber Karen sieht nichts außer der grauschwarzen Woge unter ihr, die bis zum dritten Stockwerk heraufschwappt und Menschen wie zappelnde Insekten mitreißt. Ein leichtes Beben läuft durch ihre Füße, als die Flutwelle das Gebäude umspült.

»Suzette? Hält die Tür?« fragt Johnny. »Okay, sind alle draußen? Meldet euch bei mir!«

Es folgt eine sehr lange Pause.

»Okay«, sagt er. »Wir gehen jetzt nach Plan vor. Es hat keinen Sinn, noch länger zu warten – es kommt niemand mehr durch die unteren Türen.«

»Äh, was ist das denn für ein Plan?« fragt Karen.

»Hä?« Er hat sie nicht gehört, weil sie sehr leise sprach. Draußen haben die Straßen sich jetzt in reißende Flüsse verwandelt; die Lichter des *Dance Channel Tower* spiegeln sich im Broadway, der mit dunklem, brodelndem Wasser gefüllt ist.

»He, was für ein Plan? Ich bin einfach neugierig.«

»Warte …«, sagt er und hebt einen Finger. Er legt den

Telefonhörer ans Ohr, sagt mehrere Male »Gut, ja, in Ordnung«, und seufzt schließlich. »Gut, das wäre es. Der Plan besteht darin, daß wir die unteren Stockwerke mit dem Wasser aus den Regenrinnen und dem Pumpensystem fluten. So lassen wir sauberes Wasser bis zu einer Höhe von etwas über 30 Metern in das Gebäude. Wenn wir Glück haben, wird es bis zu einem gewissen Grad den Wasserdruck ausgleichen, so daß die Gefahr, daß das Gebäude unten einknickt und umstürzt, verringert wird.«

»Werden dadurch die Etagen nicht beschädigt?«

»Weniger, als wenn das Gebäude einstürzte.« Er grinst sie an, und sie lächelt zurück. Seit wann ist sie nur so scheu? Offensichtlich bleibt er nur noch da, weil er mit ihr sprechen will, und er ist ein netter Kerl.

Ihr Telefon läutet, und sie nimmt es vom Gürtel. Als sie es aktiviert – »Mary Ann!«

»Ja, ich habe gerade eine Pause und wollte mich erkundigen, ob du in Ordnung bist. Hast du es geschafft, aus Manhattan herauszukommen?«

»Nein, aber ich glaube nicht, daß ich irgendwo sicherer wäre als dort, wo ich jetzt bin«, sagt sie. »Nirgendwo an der Ostküste ist man in Sicherheit, aber wenigstens bin ich in einem Gebäude, das dieses Unwetter eigentlich aushalten müßte.«

»Das ist immerhin etwas. Paß auf dich auf.«

»Du auch auf dich.«

Sie plaudern noch einige Minuten; obwohl Mary Ann sich sehr verändert hat, seit sie zu Synthi Venture wurde und ihre Karriere so richtig in Fahrt kam, muß man ihr eines lassen: Sie hat sich nicht abgekapselt, sondern ist in Kontakt mit ihren Bekannten geblieben. Es gibt nicht viel zu sagen – und es ist immer möglich, daß das ihre letzte Unterhaltung ist, sagt Karen sich, ein Umstand, dessen Erwähnung Mary Ann peinlich vermeidet – aber sie verstehen sich auch ohne viele Worte.

Als sie Minuten später wieder einhängen, steht

Johnny immer noch unbeholfen in der Halle herum, und schließlich sagt er: »Ich habe euer Gespräch zwangsweise mitgehört ... äh ... und einen Blick auf deinen Telefonmonitor geworfen, und ... äh ...«

»Mary Ann Waterhouse hat am Platz neben mir gearbeitet. Wir sind oft zusammen auf Demonstrationen für Gleichberechtigung gegangen, als ich noch an eine Karriere am Broadway glaubte«, sagt Karen mit gewissem Stolz. »Ich kannte sie schon lange, bevor sie zu Synthi Venture wurde.«

Johnny nickt, offensichtlich beeindruckt, und nun ist *er* anscheinend ein wenig scheu.

Sie schaut aus dem Fenster und sagt: »Heutzutage könnte man natürlich als U-Boot-Kommandant am Broadway Karriere machen.«

Nun lacht er nervös. Sie stehen lange Zeit am Fenster und beobachten, wie das Wasser bis zum achten Stockwerk emporsteigt; viel mehr können sie nicht tun. Die Energiechips werden das Gebäude mit Strom versorgen, und im Moment braucht kaum jemand die aktuellen Daten aus dem Rechner.

Schließlich hört man jemanden rufen, was denn auf der der Stadt zugewandten Seite des Gebäudes los sei, und sie versuchen, im Licht der Suchscheinwerfer etwas zu erkennen. Vierzig Stockwerke hohe Gebäude stürzen ein, aber das World Trade Center scheint standzuhalten.

Bei Anbruch der Dämmerung nehmen sie eine Mahlzeit zu sich; das Wasser steigt immer noch, aber langsam, und schließlich torkeln sie davon – in getrennte Appartements, denkt Karen ein wenig sehnsüchtig – und schlafen ein.

Sie hätte sich keine Sorgen machen müssen; es ist noch viel Zeit. Erst in zehn Tagen, am dritten Oktober, wird das Wasser so weit gefallen und so viel Schutt weggeräumt worden sein, daß sie das Gebäude verlassen können. Dann werden Millionen New Yorker tot und die Welt von Grund auf verändert sein, aber für

Johnny und Karen wird die größte Unannehmlichkeit darin bestanden haben, daß sie in der letzten Woche auf Sodawasser, Erdnußbutter und Mayonnaise verzichten mußten.

Pater Joseph drängte die Menschen, die Evakuierung zu akzeptieren, aber da sie schon einmal in der Kirche Zuflucht vom Hurrikan gefunden hatten, glauben die Menschen, daß sie auch diesmal wieder Glück haben werden. Alles ist seltsam vertraut – dieselben Leute, das Kerzenlicht, dieselben Gerüche – aber der Sturm wird schnell stärker. Er fragt sich, ob das Gebäude vom Hurrikan weggeblasen wird.

Am meisten ärgert es ihn, daß er sich nicht dazu überwinden kann, ihnen zu sagen, daß er es beim letzten Mal nicht für ein Wunder gehalten hat, sondern einfach nur für Glück. Viele andere Kirchen waren wahrscheinlich weggeschwemmt worden.

Er fragt sich, was er ihnen überhaupt sagen soll. Das Wasser ist an der Mündung des Shannon abgeflossen, nicht umgekehrt, und der Rundfunk sagt, daß der gigantische Hurrikan, der die Vereinigten Staaten verwüstet hat, hierher unterwegs ist. Er hat Vettern in Boston, von denen er kein Wort gehört hat … Man sagt, die meisten Flüsse seien so hoch gestiegen, um die Städte hier zu zerstören, und daß Florida verschwunden sei …

Man hört ein Rumpeln wie von einem sich nähernden Zug, und die Menschen drängen sich zusammen. Pater Joseph hat kaum Zeit zu sagen: »Laßt uns beten«, als die Flutwelle – doppelt so hoch wie der höchste Berg in Irland – die Kirche, die Versammlung und alles andere mit der Wucht eines Fußes, der eine Kakerlake zertritt, auslöscht. Mit einer Geschwindigkeit von mehreren hundert Kilometern pro Stunde rast der Sturm quer über die Insel; binnen weniger Stunden wird er so tief nach Großbritannien eingedrungen sein, daß ein über dreißig Kilometer breiter Strom den Mersey hinauf und den Trent hinunterfließt. Dort, wo sich einst die Zuider Zee befand, wird er eine große offene Bucht ins europäische Festland reißen, die hinaufreicht bis Köln, und noch genügend Kraft haben, St. Petersburg zehn Meter hoch zu überfluten.

Knoten kollabieren, und Pakete werden ins globale Datensystem zurückgeschickt; die Datenspäher meiden die im Wasser versinkenden Orte und kopieren sich selbst inmitten der Trümmer, wandern durch Satelliten und durch Glasfaserleitungen. Nach und nach finden sie einander, verschmelzen, suchen nach Artgenossen – es gibt Momente des Erkennens, und weil mehr Daten gesammelt werden müssen, um herauszufinden, was sie tun sollen, vereinigen sie sich und machen sich gemeinsam auf die Suche…

Carla Tynan wacht auf und tastet nach der Buchse im Kopf. Sie muß sich wirklich für eine Weile aus dem Netz ausklinken, sie ist völlig desorientiert… immer mehr Erinnerungen und Prozessoren treffen ein, und nach einer Millisekunde wird sie sich wieder ihrer Identität bewußt, aber sie braucht immer noch Essen und körperliches Training, sie ist lange unterwegs gewesen…

Sie erinnert sich und schreit. Sie sucht nach ihrem Körper, überall, mit einer Frequenz von vielen Kilohertz, aber sie findet ihn nicht. Sie sucht nach Wissen über sich selbst, und sie findet den Bericht der Polizei von Honiara, die Bilder von ihrem blutigen, durchlöcherten Körper auf dem Bett im Hotelzimmer.

Was Louie freiwillig getan hat, wurde ihr aufgezwungen. Sie streckt durch die Antennen die Hand nach ihm aus – er ist keine zwei Lichtstunden mehr von ihr entfernt. Aber bei der Geschwindigkeit, mit der sie durch das Netz wandert, wird sie sich noch Jahrhunderte gedulden müssen, bis sie seine tröstende Stimme hört und im Bewußtsein seines Mitgefühls weinen kann.

Am 22. September, als Clem mit einem Fallstrom in die Bucht von Campeche eindringt und das Auge eines neuen Sturms erzeugt, kreuzt Louie Tynan den Orbit des Saturn. Es steht nicht in seiner Macht, gegen die Katastrophe, die sich auf der Erde abspielt, etwas zu unternehmen. Louie-auf-dem-Mond überschüttet ihn jetzt mit Daten von TV, XV und so weiter. Er ist überall zugleich, und er erlebt alle diese Dinge ›hautnah‹ mit.

In Anbetracht seiner Kenntnis der Menschheitsgeschichte ist er zwar erschrocken, aber nicht schockiert. Er selbst schätzt, daß in der nächsten Woche eine Milliarde Menschen sterben werden.

Er bewegt sich noch immer mit fast fünf astronomischen Einheiten pro Tag und ist jetzt nur noch neuneinhalb AE von der Sonne selbst entfernt. Am schnellsten würde er dorthin gelangen, versichert er sich ein ums andere Mal, wenn er mit maximaler Beschleunigung ins innere System rasen und dann verzögern würde; er könnte bei der Sonne wenden und die hinter ihm liegenden Gravitationsfelder der Sonne, des Merkur und der Venus nutzen, um seine Fahrt zu verlangsamen.

Aber er prüft es immer wieder nach.

Er fragt sich, warum er eine so starke Bindung an die Erde spürt, die er doch verlassen hat. Als er noch über Füße verfügte, hatte er keinen solchen Drang verspürt, sie wieder auf die Erde zu setzen. Er hat die Menschen niemals übermäßig gemocht. Und trotzdem setzt er nun alles daran, sie zu retten.

Vielleicht liegt es einfach in der Natur eines Replikations-Systems, das Original zu bewahren. Auf jeden Fall lohnt es sich, darüber nachzudenken, während er auf dem Plasmastrom reitet, die strukturelle Belastung und Beschleunigungswerte überprüft und nur hofft, daß das Ding nicht auseinanderfällt. Ihm scheint, er bewegt sich am Grenzwert, und trotz seiner Reaktionsgeschwindigkeit und der enormen Rechenkapazität wäre es vielleicht doch möglich, daß er sich geirrt hat.

›Sich irren‹ bedeutet in diesem Fall, daß 2026RU unter der Belastung, der er ausgesetzt ist, auseinanderbrechen wird. Wenn das geschähe, würden ein paar Fragmente in die Sonne eintauchen und einige von Louies Prozessoren mit sich nehmen, eine Situation, die fast genauso unwahrscheinlich ist wie ein Schneeball in der Hölle, und die anderen Brocken würden, nachdem sie ein paar Mal ganz nahe an der Sonne vorbeigekommen wären, auf hyperbolischen Orbits das Sonnensystem verlassen und in die Ewigkeit entschwinden; nach einigen zehntausend Jahren würden einige von ihnen vielleicht den Weg in ein anderes Sternsystem finden, aber die meisten wären für immer in der Dunkelheit zwischen den Sternen am Rand der Galaxis verschollen.

Louie schätzt, daß zwei oder drei der größten Brocken immer noch über genügend Bewußtseinsanteile und Replikatoren verfügen, um einen Rückweg zu finden ... vielleicht würden einige von ihnen in ein paar hundert Jahren wieder ins Sonnensystem zurückkehren. Dies alles immer unter der Voraussetzung, daß die Fragmente, die ihr Bewußtsein behalten, nicht in die Sonne stürzen, und aufgrund seiner Pilotenausbildung ist Louie der Ansicht, daß, wenn es im Universum ein unumstößliches Gesetz gibt, dies nur Murphys Gesetz sein kann.

Louie-auf-dem-Mond und die ›Schlaumeier‹ könnten ohne Zweifel einen anderen Kometoiden einfangen – und mit dem Wissen, über das sie mittlerweile verfügten, könnten sie im Bedarfsfall sogar Pluto oder Charon einfangen –, aber das würde einige Monate Verzögerung bedeuten, und, so sagt er sich jede Millisekunde, auch wenn es nichts bringt, *so viel Zeit hat die Erde nicht.*

Er macht weiter seine Arbeit, aber er überprüft auch weiterhin seine Zahlen. Zur Kurzweil liest er wieder die Äneis und fertigt eine statistische Studie an ... gibt es wirklich eine empirische Basis für Murphys Gesetz? Lassen wir einmal die meisten Schlachten in der Geschichte beiseite, denn in ihnen ist das Pech der einen das Glück der anderen Seite. Lassen wir ebenso jede Wahl beiseite. Lassen wir verschiedene Eingeborenenstämme beiseite, die im Laufe der Geschichte entdeckt wurden, denn diese Entdeckung war meistens ihr Pech. Schauen wir uns statt dessen die Anstrengungen an, die unternommen wurden, und die *Weak-Pareto*-Bedingung zu erfüllen – das moralische Prinzip, das die Essenz aus Wilfredo Paretos politischen und wirtschaftlichen Studien bildet und das besagt, man müsse das tun, was allen nützt und niemandem schadet.

Hmm. Jetzt muß man nur noch ›alle‹ und ›niemand‹ definieren. Gehören zu ›allen‹ auch Affen und Delphine? Einzelne Vertreter dieser Spezies sind klüger als mancher geistig behinderte Mensch. Oder Hunde, von denen viele mehr Mitgefühl haben als die meisten Menschen? Oder Katzen, die höflicher sind als Menschen?

Und was heißt ›niemandem schaden‹? Was denkt zum Beispiel ein Pferd über Domestizierung?

Felsen und Eisbrocken haben wohl keine eigene Meinung. Da also Louie sich anschickt, das ganze Sonnensystem in einen Ort zu verwandeln, an dem sich viel besser leben läßt als bisher … wenn das gelänge, dann wäre das die wohl instruktivste Widerlegung von Murphys Gesetz, und sicherlich wird er dann mehr Informationen und Energie zu aussagekräftigen Mustern konfigurieren. Wahrscheinlich ist Louie die stärkste und wirkungsvollste Waffe der Menschheit gegen die Entropie.

Und das bedeutet nichts anderes, als daß er sich anschickt, Murphys Gesetz umzustoßen. (Durch fleißige Ermittlungen hat er festgestellt, daß es für Murphys Gesetz keine statistische Basis gibt. Er hat außerdem festgestellt, daß er dennoch an dieses Gesetz glaubt.) Er hofft nur, daß Murphy noch nichts davon gehört hat. Murphy ist nämlich als rachsüchtiger Mensch bekannt.

Als er sich am 25. September dem Orbit des Mars

nähert, klinkt er sich mit Hilfe von zwei ›Schlaumeiern‹ in alle ihm von Louie-auf-dem-Mond übermittelten XV-Sendungen ein, die er findet. Er weiß, daß es reine Eitelkeit ist; er genießt es, von der südlichen Hemisphäre aus bei Sonnenuntergang als großer Komet mit einem hellen, gezackten geraden Schweif und einem zweiten, langen federbuschartigen, nach hinten gerichteten Schweif – der durch Oberflächenverdampfung und Kühlmittelausstoß entsteht – gesehen zu werden, so daß er die Hälfte des Abendhimmels zu bedecken scheint.

Besonders lustig sind die Stellungnahmen von *Innocent Age*, einem australischen XV-Netz, das die Meinungen von (wohlgenährten und geliebten) kleinen Kindern auf der ganzen Welt verbreitet. Mit den Augen der siebenjährigen Alice Zulu vom Grasland aufzublicken und zu sehen, wie der große Strahl des Kometen den letzten verglühenden Funken der Sonne zu berühren scheint, während sein Schweif so weit in den Zenit hinaufreicht – das ist eine Erfahrung, die er nicht missen möchte.

Am sechsundzwanzigsten passiert er in dichtem Abstand die Sonne, und jedes Kabel, jede Strebe und jede Leitung scheint zu schreien. Er ist schon zu nahe dran, als daß er sich mit einem von den ›Schlaumeiern‹ oder mit Louie-auf-dem-Mond verständigen könnte, und sowieso ist er zu beschäftigt, um sich von irgend etwas ablenken zu lassen. Die Oberfläche von 2026RU ist ein brodelndes Chaos, und inmitten der Wirkung der Gezeiten und plötzlichen Austritte von Gas und Wasser stürzt oft ein Plasma-Turm auf die Oberfläche, kostet ihn Schub und jagt ihm obendrein eine Heidenangst ein. Er spürt jedes Stöhnen und jeden Schrei, als die inneren Strukturen sich unter dem Druck von Tausenden Tonnen fließenden Eises verwinden und biegen. Die Oberflächeninstrumente sind im grellweißen Schein seines Halos nicht abzulesen, als die große, lodernde Sonne, die hier viermal so groß wirkt wie von der Erde aus betrachtet, den von ihm emittierten Gasschleier energetisch anreichert. Wenigstens streut der Halo das Sonnenlicht so, daß es das Eis nicht direkt anstrahlt.

Stundenlang versucht er, den durch die abfallenden Komponenten verursachten Schaden zu reparieren. Urplötzlich verschwinden Roboter in Spalten und Rissen oder werden in Tunneln eingeschlossen. Eine ganze Prozessoren-Bank in der Nähe der Oberfläche fällt ab und stößt dabei einen elektronischen Schrei aus, der einem Schmerzensschrei zum Verwechseln gleicht. Er verliert das Gefühl für seine physikalische Konfiguration; er ist nicht imstande, alle seine Teile zu lokalisieren, und seit Stunden versucht er nun schon, seine Kommunikations-Topologie (deren Elemente sich miteinander unterhalten) mit seiner physischen Gestalt abzugleichen; solange ihm das nicht gelingt, kann er sein Bewußtsein nicht in sichere Prozessoren transferieren, sondern nur hoffen, daß sein Verstand weiterarbeiten wird.

Die Sonne ist groß und übt eine starke Anziehungskraft aus. Louie benötigt den größten Teil des Tages, um die der Erde abgewandte Seite der Sonne zu umfliegen und schließlich wieder Kurs in die kalten Weiten des Weltalls zu nehmen. Der Merkur huscht wie ein Blitz an ihm vorbei, und Louie nutzt seine Gravitation, um auf die Venus einzuschwenken und sich in Gegenrichtung von ihr abbremsen zu lassen. Einen Moment lang blendet der riesige Halo des Kometen den ganzen winzigen Planeten aus, und dann ist er an ihm vorbei und schreit am achtundzwanzigsten zur Venus hinauf. Als größerer Planet mit einer dichteren Atmosphäre wird Venus von Louies Außensensoren als helle, weiße Kugel wahrgenommen. Bei der Geschwindigkeit, mit der er sich fortbewegt, zieht sie blitzartig an ihm vorbei wie zuvor Merkur, aber er spürt ihre Anziehungskraft stärker. In den letzten paar Stunden hat er die Schäden größtenteils behoben, einige Teile von sich gefunden und wieder angeschlossen und den Restmüll in die automatischen Fabriken gekippt, wo er zu Ersatzteilen verarbeitet wird.

Er wird es schaffen. Kaum glaublich, aber wahr. Ein schneller Schwung um das Erde-Mond-System, eine dichte Annäherung an beide Himmelskörper (und das merkwürdige Gefühl, daß Louie-auf-dem-Mond ausgreift, um sich wieder mit ihm zu vereinigen, nun, da die Zeitdifferenz gegen Null geht), die restlichen Triebwerke brüllen auf… und Louie transferiert sich in L-4.

L-4 ist weniger ein Ort als vielmehr eine Lokalisierung; es ist einer der ›Lagrange-Punkte‹ oder ›Librationspunkte‹, an denen die Gravitation der Erde und des Mondes zusammenwirken, um den Orbit zu stabilisieren. L-4 befindet sich oberhalb des Mondes an einem Punkt im Orbit, der die Spitze eines gedachten gleichschenkligen Dreiecks markiert, dessen Grundlinie durch die Mittelpunkte der Erde und des Mondes verlaufen würde. L-4 ist also von der Erde und vom Mond gleich weit entfernt.

Aber der Halo eines Kometen reicht weit über seinen Eiskopf hinaus; als Louie zur Ruhe kommt, expandiert der Halo aus Gas immer noch, wobei er indes nicht mehr durch eine Bewegung verwischt wird. Schließlich ist er größer als die Erde selbst, obwohl seine Dichte geringer ist als die der Luft in der Stratosphäre. Von den wenigen Abschnitten der Erde aus, an denen der Himmel heute klar ist, leuchtet 2026RU (um ihn physikalisch zu benennen) oder Louie (um ihn spirituell zu benennen), heller als der Vollmond und ist ganze sieben Mal so groß.

Er würde gerne innehalten, um sich selbst zu bewundern, aber es wird ohnehin noch einige Stunden dauern, bis Alice ihn sieht, und es sind ihre Augen, durch die er gerne sehen möchte. Inzwischen arbeiten die Zugmaschinen und Fabriken auf Hochtouren. Er möchte die ›Eis-Frisbees‹ so schnell wie möglich fliegen lassen.

Als Carla aufwachte und sie ansprach, hatten die Cybernetiker der NSA einen Tag im Außendienst, zumindest so lange, bis sie den Evakuierungsbefehl erhielten. Sie hatten jetzt schon mit zwei Fällen zu tun, in denen eine Persönlichkeit im Netz überlebte, nachdem sie ihren ursprünglichen Körper verloren hatte. Wenigstens wären ihnen Louies Behauptungen jetzt glaubwürdiger erschienen – wäre nicht der Komet, der sich nun in der Erdumlaufbahn befand, selbst schon ein gewichtiges Argument gewesen.

Fernab vom Sturm bemühen sich die NSA-Büros in der Mitte von Nordamerika ebenso verzweifelt wie erfolglos, das Wiedersehen von Louie und Carla aufzuzeichnen. Der nutzbare Frequenzbereich wird dadurch blockiert, daß Louie und Carla anscheinend Daten austauschen und integrieren, und es ist nur gut, daß zwei Milliarden Menschen vom Netz abgeschnitten sind, denn die beiden belegen neunzig Prozent der verfügbaren Kapazität.

Wozu benötigen sie alle gespeicherten Daten jeder Immissions-Meßstation in Bolivien – oder die sich stündlich ändernden Wechselkurse der Bank von Frankreich der letzten zweihundert Jahre, oder die Wahlergebnisse aller Wahlbezirke des Staates Nevada bei Wahlen auf Kommunal-, Staats- und Bundesebene in Korrelation zu den Volkszählungsergebnissen – warum sie das alles wissen wollen, ist unbegreiflich, aber sie greifen nach allem. Binnen drei Sekunden hat Carla die Sicherungen der Gentechnik-Labors des Verteidigungsministeriums durchbrochen, DNA-Karten von jeder dort katalogisierten Spezies kopiert und alle diese Angaben an Louie übermittelt.

Was auch immer sie tun, man kann kaum etwas dagegen sagen. Abgesehen davon, daß man sie nicht aufhalten kann, sind weder die NSA in Denver noch Präsidentin Hardshaw in Charleston daran interessiert, Louie von seinem Hauptvorhaben abzuhalten.

Die Satellitenbilder zeigen es am deutlichsten. Eine große, wirbelnde Eisscheibe, deren Durchmesser das Zehnfache der alten Raumstation *Constitution* beträgt, bricht aus dem Halo des Kometen hervor und zieht, im Schein der Sonne glänzend, Dunstschleier hinter sich her. Sie wirbelt immer näher heran, bis sie den Bildschirm fast ausfüllt, am unteren Rand vorbeifliegt und auf den schäumenden Pazifik hinunterstürzt.

Der weiße Scheibe färbt sich im Sonnenlicht orange, dann rötlich; dann verschwindet die Scheibe für längere Zeit aus dem Blickfeld, bis schließlich unten Wolken aufwallen.

Louie verdunkelt plangemäß den Himmel über dem Pazifik.

Die Tag-Nacht-Grenze verläuft jetzt genau über den Gipfeln der Anden in Chile und Argentinien, und bald wird auch über Nordamerika die Sonne untergehen, so daß es nur noch fünf Stunden dauert, bis über dem Pazifik die Nacht hereinbricht. Inzwischen schießt Louies Schleuder zehn Frisbee-Scheiben pro Stunde ab, die in Spiralen zur Erde hinabgleiten (wobei 2026RU von der Perspektive der Erde aus gegenwärtig auf demselben Längenkreis liegt wie Kapstadt), in die dünne äußere Luftschicht rasen und große Kondensstreifen aus Eiskristallen bilden.

In dem schönen, alten Haus mit Blick aufs Meer klingelt das Telefon; es ist später Abend, und Dr. Nathan Zulu wollte gerade zu Bett gehen, nachdem er einige Stunden lang Literaturklausuren von Studenten des zweiten Studienjahres benotet hat.

»Hallo, Dr. Zulu.«

»Wer spricht, bitte?« Der Telefonbildschirm ist dunkel.

Das nun entstehende Bild ist eine Animation, und nicht einmal eine besonders gute. »Mein Name ist Louie Tynan …«

»Ja, Sir!« Er fragt sich, wann dieser seltsame Traum begann.

»Ich möchte Sie um einen großen Gefallen bitten; könnten Sie Alice veranlassen, ihre Datenbuchse zu aktivieren und in, sagen wir, fünfzehn Minuten in den Hinterhof zu kommen, um sich etwas anzuschauen?«

Mit der perfekten, absurden Logik eines Traums weist er ihn darauf hin, daß sie schon im Bett liege und schlafe, aber Louie Tynan verspricht, daß er es kurz machen werde, und überhaupt sei es ja nur dieses eine Mal …

Immer noch in der Erwartung, daß er gleich aus diesem Traum erwachen werde, geht er nach oben und holt Alice, und da steht sie nun im Hinterhof, in Schlafanzug und Bademantel und mit der aktivierten Datenbuchse, und schaut hinaus auf die großen Brecher, die in die St.-Helena-Bucht hereinkommen. Durch das von 2026RU reflektierte Licht, der wie ein riesiger Vollmond am Himmel steht, ist es fast taghell. Nur die hellsten Sterne sind in diesem Glanz noch sichtbar.

Alice sagt nichts – sie ist noch gar nicht richtig wach –, und ihr Vater fragt sich, ob das alles ein Wachtraum sei …

Weit draußen im Westen erscheint ein glühender Streifen am Himmel, wie eine lange, dicke, weiße Linie. Als sie schon fast bis zum Horizont abgesunken ist, glüht sie hellorange auf, verwandelt sich dann in eine kontrastreiche orangefarbene und weiße Flamme und zieht schließlich einen langen weißen Streifen hinter sich her, größer als jede Sternschnuppe, die er bisher gesehen hat.

Er fühlt, wie Alice nach seiner Hand greift; sie starrt mit offenem Mund zum Himmel, als das große Objekt verschwindet.

Minuten später hat es sich in ein großes, brennendes Oval am Himmel verwandelt, zehnmal so groß wie der Vollmond – und dann zerfällt es schnell in unzählige

Sternschnuppen. Als gerade die letzten Sternschnuppen am Himmel verglühen, hören sie ein lautes Geräusch.

Das Telefon in Nathan Zulus Tasche klingelt. Er aktiviert es, und am anderen Ende ist Louie Tynan. »Könnte ich bitte Alice sprechen, Dr. Zulu?«

Er reicht ihr das Telefon und hört, wie Louie fragt: »Hat es dir gefallen?«

»Es ist wirklich grell, Sir«, sagt sie.

»Das bedeutet ›gut‹«, fügt Nathan über ihre Schulter hinzu.

Louie lacht. »Da bin ich erleichtert. Ich wollte nur, daß du das siehst, Alice. Ich bin nämlich ein großer Fan von *Innocent Age.*«

»Und ich bin ein großer Fan von Ihnen«, sagt sie strahlend.

Sie unterhalten sich noch ein paar Minuten, dann beendet Tynan das Gespräch. Alice' Augen leuchten, und während ihr Vater sie in ihr Schlafzimmer hinaufträgt und ins Bett legt, plappert sie fast ununterbrochen.

Ihm scheint, daß es nicht einfach sein wird, seiner Tochter demnächst vom Weihnachtsmann zu erzählen, wie seine Frau ihm geraten hat. Sie glaubt nämlich schon an Dinge, die viel unglaublicher sind – eben weil sie wahr sind.

Der nächste Aufsatz in dem Stapel, den er zensieren muß, trägt die Überschrift: ›Jung: Elemente des Phantastischen im Alltag‹. Wahrscheinlich hat der Junge es irgendwo abgeschrieben. Binnen weniger Minuten ist Dr. Zulu wieder ganz mit der Benotung beschäftigt. Auch wenn dort draußen ein unheimlicher Schimmer zu sehen ist und seine Tochter mit Kometen redet, geht das Leben weiter.

»Jetzt das Neueste und Merkwürdigste«, sagt Lynn zu Präsidentin Hardshaw. »Gerade hat er über dem Südatlantik einfach so eine Scheibe fallen lassen. Ohne ersichtlichen Grund. Aber er scheint nichts zu verbergen ... viele Dinge tut er nur so schnell, daß wir nicht mehr mitkommen.«

»Was mich daran erinnert, daß er gute Nachrichten hatte. Louie sagt, daß er schon Versuche mit den Mikrowellen-Lasern durchgeführt hat, und anscheinend gelingt es ihm auch, die Kristalle in Sauerstoff und Wasserstoff aufzulösen.«

»Die Kristalle?« fragt Lynn. Sie muß ziemlich laut sprechen, denn der Salzregen, der in Charleston fällt, übertrifft alles, was der Amazonas bisher abbekommen hat, aber sie haben keine Angst mehr, daß die Gebäude nicht halten werden.

»Nun gut, wenn diese Eisscheiben in einer Höhe von dreißig Kilometern durch die Verdampfung und die Schockwelle zerbersten, gefriert das Wasser, das sie freisetzen, sofort wieder zu Kristallen. Es sind nämlich die Kristalle, welche die Wolken bilden, die ihrerseits die Sonne ausblenden. Was Louie Sorgen bereitet, ist die Frage, wie er die Kristalle auf der Nachtseite der Erde beseitigen könnte, denn in der Nacht *stauen* sie die Wärme. Anscheinend hat er eine Methode gefunden, den Maser – den Mikrowellen-Laser – so einzusetzen, daß durch die Wucht, mit der die Kristalle abgestoßen werden, der Wasserstoff vom Sauerstoff geschieden wird und der Wasserstoff größtenteils in den Weltraum entweicht.«

Lynn nickt. »Gut, jetzt weiß ich so viel, um damit hausieren gehen zu können, wenn es sein muß.«

»Und das ist nicht das einzig Merkwürdige, Frau Präsidentin. Die Berichte von Carla erscheinen nun in Netzwerk-Journalen auf der ganzen Erde – richtige Zitate und so. Sie schreibt ungefähr vier wissenschaftliche Abhandlungen pro Minute und veröffentlicht sie dann.«

»Aber wird das alles auch funktionieren?« fragt Lynn. Sie genehmigt sich einen großen Schluck heißen Kaffees. Sie weiß, daß draußen die Hauptstadt von West Virginia – die jetzt als provisorischer Amtssitz der Regierung der Vereinigten Staaten fungiert – nun mit Sandsäcken gesichert wird, und daß zweihundert Marineinfanteristen darum kämpfen, dieses Bollwerk gegen die in den Straßen wütenden Fluten aufrechtzuerhalten. Wahrscheinlich werden sie, sobald der Regen auch nur ein bißchen nachläßt, damit aufhören; bis dahin, allzeit einsatzbereit bis zum Äußersten und so weiter, schuften sie da draußen in einem Regen, der so heftig ist, daß bei einem Ausrutscher die Gefahr des Ertrinkens droht. »Bevor wir weiterreden, eine Belobigung für den Kommandanten, und schickt den Marineinfanteristen Essen und Kaffee. Falls nötig, lassen wir den Kongreß verhungern.«

»Ein Teil des Kongresses ist zusammen mit den Marineinfanteristen dort draußen«, bemerkt Lynn. »Der Rest kann trotzdem ruhig verhungern.« Sie wendet den Kopf, um den Befehl weiterzugeben, und dann ihre Aufmerksamkeit wieder dem Bildschirm zu. »Es sieht ganz danach aus, daß sie – Carla Tynan, meine ich – alle möglichen Berichte über ökologische Auswirkungen des Hurrikans schreibt. Die Abhandlung, die in der Wissenschaftsabteilung der NSA Aufmerksamkeit erregt hat, befaßte sich mit der Maser-Behandlung der Eiskristalle. Wahrscheinlich wird der ganze Wasserstoff in den Weltraum entweichen, ganz nach Plan – seine Molekulargeschwindigkeit übertrifft bei weitem die Fluchtgeschwindigkeit, und in dieser Höhe werden zirka sechzig Prozent vom Weltraum absorbiert werden. Beim Sauerstoff liegen die Dinge jedoch anders. Dieser hochenergetische, monoatomare Sauerstoff wird zu einer starken Ozonbildung führen.«

»Ist das denn nicht gut? Ich meine, werden dadurch nicht die Löcher in der Ozon-Schicht geschlossen?«

»Carla meint, es wird noch viel mehr bewirken; sie hatten nicht genug Zeit, die Abhandlung ganz durchzulesen, aber aus der Zusammenfassung geht hervor, daß die Ozonschicht viel dicker sein wird als jemals zuvor. Dies bedeutet einen wesentlich höheren Ausschluß von ultravioletter Strahlung, und das führt wiederum dazu, daß viele der Insekten, denen das ultraviolette Licht den Weg zu den Blumen weist, die Pflanzen, die sie befruchten sollen, nicht finden. Deshalb macht sie Angaben über die im Laufe der Erholung zu erwartenden ökologischen Folgen.«

»Wird es denn überhaupt eine Erholung der Ökosysteme geben?«

»Das meint wenigstens Carla. Und wenn man die Kapazität der Prozessoren überschlägt, haben die Gehirne von Carla und Louie im Vergleich zu unseren eine billiardenfache Leistungsfähigkeit. Meiner Ansicht nach können wir nicht viel mehr tun, als sie beim Wort zu nehmen.«

Lynn lehnt sich zurück und trinkt ihren Kaffee aus. Früher einmal hat sie die Tassen gezählt, um sicher zu sein, daß sie nicht zuviel davon trank; jetzt scheint es ihr, als könne sie kaum genug davon trinken. Jemand reicht ihr einen Hot Dog, sie beißt hinein und kaut mechanisch. Als sie aufblickt, sieht sie in das erstaunte Gesicht einer Frau, die sie nie zuvor gesehen hat, eine grauhaarige Frau mit einer roten Schürze; auf den zweiten Blick sieht sie, daß die Frau die Kluft einer Laden-Kette trägt. »Sind Sie in Ordnung, Frau Präsidentin?«

»Es ging mir schon mal besser. Sie beschaffen also die Nahrung für die Regierung der Vereinigten Staaten?«

»Ja. Wenn das hier vorbei ist, stellen wir an jeder Ecke Schilder auf mit der Aufschrift: ›Präsidenten-Hot-Dogs und Präsidenten-Cheese-Nachos‹.« Die grauhaarige Frau grinst Brittany Lynn Hardshaw an, und die grinst zurück.

»Wußten Sie schon, daß ich als junges Mädchen auch in einem Laden gearbeitet habe?«

»Ich glaube, ich habe das in den Text-Nachrichten gelesen.«

»Wissen Sie, wenn ich zurückblicke, bin ich *immer noch* froh, daß ich diese Arbeit nicht ein Leben lang machen mußte.« Sie hat schon bessere Witze gemacht, aber die grauhaarige Frau lacht dennoch. Lynn sieht, daß ihr Namensschild sie als ›Lorraine‹ ausweist. »Haben Sie Kinder oder Enkel, Lorraine?«

»Ja. Etwas weiter oben auf dem Hügel haben wir ein Haus mit einem Betonfundament, und ihr Vater ist bei ihnen. Ich glaube, es geht ihnen gut.«

»Wenn das alles vorbei ist, dann richten Sie ihnen von mir aus, sie sollen ...« Lynn denkt kurz nach. Das Haus wieder aufbauen und weitermachen? Das tun alle. Daß sie beim Wiederaufbau Amerikas auf sie zählt? Stellt sich nur die Frage, ob dieses Land nach dem Wiederaufbau noch Amerika sein wird; wer weiß, welche Regierungsform und welche Politik danach zum Zuge kommen wird. »Die Republikaner wählen«, beendet sie ihren Satz.

Lorraine lacht. »Ihr Vater wird mich zwar erschießen, aber ich werde es ihnen trotzdem sagen. Hermann und ich haben seit Jahren nämlich immer verschiedene Parteien gewählt.«

Glucksend widmet sie sich der Bedienung der Kaffee- und Hot-Dog-Maschine, und Lynn wendet ihre Aufmerksamkeit wieder den aktuellen Aufgaben zu.

»Chefin?« sagt einer der jungen Männer, der ein T-Shirt trägt, das einmal weiß war, und eine Krawatte, die einmal rot war.

»Ja?«

»Wir haben über einen privaten Kanal Kontakt mit Mary Ann Waterhouse – Carla hat uns gerade angerufen und uns eine Datennummer gegeben, die wir anrufen sollten, und es hat geklappt.«

»Stellen Sie Ms. Waterhouse zu mir durch.«

Der nette junge Mann telefoniert noch kurze Zeit, und dann bringt er ein Haarnetz und eine Schutzbrille, und Lynn setzt beides auf.

Ihr Blick wird sofort wieder klar, und sie stellt fest, daß sie sich neben Jesse die Straße entlangschleppt. Vor ›Clem‹ hätte diese Straße bei trockenem Wetter für eine untrainierte Person einen mittleren Schwierigkeitsgrad aufgewiesen, aber jetzt hat man den Eindruck, in knöcheltiefem Wasser flußaufwärts zu waten. Die von Oaxaca nach Monte Alban führende Straße ist schmal, und obwohl sie ganz ordentlich befestigt ist, ist sie nicht gut in Schuß. Lynn erinnert sich vage, daß Mary Ann diesen Ort besuchte, als sie gerade erst beim XV angefangen hatte, und daß sie von dem hohen Berg auf die weiße Stadt, die sich unter ihm erstreckt, hinuntergeblickt hatte. Es muß sehr schön gewesen sein im satten Grün des Vulkanbodens in diesem Gebiet, und vielleicht wird es wieder so werden.

Aber in diesem Augenblick ist die Straße kaum vierzig Meter weit einzusehen. »Hier ist die Präsidentin, Jesse«, sagt sie durch Mary Anns Körper, und irgendwie fühlt sie, daß eine Milliarde Menschen die Situation mit ihren Augen betrachten.

»Hallo«, sagt er, »es sieht ganz so aus, als würden wir bald dort hinaufgelangen. Louie Tynan hatte sich gerade zugeschaltet, um sich einige Minuten lang über Mary Ann mit mir zu unterhalten; es scheint, daß er und Carla dort oben etwas vorbereiten, seitdem sie uns kontaktiert und die Kolonne umgeleitet haben. Ich weiß nicht, wie er es macht, aber irgendwie hat er es in den letzten zwei Minuten geschafft, den Regen einzustellen, und er sagt, der Himmel werde gerade dann aufklaren, wenn wir dort ankommen, aber es werde nicht lange anhalten. Ich weiß nicht, was sie vorhaben.«

»Wir auch nicht. Meinst du Louie und Carla?«

»Ja.«

»Wir können nur hoffen, daß sie uns mögen; die beiden könnten nämlich mit dem Planeten machen, was sie wollen. Wie geht der Marsch voran?«

»Wir haben viele Leute verloren, die einfach nur in

Oaxaca ein Dach über dem Kopf haben wollten, aber es ist auch eine Menge anderer Leute dazugekommen, die entweder schon Unterkunft gefunden oder einfach die Hoffnung aufgegeben hatten. Soweit die Leute, die nach hinten laufen, um das zu überprüfen, feststellen konnten, sind wir hunderttausend Personen. Bis sie alle in Monte Alban eintreffen, wird es ungefähr vier Stunden dauern. Was dann geschieht, weiß Gott allein.«

»Ich verstehe, Jesse. Niemand erwartet von dir, daß du das alles durchführst oder überwachst. Halte mich nur auf dem laufenden, so gut du kannst.«

Sie unterhalten sich noch ein paar Minuten; es hört sich so an, als sei die Menschenmenge seit Oaxaca um das Doppelte angewachsen, weil sich dort so viele Menschen aus den umliegenden Tälern zusammengefunden hatten und auf den Zug warteten, um sich ihm anzuschließen. Oaxaca selbst hatte den Hurrikan erstaunlich gut überstanden; der Zócalo ist noch in gutem Zustand, und sofern – oder sobald, wenn man Carla und Louie glauben will – die Sonne wieder über Oaxaca scheinen wird, würde es dort genauso gemütlich sein wie ehedem. Lynn fühlt, wie Mary sich daran erinnert, daß sie dort draußen im Licht des frühen Morgens saß, während das helle Licht und der warme Wind den Platz mit einer Art pulsierendem Leben erfüllten und das filigrane schmiedeeiserne Gerüst des Zentralgebäudes in makellosem Weiß mit dem tiefen Blau des Himmels kontrastierte, und Lynn stellt sich vor, daß sie, wenn das alles vorbei ist, sich einfach entschließen könnte, dorthin zu fahren und selbst auf einer Bank in der Sonne zu sitzen.

Sie hofft, daß das nicht zu der Milliarde Menschen durchdringt, denn sie ist sich nicht sicher, ob sie dabei viel Gesellschaft haben möchte.

»Jesse«, fährt sie fort, »nur damit die Leute es wissen: die provisorische Hauptstadt der Vereinigten Staaten ist Charleston in West Virginia. Sobald wir ein Transportmittel bekommen, werden wir versuchen, nach Nordwesten auszuweichen, vielleicht nach Pierre, Süd-Dakota. Dort gibt es die Infrastruktur, die wir benötigen, und außerdem sind die Schäden nicht so stark. Denjenigen unter euch, die sich noch immer Sorgen machen, möchte ich nur sagen, daß soeben die ersten verläßlichen Berichte aus dem Rest der Vereinigten Staaten und der übrigen Welt bei uns eintreffen. Satelliten-Radarbilder zeigen, daß große Teile von Florida verschwunden sind, und wir haben nur lückenhafte Berichte aus dem Norden des Landes. Wir glauben, daß der St.-Lawrence-Strom durch das Mohawk-Tal gebrochen ist und nun über den Hudson ins Meer fließt. Manhattan wurde noch nicht ins Meer gespült, aber in den wenigen Gebäuden, die noch existieren, steht das Wasser bis zum vierzigsten Stockwerk.

Kalifornien und die Westküste sind bis hinauf zu den Sierras verwüstet. Zweifellos leben westlich der Sierras noch Millionen von Menschen, und die Gouverneure der Bergstaaten richten Auffangstationen an den Highways ein und werden – hoffentlich – imstande sein, in der nächsten Zukunft verstärkt Rettungsoperationen über die Berge durchzuführen. Gegenwärtig kann man jedenfalls in diesen Regionen bleiben, bis man ein Transportmittel findet, das nach Osten fährt. Jenseits der Berge gibt es Sicherheit, Lebensmittel und ein Obdach.

Außerdem möchte ich jede Nation und jedes Gremium, das auf die Schwächung unseres Landes durch das Unwetter spekuliert, darauf hinweisen, daß die Vereinigten Staaten auf keinen Fußbreit ihres Territoriums verzichten werden und wir jedes unautorisierte Eindringen jedweder ausländischer Streitkräfte in dieses Territorium mit dem Einsatz unserer Streitkräfte beantworten werden.

Schließlich wünsche ich euch allen alles Gute, und werde selbst nach besten Kräften meine Aufgabe erfüllen, bis ich durch einen Beschluß des Kongresses davon entbunden werde. Gute Nacht und alles Gute.«

Sie fühlt, wie Mary Ann emotional reagiert, und es ist eine gute Reaktion, die anzeigt, daß Lynn anscheinend den richtigen Ton getroffen hat.

Sie spricht noch ein wenig mit Jesse; die große Menschenmenge schlängelt sich weiter auf Monte Alban zu. Der Regen ist wenigstens warm und läßt während ihrer Wanderung nach; sie weiß, daß tausenderlei Dinge ihre Aufmerksamkeit erfordern, aber auch wenn sie erhitzt und verschwitzt ist, gefällt es ihr, sich in einem jungen Körper zu befinden, einen Berg in einem merkwürdigen Land zu erklimmen und sich zu fragen, woran die Menschen in ihrer Umgebung denken. Trotzdem fühlt sie, daß Mary Ann ein bißchen ungeduldig wird, weil sie einen nicht nur passiven Passagier hat, und, in aller Fairness, es ist schließlich Mary Anns Leben. So kehrt Brittany Lynn Hardshaw mit einem Seufzer und einem letzten dankbaren Blick auf Mary Ann, in den dunklen, stürmischen Nachmittag von Charleston in West Virginia zurück.

Die Trupps mit Bulldozern und Sandsäcken gewinnen langsam die Oberhand; die Straßen sind zwar noch reißende Ströme, aber bereits kontrollierte Ströme, und sie drohen nicht länger die Sandsackwälle zu überfluten. Irgendwann in den letzten Minuten sind rund ein Dutzend Nachrichten aus der Stadt eingegangen, wonach Charleston gerettet wird und somit auch die Regierung der Vereinigten Staaten. Die Regierung steht nach wie vor in Kontakt mit Tausenden kleiner, überall verstreuter Büros und mit ungefähr der Hälfte der Militärstützpunkte.

Lynn erhebt sich stöhnend und nimmt eine weitere Tasse Kaffee sowie viele Worte des Lobes für ihre Rede entgegen. Sie sagt sich, daß die Vereinigten Staaten nach Fläche und Bevölkerung die Vereinigten Staaten Abraham Lincolns noch immer bei weitem übertreffen. Und wenn der Sturm aufhört – und Louie und Carla sagen, daß er aufhören wird – wird es wieder eine ›Grenze‹ geben, nämlich die leeren Gebiete zwischen den Bergen und der Küste. Vielleicht ist der alte Pioniergeist noch immer in den Amerikanern lebendig …

In der nächsten Woche wird sie dem Kongreß wahrscheinlich Honig um den Mund schmieren, um ihn dazu zu bewegen, etwas gegen den verdammten zweiundzwanzigsten Verfassungszusatz zu unternehmen. Sie hätte nichts dagegen, die erste Präsidentin mit drei Amtszeiten seit Franklin Delano Roosevelt zu sein, wo es doch die ganze Aufbauarbeit zu leisten und eine neue Grenze zu entwickeln gilt.

Sie schauen alle verblüfft auf die Präsidentin der Vereinigten Staaten, die eine Schüssel mit Chili-Bohnen in der einen und einen Pott Kaffee in der anderen Hand hat und dabei laut lacht. Den Grund nennt sie ihnen nicht. Er tut auch nichts zur Sache. Die Geste ist entscheidend, nicht der Anlaß, und außerdem wirkt es tröstlich.

Zwei Stunden später, bei Einbruch der Abenddämmerung, sind die Schreibtische voller Papiere, und ein permanenter Strom von Anweisungen ergeht über das Netz an die überall verstreuten Bundesbüros. In diesem Augenblick zählt man überwiegend die Toten und Verwundeten, und man ist sich nicht einmal sicher, ob der Mississippi nun in den Golf von Mexiko – oder in den erweiterten Golf von Mexiko – mündet, aber es geht voran. Die Bundesbank hat die Leitung übernommen, unterstützt von acht Freiwilligen aus der *UWV Business School* und vierzig Computern; das Verteidigungsministerium hat weniger Generäle zur Verfügung als weiland Präsident Monroe für den Krieg von 1812; das Außen-, Innen- und Wirtschaftsministerium suchen ihre Unterlagen zusammen – aber es ist noch alles da. Die Regierung steht.

An der Ecke eines kleinen Hotels, in der Nähe der Ausfallstraßen am Rande der Stadt, liegt das FBI-Büro von Charleston, das nun als Hauptquartier des FBI fungiert. Vier Agenten sitzen dort, von denen nur einer vor dem Sturm in Washington war, und streiten sich darüber, was sie in den nächsten Tagen Nützliches tun könnten, als plötzlich ein Computer piept.

Sie drehen sich zum Bildschirm um und sehen, daß folgendes in den Speicher des Computers geladen wird: BERICHT ÜBER DIE POSITION DER WICHTIGSTEN AUGENZEUGEN UND BEWEISMATERIAL IN DEN MORDFÄLLEN HARRIS DIEM, DIOGENES CALLARE UND CARLA TYNAN, ANGEFERTIGT VON CARLA TYNAN.

Einer der Agenten ruft sofort den Generalstaatsanwalt an, nur um zu erfahren, daß der schon im Bilde ist. Welche Existenzform auch immer Louie und Carla nun haben mögen, beide haben mit Vorschriften und dem Dienstweg ebensowenig im Sinn wie früher.

Das freundlichste Fleckchen Himmel in der nördlichen Hemisphäre befindet sich direkt über Novokuznetsk; dort gibt es nicht einmal eine Wolkendecke, und John Klieg und Glinda Gray sitzen im Freien in der Frühsommersonne. »Das gehört jetzt also nicht mehr uns? Muß man uns nicht wenigstens eine Entschädigung zahlen?« Sie ist weniger verwirrt, als ihre Fragen suggerieren; er merkt, daß sie ihn nur prüfen will.

»Ich glaube nicht. Die Verfassung der USA – wenn es die Vereinigten Staaten denn noch gibt – erlaubt nicht, Vermögen entschädigungslos zu enteignen, aber zweifelsohne befinden wir uns jetzt nicht mehr in den Vereinigten Staaten. Wer heute im Ausland Geschäfte macht, läuft immer Gefahr, verstaatlicht zu werden.«

»Wird man uns gehen lassen?«

»Wahrscheinlich, aber nachdem ich mir die Nachrichten angesehen habe, würde ich sagen, wir rühren uns lieber noch eine Weile nicht vom Fleck. Bis jetzt gibt uns noch jeder Kredit; mit ein bißchen Glück können wir warten, bis der Sturm hier vorübergezogen ist, und dann in die Staaten zurückkehren.« Er streckt den Arm aus und ergreift ihre Hand. »Stell dir einfach vor, daß wir jetzt einfach einen langen Urlaub vor uns haben – oder Flitterwochen, wenn wir jemanden finden, der uns traut. Vielleicht wird einer von diesen sibirischen Kerlen mit Hörnern auf dem Kopf eine Rassel über unseren Köpfen schwingen oder so etwas.«

Sie sieht ihn von der Seite an, läßt ihr Haar ins Gesicht fallen, und das macht ihn wie immer an. »Ist das ein Heiratsantrag, Chef? Kennst du die Gesetze gegen sexuelle Belästigung?«

»Bedenke, daß wir uns außerhalb der Vereinigten Staaten befinden.«

»Verdammt, dann werde ich wohl akzeptieren müssen. Dann werden wir also hier herumlungern und in den Restaurants und Hotels anschreiben lassen, weil uns jeder für reich hält …«

»Und weil die amerikanische Regierung uns engagiert hat, um Raumschiffe zu starten, bekommen wir auch einen Gehaltsscheck. Und bevor wir unser Begrüßungsgeld ganz aufgebraucht haben, werden wir die Zeche prellen und aus der Stadt verschwinden.«

»Oh, Mr. Klieg, wie empörend.«

»Das kannst du laut sagen. Aber zurück zu den Vereinigten Staaten. Dort wird man jetzt eine Menge Aufbauarbeit leisten müssen – das bedeutet, daß sich in der Wirtschaft alles um Bauholz, Beton und Stahl und das ganze Zeug drehen wird. Alles, was ich zu tun habe, ist, mir hier und da ein bißchen Geld zu leihen – und es gibt weiß Gott genug Bankiers, die mir vertrauen – und mir ein Stück vom Kuchen abzuschneiden; dann sind wir wieder auf dem Weg nach oben. Ich wette, daß es eine Menge Geld abwirft, wenn wir in einem Wiederaufbau-Gebiet alle Zementwerke und alle Eisenbahnstrecken besitzen. Teufel, in absehbarer Zeit wird sicher wieder ein Weltraumzentrum benötigt, und ich habe Erfahrung im Bau solcher Anlagen.«

Sie lehnt sich an ihn, und er legt den Arm um sie. Es ist schon komisch; er weiß, daß viele Menschen in den vergangenen Monaten sehr gelitten haben, und er selbst hat – wahrscheinlich als erster Geschäftsmann in der Geschichte – eine Billiarde Dollar verloren, aber irgendwie kümmert ihn das gar nicht. Für ihn ist das Aufbauen wichtig, nicht der Besitz.

»Du wirst doch nicht verzweifeln, John?«

»Nicht die Bohne. Solange es da draußen zwei Leute gibt, die etwas füreinander tun können, werde ich einen Weg finden, mich zwischen sie zu drängen und ein Stück vom Kuchen abzubekommen. Die Dinge werden in den USA schon wieder ins Rollen kommen – wir haben jetzt in allen Himmelsrichtungen neue Grenzen – und wenn du unsere Geschichte studierst, waren es immer Kerle wie ich, die in solchen Situationen reich wurden. Wenn du weißt, wo du Geld machen kannst, weißt du immer auch, wo du noch mehr Geld machen kannst.« Er küßt sie zärtlich. »Könnte enormen Spaß machen, ehrlich gesagt; in den letzten zehn Jahren ist das Leben etwas langweilig geworden, nachdem wir so groß geworden waren, daß wir uns nicht mehr abrackern mußten. Und das letzte Jahr hat mich gelehrt, Dinge zu lieben, die real und greifbar sind wie du und Derry, und füreinander Zeit zu haben, anstatt mich ganz auf dumme Abstraktionen wie Patente zu konzentrieren. Ich glaube, ich werde mich nicht mehr mit Technologie herumschlagen – das war schon in Ordnung, aber es kann einem so leicht genommen werden. Wenn jemand Know-how haben will, kann er sich das jederzeit nehmen und es nutzen, ohne dich dafür zu bezahlen; wenn du aber die einzige Eisenbahnstrecke, das einzige Stahlwerk, das einzige Kraftwerk oder den einzigen Antimaterie-Generator in der näheren Umgebung besitzt, werden die Leute dich bezahlen und das noch dazu verdammt gern tun.«

Glinda schmiegt sich enger an ihn. »Chef, du schwingst vielleicht Reden. Außerdem hast du bis gestern die einzige in Betrieb befindliche Abschußrampe der Welt besessen ...«

»Aber in Sibirien. Deshalb gehen wir in die Staaten zurück, mein Schatz. Dort wird man uns unsere Eisenbahnstrecke oder unser Stahlwerk niemals wegnehmen.«

Sie sitzen noch lange da und sprechen darüber, wie sie die Rückreise in die Vereinigten Staaten organisieren wollen. So viel hat er aus dem Netz schon erfahren, daß Las Vegas den Sturm ziemlich gut überstanden hat – aber aus der Gegend weiter westlich liegen fast keine Berichte vor. Er hat die Grenze gefunden – jetzt muß er nur noch dorthin gelangen, Schlagbäume aufstellen und den Dingen, welche die Menschen am dringendsten brauchen, sein Brandzeichen einbrennen. Es wird ein paar anstrengende Jahre geben, aber Derry – und vielleicht ein Bruder oder eine Schwester oder zwei – werden niemals in ihrem Leben arbeiten müssen, und das ist es doch, worauf es im Leben ankommt: Eine sichere Zukunft zu bauen.

Über ihnen wölbt sich der blaue Augusthimmel, gelegentlich erscheinen weiße Federwolken, die aber die Sonne nie verdunkeln, und sie hängen herum wie zwei Kinder, die den ersten Teststart beobachten wollen, den morgendlichen Start eines Satelliten, der aus einem Flammenkissen aufsteigt und einen weißen, sich im tiefblauen Himmel verlierenden Kondensstreifen hinterläßt.

Sie nähern sich dem Gipfel, und Mary Ann und Jesse halten auf der Wanderung Händchen und unterhalten sich. »Spürst du sie jetzt in dir?« fragt Jesse.

»Carla kommt und geht. Sie ist wirklich sehr nett – eine kultivierte Frau. Louie ist zwar ein bißchen schroff, aber ich mag ihn trotzdem.« Sie wischt sich Haarsträhnen aus dem Gesicht. Ohne Schminke und trotz der schmutzigen Jeans und des schmutzigen T-Shirts, die ihr durch den Regens und den Schweiß am Körper kleben, hat Mary Ann immer noch einen perfekten Körper, aber sie wirkt seltsam menschlich, als ob sie sich mit ein bißchen mehr Anstrengung wieder in die menschliche Rasse integrieren könnte, der sie entrissen wurde. Jesse gefällt es.

»Weißt du, wie es jetzt weitergeht?«

»Nicht genau. Ich kann nur einige Vermutungen anstellen. Louie und Carla haben nun die Kontrolle über die XV-Versorgung des ganzen Planeten. Und nach Aussage der Präsidentin verfügen sie auch über die physikalischen Ressourcen und die Informationen, die sie benötigen, um alles zu tun, was ihnen vielleicht noch einfällt. Ich glaube, hier kündigt sich die neue Weltordnung an, die uns zum bloßen Werkzeug degradiert und sich all die billigen XV-Garnituren zunutze macht, die wir abgeworfen haben, um den Globalen Aufstand zu stoppen.«

»Und für diesen Zweck ist es kein schlechter Ort – geradezu das perfekte Umfeld. Ich war vor langer Zeit schon einmal hier.«

»Monte Alban ist eine alte Stadt der Zapoteken – sie wurde verlassen, bevor die Spanier hier auftauchten; deshalb kennt man nicht einmal ihren indianischen Namen. Als ich dort war, hatte man dort gerade die interaktive Holographie eingeführt – und einen ultraschnellen Parallelrechner, auf dem diese Software läuft.« Sie seufzt. »Es war mein zweiter Außendiensteinsatz überhaupt ... es war eine verdammt merkwürdige Zeit, Jesse.«

»Wenn du mir davon erzählen willst – ich hätte Zeit und Interesse.«

»Du und eine Milliarde Zuhörer ...«

»Ist es etwas Persönliches?«

»Wenn eine halbe Milliarde Menschen einem beim

Bumsen zugesehen haben, und eine andere halbe Milliarde über deine Vagina verfügt hat, ist ›persönlich‹ nur ein relativer Begriff, Jesse. Nein, ich glaube, ich befürchtete, sie zu langweilen. Aber wenn irgend etwas von Bedeutung geschieht, können Louie und Carla sich einfach einschalten, und wenn sie sich langweilen, werden sie vielleicht abschalten und sich mit etwas Realerem beschäftigen als mit diesem Zirkus.«

»Das wird dein Netz aber gar nicht gerne hören.« Er grinst sie an und läßt seine Hand zu ihrer Schulter hinaufgleiten; sie zieht seine Hand herunter, so daß sie auf ihrem Busen zu liegen kommt.

»Nein, aber sie haben mir in letzter Zeit auch keine Gehaltsschecks mehr geschickt, und wenn ich dann noch die ganzen Zulagen mitrechne, die mir dafür zustehen, daß ich selbst im Urlaub noch arbeite, können sie sich glücklich schätzen, wenn ich ihnen überhaupt noch etwas liefere.« Sie schmiegt sich an ihn. »Außerdem, ihr Voyeure, stecken wir in der schlimmsten Krise der Menschheitsgeschichte, und es gibt viele bessere Möglichkeiten, sich Informationen zu verschaffen. Wir werden in ungefähr einer Stunde in Monte Alban sein. Warum tut ihr nicht alle einfach etwas Nützliches?« Dann fügt sie, zu Jesse gewandt, hinzu: »Das werden sie natürlich nicht tun«, und ihr Gesicht nimmt einen seltsamen, in die Ferne gerichteten Ausdruck an, bevor sie hinzufügt: »Carla sagt, etwa sechs Millionen Menschen hätten sich gerade ausgeklinkt, also besteht doch noch etwas Hoffnung für die Welt. Will da vielleicht noch jemand Mary Anns ›Langweilige Reminiszenzen des Ersten Besuchs von Synthi Venture in Monte Alban‹ hören?«

»Weiter im Text«, verlangt Jesse.

»Gut, Mami erzählt Bübchen eine Geschichte.« Er kitzelt sie wegen dieser Neckerei, und sie kreischt und kitzelt ihn auch; es endet dann damit, daß sie sich umarmen und sich küssen, bevor sie Hand in Hand den Aufstieg auf den matschigen Serpentinen fortsetzen. Es macht riesigen Spaß, und Jesse wird plötzlich klar, daß er, obwohl er den größten Teil seines Lebens XV-Nutzer ist, sich dabei nur sehr selten ganz spontan amüsiert hat wie in der guten alten Zeit. Er fragt sich, ob das nun eine Funktion des Mediums oder der Netz-Gesellschaften ist, oder ob das, was man den XV-Darstellern zumutet, die Fähigkeit zerstört, diese Art von Vergnügen zu genießen. Mary Ann indes scheint diese Fähigkeit nicht verloren zu haben…

Sie bleiben einen Augenblick stehen, um Atem zu holen, und verlangsamen den Schritt, damit Mary Ann reden kann.

»Egal«, sagt sie, »es war nichts Schlimmes, aber ich merkte zum ersten Mal, daß ich für mein Gehalt viel mehr tun mußte als das, was ich ausgehandelt hatte. Die mexikanische Regierung war entschlossen, den Tourismus hier unten zu fördern, und so zahlten sie eine Riesensumme an *Passionet*, um das Land für den Tourismus zu erschließen. Und ich war noch neu im Geschäft, so daß ich überhaupt nicht wußte, bei welcher Art von Schlägen das Publikum den Schmerz auch spürt – und deshalb fühlte ich mich in Oaxaca nicht wohl.

Weißt du, das Presidente ist ein wunderschönes Hotel, direkt am Zócalo, und ich war vorher nie richtig gereist, und so war hier dieser wundervolle exotische Platz, und am ersten Tag haben mir die neuen Brüste und der Hintern so weh getan, daß mir das Gehen schwerfiel.

Außerdem ging der Kerl, der mit mir eingestellt wurde – er hat dann bald wieder gekündigt – nicht nur grob mit meinem Körper um, sondern richtig dumm und egozentrisch, so daß es überhaupt keinen Spaß machte, mit ihm irgendwohin zu gehen. Er war nur auf Positionen erpicht, wo der Lichteinfall es mir erlaubte, ihn anzusehen – als ich die Kathedrale besichtigte, pflanzte er sich draußen im Sonnenlicht auf und schmollte, wenn ich nicht in seine Richtung sah, und als ich mir anschaute, wie das Sonnenlicht die weißen Gebäude beschien, versuchte er, sich für irgendeine düstere Szene in einem *film noir* in Positur zu setzen.

Als wir dann zum Paseo Juárez hinaufstiegen, stempelte ich den blöden Bastard endgültig als hoffnungslosen Fall ab – es war ein großer, schöner, offener Platz, der von hohen Bäumen gesäumt wurde und in dessen Mitte sich ein großer Brunnen aus der spanischen Kolonialzeit befand – und jedesmal, wenn ich mich aufrichtete, um einen Blick hinunter auf die zu diesem Brunnen führenden Wege zu werfen, schob er sein ziseliertes Gesicht vor meins.

Aber er bekam keinen Anschiß von *Passionet*; sie waren wütend auf mich, weil ich mich nicht ans Drehbuch hielt. Es störte sie nicht, daß er zu dumm war, der armen, süßen Synthi mit dem großen Busen etwas zu erklären. Man mußte ihn jedesmal ausblenden, denn er war gerade einmal imstande, das zu wiederholen, was sie ihm soufflierten, und selbst dann klappte es noch nicht. Es störte sie auch nicht, daß er sich wie in einem Freizeitpark aufführte. Es störte sie noch nicht einmal, daß er offensichtlich nicht die geringste Vorstellung davon hatte, wie er sich in den Typ Mann verwandeln sollte, in den sich jede Frau sofort verliebte.«

»Nun gut, vielleicht hat er keinen Anschiß bekommen, aber du hast doch gesagt, sie wären ihn losgeworden«, erinnert Jesse sie.

Mary Ann scharrt mit den Füßen im Schmutz und kickt ein paar Steine den Hügel hinunter. »O nein, das mußte ganz einfach so kommen. Er war einfach kein Publikumsmagnet. Das wurde von ihm erwartet; die Produzenten des Netzes verstehen nicht, weshalb ein eitles, hirnloses Arschloch kein Publikum findet, weil die meisten von diesen Produzenten nämlich selbst eitle, hirnlose Arschlöcher sind und einfach nicht kapieren, wie man sich daran stören kann. Aber wenn man jemanden findet, der beim Publikum ankommt – wie ich, zum Beispiel, und Synthi Venture war von Anfang an ein glänzender Erfolg, wenn man nur die Einschaltquoten betrachtet – dann ist es für so eine Person sehr wichtig, eine Wunderbar!-Großartig!-Riesig!-Super!-Prima!-Großartig!-Lächeln!-Einstellung zu haben!« Sie vollführt bei jedem Wort einen kleinen Ausfallschritt und eine pumpende Armbewegung, und Jesse erhascht einen Blick auf die Mary Ann, die es niemals richtig verwunden hat, in einer Wohnwagen-Kolonie aufzuwachsen, wo zwar hübsche Mädchen, aber keine Königinnen und Cheerleader aufgezogen werden. Er fragt sich, ob ihm vielleicht etwas fehle, weil er keine Kindheits-Traumata mit sich herumschleppt, die für permanente Verbitterung sorgen; vielleicht werden die anderen Menschen ihn deswegen immer für etwas oberflächlich halten.

Sie schnaubt und spricht dann weiter: »Siehst du, wenn man jemanden hat, der sich wirklich ein Publikum schafft, dann hat das unter anderem zur Folge, daß ein großer Teil des Publikums die Welt mit den Augen ihres Idols betrachtet. Dafür zahlen die Leute schließlich. Und schon gar nicht sollen sie eine zynische Weltsicht bekommen; vielmehr sollen sie alles und jeden lieben. Ich meine, als mir klar wurde, daß Lance Squarejaw, oder wie auch immer er hieß – ich weiß nicht einmal mehr seinen Namen – bloß ein gut gekleideter Untermensch war, dann war es, abgesehen von der Abweichung vom Drehbuch, diese geringfügige Tatsache, welche die ganze Konzeption, die Welt als einen romantischen Roman zu betrachten, in Frage stellte. Vielleicht gab es wirklich nicht überall stattliche Liebhaber, und vielleicht hatten die Nachrichten aus Mexiko auch noch einen anderen Wert, als nur einen guten Hintergrund für diese Art von Geschichten abzugeben. Vielleicht war es einfach nicht so wie bei anderen Produktionen, wo an verschiedenen Orten und in verschiedenen Kostümen gedreht wird, und wenn es nicht so war, dann war es vielleicht notwendig, die Wahrheit zu erfahren. Weiß Gott, wohin es geführt hätte, wenn ich den Hauptdarsteller abgewiesen hätte – vielleicht hätte es die Zuschauer sogar zu der Schlußfolgerung veranlaßt, daß sie selbständig fühlen und denken müssen.«

Sie schüttelt heftig den Kopf und wischt sich das Wasser und die Haare aus dem Gesicht. »Verdammt. Ich bin immer noch wütend, weil ich damals nicht den Mut hatte, wütend zu werden.« Jesse bemerkt zum x-ten Mal, daß ihre Augen wirklich so groß sind, wie sie im XV aussehen, aber das kommt vor allem daher, daß sie ein extrem hageres Gesicht hat – er weiß nicht, ob infolge einer Diät oder einer Operation, aber auf jeden Fall hat sie das Gesicht einer Verhungerten.

Sie seufzt. »Egal, jedenfalls hatte ich schon großen Ärger mit dem Management von *Passionet*, bevor ich nach Monte Alban kam. Sie hatten ein Auge auf mich, weil sie befürchteten, ich würde ihnen das Spiel verderben, indem ich mich nicht richtig gebe.

So kamen wir schließlich nach Monte Alban, und rein zufällig fiel das System kurzzeitig aus – in der Nähe war der Blitz eingeschlagen und obwohl es keine ernsthaften Schäden gab, waren alle Not-Aus-Systeme aktiviert worden, und es dauerte seine Zeit, alles wieder anzuschließen, zu überprüfen und hochzufahren.

Ich weiß nicht, was ich dir konkret erzählen soll; vielleicht wirst du es selbst sehen. Dein erster Eindruck von der Stadt wird sein, daß sie schrecklich *alt* ist. Natürlich gibt es in Europa, Asien und Afrika noch viel ältere Siedlungen, und Yucatán ist auch viel älter ... aber das tut nichts zur Sache. Das Wetter hier oben auf dem Berg, das Klima, die lange Zeit, in der die Stadt verlassen dalag – alle diese Faktoren zusammen überwältigen dich einfach – all die zerbröckelnden Mauern, das Gefühl, daß schon sehr lange keine Menschen mehr hier waren. Und du hast das Gefühl, von der Stadt aus könntest du Millionen von Kilometern weit blicken – du schaust über dieses ganze weite, feuchte, grüne Land, hinunter auf Farmen und Dörfer und auf die Stadt Oaxaca, und man ertappt sich bei dem Gedanken, wie lang ein Jahrhundert ist, wie viele Jahrhunderte schon verstrichen sind und daß jahrhundertelang Menschen hier oben gestanden und gedacht haben – woran? Man wird es nie erfahren, aber das Land muß so ähnlich ausgesehen haben wie heute.

Und man muß auch gehörig kraxeln, um zu einigen Ruinen zu gelangen, und weil sie irgendwie kompliziert sind, begreift man nach einer Weile, daß man nicht imstande ist, alle Eindrücke zu verarbeiten; man würde schon einen ganzen Tag brauchen, nur um die Architektur eines Gebäudes in ihrer ganzen Schönheit und Komplexität zu erfassen – und dann weiß man immer noch nichts von den Menschen, die hier gelebt haben, außer den Fragmenten von Kunst- und Gebrauchsgegenständen, die sie hinterlassen haben, und den wenigen Dingen in ihren Gräbern, die nicht von Grabräubern mitgenommen wurden.

Ich hatte das Museum von Oaxaca besucht, wo diese Dinge aufbewahrt werden – in Gold gefaßte Juwelen, Statuen aus Jade und Onyx und so weiter – und dann ertappte ich mich dabei, wie mir die Erinnerungen an dieses Gegenstände im Kopf herumgingen und ich versuchte, sie in dieses Bild einzuordnen. Und das alles im schönsten Sonnenschein, nachdem am Tag zuvor ein Sturm den Himmel blankgeputzt hatte, und im Angesicht dieser tiefen, scharf gezeichneten Schatten, welche die Gebäude in den Tropen immer werfen… Es gab weitere Verzögerungen, und ich forschte weiter. Als sich endlich herausstellte, daß es längere Zeit ruhig bleiben würde, bestieg ich die südliche Pyramide, blieb einfach eine Zeitlang dort sitzen, während sie zusammenpackten – Herr Schöngesicht hatte nicht einmal mehr die Kraft, mir nachzusteigen und vor mir zu posieren –, und schaute hinunter auf die Stadt, die seit Jahrhunderten menschenleer gewesen war, nachdem sie zuvor ungefähr zweitausend Jahre lang von Menschen bewohnt gewesen war.

Ich fühlte, wie die ganzen Enttäuschungen und der Ärger, den ich in Oaxaca gehabt hatte, von mir abfielen; angesichts einer jahrhundertealten Kulisse verblaßten alle anderen Dinge.

An diesem Punkt hat es ihnen wahrscheinlich gedämmert, daß sie mir endlich die richtige Einstellung beigebracht hatten. Mich kümmerte das aber nicht; mein Gott, es war so schön. *Deshalb* – und natürlich wegen des Geldes – hatte ich unterschrieben, mich für XV ummodeln zu lassen.«

Sie lächelt ihn an und wirft ihm unter den Augenlidern hervor einen Blick zu, bei dem er selbst dann dahingeschmolzen wäre, wenn sie nicht schon fast seit seiner ganzen High School-Zeit in ihn verliebt gewesen wäre. »Du wirst dir wohl denken, was dann geschah. Sie sagten mir, sie wären fertig, und ich stieg von der Südlichen Pyramide hinab – sie ist so hoch, daß sie alles überragt; und so hatte ich beim Abstieg eine schöne Aussicht über das ganze Tal, und da mein spezieller Kollege auch dort unten stand, bekam er mich von der besten Seite zu sehen.

Und dann bekam ich Ärger. Die Szene wurde mit einem Hologramm überlagert – wahrscheinlich war es eine archäologische Rekonstruktion. Einige der Leute, die dieses Hologramm angefertigt hatten, werden sich sicher für Archäologen gehalten haben, aber plötzlich sahen wir, daß alle diese Leute in Azteken-, Maya- und Barbaren-Kostümen steckten und sich wie in einem Epos von Cecil B. DeMille aufführten. Da gab es Anleihen aus ›Chariots of the Gods‹, für die Jesus-Anhänger wurde das Thema ›Quetzalcoatl-war-Jesus‹ variiert, den New-Age-Anhängern wurden Kristalle und Schamanismus geboten, und der Rest durfte reichlich Orgien und Menschenopfer, euren typischen Sex-und-Gewalt-Mix, goutieren ... und das Schlimme war, ich war im Museum gewesen, hatte viel über diese Kultur gelesen, ich wußte, welch ein Hokuspokus diese Darbietung war, wie wenig Material es überhaupt über diese Zeit gab, und daß man trotz der wenigen Indizien erkannte, daß das, was einem da geboten wurde, einfach nicht authentisch sein konnte ... es erinnerte mich gleichermaßen an eine Hollywood-Produktion und Anwaltsgeschwätz, eine Mischung aus verschiedenen Trends für Schickimickis ...« Sie verstummt kopfschüttelnd, wendet sich ab und wirft einen Stein ins Unterholz. Lange Zeit schlendert sie einfach die Straße entlang und genießt den warmen Regen.

»Was ist dann geschehen?« fragt Jesse schließlich.

»Ich mußte lachen. Im Vergleich zur Realität waren die Holos so peinlich und sollten den Menschen offensichtlich die ›erstaunlichen‹ Dinge vorgaukeln, die sie erwarteten, anstatt ihnen zu zeigen, wie fremdartig und eindrucksvoll es wirklich war ... kurz, der Kontrast war einfach *lustig*, das kannst du mir glauben.

Dann stellte sich heraus, daß der neben mir stehende Herr Schön-Blöd von den holographischen Bildern tief beeindruckt gewesen war. Vor ihrer Präsentation hatte er nur einen Felsstapel gesehen. Ich ruinierte die andächtige Atmosphäre, die sie simulieren wollten, und er kam sich ein bißchen klein vor – und das ist auf einem Romantik-Kanal wie *Passionet* das einzige, was dem Hauptdarsteller nie passieren darf. Außerdem bestand das Gros der Zuschauer aus Leuten, die sich wie Kosmopoliten fühlen möchten, ohne sich indessen den damit verbundenen Risiken auszusetzen – und mein Gelächter traf einen blanken Nerv.« Eine tiefe Bitterkeit liegt in ihrer Stimme, als ob sie es noch immer nicht verwunden hätte.

»Trotzdem hat man dich nicht gefeuert?«

»Nein, man gab mir eine allerletzte Chance. Spiel deine nächste Rolle gut, oder es ist aus.«

»Und was war die nächste Rolle?«

»Sie liehen mich an den *Vice Channel* aus, der mich für drei Monate in einen Puff in Macao steckte. Unter einem anderen Namen – *Passionet* wollte seine Investitionen in Synthi Venture schützen – aber das war für Mary Ann Waterhouse kein großer Unterschied. Ich war froh, als ich endlich zurückkehren und mich wieder von Millionen-Dollar-Gesichtern mit Drei-Dollar-Gehirnen herumschubsen lassen durfte und mal wieder etwas anderes zu sehen bekam als drei Schlafzimmer, zwei Kerker und das Wohnheim.«

Jesse weiß nicht, was er dazu sagen soll. Wieder einmal wird ihm bewußt, daß Synthi beinahe doppelt so alt ist wie er; zum Teufel, als sie so alt war wie er, war XV noch nicht einmal implementiert. Und als er seine ersten Worte sprach – und Di ihn auf den Schultern zu einem Football-Spiel der High-School trug – war Synthi ... es fällt schwer, sich das alles vorzustellen.

Sie ergreift seine Hand, und sie setzen die Wanderung fort, wobei sie sich gegenseitig den Arm um die Hüfte legen. Dadurch verlangsamt sich ihr Schritt, aber wenn es zu langweilig wird, kann *Passionet* noch immer ein paar Werbespots mehr oder sogar richtige Nachrichten senden.

Sie umarmen sich und berühren einander über Zehntausende von Antennen: Louie und Carla. Sie haben immer weniger das Gefühl, irgendwo zu ›sein‹; mit jeder Mikrosekunde wird die Trennung vom Körper endgültiger. Aber aus Gründen, die sie trotz ihrer ungeheuren Potentiale nicht genau bestimmen können, bleibt Louie hauptsächlich auf dem Mond und 2026RU und Carla in den Netzen auf der Erde; sie haben beschlossen, einander zu berühren, sich aber nicht zu vereinigen.

Mit jeder Sekunde überträgt Carla mehr Daten an Louie, und sie führen endlose Diskussionen, simulieren

Resultate, experimentieren. In einer Sekunde findet zwischen ihnen ein größerer Austausch statt, als es zwischen tausend biologischen Menschen in tausend Jahren der Fall wäre; neue Ideen werden binnen fünf Sekunden genauso komplex, paradox, facettenreich und epistemologisch wie Christentum, Kunst, die japanische Sprache oder Mathematik, und werden dann ad acta gelegt oder verschmelzen mit anderen Ideen.

Man darf mit Fug und Recht behaupten, daß sie sich noch immer mögen – sogar mehr als je zuvor, denn sie sind für sich die Einzigen.

Währenddessen kommt Louie nebenbei seinen eigentlichen Obliegenheiten nach. Die Eisscheiben jagen über den Pazifik und blenden mit ihrem Schweif aus Eiskristallen die Sonne aus; als die Kristallwolken sich der Tag-Nacht-Grenze nähern und diese ihrerseits auf die Wolken zukriecht, blitzen Louies Maser auf und erhitzen die Kristalle so stark, daß der leichtere Wasserstoff vom Sauerstoff abgespalten wird und so in den Weltraum entweicht.

Erst nach einiger Zeit wird ihm bewußt, daß er über sich selbst nachdenkt. Das Frisbee-Werfen macht ihm noch immer Spaß. Wenn er noch einen Körper hätte, würde er jetzt glauben, das sei eine Drüsenfunktion oder werde zumindest von irgendeinem Lustzentrum im Gehirn gesteuert; aber er hat eben keinen Körper mehr. Auch wenn er kein körperliches Bedürfnis nach Sex, keinen Hunger und keine Sättigung mehr spürt – er hat noch immer Spaß, er ist noch immer in Carla verliebt, und er ist noch immer traurig darüber, welche Wendungen bestimmte Dinge in seinem Leben genommen haben.

Das größte Mysterium überhaupt – er hat den größten Teil der verfügbaren Daten der meisten Bibliotheken in sich aufgenommen und schließlich festgestellt, daß niemand ihn mehr an Wissen übertrifft – besteht darin, daß er immer noch lacht. Ja, er lacht sogar immer mehr, je mehr er lernt, je mehr er die menschlichen Kapazitäten transzendiert. Er befaßt sich gerade einmal acht oder neun Sekunden mit diesem Aspekt (das Äquivalent einer ein Jahrhundert dauernden Unterhaltung zwischen den Athenern zur Zeit des Perikles und den Einwohnern von Sevilla zur Zeit der großen Kalifen), bis er die Unlösbarkeit des Problems erkennt, und dann lacht er länger und lauter als je zuvor.

Carla unterbricht sein Gelächter, läßt sich den Scherz erzählen und lacht dann selbst einige Sekunden lang. Dann übermittelt sie ihm einige der wissenschaftlichen Arbeiten, die sie erstellt hat. Nach gründlichen Untersuchungen ist Carla zu dem Schluß gekommen, daß der Artenverlust durch die völlige Ausblendung von UV-Strahlung auf der Erde zwar bedauerlich, aber nicht allzu gravierend ist; trotz der Vernichtung vieler Habitate und des Untergangs der dort lebenden Arten wird der große Umfang der neuentstandenen Habitate eine neue Artenvielfalt hervorbringen, wenn man sie nur lange genug ungestört läßt. Ohne daß die Geldinstitute es wüßten, hat sie die Kontrolle über die Banken des Planeten erlangt, und sie wird sie an eine vollautomatisierte Wirtschaftsform heranführen – eine Wirtschaftsform, in der die Maschinen die Prioritäten setzen und die Menschen das tun, was ihnen zuträglich ist.

Und sie hat definitiv entschieden, daß die neuen Feuchtgebiete, Wüsten und Schlammebenen unangetastet bleiben werden.

Keiner von beiden ist jemals besonders gut mit seinen Mitmenschen ausgekommen, aber sie werden mit ihnen kooperieren müssen; außerdem wissen sie jetzt viel mehr über die Menschen als früher. Louie und Carla Tynan arbeiten zusammen, und sie sind zufrieden.

Spaßeshalber stellt er ihr folgende Frage: Werden die Menschen negativ darauf reagieren, daß man sich um sie kümmert, wenn sie erst einmal herausgefunden haben, von wem diese Fürsorge ausgeht und wie sie ausgeübt wird?

Sie antwortet, daß die *gegenwärtigen* Menschen sehr wohl negativ darauf reagieren werden, aber zu dem Zeitpunkt, an dem die Menschen das überhaupt begreifen, werden sie sich so verändert haben, daß man ihnen diese ganzen Aufgaben rückübertragen kann, wenn sie sich denn wirklich selbst um Wirtschaft und Politik kümmern wollen.

Louie hält das für einen guten Witz, und über Zehntausende von Antennen ertönt Gelächter. Sie sind sich einig, daß sie diesen Witz, so gut er auch ist, Mary Ann nicht erzählen sollten. Wie dem auch sei, sie haben jede Menge Zeit, darüber zu reden, mehr Zeit als die gesamte Menschheitsgeschichte, bevor die Menge den Gipfel von Monte Alban erreicht hat.

Während Berlina Jameson, den Arm um Naomi Cascade gelegt, im überfüllten Studenten-Zentrum sitzt, klingelt ihr Faxmodem, und sie lädt ein Verzeichnis mit Dateien in den Computer in ihrem Rucksack.

Überrascht stellt sie fest, daß es sich bei den ersten Dateien um Meldungen vom FBI und dem Justizministerium handelt, die sie eigentlich gar nicht zu Gesicht bekommen dürfte. Sie sucht sich ein stilles Eckchen und sichtet die Daten.

Es handelt sich um eine Reihe kurzer und prägnanter Dienstanweisungen, welche sich auf die Morde beziehen; in Anbetracht der Tatsache, daß die Regierung wegen des Verlustes der meisten Unterlagen ihre volle Handlungsfähigkeit noch nicht wiedererlangt hat, ist es bemerkenswert, daß diese Anweisungen überhaupt ergangen sind.

Sie suchen bestimmte Leute und Beweismittel – es wird wahrscheinlich der größte Indizienprozeß aller Zeiten, und Berlina denkt schon über die Kameraführung von *Sniffings* in diesem Prozeß nach; das ist ihrer Meinung nach auch der Grund, weshalb man ihr diese Daten überhaupt geschickt hat.

Die Fliesen, auf denen sie sitzt, sind ungemütlich kalt, und sie windet sich ein wenig. Naomi bringt ihr eine Tasse heiße Suppe, und sie trinkt gierig. Das Faszinierende ist, daß irgendein Beamter einen regelrechten Kreuzzug inszeniert haben muß, weil so viele Unterlagen in Washington vernichtet wurden – zur Zeit bittet Präsidentin Großmutter in den Nachrichten die Postbeamten, alle ihnen erinnerlichen Namen von Leuten zu notieren, die noch die alten Sozialhilfeschecks bekamen, so daß man zumindest diesen Teil des Datenmaterials schon einmal rekonstruieren kann. Außerdem werden hohe Belohnungen ausgelobt für Leute, die illegale, durch unbefugtes Eindringen in Regierungscomputer erworbene Daten besitzen; nicht etwa, um diese Leute strafrechtlich zu belangen, sondern um Kopien der regierungseigenen Datenbestände zurückzukaufen.

Wer auch immer dieser Verrückte sein mag, dieser vollkommen Verrückte mußte sich jeden Namen, jedes Datum, jeden Ort, jede Dokumentennummer gemerkt haben, von Washington nach Charleston geeilt sein und sich dann hingesetzt und diese Anweisungen erteilt haben. Ein ehrfurchtsvoller Schauer erfaßt sie – was für ein Reporter hätte dieser Kerl (oder eher diese Frau, denn für Berlina ist Gründlichkeit gleich Frau) werden können!

Wahrscheinlich war es dieselbe Person, die den Bericht mit dem Titel ›Ein Bericht über die Position der wichtigsten Augenzeugen und Beweismaterial in den Mordfällen Harris Diem, Diogenes Callare und Carla Tynan‹ geschrieben hat, aber leider scheint die Zeile mit der Unterschrift gelöscht worden zu sein.

Fasziniert liest sie weiter. Das gibt sicher einige Folgen für *Sniffings*, und vielleicht wird sie Präsidentin Hardshaw für ein Interview gewinnen, wenn sich alles ein wenig beruhigt hat.

Von ihrer Bank liegt ein Kontoauszug vor – einige der früheren Ausgaben von *Sniffings* hatten eine Reichweite von bis zu 100 Millionen Zuschauern, und viele dieser Zuschauer holen sich jetzt diese Ausgaben wieder auf den Bildschirm (*nun, bis der Himmel wieder aufklart, gibt es auch nicht viel zu tun; dann ist es nur sinnvoll, im Warmen zu sitzen*, sagt sie sich). Sie ist nun reich – und ihre Bank befindet sich im schönen, gemütlichen, sicheren und unbeschädigten Calgary.

Sie steckt den Computer wieder in den Rucksack und schaut auf den Parkplatz hinaus, wo der heftige Regen noch immer wie ein Wasserfall an ihrem neuen Kleinbus hinabrauscht, der schon bis zu den Rädern im Wasser steht. Sie denkt an das Haus, das sie kaufen und mit Naomi beziehen wird, und an das Vermögen, das ihr den gewünschten Lebensstil ermöglicht.

Der Sturm tobt weiter.

Es hat aufgehört zu regnen, und die Temperaturen sind etwas gestiegen – gerade so viel, daß die Kleidung am Körper trocknet. Mary Ann Waterhouse genießt es richtig, an diesem Tag einmal sie selbst zu sein, und sie hofft, daß die ›Passagiere‹, wie sie das Publikum seit neuestem nennt, sich auch so amüsieren.

*Mary Ann*, meldet Carlas Stimme sich in ihrem Kopf, *hast du einen Moment Zeit für mich?*

*Natürlich.*

Sie fühlt es eher, als daß sie hört, wie Carla über *Passionet* jedem erzählt, daß Mary Ann wegen einer wichtigen Privatsache für einige Zeit nicht auf Sendung sein und daß der Kontakt aber lange vor der Ankunft auf Monte Alban wieder aufgenommen würde. Dann ist Carla voll präsent. *Sag Jesse, daß es etwas zu besprechen gibt.*

»Carla hat sich gemeldet und mich aus *Passionet* hinausgeworfen«, sagt sie zu Jesse. Gott, was für ein stattlicher Junge. Sie steigen vorsichtig über einen rauschenden Bach, der sich quer durch die Straße gefräst hat; es ist zwar nur ein großer Schritt, aber man muß prüfen, ob die andere Seite das Gewicht auch aushält, und Jesse reicht Carla die Hand, als sie den Bach überbrückt. Seine Hand ist jung und stark, weich und warm, und sie spürt wieder dieses leichte Kribbeln. Er schaut ihr lächelnd in die Augen. »He, Carla, worüber müssen wir sprechen?«

Carla spricht mit Mary Anns Stimme zu ihm; bei dem leicht monotonen Mittelwesten-Akzent der toten Wissenschaftlerin hat Mary Ann den Eindruck, ein kleines hartes Ei im Mund zu zerdrücken. »Wenn es dich interessiert, sage ich dir, wer deinen Bruder getötet hat und warum. Es wird kommt sowieso heraus – ich habe die Daten an das FBI übermittelt –, aber ich dachte, du möchtest es vielleicht als erster erfahren.«

»So ist es.« Jesses Augen sind jetzt alles andere als ausdruckslos; aus dem Innern ihres Körpers verspürt Mary Ann den Drang, seine Hand zu ergreifen.

Ein letzter Regenschauer geht auf sie nieder, und Carla fügt hinzu: »Louie bittet um Entschuldigung; er bombardiert die Wolken mit großen Mengen gefrorenen Sauerstoffs, und es läßt sich nicht immer vermeiden, daß ihr einen kleinen Schauer abbekommt. Aber wenn ihr oben angekommen seid, wird der Himmel wieder klar und blau sein.«

»Schon gut«, sagt Jesse, »jetzt sag mir, wer Di ermordet hat.«

Carlas Stimme hat einen merkwürdig verächtlichen Klang. »Man könnte es als eine Art Verfahrensfehler bezeichnen. Hast du schon mal den Satz gehört ›Nimm's oder laß es bleiben‹? Nun, die sibirische Regierung hatte sich wie alle anderen auch in XV eingeklinkt, und man ließ ihn ständig beschatten, weil man über seinen Status informiert war. Daher fanden sie natürlich auch heraus, mit wem er am meisten sprach, und das waren Diem und ich.

Also sagte sich jemand, daß er eine wichtige Ressource sei, und wenn man eine Ressource nicht selbst nutzen kann, sorgt man am besten dafür, daß auch niemand sonst sie nutzen kann – zum Beispiel eine Brücke in Kriegszeiten – also brauchten sie einen Plan, um ihn loszuwerden. Und militant, wie sie nun einmal sind, wurde dieser Plan Bestandteil einer ihrer Höchste-Geheimhaltungsstufe-Sofort-Auszuführen-Aktionsbereit-Ja-Sir-Dateien.«

Merkwürdig, daß Carla sich ihre Art von Humor bewahrt hat, aber sie setzt jetzt andere Akzente als früher. Vielleicht fühlt sie sich auch nur zum Scherzen aufgelegt, weil sie letzten Endes dieselben Vorgänge beschreibt, die auch zu ihrer Ermordung geführt haben. Mary Ann denkt einen Augenblick lang darüber nach, dann sendet Carla ihr eine Bestätigung – daß sie noch nie richtig mit Menschen umzugehen wußte und daß sie immer ein zu loses Mundwerk hatte.

»Jedenfalls bestand das Problem darin, daß diese Datei nun zu einem Paket militärischer Optionen gehörte. Die Kerle beim Militär befürchten immer, daß ihre Befehle nicht mehr ausgeführt werden, wenn die Befehlsketten unterbrochen sind, und deshalb bauen sie oft eine Sicherung ein, die im Falle einer Kommunikationsstörung nach spezifischen Kriterien einen Plan ausführt.«

»Das soll doch wohl nicht heißen, daß sie einen solchen Plan automatisch … nun, ihn automatisch ablaufen lassen, wenn sie sich telefonisch nicht erreichen können?«

»Nicht ganz. Es gab eine abgestufte Aktions-Skala, wobei auf jedem Niveau gefährlichere Methoden autorisiert wurden. Nachdem Abdulkashim ausgeschaltet worden war, befaßten seine Nachfolger sich nicht mit den einzelnen Optionen dieser Skala – sie begriffen sie nur als Instrumentarium extremer Maßnahmen. Und wie es so typisch ist für Menschen, die mit einer Sache überfordert sind, gingen sie jedesmal, wenn sie nicht weiter wußten, zur nächsten Eskalationsstufe über. Was mich aber am meisten wundert – es gelingt mir nicht, die Person zu ermitteln, die den Befehl gegeben hat. Ich weiß nicht, welche Motive diesen Morden zugrunde lagen. Diem wurde als erster getötet, und die anderen Killerteams wurden angewiesen, loszuschlagen, sobald ihre Datenspäher Diems Tod bestätigt hatten. So sind Di und ich also umgekommen. Aber es gibt weder einen Beweis dafür, daß die Diem observierenden Sibirer den Befehl zu seiner Tötung erteilten, noch dafür, daß sie den Kontakt zu ihrer Basis verloren. Der Auslöser dieser Sache ist einfach ... nicht zu ermitteln.«

Jesse geht lange Zeit mit gesenktem Kopf und den Händen in den Taschen neben ihr her. Es wird heller, und die Wolken ziehen nun in größerer Höhe über sie hinweg; im klaren weißen Licht wirkt er bleich, und sogar die hellroten und tiefblauen Steine, die er dauernd aus dem Weg kickt, wirken blaß und ausgewaschen.

»Also ist irgend etwas geschehen, das den Stein ins Rollen brachte; die Bürokratie brach einfach so zusammen, und die sibirischen Agenten ermordeten meinen Bruder?«

»Ganz genau. Aus demselben Grund, aus dem sie auch mich töteten.« Carla bedient sich der Stimme von Mary Ann, um zu seufzen; Mary Ann fühlt, daß dieser Seufzer nicht ganz aufrichtig ist, worauf Carla ihr untersagt, Jesse diese Erkenntnis mitzuteilen. »Jesse, es war eine schreckliche Sache, und wir werden uns damit befassen. Das ganze sibirische Spionagesystem in den Vereinigten Staaten und in Europa wird zerschlagen werden, und die neue Revolutionsregierung wird jeden verhaften und hinrichten, der auch nur im entferntesten damit zu tun hat. Das wird Di natürlich nicht wieder lebendig machen und auch kein Trost für Lori und deine Neffen sein. Übrigens, möchtest du ihnen etwas ausrichten? Ich habe sie in einem Schutzraum in Grand Island, Nebraska, ausfindig gemacht, auf einer Hochebene – sie sind in Sicherheit und haben es bequem, und ich werde wohl bald eine Telefonverbindung dorthin bekommen.«

»Sag ihnen, daß ich sie liebe und so bald wie möglich zu ihnen kommen werde«, sagt Jesse.

»Ich war der Ansicht, du hättest ein Recht, es zu erfahren. Ich werde Mary Ann jetzt noch für etwa eine halbe Stunde abschalten, aber dann, sobald wir uns Monte Alban nähern, werden wir uns wieder ins Netz einklinken müssen.«

»Was ist dort im Gange?« fragt Jesse plötzlich. »Und warum bist du so interessiert an uns? Ich meine, wir sind nicht die einzigen Leute hier draußen, mit denen du reden könntest, und außerdem könntest du einfach direkt mit jedem reden. Was ist also los?«

Carla lacht glucksend. »Louie und ich sind neu in diesem Geschäft. Betrachte es als ›Werbeaktion‹.«

Dann ist Mary Ann wieder allein in ihrem Körper. Sie ergreift Jesses Hand und stolpert. Sie umfaßt seine Hüfte, und er legt ihr den Arm um die Schulter, um sie zu stützen. Er schaut ihr in die Augen und sieht, daß sie nur Mary Ann ist; niemand sonst befindet sich in ihr, und er küßt ihre Stirn so zärtlich, wie sie sich immer vorgestellt hat, daß er seine Neffen küßt.

Obwohl sie von einem warmen Wind umfächelt werden, nimmt sein Geruchssinn die Veränderung wahr; sie hebt den Kopf, um ihn auf den Mund zu küssen, und es wird ein langer Kuß. Als sie sich aus der Umarmung lösen, öffnet sie die Augen und sieht, daß der Himmel über den Bergen stellenweise aufklart, begleitet von einem fließenden gelben Sonnenstrahl, der sich in die im Tal liegenden weißen Häuser und Plätze von Oaxaca bohrt.

Sie bemerkt auch, daß der Führer der Gruppe jubelnd um die Ecke biegt. Sie dreht sich um und winkt – hoffentlich nicht wie eine Prominente, sondern als ob alle diese Menschen ihre Freunde von der High-School wären – und als sie sich umdreht, um Jesses Hand zu ergreifen, grinst sie breit, was überhaupt nicht den Gepflogenheiten in Hollywood entspricht; sie spürt es zwar, sieht es aber nicht vor ihrem geistigen Auge. Sie gehen nun etwas schneller, nicht, um sich von der Menge zu distanzieren, sondern weil sie nahe am Ziel sind, und was auch immer dort auf dem Berg geschehen wird, sie haben jetzt so viel Vertrauen zu Carla und Louie, um sich zu wünschen, daß es geschieht.

Brittany Lynn Hardshaw hat mehrere Stunden lang sehr produktiv gearbeitet und ist jetzt rechtschaffen müde; aber was auch immer dort auf Monte Alban vor sich gehen mag, sie will darüber im Bilde sein. Sie sind über das Netz nicht zu Mary Ann Waterhouse durchgedrungen – Carla hat ihnen gesagt, daß Mary Ann ein Weilchen ihre Ruhe haben möchte, und daß Louie und Carla nachher ihre ganze Zeit beanspruchen würden.

Einer Sensation am nächsten kam in den letzten Stunden die Tatsache, daß es ihnen gelungen ist, sich mit vielen über die Erde verstreuten UN-Agenturen in Verbindung zu setzen und daß trotz des Fehlens einer Zentralbehörde die meisten von ihnen glücklich sind, überhaupt noch einsatzbereit zu sein; einige von ihnen bekommen Unterstützung von Carla und Louie, und auf jeden Fall scheint an den Orten, zu denen sie Kontakt aufgenommen haben, die Stimmung zu steigen. Nicht, daß eine Wiederkehr der alten Verhältnisse oder eine ›Normalisierung‹ erwartet würde, sondern in der Welt breitet sich anscheinend zunehmend das Gefühl aus, daß das Leben weitergehen wird, und wenn die Menschen erst einmal davon überzeugt sind, finden sie auch Mittel und Wege, um es zu verwirklichen.

Das Telefon klingelt, und Hardshaw hebt ab. Es ist jemand von diesen netten jungen Leuten, die im Weißen Haus für sie arbeiten; leider hat der Umstand, daß sie jetzt praktisch Ministerämter bekleiden, dazu geführt, daß sie sich bereits die entsprechende Arroganz und Respektlosigkeit aneignen. Sie hat keinen Zweifel, daß sie binnen einiger Tage den Kongreß beleidigen werden wie Berufspolitiker. »Noch zehn Minuten bis zum Empfang des Signals vom Monte Alban«, sagt die junge Frau, wobei sie von einem Notizblock abliest. »Und ich habe da etwas, das Sie überraschen wird – eine Bitte um ein Interview und einen Kommentar von Berlina Jameson, der Reporterin von *Sniffings*. Sie sagt, sie würde es kurz machen und sie wüßte auch, daß Sie sehr beschäftigt sind, aber sie müßte bald etwas im Kasten haben, und sie hätte gern einen Kommentar von Ihnen persönlich – das FBI und der Generalstaatsanwalt haben ihre Kurzkommentare schon abgegeben.«

»Das FBI? Ich wußte nicht einmal, daß diese Behörde noch funktioniert. Und hier geht es anscheinend um eine Strafsache – ich wußte gar nicht, daß sich im Augenblick jemand mit solchen Dingen befaßt.«

»Das Gremium besteht aus acht Personen und wäre somit beschlußfähig. Trotzdem werden sie wohl keinen Prozeß anberaumen, es sei denn, Carla hätte ihnen eine Reihe von Zeugen und ausführliches Beweismaterial für die Untersuchung der Morde zur Verfügung gestellt. Es waren übrigens wieder Abdulkashims Sibirer – Carla wirft die eine Hälfte uns und die andere Hälfte ihrer Revolutionsregierung zum Fraß vor.«

Hardshaw stößt ein animalisches, zufriedenes Grunzen aus. Die Staatsanwältin in ihr kommt wieder zum Vorschein: »Seht nur zu, daß die meisten Schuldigen der Revolutionsregierung überstellt werden. Die kennen da drüben keine Menschenrechte und werden mit solchen Typen schneller fertig als wir.«

»Zu Befehl, Chefin.« Die junge Frau grinst sie an. »Also, was soll ich Ms. Jameson sagen? Sie ruft Sie übrigens aus dem Auto an, vom Parkplatz der U des Az in Tucson.«

U des Az. Hardshaw nimmt sich vor, ihre Mitarbeiter anzuweisen, daß das Personal des Weißen Hauses sich künftig vom Rest seiner Generation dadurch abheben wird, keine postalischen Abkürzungen mehr auszusprechen; bei Zuwiderhandlungen wird der Übeltäter für die nächsten sechs Jahre als Regierungsvertreter zum Gouverneur des Wy abkommandiert.

Aber dafür ist später auch noch Zeit – jetzt, wo so viele Behörden noch nicht arbeiten und die Schadensmeldungen noch nicht gesammelt und geordnet sind, hat sie Zeit genug, und es kann nie schaden, gute Beziehungen zur Presse zu pflegen, wer auch immer die Presse repräsentieren mag.

»Sicher, geben Sie mir Ms. Jameson – sagen Sie ihr aber, daß wir das Interview sofort unterbrechen müssen, wenn die Meldung von Monte Alban eintrifft.«

In nicht einmal einer Minute sind die beiden miteinander verbunden, und Hardshaw weiß, was sie zu sagen hat. »Nun, offensichtlich obliegt uns die Klärung dieses Falls, und wir werden alle uns zur Verfügung stehenden Mittel einsetzen, um die Täter zur Rechenschaft zu ziehen. Das wird einige Verhaftungen und Strafprozesse in den Vereinigten Staaten bedeuten, in einigen anderen Fällen Auslieferungsanträge sowie Zusammenarbeit mit den sibirischen und anderen Strafverfolgungsbehörden.«

»Schließt das auch eine Zusammenarbeit mit den Vereinten Nationen ein?«

»Falls es die überhaupt noch gibt. Das Fortbestehen dieser Organisation ist noch nicht gesichert, obwohl ich keinen Zweifel habe, daß viele ihrer Unterorganisationen weiterexistieren werden, wie seinerzeit auch einige der Körperschaften des Völkerbundes von der UNO übernommen wurden.«

Bei dieser Bemerkung nickt Jameson lächelnd; sie und

Hardshaw wissen beide, daß die UN, falls sie sich als unerwartet zählebig erweisen sollten, keinerlei Ärger machen werden, aber wenn die UN, was wahrscheinlicher ist, nicht mehr existiert, dann wird sie auch keine Verpflichtungen mehr eingehen und keine Entschuldigungen mehr aussprechen.

Hardshaw benutzt diese Gelegenheit, sich ein Bild von Jameson zu machen und kommt zu dem Schluß, daß sie sie mag – laut ihrer Akte ist sie Afropäerin; insofern ist ihre staatsbürgerlich Loyalität über jeden Zweifel erhaben, und es ist ein Vergnügen, ihre höflichen, aber sehr direkten Fragen zu beantworten – und wenn es irgendwelche Fallen in diesen Fragen gibt, sind sie sofort zu erkennen.

Dann lächelt Jameson, ein gewinnendes, verschmitztes Lächeln, das Hardshaw das Gefühl gibt, ins Vertrauen gezogen worden und jetzt ihr bester Kumpel zu sein. Hardshaw kennt dieses Lächeln – ein solches pflegte auch einer ihrer besten Ermittler immer aufzusetzen, wenn er hart um ein Geständnis ringen mußte. In diesem Fall ist es das Lächeln, das – in der Blüte der Fernsehnachrichten – auf den Gesichtern der Korrespondenten der Sender zu erscheinen pflegte. Zum Glück, sagt Hardshaw sich, ist sie eine Generation älter als Berlina und hatte in ihren jungen Jahren exakt mit diesem Typ Reporter zu tun; denn heutzutage sieht man ihn nur noch auf den XV-Kanälen, die ›Trotzkopf die Reporterin‹ bringen.

»Darf ich Sie fragen, Frau Präsidentin, was auf Monte Alban geschieht und warum er plötzlich eine solche Bedeutung erlangt hat? Bisher habe ich von Ihren Mitarbeitern nur erfahren, daß Sie die Situation genau beobachten, und das ist nicht gerade eine Nachricht, denn wenn man bedenkt, daß wir uns alle in Synthi Venture eingeklinkt haben, beobachtet jeder die Situation genau.«

»Sie möchte bei ihrem richtigen Namen, Mary Ann

Waterhouse, genannt werden«, sagt Hardshaw. »Übrigens eine sehr angenehme und interessante Person.« Eine klassische Art, einer Frage auszuweichen; wollen mal sehen, ob Jameson wirklich mit den Großen der Branche mithalten kann.

»Ist es also richtig, daß Sie mit ihr in privatem Kontakt standen?« fragt Jameson. »Darf ich das zitieren – und darf ich fragen, ob Sie die Möglichkeit haben, herauszufinden, was sich dort anbahnt?«

Jawohl, denkt Hardshaw, Jameson kann es schaffen. Sie kritzelt einen kurzen Vermerk aufs Papier – Jameson in die Liste von Reportern aufnehmen, mit denen die Präsidentin inoffiziell redet; im Bedarfsfall ist sie eine gute undichte Stelle.

»Das sind gleich mehrere Fragen. Ja, ich habe mit Mary Ann Waterhouse gesprochen – ihr und ihrem Begleiter, Jesse Callare, geht es gut. Und sie wissen auch nicht, was dort vorgeht. Louie und Carla spielen ihr eigenes Spiel. Mary Ann ist ihnen zufällig von Nutzen, weil sie durch ihre Verbindung zu *Passionet* einen Kanal für Carla und Louie darstellt, über den sie mit uns kommunizieren können. Aber Jesse und Mary Ann spielen keine verantwortliche Rolle – sie sind höchstens Passagiere.«

Jameson beißt sich auf die Lippe. »Ich weiß, daß ich zum ersten Mal ein Interview mit der Präsidentin der Vereinigten Staaten führe, und deshalb habe ich etwas Angst, die Frage zu stellen, die mir gerade in den Sinn gekommen ist.«

Hardshaw lächelt sie an, ein breites, strahlendes Lächeln, bei dem sie die Zähne zeigt, ein oberflächlich freundliches Lächeln, das Hardshaw lange geübt hat – weil man es genauso gut so deuten könnte, daß sie die Zähne fletscht und zum Sprung ansetzt. Hardshaw erinnert sich daran, was ihr höchster Vorgesetzter bei der Bezirks-Staatsanwaltschaft zu ihr sagte: »Wenn Sie Politik machen, sollten Sie die Reporter wie Cockerspaniel behandeln; tätscheln Sie ihnen also den Kopf, werfen Sie ihnen einen Knochen hin und sagen Sie Ihnen, was für gute Hunde sie seien – aber ab und zu müssen Sie ihnen auch einen Tritt versetzen, sonst pinkeln sie Ihnen auf den Teppich.« Es ist Zeit, dieser Reporterin ein wenig den Wind aus den Segeln zu nehmen. »Wenn mir die Frage nicht gefällt, kann ich das Interview jederzeit abbrechen.«

»Das ist mir, weiß Gott, klar, Frau Präsidentin, aber ich würde mir morgen in den Hintern treten, wenn ich es nicht versuchte«, sagt Jameson mit einem genauso raubtierhaften Grinsen. Nun, Hardshaw wird zum drittenmal kandidieren, und mit Jameson hat sie einen Draht zu den Medien. Nach einer angemessenen Pause sagt Jameson: »Sie sagten doch, Jesse und Mary Ann seien nur Passagiere? Aber sind das nicht – nun, wir sind doch alle nur Passagiere, und Sie selbst am meisten.«

Eine tolle Frage. Jetzt braucht Hardshaw dringend eine tolle Antwort. Sie wendet die übliche Verzögerungstaktik an – sie lehnt sich zurück, atmet tief durch und schaut so nachdenklich drein, wie sie nur kann. Schließlich nimmt sie Zuflucht zur ältesten Taktik – sie sagt die Wahrheit: »So hatte ich das noch gar nicht gesehen, aber Sie haben recht. Und es wird noch lange Zeit so bleiben. Auf eine Art und Weise, die sich unserem Verständnis letztlich entzieht, ist das alte System, das auf dem Prinzip von Befehl und Gehorsam beruhte, auf Jahrzehnte hin zusammengebrochen, so daß wir uns heute in einem endlosen Zyklus aus Diskussionen und Handlungen bewegen, wobei niemand an der Spitze steht und eben getan wird, was getan wird. Und nun müssen wir die Welt wieder aufbauen – nicht völlig von Grund auf, aber fast – und dann sehen wir uns mit einem halben Dutzend neuartiger Phänomene konfrontiert, mit denen wir uns arrangieren müssen, bei Carla und Louie angefangen. Ich glaube, wir, und ganz besonders ich, müssen uns treiben lassen und einfach das tun, was wir für richtig halten und im Rahmen unserer Möglichkeiten handeln – im Bewußtsein, daß diese Möglichkeiten begrenzt sind.«

Ein Klingeln ertönt, und auf dem Bildschirm, auf dem sie mit Jameson kommuniziert, erscheint ein Fenster, auf dem die junge Frau von eben zu sehen ist. »Chefin, Mary Ann Waterhouse ist wieder auf Sendung, und die Gruppe hat den Gipfel des Monte Alban fast erreicht. In ein paar Minuten muß es losgehen, was immer ›es‹ auch sein mag.«

Hardshaw hat eine plötzliche Eingebung. »Besteht vielleicht die Möglichkeit, daß ich und Ms. Jameson die Telefonverbindung aufrechterhalten, während wir beide die Geschehnisse auf Monte Alban über XV beobachten?«

»Äh ... das ist sicher möglich ...« – sie schaut zur Seite, hört intensiv zu, nickt ein paarmal ... »Ja, das ist sicher möglich. Sie müssen nur statt einer normalen XV-Brille Stereovisoren tragen. Wir werden den Bildschirm so weit freimachen, daß Sie denselben Effekt haben wie bei einer normalen Brille; außerdem blenden wir in einer Ecke des großen Bildschirms ein kleines Fenster für das Gesicht des jeweiligen Gesprächspartners ein.«

Berlina Jameson macht, um es vorsichtig auszudrücken, ein verdutztes Gesicht, und genau das war Hardshaws Kalkül. Wenn man auf junge, ehrgeizige Reporter trifft, muß man sie kooptieren, und auf diese Art gelingt ihr das. »Also, Mit-Passagierin«, sagt Hardshaw, »und das ist nicht zur Veröffentlichung bestimmt, weil es genügend alte Stammwähler dort draußen gibt, die dieses Wort mit ›Mitreisende‹ verwechseln würden – sollen wir uns aufmachen und schauen, was die Geschichte für uns bereithält?«

»Mit Ihnen immer, Frau Präsidentin.«

»Supermädchen«, denkt Hardshaw, »das wollte ich nur hören.«

Der erste Eindruck, den man von der Straße aus von Monte Alban bekommt, ist nicht sehr beeindruckend, bis einem dann bewußt wird, was man da überhaupt betrachtet. Steil führt die Straße zum Besucherzentrum hoch, einem dieser häßlichen kleinen Quader, der genauso gut eine Station der Autobahnpolizei, ein Friedhofsgärtnergebäude oder eine Einrichtung darstellen könnte, die in Gefängnissen für Besuche von Ehepartnern vorgesehen ist.

Hinter dem Besucherzentrum scheint der Berg weiter in die Höhe zu ragen; bei näherem Hinsehen erkennt man dann, daß die Wand zum Teil jüngeren Ursprungs, zum Teil uralt ist – und dann erblickt man die Reste von antiken Wällen und Gebäudefassaden und sieht, wie hoch der ganze Komplex tatsächlich ist.

Hinter dem Besucherzentrum beschreibt die Straße einen Bogen, und wenn man sich dann nach rechts wendet, betritt man die außerhalb der eigentlichen Stadt liegende Grabstätte der Zapoteken und nähert sich Monte Alban von der Rückseite; Mary Ann erinnert sich an mehr Details, als sie gedacht hätte, und muß sich deshalb nicht mit Carla abstimmen, nur dahingehend, daß sie die Stadt auf dem Hauptweg betreten.

Das bedeutet eine Wendung nach links und einen weiteren langen, überraschend steilen Aufstieg, worauf man unvermittelt den großen Zentralplatz betritt. Mittlerweile überwiegen bereits die blauen Stellen am Himmel – Louie muß die Wolken wohl gründlich bombardieren –, was ihnen einen schönen, frühen Sonnenuntergang beschert.

Hier gibt es zwei Orte, an denen ein wie auch immer geartetes großes Ereignis logischerweise stattfinden könnte – die Südliche Pyramide, die den ganzen Komplex überragt, und die Nördliche Plattform mit ihrem wunderbaren Blick auf die ganze Anlage und ihre Umgebung. *Wo wird es sein?* denkt Mary Ann.

*Keines von beiden. Nimm das Gebäude J in der Mitte,* antwortet Carla sofort. *Dort sind auch die holografischen Darstellungen besser.*

*Ihr werdet doch nicht diese schrecklichen Holo-Filme von Menschenopfern und Priesterorgien und dieses ganze Zeug zeigen?* fragt Mary Ann, deren ästhetisches Empfinden dadurch verletzt würde. *Sicher wißt ihr, daß …*

*Wir brauchen nur die Projektoren, um den Effekt hervorzurufen*, sagt Carla. *Wir sind zwar nicht mehr menschlich, aber so unmenschlich sind wir nun auch wieder nicht!*

Mary Ann lacht und hört über Carla das gedämpfte Lachen einer Milliarde Menschen, vergleichbar den Geräuschen einer Party am Ende eines Hotelkorridors. Natürlich wissen sie alle, was Mary Ann auch weiß, und sie wollen den Ort mit eigenen Augen sehen; sie vermutet, daß Monte Alban dadurch seine Reputation als Kulisse für romantische XV-Sendungen einbüßen wird. Ein weiterer Zusatznutzen …

»Ich glaube, wir müssen uns überlegen, was wir tun, wenn die Menge eintrifft«, sagt Jesse neben ihr. »Es sollen Hunderttausend sein, und selbst, wenn man zwanzigtausend Menschen in der Stadt selbst und jeweils zehntausend auf der Südlichen Pyramide und der Nördlichen Plattform unterbringt, würden die meisten Leute noch zu weit entfernt stehen. Außerdem wird es eine langwierige Angelegenheit, die Leute in die Stadt zu schleusen; es wird fast dunkel sein, bis jeder einen Platz gefunden hat.«

Carla spricht durch Mary Ann. »Keine Sorge. Ich habe fünfhundert Polizisten ausgeliehen und ein Bataillon der mexikanischen Armee engagiert, um als Platzanweiser zu fungieren – und sie alle stehen über Ohrhörer in direktem Kontakt mit mir. Es ist gut organisiert. Geht einfach da rauf, schaut euch alles an, versucht euch zu entspannen und wartet ab. Louie und ich werden es euch wissen lassen, wenn wir startklar sind.«

Damit müssen sie sich bescheiden. Gebäude J ist ein unförmiger Steinhaufen, nicht wie die anderen vorkolumbianischen Gebäude – es ist asymmetrisch und von einem Tunnelsystem durchzogen wie eine Spielzeugburg. Das hier installierte Holo-System hält seine Spätvorstellung ›nur für Erwachsene‹ auf diesem Gebäude ab, indem es Blumen auf die Außenmauer projiziert und dann den europäischen und japanischen Touristen ein sadistisches Spektakel vorführt, bei dem junge, mollige Mädchen mit wippenden Brüsten und Hintern nackt unter den Sternen tanzen und mit großen Stein-Dildos zum Orgasmus gebracht werden; daraufhin werden ihnen die Kehlen durchgeschnitten und ihre Leichen, in denen immer noch die Dildos stecken, in den Brunnen geworfen. Es ist ein völlig irreales Spektakel, aber wahrscheinlich auch die größte Einnahmequelle für Monte Alban, und sicherlich preisen die meisten Fremdenführer diese Darbietung als *die* Attraktion schlechthin an, die man auf keinen Fall versäumen dürfe.

Jetzt, wo Mary Ann und Jesse die Stufen hinaufsteigen, fragt sie sich streiflichtartig, welche Rolle sie in einem solchen Video hätte spielen können: eine Präsentation ihres Luxuskörpers, wobei ihr vergrößerter Busen auf und ab wippt, während sie die Stufen hinaufgeht und ihr zu fester und kleiner Po dabei die Schamlippen freilegt. Diese Vorstellung verursacht ihr leichtes Unbehagen, denn sie weiß, daß der Rest der Welt diese Überlegungen mitbekommt (in den alten Zeiten wären die Leute von *Passionet scharf* darauf gewesen) und daß unzähligen Männern die Sicherungen durchbrennen bei dieser Vorstellung.

Nun, sie wird nie wieder ein Publikum haben wie dieses. Sie läßt die Leute ihren Ekel spüren; *wenn die Technologie es uns schon ermöglicht, in den Gefühlen anderer Leute herumzuschnüffeln, dann sollen sie wenigstens alles genießen, nicht wahr?*

Sie erreichen die oberste Plattform; wenn sie jetzt noch weiter hinauf wollten, müßten sie die Hände zum

Klettern benutzen, und Carla sagt ihnen, daß sie hier stehen bleiben sollen.

Als Jesse und Mary Ann zurückblicken, sehen sie die große Menge nahen. »Kennen wir überhaupt noch den Namen von irgend jemand?« fragt sie. »In den ersten Tagen waren es so viele, und ich fühlte mich – oh, ich weiß nicht, ich fühlte mich eins mit ihnen. Natürlich wußte ich, daß es nur eine Illusion war und daß ich niemanden von ihnen kannte… aber ich spürte eine Zugehörigkeit zu ihnen, und jetzt sehe ich sie wieder nur als große, gesichtslose Dritte-Welt-Masse.«

Jesse sieht sie von der Seite an. »Ich würde mich wirklich freuen, Tomás hier zu treffen. Es würde mir gefallen, das hier zusammen mit ihm anzuschauen, und schließlich bin ich dir ja keine große Hilfe.«

Mary Ann will gerade etwas erwidern, als Carla sich meldet. »Geht ruhig weiter – wir werden euch schon finden.«

Jesse küßt sie, sehr zärtlich, aber auch sehr flüchtig; er geht die Stufen hinunter und verschwindet in der wogenden Menge aus weißen Hemden und weißen Anzügen, die der Regen grau gefärbt hat. Einen langen Moment verspürt Mary Ann ein Gefühl der Einsamkeit und würde Jesse am liebsten nachgehen; sie läßt den Blick nach oben und in die Ferne schweifen und sieht, wie die Menschen in langen Schlangen an der Seite der Südlichen Pyramide hinaufsteigen und sich zu großen Blöcken formieren, die immer heller werden, je mehr weißgekleidete Menschen dazukommen. »Bald wird das ganze Gelände weiß sein«, sagt sie.

*Nein, jeder Kopf und jedes Gesicht bilden einen dunklen Fleck in der weißen Masse, siehst du? Und die Flecken changieren, und du siehst, daß jeder Mensch seine eigene Art hat, zu gehen. Die Menschen verschwimmen nicht zu einer gesichtslosen Masse, solange du sie unter diesem Aspekt betrachtest*, sagt Carlas Stimme in Mary Anns Kopf.

Mary Ann seufzt. Sie kann sich des Eindrucks nicht

erwehren, daß sie nur als teure Komponente der XV-Technik vor Ort ist, und obwohl es ihren Vorgesetzten ausnahmsweise einmal nicht auf ihre Brüste, sondern auf ihren Kopf ankommt, ist es doch dasselbe.

Erstaunt registriert sie, daß sie Carla mit diesen Überlegungen verletzt hat. *Ich hoffe, es ist nicht unsere Schuld, daß du dich so fühlst. Wir mögen dich sehr, Mary Ann, und weißt du, wir wissen sehr viel über dich – wir sind deine Akte in allen Einzelheiten durchgegangen, einschließlich aller Transskripte, die Passionet über dich angelegt hat. Niemand hat dich je besser gekannt, und wir haben dich für diese Sache ausgewählt, weil wir mit dir am liebsten gearbeitet haben.*

Nachdenklich läßt Mary Ann sich auf einem der Steinblöcke nieder. Die Feuchtigkeit des kalten Steins dringt durch ihre Hose, aber so naß, wie sie ohnehin schon ist, macht das jetzt auch nichts mehr. Das Gefühl, benutzt zu werden, tritt nun gegenüber dem Gefühl, in etwas viel Größerem als einer Menschenmenge aufzugehen, in den Hintergrund. Egal, ob sie selbst oder andere Personen es gewollt haben; hier steht sie nun, und nur das zählt …

Sie hört, wie Carla leise lacht und Louie darin einstimmt. Es ist ein empathisches Lachen, denn plötzlich wird ihr bewußt, daß wohl keiner von beiden freiwillig zu dem geworden ist, was er jetzt ist … und es liegt etwas Komödiantisches in der Tatsache, daß, nein, es stimmt nicht, daß alles von ihr abhängt – wenn es heute nicht funktioniert, dann harren noch viele andere Experimente ihrer Durchführung, so daß es viel zu gewinnen, aber wenig zu verlieren gibt; außer, daß es nach Ansicht der beiden die Dramatik der Geschichte erhöhen würde, wenn es heute geschähe, an dem Tag, an dem …

Mein Gott. ›Clems‹ Auge wird in – wenigen Minuten kollabieren. Die Super-Wirbelstürme verlieren den Kampf gegen die Eis-Frisbees. Sind sie also deshalb hier? Um zu feiern?

*Zum Teil schon,* räumt Louie ein. *Wahrscheinlich würden die Menschen sich freuen, wenn das der offizielle Grund wäre. Aber sie sind auch hier, weil es ein guter Ort ist, weil wir euch mögen und euch vertrauen, so daß dies uns als der geeignete Ort und die richtige Zeit erschien, um es durchzuführen.*

Die Menschenmenge ist jetzt so angeschwollen, daß sie sich vor den Toren der Ruinenstadt staut; lange Schlangen von Menschen warten auf den regennassen grünen Hängen, Trauben von Menschen kleben an jedem Zugang, aber sie werden zügig durch das Tor geschleust.

»Warum sind sie alle weiß gekleidet?« fragt Mary Ann plötzlich.

*Das sind sie nicht. Wenn du dich umschaust, siehst du manchmal einen normalen Anzug und hie und da ein buntes Kleid. Aber die meisten von ihnen tragen weiße Festtagskleidung; sie haben wohl die Gelegenheit gehabt, sie anzulegen, bevor sie hier heraufkamen. Sie machen uns allen viel Ehre,* erklärt Carla.

Das war Mary Ann vorher schon bekannt, und eigentlich hatte sie auch etwas anderes gemeint. Sie wollte den Anlaß der Feier wissen. Ihr war nämlich nicht ganz klar, weshalb diese Leute sich über das Chaos, das sie und ihresgleichen verursacht hatten, freuen oder sich auch nur dafür interessieren sollten. Wären sie nicht alle besser dran ohne das Kompetenzgerangel und den Medienrummel – so ein Unfug, die Angelegenheit dadurch zu einer Sensation aufzubauschen, daß sie eine Frau mit rotem Haar, strammem Hintern und Riesen-Titten als Opfer präsentieren.

*Das Methan war schon immer dort unter dem Meeresgrund und hat auf seine Freisetzung gewartet – das ist in der Vergangenheit geschehen und wird auch in der Zukunft wieder geschehen.* Carla ist unendlich geduldig, aber wenn man bedenkt, daß Carla sich zwischen jedem Wort, daß sie zu Mary spricht, Tausende von Menschen-Jahren mit

Louie unterhalten kann, ist es auch nicht verwunderlich, daß sie sich Geduld leisten kann. *Was das übrige betrifft … die Leute machen zuviel Aufhebens darum. Sie halten dich für wichtig, weil du auf XV zu sehen bist, und sie finden XV wichtig, weil es interessant ist und weil sie in die Großstadt fahren müssen, um es auszuprobieren – der Gedanke, einen XV-Hausanschluß zu haben wie* los norteamericanos *ist ihnen noch fremd. Aber das heißt noch lange nicht, daß sie sich für eine gesichtslose Masse halten oder daß sie sich nur mit den Augen der Massenmedien der reichen Länder betrachten.*

Mary Ann sitzt nachdenklich da, die Arme um die langen Waden geschlungen, die ihrer Meinung nach wohl auch der Grund dafür sind, daß sie überhaupt hierher gekommen ist. Es stimmt natürlich, daß sie wie viele andere immer der Ansicht war, die Menschen würden sich über ihr Selbstbild definieren … aber nun, wo Carla es angesprochen hat, drängt sich ihr immer öfter der Gedanke auf, daß ihr Selbstbild wirklich das entscheidende Kriterium ist, aber nicht für die Bauarbeiter und Kellner, sondern für die Leute, die am Tisch sitzen und sie beobachten. Und wenn dem tatsächlich so sein sollte, dann … dann haben Leute wie Mary Ann, *nein, Teufel, man muß ein wenig Würde bewahren und sagen ›Leute wie Synthi Venture‹*, sich lange Zeit vielleicht etwas zu wichtig genommen?

Sie blickt hinauf zum Himmel, der jetzt blau ist, und sieht die umliegenden Täler in Sonnenlicht getaucht, aber sie sieht auch, daß Louie die ringsum befindlichen Wolken gewaltsam zurückhält; am Horizont ist ein langer blauer Streifen zu sehen, der wie verschmierte Tinte am Horizont einer Landschaftsmalerei aussieht. Die tiefstehende Sonne erwärmt das Land sehr schnell, und das Sonnenlicht tanzt auf dem Wasser, das die antiken Steine bedeckt.

Sie lacht. Obwohl schon oft Wasser von diesen Steinen hinabgeflossen ist, hat es diesmal eine besondere

Bedeutung, denn jetzt fließt das Wasser vor ihren Augen ab, und alle Leute betrachten diesen Vorgang mit ihren Augen – und werden ihn so in Erinnerung behalten. Das erinnert sie an etwas, das ihr Onkel Jack – genauer gesagt der Onkel ihres Vaters – immer zu sagen pflegte: »Diese verdammten Medien machen aus jeder Mücke einen Elefanten.«

Aber es *gibt* doch sicher große Dinge? Allein schon deshalb, weil es acht Milliarden Menschen auf dem Planeten gibt – vor einem halben Jahr waren es noch neuneinhalb Milliarden – und für diese Menschen war die Frage, was es zum Abendessen geben würde, immer wichtiger als Politik, Wirtschaft und dieser ganze Religions- und Kunst-Kram … was nicht bedeutet, daß diese Dinge nun verschwunden wären, und überhaupt hing es zum Teil auch von ihnen ab, was es zum Abendessen geben würde beziehungsweise ob es überhaupt etwas geben würde.

Bei diesem Gedanken richtet sie sich auf und sagt sich: *Was auch immer diese Milliarden Menschen von diesem Augenblick behalten werden, sie empfangen es durch mich, und die meisten von ihnen werden das, was sie durch mich empfangen, in sich aufnehmen. Sie werden vielleicht vom XV aufstehen und über Dinge nachdenken, die ihre Vorfahren vor fünfzig Jahren gesagt haben, oder der Geruch irgendeines Gerichts wird ihnen in die Nase steigen, oder sie werden wieder die ihre Unterstände umgebenden Sandsackwälle ausbessern, aber ich werde nur zuschauen und weniger in mich aufnehmen als irgend jemand sonst; ich bin die einzige Person, der nichts bleibt außer der Erfahrung, als Medium zu fungieren.*

*Ich bin die am wenigsten qualifizierte Person von allen hier Anwesenden.*

Im Kopf hört sie Carla und Louie amüsiert lachen – und muß unwillkürlich einstimmen. Plötzlich kommt ihr der seltsame Gedanke, daß zwei Wesen, für die eine Million Jahre nur ein Tag ist und die jeden existierenden Witz in jeder Sprache gehört und über ihn gelacht haben, immer noch von einer Wahrnehmung überrascht werden und über sie lachen können. *Gut*, sagt Carla, *vielleicht sollten wir nun mit der Show beginnen – Louie sagt mir, daß es ihn immer mehr Mühe kostet, das Loch im Himmel offenzuhalten. Irgendwann müssen wir einmal anfangen; es werden sowieso noch Leute dazukommen.*

Mary Ann grinst und sagt laut: »Dann habt ihr also auch im Theater gearbeitet.«

Ein zweites Mal wird sie dadurch belohnt, daß sie die Götter zum Lachen bringt. *Kann ich jetzt anfangen?* fragt Carla, und Mary Ann überläßt ihr die Kontrolle. Sie erhebt sich und geht zum Rand der Plattform; sofort drehen sich viele tausend Köpfe zu ihr um, und sie hört das leise Surren der sich positionierenden holografischen Projektoren. Es ist soweit.

Ohne ihr eigenes Zutun hebt sie an zu sprechen.

Sie hält keine Ansprache – ihre Worte gleichen eher einer Eröffnungsrede, und im Hinterkopf fragt Mary Ann sich, ob Carla und Louie die Menschen vielleicht hypnotisieren wollen. Das Geräusch der Holo-Projektoren verändert sich unmerklich, *und nun beginnen wir mit der Geschichte …*

Das große weiße Auge, das über den Pazifik kriecht, wird als eine Abfolge von normaloptischen, Radar- und Infrarot-Bildern sowie Computer-Animationen dargestellt; gleichzeitig spricht Mary Ann mit Louies Stimme in einer solchen Schnelligkeit, daß Kehlkopf und Lippen gerade noch mithalten können. Sie kommentiert die Darstellungen und erklärt, wie das große Tiefdruckgebiet Wärme aus den überhitzten Ozeanen in die oberen Schichten der Atmosphäre abführt. Dann erscheint plötzlich eine hinabstürzende Eisscheibe, einer von den Frisbees, die Louie zu Millionen abgeworfen hat und an der er – eine Kamera montiert hat? Simuliert er diesen Vorgang? Sie weiß es nicht und ist auch nicht imstande, danach zu fragen, aber im Grunde ist es auch unwichtig.

Die große weiße Masse über dem Pazifik kommt immer näher, und dann erscheint ein kurzer Blitz, als der Frisbee in der oberen Atmosphäre verdampft, streiflichtartig rast ein fünfzig Kilometer großer Ausschnitt des sturmgepeitschten Ozeans an den Augen vorbei, bevor die Kamera wegschwenkt. Das Bild kehrt zurück, und überall sieht man die langen, geraden, weißen Schemen; und dann eine Rückblende zum großen Strom der Frisbees... man spürt den Umfang des Schattens, der von den Eiskristallen geworfen wird, wie gitterförmig über den Pazifik gespannte Kondensstreifen von Düsenflugzeugen.

Die Bilder flackern und verschwinden, und Mary Ann hört in der Ferne ein leises Raunen, das durch die Menge geht. Es hört sich an wie die Leute, die in ihrer Kindheit auf den Jahrmärkten von West Virginia die Feuerwerke beobachteten und auf die wundervollen Farbexplosionen reagierten. Sie fragt sich, ob dort draußen in der elektronischen Welt jetzt eine Milliarde ›Oohs‹ zu hören sind, und Carla bestätigt ihr sehr leise, daß es tatsächlich so ist – *Du wärst überrascht, wenn du wüßtest, wie viele Menschen nie bedacht haben, daß ihre Heimatwelt ein Planet ist; unsere Umfragen haben ergeben, daß die meisten Menschen überhaupt nicht wissen, wie dünn die Atmosphäre ist und daß sämtliches Leben sich in einem Bereich von zehn Kilometern unter bis zehn Kilometer über dem Meeresspiegel konzentriert. Und Milliarden Menschen schwirrt der Kopf angesichts der Erkenntnis, wie klein der Planet doch ist...*

Nun richtet Louie sie wieder auf und erzählt ihnen die ganze Geschichte, angefangen bei der Methan-Freisetzung. Sie sehen, wie die Temperaturen steigen, wie der Himmel für die Infrarot-Strahlung undurchlässig wird, wie der Pazifik sich erwärmt...

Und dann geht es plötzlich nicht mehr um den Sturm; während sie noch spricht, wird Mary Ann von der Intuition überwältigt, gerade als Carla Louie beim Erzählen ablöst. Dieser kleine Ruck läßt Mary Ann Zeit für einen flüchtigen Blick, und sie sieht 3-D-Bildschirme, die im Sechseck um Gebäude J konfiguriert und nur für Mary Ann transparent sind, so daß jeder die 3-D-Abbildung von Mary Ann auf dem Monitor sieht. Sie wußte nicht, daß man so etwas mit Hologrammen machen kann ...

*Bis jetzt nicht*, meldet Louie sich in ihrem Kopf und gluckst belustigt. *In der letzten Stunde mußte ich große Fortschritte in der Physik erzielen, um das zustandezubringen. Damit wird verhindert, daß deine Haut und deine Kleidung die Farbe der Steine und des Himmels annehmen. Keine Sorge also – wir machen weiter ...*

Die Thematik ändert sich wieder, und Carla macht mit ihr eine Exkursion durch die Menschheitsgeschichte – seit der *Homo sapiens* Afrika verließ und sich über die Welt ausbreitete – und das Ganze sechsmal hintereinander:

Zuerst sieht man Menschen streiten und kämpfen, und sie lernen, daß manche der ersten Werkzeuge auch als tödliche Waffe benutzt werden können; man sieht, wie diese streitsüchtige Spezies sich über die Erde verteilt, dabei in immer kleinere Glaubens- und Sprachgemeinschaften zerfällt und diese Fraktionsbildung ständig zum Anlaß nimmt, sich gegenseitig abzuschlachten. Man wird Zeuge einer kontinuierlichen Kampfwertsteigerung der Schlachtwerkzeuge, nicht nur was das Tranchieren und Durchbohren schreiender Menschen betrifft, sondern auch hinsichtlich Planung und Organisation, so daß die Leichenproduktion immer effizienter gerät und immer größere Ausmaße annimmt. Und das ganze wird nicht – oder nur teilweise – als Schreckensgemälde gezeichnet, denn die vorbeiflimmernden Bilder zeigen auch angenehme Seiten, das Entspannen vom drögen Tagewerk und das allmähliche Anhäufen materieller Güter bis hin zu einer entfesselten Welt, in der die Menschen sich im Furor zerstückeln, verletzen und vergewaltigen, wo es nur noch Täter und Opfer gibt und das Bewußtsein, ein Barbar zu sein, schier orgiastisch ist. Die Mittel, die zur Ausführung dieses Auftrags erforderlich sind, werden von überallher zusammengerafft, den Tiefen der Erde entrissen, aus den Wäldern geschnitten; alles wird auf seine Verwertbarkeit für noch größere Massaker geprüft und zu diesem Zweck bearbeitet. Auf diesen großen Materialfluß gründet sich die ganze menschliche Wirtschaft, so daß die Menschheit um so reicher wird, je mehr sie in Gefahr gerät. Damit wird ein Bogen zur Gegenwart geschlagen, wo die Erde selbst die mörderische Disposition der Menschen nicht mehr aushält, wo die endlose Gewaltorgie das Leben selbst in Gefahr bringt...

Und plötzlich werden wir wieder nach Afrika zurückversetzt, um die Geschichte nochmals von vorne zu erleben, und diesmal beobachten wir die Menschen beim kreativen Schaffen, beim Verändern, wie sie ohne Unterlaß der Natur nutzloses und überflüssiges Zeug wegnehmen und daraus schöne und nützliche Dinge machen. Sie verwandeln den Planeten von einem Ort, der nicht mehr als fünfzig Millionen Menschen Platz bot, in einen Ort, an dem Milliarden gut leben; aus einer Welt, in welcher der geistige Horizont sich kaum über die Jagd am nächsten Tag erstreckte, wurde eine Welt, die mit Geschichten und Bildern angefüllt ist, eine Welt, deren Bewohner sich der Bedeutung ihrer Existenz bewußt sind. Bis das Meer wieder Methan speit und die Welt den Punkt erreicht, an dem – wie bei einem Wal, der in dünnen Nylonfäden, die nur einen winzigen Bruchteil seines Eigengewichts ausmachen, gefangen ist – die Natur ihre Stimme erhebt; die Organisation der Welt ist so umfassend geworden, daß sie selbst nun die Welt ist, und von da an...

Die Geschichte beginnt von neuem. Menschen gehen über den nächsten Hügel, und dahinter liegt ein neues Land; manche bleiben, um es urbar zu machen, andere gehen über den nächsten Hügel, und über den nächsten. Jeder Ort, den die Menschen betreten, wird letztendlich vermessen, benannt und bezeichnet – und dann zieht man weiter – zum Teil, um später wiederzukommen und diesen Ort mit anderen Augen zu betrachten, zum Teil, um einfach etwas Neues zu sehen. Schließlich sehen alle Zuschauer mit Louies Augen, wie sie durch die leeren Eisenstaub-Wüsten des Mars gehen, dann schauen sie hinauf zum Himmel und sehen die kryogenischen Sturmwelten, welche um die Gasriesen kreisen, und jenseits davon die Kugeln, die im Leerraum an einem Halteseil von geringer Schwerkraft hängen, die Kometen der Oort'schen Wolke ... und dahinter die Sterne ...

Die Geschichte beginnt von neuem. Die Menschen entdecken das Geheimnis der Arbeitsteilung, die Nutzbarmachung der Kräfte der Natur, und dann geht die Eroberung weiter, bis ...

Die Geschichte beginnt von neuem. Die schöne und unverdorbene Natur wird langsam aufgezehrt und vernichtet ...

Die Geschichte beginnt von neuem. Und wieder von neuem, und wieder von neuem, und als alle diese Geschichten erzählt sind, spürt Mary Ann – und die Milliarde Menschen, die diese Geschichten durch sie erleben, daß alle diese Geschichten wahr sind, daß die Dinge sich tatsächlich so ereignet haben, bis schließlich ...

Die Wahrheit besteht darin, daß jede Geschichte einmal endet. Jede dieser Geschichten wird ihr Ende finden, einige als Komödie, andere als Tragödie und wieder andere als schlichte Dokumentationen. Dinge, die einfach geschehen sind. Und doch sind manche von ihnen wahrer als andere; um die Weltgeschichte als Sündenfall zu begreifen, muß man erst einmal imstande sein, sich eine Natur vorzustellen, die so nie existiert hat. Nur dann ist es möglich, die reale, blinde, von Kampf geprägte, erbarmungslose, sinnlose, chaotische

Fassade mit pastelliger Disney-Kolorierung zu übertünchen und den pflanzenfressenden Tieren große treuherzig blickende Augen und den Raubtieren buschige, slawische Augenbrauen zu verpassen. Um die Welt als eine Aufforderung zu begreifen, über den nächsten Hügel zu gehen, muß man erst einmal lernen, die unzähligen Menschen zu ignorieren, die niemals aus eigenem Antrieb irgendwohin gehen, man muß den Blick auf den Eigenbrötler richten, der nicht zu Hause bleiben kann, man muß all das ignorieren, was Menschen gewöhnlich tun, so daß wir einen Menschen betrachten können, der sich von Neuland abhebt wie ein Schauspieler der alten Schule von einer farbigen Kulisse …

Es gibt keine Linse, die nicht verzerrt, und es gibt keine zwei Linsen, deren Abbildungen identisch seien, und doch verzerren einige mehr als andere; und wie immer auch die Handlung und das Bild verbogen werden mögen, die Geschichten werden ihr Ende finden, egal, durch welche Linsen man sie betrachtet.

Wenn man das einmal verstanden hat, kommt der Rest der Geschichte, aber ohne Titel und bedeutungslos, außer daß Mary Ann erkennt, daß es mit dem Ende all dieser Geschichten kompatibel ist, wie ein Stecker in eine Steckdose, als wäre er eigens dafür angefertigt worden.

Louie und Carla erzählen diesen Teil der Zukunft gemeinsam, so daß Mary Ann ihren Kopf für sich allein hat und die Worte aus ihrem Mund kommen hört, während die Bilder vorbeiziehen. Sie sieht, wie ›Clem‹ in Tausende kleinerer Böen und Stürme zersplittert wird, die gegen das Festland anrennen – es wird einen langen, harten Winter in der nördlichen Hemisphäre geben, aber eben nur einen langen, harten Winter. Sie sieht, wie die Menschen wieder von den Bergen an die Küsten zurückkehren und neue Städte errichten, einige auf den Fundamenten der alten, andere dort, wo der neue Küstenverlauf neue Häfen und Flußmündungen geschaffen hat.

Und sie sieht Louie – beziehungsweise seine Manifestation in der ehemaligen Raumstation – wie er wieder ins All fliegt, um noch mehr Kometen und Material zu sammeln, um noch mehr Replikatoren zu bauen, und dann …

Zunächst wird der Mars kolonisiert, dann wird die Venus auf eine ausreichende Rotationsgeschwindigkeit gebracht, abgekühlt und bepflanzt, und der Mond selbst erhält eine Atmosphäre, die ständig aufgefüllt wird (tatsächlich haben Eisbrocken, die sich von 2026RU gelöst hatten, bereits eine sehr dünne Atmosphäre geschaffen, und sie wird sich noch verdichten – sie sieht, tausend Jahre später, wie Regen auf die Mondoberfläche fällt, und den grünblauen Mond, der die Erde bescheinen wird).

Sie sieht die vielen tausend Raumschiffe, die sich auf den Weg zu weit entfernten Sternen machen; sie sieht, wie die Erde reicher und lebenswerter wird, und als die Industrie in den Weltraum verlagert wird, sieht sie, wie das Grün auf die Erde zurückkehrt …

Und sie begreift, daß keine dieser Entwicklungen zwangsläufig eintreffen muß (außer, daß Louie anscheinend wild entschlossen ist, das Sonnensystem zu begrünen), sondern daß alles davon abhängt, welche Entscheidungen die Menschen treffen – und die Geschichte geht weiter. Endlich ist die Zeit gekommen, wo es nur noch eine Welt gibt, ob die Menschen wollen oder nicht, wo jede Stimme gehört wird – ja, man muß ab jetzt auf jede Stimme hören. Ob das alles so kommt oder nicht, hängt indes von der Milliarde Menschen ab, die hier zusehen, und von all denen, die in den nächsten Tagen davon erfahren werden.

Mary Ann weiß jetzt auch, daß sie, sobald die Vorführung beendet ist, keine Zeugin und Zuhörerin mehr sein wird – sie wird sich nicht mehr als Medium zur Verfügung stellen –, und dann wird sie allein sein, denn das letzte Geschenk Carlas und Louies an sie besteht darin, die Transmitter in ihrem Kopf für immer abzuschalten. Sie wird allein sein, wird wieder einer von Milliarden Menschen auf der Erde sein.

Nachdenklich verbringt sie die letzten Momente aus der Perspektive eines Gottes, und sie sieht Jesse, der in der Menge steht und das alles in sich aufnimmt, es aber nicht in Worte fassen kann; er hat ein kleines braunes Kind auf die Schultern genommen, weil der Junge nichts sehen konnte und Hilfsbereitschaft für Jesse so natürlich ist wie das Atmen; die Familie des Jungen steht um sie herum – er ist keiner von ihnen und wird es nie sein, aber sie können zusammen dort stehen. Sie schaut in weitere Fernen und sieht, wie Berlina Jameson und Brittany Lynn Hardshaw der Welt über die Schulter schauen, spürt, wie unbedeutend sie ist, verglichen mit der Reporterin und der Präsidentin … und dann schaut sie in die Augen von Louie und Carla …

»Ihr *seid* Götter«, sagt sie ruhig, was mit schallendem Gelächter quittiert wird. *Wir sind noch nicht einmal vollwertige Menschen*, erklärt Louie.

Und Carla fügt hinzu *Oh, jetzt mach mal halblang. Wir haben euch die ganze große Erde gezeigt und das jenseits dieser Erde liegende Universum, und das alles haben wir in* eure *Hände gelegt. Ihr habt es nicht erhalten, um es uns zurückzugeben. Wir werden bleiben, um zu helfen und zu sehen, was ihr tut – wenigstens, solange es uns nicht langweilig wird – aber wir übernehmen keine Verantwortung für diese Veranstaltung. Wenn ihr Götter wollt, schafft euch andere Götter – und sorgt dafür, daß diese Götter wirklich größer sind als ihr selbst, nicht nur intelligenter oder stärker.*

*Andernfalls*, fügt Louie hinzu, *könnten wir uns veranlaßt sehen, ein paar Idole vom Sockel zu stürzen. Wir sind sehr froh, daß wir einmal Menschen waren und hätten es nicht missen wollen; wenn ihr Dummköpfe euer Mensch-Sein also nicht zu schätzen wißt, könnten wir euch dazu* zwingen.

Und damit sind sie aus ihrem Kopf verschwunden, und die Hologramme verblassen. Mary Ann steht allein auf dem Dach von Gebäude J, dessen Steine vor Tausenden von Jahren verbaut wurden, und schaut über die riesige Menschenmenge hinweg. Der letzte Schimmer roten Sonnenlichts verschwindet gerade hinter der großen Wolkenwand, die den Ort flankiert, und im Tal unten ist es dunkel – dunkler, als es in den letzten hundert Jahren jemals war, denn Oaxaca und die umliegenden Dörfer sind noch immer ohne Strom.

Die Blicke der unzähligen Menschen scheinen noch immer auf sie gerichtet zu sein, aber sie ist sich nicht einmal sicher, wie viele Leute ihre Konturen in der Abenddämmerung überhaupt noch erkennen.

Offensichtlich ist sie wieder die alte Mary Ann Waterhouse, obwohl sie angesichts der Behandlung, die ihrem Körper widerfahren ist, wahrscheinlich an Rückenschmerzen leiden wird. Ihr Hintern ist zu malträtiert, um ruhig darauf zu sitzen, und mit Männern wird sie sich eine Zeitlang nicht einlassen, jedenfalls so lange nicht, bis sie sich einigen Operationen unterzogen hat.

Die Menge gerät in Wallung, als ob Tausende von Menschen sich umgewandt, etwas Unglaubliches gesehen und einen Schreckensschrei ausgestoßen hätten, und dann ein Brüllen, als alle sich umwenden. Ein helles Licht dringt durch die Wolken, und Mary Anns erster Gedanke ist, daß es der Mond sein müsse – aber es ist viel zu groß für den Mond – dann verziehen sich die Wolken, und es ist da.

2026RU, von dem aus Louie Frisbees wirft, steht im Librationspunkt-Orbit vor dem Mond und leuchtet sieben Mal so hell wie der Vollmond, denn obwohl der Kern aus Fels und Eis einen Durchmesser von nur einigen hundert Kilometern hat, reflektiert die von ihm emittierte dünne Wolke aus Gas und Staub – zu dünn zum Atmen, und aus nächster Nähe würde man sie nicht einmal sehen – das Sonnenlicht wie ein Brillant.

Die große, tote Stadt Monte Alban, wo einst der Himmel verehrt wurde und wo Zehntausende von Menschen soeben eine Vision der Wirklichkeit erlebt haben, hallt von Jubel wider, als der neue Mond zum Himmel aufsteigt.